LEAH BACH

Insel der tausend Sterne

Buch

Berlin, 1913. Seit die Adelsfamilie von Dahlen verarmt ist, muss die junge Paula als Sekretärin arbeiten, um sich ihren Lebensunterhalt zu verdienen. Als ihre Mutter schwer erkrankt und stirbt, bleibt Paula und ihren Brüdern nur die traurige Aufgabe, Gut und Herrensitz zu verkaufen. Beim Ausräumen des Hauses fällt Paula ein vergilbtes Foto in die Hände. Es zeigt einen jungen Mann vor einem gewaltigen Baum, einem afrikanischen Baobab. Paula lässt der Unbekannte auf dem Foto nicht mehr los.

War er die große Liebe ihrer Mutter? Vielleicht sogar ihr Vater?

Als Paula kurz darauf auf eine Anzeige stößt, in der eine betuchte Dame eine Reisebegleitung für eine Afrika-Umrundung mit dem Schiff sucht, zögert sie nicht lange. Sie macht sich auf nach Ostafrika – und auf die Spuren der Vergangenheit …

Autorin

Leah Bach studierte Französisch und Russisch auf Lehramt, entschied sich aber gegen eine Laufbahn als Gymnasiallehrerin. Stattdessen begann sie zu schreiben, veröffentlichte bereits zahlreiche Kurzgeschichten und Romane und widmete sich ihrer heimlichen Leidenschaft, der Geschichte. Sie lebt mit ihrer Familie im Taunus und arbeitet als freie Autorin.

Bei Blanvalet außerdem von Leah Bach lieferbar:

Der Himmel über dem Kilimandscharo (37769)
Sanfter Mond über Usambara (37957)

Leah Bach

Insel der tausend Sterne

Roman

blanvalet

MIX
Papier aus verantwortungsvollen Quellen
FSC® C014496

Verlagsgruppe Random House FSC® N001967
Das FSC®-zertifizierte Papier *Holmen Book Cream*
für dieses Buch liefert Holmen Paper, Hallstavik, Schweden.

1. Auflage
Originalausgabe April 2014 bei Blanvalet, einem Unternehmen der
Verlagsgruppe Random House GmbH, München.

Umschlaggestaltung und -motiv: www.buerosued.de
Redaktion: Kristina Lake-Zapp
ES · Herstellung: sam
Satz: Buch-Werkstatt GmbH, Bad Aibling
Druck und Einband: GGP Media GmbH, Pößneck
Printed in Germany
ISBN: 978-3-442-38230-9

1

Sie hätte doch die Trambahn nehmen sollen. Paula verwünschte ihren Geiz und stemmte sich frierend gegen den eisigen Februarwind, der heute sogar feine Schneeflöckchen mit sich trug. Es war kurz nach sieben Uhr und noch dunkel, in den diffusen Lichtkegeln der Straßenlaternen sah man grau und schwarz gekleidete Gestalten, die auf der Köpenicker Straße voranstrebten, Arbeiter, Marktfrauen, Hausangestellte, hie und da auch ein »besserer Herr« im wehenden Mantel, den Hut mit der Hand festhaltend. Alle hatten die Köpfe gesenkt und die Schultern wegen des kalten Windes zusammengezogen.

Pferdefuhrwerke rasselten neben ihr über das Kopfsteinpflaster, ein Automobil fuhr gummibereift vorüber, dann der erleuchtete Wagen der Trambahn. Paula blinzelte zu den dicht gedrängt stehenden Passagieren. Es war nicht gerade gemütlich dort drinnen, auch roch es fürchterlich, von anderen Belästigungen einmal ganz abgesehen. Aber es war warm und trocken. Nur um zehn Pfennige zu sparen, würde sie nun mit klammen Gliedern und feuchtem Rock im Kolonialministerium ankommen, von den nassen Schuhen und dem ruinierten Hut gar nicht zu reden. Sie konnte von Glück sagen, dass ihr Vorgesetzter, Ministerialdirektor Diederich, solch ein gutmütiger Mensch war, denn als Sekretärin in einem kaiserlichen Ministerium musste sie Wert auf ein gepflegtes Äußeres legen.

Hübsch, aber nicht herausfordernd, damenhaft, aber nicht über ihren Verhältnissen, modern, aber um Himmels willen kein Hosenrock oder gar eines dieser »Reformkleider«, unter denen man kein Korsett trug.

Auf der Wallstraße wich sie geschickt einem Schwall schmutzigen Wassers aus, den eine Hausangestellte aus einem Blecheimer in den Gulli kippte. Das Schelten besorgten andere für sie, es klang deftig hier in Berlin, ganz anders als in ihrer Heimat an der Müritz, wo man eher maulfaul und gemächlich war.

»Haste keene Oogen im Kopp?«

Das Hausmädchen ließ sich nicht einschüchtern und gab die Schimpfworte mit Zins und Zinseszins zurück, ihre laute, energische Stimme mischte sich noch eine Weile mit dem Lärm der vorüberratternden Fahrzeuge, bis sie schließlich vom Geschrei eines Zeitungsjungen überdeckt wurde. Paula spürte, wie ihr jetzt endlich vom raschen Gehen warm wurde, nur Hände und Gesicht waren eisig, und leider begann die Feuchtigkeit an Brust und Schultern durch den Mantelstoff zu dringen. Sie legte noch einen Schritt zu, schon weil die Gegend hier bei der Rossbrücke so schäbig war und man immer wieder zusammengekauerte Gestalten in den Hauseingängen erkennen konnte. Das waren Obdachlose, arme Schweine, die keine Arbeit und kein Dach über dem Kopf hatten, Säufer und Krüppel oder Kranke, um die sich keiner kümmerte. Auch in ihrer Heimat an der Müritz hatte es Arme und Kranke gegeben, aber in den Dörfern wurde immerhin für sie gesorgt. Hier in der großen Stadt Berlin – so hatte ihre Mitbewohnerin Magda behauptet – würden viele von ihnen auf der Straße »verrecken«. Paula hatte einmal mit Dr. Falk darüber gesprochen, doch der hatte ihr versichert, dass es für diese Leute Nachtasyle und Suppenküchen gäbe – der Kaiser sorge für alle, die unverschuldet in Not gerieten.

Sie fürchtete sich vor den jämmerlichen Gestalten. Im Sommer war ein betrunkener Kerl in Lumpen zwischen die eilig dahinströmende Menge geraten und direkt vor ihr ins Straucheln gekommen. Er hatte sich im Fallen an ihrem Rock festgeklammert und sie fast mit sich zu Boden gerissen, es war ganz entsetzlich peinlich gewesen. Vor allem die Bemerkungen und das Gelächter der Passanten hatten ihr das Blut ins Gesicht getrieben – oh Gott, man hatte ja glauben können, sie sei mit diesem Menschen bekannt oder gar noch Schlimmeres. Eine Weile hatte sie gefürchtet, der Vorfall könne im Reichskolonialamt bekannt werden und man würde sie wegen »schlechten Umgangs« entlassen. Nächtelang hatte sie nicht mehr schlafen können, hatte sich die schlimmsten Szenarien ausgemalt, Argumente zurechtgelegt, die sie entlasten konnten, auch überlegt, wer aus ihrer Bekanntschaft für sie bürgen und ihre Unbescholtenheit bezeugen würde. Da waren ihr nur Frau von Meerten, ihre Vermieterin, und Magda Grünlich, ihre Mitbewohnerin, eingefallen. Höchstens noch Tante Alice in Hamburg, doch die durfte nur im äußersten Notfall von dieser unglückseligen Geschichte erfahren, schließlich war sie es gewesen, die ihre Nichte Paula von Dahlen über Umwege an Staatssekretär Solf empfohlen hatte. Zum Glück hatten sich ihre Befürchtungen als grundlos erwiesen, niemand hatte sie je auf diesen Vorfall angesprochen, nicht einmal ihre Kollegin Gertrud, die jede sich bietende Gelegenheit wahrnahm, Paula auf die Schippe zu nehmen.

Die Lichtkegel der Straßenlaternen verloren in der trüben Morgendämmerung nach und nach ihre scharfen Konturen, die kleinen Schneeflocken, die der Wind von Westen herbeiwehte, begannen zu tauen und wurden zu Regentröpfchen.

Auf dem Spittelmarkt war ein Automobil liegengeblieben, ein Schwarm halbwüchsiger Bengel, die eigentlich in die Schule gehörten, stand um das Fahrzeug herum, während der Chauffeur unter der aufgeklappten Motorhaube hantierte. Einige der Gaffer feixten und lachten, die meisten aber starrten fasziniert auf die entblößte Mechanik. Paula konnte die Neugier der jungen Burschen verstehen, sie hätte selbst nur allzu gern gewusst, was sich unter dem Blech der Motorhaube abspielte, welche Kräfte es brauchte, um einen Wagen ohne Zugtier oder Elektrizität in Bewegung zu setzen. Aber natürlich war das eine Angelegenheit für Männer. Fragte man einen von ihnen – gleich, ob es ihre beiden Brüder Wilhelm und Friedrich waren oder einer der Herren aus dem Ministerium –, so erhielt man ausführliche Erklärungen, die seltsamerweise ganz unterschiedlich ausfielen und Paula dem Geheimnis bisher keinen Schritt nähergebracht hatten. Das mochte daran liegen, dass ihr als Frau das rechte technische Verständnis fehlte, genauso gut konnte es aber auch sein, dass einige Männer nur vorgaben, die Funktionsweise eines Automobils zu kennen, während sie in Wirklichkeit keine Ahnung hatten. Bei ihrem Bruder Wilhelm war sie sich dessen sogar ganz sicher.

Jetzt hatte sie die üble Gegend am Kanal endlich hinter sich gelassen. Am Krankenhaus vorbei ging es die Leipziger Straße hoch, und ganz oben, dort, wo jetzt gerade eine Trambahn hielt und die Fahrgäste ausstiegen, musste sie rechts in die Wilhelmstraße einbiegen. Es war noch ein ordentliches Stück zu laufen, aber das machte ihr nicht viel aus, denn sie war früher auf dem heimatlichen Gut oft zu Fuß unterwegs gewesen. Unangenehm war in der Stadt nur das »Pflastertreten«, das die Füße viel mehr ermüdete als der weiche Grund von Wiesen und Waldwegen. Sie war schon eine rechte »Landpomeranze«, wie Gertrud immer witzelte, doch sie konnte nicht einsehen, dass es etwas Lächerliches sein sollte, von einem einsam gelegenen Gutshof in Mecklenburg zu stammen. Gewiss hatte sie über das wuselnde, brodelnde Leben in Berlin gestaunt, als sie vor eineinhalb Jahren hierherkam, die großartigen Gebäude, die Schlösser, Museen und Monumente hatten sie beeindruckt, das Angebot in den Läden und Kaufhäusern fast erschlagen. Als sie eines Sonntags mit ihrer Zimmernachbarin Magda Unter den Linden spazieren ging, war der Kaiser persönlich an ihnen vorübergeritten, gefolgt von einigen Herren und zwei Damen im Reitkleid. Sie hatte die Gesichtszüge des Kaisers erkannt, den feschen Schnurrbart, den herrischen Blick seiner hellen Augen. An diesem Tag hatte Paula sich für den glücklichsten Menschen unter der Sonne gehalten. Vergessen waren die ersten schwierigen Wochen, als der fremde Lärm und die Unruhe ihr den Schlaf raubten und sie mit dunklen Ringen unter den Augen zur Arbeit erschien. Damals hatte die boshafte Gertrud sie gefragt, ob ihr Liebhaber denn gar so aufregend sei, dass sie keine Nacht auslassen könne, und Paula hatte vor lauter Empörung keine andere Antwort gewusst, als sich schweigend abzuwenden. Es ärgerte sie heute noch, hätte sie doch nun eine ganze Reihe zackiger Gegenreden parat. Aber leider war die Gelegenheit vertan.

Um diese Zeit – es musste auf acht Uhr zugehen – herrschte auf der Leipziger Straße ein dichtes, lärmendes Gewirr aus Fahrzeugen und Fußgängern. Pferdebusse, Automobile und Kutschen drängten sich aneinander vorbei, jeder hupte so laut wie möglich, nur die Trambahn machte mit schrillem Klingeln auf sich aufmerksam. Paula war inzwischen mit ihrer Entscheidung, zu Fuß zu laufen, wieder zufrieden, denn die Fahrgäste der Trambahn mussten an der Haltestelle durch eine breite Pfütze waten – sie hätte sich so oder so nasse Füße eingehandelt. Zehn Pfennige waren zwar nicht besonders viel, aber Paula knauserte, wo sie nur konnte, um wenigstens etwas Geld nach Hause zu schicken. Die Brüder kosteten nur, und seit der Vater tot war, wuchsen der Mutter die Schulden über den Kopf. Paula war stolz darauf, die Einzige in der Familie zu sein, die Geld verdiente, auch wenn das von niemandem besonders geschätzt wurde.

Im fahlen Morgenlicht sahen die Bauten der Ministerien in der Wilhelmstraße grau und eintönig aus, Fenster reihte sich an Fenster, hie und da ein neoklassisches Portal, dann der mit zwei Säulen geschmückte Eingang zum Auswärtigen Amt auf der linken Seite. Das Reichskolonialamt befand sich auf der rechten Seite gleich neben dem Staatsministerium, ein dreistöckiger Bau mit einem Mittelerker, der die Räume im ersten und zweiten Stock erweiterte. Aus Erfahrung wusste Paula, dass es im Inneren des Amtes kahl und ungemütlich war, noch dazu kalt, denn nicht alle Räume waren heizbar. Wenn sie mit Gertrud allein war, legten sich die beiden Frauen selbstgestrickte, wollene Schals um die Schultern.

Paula war außer Atem, als sie vor dem Gebäude anlangte. Es lag nicht nur am raschen Lauf, sondern vielmehr an der Tatsache, dass kurz vor ihr Dr. Johannes Falk in Hut und Mantel die Stufen zum Eingang erklommen hatte. Natürlich hatte er sie gesehen, und als Kavalier wartete er nun, um ihr die schwere, eisenbeschlagene Tür aufzuhalten. Ach wie dumm – und sie hatte sich doch erst ein wenig zurechtmachen wollen, bevor sie ihn begrüßte, zumindest das regennasse Gesicht trocken wischen und den feuchten, zerdrückten Hut zurechtrücken. Aber dazu war es jetzt zu spät.

»Kompliment«, sagte er und lächelte sie an. »Pünktlich wie die Uhr, Fräulein von Dahlen.«

Wenigstens waren ihre Wangen noch von der Kälte rosig, so dass er nicht bemerken konnte, dass sie unter dem Blick seiner blauen Augen errötete. Preußischblau waren sie, so hatte sie einmal gescherzt. Nicht himmelblau, auch nicht stahlblau und schon gar nicht veilchenblau. Eben preußisch wie die Uniformen der Offiziere, gedeckt, dunkel, aber eindeutig blau. Es hatte ihm gefallen.

»Nicht weniger pünktlich als Sie selbst«, gab sie zurück und schlüpfte hastig durch den Eingang. Im spärlich beleuchteten Flur schüttelte sie Mantel und Rock, damit die anhaftenden Wassertröpfchen keine Gelegenheit hatten, noch weiter in den Stoff einzusickern.

»Nun ja – in meiner Position sollte man auf keinen Fall durch Unpünktlichkeit auffallen«, erwiderte er heiter.

Als sie die Treppe hinaufstieg, folgte er ihr, und trotz der fürchterlich knarrenden Holzstufen hörte sie, dass auch er Mantel und Hut ausklopfte. Ob er heute mit der Trambahn gekommen war? Oder mit einem Pferdebus? Er wohnte irgendwo draußen in Charlottenburg, bei trockenem Wetter ging er stets zu Fuß, denn auch er musste sparsam sein. Dr. Johannes Falk hatte nach dem Studium der Rechte die Offizierslaufbahn eingeschlagen, es dort jedoch nur zum Leutnant gebracht. Nun hoffte er auf eine Beamtenposition. Er hatte seinen Militärdienst in Deutsch-Südwest absolviert, daher brachte er wertvolle Kenntnisse und Erfahrungen in den Dienst beim Reichskolonialamt ein, doch bisher versah er seine Arbeit unentgeltlich, wie es allgemein üblich war. Wann man ihm eine Stelle anbieten würde, stand im Ermessen des Staatssekretärs Heinrich Solf, dem Direktor des Kolonialamts.

»Dürfte ich mir eine Frage erlauben?«

Paula verlangsamte ihren Schritt, da sie schon fast im ersten Stock angekommen waren. Die Hand, mit der sie sich jetzt über die noch regennasse Stirn wischte, zitterte leicht. Sie ärgerte sich über diese lächerliche Aufregung. Himmel, sie war eine von Dahlen, ihre Mutter hatte sie schon als kleines Mädchen dazu erzogen, Haltung zu bewahren.

»Bitte sehr – fragen Sie nur«, meinte sie, sich halb zu ihm umwendend. »Nein sagen kann ich ja immer noch.«

Bei ihrem schnippischen Tonfall begann er leise zu lachen. Er mochte es, wenn sie ihn aufzog, ging auf ihre Scherze ein und war niemals beleidigt.

»Nun – auf die Gefahr hin, mir einen Korb einzuhandeln: Ich würde mich glücklich schätzen, Sie am Sonntag zu einer kleinen …«

Unten knarrte und quietschte die Haustür, gleich darauf waren auf der Treppe leichte, aber eilige Schritte zu vernehmen. Dr. Falk konnte seinen Satz nicht beenden, denn Paulas Kollegin Gertrud Jänecke schloss zu ihnen auf.

»Guten Morgen, ihr zwei!«, rief sie mit gespielter Fröhlichkeit. »Was für ein scheußliches Wetter … Dein Hut ist völlig hinüber, Paula. Bist du etwa wieder zu Fuß gelaufen, um ein paar Pfennige zu sparen?«

»Einen wunderschönen guten Morgen, Fräulein Jänecke!«

Dr. Falks Stimme klang recht ironisch, fast hatte Paula das Gefühl, er wolle sie mit diesem lauten Morgengruß vor Gertruds Spötteleien in Schutz nehmen. Auch der bedauernde Blick, den er ihr zuwarf, sprach dafür.

»Wie angenehm, dass Sie bei dieser trüben Wetterlage doch immer Ihre gewohnte Heiterkeit bewahren«, fuhr er an Gertrud gerichtet fort. »Eine gute Sekretärin sollte nicht nur auf der Maschine schreiben, Kaffee kochen und einen Imbiss richten können, sie sollte vor allem eine angenehme Stimmung verbreiten.«

Gertrud ließ ein Kichern hören, das Paula an einen erregten Täuberich erinnerte.

»Jede von uns bemüht sich halt, wie sie eben kann«, gab sie

zurück und schob sich zwischen Paula und Dr. Falk hindurch zum nächsten Treppenaufgang. Paula folgte ihr eiligen Schrittes. Bei Dr. Falk zurückzubleiben wäre jetzt, da Gertrud schon Verdacht geschöpft hatte, ein Ding der Unmöglichkeit gewesen. Der Ruf einer jungen Frau war nur allzu schnell ruiniert, und Gertrud war die größte Klatschbase im Amt. Schon deshalb, weil sie von den eigenen Eskapaden ablenken musste.

Unten knarrte schon wieder die Tür, dieses Mal waren zwei Herren ins Haus eingetreten, die, in ein Gespräch vertieft, nach oben stiegen. Es waren der Ministerialdirektor Diederich und Dr. Snell, ein Kollege aus der Abteilung A, die sich mit politischen und allgemeinen Verwaltungsangelegenheiten der Kolonien befasste. Paula und Gertrud waren der Abteilung C zugeordnet, wo die Personalakten der Kolonialbeamten geführt wurden.

Gertrud erreichte das zweite Stockwerk als Erste. Wie üblich hatte der Hausmeister die Eingangstür bereits aufgeschlossen, man brauchte sie nur aufzuklinken und das elektrische Licht im Flur anzudrehen. Der gewohnte, muffige Geruch nach Bohnerwachs, kaltem Ofenrauch und abgestandenem Kaffee empfing sie, wegen des feuchten Wetters hatte man die Räume mal wieder nicht gelüftet. Schweigend entledigten sich die beiden Frauen ihrer Mäntel, hängten sie an die Garderobe, und während Gertrud ihre Überschuhe auszog, begab sich Paula zum Garderobenspiegel, um die Hutnadeln herauszuziehen und das triefende Gebilde aus Filz und künstlichen Blüten zum Trocknen auf einen Stuhl zu legen. Dann machte sie sich daran, ein paar herausgelöste, dunkelblonde Haarsträhnen wieder in die Hochsteckfrisur zu schieben und die feuchten Augenbrauen mit dem Finger in Form zu streichen.

»Gab es da vorhin vielleicht etwas, das ich nicht mithören sollte?«

Gertruds Spiegelbild tauchte hinter ihr auf. Die Kollegin spitzte die vollen Lippen und bemühte sich, einige krause, blonde Löckchen auf der Stirn zu ordnen.

»Wie kommst du denn auf so etwas?«

»Instinkt, Mädel. Ich meine, etwas von einer Einladung zu einem Sonntagsvergnügen vernommen zu haben …«

»Ich weiß nicht, wovon du sprichst!«

»Nu stell dir doch nich so an!«, scherzte Gertrud auf Berlinerisch. »Der Falk ist zwar keen unbeschriebenet Blatt, aber ooch keen schlechter Kerl. Der hat wat los, Mädel …«

»Hör jetzt endlich auf, Gertrud. Deine Phantasie geht mit dir durch!«

»Hauptsache, du behältst immer den Kopp oben, Kleene. Lern du mich die Männer kennen!«

Sie kicherte. Gertrud Jänecke war ausgesprochen hübsch, wenn auch für Paulas Geschmack ein wenig zu direkt. Ihre Mutter, die Baronin von Dahlen, hätte vermutlich von der herausfordernd-bäurischen Art einer Dienstmagd gesprochen, aber das traf nicht zu. Gertrud war klug und flink, eine tüchtige Sekretärin. Zu Anfang ihrer Bekanntschaft hatte Paula die Kollegin maßlos bewundert, da sie »modern« dachte, ihr eigenes Geld verdiente und sogar mit einem gemieteten Fahrrad durch den Tiergarten fuhr. Inzwischen wusste sie jedoch, dass Gertrud bereits mehrere »Affären« gehabt und sie, Paula, als »prüde alte Jungfer« bezeichnet hatte. Das hatte ihr eine Kollegin von der Abteilung B, Finanz- und Verkehrsfragen, unter dem Siegel der Verschwiegenheit hinterbracht. Paula war tief getroffen gewesen, sie war immerhin siebenundzwanzig, in drei Jahren würde sie dreißig sein.

Der Hausmeister hatte nur schwach geheizt, und es war kein Vergnügen, in der klammen Bluse und dem feuchten Rock an der Schreibmaschine zu sitzen. Ministerialdirektor Diederich erschien an der Tür, begrüßte sie jovial, orderte Kaffee und befahl Paula zum Diktat in sein Büro. Der füllige Mitfünfziger schmückte sich mit einem dünnen Schnurrbärtchen, dessen Enden nach oben zeigten – eine weitverbreitete Mode, wie sie auch der Kaiser trug. Damit der Bart in Form blieb, musste er nicht nur des Nachts mit einer Bartbinde gehalten, sondern auch mit einer Tinktur der Marke *Es ist erreicht* befeuchtet werden, weshalb man ihn auch scherzhaft den »Es-ist-erreicht-Bart« nannte.

»Er hat einen Narren an dir gefressen, Paula«, flüsterte Gertrud ihr zu. »Halt ihn dir warm, Mädel.«

Es war lächerlich genug, aber Ministerialdirektor Diederich bevorzugte sie tatsächlich, warum auch immer. In seinem geräumigen Büro hatte sie sich auf einen Stuhl vor seinem Schreibtisch zu setzen, während er auf dem Teppich hin- und herlief und verschiedene Schreiben an die Gouverneure der Kolonien diktierte. Manchmal hielt er dabei inne und blickte sie nachdenklich an, fragte mitfühlend, wie es ihr ginge und ob sie sich hier in der Hauptstadt gut eingelebt habe. Ihre höflichen, aber knappen Antworten hörte er jedoch kaum, war er doch schon wieder in seinen Brieftext versunken und diktierte genau dort weiter, wo er aufgehört hatte. Seltsam war auch, dass er niemals einen Schritt über den Rand des Teppichs hinaus tat, obgleich er doch kein einziges Mal zu Boden sah.

Dieses Mal saß sie fast bis Mittag in Diederichs Büro und kehrte durchgefroren und mit randvollem Notizblock ins Schreibzimmer zurück. Der weiße Kachelofen im Büro war zwar angeheizt worden, hatte aber rasch an Wärme verloren, und Diederich, der durch das ständige Gehen in Bewegung war, spürte die Kälte nicht. Paula wickelte sich in ihren Wollschal und packte ihre Stulle aus, auf keinen Fall würde sie auch noch ihre Mittagspause opfern, und wenn die Schreiben noch so eilig waren. Gertrud glänzte durch Abwesenheit, entweder hatte eine andere Abteilung sie »ausgeliehen«, oder sie war hinauf zu einer Kollegin gelaufen, um die Mittagspause mit ihr zu verbringen. Es war Paula nur recht, ihre Käsestulle würde ohne Gertruds anzügliche Bemerkungen weitaus besser schmecken.

Wie dreist diese Person vorhin wieder gewesen war! Himmel – Gertrud würde doch wohl nicht im Amt herumschwatzen, sie, Paula, habe es auf Dr. Falk abgesehen? Aber natürlich würde sie das. Gütiger Gott – sie würde ihr doch nicht etwa ein Verhältnis andichten?

Das gerade abgebissene Stück Käsestulle wollte ihr im Halse stecken bleiben. Welche Beweise hatte Gertrud denn schon? Nun ja – zweimal war sie mit Dr. Falk sonntags spazieren gegangen, das erste Mal hatten sie sich per Zufall Unter den Linden getroffen, das zweite Mal hatte er sie allerdings eingeladen, und sie waren gemeinsam im Zoologischen Garten gewesen. Hatte man sie dort gesehen? Es musste wohl so sein.

Paula stöhnte leise und legte die angebissene Stulle auf das Einwickelpapier. Gewiss, Gertrud hatte Anlass für solche Verdächtigungen, und daran war niemand anderes schuld als sie selbst. Auch in Berlin war es kompromittierend für eine junge Frau, allein mit einem Mann spazieren zu gehen. Dann fiel ihr ein, dass Dr. Falk sie und ihre Zimmernachbarin Magda Grünlich im Sommer ins Café Kranzler zu Tee und Torte eingeladen hatte, und ihr wurde schwarz vor Augen. Wie hatte sie so blauäugig sein können! Dazu die häufigen Gespräche während der Dienstzeit und auch in der Mittagspause, als er noch in der Abteilung C volontierte. Ach, es war angenehm, sich mit ihm zu unterhalten, er hatte ungewöhnliche Ansichten und konnte so witzig sein … War sie etwa in ihn verliebt?

Paula lehnte sich im Stuhl zurück und starrte an die stuckgerandete Zimmerdecke, in deren Mitte ein elektrifizierter Kronleuchter aus Messing hing. Nein, sie war nicht verliebt, sie hatte gar kein Recht dazu, und unpassend wäre es auch gewesen. Sie brachte Dr. Falk freundschaftliche Gefühle entgegen, es war eine Art Seelenverwandtschaft, eine Übereinstimmung ihrer Empfindungen und Überzeugungen, eine Sympathie, die man auf keinen Fall Liebe nennen …

Jemand klopfte an die halboffene Tür, und sie fuhr so heftig zusammen, dass sie mit einer fahrigen Bewegung ihren Bleistift vom Tisch fegte.

»Darf ich Ihre Mittagspause für einen Augenblick stören, Fräulein von Dahlen?«

Er war es. Oh Gott – weshalb kam er jetzt, da sie allein im Zimmer war? Wollte er sie endgültig kompromittieren? Aber nein – er hatte ohne Zweifel einen dienstlichen Auftrag für sie. Man befand sich in Berlin, sie war eine berufstätige Frau und nicht mehr die wohlbehütete Baronesse von Dahlen, die sich nichts vergeben durfte. Wieso lernte sie das nicht endlich?

»Wenn Sie keine Angst vor Käsestullen haben … bitte sehr!«, sagte sie betont forsch, um ihre Unsicherheit zu verbergen.

»Ich liebe Käsestullen … Was haben Sie denn? Ist etwas verloren gegangen?«

»Nur ein Bleistift …«

Sie hatte sich erhoben, um nach dem herabgefallenen Schreibgerät zu suchen, entdeckte es unter dem Tisch und wollte sich danach bücken – doch er war schneller.

»Geben Sie zu, dass Sie das nur inszeniert haben, um mich vor Ihnen auf den Knien zu sehen«, witzelte er.

Er musste tatsächlich ein Knie auf den Boden setzen, um mit dem ausgestreckten Arm unter den Schreibtisch zu fassen. Mit einer geschickten Bewegung rollte er den Bleistift zu sich herüber und hob ihn dann auf.

»Ich habe das keineswegs inszeniert!«

»Leicht gesagt!«

»Stehen Sie um Himmels willen auf – wenn jemand kommt!«

Er dachte nicht daran, sondern verharrte in der knienden Position, präsentierte ihr den Stift wie eine Trophäe und schien seinen Spaß an ihrer Empörung zu haben. Als er jedoch bemerkte, dass sie ernsthaft verärgert war, erhob er sich rasch und klopfte sein Hosenbein ab.

»Es tut mir leid, ich wollte Sie nicht in Verlegenheit bringen …«

»Das haben Sie auch nicht. Es … es war sehr nett von Ihnen. Vielen Dank.«

Sie zwang sich zu einem höflichen Lächeln und setzte sich wieder, um sich ihrer Stulle zu widmen. »Entschuldigen Sie, dass ich esse, aber meine Mittagspause ist knapp – ich habe noch eine Menge zu schreiben.«

Sie wies auf den Notizblock, den sie neben die Schreibmaschine gelegt hatte, und Dr. Falk nickte verständnisinnig. Schweigend ging er ein paar Schritte im Raum umher, blickte einen Moment lang aus dem Fenster auf die Wilhelmstraße hinunter, wandte sich dann ab und streifte spielerisch mit dem Finger über Gertruds Arbeitstisch, bevor er wieder zu Paula hinübersah. Sie starrte kauend vor sich hin.

»Eigentlich kam ich, um Sie für den Sonntag zu einer Spazierfahrt einzuladen«, begann er vorsichtig. »Aber bei der gestrengen Miene, die Sie gerade aufsetzen, wage ich es kaum, mein Ansinnen vorzutragen.«

Noch vor einigen Stunden im Treppenhaus hätte sie sein Angebot mit Begeisterung angenommen – jetzt aber siegte die Angst um ihren guten Ruf. Was glaubte er eigentlich? Dass sie ein Mädchen wie Gertrud war? Eine, die man am

Sonntag zu einer Spazierfahrt einlud, sie dann ins Theater und zum Essen ausführte und schließlich mit ihr im Schlafzimmer landete …

»Es tut mir sehr leid, Herr Dr. Falk, aber ich habe am Sonntag keine Zeit für einen Ausflug.«

Sie sah nur kurz zu ihm hinüber, doch sie stellte fest, dass er betroffen wirkte. Vermutlich hatte er nicht damit gerechnet, sich einen Korb einzuhandeln.

»Das ist sehr schade … Wirklich nicht? Ich hatte vor, ein Automobil zu mieten.«

Er wusste sehr gut, dass sie ein Faible für Automobile hatte. Sie wurde unsicher – aber nein. War sie ein kleines Mädchen, das man mit einem Sahnebonbon verlocken konnte? Oder mit einem schelmischen Blick aus preußischblauen Augen?

»Das ist tatsächlich sehr schade, Herr Dr. Falk. Aber Sie werden ohne Zweifel Ersatz finden.«

Das war deutlich, mehr noch, es war hart und unhöflich. Sie hatte so etwas eigentlich nicht sagen wollen und erschrak nun selbst über ihre rüden Worte. Wollte sie tatsächlich, dass er sich eine andere Begleitung suchte? Nun – das ganz bestimmt nicht, doch sie musste zumindest damit rechnen.

Eigentlich hätte er jetzt mit einer kurzen, höflichen Bemerkung den Raum verlassen müssen – schließlich hatte er sich eine eindeutige Abfuhr geholt. Doch er blieb. Ging die wenigen Schritte zum Fenster hinüber und starrte hinaus. Das Schweigen war beklemmend. Aus den anderen Stockwerken waren gedämpfte Geräusche zu vernehmen, jemand telefonierte mit erhobener Stimme, irgendwo wurde ein Möbelstück gerückt. Paula schluckte den letzten Bissen ihres Mittagsmahls hinunter und faltete das Einwickelpapier sorgfältig zusammen, um es in ihrer Handtasche zu verstauen.

»Ich akzeptiere Ihre Absage selbstverständlich«, sagte er in die Stille hinein. »Obgleich sie mich überrascht, denn ich habe keine Ahnung, womit ich Ihren Unwillen erregt hätte …«

Er wandte sich ihr wieder zu, und sie entdeckte auf seinem Gesicht den gleichen jungenhaft-beleidigten Ausdruck, den sie so gut von ihrem Bruder Wilhelm kannte. Auch das unwillige Stirnrunzeln war da, genau wie der verletzte Blick. *Wie konntest du nur so grausam sein!*

»Sie verkennen mich, Herr Dr. Falk …«, sagte sie und verstummte, weil sie nicht weiterwusste.

An ihrer Stelle ergriff er das Wort. »Verstehen Sie mich nicht falsch, Fräulein von Dahlen. Es geht mir nicht darum, mit irgendeiner hübschen Begleiterin einen fröhlichen Sonntagsausflug zu unternehmen. Bitte schätzen Sie mich nicht so ein. Ich hatte auf einige wenige Stunden an Ihrer Seite gehofft, auf gemeinsame Eindrücke und Gespräche. Es wäre schließlich nicht das erste Mal, dass wir einen Sonntagnachmittag miteinander verbringen …«

Er hielt inne und schien auf eine Reaktion zu warten, da sie jedoch schweigend vor sich hin starrte, sprach er weiter. Jetzt war er nicht mehr der beleidigte kleine Junge, jetzt war er der engagierte Jurist, der eine Sache wortreich vor Gericht vertrat. »Weshalb sind Sie so verändert? Wer hat mich verleumdet?«

»Um Himmels willen – niemand!«, rief sie erschrocken.

Die Mittagspause musste gleich zu Ende sein. War da nicht jemand auf der Treppe? Schlug dort unten nicht eine Tür?

Er schien es nicht zu bemerken, denn er stand nun dicht vor ihr, die Hände hinter dem Rücken verschränkt, und sah auf sie herunter. Leise und hastig sprach er auf sie ein, als müsse er etwas loswerden, das ihm große Pein bereitete.

»Ich weiß, dass es einen dunklen Punkt in meiner Vergangenheit gibt, Fräulein von Dahlen. Falls Sie auf die Idee gekommen sind, meine Personalakte einzusehen, werden Sie es bemerkt haben. Eine entsetzliche Dummheit, die nur durch meine übergroße Jugend und Unerfahrenheit zu entschuldigen ist. Aber solche unbedachten Handlungen hängen einem Menschen nach, ein Leben lang. Weshalb bietet man mir keine Beamtenstelle an? Nur aus diesem Grund. Ich bin ein Habenichts, meine Eltern müssen immer noch für mich aufkommen – wie könnte ich daran denken, ernsthaft um eine Frau zu werben? Ich kann nicht einmal …«

Ein wohlbekanntes, gurrendes Lachen hallte durch das Treppenhaus, und er unterbrach sich erschrocken. Mehrere Türen schlugen, Stufen knarrten, eine männliche Stimme rief zornig nach dem Hausmeister. Im ersten Stock klingelte der Telefonapparat. Die Mittagspause war beendet.

»Bitte verzeihen Sie …«, stammelte er verlegen. »Ich habe Sie belästigt. Es soll nicht wieder vorkommen.«

Sie wollte ihm deutlich machen, dass sie sich keineswegs belästigt fühlte, sondern ganz im Gegenteil tief gerührt von seinem Geständnis war, doch dazu blieb keine Zeit. Dr. Johannes Falk mit den preußischblauen Augen stürmte davon und stieß im Flur vermutlich mit Gertrud zusammen, denn Paula vernahm einen hellen, überraschten Ausruf aus weiblicher Kehle.

»Was hast du mit dem armen Kerl angestellt?«, wollte die Kollegin wissen, als sie gleich darauf schwungvoll in den Raum trat. »Er sah ja aus, als hätte er mit einem Gespenst gerungen.«

»Tatsächlich?«

Paula hatte alle Mühe, die Briefe fehlerlos zu tippen bei dem ungeheuren Aufruhr, der in ihrem Inneren herrschte. Sie hatte ihn vollkommen falsch beurteilt, er war ein Unglücklicher, ein Mensch, der an seinem Leben und an seiner Zukunft verzweifelte. Was mochte das nur für ein »dunkler Punkt« in seiner Vergangenheit sein, von dem er gesprochen hatte? Ihre Phantasie malte ihr tausend aufregende Szenen aus, ein Duell, ein

Totschlag aus Leidenschaft, ein Diebstahl, den er natürlich nicht begangen hatte, eine unglückliche Liebe …

»Dir werden gleich alle zehn Finger abbrechen, wenn du weiter so in die Tasten haust. Willst du nicht mal Pause machen?«

»Die Briefe müssen morgen auf Ministerialdirektor Diederichs Schreibtisch liegen …«

»Du gloobst wohl noch an det Weihnachtsengelein, wa?«

Paula war heilfroh, mit Arbeit eingedeckt zu sein, denn so blieben ihr wenigstens Gertruds perfide Fragen erspart. Um sechs legte die Kollegin achselzuckend den Staubschoner aus Leinen über ihre *Continental,* zog Mantel und Überschuhe an und steckte vor dem Spiegel den Hut fest. Ministerialdirektor Diederich verließ pünktlich wie immer sein Büro, verabschiedete sich von Fräulein Jänecke und riet Fräulein von Dahlen väterlich besorgt, keine Überstunden zu machen, sondern nach Hause zu gehen.

Paula wartete, bis Gertrud die Treppe hinunter war, dann zog sie sich in aller Ruhe an, setzte den zerdrückten Hut auf und verließ das Gebäude. Im Erdgeschoss wartete schon der Hausmeister, um Kohlen nach oben zu schleppen und dann die Türen abzuschließen. Sie wünschte dem Mann einen schönen Abend und wurde mit einem freundlichen »Det wünsch ick Sie ooch, Frolleen von Dahlen« belohnt.

Es war längst dunkel geworden. Bei der Anlage am Kaiserhof stand Dr. Falk unter einer Bogenlampe und wartete auf sie.

»Nur eine einzige Stunde am Sonntag. Wo und wann Sie wollen …«

Sie konnte seinem flehenden Blick nicht widerstehen, wollte es auch nicht.

»Um drei am Potsdamer Platz.«

»Sie machen mich sehr glücklich!«

Er strahlte sie an, und sie spürte seinen Blick in ihrem Rücken, während sie die Wilhelmstraße bis zur Kreuzung hinunterging. Es war ein warmes, prickelndes Gefühl, das sich erst verlor, als sie in die Menschenmenge auf der Leipziger Straße eintauchte.

2

»Ich bin eine Künstlerin!«

»Eine Schmierenschreiberin sind Sie!«

»Das verbitte ich mir! Die ganze Stadt kennt meine Werke!«

Im Eingangsflur des Mietshauses schlug Paula die gewohnte Geruchsmischung aus Terpentin, Kohleintopf, feuchtem Holz und Urin entgegen, auch das Geschrei, das heute aus der Wohnung im ersten Stock drang, war nichts Ungewöhnliches. Die schönen Träumereien, denen sie sich auf dem Heimweg hingegeben hatte, fielen in sich zusammen – die Wirklichkeit des Lebens hatte sie wieder.

»Die ganze Stadt? Dass ich nicht lache. Dienstboten und Fabrikmädchen lesen diese Machwerke. Ich täte mich schämen …«

»Das habe ich nicht nötig. Vermieten Sie Ihr muffiges Kabuff an eine andere. Ich ziehe aus!«

»Nicht bevor Sie bezahlt haben. Drei Monatsmieten, dazu die Kohlen und …«

Paula entschloss sich, die Türschelle zu betätigen in der Hoffnung, dass der Streit der beiden Frauen dadurch beendet wurde. Es war peinlich genug, dass Frau von Meerten, die sonst so sehr auf ihren Status bedacht war, wie eine Marktfrau durch das ganze Haus krakeelte. Was dachte sie sich dabei? Wenn die arme Magda Grünlich kein Geld für die Miete hatte, dann würde ihr Geschrei das auch nicht ändern. Ach, hier in der Stadt ging es immer nur um Geld. An jeder Ecke standen Leute, die irgendetwas verkauften, Geschäfte lockten mit bunten Schaufenstern, Theater, Kinos, Droschken, Kaufhäuser … Ständig musste man rechnen, abwägen, ob man sich dieses oder jenes leisten konnte, Verzicht üben, sparen. Wie seltsam – daheim auf dem Gutshof hatten sie niemals über Geld gesprochen, alles, was sie benötigten, war einfach da gewesen, und in ihrer Naivität hatte sie immer geglaubt, das Leben sei umsonst. Bis nach dem Tod des Vaters vor drei Jahren die bittere Erkenntnis über sie kam, dass nichts im Leben umsonst war, nicht einmal der Tod.

Sie hatte sich getäuscht. Jette, das Hausmädchen, öffnete ihr die Tür, während der Streit der beiden Frauen weiter eskalierte. Jetzt hörte man Magda bereits hysterisch schluchzen, während Frau von Meertens Stimme zu einem dumpfen Grollen wurde.

»Nun hören Sie doch auf zu flennen …«

Die arme Jette war ganz blass, sie wusste schon, was gleich kommen würde. Nach dem Streit ließ Frau von Meerten ihren Unmut normalerweise an ihrem Hausmädchen aus. Paula lächelte der Kleinen zu und erntete einen dankbaren Blick.

»Ich hab Ihnen wat in Ihr Zimmer gestellt«, flüsterte Jette hinter vorgehaltener Hand. »Aber nix verraten. Ick komm dann nachher und hol den Teller ab …«

»Das ist lieb von dir, Jette.«

»Det tu ick doch gern für Ihnen, Frolleen von Dahlen. Wo Sie immer allet bezahlen, und die fressen et Ihnen weg.«

»Jette!«, schrie Frau von Meerten aus dem Salon. »Dreimal hab ich schon geklingelt! Bist du taub?«

»Ick komm ja schon …«

Paula zog die nassen Schuhe aus und stieg in ihre Pantinen, damit sie den Wohnungsflur nicht schmutzig machte.

Die Schuhe in der Hand, lief sie an dem riesigen, dunklen Schrankungetüm vorbei nach links, wo es zur Küche ging. Dort befanden sich auch die beiden schmalen Zimmerchen, die Frau von Meerten vermietete. Der Platz darin reichte gerade einmal für Bett, Kommode, Kleiderschrank und ein kleines Tischlein nebst Stuhl. Ein weiteres, noch um die Hälfte schmaleres Kämmerlein diente als Abstellraum und Schlafplatz für das Hausmädchen Jette. Paula hatte einmal dort hineingesehen und sich gewundert, wie das Mädchen zwischen all dem ausrangierten Krempel überhaupt Platz zum Schlafen fand. Zu Hause im Gutshaus hatten die Dienstmädchen oben unter dem Dach gewohnt, immer zwei in einem Raum, jedes hatte ein hölzernes Bett, eine Kommode und einen Stuhl. Für die männlichen Angestellten gab es ein eigenes Gebäude, einige wohnten auch auf dem Dachboden über dem Pferdestall.

Paula war froh, die Tür hinter sich schließen zu können, um ein wenig mit sich allein zu sein. Müde zog sie den feuchten Mantel aus, hängte ihn sorgfältig auf einen Kleiderbügel, damit er trocknen konnte, und nahm den Hut ab. Gertrud hatte nicht ganz unrecht gehabt – viel war mit dem einstmals eleganten Hütchen nicht mehr anzufangen. Ihre Mutter hatte es vor acht Jahren anfertigen lassen, passend zu einem Kleid, das Paula daheim auf dem Gut gelassen hatte, da es ihr für Berlin nicht geeignet schien. Ihre Mutter hatte damals eine Menge Kleider, Schuhe und Hüte in Auftrag gegeben, um Paula »standesgemäß« auszustatten. Gelohnt hatten sich diese Ausgaben nicht.

Sie schüttelte die unangenehmen Erinnerungen ab, zog die helle Bluse und den Rock aus und schlüpfte in ihr Hauskleid. Dazu legte sie sich einen wollenen Schal um – es war kühl, da ihr Zimmer ebenso wie das ihrer Mitbewohnerin Magda keinen Ofen hatte. Es waren die ehemaligen Schlafräume der Wohnung, die gleich neben der Küche lagen und daher – so behauptete Frau von Meerten – durch den Küchenherd mitgeheizt wurden. Das mochte für Magda Grünlichs Zimmer noch gelten, das sich gleich neben der Küche befand, Paulas Kammer aber war im Winter bitterkalt. Doch das Fräulein von Dahlen war nicht verwöhnt, zu Hause war es im Winter auch eisig in den Schlafzimmern gewesen, wenngleich man dort natürlich Pelzdecken gehabt hatte und das Gesinde einem abends in Tücher eingeschlagene heiße Steine in die Betten legte.

Auf dem zerkratzten Tischlein, das einst ein hübscher Rauchtisch mit Glasplatte gewesen war, hatte Jette einen mit einem Küchentuch abgedeckten Teller für Paula zurechtgestellt – das Abendessen. Es bestand aus Weißkohl mit Kartoffeln und zwei kleinen Buletten, die ganz offensichtlich »mehr Bäcker als Fleischer« waren. Alles war kalt, denn Frau von Meerten pflegte die Hauptmahlzeit gegen ein Uhr mittags einzunehmen. Sie beschäftigte eine Köchin und knöpfte Paula monatlich dreißig Mark für eine warme Mahlzeit pro Tag ab. Jette hatte ihr jedoch erzählt, dass auch Magda Grünlich täglich verköstigt wurde, die nichts dafür bezahlte. Zwischen der verwitweten Ida von Meerten und der Schriftstellerin Magda Grünlich bestand eine seltsame Hassliebe, die Paula auch nach eineinhalb Jahren immer noch nicht ganz einordnen konnte. Die beiden Frauen schienen sich schon ziemlich lange zu kennen, stritten häufig und nach immer gleichem Ritual miteinander, wenn jedoch Frau von Meerten ihre Migräne hatte, war Magda unendlich besorgt um sie und massierte stundenlang ihre Schläfen.

Frau von Meerten war nach dem Tod ihres Mannes in finanzielle Schwierigkeiten geraten, daher vermietete sie die beiden ehemaligen Schlafzimmer und dazu das nach vorn zur Straße gelegene »Herrenzimmer«, während sie selbst nur noch den »Salon« bewohnte. Den Mieter des »Herrenzimmers« sah Paula nur selten. Herr Julius Gassner verließ die Wohnung wochentags – so hatte Jette erzählt – gegen neun Uhr am Morgen und kehrte erst spät in der Nacht zurück. An den Sonntagen erschien er manchmal im Flur, wohlbeleibt, schnurrbärtig, mit rosigem Doppelkinn. Er grüßte die Damen mit anzüglichen Sprüchen, die Magda und Frau von Meerten zum Kichern brachten und Paula vor Ärger erröten ließen, schwenkte zum Abschied seinen Spazierstock und stolzierte davon. Einmal hatte er Paula zu einem kleinen Ausflug überreden wollen, doch sie hatte abgelehnt, und er hatte es kein zweites Mal versucht.

Paula zog den Stuhl heran und machte sich hungrig über ihr Abendessen her. Die Buletten konnte man gut kalt essen, Kartoffeln und Weißkohl wären allerdings warm wesentlich schmackhafter gewesen. Aber die Köchin verließ die Wohnung nach dem Mittagessen, sie hatte noch eine zweite Stelle, wo sie angeblich viel mehr verdiente. Zu Frau von Meerten käme sie eigentlich nur aus alter Anhänglichkeit und nicht wegen »der paar Kröten«.

Paula gönnte sich ein Gläschen Wein zum Essen, den sie nach alter Gewohnheit mit Wasser mischte, und freute sich, dass der Streit offensichtlich ein Ende gefunden hatte. Wenigstens konnte sie nun in Ruhe ihr Abendessen einnehmen, bevor gleich Magda an ihre Tür klopfen würde. Das tat sie jeden Abend unter irgendeinem Vorwand, vor allem weil sie hoffte, dass Paula ihr ein Gläschen Wein anbot. Sie jammerte dann über ihren anstrengenden Beruf, der ihre Nerven ruiniere, und erzählte von dem Liebesroman, an dem sie gerade arbeitete. Ihre Romane wurden in irgendwelchen Zeitungen abgedruckt, doch Paula hegte die Vermutung, dass sie nicht allzu viel Geld dafür bekam, denn Magdas Kleidung bestand zum größten Teil aus Stücken, die Frau von Meerten ihr geschenkt hatte.

Paula schob den bis auf das letzte Restchen geleerten Teller von sich und trank die Neige aus dem Weinglas. Nachdenklich starrte sie zu dem kleinen Fensterchen hinauf, dessen Sims für den braunen Topf mit dem Alpenveilchen viel zu schmal war. War ihr das halbe Gläschen Wein in den Kopf gestiegen? Sie hatte wieder das scheußliche Gefühl, alles falsch anzufangen, es niemandem recht zu machen und denen, die sie liebten, Schande zu bereiten. Dabei sagte der Verstand ihr doch, dass dem nicht so war.

Das Leben in der Stadt bot eine Menge an Freiheiten für eine junge Frau, sie verdiente ihr eigenes Geld, konnte über ihre – allerdings ziemlich knappe – Freizeit selbst bestimmen, niemand überwachte sie, niemand hatte das Recht, ihr Vorschriften zu machen. Es gab sogar Frauen, die das Abitur abgelegt hatten und ein Studium aufnahmen, doch das waren verschwindend wenige, und Paula glaubte zu wissen, dass sie selbst dafür nicht klug genug war. Auch die Forderung nach einem Wahlrecht für Frauen konnte sie nicht nachvollziehen. Wozu überhaupt wählen? Was hatte dieses Parlament denn zu sagen? Gar nichts. Der Kaiser entschied über das Schicksal Deutschlands, und das war gut und richtig. Sie hatte darüber mit Dr. Falk gesprochen, als sie sonntags miteinander im Zoologischen Garten spazierten, und er hatte die gleiche Ansicht vertreten …

Sie kam wieder ins Träumen. Gewiss, es gefiel ihr, eigenes Geld zu verdienen und sogar eine kleine Summe monatlich nach Hause zu schicken. Aber wenn es einen Mann geben sollte, den sie wahrhaft lieben konnte – würde sie dann nicht all diese sogenannten Freiheiten gerne aufgeben, um ihrer wahren Bestimmung als Ehefrau und Mutter zu folgen? Selbst dann, wenn sie nicht erwarten konnte, ein großes Haus zu führen und mehrere Dienstboten zu beschäftigen? Hatte Dr. Falk nicht angedeutet, dass er an eine Heirat dachte? Aber gewiss – eben das war ja der Grund für seine Verzweiflung gewesen. Seit fast zwei Jahren wartete er ungeduldig auf eine Beamtenstelle, die ihn in die Lage versetzen würde, eine Ehe einzugehen und eine Familie zu gründen. Momentan schien er ganz mutlos geworden zu sein, er fürchtete wohl, man wolle ihn unverrichteter Dinge wieder fortschicken. Aber das war doch vollkommener Unsinn. Wäre dieser »dunkle Punkt« in seiner Vergangenheit tatsächlich so gravierend, dann hätte man ihn gar nicht erst im Amt beschäftigt.

Sie erhob sich, um den Vorhang vors Fenster zu ziehen, und legte sich dann auf ihr Bett. Was würde sie tun, wenn Dr. Falk ihr einen Antrag machte? Der Gedanke war verwegen, da sie außer seiner kurzen Bemerkung keinerlei Anlass zu solch einer Vermutung hatte, aber immerhin konnte man die Möglichkeit ja einmal durchspielen. Gesetzt den Fall, er hatte ernsthafte Absichten, würde er sie dann am Sonntag fragen, ob sie bereit sei, auf ihn zu warten? Wollte sie tatsächlich eine Art heimliche Verlobung mit ihm eingehen, bis er in der Lage wäre, sie vor aller Welt um ihre Hand zu bitten? War es wirklich möglich, dass er ihr die eine entscheidende Frage stellte?

Aber weshalb sonst hatte er so sehr darauf gedrungen, sie am Sonntag zu treffen? Schließlich konnte er ihr diesen Antrag nicht in der Mittagspause im Reichskolonialamt machen, nein, das wäre doch zu heikel. Schon wegen der vielen neugierigen Augen und Ohren, die dort alles und jeden überwachten. Aber wo würde sich am Sonntag eine Gelegenheit dazu bieten? Bei einem Spaziergang im Tiergarten? Oder während der Fahrt mit einem gemieteten Automobil? Allein mit ihm in einem geschlossenen Wagen?

Sie spürte, wie sie ein leises Zittern überlief, eine erregende Wärme ihren Körper durchströmte, zugleich aber fürchtete sie, etwas Ungehöriges zu empfinden. Doch sie ließ es geschehen. Sein Gesicht tauchte in ihrer Vorstellung auf, die blauen Augen mit den hellen Wimpern, die zarten, blonden Brauen, die kräftige Nase, die ein wenig zu groß war, um edel zu erscheinen, die schmalen und doch sinnlich geschwungenen Lippen. Was für ein verrückter Wunsch verfolgte sie doch seit einiger Zeit! Sie hatte unbändige Lust, den Arm um seinen Nacken zu legen und mit dem Zeigefinger der rechten Hand durch das kurzgeschnittene, blonde Haar in seinem Nacken zu streichen. Es musste sich kräftig anfühlen, borstig, die rosige Haut in seinem Nacken aber war ganz sicher zart und empfindlich …

Ein Klopfen an der Zimmertür zerriss ihre Phantasien. Es war ohne Zweifel Magda, Paula kannte dieses rasche, leise Pochen mit dem Fingerknöchel.

»Fräulein von Dahlen?«

»Kommen Sie herein, die Tür ist nicht abgeschlossen.«

Magda trug einen Morgenmantel aus schillernd grünem Stoff mit beigefarbigem Spitzenbesatz, der am Ärmel eingerissen und bereits mehrfach geflickt war. Auch dieses Kleidungsstück hatte einst Ida von Meerten gehört, sie hatte es Magda geschenkt, weil die Farbe angeblich zu jugendlich für sie war, der eigentliche Grund aber war wohl, dass sie nicht mehr hineinpasste. Für die schmale Magda war der Mantel fast ein wenig zu weit, vor allem aber warf er ein ungünstiges, grünliches Licht auf ihren sowieso schon blassen Teint.

»Haben Sie gehört, wie diese Bestie mich behandelt?«, stöhnte Magda und ließ sich auf Paulas einzigen Stuhl sinken. »Es ist grauenhaft, tagein, tagaus solchen Demütigungen ausgesetzt zu sein, Fräulein von Dahlen. Ich bin ein empfindsamer Mensch, man kann mich nicht endlos quälen und zu Boden stoßen. Oh, ich habe schon oft daran gedacht, mich bei Nacht und Nebel in die Spree zu werfen …«

Vor eineinhalb Jahren, als sie hier eingezogen war, hatte Paula diese Drohung das erste Mal gehört und den ganzen Abend damit zugebracht, die arme Magda von solch schlimmen Gedanken abzubringen. Inzwischen hatte sie jedoch bemerkt, dass Magdas Gerede keineswegs ernst zu nehmen war. Heute wollte sie sich in die Spree stürzen, gestern hatte sie vorgehabt, ihr Dasein im Kloster zu fristen, vorgestern meinte sie, sich vor die Trambahn werfen zu müssen. Wenn sie ihre grausigen Selbstkasteiungen ausführlich geschildert hatte, ging sie stets erleichtert und zufrieden hinüber in ihr Zimmer, um an ihrem Liebesroman weiterzuschreiben.

»… im dunklen Wasser versinken, spüren, wie der Tod mit eisiger Hand nach dem Herzen greift und es unerbittlich zusammenpresst, bis alles Blut daraus gewichen ist …«

Magdas blassgraue Augen hatten jetzt einen merkwürdigen Glanz, der Paula recht unheimlich vorkam, auch ihre Stimme war dumpf und bebte, während sie ihr eigenes Ableben im kalten Spreewasser ausgestaltete.

»Sie sagen ja gar nichts, Fräulein von Dahlen. Langweile ich Sie vielleicht?«

»Durchaus nicht. Ich dachte nur daran, dass es schrecklich sein muss, bei dieser Kälte in der Spree zu ertrinken.«

»Das ist es!«, bestätigte Magda mit Grabesstimme und nickte mehrfach vor sich hin. Dabei fiel ihr der leergegessene Teller auf, der auf dem Tischlein vor ihrer Nase stand, und sie taxierte sachkundig, wie groß die Portion darauf wohl gewesen sein mochte.

»Der Kohl war ein wenig sauer, nicht wahr?«

Paula war froh, dass sie das Thema wechselte, auch wenn es ein wenig abrupt geschah. Jawohl, bestätigte sie Magda, der Kohl habe etwas säuerlich geschmeckt, aber keineswegs schlecht.

»Blaue Stellen haben die Kartoffeln gehabt«, mäkelte Magda. »Das komme vom Frost, behauptet Ida. Aber ich denke mal, das ist die Sorte …«

»Ich habe nichts gesehen«, wunderte sich Paula. »Und die Buletten haben auch gut geschmeckt.«

Sie hatte es noch nicht ausgesprochen, da begriff sie, dass sie in die Falle gegangen war. Magda hob die mit Kohlestift gemalten Augenbrauen und zog die Lippen schmal.

»Ach! Sie haben zwei davon bekommen? Da schau mal einer an! Und wir haben uns mit einer einzigen zufriedengeben müssen!«

Wen sie mit »wir« meinte, war Paula nicht ganz klar, aber es konnte weder die Köchin noch Frau von Meerten sein. Höchstens die kleine Jette, doch die hatte vermutlich gar keine Bulette abbekommen. Stattdessen würde sie nun auch noch gescholten werden.

»Das tut mir sehr leid, Fräulein Grünlich. Es kann sich eigentlich nur um einen Irrtum handeln …«

Magda Grünlich ließ einen gurgelnden Laut hören, der an den Hilferuf einer Ertrinkenden erinnerte.

»Einen Irrtum? Na, Ihre Naivität möchte ich besitzen, Fräulein von Dahlen. Das ist kein Irrtum und auch kein Versehen. Das hat Methode. Eine arme Künstlerin, die braucht ja nicht zu essen. Die kann man ohne Weiteres verhungern und verdursten lassen …«

Die gerade überwundene Verzweiflung drohte Magda nun ein zweites Mal zu übermannen, ihre Stimme wurde bereits schrill, rote Stellen breiteten sich auf ihren Wangen aus. Paula hatte keine Lust auf ein längeres Theaterstück, sie würde die Szene rasch und schmerzlos beenden.

»Darf ich Ihnen ein Gläschen anbieten? Einen kleinen Schlaftrunk? Ich denke, den haben wir beide wohlverdient, nicht wahr?«

»Da haben Sie recht«, seufzte Magda, die sich auf der Stelle beruhigte und nun aufmerksam verfolgte, wie Paula ein zweites Glas von der Kommode nahm, es mit einem Tuch kurz auswischte und vor sie hinstellte.

»Ein Franzose, nicht wahr?«, fragte sie, während der rote Wein ins Glas gluckerte.

»Ein Italiener. Aus dem Süden.«

Magda hielt das gefüllte Glas in den Lampenschein und bemerkte, dass man in Italien stets gute Weine herstelle, weil dort immer warmes Wetter sei.

»Sehen Sie nur, er glüht wie die italienische Sonne, die blutrot im Meer versinkt ...«

Paula fürchtete fast, sie könne wieder auf das Thema »Wasser« zurückkommen, doch Magda setzte ihr Glas an die Lippen und trank in kleinen Schlucken, wobei sie die Augen schloss. Sie tat Paula jetzt wieder leid, diese einsame Frau, die sich auf ihre eigene Art durchs Leben kämpfte und immer mehr zur skurrilen Figur wurde. Wie alt mochte sie wohl sein? Vierzig? Fünfzig? Es war schwer zu sagen, da sie ihr Haar sorgfältig färbte. Sicher war nur, dass sie ihre beste Zeit hinter sich hatte.

»Sie sind mit Abstand die anständigste Mieterin, die Ida jemals hatte, Fräulein von Dahlen ...«

Der Alkohol wirkte ungeheuer rasch, fast noch bevor Magda ihn getrunken hatte. Nun fiel sie in eine geradezu glückhafte Stimmung, lobte Paulas guten Geschmack, ihre Kleidung, die netten Hütchen, die kleine Gemme, die sie manchmal an die Bluse steckte und die ein Konfirmationsgeschenk von Tante Alice war. Da merkte man doch gleich, wo Paula herkam, schließlich war sie »etwas Besseres«, die Tochter eines adeligen Gutsbesitzers und eigentlich viel zu schade fürs Büro.

»Das ist ein richtig gutes Tröpfchen, kein billiger Fusel, wie Ida ihn kauft. Ich war ja schon immer dafür, lieber was Teures zu nehmen, davon kriegt man keine Kopfschmerzen, und gesund ist es außerdem. Die reine Medizin, vor allem bei diesem Wetter …«

Paula bestätigte ihr, dass es klüger war, einen anständigen Wein zu erwerben. Ja, zu Hause auf dem Gutshof hatte man stets Wein zum Essen getrunken, allerdings mit Wasser gemischt, und auch am Abend gelegentlich eine Flasche geleert, wenn Gäste da waren, konnte es auch mehr sein. Was sie verschwieg, war die Tatsache, dass eine Flasche ihr normalerweise die ganze Woche über reichte und dass sie sich höchstens zwei davon im Monat leistete. Was immer noch ein unverzeihlicher Luxus war.

Magda war inzwischen dazu übergegangen, den Inhalt des Romans zu erzählen, an dem sie gerade schrieb, eine haarsträubende Räuberpistole, in der die bildschöne Heldin selbstverständlich trotz aller Anfechtungen ihre Unschuld bewahren musste. Nachdem sich Paula genötigt sah, ihrem Gast ein zweites, allerdings nur halbvolles Glas einzugießen, erfuhr sie, dass Magda sich unsterblich in den Räuberhauptmann verliebt hatte, da er sie an eine unglücklich versäumte Jugendliebe erinnerte und daher das Vorbild für alle ihre männlichen Helden war.

»Ein Körper wie ein junger Gott, Fräulein Paula. Schultern wie ein griechischer Athlet, die Hüften schmal, die Schenkel breit und dazwischen das königliche Gemächt, von schwarzlockigem Gewölk umflort …«

Paula errötete tief, während Magda mit beiden Armen wedelte, um ihrer Beschreibung mehr Eindruck zu verleihen. Dabei öffnete sich ihr Morgenmantel, der nur mit einem Bindegürtel in der Taille gehalten wurde, und ein zusammengefaltetes Papier, das Magda in den Ausschnitt ihres Mieders gesteckt hatte, fiel heraus.

»Ach, das hätte ich jetzt fast vergessen, Fräulein Paula!«, rief sie und bückte sich, um den zerknitterten Umschlag vom Boden aufzuheben. »Da ist heute früh ein Telegramm für Sie angekommen.«

»Für mich?«

»Genau. Ida hat dem Boten zehn Pfennige Trinkgeld gegeben.«

Magda reichte ihr gönnerhaft den Umschlag, ohne weiter zu erklären, wie er in ihren Besitz gekommen war. Dann widmete sie sich dem letzten Schluck Wein und starrte über den Rand des Glases hinweg neugierig auf Paula, die den Umschlag aufriss und das Telegramm herauszog.

Es war in Röbel aufgegeben worden, einem kleinen Städtchen in der Nähe des elterlichen Gutshofs. Die Nachricht war kurz und knapp, wie bei einem Telegramm üblich, unterschrieben hatte ihr Bruder Wilhelm.

MUTTER KRANK STOP KOMM SO BALD WIE MÖGLICH NACH HAUSE STOP

Die maschinegeschriebenen Buchstaben schienen sich vor ihren Augen zu bewegen, sie musste blinzeln, damit sie endlich stillhielten. Ihre Mutter war krank. Nun, Mutter war sehr häufig leidend, mal war es die Galle, dann der Rücken, in letzter Zeit hatte sie auch unter starken Kopfschmerzen gelitten und allerlei Pülverchen eingenommen. Es musste dieses Mal etwas

Ernsthaftes sein, denn Wilhelm war kein Mensch, der ohne triftigen Grund Telegramme verschickte.

»Doch wohl hoffentlich keine schlimme Nachricht?«, erkundigte sich Magda, die Paulas Gesichtszüge zu deuten versuchte.

»Ein gute jedenfalls nicht. Leider.«

»Ach … Wie glücklich ist doch ein Mensch, der eine große Familie hat. Freud und Leid wechseln einander ab, aber letztendlich überwiegt die Freude …«

»Gewiss …«

Magda begann zu klagen, dass sie ganz allein auf der Welt sei und keinerlei Verwandte besitze, als sie jedoch von Paula nur einsilbige Antworten erhielt und ihr auch kein weiteres Glas Rotwein angeboten wurde, begriff sie, dass es Zeit war, sich zurückzuziehen.

»Na, dann wünsche ich eine gesegnete Nachtruhe. Ich selbst muss ja leider noch arbeiten, eine Schriftstellerin schläft nicht in der Nacht, denn das ist die beste Zeit, um ungestört seinen Phantasien nachzugehen …«

Jettes leises Klopfen befreite Paula endlich von der lästigen Besucherin. Das Mädchen brachte einen Krug Wasser und nahm das benutzte Geschirr mit in die Küche. Dort vernahm Paula noch eine Weile Magdas ärgerliches Keifen – vermutlich hielt sie der armen Jette die ungerechte Verteilung der Fleischklopse vor.

Abschätzend besah sich Paula noch einmal den kurzen Telegrammtext, und wieder begannen die Buchstaben vor ihren Augen zu tanzen. Ihre Mutter war krank. Weshalb konnte sie weder Besorgnis noch Mitgefühl empfinden, wie es einer Tochter eigentlich angestanden hätte? Das Einzige, was sie beim Lesen dieser Zeilen verspürte, war ein tiefes Unbehagen. Diese beiden Sätze hatten etwas Schicksalhaftes, wie der grelle, unerbittliche Ton einer Glocke, die das Ende eines Zeitraums einläutete.

Es wird schon nicht so schlimm sein, dachte sie und warf das Papier auf ihr Bett. Mutter ist doch keine alte Frau. Sie ist erst fünfundfünfzig, und trotz ihrer vielen Zipperlein hat sie eine eiserne Gesundheit.

Paula hatte niemals ein gutes Verhältnis zu ihrer Mutter gehabt. Woran dies lag, konnte sie selbst nicht so recht erklären, doch es musste damit zu tun haben, dass Mutter und sie grundverschiedene Menschen waren. Lilly von Dahlen war eine stattliche Frau, die großen Wert auf perfekte Kleidung, Frisur und Etikette legte. Der Gutshof Klein-Machnitz war das Zentrum ihres Lebens, sie liebte es, Gäste zu empfangen, Sommerfeste und Bälle zu organisieren, früher war man häufig mit Freunden und Nachbarn auf die Jagd geritten. Musiker und Maler lebten wochenlang als Gäste auf dem Gut, und als Paula noch klein war, hatte es sogar einen literarischen Zirkel auf Klein-Machnitz gegeben. Lilly von Dahlen spielte die Rolle der Gutsherrin und Kunstmäzenin brillant, trotzdem hatte Paula oft das Gefühl gehabt, dass ihre Mutter bei aller Begeisterung innerlich kühl blieb.

Es war wohl diese Kälte, die Paula schon als Kind verletzt hatte. Paula konnte tun, was sie wollte – niemals gelang es ihr, das Wohlwollen der Mutter zu erringen. Sie war zu dünn, das dunkle Haar zu glatt und zu störrisch, die Augen waren nicht blau, sondern nur grau und »undefinierbar«. Das Mädchen hatte keine Haltung, spielte nicht gut genug Klavier, es kleckerte auf die Tischdecke, behandelte die Dienstboten nicht »comme il faut« und hatte kein Talent, mit ihrem Tischherrn eine heiter-unbefangene Konversation zu führen. Hatte ihre Mutter sie jemals in die Arme genommen? Nein, dazu gab es ja Erna, die Kinderfrau, und später war es ihre heißgeliebte

Hauslehrerin Ernestine Lohmeyer gewesen, bei der Paula Trost und Zärtlichkeit gefunden hatte.

Ja, es musste an dieser Verschiedenheit ihrer Charaktere gelegen haben, dass Lilly von Dahlen mit ihrer Tochter Paula nicht viel anfangen konnte, denn mit den beiden Söhnen Wilhelm und Friedrich war das völlig anders. Sie waren Mutters Lieblinge, ihre Augensterne, ihre beiden blonden Jungen, die ganz offensichtlich nach der mütterlichen Familie, den von Brausewitz, geschlagen waren. Das konnte man schon äußerlich erkennen: Beide waren dem Großvater Brausewitz wie aus dem Gesicht geschnitten, auch entstammte Wilhelms energische Art und Friedrichs unwiderstehlicher Charme – so hatte Lilly von Dahlen immer behauptet – der mütterlichen Verwandtschaft der von Grantzow und von Brausewitz.

Paulas Vater hatte seiner Frau niemals widersprochen. Er ließ sie schalten und walten, wie es ihr gefiel, spielte die ihm zugedachte Rolle bei ihren Gesellschaften und kümmerte sich ansonsten um die Verwaltung des Anwesens. Auch er war stolz auf die beiden Söhne und leugnete nicht, dass die Tochter Paula den Jungen wenig ähnlich sah. Der vor zwei Jahren verstorbene Ernst von Dahlen war seinen Kindern immer als ein verschlossener Mensch erschienen, ein Mann, der selten lächelte, niemals klagte und nur mit seinen Jagdfreunden längere Gespräche führte. Mit Paula beschäftigte er sich so gut wie nie, was gewiss damit zu tun hatte, dass sie ein Mädchen war, das seiner Ansicht nach in die Obhut von Frauen gehörte. Dabei war es Paulas größtes Vergnügen gewesen, mit ihrem Bruder Friedrich durch die Wiesen zu streifen oder auf ihrer Lieblingsstute, der rotbraunen »Sternschnuppe«, auszureiten. Vermutlich wäre sie in ihrer Kindheit oft verzweifelt, hätte es nicht den kleinen Bruder gegeben, der sich so eng an Paula anschloss, dass die beiden eine Weile fast unzertrennlich waren. Doch auch diese Zeit war längst vorüber.

Ein Blick auf den kleinen Reisewecker zeigte ihr, dass es schon auf zehn ging. Sie machte sich nachtfertig und stellte den Wecker wie gewohnt auf sechs Uhr, dann löschte sie die Lampe und drehte sich auf ihre Schlafseite. An ihrem linken Bein raschelte das Telegramm, das im Bett liegen geblieben war. KOMM SO BALD WIE MÖGLICH. Sie schob es mit dem Fuß zur Bettkante, damit es auf den Boden fiel. Nein, sie hatte keine Lust, sich zu beeilen. Allein der Gedanke, das Gut wiederzusehen, machte ihr Angst.

Wer weiß, dachte sie, vielleicht wurde das Ganze ja überhaupt von Mutter inszeniert, um sie zurück nach Klein-Machnitz zu locken? Ihr wieder einen neuen Heiratskandidaten zu präsentieren? Einen dieser neureichen Industriellen, die sich eine Ehefrau aus verarmten Adelskreisen suchten und glaubten, mit Geld eine jahrhundertelange Tradition kaufen zu können. Oh nein, davon hatte sie schon viel zu viele gesehen. Es war zu spät, Lilly von Dahlen hatte ihrer Tochter ein Leben lang weder Wärme noch Liebe geschenkt – jetzt mochte sie bitten und betteln, Paula würde sich für den Erhalt des Familienbesitzes nicht opfern. Wenn sie eine Heirat einging, dann sollte es ein Mann sein, den sie wirklich liebte.

Schon aus diesem Grund war sie entschlossen, sich mit der Reise an die Müritz Zeit zu lassen. Heute war Freitag, am Sonntag würde sie sich mit Dr. Falk treffen, und vielleicht würde er ihr an diesem Tag die eine Frage stellen, die ihr Leben von Grund auf veränderte.

Der Samstag erwies sich als Unglückstag. Beim hastigen Frühstück in der Küche stieß sie eine Tasse um, die auf den Bodenfliesen zerschellte, während ihr der Milchkaffee über den

Ärmel ihrer weißen Bluse spritzte. Der Lärm weckte Frau von Meerten aus dem Morgenschlummer, die in Nachthaube und wattiertem Schlafrock in die Küche eilte und sofort die kleine Jette anfuhr. Als Paula das Mädchen in Schutz nahm, bekam sie zu hören, dass sie zwei Mark für die Porzellantasse zu zahlen habe, die eigentlich unersetzlich sei, weil es sich dabei um ein altes Familienerbstück handele.

»Und außerdem bekomme ich noch die zwanzig Pfennige, die ich gestern dem Telegrammboten gegeben habe!«

»Zwanzig Pfennige? Man sagte mir, es seien zehn Pfennige.«

»Wer hat das behauptet?«

»Jemand, der dabei war, als Sie dem Boten das Trinkgeld aushändigten.«

Ida von Meertens fleischiges Gesicht überzog sich mit einer ungesunden, dunklen Röte. Das sei eine dreiste Lüge, sie habe zwanzig Pfennige gegeben, schließlich sei sie eine Frau von Stand und keine Hungerleiderin, die einen Boten nur mit einem Groschen entlohne.

All ihr Gejammer nutzte nichts, Paula ließ sich nicht erweichen. Schlimm genug, dass sie zwei Mark für eine alte Tasse zahlen musste, aber daran war sie selbst schuld. Immer fiel ihr irgendetwas herunter, sie kleckerte, krümelte, zerschlug Tassen und Teller …

»Keene Sorge, Frolleen von Dahlen«, raunte ihr Jette an der Haustür zu. »Ick weiche det Blüschen rasch ein und wasch et aus – heut Abend ist det wieder wie neu!«

»Du bist ein Schatz, Jette!«

»Und die olle Tasse hatte sowieso nen Sprung. Zwee Mark is ne Frechheit …«

Doch erst als sie im Kolonialamt vor ihrer Schreibmaschine saß, brach das Unheil mit voller Wucht über sie herein.

»Fräulein von Dahlen? Kommen Sie rasch, da ist ein Gespräch für Sie.«

Ministerialdirektor Diederich stand im Eingang seines Dienstzimmers und streckte ihr den rechten Arm entgegen, um sie mit väterlicher Geste in den Raum zu geleiten.

»Selbstverständlich gebe ich Ihnen bis Mitte kommender Woche Urlaub«, flüsterte er, während sie mit unsicheren Schritten zum Telefonapparat auf seinem Schreibtisch ging.

Sie nahm den Hörer auf, den Diederich auf den Tisch gelegt hatte, ein kleines Gerät aus poliertem Holz und glänzendem Messing.

»Hallo?«

»Paula?«

Die Stimme ihres Bruders Wilhelm klang ein wenig gepresst und leise, aber es war unverkennbar seine kurz angebundene, entschiedene Art.

»Ja, ich bin am Apparat.«

»Mutter hat eine Lungenentzündung. Sie verlangt nach dir, und es wäre gut, wenn du dich entschließen könntest, noch heute in die Bahn zu steigen. Friedrich will dich in Wittstock abholen …«

»Ich wollte am Montag fahren …«, schwindelte sie.

»Dann wirst du sie vielleicht nicht mehr lebend antreffen.«

»Ich verstehe … So ernst ist es also?«

Er gab keine Antwort, sondern legte auf in der sicheren Überzeugung, dass sie tun würde, was er gesagt hatte. Es war seine Art, Wilhelm hasste überflüssiges Gerede, er erwartete, dass man seine Meinung teilte und sich danach richtete.

Sie war wütend auf ihn. Welche Chance blieb ihr nun, Dr. Falk am Sonntag zu sehen? Gar keine, denn Wilhelm musste die Schreckensmeldung »Mutter liegt im Sterben« Ministerialdirektor Diederich mitgeteilt haben. Also wusste es bald das ganze Amt. Wenn sie erst am Montag abreiste, würde auch Dr. Falk sie für eine kaltherzige Person halten, die der sterbenden Mutter den letzten Wunsch abschlug.

»Ich wünsche Ihnen viel Kraft und Gottes Beistand auf diesem schweren Weg«, sagte Ministerialdirektor Diederich mit bebender Stimme. »Gehen Sie nur – Fräulein Jänecke wird Ihre Arbeit übernehmen.«

Sie konnte sich nicht einmal von Dr. Falk verabschieden, denn er war in einer dienstlichen Sache außer Haus.

3

Es war fast zwei Uhr Mittag, als sie endlich in der Eisenbahn nach Neuruppin saß, in der dritten Klasse, denn sie musste sparsam sein. Um sie herum wuselten drei muntere, nicht gerade saubere Kinder, stritten sich um den Platz am Fenster und prügelten aufeinander ein, bis die Mutter, die das Jüngste auf dem Schoß hielt, saftige Ohrfeigen austeilte. Lautes Geheule brach aus, das Mädel kroch unter die hölzerne Bank, die Bengel standen mit knallroten Köpfen und bitterbösen Gesichtern davor, einer wischte sich die Nase an seiner Jacke ab, der andere ließ den Rotz einfach laufen. Die geplagte Mutter hielt den Moment für gekommen, das Mittagessen auszupacken, und gleich darauf erfüllte der Geruch von hartgekochten Eiern den Waggon. Dazu gab es altbackene Schrippen.

Paula hatte erfahren, dass sie die Verwandtschaft oben in Neuruppin besuchen wollten, die hätte einen Bauernhof und wollte noch mal schlachten. Sie wären zu Wurstsuppe und Sülze geladen, auch Milch und Butter hätte der Schwager im Überfluss, das reine Schlaraffenland wäre doch so ein Bauernhof, nur käme man dort um vor Langeweile. Deshalb sei sie mit ihrem Mann auch nach Berlin gegangen …

Trotz ihrer Müdigkeit hörte Paula aufmerksam zu. Es war die alte Geschichte von den Dörflern, die vor Jahren voller Hoffnung in die große Stadt Berlin gezogen waren, um Arbeit zu finden und es zu was zu bringen. Manche schafften es tatsächlich, sie schufteten ein Leben lang in einer der Fabriken, hielten sich als kleine Händler über Wasser oder arbeiteten als Dienstboten. Schlimm war es jedoch, wenn sie krank wurden oder durch einen Unfall zu Schaden kamen. Paula erfuhr nicht, wo der Vater der munteren Kinderschar steckte, aber sie konnte sich der Vermutung nicht erwehren, dass dieser Besuch auf dem Land ein Versuch war, bei Schwager und Schwester dauerhaft unterzuschlupfen.

Erst nach einer guten Weile wurde es ruhiger im Waggon, drei der Kinder schliefen erschöpft ein, nur das kleine Mädel blieb wach, es hockte auf der Bank am Fenster und malte mit dem angeleckten Zeigefinger Spuckebilder auf die Scheibe. Auch die Mutter war eingenickt, sie lehnte den Hinterkopf gegen die Wand, so dass ihr der runde Hut weit ins Gesicht rutschte, und schnarchte leise vor sich hin.

Rattatata … Rattatata … Rattatata …

Das beständige Klappern und Schlagen der Waggons wirkte auch auf Paula einschläfernd, hätte sie nicht der schrille Pfiff der Dampflokomotive immer wieder aufgeschreckt, dann wäre auch sie sanft entschlummert. So aber hockte sie in steifer Haltung auf der Bank, hielt die Tasche, in der sich ihr Geld befand, auf dem Schoß und schaute immer wieder hinauf ins Gepäcknetz, wo ihre Reisetasche schaukelte. Es war nicht klug, in der Eisenbahn zu schlafen, denn die Langfinger waren überall, gleich, ob man in der ersten oder dritten Klasse reiste.

Die letzten, düsteren Häuser der großen Stadt lagen nun schon hinter ihnen, es waren hässliche graugefleckte Kästen, von denen der Putz abbröckelte, die Fenster erblindet, die Hauseingänge wie schwarze Löcher. Eine Fabrikanlage mit langgezogenen, schmutzig roten Gebäuden und rauchenden

Schloten lag in der schrägen Wintersonne, eine breite Pfütze vor einem der Häuser blitzte und funkelte in allen Regenbogenfarben. Nicht weit davon stand ein einsames Bauernhäuschen mit eingesunkenem Dach, das vermutlich bald einem Neubau würde weichen müssen. Wie weit war man hier doch von all den breiten Alleen und Anlagen der Hauptstadt entfernt, von den Prachtbauten der Museen, dem Stadtschloss, den bunt beleuchteten Geschäften. Hier würde der Kaiser wohl kaum vorüberreiten wie am Brandenburger Tor, nicht einmal in einem Automobil mit verhängten Fenstern würde er diese Gegend befahren.

Sie blinzelte in die tiefstehende Sonne und dachte missmutig daran, dass sie die kommende Nacht in ihrem alten Schlafzimmer würde verbringen müssen, das im ersten Stock des Gutshauses lag und nach Osten hinausging. Gewiss würde es schrecklich muffig riechen, da seit anderthalb Jahren niemand mehr dort gewohnt hatte. Decken und Kopfkissen wären feucht, genau wie das scheußliche Schaffell, das als Bettvorleger diente. Oh Gott – in der Kommode und im Schrank waren ganz sicher noch all die Kleider und Hüte, die Mutter ihr damals hatte nähen lassen und die sie nun vorwurfsvoll daran gemahnten, dass sie eine schlechte, eine ungehorsame Tochter war. Paula von Dahlen war jahrelang »herumgereicht« worden, hatte mit der Mutter sämtliche Bälle und Gesellschaften besucht, unzählige Einladungen angenommen, an Landpartien und Jagdgesellschaften teilgenommen. Und doch hatte sich keine rettende Verbindung aufgetan, die den verschuldeten Besitz hätte sanieren können. Bewerber hatte es durchaus gegeben, auch wohlhabende, aber die pflichtvergessene Paula hatte sie zum Entsetzen ihrer Mutter schnöde abgewiesen.

Sie seufzte und wünschte sich wohl zum hundertsten Mal, dass sie in Berlin hätte bleiben können. Ihre Arbeitsstelle im

Amt, ihr kleines Zimmerchen, die Ausflüge am Sonntag in den Tiergarten, im Sommer in den Grunewald … Ging es ihr nicht gut? Sie musste zwar sparsam leben, aber sie konnte sich ab und an ein neues Kleidungsstück leisten, auch Schuhe, sogar einen Kinoabend und eine Flasche guten Rotwein … Ja, sie hatte Tante Alice alle Ehre gemacht, Gott sei Dank. Vor eineinhalb Jahren, im August 1911, war sie mit wild klopfendem Herzen am Bahnhof Friedrichsdorf in Berlin aus dem Zug gestiegen, hatte sich mit der schweren Reisetasche ganz fürchterlich im Gewirr der Straßen verirrt und war wie durch ein Wunder letztlich doch in der Wilhelmstraße angekommen, wo Tante Alice sie vor dem Kolonialamt erwartete. Sie war extra aus Hamburg angereist, um Staatssekretär Solf, mit dem sie persönlich bekannt war, ihre Nichte vorzustellen. Tante Alice war die jüngere Schwester ihrer Mutter, also ebenfalls eine geborene von Brausewitz. Und doch lagen Welten zwischen den beiden Frauen.

Einer der beiden Jungen war im Schlaf von der Bank gefallen, jetzt lag er auf dem Boden und schaute sich verblüfft um, erst dann verzog er das Gesicht und begann zu heulen. Damit weckte er seinen jüngeren Bruder, der erstaunlich rasch begriff, was geschehen war, und schadenfroh grinste. Auch die Mutter war aufgewacht. Sie befahl den Schreihals zu sich, stellte fest, dass ihm weiter nichts fehlte, und zog eine Bierflasche hervor, aus der der Knabe einen tiefen Schluck nehmen durfte.

Der Zug fuhr jetzt an Äckern und kleinen Wäldchen vorbei, hie und da sah man eine mattgrüne Wiese, auch lindgrüne Wintersaat auf den Feldern, dazwischen die bunten Dächer der Dörfer, Kirchtürme, aus rotem Backstein gemauert. Immer noch war der Himmel offen und tiefblau, die Sonne ließ die Wiesen und kleinen Tümpel leuchten, weiße, wattige Quellwolken umrandeten das winterliche Blau, nur weit im

Westen erhob sich eine graue Wolkenformation wie ein zackiges, kahles Gebirge. Paula beugte sich ein wenig vor, um besser aus dem Fenster sehen zu können, und auf einmal wurde ihr bewusst, dass dies nicht mehr der flache, graue Himmel der lärmenden Hauptstadt war, sondern jene unendlich hohe und weite Himmelskuppel, die sich über der Mecklenburgischen Seenplatte wölbte. Es war der Himmel ihrer Heimat, den sie schon fast vergessen hatte.

Sie setzte sich rasch wieder gerade hin und war froh, dass ihre Mitfahrerin mit der maulenden Tochter beschäftigt war. Es wäre doch gar zu lächerlich gewesen, wenn sie gesehen hätte, wie sie sich die Tränen fortwischen musste. Ganz plötzlich war diese Gefühlsaufwallung über sie gekommen, die vielen Erinnerungen aus der Kindheit, das taufeuchte Gras an den bloßen Füßen, das leise Knistern des reifen Korns in der Sommersonne, der harzige Duft der Kiefern. Mückenschwärme tanzten über dem See, und manchmal schnappte ein Hecht in blitzschnellem Sprung nach einer unvorsichtigen Libelle.

Wie hatte sie das alles vergessen können! Ach, jetzt begann die Landschaft sich sanft zu wellen, wie die Wogen des Meeres erhoben sich Hügel und sanken wieder zu Tälern hinab. Hierher gehörte sie, diese Wälder, die jetzt bis auf dunkle Fichten und Kiefern kahl standen, die Wiesen, auf denen noch weiße Schneeflecken lagen – all das war ihr vertraut, war ein Teil ihrer selbst, hatte doch ihre Familie seit Jahrhunderten hier gelebt.

Als der Zug gegen sechs Uhr abends am Bahnhof Wittstock hielt, war das Wetter umgeschlagen. Aus tiefhängenden Wolken sanken feuchte Schneeflöckchen auf die kleine Stadt hinab, im Licht der Straßenlampen sah man sie wirbeln, auch der Bahnsteig, die Bänke und die Mütze des herbeilaufenden Gepäckträgers waren weiß. Paula blieb am Bahnsteig stehen, von klebrigen Flöckchen umtanzt, atmete die frische Winterluft und winkte ihren Mitreisenden zum Abschied, als sich der Zug wieder in Bewegung setzte.

»Fräulein von Dahlen?«, fragte der Gepäckträger und lupfte die Mütze. »Da wartet jemand auf Sie.«

Im matten Schein der Wandlampe erschien ihr Bruder Friedrich ungewöhnlich groß und stämmig, was ohne Zweifel an dem langen, gefütterten Mantel und der Pelzkappe lag. Er wartete unter dem Vordach des Bahnhofsgebäudes auf sie, als sie auf ihn zulief, kam er ihr einen Schritt entgegen. Im matten Schein der Wandlampe konnte sie sein Gesicht jedoch nicht genau erkennen.

»Friedrich! Wie lange wir uns nicht mehr gesehen haben! Ach, ich habe dich so vermisst, Brüderlein!«

Sie stellte die Reisetasche in den Schnee und warf sich ihrem Bruder in die Arme, erzählte ihm lachend, wie sehr es ihr gefalle, wieder daheim zu sein, dass sie sich auf den Gutshof freue, auf die Ausritte im Schnee, auf die Köchin Saffi, die immer solch wunderbaren Topfkuchen gebacken habe.

»Du kommst spät«, sagte er mit leisem Vorwurf. »Ich habe über eine Stunde warten müssen.«

Sie spürte, dass ihre Begeisterung übertrieben und fehl am Platze war. Friedrich hielt sie zwar umfangen, doch seine Umarmung hatte nichts von der glückhaften Wiedersehensfreude des kleinen Bruders. Es schien Paula eher, als müsse er sich an ihr festhalten. Sie begriff – Mutter war krank. Mein Gott – wie hatte sie so egoistisch sein können.

»Es tut mir leid, dass du warten musstest. Meine Abreise war so überstürzt, ich musste zuerst vom Amt zurück in die Wohnung laufen, dort meine Sachen zusammenpacken und mich mit der Vermieterin herumstreiten. Stell dir vor, diese Person verlangte von mir die Miete für den ganzen März schon im

Voraus, weil es ja sein könne, dass ich nicht rechtzeitig wieder zurück in Berlin sei …«

Er löste sich von ihr und griff nach ihrer Reisetasche.

»Lass uns fahren, Paula. Das Pferd ist müde, und wir haben noch ein gutes Stück vor uns …«

»Ja, natürlich. Entschuldige, dass ich so viel schwatze …«

Ernüchtert folgte sie ihm zu der altmodischen Kutsche, mit der er gekommen war. Er hatte das Verdeck hochgestellt und zündete jetzt die beiden Kutschlampen an, die rechts und links des Gefährts angebracht waren und den Weg erleuchten sollten. Es war ein klappriger Wagen, der eigentlich ins vergangene Jahrhundert gehörte, aber für ein Automobil, das der Vater so gern angeschafft hätte, war kein Geld da gewesen.

»Friedrich?«

Er wollte schon auf den Kutschbock steigen, hielt jedoch inne, als sie ihn ansprach.

»Was ist los? Bist du zornig auf mich, weil ich nach Berlin gegangen bin? Ich dachte immer, wir beide hätten diese Sache miteinander geklärt.«

Langsam, fast widerwillig wandte er sich zu ihr um. Paula sah die Tränen, die ihm über die Wangen liefen.

»Ich wollte es dir unterwegs sagen und nicht schon hier am Bahnhof. Aber nun ist es gleich …«

Sie erstarrte. Konnte das sein? Durfte das sein?

»Mutter ist heute Mittag gestorben, Paula. Niemand hat geahnt, dass es … dass es schon so … so schlimm um sie …«

Hilfloses Schluchzen erstickte seine Stimme. Als sie erschrocken die Arme um ihn schlang, spürte sie, wie sich sein Körper im Weinen verkrampfte. Jetzt war sie für ihn wieder die große Schwester, der einzige Mensch, in dessen Gegenwart er seinen Tränen freien Lauf ließ, die Vertraute der Kindheit, die sanfte Trösterin, die Kluge, die Ältere, die immer Rat gewusst hatte.

»Sei ganz ruhig … das konnte wirklich niemand ahnen … was für ein Unglück … verzeih mir, ich hatte ja keine Ahnung …«

Er überließ sich nur kurz seiner Verzweiflung, dann riss er sich beschämt von der Schwester los und bestieg den Kutschbock. Paula kletterte ihm nach und bestand darauf, neben ihm zu sitzen. Um nichts in der Welt hätte sie sich jetzt allein in die verdeckte Kutsche gesetzt, auch wenn sie dort vor Schnee und Wind geschützt war. Weshalb wohl keiner der Angestellten kutschierte? Karl, Krischan oder Petter – die hatten doch früher die Pferde betreut und die Wagen gefahren. Sie wagte nicht, danach zu fragen.

Friedrich hatte die Zügel losgebunden, ruckelnd setzte sich die Kutsche in Bewegung, die Räder knirschten, die Federung knackte und quietschte. Das Pferd war froh, endlich in Richtung Heimat laufen zu können, es zog munter voran, so dass Friedrich es eher zügeln als antreiben musste.

Eine Weile schwiegen sie. Paula verschränkte fröstelnd die Arme vor der Brust, um dem kalten Wind zu trotzen. Friedrich starrte auf den Weg, sein Gesicht erschien Paula jetzt verschlossen, fast feindselig, aber das mochte am unsteten Schein der Kutschenlampen und an dem wilden Schneetreiben liegen, das sie beide immer wieder zwang, die Augen zuzukneifen. Kurz bevor sie in die schmale Straße zum Gutshof einbogen, begann er wieder zu sprechen. Die Mutter habe eine schlimme Nacht verbracht, Erna habe ihr mehrfach beistehen müssen. Gegen Morgen sei jedoch Erleichterung eingetreten, sie habe freier atmen können und auch ein wenig geschlafen.

»Dann hat sie Wilhelm zu sich gerufen, der sollte ihr einen Koffer vom Dachboden herunterholen, niemand anderes durfte das tun, vor allem keiner der Angestellten.«

»Was für einen Koffer?«

Friedrich schüttelte den Kopf – was bedeuten sollte, dass er die ganze Sache für eine Verrücktheit hielt.

»Einen uralten, braunen Lederkoffer, der in der hintersten Ecke gestanden hatte. Wilhelm rumorte eine gute Weile dort oben herum, ich konnte hören, wie er fluchend Kisten und alte Möbel verschob.«

»Und dann?«

»Und dann fand er den vermaledeiten Koffer und brachte ihn ihr. Er musste die beiden Schlösser mit einem Messer aufsprengen, denn der Schlüssel war längst verloren. Als der Koffer endlich offen war, hat Mutter Wilhelm aus dem Raum geschickt.«

Paula schwieg. In der Ferne waren jetzt die Lichter des Gutshauses zu erkennen – ein Anblick, der ihr ins Herz schnitt. Wie oft war sie gemeinsam mit ihrer Mutter bei Dunkelheit von einer Gesellschaft oder einem Ball zurückgekehrt, müde, fröstelnd, in Mäntel und Decken gewickelt und fast immer zerstritten. Doch wenn sie die erleuchteten Fenster und die Außenlampen des Gutshauses sehen konnten, hatte sich die Stimmung gelöst. Die Lichter versprachen Geborgenheit, die freundlichen Stimmen der Hausangestellten, die sie willkommen hießen, ein wärmendes Kaminfeuer und ein weiches Bett.

»Es waren alte Briefe in dem Koffer, Fotos – was auch immer«, berichtete Friedrich erbost. »Minna musste ihr in den Sessel helfen. Später erzählte sie uns, dass Mutter viele alte Papiere und Bilder aus dem Koffer genommen und ihr gegeben habe, damit sie alles ins Feuer warf.«

Was sollte sie dazu sagen? Es schien im Leben der Lilly von Dahlen Dinge gegeben zu haben, die sie der Nachwelt um jeden Preis vorenthalten wollte. Paula konnte Friedrichs Erbitterung nachvollziehen, diese Geheimniskrämerei musste ihn tief verletzt haben, und auch Wilhelm war ganz sicher befremdet. Dennoch war es gewiss besser, nicht darüber zu mutmaßen. Lilly von Dahlen wäre vermutlich verblüfft gewesen, dass ausgerechnet ihre Tochter Paula sie in diesem Punkt verstehen konnte.

»Was für eine Torheit«, stöhnte Friedrich. »Dieses nutzlose alte Zeug muss sie so aufgeregt haben, dass sie einen neuen Anfall erlitt.«

Minna hatte der Mutter geholfen, sich wieder zu Bett zu legen, und war dann rasch hinuntergelaufen, um jemanden nach dem Doktor zu schicken. Als sie mit einer Kanne Tee wieder ins Schlafzimmer ihrer Herrin trat, lag Lilly von Dahlen tot in den Kissen.

Es schneite immer noch in dicken Flocken, als sie auf der schnurgeraden Pappelallee Richtung Gutshaus rollten. Der Schnee auf dem Sandweg glitzerte im Licht der Lampen, ein zentimeterdicker Belag, der vollkommen unberührt wie ein weißer Teppich vor ihnen lag. Paula kam die unpassende Erinnerung an ausgelassene Schneeballschlachten, an denen auch die Kinder des Gärtners und ein paar Rangen aus dem Dorf beteiligt gewesen waren. Zwischen die Pappeln hatten sie Schneemänner gebaut, eine Reihe stummer, weißer Wächter, die später im Sonnenlicht zu gruseligen Hutzelwesen zusammenschmolzen.

»Steig hier ab, ich bringe das Pferd in den Stall.«

»Aber …«

»Es gibt keinen Pferdeknecht mehr, Paula. Es hat sich überhaupt viel geändert, seitdem du fortgegangen bist.«

Sie kletterte vom Kutschbock und stapfte durch den Schnee zum Treppenaufgang hinüber. Auf dem steinernen Geländer lag eine wattige Schicht, die im Schein der elektrischen Wandlampe blitzte und funkelte. Oben war die Haustür geöffnet worden, im Eingang stand Erna, ihre alte Kinderfrau – wenigstens die war noch auf Klein-Machnitz geblieben.

»Erna – es tut so gut, dich zu sehen!«

Wie konnte Erna während der eineinhalb Jahre nur so klein und faltig geworden sein? Vielleicht war dieser Eindruck aber auch der schwarzen Kleidung und dem ausgestandenen Schrecken zuzuschreiben. Ach, Paula hätte ihre alte Kinderfrau so gern umarmt, aber das schickte sich nicht. So reichte sie ihr nur die Hand und war tief gerührt, als Erna sie nach altem Brauch an die Lippen zog.

»Unsere junge Herrin ist bei uns – nun ist alles gut!«, murmelte sie unter Tränen. »Willkommen … willkommen … in diesem Trauerhaus …«

Paula trat rasch über die Schwelle, damit Erna nicht länger in der kalten Zugluft stehen musste. In der hell erleuchteten Diele, wo die Jagdtrophäen derer von Dahlen den Besucher von den Wänden herab anstarrten, blieb sie stehen. Mit Unbehagen wurde ihr klar, dass sie für das Gesinde nun die neue Hausherrin war. Eine Position, die sie niemals angestrebt hatte und die ihr nach eigenem Empfinden auch nicht zustand. Und doch würde sie die Leute nicht enttäuschen dürfen. Zumindest jetzt noch nicht. Als der Hausdiener Johann die Treppen hinunterstieg und sie willkommen hieß, drückte sie auch ihm die Hand und nickte ihm mit ernster Miene zu. Johann und Erna hatten noch unter ihrer Großmutter gedient, sie gehörten zu diesem Anwesen wie die Wälder und Wiesen und die Schindeln auf dem Dach des Gutshauses – das Schicksal von Klein-Machnitz war ihr Schicksal.

»Möchten Sie gleich hinaufgehen, Fräulein Paula?«

Sie zuckte bei der Frage zusammen. Natürlich würde sie das tun, man erwartete es von ihr.

»Gewiss.«

Mit einer ungeschickten Bewegung zog sie den nassen Mantel aus und reichte ihn Johann, nahm vor dem goldgerahmten Spiegel hastig den Hut ab, wischte sich über die von der Kälte geröteten Wangen. Dann stieg sie entschlossenen Schrittes die Treppe empor.

Oben kam ihr Wilhelm entgegen, der ganz offensichtlich in Vaters ehemaligem Büro über irgendwelchen Papieren gesessen hatte, durch den Schlitz der halboffenen Tür konnte sie Ernst von Dahlens beleuchteten Schreibtisch erkennen.

»Wie spät du kommst, Paula. Konntest du keinen früheren Zug erwischen?«

Wieso machte man ihr ständig Vorhaltungen, sie käme zu spät? Hätte es irgendetwas an den schrecklichen Geschehnissen geändert, wenn sie einige Stunden früher angekommen wäre?

»Leider nicht, Wilhelm. Du ahnst nicht, wie lästig der Großstadtverkehr ist, wenn man es eilig hat …«

Die Begrüßung war nur oberflächlich, die kurze Andeutung einer Umarmung, danach ging Wilhelm voraus zum Schlafzimmer der Mutter.

»Es ist leider ziemlich stickig«, bemerkte er mit gedämpfter Stimme, während er die Türklinke hinabdrückte. »Aber wir mussten die Fenster verhängen, und dann die Kerzen … Du weißt ja, wie das ist.«

Er warf noch einen abschätzenden Blick auf ihr Gesicht, vermutlich wollte er wissen, ob sie in Ohnmacht fallen würde wie damals, als der Vater in der Bibliothek aufgebahrt lag. Da sie jedoch keine Anzeichen einer nahenden Schwäche zeigte, zog er die Tür auf und ließ sie eintreten.

Man hatte sich große Mühe gegeben, den Raum für die zu erwartenden Kondolenzbesucher präsentabel zu machen. Alle privaten Dinge der Mutter waren verschwunden, die

Schminkutensilien weggeräumt, sämtliche Spiegel mit Tüchern verhängt. Das breite Bett, das einstmals ein Ehebett gewesen war, hatte man in die Mitte des Zimmers gerückt und rechts und links davon kleine Tischchen mit Topfpflanzen und Kerzen aufgestellt, am Kopfende prangte ein üppiger Farn, der seinen Platz normalerweise im Wintergarten hatte.

Lilly von Dahlen lag mit über der Brust gefalteten Händen darin, angetan mit einem dunkelgrünen Seidenkleid, das ergraute, aber immer noch üppige Haar perfekt frisiert. Vermutlich war es die alte Erna gewesen, die sie so sorgfältig hergerichtet hatte. Sie hatte ganz sicher auch das Bett frisch bezogen und den Kopf ihrer Herrin auf einem der bestickten, von einem Volant umrandeten Paradekissen gebettet. Paula näherte sich dem Totenlager mit langsamen Schritten, vor dem Fußende blieb sie stehen, um das starre, ein wenig gelbliche Gesicht der Mutter zu betrachten. Ihre Haut war seltsam glatt, die Wangen noch nicht eingefallen, nur die dunkle Färbung der geschlossenen, tief eingesunkenen Augen erschreckte Paula. Der Ausdruck dieses Gesichts war fremd und streng, dieser tote Körper hatte nicht mehr viel mit der Lilly von Dahlen zu tun, die Paula in Erinnerung hatte.

Sie war froh, dass das Bett von beiden Seiten mit Pflanzen und brennenden Kerzen umgeben war, denn diese Dekoration enthob sie der Verlegenheit, die tote Mutter berühren oder gar küssen zu müssen. So blieb sie am Fußende stehen und faltete die Hände, als wolle sie ein Gebet für die Verstorbene sprechen, in Wirklichkeit aber fühlte sie sich vollkommen erstarrt, ihr Hirn war leer, Gefühle empfand sie keine.

Sie musste schon eine kleine Ewigkeit dort gestanden haben, als sie Johanns respektvolles Flüstern hinter sich vernahm.

»Ich habe Ihnen einen Stuhl gebracht, Fräulein Paula.«

Sie begriff – nach altem Brauch würde die Familie in dieser Nacht die Totenwache bei der Verstorbenen halten. Vermutlich würden sie sich abwechseln, damit jeder von ihnen wenigstens ein paar Stunden schlafen konnte, so hatten sie es zumindest vor fünf Jahren gehalten, als der Vater unten in der Bibliothek aufgebahrt lag. Langsam ließ sie sich auf dem altmodischen Polsterstuhl nieder. Trotz der Wärme, die die vielen Kerzen verbreiteten, fröstelte sie vor Unbehagen.

Hatten sich dort nicht die dunklen Tücher bewegt, mit denen das Fenster verhängt war? Nun – die alten Fenster waren undicht, es konnte gut sein, dass es zog, schließlich war draußen ein ordentliches Schneetreiben im Gange. Das dumme Gerede des Priesters vor fünf Jahren kam ihr wieder in den Sinn. Es war ein junger Mann gewesen, der in dem Dörfchen Machnitz seine erste Priesterstelle angetreten hatte und bei seinen Schäfchen wenig beliebt war, hatte er sich doch als ein Eiferer vor dem Herrn erwiesen. Nachdem er die Totengebete gesprochen hatte, redete er allerlei Seltsames. Man solle die Fensterläden fest verschließen und ohne Unterbrechung für den Verstorbenen beten, denn Ernst von Dahlen sei ohne den Segen der Kirche verschieden, und der Teufel käme in der Nacht, um seine Seele zu holen. Lilly von Dahlen hatte dem jungen Mann schließlich die Tür gewiesen.

Paula verspürte einen leichten Schwindel und nahm sich zusammen. Es war nicht gut, diese Erinnerungen wieder hervorzukramen, was geschehen war, war geschehen. Sie starrte auf die ineinandergelegten Hände ihrer Mutter – sie trug nur den goldenen Ehereif, alle anderen Ringe hatte man ihr von den Fingern gezogen. Der üppig geschnittene Rock des Seidenkleides warf Schatten und Falten, so dass man ihren Körper darunter nur schwach erahnen konnte. Morgen würden vermutlich allerlei Leute kommen, vor allem die Frauen aus den Dörfern, die überall hinliefen, wo jemand gestorben war, aber auch Nachbarn und Bekannte. Sie würden Kaffee und heißen Tee zubereiten müssen, auch Limonade bereitstellen, dazu einen Imbiss, wie es allgemein üblich war. Es war angenehm, sich an diese praktischen Dinge zu klammern, die sie später mit der Köchin Saffi besprechen würde. Wie viele Angestellte waren überhaupt noch im Haus? Gab es noch die beiden jungen Hausmädchen, die für die Öfen und die Reinigung der Zimmer verantwortlich waren? Den Küchenjungen? Den Gärtner Josef, der mit Minna, der Kammerzofe ihrer Mutter, verheiratet war? Zwei ihrer drei Söhne hatten schon im Garten mitgeholfen, der jüngste war recht klug und sollte etwas Richtiges lernen. Aber wenn Friedrich schon die Pferde selbst versorgen musste, dann würde es vermutlich auch anderweitig trübe aussehen …

Sie hörte, wie hinter ihr die Tür ging, dann legten sich zwei Hände sanft auf ihre Schultern.

»Geh hinunter, Paula, ich löse dich ab. Im Speisezimmer steht ein Abendessen für dich – du hast vermutlich heute noch gar nichts zu dir genommen.«

Sie fasste Friedrichs Hände und streichelte sie dankbar. Gottlob – er war wieder wie früher, der liebevolle kleine Bruder, der Vertraute ihrer Kindheit. Es war nur der Schrecken über diesen plötzlichen Tod, der zwischen ihnen gestanden hatte.

»Ich komme so bald wie möglich zurück.«

»Lass dir nur Zeit. Ich werde sowieso die ganze Nacht hier verbringen. Es sind die letzten Stunden mit unserer Mutter, und ich will keine davon missen …«

Sie holte tief Luft, als sie im Flur stand. Armer Friedrich. Er hatte wohl am meisten an der Mutter gehangen, vielleicht weil er der Jüngste war – im August vergangenen Jahres hatte er sein dreiundzwanzigstes Lebensjahr vollendet. Beide Brüder hatten ihre Zeit in der preußischen Armee abgedient und hofften auf eine Offizierskarriere. Wilhelm, der inzwischen fast sechsundzwanzig Jahre alt war, hatte bereits die ersten Hürden genommen, er war Oberleutnant der Infanterie, und Friedrich hatte Paula einmal geschrieben, dass sein älterer Bruder wohl bald zum Major ernannt würde. Von seinem eigenen Werdegang schrieb Friedrich nur wenig. Wie es schien, hatte er es zum Leutnant gebracht, doch Paula entnahm Wilhelms Briefen, dass ihr Bruder sich in der preußischen Armee nicht besonders heimisch fühlte. Es wunderte sie keineswegs. Friedrich liebte das Landleben, er hing an Klein-Machnitz so, wie auch der Vater an diesem Gut gehangen hatte, kannte jeden Winkel, wusste über alle Ländereien, Wälder und Ortschaften Bescheid. Zu seinem Unglück war er beim Tod des Vaters noch zu jung gewesen, um die Verwaltung des Gutshofs zu übernehmen. Da Wilhelm damals schon in der Armee diente, hatte die Mutter diese Aufgabe in die eigenen Hände genommen, und sie hatte sich bis zuletzt nicht hineinreden lassen.

Während sie die Treppe hinunterlief, spürte Paula ihren knurrenden Magen – tatsächlich hatte sie bis auf das Frühstück noch nichts gegessen. Auf dem langen Mahagonitisch im Speisezimmer war ein einsames Gedeck für sie aufgelegt, ansonsten war der Tisch bis auf zwei Messingleuchter vollkommen leer. Wie seltsam – früher hatte es dort zwei ausladende, silberne Kandelaber gegeben, hübsche Salzfässer aus Bergkristall standen auf einem vergoldeten Tablett, außerdem schmückten zwei große Vasen mit Blumen oder grünen Zweigen darin den Kaminsims. Von all diesen Dingen war nichts mehr zu sehen, auch die alten Familienteller auf dem Wandregal fehlten. Beklommen setzte sie sich, froh, dass ein fürsorgliches Wesen ein warmes Schultertuch für sie zurechtgelegt hatte, denn es brannte kein Feuer im Kamin.

»Das wird Ihnen guttun, Fräulein Paula.«

Der alte Hausdiener musste gesehen haben, wie sie die Treppe hinunterging, denn er erschien jetzt mit einer dampfenden Suppenschüssel. Saffi hatte eine kräftige Rinderbrühe gekocht, mit Zwiebeln und Möhren, die man im Keller in große Gefäße voller Sand steckte, um sie den Winter über frisch zu halten. Dazu gab es Brot, selbstgemachten Käse und geräucherten Schinken. Hungrig machte sich Paula über diese ländlichen Köstlichkeiten her, die sie in Berlin oft vermisst hatte. War es nicht schön gewesen, damals, als sie zu siebt an diesem Tisch saßen und schmausten? Der Vater am Kopfende, rechts neben ihm die Mutter, dann der kleine Friedrich, der von der Kinderfrau betreut werden musste. Zu Vaters Linken hatte Wilhelm seinen Platz, neben ihm sie selbst, Paula, und dann das von ihr so sehr geliebte »Fräulein Lohmeyer«, die Hauslehrerin. Wenn Gäste mit am Tisch saßen, benutzte man das »gute« Geschirr, das Mutter mit in die Ehe gebracht hatte. Dann mussten die Kinder am Ende der Tafel sitzen, von Erna und dem »Fräulein« sorgsam überwacht, damit sie ihren Eltern keine Schande machten. Einmal war Paula in Gegenwart der Gäste ein silberner Suppenlöffel aus der Hand gerutscht, die Suppe hatte ihr gutes Kleid bekleckert, und der Löffel war auf den Teppich gefallen. Mutter hatte dem Fräulein einen unmissverständlichen Blick zugeworfen, und es hatte Paula hinauf ins Kinderzimmer bringen müssen, wo sie den Rest des Tages über verblieb. Weshalb Mutter wohl gerade mit ihr, Paula, so streng gewesen war? Wenn Wilhelm oder Friedrich herumzappelten, wurden sie höchstens ermahnt – einmal, ein einziges Mal hatte sich Wilhelm von seinem Vater eine Ohrfeige eingefangen. Das war, als er mit dem Obstmesser ins Tischtuch säbelte und sich dabei in den Finger schnitt.

»Solche Dummheit muss bestraft werden!«, hatte der Vater gezürnt und kräftig zugelangt.

Dummheit bei einem Jungen war strafbar. Auch Feigheit oder Verträumtheit. Paula war ein Mädchen, sie wurde für andere Dinge bestraft. Für Ungeschicklichkeit. Übermut. Wildheit. Ein Junge durfte wissbegierig sein – Paula war neugierig. Ein Junge musste mutig sein – Paula war ungehorsam. Die Jungen durften frühzeitig mit dem Vater auf die Jagd gehen – Paula hatte sich zu schnüren und hübsch auszusehen, vor allem wenn Gäste aus der Nachbarschaft geladen waren.

Die Söhne waren die Nachfolger und Erben des Vaters, der Stolz ihrer Mutter. Sie, Paula, war eine Handelsware, die man so vorteilhaft wie möglich losschlagen würde.

»Paula?«

Sie fuhr aus ihren bitteren Betrachtungen und wandte den Kopf zur Tür. Wilhelms Miene war angespannt, um seine Augen lagen dunkle Schatten.

»Komm bitte hinauf in Mutters Büro, wenn du mit dem Essen fertig bist.«

Ohne ihre Antwort abzuwarten, entfernte er sich wieder. Sie konnte hören, dass er im Flur ein paar kurze Anweisungen gab, dann knackten die Treppenstufen unter seinen eiligen Schritten. Paula ließ den Rest ihres Schinkenbrots liegen, der Appetit war ihr vergangen. Als Johann gleich darauf eintrat, um die Reste ihres Mahls abzuräumen, bat sie ihn, die Köchin Saffi zu ihr zu schicken.

»Sie ist doch noch hier, oder etwa nicht?«

»Aber gewiss, Fräulein Paula. Saffi ist noch bei uns und auch Erna. Aber sonst werden Sie keinen der alten Angestellten mehr auf dem Gut finden.«

Es war, wie sie bereits vermutet hatte. Der Gärtner Josef hatte ein Stück Land von ihrer Mutter erworben, dort ein Häuschen gebaut und eine Landwirtschaft begonnen, die ihn und seine Familie ernährte. Seine beiden Ältesten lernten inzwischen ein Handwerk, der Jüngste ging zur Schule. Die Pferde waren bis auf drei verkauft. Die hatte bis vor einigen Wochen noch Krischan versorgt, der aber war inzwischen gestorben, und so hatte sich ein Nachbar hin und wieder um die Tiere gekümmert. Das letzte Hausmädchen war vor drei Monaten gegangen – seitdem mussten die drei verbliebenen Angestellten alle anfallenden Arbeiten erledigen. Paula fragte nicht nach dem Grund für diesen Personalschwund, es wäre Johann auch peinlich gewesen, die beklemmende Tatsache offen auszusprechen. Ihre Mutter hatte keine Löhne mehr zahlen können, vermutlich arbeiteten Erna, Johann und Saffi schon eine ganze Weile umsonst, nur für Essen und Unterkunft.

»Fräulein Paula – mein herzliches Beileid. Was für ein Unglück – wir sind alle wie vor den Kopf gestoßen. Heute früh noch war sie quicklebendig, hat den Sohn herumkommandiert, auf den Dachboden gehetzt, geschimpft hat sie, mit dem Stock auf den Boden gestampft … Und jetzt liegt sie steif und kalt dort oben …«

Wenigstens die füllige Saffi hatte sich nicht verändert, sie war noch ebenso redselig wie früher, und ihre kleinen, schwarzen Augen wanderten unablässig im Raum umher, während sie schwatzte. Sie stammte aus Österreich, wollte in einem herrschaftlichen Haus in Wien gekocht haben, das sie nur wegen einer unglücklichen Liebe zu einem Husaren verlassen musste. Niemand wusste, ob sie die Wahrheit erzählte oder den Husaren vielleicht gar nur erfunden hatte, um den wirklichen Grund ihres Ausscheidens zu vertuschen. Doch ihre Kochkunst war so vortrefflich, dass mancher Gast sie dem Gutshof gern abspenstig gemacht hätte, und aus diesem Grund verzieh man ihr nicht nur die ungeklärte Vergangenheit, sondern auch so manches offene Wort.

»Wir müssen uns für morgen richten, Saffi«, unterbrach

Paula ihren Redefluss. »Es werden viele Leute kommen, um von meiner Mutter Abschied zu nehmen. Was könnten wir ihnen anbieten?«

Saffi war sofort in ihrem Element. Sie hatte Rinderbrühe und Hühnersüppchen mit Ei, dazu Schinken und Würste, Krautsalat mit Speck und Griebenschmalz. Frisches Brot wollte sie gleich morgen in der Frühe backen, außerdem Butterkuchen und Brezeln.

»Dazu gibt es Milchkaffee und Himbeerlimonade. Wein und Bier haben wir nicht im Haus, aber wenn Sie befehlen, schicke ich Johann zur Brauerei …«

»Das wird sich finden …«, meinte Paula, die sich nicht vorstellen konnte, wie der alte Johann das Pferd anspannte, um zur Brauerei zu fahren.

»Wir werden die Leute bewirten, wie es der Brauch ist, Fräulein Paula«, ergriff Saffi wieder das Wort. »Aber wundern Sie sich nicht, wenn der eine oder andere hinterher zu Ihnen kommt und die Hand aufhält.«

»Wie meinst du das?«, fragte Paula ahnungsvoll.

»Weil alles auf Pump bestellt worden ist, gnädiges Fräulein. Deshalb. Alles, bis auf ein paar Möhren und Zwiebeln, den Rest Kaffee und eine Flasche Himbeersirup, die ich im Herbst eingemacht habe.«

Die umsichtige Saffi hatte schon am Nachmittag eine Liste der notwendigen Lebensmittel angefertigt und sie dem jüngsten Gärtnerssohn gegeben, der hin und wieder auf dem Gutshof auftauchte und für sie Botengänge erledigte.

»Und wenn die traurigen Kondolenzbesucher kommen, die Nachbarn und Freunde, dann passen Sie auf, Fräulein Paula. Die werden zu Ihrer Mutter ins Zimmer gehen und dort weinen, dann werden sie essen und trinken und die Frau von Dahlen hochleben lassen, und dann werden sie zu Ihnen kommen, ganz leise und verschämt, und sie werden Geld haben wollen.«

»Die … die Nachbarn? Aber wieso denn, um Gottes willen?«

Saffi kniff die Lippen zusammen und nickte vor sich hin. So war die Lage. Leider war sie so, es wäre ihr selbst lieber gewesen, die Dinge stünden anders. Aber die junge Herrin, das Fräulein Paula, müsse es wissen, damit sie gewappnet sei für den Ansturm. Ihre Mutter habe überall Schulden, habe Getreide, Gemüse, Wein und vieles andere liefern lassen und nicht bezahlt. Habe sich auch von den Nachbarn Geld geliehen, ein Loch mit dem anderen gestopft, wie man so sagte.

»Aber … ich habe ihr doch Geld geschickt«, murmelte Paula.

Sie kam sich lächerlich vor. Hatte sie wirklich geglaubt, die hundert Mark im Monat könnten den umfangreichen Haushalt der Mutter finanzieren? Lilly von Dahlen war es gewohnt, auf großem Fuß zu leben, und sie hatte keineswegs das Bedürfnis verspürt, diese Gewohnheit auf ihre alten Tage abzulegen.

»Es ist gut, Saffi. Ich danke dir. Wir werden das alles regeln.«

»Das werden wir, Fräulein Paula!«

Oben in Mutters Büro saß Wilhelm immer noch über den Büchern, die Lilly von Dahlen schon seit Monaten nicht mehr regelmäßig geführt hatte.

»Setz dich, Paula.«

»Du brauchst mir nichts zu erzählen, Wilhelm. Ich weiß, wie die Dinge stehen.«

Er drehte sich überrascht zu ihr um und schien nicht erfreut zu sein. Er hatte es nie gemocht, dass sie oft schneller begriff als er.

»Das Gut ist vollkommen überschuldet. Es bleibt uns nichts anderes übrig, als es zum Verkauf anzubieten.«

Sie nickte beklommen. Wie leichtherzig er doch diese Entscheidung fällte. Dachte er nicht daran, dass Vater solch große Hoffnungen in seine Söhne und Erben gesetzt hatte? Vater, dem dieses Gut mehr als sein Leben bedeutet hatte.

»Hast du es Friedrich schon gesagt?«

»Er weiß es.«

»Ich gehe jetzt zu ihm.«

Irgendwie würde sie diese Nacht und den morgigen Sonntag überstehen.

4

»Fräulein Paula? Sind Sie wach?«

Ernas Stimme kam von weit her, aus einer anderen Welt. Paula drehte sich auf den Rücken, und für einen Augenblick war alles so, wie es in ihrer Kindheit gewesen war. Die wundervolle Kuhle in der Matratze, in der man sich wie eine Katze zusammenringeln konnte. Die Sonne, die durch den Schlitz zwischen den dunkelroten Vorhängen hindurch auf ihr Bett schien, so dass sie die Helligkeit mit geschlossenen Lidern spüren konnte.

»Wie … wie viel Uhr ist es?«, murmelte sie.

»Schon fast elfe, Fräulein Paula. Ihre Tante ist angekommen. Und Gäste sind auch schon da …«

»Tante Alice? Du meine Güte – weshalb habt ihr mich nicht geweckt?«

Schräg einfallende Sonnenstrahlen fluteten über sie hinweg, als Erna die Vorhänge zurückschob. Schwungvoll warf Paula das schwere Federbett und die Pelzdecke von sich – sie hatte tatsächlich vergessen, dass man sich unter diesem bleischweren Gewicht kaum bewegen konnte. Das Kopfkissen war nass von ihrem eigenen Atem, der sich in dem kalten Raum darauf niedergeschlagen hatte.

»Frau Burkard hat es mir verboten«, erklärte Erna lächelnd. »Ihre Tante fand, dass Sie ausschlafen sollten. Wo Sie doch fast die ganze Nacht wach geblieben sind …«

»Wo ist sie jetzt?«, wollte Paula wissen, während sie den wattierten Morgenrock überwarf, den Erna ihr zurechtgelegt hatte.

»Unten bei den Gästen. Lassen Sie sich nur Zeit, Fräulein Paula. Es geht alles seinen Gang. Ihr Bruder Wilhelm ist ebenfalls unten, nur Friedrich hat sich für ein Weilchen hingelegt …«

Kein Wunder. Paula war gegen fünf Uhr zu Bett gegangen und hatte Wilhelm, der sich um Mitternacht aufs Ohr gelegt hatte, die letzten Stunden bis zum Morgen überlassen. Friedrich aber hatte die ganze Nacht über bei der toten Mutter gesessen, vermutlich war er erst auf Tante Alice' ausdrücklichen Befehl hin zu Bett gegangen.

Ihr Schlafzimmer lag im selben Stock wie das ihrer Mutter, allerdings am anderen Ende des langen Flures. Dennoch vernahm sie jetzt die flüsternden Stimmen und die Schritte der Besucher – Himmel, sie hatte die ersten Gäste verschlafen! Hastig kramte sie in ihrer Reisetasche, entschied sich dann aber doch, eines der Kleider aus dem Schrank anzuziehen, auch wenn es schrecklich nach Mottenpulver roch.

»Das schwarze, Erna. Ja, das. Danke, du kannst wieder hinuntergehen. Ich komme allein zurecht.«

Es war keines der teuren Kostüme, die Mutter ihr hatte nähen lassen, sondern ein einfaches schwarzes Kleid mit kurzer Jacke, aus gutem Wollstoff gearbeitet. Man hatte es für sie angefertigt, als ihre Großmutter starb, das war vor zehn Jahren gewesen. Sie war nicht überrascht, dass es immer noch wie angegossen passte – ihre Figur hatte sich nicht verändert, seit sie siebzehn war. Mutters Hoffnung auf »weibliche Rundungen« hatte sich nicht erfüllt.

Erna war ein wenig enttäuscht, dass ihr einstiger Schützling ihre Hilfe beim Ankleiden ablehnte – früher war das anders gewesen. Aber Paula war es nicht mehr gewohnt, sich von einer Angestellten in die Kleider helfen zu lassen. Außerdem sollte Erna nicht unbedingt wissen, dass sie inzwischen auf das steife Korsett verzichtete und nur noch ein leichtes Mieder trug. Auch das war im Grunde überflüssig, weil nichts an ihrem Körper zu stützen oder zu formen war – sie war einfach zu dünn, ihre kleinen Brüste saßen hoch und waren fest. Als Mutter sie damals »vorführte«, hatte sie sich das Korsett mit Watte ausstopfen müssen, weil Männer – so hatte Lilly von Dahlen behauptet – bei einem jungen Mädchen auf eine »schöne Büste« achteten.

Gemessenen Schritts ging sie durch den Flur und wappnete sich. Leute aus den Dörfern waren gekommen, Bauern und Handwerker, die sich scheu im Gutshaus umsahen und das Fräulein Paula untertänig begrüßten, ihr »allerherzlichstes Beileid zum Tode der Frau Mutter« aussprachen, einige küssten sogar nach alter Sitte ihre Hand.

Sie gab sich ernst und freundlich, fragte leise nach dem Befinden, nach den Kindern, den Eltern und Geschwistern, denn sie kannte fast alle, die hierherkamen. Einen Moment lang überlegte sie, ob es nötig war, noch einmal zu der toten Mutter ins Zimmer zu treten, dann aber drang von der Eingangsdiele Tante Alice' Stimme zu ihr herauf, und sie entschied sich, gleich zu ihr hinunterzugehen.

Man hatte in der großen Diele zwei Tische mit Speis und Trank für die »einfachen Besucher« vorbereitet, sie konnten sich dort niedersetzen und einen Imbiss nehmen, wer keinen Platz mehr fand, musste im Stehen essen. Die »besseren Besucher« – die adeligen Nachbarn, den Arzt, den Pfarrer oder andere Honoratioren – führte man ins Speisezimmer, wo sie einen reich gedeckten Tisch vorfanden. Der Ansturm war groß, was daran lag, dass der Gottesdienst in den Dorfkirchen um diese Zeit zu Ende war und man den Kirchgang mit dem Kondolenzbesuch verband. Was einem ja auch das Mittagessen einsparte.

Paula entdeckte ihre Tante schon von der Treppe aus – sie stand inmitten einer Gruppe Dörfler, hörte ihnen zu, stellte hin und wieder eine Frage und nickte mit großem Ernst, wenn man ihr antwortete. Es war seltsam, wie leicht es ihr fiel, mit den Menschen in Kontakt zu kommen, gleich, ob es Adelige, Städter oder Bauern waren. Alice Burkard schien im Besitz eines geheimnisvollen Schlüssels zu sein, mit dem sie alle Herzen öffnen konnte.

»Ah – Paula, meine Kleine! Lass dich umarmen!«

Ohne Rücksicht auf die umstehenden Gäste drückte sie die Nichte an sich und küsste sie auf beide Wangen.

»Es tut mir so leid, dass ich verschlafen habe, Tante Alice …«

»Was redest du für einen Unsinn, Mädchen. Himmel, du riechst nach Bergamotte wie ein ganzer Birnbaum – ist das dein Kleid?«

»Es hat zehn Jahre lang im Schrank gehangen …«

»Ein Glück, dass ihm nicht Blätter und Blüten gewachsen sind …«

Beiden zuckten die Mundwinkel, doch es wäre unpassend gewesen, jetzt zu lachen, wie sie es normalerweise getan hätten. Man konnte wunderbar mit Tante Alice lachen, denn sie fand viele Dinge komisch und steckte jeden mit ihrer Heiterkeit an. Selbst an einem Tag wie heute milderte ihre bloße Gegenwart den Schrecken des Todes, der sich über dieses Haus gelegt hatte.

»Wilhelm ist drüben im Speisezimmer – der Pfarrer ist vorhin gekommen. Möchtest du hinübergehen?«, fragte die Tante.

»Später …«

Paula hatte wenig Sehnsucht nach dem Geistlichen, der damals ihren Vater beerdigt hatte, sie würde ihn kurz begrüßen, alle weiteren Gespräche jedoch Wilhelm überlassen. Man würde der Kirche für die Beerdigung eine Spende geben müssen, das war allgemein üblich. Aber woher sollten sie das Geld nehmen? Ob sie dem Geistlichen eines der silbernen Tabletts anbieten könnten? Eine vergoldete Obstschale? Bücher aus Vaters Bibliothek?

Sie ließ sich ihre Sorgen nicht anmerken, sondern schwatzte mit den Leuten, trank sogar einen Milchkaffee und aß eine Brezel, da sie kein Frühstück gehabt hatte. Drinnen im Speisezimmer bedienten zwei junge Frauen, die Tante Alice mitgebracht hatte, vermutlich ihre Kammerzofe und ein Dienstmädchen.

Als gegen zwei Uhr ein wenig Ruhe eintrat, nahm Tante Alice die Nichte beiseite und ging mit ihr hinüber in die Bibliothek.

»Mir schwirrt der Kopf«, stöhnte sie. »Erkläre mir bitte ein paar Dinge, sonst zweifle ich an meinem Verstand.«

»Was meinst du, Tante?«

Alice holte tief Luft und zupfte ihr Kleid zurecht. Sie war drei Jahre jünger als Paulas Mutter, doch im Gegensatz zu ihrer Schwester hatte sie niemals Schminke oder Schönheitswässerchen benutzt und auch das Haar nicht gefärbt. Dennoch – oder gerade deswegen – hatte sie sich trotz ihres ergrauten Schopfes ein frisches, jugendliches Aussehen bewahrt.

»Ich hatte nicht viel Einblick in das Leben meiner Schwester, wie du weißt«, sagte sie und wischte gedankenverloren über die Rückenlehne eines hohen Sessels. »Die letzten Jahre haben wir uns nicht mehr gesehen – was ich jetzt zutiefst bedauere …«

Sie hielt inne, da ihr die Stimme versagte. Paula begriff jetzt, dass Tante Alice der Tod ihrer Schwester trotz allem sehr naheging. Die beiden hatten sich als junge Mädchen gut miteinander verstanden, später aber, nach dem Tod von Alice' Ehemann, waren Umstände eingetreten, die eine Lilly von Dahlen nicht akzeptieren konnte. Paula hatte ihre Tante seither nur selten sehen dürfen, doch wenn sie sich trafen, war es für sie beide ein Fest gewesen.

»Es war nicht deine Schuld, Tante Alice …«

»Ich weiß«, gab Alice mit rauer Stimme zur Antwort. »Es war nicht zu ändern. Aber … aber ich hatte keine Ahnung, dass Lilly …«

Sie sah Paula ins Gesicht, als wollte sie herausfinden, ob das Mädchen stark genug war, über gewisse profane Dinge zu reden.

»Du wusstest nicht, dass Mutter finanzielle Probleme hatte …«

Alice nickte erleichtert. Sie habe zwar davon Kenntnis gehabt, dass Klein-Machnitz verschuldet war, weil ihre Eltern darüber sprachen, als Lilly sich verlobte. Ernst von Dahlen hatte die Schulden von seinem Vater sozusagen geerbt, aber niemand regte sich weiter darüber auf. Ein Adeliger hatte nun einmal Schulden, das war sozusagen Ehrensache, und bei einem so großen Anwesen musste man sich keine Sorgen machen. Die Familie von Dahlen war eines der ältesten Adelsgeschlechter der Region – für die von Brausewitz, die erst unter dem alten Fritz geadelt wurden, war eine solche Verbindung sehr vorteilhaft.

»Dein armer Vater hat vermutlich sein Leben lang gegen diese Belastungen angekämpft, während meine Schwester Lilly das Leben führte, das sie immer hatte führen wollen …«

Paula hatte nicht gewusst, dass ihr Vater diese unglückseligen Schulden gar nicht selbst zu verantworten hatte. Es erleichterte sie ein wenig, änderte aber nichts an der Tatsache, dass Ernst von Dahlen unter dieser Last zusammengebrochen war.

»Ein Jagdunfall – das war es doch, nicht wahr?«, fragte Tante Alice, ohne Paula anzusehen.

»Nicht ganz … Es passierte, als er eines seiner Gewehre reinigte. Drüben im Jagdzimmer …«

»Das wusste ich gar nicht …«

Tante Alice war damals zu Vaters Beerdigung angereist, aber die beiden Schwestern hatten kaum ein Wort miteinander gewechselt. Lilly von Dahlen war viel zu stolz, um sich ihrer Schwester anzuvertrauen. Hatte sie Alice nicht damals verachtet, weil diese den Industriellen Theodor Burkard heiratete? Wie konnte sich eine von Brausewitz nur mit diesem neureichen Emporkömmling verbinden, der irgendwelche Metallspulen und Federkerne für Matratzen in seiner Fabrik herstellte?

»Man sprach nicht darüber. Es wäre auch besser, Tante Alice, wenn du es Friedrich und Wilhelm gegenüber nicht erwähnst.«

»Gewiss.«

Sie lächelte und ließ den Blick über die Bücherschränke schweifen. Auch hier klafften Lücken, wie Paula jetzt bemerkte, besonders in den alten Schränken, deren Verglasung noch Schlieren und Unregelmäßigkeiten aufwies. Dort – so hatte Friedrich ihr einmal erklärt – stünden die wertvollsten Bände, viele noch aus dem sechzehnten und siebzehnten Jahrhundert, einige sogar von Hand geschrieben. Diese Bibliothek war neben der Jagd die große Leidenschaft ihres Vaters gewesen, und er hatte sich zeitlebens bemüht, seine Söhne für diese Passion zu begeistern. Nur Friedrich hatte dem Vater diesen Gefallen getan, Wilhelm brachte für Bücher nur wenig Interesse auf. Dass auch Paula eine begeisterte Leserin war, hatte Ernst von

Dahlen niemals wahrgenommen. Er sah es nicht gern, wenn sie sich in der Bibliothek aufhielt, und hatte ihr gar verboten, eine der verglasten Schranktüren zu öffnen. Nur die Romane, die ihre Mutter hin und wieder las, standen ihr zur Verfügung, aber diese Geschichten glichen einander wie ein Ei dem anderen, und sie langweilte sich bald damit.

»Habt ihr drei euch schon einmal Gedanken gemacht, was aus dem Gut werden soll?«, unterbrach Tante Alice ihre trüben Gedanken.

»Wilhelm sitzt seit gestern über den Büchern. Er ist entschlossen, den Besitz zu verkaufen.«

»Soso«, murmelte sie. »Nun, er wird wissen, warum. Gehen wir wieder hinüber, ich glaube, es sind neue Gäste gekommen.«

Der Strom der Kondolenzbesucher war zwar dünner geworden, riss jedoch nicht ab. Jetzt trafen die entfernter wohnenden Nachbarn ein, die sich entsprechend länger bei ihnen aufhielten und viel zu erzählen hatten. Paula war froh, dass die Köchin Saffi sie vorgewarnt hatte, denn tatsächlich nahm man sie mehrfach beiseite und sprach von einem längst überfälligen Schuldschein. Meist aber hielten sich die Gläubiger an Wilhelm, den ältesten Sohn, der solche Ansinnen mit kurzen, deutlichen Worten beantwortete.

»Was für eine Schande!«, sagte er, als gegen Abend endlich die letzten Gäste das Haus verlassen hatten. »Unsere Mutter ist noch nicht unter der Erde, da wollen sie schon Geld sehen. Und die Krümel von unserem Butterkuchen hängen ihnen dabei in den Bärten!«

»Ich fürchte sogar«, gab Paula leise zurück, »dass lange nicht alle die Unverfrorenheit besaßen, schon heute mit ihren Forderungen zu kommen.«

Wilhelm gab darauf keine Antwort, aber aus seinem verkniffenen Gesichtsausdruck schloss sie, dass er die gleiche Vermutung hegte.

Es war schon dunkel, als der Bestatter und die sechs Träger eintrafen, um die verstorbene Lilly von Dahlen in die kleine Friedhofskapelle zu bringen. Man bettete sie in den Sarg aus bestem Eichenholz und trug sie die Treppe hinunter bis vor die Eingangstür. Dort wartete schon das schwarze Fuhrwerk des Bestatters. Die Familie von Dahlen besaß seit Jahrhunderten eine eigene Grablege, ein mit Eisengittern umzäuntes Gelände im östlichen Bereich des Parks, wo hohe Buchen und Eichen die alten Grabsteine beschatteten. Friedrich und Wilhelm begleiteten die Mutter als Fackelträger auf diesem Weg, von Paula und Tante Alice wurde dies zum Glück nicht erwartet. In drei Tagen würde man Lilly von Dahlen im engsten Familienkreis beisetzen.

Paula stand neben Tante Alice am Fenster der Bibliothek, um einen letzten Blick auf den entschwindenden Trauerzug zu werfen. Man sah jedoch nicht viel, da sich die Fackelträger schon zu weit entfernt hatten, nur der dunkle, kastenförmige Wagen war zu erkennen, doch auch der verschwamm vor Paulas Augen. Wie schrecklich das alles war. Die Mutter, die immer so lebhaft in diesem Haus geherrscht hatte, würde nun ganz allein in ihrem Eichensarg in der Kapelle liegen, in der eisigen Kälte, umgeben von raschelnden Mäusen und den Rufen der Eulen.

»Meine Güte, Paula«, sagte Tante Alice zärtlich. »Wie du zitterst. Hier, nimm meinen Schal.«

»Danke, Tante Alice. Es ist … es ist nicht die Kälte … Es ist …«

Alice nahm die schluchzende Nichte in die Arme und strich ihr sanft übers Haar. »Weinen ist gut«, erklärte sie leise. »Es löst die Erstarrung und lässt die Trauer zu. Man muss mitten durch den Kummer hindurchgehen, nur so erreicht man das andere Ende.«

»Ich glaube, es ist eher die Erschöpfung, Tante Alice. Und auch das schreckliche Gefühl, dass alles über uns zusammenbricht …«

»Noch ist es nicht so weit, Paula. Und es ist fraglich, ob es je so weit kommen wird …«

»Ich sehe keine andere Lösung, als das Gut zu verkaufen … Aber selbst dann werden wir vielleicht nicht alle Schulden begleichen können … Was wird aus Friedrich und Wilhelm werden? Für ihre Offizierslaufbahn brauchen sie Geld – doch das haben wir nicht …«

»Setzen wir uns.«

Alice schob zwei der lederbezogenen Stühle zurecht und schaltete die elektrische Lampe ein, die der Vater als Lesebeleuchtung über dem Tisch hatte aufhängen lassen. Paula fühlte sich grässlich und wäre am liebsten zu Bett gegangen, aber die entschlossenen Bewegungen der Tante erweckten ihre Neugier. Wollte Tante Alice ihnen gar finanziell unter die Arme greifen? Unmöglich war es nicht. Nach dem Tod ihres Ehemannes hatte sie die Fabrik selbst weitergeführt, zunächst mit Unterstützung eines gewissen Karl Mehnert, eines ehemaligen Vorarbeiters, dann ganz allein. Wie man hörte, gingen die Geschäfte glänzend – Alice Burkard besaß Mietshäuser und mehrere Läden in der Hamburger Innenstadt – sie war eine reiche Frau.

»Es ist gewiss schwer, zum jetzigen Zeitpunkt irgendwelche klaren Aussagen zu machen«, begann sie vorsichtig. »Aber ich bin der Meinung, dass man einen solchen Familienbesitz nicht kampflos aufgeben darf. Vor allem deinetwegen, Paula …«

»Meinetwegen? Ach, Tante Alice – wenn es irgendwie gelänge, dieses Gut im Besitz der Familie zu halten, dann werden es meine Brüder bekommen, die sich dann untereinander einigen müssten. Für mich ginge es nur um eine Mitgift …«

»Da bin ich ganz anderer Meinung, Kind!«, rief Alice und griff Paulas Handgelenk. »Hast du immer noch nicht bemerkt, wie wichtig es für eine Frau ist, über eigenes Geld zu verfügen? Ich kann meinem armen Theodor weiß Gott nichts vorwerfen – er war ein guter, ein liebevoller Ehemann. Aber erst nach seinem Tod wurde ich zu einem freien Menschen. Zu einem Wesen, das über sich selbst bestimmen kann und niemandem Rechenschaft schuldig ist.«

Sie hatte mit lauter Stimme geredet und Paula dabei mit begeistert leuchtenden Augen angesehen. Jetzt hielt sie inne, denn die alte Erna war in die Bibliothek getreten.

»Verzeihung, wenn ich das Gespräch gestört hab. Es ist nur dieses Bildchen, das ich dem Fräulein Paula geben will …«

Mit merkwürdig scheuen Schritten ging sie zu Paula hinüber und reichte ihr eine leicht vergilbte Fotografie, wobei sie so tat, als dürfe Frau Burkard diese nicht sehen. Offenbar hatte Lilly von Dahlen ihrer Dienerschaft beizeiten eingebläut, dass man intime Dinge auf keinen Fall vor ihrer Schwester abmachte.

»Wo kommt das denn her, Erna?«, wunderte sich Paula.

»Ein wenig unter den Teppich gerutscht ist es. Johann und ich, wir haben das Zimmer der gnädigen Verstorbenen in Ordnung gebracht, und als wir gerade eben das Bett wieder an Ort und Stelle schoben, haben wir die kleine Fotografie gefunden.«

Paula hielt das Bild näher an die Lampe. Es zeigte einen jungen Mann in weißer Tropenkleidung. Er hatte einen Arm herausfordernd in die Hüfte gestemmt, mit dem anderen stützte er sich gegen den Stamm eines Baumes. Paula hatte derart gewaltige Baumstämme nur auf Fotos aus Afrika gesehen, die im Reichskolonialamt katalogisiert wurden. Dieser Affenbrotbaum war so dick, dass ihn wohl zwanzig Männer nur mit Mühe hätten umspannen können.

»Könnte die Fotografie vielleicht aus dem Koffer gefallen sein?«, fragte Paula, den Blick auf Erna gerichtet. »Du weißt ja, welchen ich meine.«

Erna war die Frage sichtlich unangenehm, vor allem in Anwesenheit von Frau Burkard. Doch ihre junge Herrin forderte Antwort, und so konnte sie nicht schweigen.

»Das wäre wohl möglich, Fräulein Paula.«

»Danke, Erna. Leg dich jetzt zu Bett, es war ein harter Tag.«

Die alte Frau lächelte und bemerkte, dass sie Wärmflaschen in alle Betten gelegt habe. Die Nacht würde gewiss sehr kalt werden.

»Zeig doch einmal her«, verlangte Alice, als Erna die Tür hinter sich geschlossen hatte. »Du meine Güte, da brauche ich meine Brille. Aber es scheint in den Tropen aufgenommen zu sein, nicht wahr?«

»Ja … in Afrika vermutlich …«

Auf der Rückseite des Bildes war nichts vermerkt, kein Name, keine Jahreszahl, auch keine Ortsangabe. Paula hatte im Reichskolonialamt eine Menge Fotografien aus den deutschen Kolonien zu Gesicht bekommen. Normalerweise zeigten sie die von den Kolonialherren errichteten Postämter, Bahnhöfe, Lagerhallen oder Gouverneurspaläste, oft standen deutsche Beamte in Uniform und schwarze Angestellte davor, manchmal sah man auch einen Missionar, der von den Eingeborenen in einer Sänfte getragen wurde. Es waren Fotografien, die die Errungenschaften der deutschen Kolonialherrschaft dokumentieren sollten. Diese Aufnahme war jedoch ein Privatfoto, und die Art, wie sich dieser junge Mann in Szene setzte, empfand Paula als ziemlich arrogant.

»Hier stehe ich«, sagte seine Körperhaltung. »Bereit, die Welt aus den Angeln zu heben. Ein Wort, und ich fange mit dem kleinen Bäumchen hinter mir an!«

Tante Alice war hinüber in den Speiseraum gelaufen, wo sie ihr Täschchen mit einigen privaten Utensilien und ihrer Brille gelassen hatte. Sie mochte die Brille nicht, die – so behauptete sie – mit den beweglichen Bügeln immer ihr Haar durcheinanderbrachte, aber ein Lorgnon, wie es viele Damen benutzten, fand sie noch lächerlicher.

»Jetzt bin ich gerüstet … Nein, wirklich … Du liebe Zeit, das könnte sein … Es hilft überhaupt nichts, die Fotografie näher an die Augen zu halten, so zerfällt sie doch bloß in Millionen von Pünktchen …«

»Kennst du diesen Mann etwa?«, fragte Paula gespannt.

Alice hielt das Bild mit ausgestrecktem Arm ins Licht und spähte blinzelnd über den Rand ihrer Brille hinweg. »Nein, ich glaube nicht …«

»Ach«, sagte Paula enttäuscht. »Gerade eben hatte ich den Eindruck, du weißt, wer er ist.«

»Nun«, erwiderte Tante Alice und wiegte unsicher den Kopf. »Lilly wäre fuchsteufelswild, weil ich aus dem Nähkästchen plaudere, aber ich denke, dass es vermutlich dieser junge Mann war, der damals um ihre Hand anhielt. Wenn ich mich nur erinnern könnte, wie er mit Nachnamen hieß! Sein Vorname war auf jeden Fall Klaus.«

»Er … er hat um Mutters Hand angehalten?«

Tante Alice ließ den Arm sinken und legte die Fotografie auf den Tisch. Paula starrte auf das kleine Bild, das ihr plötzlich voller Licht und Wärme zu sein schien. Die Sonne musste hoch am Himmel gestanden haben, sonst wären die Schatten nicht so schmal gewesen. Ob in diesem mächtigen Baum überhaupt noch Leben war? Aber ja – dort oben zwischen den dürren Zweigen, die wie Wurzeln aussahen, entdeckte sie kleine Blätter. Oder waren es Früchte?

»Allerdings hat er das. Ich erinnere mich, dass er in der Eingangshalle unseres Berliner Stadthauses stand, in seinem besten Anzug, einen Blumenstrauß in der Hand. Später fand ich die Blumen links neben dem Eingang in einem Beet zwischen den Hundsrosen.«

Mit einem Seufzer nahm Alice die Brille ab und verstaute das gute Stück sorgfältig in dem Klappetui aus weißem Leder.

»Ich glaube, die arme Lilly war sehr in diesen Kerl verliebt«, sagte sie traurig. »Ein Habenichts war er, nicht einmal Offizier, kein Adel, kein Geld – nur ein Bündel goldener Zukunftspläne. Sie müssen sich heimlich getroffen haben, denn sie war zu dieser Zeit längst mit Ernst von Dahlen verlobt. Schon deshalb wäre eine Heirat nicht in Frage gekommen.«

Paula nickte beklommen. Ihre Mutter hatte also den Vater nur wegen seines Adelstitels geheiratet, während sie in Wirklichkeit in einen anderen Mann verliebt war. Weshalb? Aus Gehorsam den Eltern gegenüber? Aus ihrem Standesdünkel heraus? Weil sie zu feige war, für ihre Liebe zu kämpfen? Nun, sie würde es wohl nie erfahren.

»Es war ein ziemlicher Skandal, als dieser junge Bursche mit seinem Blumenstrauß aufkreuzte«, erzählte Tante Alice lächelnd. »Du liebe Güte – er hatte Mut, das muss man ihm lassen. Ich habe nichts, und ich bin nichts, aber ich liebe Ihre Tochter und will sie heiraten. Nun – Papa hat ihm ordentlich den Marsch geblasen, man stand schließlich zwei Wochen vor der Hochzeit.«

»Ich verstehe …«

»Und doch muss Lilly später noch Kontakt zu ihm gehabt haben«, murmelte Tante Alice. »Diese Fotografie … Nein, schau doch nur, wie er dasteht, Paula. Ich glaube, er war damals noch ziemlich wütend auf Lilly.«

Sie kicherte, nahm das Bild erneut zur Hand, betrachtete es und legte es wieder weg. Ihre Schwester war tot – weshalb sollte sie jetzt, nach so vielen Jahren, haltlose Verdächtigungen hegen?

»Möglicherweise hat er sein Glück in den Kolonien gesucht und Mutter von dort einen Brief geschrieben«, überlegte Paula.

»Einen?«

»Oder einen ganzen Koffer voll – ich weiß es nicht, Tante Alice. Mutter hat alles verbrennen lassen.«

Tante Alice hob die Schultern und bemerkte, Paula solle diese Fotografie besser ebenfalls vernichten. Auf keinen Fall dürfe sie in die Hände ihrer Brüder fallen.

Wilhelm und Friedrich kehrten durchgefroren und mit düsteren Mienen von ihrem Gang zur Friedhofskapelle zurück. Es war offensichtlich, dass sie auf dem Heimweg, nachdem Bestatter und Träger ihrer Wege gegangen waren, über die anstehenden Probleme gesprochen hatten. Friedrich sah bleich und übernächtigt aus, Wilhelm, der sportlicher und ausdauernder war als der jüngere Bruder, zeigte verbissene Entschlossenheit.

»Lasst uns miteinander reden, bevor ihr vielleicht eine vorschnelle Entscheidung trefft«, sagte Tante Alice und bat die beiden in die Bibliothek.

Paula staunte über die Sachlichkeit, mit der die Tante ihre Vorstellungen darlegte. Bei all ihrer Heiterkeit und Liebenswürdigkeit war Tante Alice eine Geschäftsfrau, klug und vorsichtig, aber zielbewusst.

»Ich benötige Einblick in die Bücher und eine genaue Aufstellung der Verbindlichkeiten. Außerdem muss ich über die Einnahmen des Gutshofs Bescheid wissen. Sowohl über den jetzigen Stand als auch darüber, was bei einigen Investitionen möglich wäre. Unter diesen Voraussetzungen würde ich prüfen, ob es mir möglich ist, Klein-Machnitz zu übernehmen …«

Sowohl Wilhelm als auch Friedrich waren von diesem Angebot vollkommen überrascht. Ihre Reaktion war jedoch recht unterschiedlich. Während Friedrich wie erlöst lächelte, starrte Wilhelm finster vor sich hin auf die Tischplatte. Man konnte sehen, wie seine Kiefermuskeln arbeiteten.

»In diesem Fall verlange ich allerdings, dass das Anwesen nach meinem Ableben zu gleichen Teilen an euch weitervererbt wird. Auch Paula erhält ein Drittel des Besitzes.«

»Das … das ist doch selbstverständlich«, sagte Friedrich. »Sie ist doch unsere Schwester …«

Wilhelm hob den Kopf, und Paula schauderte, als sie den kalten Blick bemerkte, mit dem er Alice maß.

»Dein Angebot ehrt dich, liebe Tante. Aber wir müssen es leider ablehnen. Klein-Machnitz steht zum Verkauf, alles Weitere wird nach Recht und Gesetz seinen Lauf nehmen.«

Tante Alice hatte wohl Ähnliches erwartet, wenn auch nicht in dieser Deutlichkeit. Sie ließ sich nichts anmerken, sondern wollte von Friedrich wissen, ob er der gleichen Ansicht sei. Doch bevor er auch nur den Mund öffnen konnte, kam Wilhelm ihm zuvor.

»Unsere Mutter hat ihre Schwester niemals um Geld gebeten, Friedrich. Vergiss das nicht, bevor du ihr Andenken in den Schmutz ziehst!«

»Ich habe verstanden«, erklärte Tante Alice in freundlich-herablassendem Ton, erhob sich und ging aus der Bibliothek.

»Von einer Person, die mit ihrem Vorarbeiter ins Bett steigt, nehme ich nicht einen einzigen Pfennig«, sagte Wilhelm verachtungsvoll.

5

Der Affenbrotbaum erreicht eine Höhe von zwölf bis zweiundzwanzig Metern und einen Umfang von siebenundvierzig Metern und mehr, bildet einen ungeheuren, halbkugeligen, mit seinem unteren Rand den Erdboden berührenden Wipfel von achtunddreißig bis achtundvierzig Metern Durchmesser …

Ein Wipfel, der mit seinem unteren Rand den Erdboden berührte? Paula las den Satz noch einmal, wurde dadurch aber auch nicht klüger. Der dicke Band von Meyers Konversationslexikon geriet auf ihren Knien ins Wanken, und sie legte rasch ihre Stulle weg, um ihn festzuhalten. Oh Gott – da war es passiert. Ein Fettfleck auf dem Rand der Seite – dabei hatte sie doch nur ganz wenig Butter auf die Stulle geschmiert.

Sie konnte nur hoffen, dass Ministerialdirektor Diederich, von dem sie das Buch ausgeliehen hatte, niemals den Begriff »Affenbrotbaum« nachschlagen würde.

… trägt langgestielte, gefingerte Blätter mit fünf bis sieben ganzrandigen Blättchen und an fast meterlangen, herabhängenden Blütenstielen große, schöne, weiße Malvenblüten. Den größten Teil des Jahres steht der Baum aber kahl, ist nur behangen mit den graubraunen, melonenähnlichen, bis fünfundvierzig Zentimeter langen fünf- bis zehnfächerigen Früchten, welche in einer spröden, festen, mit Filz überzo-

genen Schale ein weißes, trockenes, leicht zerreibliches Mark und zahlreiche braune, nierenförmige Samen enthalten …

Draußen auf dem Flur schwatzte Gertrud mit einer Kollegin aus der Abteilung A, man hörte die beiden kichern, und Paula vernahm den seltsamen Satz »Der Falke hat wohl ein Hühnchen geschlagen.« Unterdrücktes Gelächter und Gepruste folgten. Paula versuchte, nicht hinzuhören und sich wieder auf ihren Text zu konzentrieren. Es fiel ihr allerdings nicht leicht, zu kraus war das Zeug, das dort stand. Angeblich konnte ein Affenbrotbaum über fünftausend Jahre alt werden, in der Rinde einiger dieser Bäume hatte man Inschriften aus dem vierzehnten und fünfzehnten Jahrhundert entdeckt. Die ungewöhnlichen Riesen seien, so hieß es, oft Gegenstand besonderer Verehrung der Eingeborenen, die hohlen Stämme dienten als Begräbnisplätze für die Medizinmänner, aber auch als Wohnung und Viehstall. Aus Rinde und Fruchtmark des Affenbrotbaums könne man ein fiebersenkendes Mittel gewinnen.

Baobab nenne man sie in Westafrika, in Ostafrika hießen sie *mbuju,* im Sudan *tabaldie.* Außerdem fänden sich diese Bäume in Nubien und Abessinien, im Süden Afrikas bis Angola und Ngamisee. Man habe sie auch in Ost- und Westindien angepflanzt …

Paula klappte das Lexikon mit einem Seufzer zu und hob es von ihren Knien, um es neben die Schreibmaschine zu legen. Es war müßig, nach etwas zu suchen, was sie im Grunde nichts anging. Und dennoch verfolgte sie diese kleine Fotografie bis in ihre Träume hinein, drängte sich tagsüber auf lästige Weise in ihre Gedanken und störte sie bei der Arbeit. Ein Affenbrotbaum – na schön. Jetzt wusste sie darüber genau Bescheid. Baobabs wuchsen fast überall in Afrika, außerdem auch in Indien. Es war ganz und gar unmöglich herauszufinden, wo diese Aufnahme gemacht worden war.

Eine neue Lachsalve erhob sich im Flur, fröhlich, aber auch ein wenig hämisch. Paula mochte die Klatschgeschichten nicht, die Gertrud so gern unter den Kolleginnen verbreitete, vielleicht lag es daran, dass solches Gerede zu Hause als »Dienstbotengeschwätz« abgetan wurde. War sie hochnäsig? Einige ihrer Kolleginnen im Reichskolonialamt waren ganz sicher dieser Meinung, allein schon wegen des »von« in ihrem Namen. Aber auch ihre Art zu sprechen, sich zu kleiden, ihre Gesten, ihr Gang – all das wies sie als die Tochter des adeligen Gutsherrn aus. Gertrud hatte ihr das einmal auf ihre charmante Art gesagt: »Bei dir schaut doch die Baronin aus jedem Knopfloch.«

Paula trank den letzten Schluck Milchkaffee aus ihrem Becher und faltete das Brotpapier mit gewohnter Sorgfalt zusammen. Der Gedanke, die Fotografie Ministerialdirektor Diederich zu zeigen, war nicht dumm. Sie musste sich nur eine Geschichte dazu ausdenken, auf keinen Fall konnte sie ihm erzählen, dass der junge Mann auf dem Bild ein ehemaliger Verehrer ihrer Mutter gewesen war. Besser wäre es, ihn als Jugendfreund ihres Vaters auszugeben, dessen Name ihr leider entfallen war. Diederich hatte einige Zeit in Deutsch-Südwestafrika zugebracht, da war es doch möglich, dass er diesen »Klaus Sowieso« irgendwo gesehen hatte. Und selbst wenn er ihn nicht persönlich kannte, würde er ihr vielleicht den Gefallen tun und die Fotografie weiterreichen.

Es war eine Chance. Immerhin gab es hier im Reichskolonialamt einige Herren, die in den deutschen Kolonien Dienst getan oder sie zumindest bereist hatten.

Die Tür wurde aufgerissen, und ihre Kollegin Gertrud Jänecke stürmte herein, noch angeregt und mit blitzenden Augen wegen des netten Schwätzchens im Flur.

»Ja, die Falken und die Tauben …«, kicherte sie. »Und die Nester hoch oben in den Bäumen …«

Sie hob einen Arm, um anzudeuten, wie hoch die Bäume seien, in denen diese Vögel ihre Nester bauten. Paulas verständnisloses Gesicht schien sie köstlich zu amüsieren, denn sie musste sich rasch abwenden, um nicht loszuprusten. »Ach, was sind wir heute wieder albern«, meinte sie dann in neckischem Tonfall. »Das muss wohl am Wetter liegen. Der Frühling liegt in der Luft, die Vögel bauen ihre Nester, und die Falken wollen Eier legen …«

Es war Anfang März und von Frühling keine Spur bis auf ein paar vorwitzige Primeln und Krokusse im Tiergarten, die der Frost arg zerrupft und gebeutelt hatte. Paula erhob sich, um das Lexikon zurückzubringen, und spürte Gertruds aufmerksame Augen in ihrem Rücken, als sie Ministerialdirektor Diederichs Zimmer betrat. Er war nicht anwesend, die Herren hatten sich unten im Saal zu einer Konferenz versammelt, auch der Direktor des Kolonialamts, Staatssekretär Solf, war zugegen.

»Du willst wohl unter die Studierten gehen, was? Da gehört ja viel Wissensdurst dazu, wenn eine in der Mittagspause das Lexikon durchliest …«

»Was hast du denn gedacht?«, konterte Paula, nachdem sie den dicken Lederband mit der goldenen Aufschrift wieder an Ort und Stelle geschoben hatte. »Ich lerne jeden Tag eine Seite auswendig – in einigen Jahren werde ich Meyers Konversationslexikon vollständig im Kopf haben.«

Sie sagte das in einem so ernsthaften Ton, dass Gertrud sie verunsichert anstarrte und nicht recht wusste, ob ihre Kollegin tatsächlich solch eine Gedächtnisübung vollführte oder sie einfach nur auf die Schippe nahm. Erst als Paula wieder auf ihrem Platz saß und ein leeres Blatt in ihre Schreibmaschine einspannte, gestattete sie sich ein Grinsen.

»Du bist mir aber eine!«, maulte Gertrud beleidigt. »Zugetraut hätte ich es dir.«

Ihren Triumph genießend, begann Paula ohne einen weiteren Kommentar mit ihrer Arbeit. Auch Gertrud machte sich nun daran, das vor der Mittagspause angefangene Schreiben zu beenden, und da ihre Kollegin ganz offensichtlich keine Lust auf ein Schwätzchen hatte, hackte sie verdrossen auf den kleinen, runden Tasten herum. Schade, dabei hatte sie so gerne ein paar Worte über die neue Kraft unten in Abteilung B loswerden wollen, die ganz besonders begriffsstutzig zu sein schien und vorhin einen Brief viermal hatte schreiben müssen, weil immer noch Fehler darin gewesen waren. Das hätte sie, Gertrud, sich mal erlauben sollen! Aber natürlich – wenn man über Protektion auf eine solche Stelle rutschte, konnte man sich noch so dämlich anstellen, es passierte gar nichts. Wie man hörte, gab es jemanden, der seine schützende Hand über sie hielt – man konnte sich leicht denken, aus welchem Grund …

Paula hämmerte ebenfalls auf ihre Maschine ein, in kurzen Abständen ertönte das Klingeln, das anzeigte, dass eine Zeile zu Ende war, dann das metallische Gleiten der Walze, die wieder in die Schreibposition geschoben wurde und auf der linken Seite anschlug. Ab und zu drehte eine der beiden Sekretärinnen die Walze mit der Hand, um die richtige Zeile für das Wort »Anlage« einzustellen, und zog anschließend mit einem Aufatmen den fertigen Brief aus der Maschine. Meist waren mehrere Durchschläge erforderlich, so dass das Blaupapier, die Durchschläge aus dünnem Schreibpapier und das Original auseinandersortiert werden mussten. Mehrfach klingelte das Telefon im Zimmer von Ministerialdirektor Diederich, und jedes Mal ging Gertrud hinüber, um den Hörer abzunehmen und zu erklären, dass die Herren in einer Konferenz seien. Sie hatte es stets sehr eilig, aufzuspringen und zum Telefonapparat zu laufen, denn sie hielt diese Aufgabe für ein Privileg, das sie auf keinen Fall Paula überlassen wollte.

Paula war indessen heilfroh, in ihrer Arbeit nicht gestört zu werden. Das Tippen war eintönig, da die Brieftexte einander ähnelten, doch das gab ihr Gelegenheit, eigene Gedanken zu verfolgen. Sie hatte während der vergangenen Wochen bereits zweimal an Tante Alice geschrieben und sie unter anderem gebeten, ihr Gedächtnis nach sämtlichen Details, diese Fotografie betreffend, zu durchforsten. Es sei für sie, Paula, sehr wichtig. Die Tante hatte sich mit ihrer Antwort Zeit gelassen. Erst vor drei Tagen war ein Brief eingetroffen, in dem stand, dass dieses Bildchen ein etwas heikles Kapitel aus dem Leben ihrer verstorbenen Schwester beträfe, über das man nun, nach so vielen Jahren, den Mantel des Schweigens breiten sollte. Tief enttäuscht hatte Paula diese ungewohnte Distanz und Verschlossenheit auf jenen unheilvollen Abend in der Bibliothek zurückgeführt. Wie schlecht hatten die Brüder die selbstlose Hilfsbereitschaft der Tante gelohnt! Es war nun schon fast einen Monat her, aber immer noch kochte in Paula der Zorn hoch, wenn sie an Wilhelms niederträchtige Beschuldigung dachte.

… von einer Person, die mit ihrem Vorarbeiter ins Bett steigt …

Gewiss – es gab diese Gerüchte. Für Lilly von Dahlen war dies der Grund gewesen, sich für den Rest ihres Lebens von ihrer Schwester Alice zu distanzieren. Vielleicht war es ja tatsächlich die Wahrheit. Weshalb auch nicht? Tante Alice war Witwe und kinderlos, sie war niemandem verantwortlich und lebte nun mit dem Mann, den sie liebte. Natürlich war es unmoralisch, dass sich eine Frau einen Liebhaber nahm – aber was wäre wohl geschehen, hätte Tante Alice Karl Mehnert geheiratet? Dann wäre ihre Schwester Lilly erst recht über sie hergezogen. Außerdem hätte Tante Alice mit einer Heirat auch ihr Vermögen aus der Hand gegeben, und dazu war sie viel zu klug.

Nein, Paula würde den Lebenswandel ihrer Tante, von der sie immer nur Gutes erfahren hatte, niemals kritisieren.

Die Geschwister hatten heftig gestritten, nachdem Tante Alice die Bibliothek verlassen hatte. Zum ersten Mal hatte Paula sich ihrem Bruder Wilhelm offen entgegengestellt, hatte in ihrer Empörung zornige Worte gefunden und sich von seinen zuerst herablassenden und schließlich sehr verletzenden Antworten nicht einschüchtern lassen.

»Meinen Offiziersrang kann es mich kosten, wenn bekannt wird, dass diese lasterhafte Person zu meiner Familie gehört! Habt ihr denn nicht gemerkt, worauf sie hinauswill? Sie will sich an Mutter rächen. Was für ein Triumph für sie, jetzt als die reiche Gönnerin dazustehen! Glaubt ihr, ich habe Lust, auf Gedeih und Verderb von dieser Frau abhängig zu sein?«

Auch Friedrich hatte diese Gründe als absurd bezeichnet, eine Weile stand er Paula zur Seite. Doch der Streit ging aus, wie es schon von Kindheit an gewesen war: Friedrich war dem hartnäckigen älteren Bruder nicht gewachsen, er zog sich zurück, schüttelte traurig den Kopf und äußerte, dass man gerade heute, da die Mutter noch nicht einmal unter der Erde war, nicht uneins sein dürfe. Und wie schon früher bat er Paula, doch »um des lieben Friedens willen« nachzugeben. Wilhelm eine solche Bitte anzutragen wäre müßig gewesen, weil dieser niemals nachgab. Das Nachgeben war für Wilhelm Frauensache, sie waren dazu geschaffen, den Willen der Männer zu respektieren und durch sanfte Fügsamkeit den »lieben Frieden« zu erhalten. Paula war immer noch gewaltig stolz auf die beiden Sätze, die sie ihrem Bruder entgegenschleuderte, bevor sie die Bibliothek hoch erhobenen Hauptes verließ.

»Wenn du aus lächerlichem Dünkel heraus das Erbe unseres Vaters in den Wind schlagen willst – ich kann dich nicht daran hindern. Aber ich verbiete dir, Tante Alice in meiner Gegenwart noch ein einziges Mal zu beleidigen!«

»Wer selbst im Glashaus sitzt, soll nicht mit Steinen werfen!«

Seine Antwort hatte sie nur undeutlich vernommen, da sie schon die Tür aufgerissen hatte und auf der Schwelle stand. Sie ließ sie unkommentiert, da sie ihr lächerlich vorkam – wie es schien, musste er sich jetzt in Sprichwörter flüchten, da ihm nichts anderes mehr einfiel.

Sie würde seinem Zorn, der gewöhnlich lang anhielt, mit aller ihr zur Verfügung stehenden Gelassenheit standhalten. Während Tante Alice – wer konnte es ihr verdenken – gleich am folgenden Morgen zurück nach Hamburg reiste, blieb Paula auf Klein-Machnitz. Sie führte lange Gespräche mit Friedrich, hörte seine Klagen über den militärischen Drill an, der ihm zuwider war, bestärkte ihn, die Laufbahn als Offizier aufzugeben und sich seinem eigentlichen Talent, dem Zeichnen, zu widmen, ermutigte ihn, sich mit Tante Alice zu versöhnen, die ihn ganz sicher bei diesen Plänen unterstützen würde. Er nickte begeistert, während sie ihm zuredete, erklärte mit leuchtenden Augen, sein Leben von nun an ändern zu wollen, und verstieg sich in phantastische Zukunftsvisionen. Sie riet ihm, nach Berlin zu kommen, um dort ein Kunststudium zu beginnen, sie würde ihm ein preiswertes Quartier besorgen und sich auch sonst um ihn kümmern. Was sie ihm nicht sagte, war, dass sie ihn vor allen Dingen im Auge behalten wollte. Friedrich war ein liebenswerter Mensch und wohl auch ein begabter Zeichner – doch er besaß weder Menschenkenntnis noch Durchsetzungsvermögen, und es stand zu befürchten, dass er in schlechte Gesellschaft geriet.

Die Beerdigung ihrer Mutter musste um zwei Tage verschoben werden, denn der Boden war noch so hart gefroren, dass man das Grab nicht ausheben konnte. Als endlich Tauwetter einsetzte, standen die wenigen Beerdigungsgäste fast knöcheltief im Schlamm, hielten Regenschirme über sich und starrten auf den nassen, dunklen Eichensarg, den ein Gebinde aus Tannengrün und weißen Nelken zierte. Der Regen trommelte auf den Sargdeckel, und Paula fiel ein, dass ihre Brüder sie damals immer mit einem der kleinen, halb umgestürzten Grabsteine geängstigt hatten. Darauf stand deutlich »Paula – 1886« zu lesen – eine treue Angestellte, der man das Privileg zugestanden hatte, bei der Herrschaft ihre letzte Ruhe zu finden.

Der Pfarrer war nass wie eine gebadete Ratte und hatte wenig Lust, die Zeremonie auszudehnen. Die Helfer hatten es gleichfalls eilig, den Sarg an den beiden Seilen hinabzulassen, einer der Männer glitt dabei aus und wäre um ein Haar mit in die Grube gerutscht. Später wurde im Dorf erzählt, ein solcher Vorfall sei ein böses Omen – mit Klein-Machnitz werde es wohl kein gutes Ende nehmen.

Ganz unrecht hatten die Leute nicht. Kaum war Lilly von Dahlen in der feuchten Erde begraben, da erschienen schon die ersten Kaufinteressenten im Gutshaus. Wilhelm hatte in mehreren Zeitungen Annoncen aufgegeben, Paula war machtlos dagegen, und Friedrich hatte sich wie gewöhnlich dem Diktat des älteren Bruders gebeugt. Der alte Hausdiener Johann musste den »Fremden« jeden Winkel des Hauses zeigen, und seine Empörung darüber schnitt Paula ins Herz. In mehr als vierzig Jahren war dieses Anwesen ein Teil seiner selbst geworden, er wusste besser über alle Gebrechen und Vorzüge des Baus Bescheid als seine Herrschaft, und die abfälligen Kommentare so mancher Besucher verletzten den alten Diener tief. Auch Paula, die doch der Meinung gewesen war, sich schon meilenweit von dem Ort ihrer Kindheit entfernt zu haben, spürte den Schmerz, als die Besucher mit abschätzenden Blicken durch die Bibliothek spazierten, ungeniert Schränke öffneten und Bücher herauszogen, das verbliebene Geschirr besahen oder an die Wände klopften, um deren Festigkeit zu prüfen.

Paula beschloss, nun endgültig Abschied von Klein-Machnitz zu nehmen, sie sattelte das letzte Pferd, das noch im Stall verblieben war, und ritt trotz Wind und Regenwetter die alten Wege ihrer Kindheit. Alles erschien ihr trostlos, grau die Wiesen, die Wälder kahl, auf den Äckern nur das matte Grün der Wintersaat. Die Zeiten, da sie hier noch auf der schlanken, braunen Sternschnuppe galoppierte, gehörten endgültig der Vergangenheit an, denn die hübsche Stute war vor drei Jahren verkauft worden. Unten am See entdeckte sie den jüngsten Sohn des Gärtners, der nach Karpfen und Schleien angelte. Als er sie erkannte, sprang er hastig auf, warf seine Angel fort und lief davon.

»Nanu?«, rief eine unbekannte männliche Stimme. »Gar so furchteinflößend kommen Sie mir gar nicht vor!«

Sie hatte den Mann zwischen den dunklen Eichenstämmen nicht gleich gesehen und erschrak heftig über die unerwartete Anrede, wenngleich diese keineswegs unfreundlich, sondern vielmehr amüsiert klang.

»Er darf hier eigentlich nicht angeln«, gab sie zurück.

Das Regenwasser rann von ihrer Hutkrempe herab und erschwerte die Sicht. Der Fremde trug eine lange Jacke aus braunem Leder wie die Jäger, eine Hose aus dunklem Stoff und hohe Stiefel. Auf dem Kopf hatte er eine reichlich zerdellte Kappe, die möglicherweise einmal ein teurer Hut gewesen war.

»Gehört der See zu dem Gut Klein-Machnitz?«

»Ja.«

»Und drüben auf der anderen Seite das Wäldchen?«

»Das auch.«

Seine Fragerei ging ihr auf die Nerven. Ganz offensichtlich handelte es sich bei diesem Zeitgenossen ebenfalls um einen Kaufwilligen, der sich im Unterschied zu den Konkurrenten erst einmal die Umgebung anschaute, bevor er das Gutshaus besichtigte. Ihre einsilbigen Antworten hatten ihn wohl geärgert, denn er stieg schweigend mit weit ausholenden Schritten zum Seeufer hinab, hob die selbstgefertigte Angel des Gärtnersohns auf, besah sie und legte sie kopfschüttelnd wieder ins Gras. Paula konnte jetzt sein Gesicht erkennen, er war noch jung, hatte eine gerade Nase und ein festes Kinn. Vielleicht war er ja auch nur ein Grundstücksmakler – sie konnte sich nicht vorstellen, woher ein so junger Kerl das Geld haben sollte, um ein Gut wie Klein-Machnitz zu erwerben.

»Warten Sie!«, rief er ihr nach, als sie, ohne sich weiter um ihn zu kümmern, davonritt. »So warten Sie doch …«

Sie wartete nicht, im Gegenteil, sie trieb sogar ihr Pferd an. Was jedoch ohne Wirkung blieb, da der struppige Fuchswallach sich auf seine alten Tage nicht hetzen ließ. Trotzdem verbrachte sie später eine ganze Stunde bei dem Tier im Stall, um es zu füttern, mit Stroh abzureiben und zu striegeln.

Schmerzlich war der Abschied von der alten Erna, die ihre Kinderfrau gewesen war und ihr nicht selten die Mutter ersetzt hatte. Auch Johann war ihr ans Herz gewachsen und ganz besonders die redselige Saffi, bei der sie als Kind so oft in der Küche gesessen hatte. Es war eines der Zauberreiche gewesen, in die die kleine Paula sich hatte flüchten können, ein Ort, der von dem flammenden Herd und den brodelnden Töpfen beherrscht wurde, von den erregenden Düften der vielen Gewürze, die Saffi in kleinen Döschen auf einem Wandregal stehen hatte. Safranfäden und Zimtsterne, Kardamom, Gewürznelken, Anis und Muskatnüsse, Vanilleschoten, Lorbeerblätter – allein die Namen dieser Gewürze hatten sie damals schon entzückt …

Sie fuhr aus ihren Gedanken auf, weil das eintönige Klappern und Klingeln der Schreibmaschinen plötzlich einen anderen Rhythmus bekam. Gertrud hatte die Arbeit unterbrochen, um ans Fenster zu gehen und ein wenig frische Luft in den Raum zu lassen.

»Nu haben sie da unten genug gestritten – ick gloobe, die Versammlung löst sich uff.«

Paula sah von ihrer Schreibarbeit hoch – tatsächlich, die Stimmen der Herren hallten jetzt durch das Treppenhaus, was daran lag, dass man die Türen des Konferenzsaals geöffnet hatte.

»Der Staatssekretär Solf hat seinen eigenen Kopp, ham se jesagt. Der macht alles anders als sein Vorgänger. Na ja – neue Besen kehren besser …«

Gertrud legte die fertig geschriebenen Briefe in die Unterschriftenmappe, die übrigen Schreiben, die Listen und Lageberichte wurden in einer anderen Mappe gesammelt und Ministerialdirektor Diederich zur Durchsicht auf den Schreibtisch gelegt.

»Er hat doch alle unsere Kolonien im vergangenen Jahr bereist und sich ein Bild von der Lage gemacht«, warf Paula ein.

»Klar – die Herren reisen auf Staatskosten in ferne Länder und lassen sich da in Sänften herumtragen und mit gebratenem Spanferkel füttern«, bemerkte Gertrud neidisch. »Und seine Olle hat er ooch mitgenommen. Die is vielleicht 'ne Nummer. Über zwanzig Jährchen jünger als er, aber 'n Mannweib. Löwen soll die schießen. Und auch sonst hat sie die Hosen an, die Solfsche …«

Paula zuckte die Schultern. Sie hatte Frau Staatssekretär Solf nur einmal zu Gesicht bekommen, als diese mit einem Automobil vor dem Amt vorfuhr, um ihren Mann aufzusuchen. Sie war eine bewegliche, schlanke Frau, die wenig Wert auf modische Kleidung legte, dafür aber selbst am Steuer des Automobils saß. Ja, Paula konnte sie sich recht gut in langer Jacke und Hosen vorstellen, den Tropenhelm auf dem Kopf und ein Gewehr übergehängt, wild entschlossen, den König der Savanne zu erlegen.

»Is schon gleich halb sechs – wenn der Diederich nicht noch was Eiliges hat, können wir in 'ner halben Stunde gehen …«

»Na, hoffen wir mal …«, seufzte Paula und rieb sich die schmerzenden Schultern.

Man brauchte Kraft in Fingern und Armen, um die Tasten der Schreibmaschine herunterzudrücken, es war im Grunde ähnlich wie das Klavierspiel, das ebenfalls kräftige und bewegliche Finger erforderte. Nur dass das schwarze, stählerne Schreibgerät keine Musik, sondern nur Geratter und Geklingel produzierte.

Aus dem Treppenhaus drangen jetzt höfliche Abschiedsfloskeln nach oben. »Meine Empfehlung an Ihre Gattin und das Fräulein Tochter«, »Ich wünsche noch einen angenehmen Abend«, »Bei passender Gelegenheit sollten wir unser Gespräch vertiefen«. Vermutlich liefen jetzt die Amtsdiener mit den Mänteln, Hüten und Handschuhen der Herren Beamten herbei, eifrig darauf bedacht, die Ränge einzuhalten und nicht etwa einen Ministerialdirektor vor dem Staatssekretär mit Mantel und Gamaschen auszustatten. Einige Herren stiegen die Treppe hinauf, um während der letzten halben Stunde ihrer Dienstzeit noch Protokolle und Notizen abzulegen und Notwendiges in die Wege zu leiten. Unter ihnen war auch Ministerialdirektor Diederich, der von Dr. Johannes Falk begleitet wurde.

»Guten Abend«, grüßte Gertrud mit süßem Lächeln, während sie in gut gespieltem Arbeitseifer ein leeres Blatt in die Maschine einspannte.

»Guten Abend …«

Dr. Falk gab den Gruß freundlich zurück, während Diederich nur nickte und hastig zur Tür seines Dienstraums strebte. Dr. Falk folgte ihm, wie er es seit der vergangenen Woche immer tat, es ging im Amt schon die Rede, der Ministerialdirektor habe seinen Schatten verkauft und stattdessen Dr. Falk engagiert. Aber das war vermutlich nur der Neid einiger Kollegen, denn Dr. Johannes Falk hatte inzwischen die Nachricht erhalten, dass man ihn in ein Beamtenverhältnis übernehmen würde. Der Neid war vor allem deshalb aufgekommen, weil Falk nicht ganz unten in der Hierarchie anfangen musste, sondern aufgrund seines abgeschlossenen Studiums und seiner Erfahrungen im Ausland eine höher angesiedelte Position erhielt.

»Tja – da hat wohl einer nachgeholfen«, hatte Gertrud gemeint, als die frohe Kunde im Amt bekannt wurde.

Paula hatte Dr. Falk von Herzen gratuliert und hinzugefügt, sie sei sicher, dass gerade er es verdient habe, eine solche Position zu erlangen. Er war sehr verlegen gewesen, hatte mit den Augen gezwinkert und mehrfach genickt, als habe er es eilig, das Gespräch zu beenden. Dann war er davongelaufen, um – wie er behauptete – eine wichtige Angelegenheit zu regeln, die man ihm aufgetragen habe. Nach seiner Ernennung würde er oben in der Abteilung A, wo es um politische und allgemeine Verwaltungsangelegenheiten der Kolonien ging, einen eigenen Raum erhalten.

Paulas vage Hoffnungen hatten sich nicht bestätigt. Nachdem sie aus Klein-Machnitz zurückgekehrt war, hatte Dr. Falk sie zwar freundlich begrüßt und ihr voller Teilnahme zum Ableben ihrer Frau Mutter kondoliert, eine Einladung zu einem gemeinsamen Spaziergang am Wochenende hatte er jedoch nicht wieder ausgesprochen. Zuerst hatte Paula vermutet, er zögere, weil sie noch in Trauer war, doch da er sich auch im Amt vor ihr zurückzog, wurde ihr bald klar, dass Dr. Johannes Falk nicht die Absicht hatte, ihr in irgendeiner Weise näherzutreten.

Es hatte sie einige schlaflose Nächte und viele Grübeleien gekostet, sich einen Reim auf dieses Verhalten zu machen. Wie hatte sie nur glauben können, er wolle ihr einen Antrag machen? War sie denn ganz und gar blind für die Realität gewesen? Solange er keine Position innehatte und nichts verdiente, konnte er nicht daran denken, sich zu verloben. Auch nicht heimlich. Er hatte den Sonntag mit ihr verbringen wollen, weil er in seiner Verzweiflung eine verständnisvolle Seele brauchte, der er sein Leid klagen konnte. Gewiss – er hegte Sympathien für sie, sonst hätte er ihr nicht so viel Vertrauen entgegengebracht. Immerhin waren es doch recht intime Geständnisse, die er ihr da in seiner Aufregung gemacht hatte. Bereute er seine Offenheit inzwischen? Oder fürchtete er, ihr zu viel zugemutet und sie erschreckt zu haben? Hatte er vielleicht auch Bedenken, sie durch solche Treffen zu kompromittieren, ihren Ruf im Amt zu schädigen? Paula hatte all diese Möglichkeiten durchdacht und war zu dem Schluss gekommen, dass Dr. Falk ihr auf jeden Fall wenigstens eine Erklärung schuldig war. Dazu machte er aber keinerlei Anstalten, ganz im Gegenteil, er verhielt sich ihr gegenüber korrekt, doch er vermied es tunlichst, mit ihr allein zu bleiben.

Nun hatte sich sein Schicksal also gewandelt, er war kein Habenichts mehr, sondern Inhaber einer Beamtenstelle, und Paula hatte die dumme und sinnlose Hoffnung immer noch nicht aufgeben wollen. Wenn es tatsächlich so etwas wie Sympathie und Vertrauen von seiner Seite gab, dann war nun der Augenblick gekommen, sich ihr zu offenbaren. Gewiss, das kurze Gespräch, als sie ihm zu seiner neuen Position gratulierte, war recht unbefriedigend verlaufen. Aber es war doch möglich, dass er warten wollte, bis alles Brief und Siegel hatte. Noch hielt er seine Ernennungsurkunde nicht in Händen, noch saß er nicht oben in seinem eigenen Zimmer, hatte sich in die verantwortungsvolle Position noch nicht eingearbeitet, sich noch nicht bewährt. Außerdem war es für einen jungen Mann sinnvoll, zuerst eine gewisse Summe anzusparen, die er später für die Anschaffung von Möbeln und anderen für einen jungen Hausstand notwendigen Dingen ausgeben könnte …

Anfang der Woche war ein kurzes Schreiben ihres Bruders Wilhelm eingetroffen, in dem er ihr mitteilte, dass Klein-Machnitz verkauft war. Der Käufer sei ein gewisser Gustav Kamrau, Inhaber einer Werft in Stettin. Wie zu erwarten, sei die Kaufsumme vollständig in den Schulden aufgegangen, Paula habe also keinerlei Mitgift zu erwarten.

Wie schade, dass sie nicht doch einige Stücke des schönen Tafelservice mitgenommen hatte. Oder eine der Tischdecken aus schwerem Leinen, die noch die Großmutter mit feinen Stickereien geschmückt hatte. Einen silbernen Leuchter, wenigstens eines der prächtigen Gemälde. Aber sie hatte nichts, gar nichts, stand mit leeren Händen da, nicht einmal die Kleider in ihrem Schrank hatte sie in ihren Koffer gepackt.

»Fräulein von Dahlen? Kommen Sie bitte zum Diktat …«

Ministerialdirektor Diederich hatte die Tür seines Zimmers weit geöffnet und schüttelte Dr. Falk zum Abschied herzlich die Hand. Dann machte er eine einladende Geste in Paulas Richtung und lächelte ihr in gewohnt väterlicher Weise zu.

»Nur ein paar kurze Schreiben – keine Sorge, Sie müssen keine Überstunden machen. Kommen Sie, kommen Sie …«

Unter Gertruds giftigen Blicken eilte sie mit Block und Stift hinüber. Dass aber auch immer die Paula zum Diktat geholt wurde, als ob sie, Gertrud, nicht ebenso rasch mit dem Bleistift wäre! Und die Gabelsberger Kurzschrift beherrschte sie ganz sicher besser …

»An den Gouverneur von Deutsch-Ostafrika, Herrn Heinrich Schnee… Daressalam … bezugnehmend auf Ihre Anfrage … freue mich, Ihnen mitteilen zu können … ein fähiger junger Kandidat für diese Aufgabe gefunden wurde … Seinen Werdegang entnehmen Sie den beiliegenden …«

Paulas Bleistift flog über das Papier und notierte getreulich jedes Wort, das Diederich diktierte, während ihr Geist den Inhalt des Schreibens nur oberflächlich erfasste. Es lag daran, dass es sich immer um die gleichen Dinge drehte, man schickte junge Männer in die Kolonien, wo sie sich in der deutschen Verwaltung erste Sporen verdienen konnten. Die Kandidaten wurden sorgfältig ausgewählt und durchliefen eine mehrmonatige Vorbereitungszeit, auch wurde geprüft, ob ihre Gesundheit den Belastungen des fremden Klimas standhalten würde. Normalerweise blieben diese jungen Beamten nicht allzu lange auf einem Posten in Übersee. Die meisten wechselten mehrfach ihr Einsatzgebiet, um möglichst umfangreiche Erfahrungen zu sammeln, die sie später zu einer verantwortlichen Position in der Heimat befähigen würden. Kaum einer von ihnen hatte die Absicht, dauerhaft in einer der Kolonien zu bleiben. Was hauptsächlich daran lag, dass nur wenige deutsche Beamtenfrauen dazu bereit waren, in Afrika, Samoa oder China eine Familie zu gründen.

»Haben Sie alles, Fräulein von Dahlen? Die Briefe schreiben Sie bitte morgen gleich als Erstes …«

»Ja, natürlich …«

Er war nach seiner Gewohnheit im Zimmer umhergelaufen, jetzt blieb er vor ihrem Stuhl stehen, die Arme auf dem Rücken verschränkt. Das rosige Doppelkinn quoll über den steifen Kragen, als er zu ihr hinuntersah.

»Ich habe eine Bitte, Herr Ministerialdirektor.«

»Nanu?«, wunderte er sich und schaute auf einmal besorgt aus. »Lassen Sie hören. Sie wissen ja, dass ich immer ein offenes Ohr für meine Angestellten habe.«

»Es geht um diese Fotografie.«

Erleichterung zeichnete sich auf seinem Gesicht ab – was hatte er erwartet? Dass sie mehr Gehalt wollte? Ihre Stellung kündigen? Er nahm das kleine Bildchen zwischen Daumen und Zeigefinger und hielt es ins Licht der Deckenbeleuchtung. Angestrengt runzelte er die Stirn und kniff die Augen zusammen, als das auch nicht viel half, zog er den Kneifer aus der oberen Jackentasche.

»Da schau an … ein ganz ungewöhnlich großes Exemplar … wirklich sehr ungewöhnlich … Wo wurde es aufgenommen?«

»Genau das versuche ich herauszufinden.«

Sie erzählte die Geschichte von dem guten Freund ihres Vaters, dessen Name leider nicht bekannt sei, doch sie erinnere sich, dass der Vater oft und gern von dem lieben »Klaus« erzählt hatte. In die Kolonien sei er gegangen, das müsste etwa achtundzwanzig Jahre her sein.

»Und seitdem haben Sie nie wieder etwas von ihm gehört?«

»Doch, doch. Es gab Briefe und Postkarten. Aber mein Vater hat sie leider nicht aufgehoben. Ich hatte die Hoffnung, Sie könnten mir vielleicht …«

»Ich?«, fragte er und zog die Augenbrauen in die Höhe. »Schwierige Sache, Fräulein von Dahlen. Ich würde auf Afrika tippen. Togo, Deutsch-Ost, Deutsch-Südwest … Wann soll es gewesen sein? Um das Jahr 1885? Das war ja noch vor dem Araberaufstand in Deutsch-Ost, ganz bei den Anfängen, nur Togo war damals schon offiziell deutsche Kolonie. Tja ...«

Er ließ einen tiefen Seufzer folgen und wollte wissen, ob der abgebildete junge Mann im Auftrag der Regierung oder einer anderen Institution dort unten gewesen sei. Nein? Ein Abenteurer also? Wohlhabend vermutlich? Vielleicht auf Großwildjagd, wie so viele? Paula bejahte dies und wurde sich bewusst, dass sie sich immer weiter in ein Netz von Lügen verstrickte und nicht einmal rot dabei wurde. Himmel – wie konnte sie nur?

»Nun – ich sehe da kaum eine Chance, Fräulein von Dahlen«, meinte Ministerialdirektor Diederich nach einer Weile bedauernd und reichte ihr das Bildchen zurück. »Viel wahrscheinlicher wäre, dass sich jemand aus Ihrer Verwandtschaft erinnert. Nein? Bekannte oder Freunde? Auch nicht?«

Er hätte sie jetzt eigentlich fortschicken und ihr einen angenehmen Feierabend wünschen müssen, doch er blieb vor ihr stehen und lächelte unverändert jovial.

»Da kommt mir doch eine Idee. Meine Frau und ich, wir geben heute Abend eine kleine Einladung, nur im engeren Kreis, nichts Offizielles. Es wird auch mein lieber Schwager Dr. Meynecke anwesend sein, ein Arzt und Biologe, der just um diese Zeit die deutschen Schutzgebiete bereist hat. Sie müssen wissen, dass es damals noch nicht allzu viele Weiße in diesen Gegenden gab, falls er also den Freund Ihres Vaters getroffen haben sollte, wird er sich ganz sicher an ihn erinnern.«

Wenn sie es nicht als unpassend wegen des Trauerfalls in ihrer Familie ansehen würde, dann wäre er – auch im Namen seiner Gattin – hocherfreut, sie heute Abend in seinem Haus begrüßen zu dürfen. Wie gesagt, nur eine kleine Runde guter Freunde und Verwandter, ganz zwanglos, sie brauche keine große Toilette zu machen, ein Nachmittagskleid würde reichen. Ganz im Vertrauen gesagt, habe er bereits öfter mit seiner lieben Gattin über sie, Paula von Dahlen, gesprochen. Sie sei doch aus gutem Hause, eine junge Frau mit Bildung und guten Manieren, es sei schade, dass ihr hier in Berlin so ganz und gar die Beziehungen fehlten. In diesem Punkt, so habe er längst gemeinsam mit seiner lieben Gattin beschlossen, wolle er ihr nur allzu gern unter die Arme greifen, sprich, ihr sein Haus öffnen.

Falls Kollegin Gertrud jetzt wie so oft ihr Ohr an der Tür hatte, dann würde sie morgen wohl allerlei unsinniges Zeug über Paula von Dahlen und den Herrn Ministerialdirektor Diederich erzählen. Paula wusste keineswegs, was sie von dieser spontan ausgesprochenen Einladung halten sollte, doch sie hatte das Schicksal nun einmal herausgefordert – also würde sie den Stier bei den Hörnern packen.

»Ich komme sehr gern, Herr Ministerialdirektor. Ich hoffe nur, dass Ihre Gattin durch mein unerwartetes Erscheinen nicht in Verlegenheit kommt.«

»Unsinn! Um acht. Schützenstraße 23, erster Stock. Warten Sie …«

Er fingerte eine seiner Visitenkarten aus dem Etui und notierte darauf einige Worte. Nur damit der Hausdiener Bescheid wusste, sie solle ihm die Karte gleich geben, wenn er ihr öffnete.

Es war schon fast halb sieben, als sie das Gebäude des Reichskolonialamts verließ, hinter ihr rumorte der Hausmeister, der die Kohlen hinauftrug und sich nicht einmal die Zeit nahm, ihr einen schönen Abend zu wünschen. Die Luft war mild, und es roch ein wenig nach Frühling, in der übernächsten Woche würde schon Ostern sein. Einen kurzen Moment lang zögerte sie, dann lief sie hinüber zur Haltestelle und nahm die Trambahn. Sie sparte zwar immer noch eisern, nun aber nicht mehr um der Mutter Geld zu schicken, sondern um Friedrich unterstützen zu können, falls der sich tatsächlich entschließen sollte, hier in Berlin ein Kunststudium aufzunehmen. Aber heute hatte sie es eilig, sie musste sich umkleiden und durfte auf keinen Fall abgehetzt wirken, wenn sie in der Wohnung des Ministerialdirektors erschien. Ob sie sich für die Rückfahrt eine Droschke oder gar eine Kraftdroschke, also ein Automobil, leisten sollte? Die Hauptsache aber war, dass sie die Fotografie einsteckte und sich nicht in ihrem eigenen Lügennetz verhedderte, wenn man sie nach dem verschollenen »Klaus« fragte.

Nie hatte sie sich Gedanken darüber gemacht, dass ihre Garderobe für einen Besuch in der höheren Gesellschaft Berlins möglicherweise nicht ausreichte. Keine »große Toilette«, hatte der Ministerialdirektor gesagt. Natürlich nicht – eine kleine Gesellschaft unter guten Freunden war kein Ball. Aber sie verfügte leider auch nicht über ein Nachmittagskleid oder ein hübsches Kostüm nach der neuesten Mode. Es blieb ihr nichts anderes übrig, als einen hellen Rock und ihre beste Spitzenbluse auszuwählen, dazu eine halblange Jacke, ein ziemlich altmodisches Teil, das vor etlichen Jahren einmal im Auftrag ihrer Mutter für sie genäht worden war. Auch ihre Schuhe wollten nicht so recht dazu passen, die braunen waren zu ländlich, die schwarzen gingen nicht zu dem hellen Rock, und die weißen hatten leider eine Menge Flecke und Kratzer. Ärgerlich zwängte sie sich in das lästige Korsett, wimmelte Magda ab, die es sich wieder einmal bei ihr gemütlich machen wollte, und als sie endlich aus dem Haus ging, war es schon fast acht Uhr.

Auch das noch, dachte sie deprimiert. Eigentlich ist das alles vollkommen unmöglich. Ich erscheine dort ohne Begleitung, nicht einmal mit einer Freundin. Dazu schlecht gekleidet und mit unpassenden Schuhen. Und dann komme ich auch noch zu spät …

Weshalb blieb sie nicht gleich zu Hause? Sie könnte Ministerialdirektor Diederich morgen erzählen, sie sei plötzlich krank geworden. Doch das Geheimnis der alten Fotografie ließ ihr keine Ruhe. Vielleicht ergab sich ja wenigstens ein Anhaltspunkt, eine Vermutung, irgendein Hinweis, den sie weiter verfolgen konnte. »Klaus« – was für ein Allerweltsname. Tausende hießen so. Hätte ihre Mutter sich nicht in einen Mann mit einem ungewöhnlicheren Vornamen verlieben können? Victor oder Eduard?

Er hatte seinen Antrag zwei Wochen vor ihrer Hochzeit mit Ernst von Dahlen gemacht. Der Hochzeitstag ihrer Eltern war am zweiten Juni gewesen. Paula hatte am siebzehnten Februar Geburtstag. Erna hatte ihr erzählt, sie sei bei ihrer Geburt krank gewesen, und niemand habe geglaubt, dass sie am Leben bleibe. Man bestellte zwei Ammen und wickelte den zu früh geborenen Säugling in frische Schafwolle, dennoch sah es ein paar Tage lang so aus, als wolle die kleine Paula diese Welt, in die sie doch gerade erst eingetreten war, schon wieder verlassen. Aber sie war zäh wie eine Katze und sprang dem Tod von der Schippe. So hatte es zumindest Saffi ausgedrückt.

Sie hatte Glück, dass das milde Wetter auch am Abend anhielt, kein Wind, der ihren Hut zerzauste, kein Regen, der die Kreide abwusch, mit der sie die Kratzer und Flecke auf ihren hellen Schuhen ausgebessert hatte. Sie kam zwar eine halbe Stunde zu spät, wurde aber dennoch vom Hausherrn mit großer Freundlichkeit in der Diele begrüßt und ins Speisezimmer geführt, wo man bereits mit dem Abendessen begonnen hatte. Die Hitze des Kaminfeuers und der Kerzen schlug ihr entgegen, frisch poliertes Silber und Kristallgläser blendeten die

Augen, doch sie konnte immerhin erkennen, dass etwa zwanzig Damen und Herren an der langen Tafel saßen.

»Darf ich Ihnen eine gute Bekannte vorstellen? Fräulein Paula von Dahlen, die Tochter des Gutsbesitzers Ernst von Dahlen in Mecklenburg. In der Nähe des Müritzsees, nicht wahr, liebes Fräulein Paula?«

»Ja genau. Klein-Machnitz liegt etwa zwanzig Kilometer südlich des Sees …«

Die Lügen nahmen kein Ende, wobei sie bisher ja die Wahrheit gesagt hatte. Klein-Machnitz lag südlich der Müritz, nur gehörte Klein-Machnitz nicht mehr ihrem Vater. Das Gut war verkauft und ihr Vater vor fünf Jahren gestorben. Aber das wollte hier niemand wissen, also erzählte sie es auch nicht.

Frau Ministerialdirektorin Diederich in dunkelgrünem Samt mit perlenbesticktem Kopfschmuck bemühte sich höchstselbst um den verspäteten Gast. Paula wurde der Platz neben dem weitgereisten Schwager angewiesen, ein graubärtiger, hagerer Mann mit dunkelroter, großporiger Gesichtshaut, der kaum redete, sondern wie ausgehungert über die aufgetragenen Speisen herfiel. Als der Diener ihr die Suppe vorsetzte und sie zur Serviette griff, hatte sie zum ersten Mal ein wenig Muße, die übrigen Gäste zu betrachten. Sie kannte niemanden – außer Dr. Falk, der gleich neben der Ministerialdirektorin saß und Paulas Blick rasch auswich.

Die Suppe war nur lauwarm und schmeckte nach eingeweichter Pappe – kein Vergleich zu Saffis köstlicher Rinderbrühe mit Einlagen. Das Mahl wurde ihr durch die Aufmerksamkeit der gegenübersitzenden älteren Dame gewürzt, die sie ungeniert nach Strich und Faden ausfragte.

»Hat Sie die Abenteuerlust in unser schönes Berlin getrieben, Fräulein von Dahlen?«

»So könnte man es nennen, gnädige Frau.«

»Ach ja – auf dem Land verläuft das Leben in ruhigeren Bahnen, nicht wahr?«

»So ist es, gnädige Frau.«

»Und Sie arbeiten als Sekretärin? Was sagen denn Ihre Eltern dazu?«

»Meine Eltern leben nicht mehr.«

Darüber zeigte sich die Dame betrübt, und Paula erfuhr, dass sie Frau Legationsrat Kochendorffer, die Cousine des Herrn Ministerialdirektors, sei. Da ihr Tischherr noch immer kein Interesse an ihr zeigte, widmete sich Paula dem Fischgericht, das aus mariniertem Heilbutt bestand und voller Gräten war. Dafür war der Rheinwein, der dazu ausgeschenkt wurde, ganz ausgezeichnet. Verstohlen sah sie an künstlichen Blüten und Kerzenleuchtern vorbei zu Dr. Falk hinüber und stellte fest, dass auch er sie betrachtete. Sie lächelte ihm zu, worauf er sofort den Blick wieder senkte und sich dann rasch seiner Tischdame zuwandte. Sie war noch jung, sehr füllig und trug ein roséfarbiges Kleid, aus dem sie förmlich herauszuquellen drohte.

»Ministerialdirektor Diederich erzählte mir, Sie hätten die Kolonien bereist«, wandte sie sich nun entschlossen an Dr. Meynecke, der seine Fischportion bis auf ein Häuflein Gräten verschlungen hatte.

»Wie? Ja, gewiss. Das ist lange her, junge Frau. Lange her …«

Er nahm einen Schluck Wein, spülte sich damit hörbar den Mund aus und schluckte. Dann pulte er ungeniert eine Gräte aus den Zähnen und legte seine Beute auf dem Tellerrand ab.

»Das war noch vor dem Araberaufstand in Deutsch-Ost, nicht wahr?«, beharrte sie.

»Sie meinen diesen Buschuri? Ein tapferer Bursche war das. Habe selbst Gelegenheit gehabt, mich davon zu überzeugen. Ein Prachtkerl – stand nur leider auf der falschen Seite …«

»Ich habe da eine Fotografie …«

»Großartige Händler waren diese Araber«, fuhr Dr. Meynecke fort, ohne auf sie zu achten. »Elfenbein und Gold, Pfeffer, Muskat, Tamarinde, Weihrauch – alles haben sie aus dem Landesinneren herbeigeschafft. Auf Sansibar wurden die Waren umgeschlagen – was für eine Insel! Wer sie einmal gesehen hat, den lässt sie nicht wieder los!«

Er bedeutete dem Diener, ihm Wein nachzuschenken, und trank das Glas in einem Zug leer. Paula hegte die Vermutung, dass die rötliche Gesichtsfarbe des Biologen mit einer Neigung zum Alkohol zu erklären war. Viele Männer, die für längere Zeit in den Tropen gewesen waren, waren dort dem Alkohol verfallen.

»Ja, von Sansibar habe ich schon gehört. Die berühmte Gewürzinsel im Pazifik, direkt vor der afrikanischen Küste.«

»Großartige Händler«, wiederholte Dr. Meynecke und blickte sie aus rotgeäderten Augen an. »Vor allem der Sklavenhandel hat sie reich gemacht. Karawanen haben sie ausgerüstet, sind kreuz und quer durch Afrika gezogen …«

»Aber der Sklavenhandel ist doch längst verboten, oder etwa nicht?«, wunderte sich Paula.

»Heutzutage ja«, gab Meynecke zu, und sie hatte fast den Eindruck, dass er dies bedauerte. »Man sieht immer weniger Araber in Afrika, die einst so stolzen Handelsherren sind von den Indern verdrängt worden. Ein gieriges Volk, diese Inder. Haben Ähnlichkeit mit den Juden …«

Er trank ein weiteres Glas Wein, was seine Zunge zu lockern schien. Als Paula wieder auf ihre Fotografie zurückkommen wollte, wurde der Hauptgang serviert, Schmorbraten vom Rind mit Erbsen, Möhren, Kartöffelchen und eingemachter Roter Bete. Sofort galt die Aufmerksamkeit ihres Tischherrn ausschließlich seinem Teller, den er in recht unhöflicher Weise mit Speisen belud. Paula nahm nur wenig, da sie kaum Appetit verspürte, außerdem war der Braten so weich geschmort, dass er fast zerfiel. Ob ihr Tischherr zu Hause nichts zu essen bekam, dass er sich hier im Hause seines Schwagers so vollstopfen musste? Solange er aß, war jedenfalls an kein Gespräch zu denken.

Sie fühlte sich zunehmend unwohl in dieser Gesellschaft. Vielleicht lag es daran, dass sie kaum jemanden kannte, während alle Übrigen angeregt miteinander plauderten, doch auch diese Gespräche und die dazugehörigen Gesten erschienen ihr gezwungen und ein wenig steif. Da war es zu Hause doch fröhlicher hergegangen, wenn Gäste geladen waren. Gewiss hatte man sich zu benehmen, vor allem die Kinder. Aber die Erwachsenen lachten unbefangen, erzählten Schwänke, machten Witze, die manchmal sehr deftig sein konnten, gaben Jagdgeschichten zum Besten und pikante Histörchen. Wieder blickte sie zu Dr. Falk hinüber, doch der war ganz und gar in ein Gespräch mit der Ministerialdirektorin vertieft. Ein recht einseitiges Gespräch, wie Paula fand, denn die Ministerialdirektorin führte das Wort, während Dr. Falk zuhörte und in unregelmäßigen Abständen nickte.

»Das Leben ist nicht einfach für einen Witwer«, wandte sich die gegenübersitzende Legationsrätin wieder an Paula. »Besonders wenn er sich bereits aus dem Berufsleben zurückgezogen hat und ganz für sich allein lebt …«

Jetzt war es an Paula zu nicken – sie hatte zu diesem Thema wenig beizutragen. Die Legationsrätin lächelte gewinnend, führte die Gabel zum Mund, kaute bedächtig Erbsen und Möhrchen und setzte dann ihre Rede fort.

»Eine Frau kann sich doch im Hause immer beschäftigen, nicht wahr? Und dann gibt es Freundinnen und Einladungen, außerdem kann sie sich bei kirchlichen Einrichtungen engagieren … Ein Mann dagegen weiß in einer derartigen Situation oft gar nichts mit sich anzufangen …«

»Nun, auch ein Mann könnte sich für eine gute Sache engagieren. Oder in einem Chor singen …«

Legationsrätin Kochendorffer nahm noch ein paar Erbsen von der angebotenen Platte, dann schüttelte sie energisch den Kopf.

»Nein, nein, nein, meine Liebe. Das ist in diesem Fall ganz und gar ausgeschlossen.«

Jetzt endlich begriff Paula, dass ihr Gegenüber keine allgemein gehaltene Konversation führte. Der Blick der Legationsrätin ruhte so eindeutig auf Paulas Tischherrn, dass es keiner Frage bedurfte, von welchem »Fall« die Rede war.

»Ein Witwer, der in guten finanziellen Verhältnissen lebt, sollte meiner Ansicht nach nicht allein bleiben. Wie viel angenehmer kann doch das Leben mit einer verständnisvollen, vielleicht auch jüngeren Gefährtin sein, die sich liebevoll seiner annimmt. Es gibt so viele junge Frauen aus gutem Hause, die unverschuldet in Not geraten sind und für die eine solche Heirat von großem Vorteil wäre …«

»Da haben Sie ganz Recht, gnädige Frau.«

Das Rätsel war gelöst. Man hatte sie eingeladen und neben diesen schmatzenden Mümmelgreis gesetzt, damit sie ihn während seiner letzten Lebensjahre fütterte und pflegte. Paula griff zum Weinglas, das inzwischen ausgetauscht und mit einem französischen Rotwein gefüllt worden war, und während sie trank, empfand sie zu ihrer eigenen Überraschung keinen Ärger, sondern Heiterkeit. Ministerialdirektor Diederich war entschlossen, die Sekretärin und verarmte Adelige Paula von Dahlen in seine Familie aufzunehmen. Weil sie doch aus gutem Hause war und eine gebildete junge Frau, die unverschuldet in Not …

Sie ließ sich nachschenken und spürte, wie ihr der Wein in den Kopf stieg. Kein Wunder, sie hatte bisher kaum etwas gegessen. Was tat sie eigentlich hier? Ach richtig, sie war ja wegen der kleinen Fotografie gekommen.

»Würden Sie bitte einen Blick darauf werfen, Herr Dr. Meynecke? Es handelt sich um einen guten Freund meines Vaters …«

Da man soeben seinen leergegessenen Teller fortgenommen hatte, blieb ihm nichts anderes übrig, als ihrer Bitte zu entsprechen. Er nahm das Bildchen in die zitternde Hand und betrachtete es.

»Ein Baobab …«

»Ich meine den Mann im Tropenanzug. Haben Sie ihn vielleicht …«

Jemand schlug mit dem Kaffeelöffelchen an ein Weinglas, und die Tischgespräche verstummten. Es war Ministerialdirektor Diederich, der sich von seinem Stuhl erhoben hatte, um eine Rede an seine Gäste zu richten. Ausgerechnet jetzt!

»Kennen Sie diesen Mann vielleicht?«, flüsterte sie Dr. Meynecke zu. »Sind Sie ihm irgendwann begegnet? Es wäre sehr wichtig für mich …«

»Psssst!«, zischte man ihr aus verschiedenen Richtungen zu. Ministerialdirektor Diederich blickte mit leichtem Stirnrunzeln in ihre Richtung, dann rückte er seinen Kragen zurecht und räusperte sich.

»Liebe Gäste und Freunde, liebe Verwandte – wir haben uns heute in meinem Hause versammelt, um ein ganz besonderes Ereignis zu feiern …«

Gespannt lauschten die Gäste seinen Worten, einige lächelten wissend, da sie über das besondere Ereignis bereits Bescheid wussten, andere tauschten erstaunte Blicke. Ein junger Mann am unteren Ende des Tisches rief »Hört, hört!«, worauf der Ministerialdirektor wohlwollend lächelte. Nur Dr. Meynecke schien von all diesen Vorgängen nichts mitzubekommen.

»Na so was«, sagte er vernehmlich. »Das war in Tanga im Jahr 87. Da ist er noch munter, drei Tage später hatte er Malaria … Verdammte Hacke – wie hieß er doch noch?«

»Onkel Julius!«, rief das füllige Mädchen im roséfarbigen Kleid. »Papa hält eine Rede!«

Dr. Meynecke, der demnach mit Vornamen Julius hieß, griff zu seinem Weinglas, ohne jedoch die kleine Fotografie aus der Hand zu geben.

»Ich will Sie nicht länger auf die Folter spannen«, sagte der Ministerialdirektor in die Runde. »Hiermit gebe ich die Verlobung meiner Tochter Eleonore mit Herrn Dr. Johannes Falk bekannt. Lasst uns die Gläser auf das künftige Glück des Verlobungspaares heben! Zwei junge Menschen wollen sich am heutigen Abend zu ernster Prüfung aneinander binden, beide sind gewillt, ihren zukünftigen Lebensweg gemeinsam …«

Paula spürte, wie ihr schwindelig wurde. Es war der Wein, ohne Zweifel, sie hätte nicht so viel trinken sollen. Oben an der Festtafel hatte sich jetzt Dr. Falk erhoben, um seinem künftigen Schwiegervater zu danken und einen Trinkspruch auf die Hausfrau auszugeben. Er sah ungemein glücklich aus, auch das dickliche Mädchen im roséfarbigen Kleid strahlte und nahm huldreich die Gratulationen entgegen …

»… vierzehn Tage hat er gelegen, die arme Sau«, tönte Dr. Meynecke, von den Vorgängen ringsum vollkommen unberührt. »Dann hat er sich aufgerafft, und weg war er. Wollte reich werden, der Spinner. Wegen einer Frau …«

Paula war nicht mehr in der Lage, ihn weiter auszufragen. Kristallgläser und Kerzen, rote, verschwitzte Gesichter, künstliche Blumen, herabhängende Haarlocken, steife Kragen, eine rosa Torte mit Marzipanröschen – alles tanzte vor ihren Augen einen irrwitzigen Hochzeitsreigen. Sie hörte sich fröhlich lachen, Gratulationen aussprechen, Scherze machen, dummes Zeug reden. Irgendwann stand sie vor Dr. Falk und wünschte ihm Glück, drückte die fleischige, schlaffe Hand seiner Verlobten.

Als ein Automobil sie Stunden später durch die nächtlichen Straßen nach Hause trug, war ihr speiübel.

6

Die Nacht war fürchterlich, mehrfach musste sie den Blecheimer benutzen, den sie in einem Anfall von Klarsicht aus der Küche in ihr Zimmer mitgenommen hatte. Ihr Magen schien ihr vor allem den französischen Rotwein übel zu nehmen, möglicherweise auch die grünen Erbsen und die Nachspeise, eine Sahnecreme mit Mandeln und in Jamaikarum getränkten Rosinen. Besonders unangenehm war, dass Magda Grünlich, die Wand an Wand mit ihr wohnte, alle Geräusche mithören konnte. Tatsächlich klopfte sie irgendwann an Paulas Tür, um nachzufragen, wie es ihr ginge.

»Wenn das Feuer in der Küche nicht aus wäre, könnte ich Ihnen einen Kamillentee kochen …«

»Vielen Dank, es geht schon …«

»Ich hoffe, Sie können jetzt schlafen. Ich muss ja leider noch arbeiten, und Ruhe ist mir dafür unerlässlich …«

»Gute Nacht!«

Wenn der rebellierende Magen sie für eine Weile in Ruhe ließ, fielen die Gedanken wie ein Schwarm boshafter Krähen über sie her. Sie hatte sich bis auf die Knochen blamiert – oh Gott, wie sollte sie ihrem Vorgesetzten je wieder unter die Augen treten? Wenn sie sich doch nur erinnern könnte, was sie alles geredet hatte! Aber vielleicht war es besser, gar nicht erst darüber nachzudenken. Es konnte nur jede Menge Unsinn gewesen sein, das wirre Gerede einer Betrunkenen. Es geschah ihr nur Recht – hatte sie nicht den armen Dr. Meynecke verdächtigt, ein Alkoholiker zu sein? Und dann war ausgerechnet sie es, die ihre abgrundtiefe Enttäuschung im Rotwein ertränkte.

Sie schonte sich nicht. Gerade diese Enttäuschung war ein Grund, sich noch mehr zu schämen. Wie blind war sie nur gewesen! Wie bodenlos dämlich! Alle hatten es gewusst, die Kolleginnen, Ministerialdirektor Diederich, die ganze Beamtenschaft vom Amtsdiener und Kollegienregistrator bis hinauf zum Staatssekretär. Auch der Hausmeister, der erfuhr die Neuigkeiten sowieso immer als Erster. Nur sie, Paula von Dahlen, dieses verliebte, dumme Täubchen, hatte nicht mitbekommen, dass der ehrgeizige Falke sich längst ein Nest hoch oben im Gezweig der Beamtenhierarchie gebaut hatte. Ein ministeriales Hühnchen hatte er sich gesucht, zum Eierlegen. War das die Botschaft gewesen? Gertrud und ihre Kollegin hatten lange genug darüber gewitzelt, aber Paula von Dahlen gab sich beharrlich ihren Träumen hin. Wie hatte sie nur glauben können, dieser strebsame junge Mann würde mit einer verarmten Adeligen vorliebnehmen, wenn er die Tochter eines Ministerialdirektors erjagen konnte? Was für ein Mensch war das, dem sie so zärtliche Gefühle entgegengebracht hatte? Ach, sie war zum ersten Mal in ihrem Leben verliebt gewesen und dabei einem Betrüger aufgesessen. Ein schmieriger Betrüger – jawohl, das war er. Hatte er ihr nicht sein Herz ausgeschüttet? Hoffnungen in ihr erweckt? Ja, als es ihm schlecht ging, als er glaubte, übergangen zu werden, keine Stellung zu erhalten – da war sie ihm gut genug gewesen. Dieser miese Karrierehengst! Im Grunde konnte sie von Glück sagen, dass das Schicksal sie vor einem solchen Menschen bewahrt hatte. Man stelle sich nur vor, sie hätte ihn geheiratet, blind vor Liebe, und erst im Laufe der Ehe wären seine Charaktermängel offenbar geworden. Arme dicke Eleonore – du bekommst einen ehrlosen und gewissenlosen Armleuchter zum Ehemann.

Als sie so weit mit ihrer Abrechnung gekommen war, fühlte sie sich ein wenig besser. Gleich darauf aber wurde ihr bewusst, dass sie jetzt, da Klein-Machnitz verkauft war, auch als Heiratskandidatin keinen Wert mehr besaß. Damals, als die Mutter sie überall präsentierte, hatte es wenigstens noch den elterlichen Besitz gegeben, wenn auch verschuldet, aber immerhin der jahrhundertealte Sitz einer Adelsfamilie. Ein wohlhabender Ehemann hätte die Schulden ablösen und das Gut übernehmen können, mit den Brüdern hätte man sich geeinigt. Bitter war die Erkenntnis, dass die Lösung, die Tante Alice vorgeschlagen hatte, ihr, Paula, ein Drittel des Gutshofs und damit einen recht ordentlichen Besitz gebracht hätte. Wilhelm hatte diese Möglichkeit vereitelt. Ein von Dahlen gab sich nicht in die Hände einer Alice Burkard.

Die Uhr der nahegelegenen Thomaskirche schlug zweimal – war das die halbe oder die ganze Stunde? Sie musste erneut gegen die aufsteigende Übelkeit ankämpfen und lag eine Weile still, wartete, bis die Krämpfe in ihrem Bauch nachließen. Ein von Dahlen gab sich nicht in die Hände einer Alice Burkard. Ein von Dahlen behielt seinen Adelsstolz bis zuletzt. Auch ihr Vater war niemals auf die Idee gekommen, sich bei seiner wohlhabenden Schwägerin Geld zu leihen. Lieber ging er an seinen Jagdschrank, lud ein Gewehr und schoss sich damit in die Kehle. Ein Unfall. Beim Reinigen der Waffe habe er übersehen, dass sie geladen und entsichert war. Er, der von Kind an auf die Jagd geritten war, der den Umgang mit den verschiedenen Jagdwaffen schon als Knabe vom Vater erlernt hatte. Nun – Ernst von Dahlen hatte seinen Adelsstolz bis zum Tode bewahrt, er hatte niemanden um Geld angebettelt, er starb erhobenen Hauptes im Stehen, die Mündung der Waffe unters Kinn geklemmt.

Paula griff nach einem feuchten Tüchlein und legte es sich auf die Stirn. Ihr Magen schien sich jetzt endlich zu beruhigen, dafür machten sich stechende Kopfschmerzen bemerkbar. Zu ihrem Unglück fiel ihr auf einmal die kleine Fotografie ein, und sie fuhr erschrocken im Bett hoch. Hatte sie das Bildchen überhaupt wieder eingesteckt, oder war es am Ende auf der Festtafel liegen geblieben? Sie konnte sich nur daran erinnern, dass Dr. Meynecke es in der Hand hielt, dann war alles drunter und drüber gegangen, und sie hatte nicht mehr darauf geachtet. Bebend schaltete sie die Nachttischlampe ein, schob vorsichtig den Blecheimer, der dicht neben ihrem Bett stand, beiseite und lief auf bloßen Füßen im Zimmer umher. Wo war nur das hellbeige Ledertäschchen, das sie am Abend bei sich gehabt hatte? Unter den Kleidern auf dem Stuhl? Nein. Auf dem Tisch? Nein. Ah – es lag unter ihrem Hut, den sie auf der Kommode abgelegt hatte. Gott sei Dank – die Fotografie steckte in der Handtasche, sie wusste zwar nicht, wie und wann sie dort hineingekommen war, aber sie war nicht verloren gegangen.

Paula lehnte das Bildchen gegen das Tintenfass, das neben Federhalter und Löschsand auf der Kommode stand, und kroch erleichtert zurück in ihr Bett. Eine Weile musste sie nach dem feuchten Tuch suchen, und als sie es endlich zwischen den Falten der Bettdecke fand, presste sie es wieder gegen die Stirn und löschte das Licht. Schlafen konnte sie nun erst recht nicht, ihr Kopf dröhnte, als befände sich darin eine Werkhalle voller laufender Maschinen.

Ein von Dahlen bewahrte seinen Adelsstolz bis zuletzt … Weshalb schwirrte dieser Satz immer noch durch ihren schmerzenden Schädel? Es war ein Satz, der so viel Kälte und Unmenschlichkeit in sich trug. Sich nichts vergeben. Sich niemals beugen. Stolz bis zum Tode. War es dieser seltsame Stolz gewesen, der den Vater davon abhielt, seiner Tochter Paula entgegenzukommen? Sie auf seinen Knien reiten zu lassen? Mit ihr über seine geliebten Bücher zu reden, ihr zärtlich über das glatte, dunkle Haar zu streichen?

Ein von Dahlen bewahrte seinen Adelsstolz bis zuletzt … Wieder schoss ihr dieser ketzerische Gedanke ins Hirn, dieses Mal bohrte er sich in ihre Schläfe wie ein Pfeil. Es schmerzte höllisch. Sie war siebeneinhalb Monate nach der Hochzeit ihrer Eltern auf die Welt gekommen. Sechs Wochen zu früh. Alle hatten ihr erzählt, dass sie ungewöhnlich klein gewesen sei, fast nicht lebensfähig, und dass sie wie durch ein Wunder schließlich doch überlebt hatte. Alle? Nun, das war vor allem Erna gewesen, auch Johann hatte das behauptet, aber Saffi war zu jener Zeit noch nicht auf dem Gut beschäftigt gewesen. Ihre Mutter hatte es erzählt. Auch ihr Vater?

Sie konnte sich nicht daran erinnern, dass ihr Vater auch nur ein einziges Mal von ihrer Geburt gesprochen hatte. Auch nicht von der Zeit, als sie noch ein Säugling gewesen war. Allerdings hatte er oft und gern von der Geburt seiner Söhne erzählt, dass er mitten in der Nacht losgeritten sei, um den Arzt zu holen und dann doch zu spät kam, denn in beiden Fällen war das Kind schon auf der Welt, als er mit dem Doktor auf dem Gut eintraf.

Sie nahm allen Mut zusammen und malte sich das Unvorstellbare aus. Was, wenn Ernst von Dahlen gar nicht ihr Vater gewesen war, sondern jener junge Mann, in den sich ihre Mutter kurz vor ihrer Hochzeit verliebt hatte? Dieser Klaus, der sie von der Kommode her so herausfordernd anstarrte? Der Habenichts. Der abgewiesene Bewerber. Was hatte Dr. Meynecke doch gesagt? Malaria hatte er sich geholt, war fast daran gestorben. In Tanga, also in Deutsch-Ostafrika. Und dann war er, kaum genesen, davongezogen, um reich zu werden. Wegen einer Frau? Aber Lilly von Brausewitz war doch zu dieser Zeit längst verheiratet. Gab es noch eine andere? Wieder neue Rätsel …

Was wäre also, wenn sie alle gelogen hätten? Wenn sie, Paula, gar nicht winzig klein, sondern ein ganz normaler Säugling gewesen war? Ein Kind, das neun Monate im Bauch seiner Mutter verbracht hatte. Einen und einen halben Monat länger, als Lilly von Dahlen zu dieser Zeit verheiratet war.

Es war ganz einfach. Ernst von Dahlen hätte niemals zugegeben, dass seine bezaubernde Lilly ihm schon zu Anfang ihrer Ehe Hörner aufgesetzt hatte. Möglich, dass er ein ernstes Gespräch mit seiner jungen Frau geführt hatte, genauso war es jedoch möglich, dass dieser Punkt zwischen ihnen niemals zur Sprache gekommen war. Dieses schweigende Darüberhinweggehen hätte gut zu ihrem Vater gepasst. Es war nun einmal geschehen und nicht mehr zu ändern, ein Skandal hätte ihn und seine Familie nur der Lächerlichkeit preisgegeben. Nicht zu vergessen die üppige Mitgift der Lilly von Brausewitz, die der Vater zu diesem Zeitpunkt vermutlich längst ausgegeben hatte, um Schulden zu tilgen. Also erzählte man überall, das Kind sei ein Siebenmonatskind, und zeigte es erst in der Öffentlichkeit, als es »den Rückstand eingeholt« hatte. Erna und Johann hielten fest zu ihrer Herrschaft und verschwiegen die Wahrheit.

Und doch stimmte etwas nicht an dieser kühnen Vermutung. Die übrige Dienerschaft würde vermutlich nicht geschwiegen haben, ganz sicher hätte es unter der Hand allerlei Getuschel und Geschwätz gegeben. In den Dörfern zumindest wüssten die Leute Bescheid.

Aber dort nach siebenundzwanzig Jahren solch heikle Fragen zu stellen – das wäre schon sehr peinlich gewesen. Einfacher wäre wohl, ein ernstes Gespräch mit Erna und Johann zu führen. Aber dazu müsste sie erst einmal herausbringen, ob die beiden auf Klein-Machnitz geblieben waren oder ob der neue Besitzer auf andere Weise für sie gesorgt hatte. Und Tante Alice? Die hatte ihr zwar mitgeteilt, dass sie nicht weiter mit diesem Thema belästigt werden wollte – aber war das nicht fast schon ein Eingeständnis? Wie hatte sie sich doch ausgedrückt? Ein heikles Kapitel im Leben ihrer Schwester Lilly … Doch selbst wenn Tante Alice diesen oder jenen Verdacht hegte, Genaues wusste sie bestimmt nicht. Sie wäre die Letzte gewesen, der Lilly von Dahlen eingestanden hätte, dass ihre neugeborene Tochter ein Bastard war.

Großer Gott – so nannte man das wohl. Ein Kuckucksei, das dem Gutsherrn Ernst von Dahlen ins Nest gesetzt worden war. Paula stöhnte und drehte sich auf die Seite in der Hoffnung, dass die Kopfschmerzen dann nachließen. Es bewirkte jedoch nur eine neue Welle der Übelkeit, also legte sie sich rasch wieder auf den Rücken und atmete mehrfach tief ein und aus.

Seltsamerweise gefiel ihr der Gedanke, keine von Dahlen zu sein. Bastard oder Kuckucksei – das war ihr ganz gleich. Falls sie tatsächlich nicht Ernst von Dahlens Tochter war, dann erklärte sich daraus die so verletzende Gleichgültigkeit dieses Mannes, den sie für ihren Vater gehalten hatte. Es war nur zu verständlich, dass er sie nicht leiden konnte, erinnerte ihr Anblick ihn doch immer wieder an den verhassten Nebenbuhler. Jenen Mann, in den sich seine junge, hübsche Braut so unsterblich verliebt hatte, dass sie sich ihm ohne Vorbehalte hingab. Wahrscheinlich war er einige Jahre jünger als er selbst – Ernst von Dahlen war bereits an die vierzig, als er die Ehe mit Lilly von Brausewitz einging.

Sie spürte, wie rasch und unruhig ihr Herz schlug. Es tat

wohl, solche Gedanken auszuspinnen, auch wenn sie vielleicht unrecht hatte, sich täuschte. Aber war nicht auch die Missachtung, die sie von ihrer Mutter erfahren hatte, aus diesem Sachverhalt erklärbar? Wurde nicht auch Lilly von Dahlen täglich an ihren Fehltritt erinnert, sobald sie ihre Tochter anblickte? Hatte sie Paula deshalb lieber der Kinderfrau überlassen, als sich selbst um die Kleine zu kümmern? War sie aus diesem Grund später so streng mit ihr gewesen? So distanziert? So lieblos? Lilly von Dahlen hatte ihr immer deutlich gemacht, dass sie weniger wert war als die Brüder, und Paula hatte geglaubt, dies läge daran, dass sie ein Mädchen war. Aber möglicherweise stand dahinter noch ein ganz anderer Makel: Paula war keine von Dahlen.

Sah sie dem Mann auf der Fotografie ähnlich? Sie war versucht, die Nachttischlampe wieder einzuschalten, ließ es jedoch bleiben. Sie hatte das Bildchen so oft betrachtet, dass sie ganz sicher nichts Neues darauf entdecken würde. Schon gar nicht, ob es eine Ähnlichkeit zwischen ihr und diesem Mann gab. Allerdings – falls er tatsächlich ihr Vater war und man eine Ähnlichkeit erkennen konnte, dann gab es nur eine einzige lebende Person, die ihr dies bestätigen konnte: Tante Alice.

Nun hielt sie es nicht länger aus im Bett und schaltete doch die Lampe an. In ihren Schläfen hämmerten mehrere Spechte um die Wette, und als sie aufstand, musste sie einen Augenblick warten, bis das Zimmer aufhörte, wie ein stürmisches Meer zu schwanken. Dann warf sie den Morgenmantel über und beschloss, als Erstes den Blecheimer auszuleeren. Fröstelnd trat sie auf den Flur hinaus, entzündete eine Petroleumlampe, die Frau von Meerten für solche Zwecke bereitgestellt hatte, und begab sich aus der Wohnung ins kalte Treppenhaus. Wie bei den meisten Mietshäusern üblich, befand sich der Abort im Zwischenstock, was im Winter und bei dunkler Nacht immer eine abenteuerliche Reise bedeutete. So leise wie möglich schlich sie nach Erledigung ihrer Obliegenheiten zurück in die Wohnung, deponierte den Eimer in der Küche und begab sich auf Zehenspitzen in ihr Zimmer. Erleichtert schloss sie die Tür hinter sich. Wie spät es wohl war? Vermutlich ging es schon auf drei Uhr zu, aber das war jetzt auch gleich, schlafen konnte sie sowieso nicht. Sie goss sich Wasser aus der Karaffe in ein Glas und trank es durstig aus, dann zog sie die oberste Kommodenschublade auf und nahm ihre lederne Briefmappe heraus. Einen Moment lang spürte sie Reue – diese hübsche Mappe aus dunkelgrünem, goldbedrucktem Leder war ein Geburtstagsgeschenk ihrer Mutter zu ihrem dreizehnten Geburtstag gewesen. Hatte es nicht auch viele glückliche Momente zwischen ihr und der Mutter gegeben? Sie erinnerte sich, wie sie vor Freude über dieses schöne Geschenk zu ihrer Mutter lief und sich in ihre Arme warf. Lilli von Dahlen hatte zwar gerufen »Kind! Mein Kleid! Meine Frisur!«, aber sie hatte Paula doch lachend festgehalten und sie auf beide Wangen geküsst.

Paula schob die auf dem Tisch liegenden Gegenstände zur Seite, nahm Tintenfass und Feder von der Kommode und klappte die Briefmappe auf. Es war gerade noch ein einziger Briefbogen übrig. Sie rückte sich die Lampe näher und bemühte sich, die Sätze genau in ihrem Kopf vorzuformulieren, bevor sie sie zu Papier brachte, denn sie würde den Brief nicht noch einmal ins Reine schreiben können.

Meine liebe Tante Alice,
ich wende mich heute an dich, meine liebste Tante, weil du der einzige Mensch auf der Welt bist, der mich von meinen Zweifeln und Ängsten erlösen und mir Klarheit vermitteln kann. Zürne mir nicht, dass ich das leidige Thema, zu

dem du aus Familiensinn und Pietät nichts mehr hinzufügen wolltest, dennoch wieder aufgreife, ich tue es nicht, um dich mutwillig zu belästigen oder gar zu verletzen, sondern weil ich mich in einem Zustand allergrößter Verzweiflung befinde …

Erst als sie das Schreiben beendet hatte und nach mehrmaligem Durchlesen damit zufrieden war, verspürte sie eine erlösende Müdigkeit. Sie faltete den Bogen zusammen und schob ihn in einen frankierten Umschlag, und als sie Tante Alice' Adresse darauf schrieb, hörte sie die Kirchturmuhr viermal schlagen. Ihr Kopf schmerzte immer noch, aber sie fühlte sich jetzt unsagbar erleichtert. Sie würde endlich schlafen können.

Die Erschöpfung zog sie tatsächlich für eine Weile hinunter in die Dunkelheit des Unbewussten, doch bald wurde ihr Schlaf heller, beunruhigende Träume zogen an ihr vorüber, Blitze zuckten, metallische Gegenstände schlugen aufeinander. Sie sah die lange Allee hinunter, die zum Gutshaus von Klein-Machnitz führte, ein schnurgerader Weg, der sich zu seinem Ende hin verjüngte, von schmalen, dunkelgrünen Pappeln gesäumt. Weit hinten, dort, wo die Pappelreihen zusammenstießen, war die Gestalt eines Mannes zu erkennen, eine helle Form vor dem dunklen Hintergrund. Paula verspürte eine unwiderstehliche Sehnsucht, die Allee entlang auf den Fremden zuzulaufen, zugleich aber hielt eine dumpfe Angst sie davon ab. Zögernd stand sie auf der Stelle, hin- und hergerissen zwischen widerstreitenden Empfindungen. Plötzlich begannen sich die geraden Linien der Allee aufzulösen, die Pappeln kreisten und tanzten, der Weg kräuselte sich, verlief jetzt in Schlangenlinien. Die Angst übermannte sie, und sie rannte davon, sprang über Wurzeln und Gestein, bog Zweige zur Seite, um durch dichtes Gestrüpp zu schlüpfen …

»Warten Sie!«, rief jemand. »So warten Sie doch.«

Sie kannte diese Stimme, es war der junge Mann, den sie damals im Regen am See getroffen hatte. Er wollte ihr Klein-Machnitz fortnehmen, wollte sie aushorchen, um das Anwesen besser verkaufen zu können, dieser Grundstücksmakler, vor diesem Menschen musste sie sich in Acht nehmen. Sie floh in weiten Sprüngen über das feuchte Ufergras, kroch gebückt unter den langen, kahlen Zweigen der Trauerweide hindurch und hörte die ganze Zeit über seine Schritte in ihrem Rücken. Es war eine höchst eigenartige Flucht, denn ihre Sprünge wurden immer länger und höher, bis sie schließlich feststellte, dass sie in der Lage war, durch die Luft zu fliegen wie eine Schwalbe. Auf weit gespannten Flügeln glitt Paula über die schimmernde Oberfläche des Sees. Ihren Verfolger hatte sie vollkommen vergessen.

Als sie erwachte, drang matthelles Tageslicht durch den Vorhangschlitz in ihr Zimmer. Ihr Kopf tat immer noch weh, ihr Magen grummelte. Vorsichtig, damit ihr nicht schwindelig wurde, setzte sie sich im Bett auf, dann erstarrte sie in heißem Schrecken. Es war schon heller Tag. Oh Gott – sie hatte verschlafen. Wieso hatte der Wecker nicht geklingelt? Entsetzt griff sie danach und stellte fest, dass sie den kleinen Hebel nicht zurückgeschoben hatte, der die Glocke blockierte. Konnte es tatsächlich sein, dass es schon fast zehn Uhr war, oder hatte sie etwa auch vergessen, den Wecker gestern Abend aufzuziehen? Nein, die kleine Uhr tickte unbeirrt, es war tatsächlich zehn – zum ersten Mal seit eineinhalb Jahren würde Paula von Dahlen zu spät zur Arbeit erscheinen.

Sie sank zurück auf das Kopfkissen und verspürte große Lust, die Bettdecke über den Kopf zu ziehen, um sich dort für den Rest ihrer Tage zu verstecken. Was war denn nur los?

Wie konnte es sein, dass ihr geordnetes Leben innerhalb weniger Wochen in Scherben ging? Nun würde sie sich zu allem Übrigen noch den Spott ihrer Kollegin und den Unmut ihres Vorgesetzten einhandeln. War es nicht besser, heute zu Hause zu bleiben und morgen zu erzählen, sie sei krank gewesen? Ach nein, das war noch viel schlimmer. Ministerialdirektor Diederich würde sehr wohl erraten, was für eine Art von Krankheit das war – ein ganz profaner Kater, wie er sich nun mal nach übermäßigem Alkoholgenuss einstellte. Wenn da jeder gleich einen ganzen Tag im Bett bliebe …

Während sie sich ankleidete, rumorte es hörbar in ihrem Magen, auch der Kopf schmerzte scheußlich, besonders wenn sie sich bückte. Aber es half nichts, sie würde ins Amt gehen und ihre Arbeit tun, wie es ihre Pflicht war, sie würde Gertruds spöttische Bemerkungen ertragen und Ministerialdirektor Diederich unter die Augen treten. Was er über sie dachte, wollte sie besser nicht wissen. Eine haltlose Trinkerin, eine hysterische Person, die sich – das hatte ganz sicher auch er inzwischen bemerkt – Hoffnungen auf den Juristen Dr. Falk gemacht hatte, den Bräutigam seiner Tochter.

Und sie würde Dr. Johannes Falk im Amt begegnen. Ihm einen schönen Tag wünschen und, wenn sie es schaffte, ein unbefangenes Lächeln dabei aufsetzen. Sie kämmte sich das Haar vor dem Spiegel, steckte es auf und versuchte, die dunklen Ränder unter ihren Augen mit Puder zu überdecken. Haltung bewahren – vielleicht war sie keine von Dahlen, aber auch die von Brausewitz hatten sich in dieser Disziplin geübt. Hocherhobenen Hauptes durch die Menge der Spötter gehen, die Pfeile an sich abprallen lassen, die Beleidigungen ignorieren, angesichts der Lächerlichkeit doch seine Ehre bewahren.

Vor allem durfte sie nicht vergessen, den Brief an Tante Alice in einen Postkasten einzuwerfen.

»Jottchen, Frolleen von Dahlen – ick hab Se een Kamillentee jekocht. Aber ick wollt Ihnen nich wecken …«

Die kleine Jette war ehrlich erschrocken, und Paula rührte ihr Mitgefühl derart, dass sie in der Küche eine Tasse Kamillentee trank. Eigentlich hasste sie dieses Zeug, das sie als Kind immer aufgezwungen bekam, wenn sie sich den Magen verdorben hatte – aber Jette zuliebe schlürfte sie den heißen Sud und spürte tatsächlich, dass der Tee ihrem Magen wohltat.

»Wolln Se wirklich noch uff Arbeet jehn? In Ihrem Zustand?«

»Das muss ich wohl, Jette.«

Die Kleine nickte verständnisinnig und half Paula in den Mantel, dann pickte sie sorgfältig zwei Fusseln von Paulas Schulter und grinste sie aufmunternd an.

»Ach wat. Heut Abend is allet wieder jut!«

»Du bist ein Schatz, Jettchen.«

Das Mädchen strahlte sie an – Paula war wohl die Einzige, von der es ein wenig Lob und sogar Dankbarkeit erfuhr. Gerade wollte Jette etwas erwidern, da schrillte Ida von Meertens Stimme aus dem Salon herüber, und sie eilte davon. Magda Grünlich schlief um diese Zeit noch tief und fest.

Unten auf der Straße trieb ein böiger Wind Papierfetzen, welkes Laub und jede Menge Straßenstaub vor sich her, so dass Paula die Augen zusammenkneifen und den Hut festhalten musste. Obgleich die Sonne immer wieder zwischen den rasch dahineilenden, weißen Wölkchen hindurchblickte, war es doch unangenehm kühl. Die Kirchturmuhr schlug halb elf, und Paula entschloss sich, die Trambahn zu nehmen, auf diese Weise würde sie wenigstens noch vor der Mittagspause an ihrer Arbeitsstelle eintreffen. Während sie an der Haltestelle in der Köpenicker Straße wartete, stellte sie sich im Geiste vor, wie überrascht Gertrud tun würde, wenn sie ins Zimmer trat.

»Ach, da bist du ja, Paula! Wir haben dich schon vermisst gemeldet. Du hast doch nicht etwa einen Unfall gehabt?«

»Aber nein. Eine Migräne ...«

Nein, das war nicht gut. Die gnädige Frau konnte sich eine Migräne leisten, die adelige Gutsbesitzerin, die Frau Ministerialdirektor. Eine Sekretärin durfte ebenso wenig eine Migräne bekommen wie ein Dienstmädchen oder eine Köchin. Vielleicht eine Gallenkolik? Magenkrämpfe? Herzbeschwerden?

Quietschend und kreischend bremste der Wagen der Trambahn an der Haltestelle. Zu dieser Zeit war die Bahn angenehm leer. Paula kletterte auf die offene Plattform, zahlte dem dunkelblau uniformierten Schaffner zehn Pfennige bis Leipziger Straße und setzte sich auf eine der langen hölzernen Bänke, die zu beiden Seiten des geschlossenen Wagens unter den Fenstern angebracht waren. Ihr gegenüber saß ein einsamer Fahrgast, von dem sie jedoch nur die Beine von den Knien an abwärts sehen konnte, der Rest wurde von der aufgefalteten Zeitung verdeckt. Er trug eine dunkelgraue Hose, die ein wenig zu kurz war, graue Stricksocken und Lederschuhe. Da keine weiteren Passagiere einstiegen, zog der Schaffner an der Schnur, und der gewohnte Klingelton veranlasste den Fahrer, den Wagen wieder in Bewegung zu setzen. Langsam und ein wenig ruckelnd zog das kleine Schienenfahrzeug die Köpenicker Straße entlang in Richtung Innenstadt, von links überholten sie zwei Pferdedroschken und ein knatterndes Automobil, die ganz offensichtlich eilige Fahrgäste beförderten.

Paulas Blick wurde von dem aufgefalteten *Berliner Tageblatt* ihres Gegenübers angezogen. Das Wort »Marmorhaus« sprang ihr ins Auge, das war das neue Kino, das am Kurfürstendamm eröffnet werden sollte, leider konnte sie auf die Entfernung nur die Überschrift, nicht aber den Text des Artikels lesen. Die fettgedruckte Meldung, dass das stehende Heer des Deutschen

Reichs um ein Fünftel aufgestockt werden sollte, interessierte sie wenig, dann schon eher die hübschen Anzeigen für bequeme Korsagen, Wunderpillen für dichten Haarwuchs oder bequeme und praktische Schnurrbartbinden.

Eine Weile blieb ihr Blick an einer ungewöhnlichen Annonce hängen, die sie nur teilweise entziffern konnte – da schien jemand eine Reisebegleitung zu suchen.

Das angestrengte Starren auf die Zeitung hatte zur Folge, dass ihre Kopfschmerzen zurückkehrten, also wandte sie den Blick ab und kehrte zu den angefangenen Gedankengängen zurück. Es war Unsinn, sich allerlei imaginäre Gebrechen auszudenken, sonst nahm man im Amt noch an, sie sei schwächlich oder chronisch krank. Das konnte sie ihre Stellung kosten. Sie brauchte eine andere Ausrede. Der Wecker hatte versagt. Das war nicht einmal gelogen. Oder …

Der Wagen fuhr jetzt recht schnell, kam ein wenig ins Schlingern, und die Zeitung bewegte sich auf sie zu, als sich ihr Besitzer nach vorn beugte. Tatsächlich, sie hatte richtig gelesen. Gleich neben einer Reklame für Augentropfen, die angeblich einen glanzvollen Blick verliehen, standen die Worte: »Reisebegleitung gesucht«.

Paula fasste den Text der Anzeige näher ins Auge und beugte sich ebenfalls vor. Was stand da?

Für eine Schiffsreise um das Kap der Guten Hoffnung wird eine unabhängige junge Dame mit englischen Sprachkenntnissen als Reisebegleiterin gesucht. Alter: ab fünfundzwanzig. Stabile Gesundheit. Gute Referenzen. Interessenten können sich melden bei …

Plötzlich und unerwartet sank die Zeitung hinab, und Paula blickte in das hässliche, bebrillte Gesicht ihres Besitzers. Er glotzte sie mit ganz offensichtlichem Widerwillen an, so wie man einen lästigen Schmarotzer anstarrt.

»Verzeihung … ich sah nur eine Anzeige …«

»Koofen Se sich selber ’ne Zeitung. Ick bin keene Litfaßsäule.«

In diesem Augenblick bremste die Trambahn, so dass sie beide damit beschäftigt waren, ihr Gleichgewicht zu halten, doch Paula konnte hören, wie er unwillig grunzte. Was für ein widerlicher Mensch! Jetzt erhob er sich, um auszusteigen, trat ihr dabei fast auf die Füße und warf die Zeitung hinter sich auf den Sitz. Wahrhaftig – er ließ das *Berliner Tageblatt* in der Trambahn liegen, kletterte aus dem Wagen und watschelte in Richtung Michaelbrücke davon. Gerade als Paula danach greifen wollte, drängten sich mehrere Fahrgäste durch den Mittelgang, so dass sie ihre Hand zurückziehen musste. Eine Dame in Trauer ließ sich ihr gegenüber auf der Bank nieder und schob die Zeitung mit der Hand zur Seite, ein junger Mann im hellbraunen Anzug und grünen Binder machte wenig Federlesens und setzte sich auf den freien Platz, wobei er das *Berliner Tageblatt* unter sich begrub.

Paula sah aus dem Fenster, wo ein kleines Stück Spree in der Sonne aufblitzte, dann wurde der Fluss wieder von den Häusern verdeckt. Die Strecke hielt jetzt einige Kurven bereit, es ging linker Hand in die Neue Jacobstraße, dann wieder rechts in die Seydelstraße. An der Haltestelle stiegen zwei weitere Passagiere zu, ältere Frauen mit großen Einkaufskörben, die sich rechts und links von Paula auf der Bank breitmachten. Aus einem der Körbe roch es aufdringlich nach Fisch, und Paula wurde daran erinnert, dass ihr Magen noch nicht ganz auf der Höhe war. Die beiden Frauen unterhielten sich lautstark über Paula hinweg, beklagten die ständige Teuerung und die schlechte Bezahlung, die Dienstboten heutzutage erhielten. Paula lehnte den Rücken gegen das harte Holz, spürte die Vibration des fahrenden Wagens und dachte darüber nach, dass es im Leben eines Menschen manchmal so etwas wie Straßenkreuzungen gab. Neben der geraden Strecke tat sich plötzlich die Möglichkeit auf, in eine völlig andere Richtung zu reisen. Es kam nur darauf an, das Steuer herumzureißen und dem Weg zu folgen, den das Schicksal ihr aufgetan hatte.

Sie starrte auf den Sitz gegenüber und überlegte, ob das Schicksal einen braunen Anzug trug. Wenn dem so war, würde dieser junge Mann vor ihr aus der Trambahn aussteigen, so dass sie die Zeitung mitnehmen konnte. Wenn er allerdings erst nach ihr ausstieg, dann war er nicht ihr Schicksal, sondern nur ein junger Kerl, der ganz offensichtlich keine Arbeit hatte, sonst hätte er wohl kaum die Zeit, mit der Trambahn durch die Gegend zu fahren.

Die Bahn zockelte durch die Leipziger Straße, vorbei an Läden und Geschäften, Kinos, Restaurants und Bankgebäuden, mehrfach musste der Fahrer klingeln, um Fußgänger oder andere Fahrzeuge von den Schienen zu scheuchen. Eine Haltestelle. Stieg er jetzt endlich aus? Nein, er blieb sitzen, lehnte den Hinterkopf gegen das Fenster und schloss die Augen. Oh weh – das sah so aus, als wollte er bis zur Endstation mitfahren. Gleich würde die Bahn an der Kreuzung zur Wilhelmstraße halten, dort musste sie aussteigen, würde den geraden, den gewohnten Weg gehen, die Wilhelmstraße hoch, an der kleinen Anlage vorbei und gleich rechts in das graue Gebäude des Reichskolonialamts hinein.

Kurz vor der Haltestelle musste der Fahrer scharf bremsen, die Räder kreischten auf den stählernen Schienen, die Fahrgäste auf den Bänken rutschten in Fahrtrichtung aufeinander. Paula wurde gegen die ältere Frau mit dem Fischkorb gedrückt, während die Schulter der rechts von ihr sitzenden Frau sich schmerzhaft in ihren Oberarm presste.

»Wohl verrückt geworden, wa?«

»Da iss'n Bengel über die Straße gerannt.«

»Wat 'ne Range! Fast hätt's ihn erwischt!«

»Keen Wunder, dass die Bahn ewig zu spät ist …«

Das Schicksal war ein kleiner Junge in dreckigen Klamotten mit einer grünen Kappe schräg auf dem Ohr. Als die Bahn unter lautem Geklingel ihre Fahrt wieder aufnahm, stellte Paula fest, dass die Zeitung genau vor ihren Füßen lag. Der junge Mann im braunen Anzug war durch den unerwarteten Ruck von der Bank gerutscht, doch er hatte sich rasch wieder gefangen und zurechtgesetzt. Die Zeitung aber war dabei zu Boden gesegelt. Dieses Mal zögerte Paula nicht. Sie beugte sich vor und griff ungeniert nach dem zerknitterten Blatt. Ihre Beute fest in der Hand, stieg sie an der gewohnten Haltestelle aus und wurde sogleich von einem heftigen Windstoß erfasst, der ihr die so mühsam errungene Zeitung um ein Haar doch noch entrissen hätte.

Ich muss verrückt sein, dachte sie und fing an zu kichern. Vollkommen irrsinnig. Hysterisch.

Immerhin war dieser Zustand angenehmer als die dumpfe Verzweiflung, die sie seit dem Morgen mit sich herumgetragen hatte. Leichten Schrittes näherte sie sich einem der blauen Postkästen und warf den Brief an Tante Alice ein, dann blieb sie vor einer Bäckerei stehen und tat so, als wolle sie die im Fenster ausgestellten Brezeln und Schrippen einer genauen Betrachtung unterziehen. Stattdessen fasste sie die Zeitungsseite mit der verheißungsvollen Annonce näher ins Auge. Da, gleich neben den Augentropfen, die einen leuchtenden Blick verhießen, stand es:

… eine Schiffsreise um das Kap der Guten Hoffnung … Interessenten können sich melden wochentags von 10 bis 12 Uhr bei T. Naumann, Viktoriastraße 48 …

Der Wind riss an dem Zeitungspapier, und für einen Moment verschwamm die Schrift vor Paulas Augen. Das Kap der Guten Hoffnung war die Südspitze des afrikanischen Kontinents. Wer um das Kap herumfahren wollte, der musste auf der Hin- oder Rückreise unweigerlich an der Küste von Deutsch-Ostafrika vorbei. Auch an der Hafenstadt Tanga, die ganz im Norden lag. Sie hatte Fotografien von Tanga gesehen, das Hafenbecken, von dichten Palmenhainen beschattet, weiße Gebäude im Kolonialstil, schwarze Menschen in langen, hellen Gewändern, die mit unbefangener Fröhlichkeit in die Kamera lachten. Vermutlich würde das Schiff dort sogar vor Anker gehen … Ich bin ein Feigling, dachte sie. Gebe mich haltlosen Träumereien hin, anstatt hinüber ins Amt zu gehen und mich an meinen Platz zu setzen.

Wieder verspürte sie dieses seltsame Schwindelgefühl, eine eigenartige Leichtigkeit, als könne sie mit dem Wind davonfliegen. Weshalb eigentlich nicht? Die Viktoriastraße war ganz in der Nähe, eine Viertelstunde zu Fuß, außerdem war es noch nicht Mittag, sie würde rechtzeitig dort vorsprechen. Und zur Arbeit kam sie heute sowieso zu spät.

Überhaupt war es der Wind. Er schob Paula so energisch die Leipziger Straße entlang, dass es schier unmöglich war, nach rechts in die Wilhelmstraße einzubiegen. Stattdessen fand sie sich in der Bellevuestraße wieder, als wolle sie zum Tiergarten laufen, und weil sie nun schon so weit gekommen war, spazierte sie die Viktoriastraße entlang. Sie war schon mehrfach hier vorbeigeschlendert, einmal sogar in Begleitung eines gewissen Juristen, der sich später als ein gewissenloser Karrieremensch entpuppt hatte. Gemeinsam hatten sie die schönen Villen und Landhäuser bewundert, die sich wohlhabende Zeitgenossen hier in bester Lage, gleich am Tiergarten, erbauen ließen.

Die Nummer 48 war eines der größten Anwesen, ein hellgrauer, zweistöckiger Bau, der zur Gartenseite hin einen säulengestützten Balkon besaß. Im unteren Bereich rankte sich immergrüner Efeu um Hauswände und Säulen, oben gab es hohe Fenster, eines davon war vergittert – vermutlich schlief der Besitzer gern bei offenem Fenster und wollte sich vor Einbrechern schützen.

Auch die Umzäunung wirkte abschreckend auf ungebetene Gäste, sie schien aus einer langen Reihe aufgestellter Speere zu bestehen. Das Eingangstor war indes geöffnet, also steuerte Paula darauf zu. Gerade als sie den mit hellen Platten bedeckten Weg zum Haus betrat, öffnete sich dort die Tür und eine junge Frau trat hinaus. Sie trug einen knöchellangen, modisch geschnittenen Mantel und hatte einen Fuchspelz um den Hals gelegt, der farblich genau zu ihrem Hut passte. Ihre dunklen, sorgfältig geschminkten Augen musterten Paula abschätzend, während sie die Stufen hinabstieg.

»Viel Vergnügen!«, rief sie spöttisch und eilte an Paula vorbei.

Aha – sie hatte sich schon gedacht, dass sie nicht die einzige Interessentin sein würde. Aber nun, da sie sich auf die Sache eingelassen hatte, würde sie sich nicht gleich abschrecken lassen. Sie musste nicht einmal läuten, der Hausdiener hatte sie gesehen und war an der Tür stehen geblieben.

»Sie wünschen?«

Ach je – wie steif der junge Bursche sich gab. Dabei konnte sie ihm ansehen, dass er es faustdick hinter den Ohren hatte. Hier in der Stadt waren die Dienstboten von einer anderen Sorte als oben an der Müritz, wo das Leben gemächlich verlief und die Herrschaft für die Angestellten sorgte. Die Stadt war schnelllebig, es war auf niemanden Verlass, und wer sich nicht durchkämpfte, der ging unter.

»Ich komme aufgrund der Annonce im *Berliner Tageblatt*. Es wird eine Reisebegleitung gesucht …«

»Janz richtig. Hier entlang, bitte sehr …«

Er ging ihr voraus in eine Eingangshalle, in der mehrere dunkle, mit reicher Schnitzerei versehene Schränke standen und ein schwarzer Konzertflügel als Blumenständer für allerlei exotische Topfpflanzen zweckentfremdet wurde. Unterhalb des Treppenaufgangs zum ersten Stock befand sich eine messingbeschlagene Truhe, auf der mehrere Damenmäntel lagen.

»Möchten Sie ablegen?«

»Danke, nein. Ich habe nicht vor, länger zu bleiben …«

»Hier hinein, bitte schön.«

Der Raum schien normalerweise als Salon oder Speisezimmer zu dienen, wie an den Vitrinenschränken voller Gläser und Porzellan zu erkennen war. Jetzt aber hatte man ihn zu einer Art Warteraum umfunktioniert, die Tische waren entfernt und Stühle längs der Wände aufgestellt worden.

Nahezu alle Sitzgelegenheiten waren besetzt. Paula erblickte modisch gekleidete Blondinen, schwarzhaarige Damen mit federgeschmückten Glockenhüten, schüchtern aussehende Mädchen mit runden Gesichtern, die ihr Handtäschchen krampfhaft umklammerten. Auch eine Brillenträgerin war darunter, sie hatte das Haar gescheitelt und verzichtete auf eine Kopfbedeckung, die neben ihr sitzende Frau im grauen Kostüm blickte ausgesprochen streng und schien weitaus älter als fünfundzwanzig zu sein.

Sollte sie sich hier tatsächlich einreihen? Das war doch vollkommen aussichtslos bei solch einem Andrang. Sie würde ganz sicher stundenlang warten müssen, um sich dann nach kurzer Vorstellung eine Absage einzuhandeln. Auf der anderen Seite – wenn sie denn schon einmal hier war …

»Haben Sie eine Karte?«

Hinter ihr war eine dunkel gekleidete Dame mittleren Alters eingetreten, vermutlich die Hausdame. Paula fingerte eines der letzten Visitenkärtchen aus ihrer Handtasche, auf dem ihr Name in hübsch verschnörkelter Schrift gedruckt stand.

»Danke sehr. Nehmen Sie bitte Platz, bis ich Sie aufrufe.«

Die Hausdame – oder welchen Posten die Frau auch immer bekleidete – warf einen kurzen Blick auf die Karte, dann verließ sie den Raum und schloss die Tür hinter sich. Man konnte hören, wie sie in der Eingangshalle den Hausdiener anwies, von nun an niemanden mehr einzulassen, da es bereits zwölf Uhr mittags sei. Paula ließ sich resigniert auf einem freien Stuhl nieder. Jetzt meldeten sich auf einmal ihre Kopfschmerzen wieder, die sie schon fast vergessen hatte, auch ihr Magen fing an zu rumoren. Kein Wunder, außer einer Tasse Kamillentee hatte sie heute noch nichts zu sich genommen.

Eine Weile saß sie steif auf ihrem Stuhl und hörte zu, wie einige der Frauen sich miteinander unterhielten. Es ging um neue Hutkreationen, um die Filmschauspielerin Asta Nielsen, die es wagte, in einer Szene von *Wenn die Maske fällt* als Mann verkleidet zu erscheinen, und um den Tenor Enrico Caruso, bei dessen Gesang einem angeblich ein erregendes Kribbeln den Rücken hinabstieg. In unregelmäßigen Abständen wurde eine der Kandidatinnen aufgerufen und aus dem Raum geführt, bei einigen dauerte das Vorstellungsgespräch nur wenige Minuten, andere schienen einer genaueren Prüfung unterzogen zu werden. Paula wurde sich immer deutlicher der Tatsache bewusst, dass sie heute vermutlich überhaupt nicht mehr an ihrem Arbeitsplatz eintreffen würde.

»Waren Sie schon einmal in Afrika?«

Es war die junge Frau mit der Brille, die ihr die Frage gestellt hatte. Sie sprach leise, aber mit einer sanften, geduldigen Bestimmtheit.

»Nein, bisher noch nicht. Waren Sie schon dort?«

»Leider auch nicht«, gestand sie. »Aber es ist ein fremder, geheimnisvoller Kontinent, den ich gern kennenlernen würde. Allein die Tierwelt ist faszinierend.«

Paula kannte die Tiere Afrikas von zahlreichen Fotografien, die im Reichskolonialamt aufbewahrt wurden. Es waren ausnahmslos Fotos von erlegten Löwen, Elefanten, Nashörnern oder Krokodilen. Kaum ein Afrikareisender verpasste die Gelegenheit, sich dort auf Großwildjagd zu begeben. »Afrika ist ein Land voller Widersprüche«, gab Paula zurück. »Man findet traumhaft schöne Landschaften, zugleich aber grassieren dort Malaria und andere gefährliche Krankheiten. Und auch die Schwarzen …«

»Ja«, sagte ihr Gegenüber mit Enthusiasmus. »Die schwarzen Menschen dort – man muss ihnen lesen, schreiben und rechnen beibringen. Ihnen Bildung vermitteln, damit sie nicht ewig in ihrer dumpfen Unwissenheit verharren.«

»Soweit mir bekannt ist, geschieht genau das in den deutschen Kolonien«, prahlte Paula mit ihrem Wissen. »Nicht nur die Missionsschulen unterrichten die Schwarzen, es gibt inzwischen auch Regierungsschulen. Man ist sogar schon so weit, dass schwarze Lehrer die Kinder im Lesen und Schreiben ausbilden …«

Die junge Frau nickte aufgeregt, und trotz der Brillengläser entdeckte Paula eine fiebrige Begeisterung in ihren Augen. Sie war sehr schlicht gekleidet, nicht viel anders als Paula, die sich keine modischen Extravaganzen leisten konnte.

»Wissen Sie, ich habe oft den verrückten Traum, afrikanische Kinder zu unterrichten. Ich bin Lehrerin. Augenblicklich arbeite ich an einer Schule in Weißensee, das ist ebenfalls eine sehr wichtige und verantwortungsvolle Aufgabe …«

Eine berufstätige Frau! Und sogar eine Lehrerin – Paula hatte selbst eine Weile überlegt, ob sie ein Lehrerseminar besuchen sollte, doch Tante Alice hatte ihr abgeraten.

»Ich unterrichte die Kinder sehr armer Leute, die oft nicht einmal etwas Vernünftiges zum Anziehen haben, geschweige denn Schuhwerk«, erzählte die Lehrerin. »Viele sind krank, da muss man für ärztliche Behandlung sorgen, aber es ist kaum Geld dafür vorhanden. Und natürlich ist es auch schwer für unsereinen, sich in das Denken und Fühlen dieser Kinder hineinzuversetzen. Sie leben so ganz anders, mitunter in wahrhaft grauenvollen Verhältnissen … Ach, ich langweile Sie gewiss mit meinen Berichten …«

»Überhaupt nicht. Ich bewundere Sie …«

Die streng gescheitelte Frau mit der Brille hieß Franziska Gabriel und stammte aus einer wohlhabenden Familie im Elsass. Von Kind auf hatte sie den Wunsch gehabt, ihr Leben einem sinnvollen Ziel zu widmen. Nicht so zu werden wie die Mutter und die Schwestern, deren Dasein sich allein um ihren Haushalt, die neuesten Kleider und Hüte, Handarbeiten jeglicher Art und schöngeistige Romane drehte.

»Und Sie möchten als Reisebegleiterin engagiert werden?«

Fräulein Gabriel nickte und behauptete, dass dies eine wundervolle Möglichkeit sei, diesen fremdartigen Kontinent kennenzulernen. Sie würde das mit der Schulbehörde abklären und nach der Reise wieder an ihren Arbeitsplatz zurückkehren. Ob sie die Wahrheit sagte? Bei aller Sympathie hatte Paula das Gefühl, dass Franziska Gabriel ihr etwas verschwieg.

»Und Sie? Weshalb sind Sie an diesem Posten interessiert? Darf ich das fragen?«

Paula öffnete den Mund, um zu erzählen, dass sie eigentlich

nur zufällig hier sei, mehr aus Neugier, doch die Stimme der schwarz gekleideten Dame bewahrte sie vor dieser Schwindelei.

»Fräulein von Dahlen?«

Es ging die Treppe hinauf in den ersten Stock, wo die Hausdame an eine Tür klopfte.

»Herein!«

Paula fuhr zusammen. Es war die – reichlich unmutige – Stimme eines jungen Mannes. Wieso glaubte sie, diese Stimme schon einmal gehört zu haben? Stimmen ähnelten sich, junge Herren ebenfalls.

»Treten Sie bitte ein«, säuselte die Schwarzgekleidete neben ihr. »Gehen Sie vor bis zum Schreibtisch, und nehmen Sie auf dem Stuhl dort Platz. Antworten Sie offen und ehrlich auf alle Fragen. Haben Sie Zeugnisse und Referenzen mitgebracht?«

Paula gab ihr keine Antwort, denn ihre Aufmerksamkeit wurde ausschließlich von dem jungen Menschen hinter dem Schreibtisch in Anspruch genommen. Eine gerade Nase und ein energisches Kinn. Nun ja. Dunkelblondes, kurzgeschnittenes Haar und ein kleiner Oberlippenbart. Helle Augen – grau oder hellblau? Wieso starrte er sie an, als wolle er Maß für ein neues Kleid nehmen?

»Frau Pappert«, knurrte er in Richtung der Hausdame. »Ich sagte Ihnen wiederholt: Sie brauchen nicht jedes Mal anzuklopfen. Ich bin schon ganz heiser vom ständigen ›Herein‹-Rufen. Öffnen Sie einfach die Tür, und kommen Sie mit der Kandidatin herein. Ich bohre weder in der Nase, noch nehme ich heimlich einen Schluck aus der Flasche.«

»Pardon!«

Die mit »Frau Pappert« angeredete Dame hob das Kinn, als stiege eine Staubwolke vom Fußboden auf, und sie hätte Sorge, etwas davon einzuatmen.

»Wie viele Damen sind noch unten?«, wollte er wissen, während seine Augen immer noch auf Paula ruhten.

»Dreizehn. Zwei sind vorhin gegangen.«

»Na wunderbar. Lassen Sie uns jetzt bitte allein.«

»Sehr gern, Herr Naumann.«

Die Tür schloss sich hinter Paula, und ihr wurde bewusst, dass sie sich mit einem unbekannten Mann allein in einem Raum befand. Den dunklen, Bücherschränken und der kleinen Rauchersitzgruppe nach zu urteilen, war es ein Herrenzimmer.

»Fräulein von Dahlen?«, sagte er, ihre Visitenkarte in der Hand haltend. »Paula von Dahlen – was für ein seltener Vorname.«

Er war reichlich unverschämt, fand sie. Aber er sollte nicht glauben, sie einschüchtern zu können. Sie war seit eineinhalb Jahren eine berufstätige Frau, verdiente ihr eigenes Geld, war von niemandem abhängig …

»Es wäre außerordentlich freundlich, liebes Fräulein von Dahlen, wenn Sie etwas näher treten und sich auf diesen Stuhl setzen würden. Genau wie meine charmante Mitarbeiterin es Ihnen angeraten hatte …«

Unter seinem aufmerksamen Blick ging sie auf ihn zu und setzte sich auf den angewiesenen Platz. Sie musste blinzeln, denn durch das Fenster in seinem Rücken schien in diesem Augenblick die Sonne und blendete sie.

»Weshalb sind Sie damals einfach davongeritten?«

Es war ein Versuch, sie zu überrumpeln, und er gelang ihm vortrefflich. Paula hob erschrocken den Blick und begegnete seinem zufriedenen Grinsen. Es war nicht schadenfroh, auch nicht hämisch – nur ein wenig Triumph lag darin. Auch er hatte sie wiedererkannt.

»Es regnete ziemlich stark. Und außerdem hatte ich wenig Lust, mich von Ihnen ausfragen zu lassen.«

Zu ihrer Überraschung akzeptierte er diese Gründe. Er entschuldigte sich sogar und stellte sich als Thomas Naumann vor.

»Grundstücksmakler?«, fragte sie ihn nun ihrerseits aus.

»Mädchen für alles im Auftrag meiner hochgemuten Herrin«, witzelte er und lehnte sich im Stuhl zurück. Er trug einen hervorragend sitzenden Anzug und darunter eine dunkelrot und weiß gestreifte Weste aus einem matten Seidenstoff. Was für ein Modegeck!

»Und wer ist diese ›hochgemute Herrin‹?«

Er lachte und zeigte dabei tadellose weiße Zahnreihen. Vermutlich war er einer dieser jungen Männer, die glaubten, jedes hübsche Mädchen verführen zu müssen, um ihrem Ruf als Schwerenöter gerecht zu werden.

»Frau von Wohlrath, die unter anderem auch diese Villa besitzt. Ebenjene Dame, die eine Reisebegleitung sucht. Sie hat sich in den Kopf gesetzt, Afrika zu umrunden. Selbstverständlich auf einem der modernen Luxusdampfschiffe der Ostafrika-Linie – eine äußerst komfortable Art des Reisens.«

Seiner leisen Ironie nach zu urteilen, würde er selbst wohl lieber auf einem einfachen Handelsschiff um die Welt segeln, sportlich, gefahrvoll, abenteuerlich. Wenn er glaubte, sie damit zu beeindrucken, hatte er Pech gehabt. Sie erwähnte, dass sie über die Afrika-Linien gut Bescheid wisse, sie arbeite beim Reichskolonialamt in der Abteilung für Personalfragen.

»Ach wirklich?«

Er machte sich auf einem Block Notizen, vermutlich war ihre Anstellung beim Kolonialamt ein Pluspunkt für sie. Dass sie von seinem männlichen Charme so wenig beeindruckt war, würde er vermutlich als Minuspunkt werten.

»Es ist schade um das Gut«, sagte er unvermittelt. »Ich war damals unterwegs, um die Lage zu sondieren. Frau von Wohlrath hatte Interesse an dem Anwesen. Leider kam ich zu spät, dieser Kamrau wollte den Besitz unbedingt an sich bringen, er hat uns überboten …«

»Geschäft ist eben Geschäft«, sagte Paula.

Es klang so, als berühre sie dies alles nicht mehr, was nicht der Wahrheit entsprach. Überraschenderweise spürte er ihren Kummer, sie sah es an seinem veränderten Blick. Es lag Mitgefühl darin.

»Es war zwar ein lausiges Wetter, als ich dort umherstromerte, aber das Land ist schön. So weit und offen. Nie habe ich so großartige Wolkenformationen gesehen wie über diesen Seen und dem welligen Land. Sie sind dort aufgewachsen?«

Paula musste sich räuspern. Sie nickte.

Er begriff, dass sie nicht darüber sprechen wollte, und setzte sich abrupt wieder gerade hin, nahm sich noch einmal ihre Visitenkarte vor und wog sie in der Hand.

»Die Reise wird mindestens vier Monate dauern. Sie werden Ihre Stelle kündigen müssen. Haben Sie sich das gut überlegt, Fräulein von Dahlen?«

Nein, das hatte sie nicht. Sie hatte überhaupt nicht überlegt, sondern war einfach einem Wink des Schicksals gefolgt. Zumindest dem, was sie dafür gehalten hatte.

»Glauben Sie denn, ich hätte eine Chance? Ich meine – der Andrang ist doch gewaltig, und ich habe keine Referenzen.«

Ein selbstbewusstes Grinsen überzog sein Gesicht, und jetzt erst stellte sie fest, dass er graue Augen hatte. Hellgraue Augen, die belustigt blitzen konnten.

»Thomas Naumann ist die beste Referenz, die Sie haben können, liebes Fräulein von Dahlen. Wenn ich Frau von Wohlrath erzähle, dass ich die ideale Reisebegleiterin für sie gefunden habe, sind Sie engagiert. Vier Monate auf einem Luxusdampfer, durch den geheimnisvollen Orient und das schwarze Afrika, Safari, Palmen, Picknick am Strand, afrikanische Märkte, orientalischer Zauber … Alles wird bezahlt, Sie erhalten zusätzlich fünfhundert Mark Gehalt pro Monat. Wollen Sie, oder wollen Sie nicht?«

Meinte er das im Ernst? Wollte er tatsächlich alle anderen Kandidatinnen fortschicken und die Position allein für sie reservieren? Paula wurde plötzlich ganz mulmig zumute. Bisher war es noch immer eine Art Spiel gewesen. Nun aber schien es ernst zu werden.

»Ich … ich wollte mich eigentlich nur einmal informieren«, versuchte sie sich herauszureden.

»Ja oder nein«, gab er kaltschnäuzig zurück. »Eine solche Chance wird Ihnen in Ihrem ganzen Leben nie wieder geboten werden.«

Damit hatte er ganz sicher recht. Paula schluckte und klammerte sich an den Gedanken, dass er sich vermutlich überschätzte. Wieso sollte Frau von Wohlrath nach seiner Pfeife tanzen? Sie würde sich vermutlich mehrere Bewerberinnen ansehen und dann selbst entscheiden.

»Wenn Sie ein gutes Wort für mich einlegen würden«, sagte sie und lächelte ihm zu. »Ja, ich möchte die Stelle gern haben.«

Er nickte und steckte ihre Visitenkarte in die Brusttasche seiner Anzugjacke. Dann erhob er sich, um sie zu verabschieden, wobei sie feststellte, dass er sie um gut einen Kopf überragte.

»Geben Sie Frau Pappert Ihre Adresse – Sie erhalten morgen eine Nachricht von mir.«

Kurz darauf stand sie unten in der Eingangshalle und sah zu, wie Frau Pappert die nächste Bewerberin nach oben führte.

Nie im Leben, dachte sie und wandte sich zum Ausgang. Und es ist auch besser so.

7

Meine liebste Paula,
dein Brief, meine kleine Nichte, hat mich sehr aufgewühlt. Ich gestehe, dass ich schlaflose Nächte hatte und mit mir zu Rate ging, wie ich dieses unglückselige Missverständnis auflösen könnte. Nur ich allein bin dafür verantwortlich, Paula, denn ich habe schrecklichen Unsinn geredet, als wir in Klein-Machnitz beieinandersaßen. Wenn es überhaupt eine Entschuldigung für mein Verhalten geben kann, dann ist es der plötzliche Tod meiner Schwester, der mich so sehr erschüttert hatte, dass ich nicht mehr wusste, was ich tat …

Paula seufzte und blickte über den Rand des Schreibens hinweg auf die Häuserreihe, die in der warmen Märzsonne eine ockergelbe Färbung angenommen hatte. Es war kurz vor Ostern, in den Anlagen konnte man schon bunte Krokusse und vorwitzige Narzissen sehen, die Linden allerdings, die der Allee ihren Namen gaben, verhielten sich noch zurückhaltend, keine einzige der dick angeschwollenen Blattknospen schien aufspringen zu wollen. Paula zog den Mantel ein wenig enger um sich – eigentlich war es noch zu kühl, um längere Zeit auf einer Bank zu sitzen. Sie wollte ja auch nur rasch den Brief lesen und dann ihren Sonntagnachmittagsspaziergang fortsetzen.

Ich hatte nicht immer das beste Verhältnis zu meiner armen Schwester Lilly, die Gründe dafür sind vielfältig, und ich muss sie hier nicht darlegen. Aber eines weiß ich mit hundertprozentiger Sicherheit: Niemals hätte sich meine Schwester Lilly aus Leidenschaft einem Mann hingegeben, der nicht ihr Ehemann war. Davor hätte sie nicht nur ihre gute Erziehung, sondern vor allem ihre Klugheit bewahrt. Deshalb solltest du alle Überlegungen in diese Richtung so schnell wie möglich vergessen, denn sie entbehren jeglicher Grundlage …

Paula ließ den Brief sinken und starrte unzufrieden vor sich hin. Eine junge Frau, die einen weißen Windhund an der Leine führte, ging an ihr vorüber. Sein sorgfältig gekämmtes Fell passte ausgezeichnet zum hellen Pelzkragen ihres Mantels. Armer Kerl, dachte Paula. Du gehörst doch eigentlich in Wald und Wiesen, bist ein Jäger und ausdauernder Läufer …

Im Grunde war es klar gewesen, dass Tante Alice nicht bereit war, ihren Gedankengängen zu folgen. Paula hätte sich ihren nächtlichen Brief sparen können.

Du bist eine von Dahlen, meine liebe Nichte, das ist nicht zu leugnen. Gewiss ähnelst du äußerlich deinem verstorbenen Vater nicht allzu sehr, dafür bist du aber deiner Großmutter väterlicherseits wie aus dem Gesicht geschnitten. Das hat mir deine Kinderfrau einmal gesagt, und die muss es wissen, denn sie hat die selige Frau von Dahlen noch gekannt.

Das war Paula vollkommen neu, denn von der Großmutter war auf Klein-Machnitz so gut wie niemals die Rede gewesen. Sie wusste nur, dass die Mutter ihres Vaters früh verstorben war, ein Gemälde hatte man von ihr nicht anfertigen lassen, und fotografiert wurde zu jener Zeit noch nicht. Sehr merkwürdig, was Tante Alice da anführte – Erna hatte ihr, Paula, niemals solche Dinge erzählt. Vermutlich war es einfach eine kleine Notlüge, mit der sich die Tante aus der Affäre ziehen wollte. Was im Grunde nichts anderes bedeutete, als dass Paula mit ihren Vermutungen richtiglag. Nein, sie war keine von Dahlen, das spürte sie immer deutlicher.

»Na, Frolleenchen? Is da noch een Eckchen frei bei Ihnen?«

Sie sah mit abweisender Miene zu dem geschniegelten jungen Mann auf, der seinen Hut gelupft hatte und ihr sein schönstes Sonntagslächeln schenkte.

»Hier ist besetzt. Tut mir leid!«

»Na hoffentlich kommt der Glückliche bald. Sonst friert Ihnen noch allet een.«

Der abgewiesene Galan setzte seinen Strohhut wieder auf und ließ Paula mit dem üblichen schlechten Gewissen auf ihrer Bank zurück. Natürlich war es ihre Schuld, dass man sie ansprach. Dass man glaubte, sie sitze hier, weil sie »Anschluss suchte«. Eine anständige junge Frau setzte sich eben nicht mutterseelenallein auf eine öffentliche Bank, so etwas taten nur die Fabrikmädchen und die Huren.

Hastig überflog sie den Rest des Briefes, um ihn dann in ihre Handtasche zu stopfen und weiterzugehen.

Es macht mir Sorgen, dass du dich solch abstrusen Grübeleien hingibst, mein Kind. Vergiss all dies, und denke daran, dass du stolz auf deine Herkunft sein kannst und dich ihrer würdig erweisen sollst.
Deine dich liebende Tante Alice

Gedankenverloren faltete sie die Briefbögen zusammen und steckte sie in ihre Handtasche. Rückzug auf der ganzen Linie – kein Wunder, schließlich ging es dabei um die Ehre der von

Brausewitz, da kannte auch Tante Alice keinen Spaß. Paula erhob sich und zog ihren Mantel zurecht, tatsächlich spürte sie jetzt die Kälte, aber das würde vorbeigehen, wenn sie ein Weilchen in Bewegung war. Sie ging rasch, überholte eine Familie, die mit drei kleinen Söhnen unterwegs war, alle in Matrosenanzügen und mit schwarzen Matrosenmützen auf den Köpfen. Der Blick hinauf zu einem der gemauerten Uhrtürmchen belehrte sie darüber, dass es schon drei war, in einer halben Stunde wollte sie sich mit Magda Grünlich, ihrer Mitbewohnerin, vor dem Opernhaus treffen. Nicht etwa, um gemeinsam eine Opernaufführung zu besuchen, das hätte sich keine von ihnen leisten können, sondern um miteinander ins Kino zu gehen. Die Filme waren zwar schreckliche »Schmonzetten«, aber dafür kostete eine Kinokarte nur fünfzig Pfennige, und es war immer wieder aufregend, diese lebendigen Bilder auf einer Leinwand zu sehen. Die Kinos schossen in Berlin wie die Pilze aus dem Boden, viele kleine Revuetheater, die früher allabendlich ausverkauft gewesen waren, hatten inzwischen mangels Zuschauern auf Kino umgerüstet.

Magda war als Begleitung ein wenig anstrengend, weil sie so viel redete. Natürlich hätte sie sich auch mit einer ihrer Kolleginnen aus dem Amt verabreden können. Nicht gerade mit Gertrud, aber vielleicht mit Tilla Hoffmann oder Luise Dinter aus der Abteilung A. Nur passte es ihr momentan nicht, denn es kursierten ohne Zweifel Gerüchte über sie, von denen auch Tilla und Luise gehört haben mussten.

Jener unglückselige Freitag, an dem sie, anstatt zur Arbeit zu gehen, einem verrückten Einfall folgte, war nun schon eine gute Woche her, und es war selbstverständlich genau so gekommen, wie sie es erwartet hatte. Niemand hatte sich bei ihr gemeldet, am allerwenigsten dieser haltlose Schwätzer und Angeber Thomas Naumann. Dafür war sie am folgenden Tag, dem Samstag, mit solcher Freundlichkeit von Ministerialdirektor Diederich an ihrem Arbeitsplatz begrüßt worden, dass sie völlig zerknirscht gewesen war. Er hatte ihr nicht nur die Hand geschüttelt, sondern sich auch besorgt nach ihrer Gesundheit erkundigt, und als sie beschämt etwas von »schrecklichen Halsschmerzen« erzählte, hatte er ihr angeraten, sich am Sonntag ins warme Bett zu legen und einen Halswickel mit heißen Kartoffeln zu probieren.

»Das ist doch 'ne praktische Sache«, bemerkte Gertrud bissig, als Diederich in seinem Büro verschwunden war. »Da legste dir die heißen Pellkartöffelken auf deinen kranken Hals, und wenn se abjekühlt sind, kannste immer noch Bratkartoffeln von machen.«

Später hatte Ministerialdirektor Diederich sie zum Diktat in sein Zimmer gerufen und ihr einen »herzlichen Gruß und beste Genesungswünsche« von seinem Schwager Julius ausgerichtet. Dr. Meynecke sei von seiner charmanten Tischdame außerordentlich beeindruckt gewesen und lasse anfragen, ob sie ihm die Ehre gäbe, seine Wenigkeit und Legationsrätin Kochendorffer nebst Ehegatten am Ostermontag zu einer Ausfahrt in den Grunewald zu begleiten. Paula war derart überwältigt von der Liebenswürdigkeit ihres Vorgesetzten, dass sie erst nach einigen Sekunden begriff, was hinter dieser Einladung stand. Ganz offensichtlich hatte Dr. Meynecke sie als künftige Ehefrau und Krankenpflegerin ausersehen, und Ministerialdirektor Diederich samt seiner besorgten Gattin waren eifrig bemüht, die Sache zu befördern. Möglicherweise deshalb, weil sie den schwächelnden Greis ansonsten in ihrem Haus hätten aufnehmen und pflegen müssen.

»Das … das ist mir sehr unangenehm, aber ich muss über Ostern meine Tante in Hamburg besuchen«, hatte sie geistesgegenwärtig geschwindelt und hinzugefügt, dass die arme

Tante Alice gesundheitlich leider gar nicht auf der Höhe sei. Worauf Ministerialdirektor Diederich kurz sein Bedauern ausdrückte und dann im Eiltempo mehrere Briefe diktierte …

Paula wich einer älteren Frau aus, die einen Kinderwagen vor sich herschob und ganz offensichtlich der Ansicht war, jeder müsse ihr Platz machen. Drüben leuchtete das kompakte Gebäude der Oper in der Nachmittagssonne, auf den Treppenstufen zu dem klassizistischen Säulenvorbau entdeckte sie eine Gruppe junger Mädchen, die dem Vortrag eines älteren Herrn lauschten. Alle hielten Zeichenblöcke in den Händen, und einige besonders eifrige Schülerinnen ließen schon den Stift über das Papier wandern.

Für einen Moment beneidete sie diese Mädchen. Gleich, ob sie Kunststudentinnen oder nur Schülerinnen waren – vermutlich stammten alle aus wohlhabenden Familien und konnten sich unbeschwert ihrer Neigung hingeben. Auch sie selbst hatte einmal so gelebt, doch das war vorbei. Inzwischen musste sie arbeiten, um ihren Lebensunterhalt zu bestreiten, da blieb nicht mehr viel Zeit für schöne Beschäftigungen wie Malerei, Klavierspielen oder Ausritte durch Wald und Wiesen. Plötzlich kam Bitterkeit in ihr hoch. Tatsächlich könnte sie sich die materielle Sicherheit erkaufen, indem sie Frau Dr. Meynecke wurde oder sich zu Tante Alice flüchtete. In beiden Fällen würde sie jedoch mit ihrer Freiheit bezahlen …

War das dort hinten nicht Magda Grünlich? Die Gestalt mit dem gewaltigen Federhut wurde für einen Moment von einem vorüberfahrenden Automobil verdeckt, dann aber bestätigte sich Paulas Vermutung. Du liebe Güte – dieser Hut stammte ganz sicher aus den Beständen der Ida von Meerten. Was dachte sich Magda eigentlich dabei, ein solches Hutungetüm zu einem Kinobesuch aufzusetzen? Auch der viel zu weite rostbraune Mantel mit dem räudigen Fuchskragen musste Frau von Meertens Kleiderschrank entstammen – vermutlich roch er fürchterlich nach Naphthalin, das Paulas Vermieterin gern gegen die Mottenplage einsetzte. Oh weh – und das im Kino, wo man so eng nebeneinandersaß …

»Welch schönes Zusammentreffen!«, rief eine fröhliche Männerstimme. »Ich grüße Sie, Fräulein von Dahlen!«

Sie blieb stehen, ärgerlich auf sich selbst, war sie doch beim Klang seiner Stimme wieder einmal zusammengezuckt. Dabei handelte es sich um eine Allerweltsstimme, nicht gerade klangvoll, auch nicht tief oder besonders männlich. Trotzdem hatte sie etwas, das sie von allen anderen Stimmen unterschied.

»Ach, Herr Naumann«, sagte sie, bemüht, einen höflichen, aber gleichmütigen Tonfall anzuschlagen. »Was für ein Zufall …«

Er hatte den Hut gezogen und eine Verbeugung angedeutet, worauf sie freundlich nickte, gerade so, als sei er ein Angestellter, der ihr seinen Sonntagsgruß entbot. Nur an einer leichten Bewegung seiner Augenbrauen war zu sehen, dass er diese Missachtung bemerkt hatte.

»Nun – ein ausgesprochen glücklicher Zufall, denke ich«, gab er zurück. »Ich wollte gleich morgen früh eine Botschaft an Sie senden, und nun kann ich sie Ihnen sogar mündlich übermitteln.«

»Ja, richtig«, bemerkte sie kühl. »Sie wollten mir eine Nachricht zukommen lassen …«

Dieses Mal stand die Sonne in Paulas Rücken, und er war es, der die Augen zusammenkneifen musste. Allerdings glaubte sie, in seinen Zügen unverkennbar Erstaunen, ja sogar Unglauben zu lesen.

»Ich … ja, natürlich. Das habe ich auch. Gleich am folgenden Tag habe ich einen Boten mit einer Nachricht ins Reichskolonialamt geschickt. Abteilung C – Personalangelegenheiten. Hat man Ihnen meinen Brief denn nicht ausgehändigt?«

Sie schüttelte den Kopf und fragte sich, ob er die Wahrheit sagte oder einfach nur ein hervorragender Schauspieler war.

»Das ist mir vollkommen unverständlich, Fräulein von Dahlen. Mein Gott – was müssen Sie von mir gedacht haben …«

Er klang so aufrichtig, dass sie geneigt war, ihm zu glauben. Paula ließ ihn reden, trat aber einen Schritt zur Seite, um an ihm vorbei nach Magda Ausschau zu halten. Ihre Mitbewohnerin war neben einer gemauerten Pferdetränke stehen geblieben, stützte sich mit einer Hand daran ab und schien irgendetwas an ihrem rechten Schuh zu richten. Hoffentlich war ihr nicht der Absatz abgebrochen.

»… ich hatte Ihnen mitgeteilt, dass Frau von Wohlrath für eine Woche verreist ist und das Vorstellungsgespräch deshalb verschoben werden muss«, erklärte Thomas Naumann. »Nun ist sie gestern zurückgekehrt, und ich wollte Sie für …«

Er hielt inne, weil ihm klarwurde, dass ihre Aufmerksamkeit von einem Vorgang hinter seinem Rücken in Anspruch genommen wurde. Instinktiv drehte er sich um. Die auf einem Bein stehende Magda erregte sein Interesse nur wenig, dafür hob er die Hand, um den Insassen eines offenen Automobils zuzuwinken.

»Ich wusste ja, es ist ein Glückstag, Fräulein von Dahlen. Dort im Wagen sitzt sie – wir können die Angelegenheit ganz einfach und unkonventionell erledigen. Kommen Sie …«

Wovon sprach er eigentlich? Paula erschrak fast zu Tode, als er vertraulich ihren Arm fasste und sie mit sich zog.

»Lassen Sie das! Was soll das? Wohin wollen Sie mich …«

Das Automobil war eines der größeren, ein türkisfarbiges Ungetüm mit zwei runden, blankpolierten Laternen rechts und links des Kühlers. Ein livrierter Chauffeur saß am Steuer, auf der hinteren der beiden Polsterbänke erkannte Paula ein weibliches Wesen im hellen Staubmantel, Kopf und Gesicht von einem Autohut verhüllt, den sie mit Hilfe eines Schleiers festgebunden hatte.

»Naumann!«, rief das verhüllte Wesen. »Wieso stehen Sie nicht vor der Oper? Haben Sie die Karten besorgt?«

Paula hatte noch die energische Befehlsstimme ihrer Mutter im Ohr, auch Tante Alice konnte sehr deutlich werden, wenn ihre Angestellten zu langsam waren. Diese Dame im Staubmantel aber übertraf sie alle. Ein Generalfeldmarschall war nichts dagegen.

Thomas Naumann blieb erstaunlich gelassen – vermutlich war das auch die einzige Möglichkeit, in den Diensten dieser Dame zu überleben. Ohne Paulas Arm loszulassen, lächelte er seiner »hochgemuten Herrin« entgegen. Der Chauffeur lenkte das Automobil zum Bordstein und brachte es dort zum Stehen, der Motor ratterte weiter und ließ das Gefährt zittern und vibrieren.

»Sie sehen mich rastlos in Ihren Angelegenheiten tätig, gnädige Frau.«

Er zog einen Briefumschlag aus der Manteltasche und überreichte ihn seiner Chefin mit schwungvoller Geste. Frau von Wohlrath nahm die georderten Billets mit nonchalanter Geste entgegen und steckte den Umschlag, ohne den Inhalt zu überprüfen, in ihr Handtäschchen.

»Und damit nicht genug: Hier neben mir steht die junge Dame, die ich Ihnen als Reisebegleiterin ausgewählt habe.«

Er vermeldete seine Erfolge wie ein Schuljunge. Wieso war sie enttäuscht? Er war ein Angestellter, mehr noch: ein Lakai. Hatte sie etwas anderes erwartet?

Frau von Wohlrath schob den Hutschleier vor ihrem Gesicht etwas weiter auseinander, um Paula in Augenschein zu nehmen. Die »hochgemute Herrin« hatte sehr große, dunkle Augen, eine zarte Nase und rot geschminkte Lippen. Ob die bleiche Farbe ihrer Haut von ihrem vorgerückten Alter oder einer dicken Puderschicht herrührte, konnte Paula auf die Entfernung nicht herausfinden.

»Fräulein Paula von … von … ich hab's vergessen.«

»Von Dahlen«, half Thomas Naumann aus. »Wir trafen uns ganz zufällig hier Unter den Linden. Wenn das kein Wink des Schicksals ist …«

»Ganz zufällig?«, fragte Frau von Wohlrath voller Ironie. »Na schön. Spart uns Zeit. Steigen Sie bitte ein, Fräulein von Dahlen.«

Sie beugte sich vor, um die Wagentür zu öffnen, auch Thomas Naumann sprang hilfreich herbei, nur der Chauffeur blieb seelenruhig auf seinem Platz sitzen.

»Das ist sehr freundlich«, entgegnete Paula, »aber ich bin mit einer Bekannten verabredet, die ich nicht einfach stehen lassen kann.«

»Ach ja? Das macht nichts. Herr Naumann wird sich um sie kümmern, solange wir uns miteinander unterhalten.«

Thomas Naumann hielt Paula galant die Autotür auf und versicherte lächelnd, dass er diese Aufgabe nur allzu gern übernähme, keine Dame habe sich bisher in seiner Gesellschaft gelangweilt. Paula sah, wie Frau von Wohlrath bei diesen Worten die geschminkten Lippen kräuselte.

»Woran erkenne ich Ihre Freundin?«, wollte er wissen. »Kleidung, Hut, Frisur – irgendwelche ungewöhnlichen Merkmale?«

»Sie steht dort drüben bei der Pferdetränke. Sehen Sie? Die Dame mit dem hellbraunen Mantel und dem Federhut.«

»In der Tat …«, sagte er stirnrunzelnd. »Hat sie … hat sie sich den Fuß vertreten?«

»Ich weiß es nicht. Aber Sie werden es bestimmt erfahren.«

Er verzog keine Miene, was Paula ihm hoch anrechnete. Während sie in das Automobil kletterte, sah sie noch, wie er mit langsamen Schritten auf die arme Magda zuging und ein paar Schritte entfernt von ihr stehen blieb. Was weiter geschah, konnte sie nicht mehr beobachten, da das Schließen der Autotür ihre ganze Aufmerksamkeit beanspruchte.

»Fest zuhauen! Mit aller Kraft! So! Ausgezeichnet!«

Frau von Wohlrath sank zurück in die Polster und zog den Schleier wieder vor ihrem Gesicht zusammen. Paula hatte gerade noch sehen können, dass ihre Haut faltenlos war – sie schien noch keine vierzig zu sein.

»Ich vertrage den Fahrtwind schlecht. Empfindliche Haut, verstehen Sie?«

»Natürlich. Eine praktische Sache, solch ein Autohut.«

Frau von Wohlrath musterte sie durch den Schleier hindurch, und wieder war Paula erstaunt über ihre großen, dunklen Augen. Sie waren ganz sicher geschminkt, aber auch ohne Wimperntusche und schwarzen Augenstift musste sie eine Schönheit sein. Eine blasse, zarte Schönheit mit empfindlicher Haut und der Kommandostimme eines Infanteriegenerals.

»Praktisch – ja. Vor allem, weil man inkognito bleiben kann.«

Paula hörte sie leise kichern. Frau von Wohlrath beugte sich vor, um dem Chauffeur einen Befehl zu geben, der Wagen beschleunigte und knatterte munter in Richtung Brandenburger Tor.

»Weshalb wollen Sie eine derart verrückte Sache mitmachen?«

Aha – die Dame wollte sie überrumpeln, um an ihrer Reaktion zu erkennen, wes Geistes Kind sie war. Paula hatte keine Lust, ihr etwas vorzumachen.

»Meine Stellung aufgeben, meine Wohnung kündigen, meine ganze Existenz umkrempeln, um vier Monate lang auf einem Dampfer die Südspitze Afrikas zu umfahren? Meinen Sie das? Das ist allerdings verrückt.«

Frau von Wohlrath betrachtete sie von der Seite, und Paula hatte das Gefühl, dass sie beeindruckt war. Für eine wohlhabende Dame war eine solche Reise nur eine kleine Zerstreuung – für Paula dagegen weitaus mehr.

»Warum also?«, forschte Frau von Wohlrath.

»Ich brauche eine Pause. Um herauszufinden, wer ich bin und welchen Weg ich gehen will.«

»Haben Sie denn die Wahl?«

»Die werde ich mir nehmen!«, erwiderte Paula forsch.

Das Automobil schnurrte wie ein alter Kater, sie überholten mehrere Pferdedroschken und zwei Kraftdroschken. Der Chauffeur schien großes Vergnügen daran zu haben, so viele Konkurrenten wie möglich hinter sich zu lassen.

»Eine vernünftige Antwort«, befand Frau von Wohlrath. »Sind Sie gesund?«

»Ich bin niemals krank.«

»Verheiratet, verlobt, verliebt – schwanger?«

»Nichts davon.«

»Ausgezeichnet!«

Sie näherten sich dem Tor, das man wie ein unvermitteltes Hindernis auf dem Pariser Platz aufgestellt hatte, eine Mischung aus Zollstation und Triumphbogen, durch dessen reliefgeschmückte Arkaden der Verkehr hindurchgeleitet wurde. Nur der mittlere Bogen war ausgespart – dort, das wusste ganz Berlin, durften nur der Kaiser und seine Begleitung passieren. Auf der Königgrätzer Straße hinter den Torbögen wendete der Chauffeur und fuhr den Weg wieder zurück. Während sich Frau von Wohlrath ausschwieg, besah sich Paula die vorüberziehenden, zart knospenden Baumreihen und die dahinterliegenden Gebäude – Geschäfte, Restaurants, Kneipen, eine Bank, ein Kino, das einst ein kleines Varieté gewesen war … Überall flanierten Menschen, arm und reich, jung und alt, Kinder in Matrosenjacken, Beamtenfamilien in Sonntagskluft, Damen in modisch-eleganten Kostümen, eine alte Frau mit einem Korb, die Veilchensträuße verkaufte, und sogar zwei junge Frauen auf Fahrrädern.

»Der Dampfer sticht am Mittwoch nach Ostern in See – bis dahin müssen Sie alles geregelt haben. Schaffen Sie das?«

»Heißt das, ich bin engagiert?«

Frau von Wohlrath gluckste wieder – es schien ihr Spaß zu machen, ihre Mitmenschen zu verblüffen.

»Herr Naumann wird einen Vertrag mit Ihnen abschließen und Ihnen eine Vorauszahlung auf Ihren Lohn aushändigen. Kaufen Sie kein unnötiges Zeug davon – Sie werden auf meine Kosten für die Tropen ausgestattet.«

»Das ist sehr groß…«

»Noch Fragen?«

In Paulas Kopf schwirrte ein ganzer Bienenschwarm ungeklärter Fragen, doch schienen sie sich irgendwie gegenseitig zu behindern, denn keine wollte über ihre Lippen kommen. Zumal sie nun das Opernhaus erreicht hatten und der Fahrer das Tempo drosselte.

»Ich bin keine einfache Person«, gestand Frau von Wohlrath überraschend. »Aber meine Intuition sagt mir, dass wir beide uns verstehen werden.«

Beinahe hätte Paula erwähnt, dass sie Erfahrung mit schwierigen Damen habe, da ihre Mutter eine solche gewesen sei, doch sie biss sich auf die Zunge und schwieg.

»Fahr an die Seite, Jean!«

Thomas Naumann war mit Magda wohl ein paarmal auf

und ab promeniert, hatte sich aber grundsätzlich dort aufgehalten, wo Paula in das Automobil seiner Arbeitgeberin gestiegen war. Magdas Absatz war tatsächlich abgebrochen, weshalb sie sich bei ihrem Begleiter eingehängt hatte und ein wenig humpelte. Das Missgeschick schien sie jedoch nicht allzu sehr zu beeinträchtigen, sie wirkte im Gegenteil ausgesprochen lebhaft und redete ohne Punkt und Komma auf Naumann ein – armer Kerl, er musste schon völlig taub auf dem linken Ohr sein.

»Ostermontag um acht Uhr früh in der Villa – wir fahren gemeinsam nach Hamburg.«

Frau von Wohlrath entschied sich, ihrer künftigen Reisebegleiterin zum Abschied die Hand zu reichen. Zu diesem Zweck zog sie den hellgrauen Handschuh aus Ziegenleder aus und entblößte eine kleine, weiße Hand mit spatenförmigen, aber wohlgepflegten Fingernägeln. Erwartungsgemäß war ihr Händedruck ziemlich fest.

»Auf Montag, meine Liebe.«

»Auf Montag, Frau von Wohlrath!«

Thomas Naumann war mit Magda am Arm vor einem kleinen Ladengeschäft stehen geblieben, in dem – soweit Paula auf die Entfernung erkennen konnte – die neuesten Hutkreationen ausgestellt waren. Eigentlich war sie jetzt viel zu aufgewühlt, um sich mit Magda in ein Kino zu setzen und irgendeine dramatische Liebesgeschichte auf der Leinwand zu verfolgen, aber sie hatten sich nun einmal verabredet, und Magda war über diese Abwechslung sehr glücklich. Zumal Paula versprochen hatte, sie einzuladen.

»Alles zur Zufriedenheit erledigt?«, erkundigte sich Thomas Naumann.

»Es bleiben noch einige Formalitäten …«

Sie konnte nicht weitersprechen, da Magda sie am Arm fasste und vor das Schaufenster zerrte. Dieser grüne Hut, dort auf dem Ständer, der mit dem schwarzen Band und der glockigen Form, die einen so perfekten Hinterkopf mache – der passe ganz genau zu ihrem Kleid. Das dunkelgrüne, meine sie, das mit dem Samtkragen und den Manschetten …

»Ein paar kleine Formalitäten – ja, das kenne ich«, schmunzelte Naumann. »Wird prompt erledigt, schöne Dame.«

»Rastlos in den Angelegenheiten Ihrer Herrin tätig – so ist es doch, nicht wahr?«, spottete sie.

Sie hatte über die Schulter hinweg gesprochen, da sie vor dem Schaufenster stand, um das grüne Modell mit schwarzem Band und perfekter Glockenform zu bestaunen. Doch jetzt erblickte sie Magdas und ihr eigenes Spiegelbild im Fenster und zwischen ihnen beiden Thomas Naumann. Wie ernst er war, die Lippen schmal, die Brauen gesenkt. Hatte er ihr den kleinen Scherz etwa übel genommen? Er starrte auf einen schwarzen Hut mit gewölbter Krempe, an den die Putzmacherin eine buschige, weiße Straußenfeder gesteckt hatte, aber Paula war sich nicht sicher, ob er überhaupt etwas wahrnahm.

»Kann ich irgendetwas tun?«, fragte sie beklommen. »Ich meine, wegen der Formalitäten …«

Sogleich nahm sein Gesicht wieder den gewohnt selbstbewussten, ein wenig ironischen Ausdruck an.

»Sie könnten uns bei unserem Schaufensterbummel begleiten, Fräulein von Dahlen. Ihre Freundin und ich haben übrigens beschlossen, statt des Kinos lieber eine Revue anzuschauen und anschließend eine Kleinigkeit zu essen.«

Irritiert sah sie Magda an, die bestätigend nickte und hinzufügte, Herr Naumann sei ein vollendeter Kavalier und ein charmanter Begleiter. Das beglückte Lächeln, von dem diese Worte begleitet wurden, zeigte sich sonst nur unter Einfluss einiger Gläser Rotwein auf Magdas Zügen.

»Es wäre ganz bezaubernd, wenn Sie sich uns anschließen würden«, sagte er, und Paula spürte plötzlich seine Hand, die sich kaum fühlbar auf ihre Schulter legte. Wieso diese harmlose, flüchtige Berührung sie so erschreckte, dass sie zitterte, konnte sich Paula nicht erklären.

»Ich hatte angenommen …«

»Dass ich jetzt zu Frau von Wohlrath in den Wagen steige und davonfahre? Keineswegs. Ich stehe Ihnen beiden den ganzen Abend zur Verfügung.«

»Also dann«, sagte sie unschlüssig und musterte die strahlende Magda ein wenig besorgt. »Aber ich muss gestehen, dass ich noch niemals in einem Revuetheater gewesen bin.«

»Na dann wird es aber Zeit!«

Nie würde sie diesen Abend mit Magda und Thomas Naumann vergessen. Es lag nicht so sehr an der Berliner Revue im Apollo Theater, obgleich sie ihr ausnehmend gut gefiel. Der Grund war auch nicht das kleine Restaurant, in dem sie bis spät in die Nacht beim Wein saßen, redeten und lachten, als wären sie alte Bekannte. Es war dieser unbekannte Thomas Naumann, der die Maske des selbstsicheren Schwerenöters abgelegt hatte und sich mit unendlicher Geduld und einem tiefen Mitgefühl um die aufgekratzte Magda Grünlich bemühte. Die Schriftstellerin war schon nach wenigen Schlucken betrunken, wurde überschwänglich, sogar ausfallend, redete mit lauter Stimme und ausladenden Gesten, so dass man von den anderen Tischen indigniert zu ihnen hinübersah. Doch Naumann ertrug die entsetzliche Peinlichkeit dieser Situation, erfand immer wieder neue Möglichkeiten, Magda zu beruhigen, und Paula – tief beeindruckt von seiner Seelenstärke – versuchte nach Kräften, ihm zur Seite zu stehen. Als sie gegen Mitternacht schließlich mit der singenden und taumelnden Magda das Restaurant verließen, bestellte er eine

Pferdedroschke, um seine »beiden Damen« nach Hause zu geleiten. Vor dem Mietshaus begriff die arme Magda nun endlich, dass dieser Abend ein für alle Mal zu Ende ging, und fiel ihrem »edlen Ritter, dem Held ihrer kühnsten Mädchenträume, dem wundersamen Erlöser« mehrfach um den Hals, um sich tränenreich von ihm zu verabschieden.

»Schlafen Sie gut, und träumen Sie süß«, wünschte dieser lächelnd, als Paula die weinselige Magda energisch untergehakt hatte, damit sie nicht umfiel.

»Es war der schönste Abend meines Lebens … der schönste … Abend …«, sang Magda, von einem Schluckauf unterbrochen.

»Gute Nacht, Fräulein Paula …«

Paulas Antwort wurde vom Gebrüll eines Nachbarn übertönt, der das Fenster aufriss und »Ruhe!« in die Nacht hinaus schrie.

Es war ein schweres Stück Arbeit, die glückliche Magda die Treppe hinauf in die Wohnung zu bugsieren. Immer wieder mussten sie stehen bleiben und verschnaufen, einmal wollte Magda zum Fenster, um ihrem Galan zu winken, dann behauptete sie, ihr sei schlecht und sie müsse sich hinsetzen, was Paula jedoch nicht gestattete. Oben an der offenen Wohnungstür stand Ida von Meerten und nahm ihre Mieterin mit eisigem Schweigen in Empfang.

8

Das Promenadendeck der ersten Klasse war so gut wie leer. Nur ein Herr im grauen Regenmantel stand an der Reling, klammerte sich mit beiden Händen an die eisernen Verstrebungen und sah mit starrem Blick auf das Meer hinaus. Grau und wild zeigte sich die Nordsee, warf sich mit schaumgezackten Wogen gegen den stählernen Leib der *Tabora,* und obschon der Dampfer hartnäckig auf Kurs blieb, war die Fahrt doch mühsam, ein stetiges, unruhiges Auf und Ab.

Paula war zu ihrer eigenen Überraschung von der Seekrankheit verschont geblieben. Sie war sehr froh darüber, denn diese Plage musste geradezu fürchterlich sein. Ein junger Mann aus der zweiten Klasse hatte ihr gestern versichert, er wolle liebend gern sterben, wenn er nur von dieser grässlichen Übelkeit erlöst wäre. Auch im Speisesaal der ersten Klasse, wo man sich noch vorgestern Abend frohgemut zusammengefunden und in bester Laune auf die bevorstehende Reise angestoßen hatte, herrschte seit gestern Mittag gähnende Leere. Nur einige ältere Damen und ein Ehepaar aus Hamburg nahmen unbeeindruckt von Wind und Wellengang ihre Mahlzeiten ein. Was die Hamburger betraf, so war es kein Wunder, handelte es sich doch um einen Kapitän der kaiserlichen Marine im Ruhestand und seine seeerprobte Ehefrau.

Paula trat näher an die Reling heran, fasziniert von dem gewaltigen Spiel der Naturkräfte. Was für ein Meer! Es war nicht zu vergleichen mit der sanften Ostsee, die sie bei einem kurzen Urlaub mit ihrer Mutter vor Jahren kennengelernt hatte, und schon gar nicht mit der Müritz, obschon die bei stürmischem Wetter voller Tücken sein konnte. Die Nordsee war Teil des großen Ozeans, der die Kontinente umschloss, ihre Wasser hatten die Küsten von Südamerika umspült und den Golf von Mexiko gesehen, sie trugen die Urkraft des Atlantiks in sich, den Hauch der Ferne und des Abenteuers. Während der Wind zornig Paulas Mantel bauschte und an dem Tuch riss, das sie um ihr Haar geschlungen hatte, verspürte sie ein warmes Glücksempfinden. Die Entscheidung war gefallen, sie hatte den gewohnten Trott, das scheinbar so weiche Nest verlassen, ihre Flügel ausgebreitet und sich dem Sturm anvertraut. Leicht war es ihr nicht geworden, sie war keineswegs die »mutige große Schwester«, wie Friedrich sie in ihrem kurzen Telefonat genannt hatte. Sie hatte ihn an seiner Dienststelle angerufen, um ihm von der bevorstehenden Veränderung mündlich zu berichten, während Tante Alice sich mit einem Brief zufriedengeben musste. Sie sei immer sein großes Vorbild gewesen, hatte ihr Friedrich tief bewegt erklärt. Während er selbst keine Kraft finde, seinem Leben eine Wendung zu geben, sei sie, Paula, nun schon zum zweiten Mal dem Ruf ihres Schicksals gefolgt. Ach, wenn er doch nur über ein Zehntel ihres Mutes und ihrer Entschlusskraft verfügte …

Sie sagte ihm nicht, dass das Schicksal sie keineswegs gerufen, sondern vielmehr auf diesen Weg getreten und gestoßen hatte. Aber es war gut so, das spürte sie überdeutlich mit jedem Atemzug und jedem Herzschlag.

Der Herr im Regenmantel wandte sich jetzt um und blickte sie mit glasigen Augen an. Sein Gesicht war grau wie das Meer, das um die *Tabora* tobte, dennoch nickte er Paula zu und versuchte zu lächeln.

»Wir müssen bald in Rotterdam sein!«, rief sie ihm zu.

Es war nicht einfach, sich gegen das Brausen der Elemente und das beständige Geräusch der Maschinen durchzusetzen, doch er schien sie verstanden zu haben. In weniger als einer Stunde würden sie – vorausgesetzt, alles ging nach Plan – in den Hafen einlaufen, und die Qualen wären ausgestanden. Vorerst.

Als er die Tür zum Innenraum öffnete, kam ihm eine vermummte Gestalt entgegen, die sich bei näherem Hinsehen als Rosa Bunzler entpuppte, eine der Angestellten, die Frau von Wohlrath auf dieser Reise begleiteten. Das Mädchen hatte sich eine Wolldecke um Kopf und Schultern gewickelt, vermutlich würde ihre Herrin sie gleich wieder rufen, denn Frau von Wohlrath litt wie die meisten Passagiere unter der Seekrankheit, zu der sich – so hatte Paula heute früh erfahren – auch noch eine Migräne gesellt hatte. Paula war vorerst aus der Kabine ihrer Herrin verbannt, zu ihrer Pflege benötigte Frau von Wohlrath nur ihre Kammerzofe Frieda und die siebzehnjährige Rosa, die als Mädchen engagiert war und von ihrer Herrin nur »Minna« genannt wurde.

»Oh, das tut gut!«, stöhnte Rosa. »Frische Luft!«

Sie trat neben Paula und atmete tief, während der Wind an ihrer Decke zerrte. Dann wagte sie einen Blick auf das aufgewühlte Meer und erschauerte. Das Zwischendeck der ersten Klasse befand sich auf dem Aufbau des Dampfschiffes, so dass die tobende, brodelnde See in ihrer ganzen bedrohlichen Weite sichtbar war.

»Nee, wirklich!«, rief sie Paula ins Ohr. »Wenn das die ganze Reise so geht, dann mach ich mich davon. Lieber geh ich Steine klopfen ...«

»Ich finde es wundervoll!«, brüllte Paula zurück.

»Eisekalt ist es. Frieren Sie nicht? Ich bin schon ganz klamm!«

Paula spürte die Kälte zwar kaum, aber es war dennoch besser, wieder hineinzugehen. Schließlich konnte es ja sein, dass Frau von Wohlrath sie brauchte, was bisher jedoch nur am Abend der Abreise der Fall gewesen war. Da hatte Paula ihrer Arbeitgeberin in der Kabine noch einige Kapitel aus einem Roman vorlesen müssen, worauf Frau von Wohlrath endlich einschlafen konnte.

Sie begaben sich in das Gesellschaftszimmer der ersten Klasse, das ebenso wie das daneben liegende »Raucherzimmer« völlig leer war. Es war ein hübscher Raum, mit Korbsesseln und kleinen runden Tischen ausgestattet, an der einen Seite befanden sich die Fenster zum Zwischendeck, die gegenüberliegende Seite war mit einer Wandvertäfelung versehen, in die man an einigen Stellen Spiegel eingelassen hatte. Es fehlte auch nicht der große Konzertflügel, der ebenso wie die Tische am Boden befestigt war, außerdem gab es einen mit grünem Stoff bezogenen Billardtisch.

»Jetzt noch 'ne Wärmflasche unter die Füße und 'ne leckere Schinkenstulle«, meinte Rosa, die sich aufseufzend in einen Korbsessel gesetzt hatte. »Aber am liebsten hätte ich es, wenn wir schon in Afrika wären, dann wär auch diese elende Kälte vorbei.«

Rosa hatte noch gestern über Übelkeit geklagt, doch inzwischen schien sie gute »Seebeine« entwickelt zu haben. Sie war eine kleine, dralle Person mit hellblondem Kraushaar und rosiger Gesichtshaut. Eines der Mädchen, die aus einfachen Verhältnissen kamen und zupacken konnten, dabei aber auch gelernt hatten, auf den eigenen Vorteil zu schauen.

»Geht es Frau von Wohlrath besser?«, wollte Paula wissen.

Rosa streckte die Beine aus und bewegte die Fußspitzen auf und ab. Sie trug zierliche braune Pumps, die einmal sehr teuer gewesen sein mussten, vermutlich ein Geschenk ihrer Herrin.

»Ach, der geht's die ganze Zeit über prima«, knurrte sie. »Das werden Sie auch noch merken, Paula. Die Wohlrathsche, die markiert nur. Die ist einfach bloß hysterisch und hat Spaß daran, ihre Leute herumzuscheuchen. Ich wette mit Ihnen, dass die heute Abend schon wieder im Speisesaal sitzt und Champagner trinkt.«

»Tatsächlich?«

»Warten Sie nur ab, bis Sie an der Reihe sind«, kicherte Rosa und zog wieder die Decke um sich. »Sie hat immer irgendeine von uns auf dem Kieker, die Wohlrathsche. Gestern war ich dran, da hat sie getobt und gekreischt – nichts konnte ich ihr recht machen. Heute ist's die arme Frieda. Aber die ist schon seit Jahren Kammerzofe bei ihr und kann das gut aushalten.«

Das hörte sich nicht gerade ermutigend an. Paula hatte ihre Arbeitgeberin am Ostermontag in der Frühe zum ersten Mal ohne Staubmantel und Schleierhut gesehen und festgestellt, dass diese in der Tat eine sehr attraktive Frau war. Eine zierliche, schlanke Person mit schwarzem Haar und wundervollen dunklen Augen, die – so kam es Paula vor – einen kindlichen und seltsam traurigen Ausdruck hatten. Während der langen Bahnfahrt hatte sie bei ihr in einem Abteil der ersten Klasse gesessen. Sie hatten über dieses und jenes geplaudert, wobei ihre Arbeitgeberin keines der Themen weiter vertiefte, sondern lieber an der Oberfläche blieb. Eine Weile hatte Paula sich bemüht, ihr etwas über den afrikanischen Kontinent zu vermitteln, vor allem über das alte Ägypten, das sie selbst schon als Kind fasziniert hatte. Frau von Wohlrath behauptete zwar, dieses Thema interessiere sie außerordentlich, doch sie hörte Paula kaum drei Minuten zu und begann dann ein Gespräch über die gewagte Mode, das Haar kurzgeschnitten zu tragen. Später erklärte sie Paula, sie habe eine ganze Kiste voller Bücher eingekauft, und Paulas Aufgabe sei es, diese

Werke durchzulesen und ihr das Wichtigste daraus vorzutragen. Wie sie das anfangen sollte, wenn ihre Arbeitgeberin gar nicht zuhören wollte, war Paula nicht ganz klar, aber sie hatte freundlich genickt.

»Sie kann … sie kann tatsächlich ungerecht und sogar zornig sein?«, fragte sie vorsichtig.

Rosa nickte und schob dabei die Lippen vor. Zornig sei das falsche Wort, sie würde einfach zickig, richtig boshaft, erfände falsche Beschuldigungen, kreische herum, werfe sogar mit Gegenständen. Und wenn man nicht aufpasse, könne man sich noch »eine fangen«. Ihrer Vorgängerin habe sie ein ganzes Büschel Haare ausgerissen. Dafür habe sie ihr hinterher allerdings ein hübsches Sümmchen bezahlt, mit Geld sei sie überhaupt nicht knauserig.

»Ist sie denn so wohlhabend?«

Rosa rollte die blauen Augen und wackelte dabei mit dem Kopf. Klar, die Wohlrathsche habe Geld wie Heu. Ganz für sich allein habe sie den Zaster, seitdem ihr Mann tot sei. Der sei Bankier gewesen und habe ihr nicht nur das Geld, sondern auch Häuser und Fabriken hinterlassen.

»Sie ist also Witwe … Jetzt begreife ich, weshalb sie so selbstherrlich über ihr Leben bestimmen kann. Hat sie denn keine Kinder?«

»Jedenfalls nicht von dem alten Wohlrath«, sagte Rosa grinsend. »Der war wohl schon jenseits von Gut und Böse, als er sie geheiratet hat. 'ne Tänzerin ist sie gewesen. Ist in Revuen aufgetreten, so mit kurzen Röckchen und nackten Beinen bis zum Po hinauf. Da ist der Alte in den dritten oder vierten Frühling gekommen, und sie war schlau genug, ihn in den Hafen der Ehe zu manövrieren.«

»Ach!«

Paula schwieg unter dem triumphierenden Blick ihrer Gesprächspartnerin, die stolz darauf war, so aufschlussreiche Dinge über ihre Arbeitgeberin zum Besten geben zu können. Einen kurzen Augenblick dachte sie daran, dass auch sie selbst einen finanzkräftigen Greis wie den alten Wohlrath hätte heiraten können, doch sie hatte zwei derartige Anträge damals zum allergrößten Ärger ihrer Mutter schnöde abgewiesen. War sie dumm gewesen? Hatte sie damals nicht nur Klein-Machnitz, sondern auch ihre Freiheit verschenkt?

»Tja – jetzt hockt sie auf dem ganzen Mammon und weiß nicht recht, was sie mit sich anfangen soll. Die Sorgen möchte ich haben! Letztes Jahr im Sommer – das hat mir die Frieda erzählt – hat sie eine Nordlandreise mit dem Schiff gemacht. 'ne Villa in Paris, eine in Zürich, eine in Berlin – was weiß ich, wo noch. Und wohin sie auch kommt, überall steht das Personal stramm, und ein Automobil gibt's auch. Mehrere sogar, sie ist ganz vernarrt in die Dinger …«

»Hat sie denn keine Freunde? Verwandte? Oder einen …«

»Einen Liebhaber?«, fiel Rosa ihr verständnisinnig ins Wort. »Na, Dutzende. Ist doch kein Problem, wenn eine so viel Geld hat. Ob sie Freunde und Verwandte hat – keine Ahnung. Aber wer so in der Weltgeschichte herumkurvt, der hat ja auch keine Zeit, sich um Freunde oder Verwandte zu kümmern. Leute hat sie viele um sich. Immer andere. Und wenn Sie mich fragen: Lauter Geier sind das. Da kann sie einem schon leidtun.«

Dass die Familie ihres verstorbenen Ehemannes nichts von ihr wissen wollte, konnte sich Paula gut vorstellen. Schließlich hatte sie die Familie um eine ansehnliche Erbschaft gebracht und war offensichtlich fleißig dabei, das Geld unter die Leute zu werfen. Ob sie ihre Liebhaber tatsächlich bezahlte? Das mochte Paula nicht glauben, schließlich war sie eine attraktive Frau. Wie alt sie wohl war? Bestimmt noch keine vierzig.

Paula lag eine Frage auf der Zunge, aber sie schluckte sie hinunter. Das ging sie nun wirklich nichts an.

»Die zwei Hübschen, die sie für die Reise als ›Beschützer‹ engagiert hat …«, kicherte Rosa. »Pierre und Jean nennt sie sie – in Wirklichkeit heißen sie anders. Genau wie ich. Aber sie mag es halt nicht, wenn sie neue Namen lernen muss. Na, die zwei hat sie auf jeden Fall fürs Bett vorgemerkt.«

»Wissen die beiden das?«, entfuhr es Paula.

»Klar wissen die das, sind doch helle Burschen. Und außerdem wird für sie ordentlich was herausspringen. Geizig ist sie nicht. Aber nur, wenn sie bei Laune ist.«

»Und … und dieser Thomas Naumann? Ist der auch ihr … ihr Liebhaber?«

Jetzt war es heraus, sie hätte sich gern auf die Zunge gebissen, aber es war zu spät. Natürlich schaute Rosa mit kurzem, prüfendem Blick zu ihr hinüber, und natürlich wurde Paula rot. Rosa war trotz ihrer Jugend schon mit allen Wassern gewaschen, sie würde die Hitze ihrer Wangen zu deuten wissen.

»Der?«, fragte Rosa gedehnt und kratzte sich ausgiebig an der Schulter. »Der ist eigentlich zu schade für die Wohlrathsche. Ich glaube, der war mal Journalist oder so was. Erledigt alle möglichen Sachen für sie. Organisiert ihre Reisen, schaut nach ihren Häusern, stellt das Personal ein und kümmert sich auch sonst um alles. Klar, der geht mit ihr ins Bett. Muss er ja, sonst hätte sie ihn längst gefeuert …«

Zwingen musste er sich ganz bestimmt nicht dazu. Was hatte sie sich denn gedacht? Nur weil er sich so liebevoll um die arme Magda gekümmert hatte, war er noch lange nicht der keusche Joseph. So, wie er aussah, war wohl eher das Gegenteil der Fall. Aber wozu machte sie sich eigentlich so viele Gedanken? Thomas Naumann begleitete seine Arbeitgeberin auf dieser Reise nicht. Noch in Hamburg hatte er verschiedene

Formalitäten für sie erledigt, und als die *Tabora* auslief, hatte er am Kai in St. Pauli in der Menschenmenge gestanden und ihnen mit einem weißen Taschentuch zugewinkt.

»Hier seid ihr. Ich muss schon sagen – ihr habt Nerven!«

Frieda Sauer, die Kammerzofe, hatte die Tür des Aufenthaltsraums geöffnet. Jetzt musste sie sich rasch am Türrahmen festhalten, da das Schiff heftig schlingerte.

»Ich komm ja schon«, seufzte Rosa und erhob sich mühsam aus dem Korbsessel. »Was will sie denn jetzt schon wieder? Tee? Cognac? Pralinen? Zwieback? Oder 'nen Kübel?«

»Von dir gar nichts!«, versetzte Frieda mit eisiger Miene. »Frau von Wohlrath möchte Fräulein Paula sehen.«

Paula fuhr erschrocken aus ihrem Stuhl und eilte hinaus auf den Flur. Ein Stewart kam ihr entgegen, ein Tablett mit drei Gläsern und einer Kanne balancierend, und sie schaute ihm bewundernd nach. Eigentlich war es gar nicht so schwer, sich bei diesem Seegang auf den Beinen zu halten, man musste sich nur dem Rhythmus der Wogen anpassen. Aus dem Gesellschaftszimmer vernahm sie Friedas ärgerliches Schelten, die Kammerzofe und das Mädchen Rosa waren wie Hund und Katz. Während Rosa in Abwesenheit der Herrin kein Blatt vor den Mund nahm, hörte man von Frieda niemals ein kritisches Wort über Frau von Wohlrath, und sie konnte es auch nicht ertragen, wenn in ihrer Gegenwart über ihre Herrin gelästert wurde.

Frau von Wohlrath bewohnte die »Präsidentensuite«, die aus Schlafraum, Wohnraum und eigenem Badezimmer bestand. Vermutlich war dies die teuerste Unterkunft an Bord der *Tabora,* diese Suite kostete das Zehnfache des Fahrpreises, den man in der dritten Klasse bezahlte, aber Geld spielte bei Frau von Wohlrath ja keine Rolle.

Paula fand ihre Arbeitgeberin in der Wohnkabine auf dem

Sofa liegend, eine gefaltete, feuchte Stoffserviette über der Stirn. Auf dem Tisch vor ihr befand sich eine abenteuerliche Ansammlung von Gläsern und Fläschchen, angebissenen Pralinen, geöffneten Kekspackungen; eine Wasserkaraffe stand dort, Prospekte, Zeitungen, künstliche Blüten, ein Stapel bestickter Taschentücher, mehrere Flacons, die vermutlich Parfum enthielten, und vieles andere lag kreuz und quer durcheinander. Es sah aus wie ein Schlachtfeld.

»Frau von Wohlrath?«

Paula hatte sich bemüht, die Tür leise zu öffnen und hinter sich wieder zu schließen. Hier in der Kabine war das Geräusch der Maschinen fast unhörbar, nur ein leichtes Vibrieren erinnerte daran, dass tief unter ihnen im Maschinenraum die Kessel glühten und die Turbinen ratterten. Auch das Tosen und Brausen des Meeres drang nur gedämpft in die Luxusräume hinauf, einzig der Wind strich hin und wieder heulend an den Fenstern vorbei.

»Frau von Wohlrath? Sie haben nach mir geschickt …«

Jetzt erst schlug sie die Augen auf, blinzelte einen Moment, um die Eingetretene besser erkennen zu können, und nahm dann mit einer matten Bewegung das feuchte Tuch von der Stirn. Nachlässig warf sie die Kompresse auf den Tisch, wo sie zwei Fläschchen umriss und dann auf einer Zeitung zu liegen kam.

»Ach, liebe Paula. Wie habe ich Sie vernachlässigt«, sagte sie weinerlich. »Es ist dieser grauenhafte Sturm, der mich nicht zur Ruhe kommen lässt. Die ganze Nacht über habe ich kein Auge zugetan …«

Paula zog sich einen der beiden Polstersessel heran und nickte geduldig zu den nicht enden wollenden Klagen ihrer Arbeitgeberin. Dieses entsetzliche Meer – ein Symbol des Unheils. Ob sie wisse, dass man die Nordsee auch »Mordsee« nenne?

Nein? Oh, wie viele brave Seeleute habe dieses Ungeheuer schon verschlungen! Die ganze Nacht habe sie sich übergeben müssen. Und diese fürchterlichen Kopfschmerzen – wie ein Messer, das sich in die linke Schläfe bohre. Nicht eine Sekunde lang habe sie geschlafen, sie werde fast wahnsinnig von all diesen Qualen …

»Und dieser Quacksalber, den ich extra für diese Reise engagiert habe. Dr. Knickbein – der Name allein hätte mir schon eine Warnung sein müssen. Was hat er mir alles angeschleppt, Tropfen, Pillen, Pülverchen – nichts davon hat geholfen! Es ging mir nur immer schlechter mit all seinen stinkenden Tinkturen …«

Vor lauter Empörung röteten sich ihre blassen Wangen ein wenig, und sie richtete sich zum Sitzen auf. Paula erhob sich, um ihr ein Kissen in den Rücken zu stopfen, und wurde mit einem dankbaren Lächeln belohnt.

»Ich hätte Sie gleich zu mir holen sollen, meine liebe Paula. All diese Leute! Sie machen mich krank. Jeder sagt etwas anderes. Und alle wollen sie nur Geld von mir. Nur mein Geld wollen sie. Ich selbst bin ihnen vollkommen gleichgültig … Würde ich jetzt in dieses graue, eisige Wasser springen – niemand würde sich hinterherstürzen, um mein Leben zu retten … Niemand würde mich nach meinem Tod vermissen …«

Sie begann zu schluchzen, und Paula begriff, dass sie keine langen Reden, sondern tatkräftigen Trost brauchte. Sie setzte sich an den Sofarand und nahm die Weinende in die Arme, strich sanft über ihren Rücken, über ihr Haar, flüsterte allerlei Zeug, das wenig Sinn machte, aber beruhigend und zärtlich wirkte. So hatte ihre Kinderfrau Erna sie damals im Arm gehalten, wenn sie heulend zu ihr gelaufen war, so hatte sie auch manchmal ihren kleinen Bruder Friedrich getröstet.

Wie schmal Frau von Wohlrath doch war. Paula fühlte nur

Knochen und Sehnen unter dem seidenen Morgenmantel, sie konnte nicht viel mehr wiegen als ein zwölfjähriges Kind. Und doch spürte Paula den Eigensinn dieser seltsamen Person an dem heftigen Zucken und den Erschütterungen ihres Körpers, wenn sie schluchzte. Wie ein trotziges kleines Mädchen, das nicht aufhören will zu weinen, bis es seinen Willen bekommen hat, dachte sie.

»Sie … werden es nicht glauben … liebe Paula. Ich … ich bin noch niemals … niemals in meinem Leben … glücklich gewesen. Niemals … Ist das nicht schrecklich?«

»Das ist wirklich schlimm …«, bestätigte Paula mitfühlend.

Es wäre zwecklos gewesen zu widersprechen. Wenn die Dame beschlossen hatte, sich selbst zu bemitleiden, dann musste sie sie dabei unterstützen, je besser dies gelang, desto schneller wäre der Anfall vorbei. Zumindest war es bei den hysterischen Zuständen ihrer Mutter so gewesen.

»Wissen Sie, wie scheußlich es ist, mit einem Greis verheiratet zu sein? Mit einem sabbernden Lüstling, der sich einbildet, ein Adonis zu sein, und im Bett abstoßende Dinge von einem verlangt …«

Was sie jetzt erzählte, war so haarsträubend, dass es Paula schwindelig wurde. Großer Gott – sie hatte geglaubt, durch die Lektüre des Büchleins *Die Frau als Hausärztin* einiges über die intimen Vorgänge zwischen Mann und Frau zu wissen, doch wie es schien, hatte die Autorin das Thema nur oberflächlich behandelt. Wie klug sie doch gewesen war, die Anträge dieser beiden Herren abzulehnen. Nein, kein Geld und kein Besitz der Welt waren es wert, sich in solcher Weise zu demütigen.

»Das ist wirklich schlimm …«, wiederholte sie schaudernd.

»Nun«, schniefte Frau von Wohlrath und langte nach einem Taschentuch. »Es ist vorüber. *Tempi passati.* Vergangen und vergessen …«

Paula löste ihre Umarmung und reichte ihr eines der bestickten Tüchlein, in das Frau von Wohlrath kräftig hineinschnaubte.

»Oh, diese Kopfschmerzen«, seufzte die geplagte Dame, und Paula konnte gerade noch rechtzeitig das Kissen fortnehmen, da Frau von Wohlrath sich jetzt wieder hinlegen wollte. Die Kompresse wurde in eine am Boden bereitstehende Schüssel mit parfumiertem Wasser getaucht und wieder aufgelegt.

»Waren Sie glücklich, liebe Paula? Erzählen Sie mir davon. Nur keine Liebesgeschichten, die mag ich heute nicht hören. Erzählen Sie von Ihrer Kindheit. Tom Naumann sagte, Sie seien mit zwei Brüdern auf einem Gutshof aufgewachsen, das hat er beim Kolonialamt erfahren. Er hat nämlich Erkundigungen über Sie eingezogen …«

Paula schluckte. Davon hatte er ihr kein Sterbenswörtchen gesagt. Natürlich hatte er das Recht, etwas über ihre Familie zu erfahren, auch ein Arbeitszeugnis zu fordern. Aber anstatt sich hinter ihrem Rücken über sie zu erkundigen, hätte er sie auch fragen können.

»Ich habe Sie doch nicht gekränkt, liebe Paula? Machen Sie doch kein solch empörtes Gesicht, das mag ich nicht sehen. Ich heiße Lita … Möchten Sie nicht Lita zu mir sagen? Das wäre schön, es gibt so wenige Frauen, die mich beim Vornamen nennen …«

Paula wunderte das ganz und gar nicht. Dieses Angebot war ein neuerliches Problem, denn Frau von Wohlrath würde von ihrer Gesellschafterin ganz sicher nur dann mit Vornamen angeredet werden wollen, wenn sie in der entsprechenden Stimmung war.

»Das tue ich sehr gern, liebe Lita. Ich kann mich an viele Ereignisse aus meiner Kindheit erinnern. Sie haben recht, wir lebten auf einem Gut in Mecklenburg, ganz in der Nähe des Müritzsees. Das Gut trug den Namen Klein-Machnitz …«

Lita von Wohlrath ließ ihr glucksendes Kichern hören, da sie den Namen dieses Gutshofs sehr komisch fand. Machnitz – Machtnix. Wachtbüchs. Nachtmütz … Nein, wie lustig.

Wenigstens stieg ihre Stimmung, mit Paulas Geduld dagegen ging es eher bergab. Sie musste sich heftig zusammennehmen, um ein paar nette Erinnerungen herauszukramen, die der lieben Lita – was für ein Name! – Freude machen könnten. Auf den Wahrheitsgehalt kam es dabei zum Glück nicht an – weder Friedrich noch Wilhelm würden jemals erfahren, welch abenteuerliche Streiche sie doch damals mit ihrer Schwester vollführt hatten. Heimlich in der Nacht waren sie alle drei mit Fackeln im Wald auf Schatzsuche gewesen (da hätte die allzeit aufmerksame Erna ihnen schön heimgeleuchtet), eine Höhle im Fels hatten sie entdeckt und dort alte Knochen und sogar Malereien der Steinzeitmenschen gefunden (Felshöhlen gab es an der Müritz nicht), und dann hatten sie sich alle drei als Landstreicher verkleidet und waren durch die Dörfer gezogen, um zu betteln. Diese Geschichte hatte tatsächlich einen wahren Kern, sie hatte einmal die Joppe des Pferdeknechts übergezogen, um nach einem Ausritt durch Regen und Matsch ungesehen ins Gutshaus zu gelangen.

»Nein, ist das lustig. Ach, liebe Paula – wie glücklich Sie doch sind! All diese schönen Erinnerungen. Und diese ruhige, unberührte Natur. Fern von dem Trubel der Welt. Vielleicht wäre ich eine andere geworden, hätte ich solch eine Kindheit gehabt …«

»Nun, wir müssen alle mit uns selbst zurechtkommen, so wie wir nun einmal sind«, meinte Paula und staunte selbst über diese außerordentliche Weisheit. Und dann sagte sie eine der schlimmsten Lügen, die sie je von sich gegeben hatte.

»Ich denke, dass Sie ein sehr ungewöhnlicher und reich begabter Mensch sind, liebe Lita. Sie haben es gewiss schwerer als die meisten von uns, denen es an Charaktertiefe fehlt und die einfach so dahinleben …«

»Wie schön Sie das sagen, Paula«, seufzte Lita von Wohlrath. »Wie gern hätte ich als Ihre Schwester mit Ihnen auf Klein-Machtnix gelebt …«

Die Vorstellung war gar nicht so übel. Vermutlich hätte sich ihr Bruder Wilhelm an dieser Schwester die Zähne ausgebissen.

»Mecklenburg – das Land der tausend Seen«, schwatzte Frau von Wohlrath weiter und reichte Paula die Kompresse, die inzwischen zu warm geworden war und wieder in die Schüssel getaucht werde musste. »Der Frühling auf dem Land. Sonnige Wiesen und das erste Grün der Wäldchen. Stille. Das Summen der Bienen. Der fleißige Landmann, der seine Rösslein anspannt und den Weizen sät …«

»Ja, es ist sehr erholsam auf dem Land …«

Gleich darauf bereute Paula, was sie da gesagt hatte. Lita von Wohlrath legte die kühlende Kompresse auf die schmerzende Stirn, atmete tief durch und erklärte, sehr froh und zufrieden zu sein.

»Wir werden in Rotterdam dieses hässliche Schiff verlassen. Bin ich wahnsinnig, mich monatelang der Unbill des Wetters auszusetzen und meine Gesundheit zu ruinieren? Nein – ich sage alles ab, und wir fahren aufs Land. An einem stillen, kleinen, unbekannten Ort werde ich mich von diesen Strapazen erholen, vielleicht in Marienbad oder Altötting, besser noch in Meran …«

»Aber … aber Sie haben diese Reise doch gebucht«, stammelte Paula. »Sie werden sehr viel Geld verlieren, wenn Sie die Fahrt jetzt absagen …«

Lita von Wohlrath tätschelte ihr lächelnd die Hand und riet ihr, sich zu beruhigen. Das alles sei kein Problem.

»Sie werden schon sehen, liebe Paula, in einem oder höchstens zwei Tagen sitzen wir gemütlich in einem hübschen ländlichen Gasthof und trinken miteinander Kaffee …«

Paula schwieg. Es hätte wenig Zweck gehabt, dieser Verrückten zu widersprechen, sie hätte sie nur weiter aufgestachelt. Somit war diese wundervolle, aufregende Reise rund um den afrikanischen Kontinent also zu Ende, noch bevor sie begonnen hatte. Schicksal nannte man das wohl. Man konnte auch »verdammtes Pech« dazu sagen.

Was half es, dass die *Tabora* kurz darauf in Rotterdam festmachte und das Schwanken und Schlingern aufhörte? Frau von Wohlrath fand Rotterdam »trist«, sie wollte so schnell wie möglich von hier fort, ließ sich aber von Paula wenigstens so weit zur Vernunft bringen, dass sie sich für eine Nacht in einem Hotel einmieteten.

»Sie brauchen Ihren Schlaf, liebe Lita. Ein leichtes Abendessen und eine ruhige Nacht – morgen früh werden Sie die Welt mit anderen Augen sehen.«

»Eine hässliche Stadt bleibt eine hässliche Stadt, auch wenn man dort eine Nacht geschlafen hat. Aber meinetwegen. Kümmern Sie sich um alles, Paula. Ich vertraue ganz auf Sie.«

Was für eine vertrackte Situation. War sie nicht als Reisebegleiterin für eine Afrika-Umrundung engagiert? Wenn die Dame nun beschlossen hatte, die Reise abzubrechen, dann hätte Paula eigentlich laut Vertrag ihr Geld fordern und abreisen können. Aber wohin? Zurück nach Berlin? Beim Reichskolonialamt vorsprechen und um Wiedereinstellung bitten? Oder nach Hamburg und sich von Tante Alice Vorhaltungen machen lassen? Weder das eine noch das andere war verlockend. Also würde sie vorerst bei Frau von Wohlrath bleiben und mit ihr »aufs Land« fahren.

Wie organisierte man den Abbruch einer Afrikareise und die Übersiedlung einer Reisegruppe in ein Hotel? Natürlich nicht in irgendeines, sondern in ein luxuriöses Haus, das den Ansprüchen der Dame genügte. Paula wandte sich hilfesuchend an die Kammerzofe Frieda, die ja doch schon eine ganze Weile Frau von Wohlraths Kapricen ertrug und vielleicht Erfahrung in solchen Situationen hatte. Doch die Kammerzofe gab sich unnahbar.

»Wenn Frau von Wohlrath Ihnen solches Vertrauen entgegenbringt – schauen Sie, wie Sie zurechtkommen.«

»Die ist bloß eifersüchtig, weil die Wohlrathsche so viel von Ihnen hält«, meinte Rosa. »Ich fass es nicht – wir fahren aufs Land. Na, das ist doch besser, als diese verdammte Schaukelei auf dem Schiff!«

Paula ordnete an, dass die Koffer gepackt wurden, und informierte den Rest der Reisegesellschaft. Der Arzt Dr. Knickbein, ein kleinwüchsiger Herr um die fünfzig mit meliertem Backenbart und runder Brille, erklärte sofort, er habe es von vornherein gewusst, Frau von Wohlrath solle bei ihrer empfindlichen Konstitution überhaupt keine Reisen unternehmen, vor allem keine Schiffsreisen in exotische Länder. Die beiden »Beschützer«, Jean und Pierre, zeigten sich jedoch schwer enttäuscht. Sie hatten sich aus reiner Abenteuerlust für diese Reise engagieren lassen, schleppten Jagdgeräte und Kletterausrüstung mit sich und hatten gehofft, ihre Herrin auf einer Großwildjagd zu begleiten. Besonders die Kolonie Deutsch-Südwest wollten sich beide anschauen, denn sie waren noch jung und ungebunden und spielten mit dem Gedanken auszuwandern.

»Was für ein Elend!«

»Und ich dachte schon, ich hab das große Los gezogen mit dieser Stellung … War aber nur 'ne Niete!«

Paula konnte die beiden nur allzu gut verstehen und versicherte ihnen, dass es ihr selbst ähnlich ginge.

»Sie hält doch große Stücke auf Sie, Fräulein Paula. Können Sie denn da nichts machen?«

»Ich fürchte, sie wird nicht auf mich hören.«

Lita von Wohlrath sah mit »unendlicher Erleichterung« zu, wie man ihre Kleider und sonstigen Utensilien wieder in die Koffer packte. Paula hatte sich dem Steward anvertraut und mit ihm gemeinsam die Formalitäten des Auscheckens geregelt, Pierre beschaffte einen Fuhrpark von drei Automobilen und einer Droschke, um die Reisegesellschaft nebst Gepäck in die Innenstadt zu befördern. Man hatte ihnen das Grand Hotel empfohlen, nicht allzu weit vom Bahnhof entfernt, so dass sie morgen per Eisenbahn weiterreisen konnten. Wohin auch immer.

Mit welch unendlicher Erwartung war sie vorgestern in Hamburg an Bord dieses großen Dampfers gegangen! Allein der Anblick des langgestreckten, schlanken Schiffes mit den hellen Aufbauten und dem mächtigen, dunklen Schornstein hatte ihr Herz rascher schlagen lassen. Zwei Masten, von zahlreichen Stahltrossen umsponnen, flankierten die Aufbauten, Fahnen wehten im Wind, weiß gekleidete Schiffsoffiziere riefen schneidige Kommandos, und allerorten sah man fröhliche Menschen, voller Vorfreude auf die große Fahrt.

Kaum drei Tage hatte die Reise gedauert, die anderen Passagiere durften weiterfahren, sie aber mussten hier von Bord gehen.

Für den Rest des Tages ließ Frau von Wohlrath ihre schlechte Laune an den Angestellten aus. Die Automobile waren zugig und unbequem, das Gepäck ungeschickt verladen, was auf das Konto der beiden jungen Männer, Pierre und Jean, ging. Die gewünschte Wolldecke, die die fröstelnde Dame über ihre Knie legen wollte, ließ sich auf die Schnelle nicht finden – daran war natürlich Frieda schuld, die das gute Stück hirnlos in irgendeinen Koffer gestopft hatte. Die gab den schwarzen Peter an die arme Rosa weiter, das Mädchen habe ihr beim Packen geholfen und alles durcheinandergebracht. Als die Karawane vor dem Grand Hotel anlangte und zwei Hoteldiener herbeisprangen, um die Türen der Automobile zu öffnen, bekam auch Paula den Unmut ihrer Arbeitgeberin zu spüren. Die Luxussuite war belegt, sie mussten sich mit zwei Einzelzimmern begnügen, die Angestellten erhielten mit knapper Not zwei Unterkünfte im obersten Stockwerk, einen für die weiblichen, den anderen für die männlichen Angestellten. Der Arzt Dr. Knickbein verabschiedete sich daraufhin, nicht ohne auf die Ausbezahlung der versprochenen Entlohnung zu bestehen. Paula musste mit dem Hotelchef verhandeln, danach im Auftrag von Frau von Wohlrath eine Bank aufsuchen, den Arzt ausbezahlen und sich anschließend mit ihm herumstreiten, denn so großzügig Frau von Wohlrath auch mit ihrem Geld umging – wenn sie schlechte Laune hatte, konnte sie um jeden Pfennig feilschen. Den Imbiss, den Paula ihr aufs Zimmer bringen ließ, befand sie als »ungenießbar«, stattdessen wünschte sie ein Telefon.

»Dazu müssen Sie sich hinunter in die Halle begeben.«

Frieda musste in aller Eile ein ganz bestimmtes Kleid herbeischaffen, außerdem die passenden Schuhe, Handschuhe, Hut und die weiße Jacke mit dem Fellkragen. Paula empfand alle Hochachtung vor der Kammerzofe, die mit allergrößter Ruhe die gewünschten Sachen aus den Koffern herbeitrug, ihrer Herrin beim Ankleiden half, ihr das Haar richtete und die Schminkutensilien bereitstellte. Frieda Sauer, die schon auf die fünfzig zuging, war keine Schönheit. Ihr Gesicht hatte etwas Unausgeglichenes, doch wenn sie ihre Arbeit tat, wirkte sie wie ein Mensch, der mit sich und seiner Bestimmung eins ist.

»Jetzt schleicht sie sich wieder bei ihr an«, kommentierte Rosa das Geschehen. »Die kann auch nicht leben, wenn sie nicht die Hätschelgans ihrer Herrin ist.«

»Aber sie ist eine wirklich gute Kammerzofe.«

Rosa zuckte die Schultern und erklärte, sich jetzt mit Jean und Pierre Rotterdam ansehen zu wollen, sie habe Anspruch auf einen freien Tag, und der sei heute. Frau von Wohlrath würde sie heute Abend sowieso nicht mehr benötigen, sie habe ja die fleißige Frieda und die kluge Paula.

Den Rest dieses Abends verbrachte Paula im Zimmer von Lita von Wohlrath, der sie einen zweiten Imbiss bestellen musste, dazu Weißwein und Champagner. Die Dame schmiedete zahlreiche Pläne für den kommenden Sommer, Orte wie die Provence oder Rom, Sizilien und Etretat in der Normandie waren im Gespräch, auch hatte sie immer schon einmal eine Reise mit dem Orient-Express machen wollen.

»Lesen Sie mir aus diesem russischen Roman vor, Paula«, verlangte sie. »Diese wundervolle Geschichte, wo die Heldin sich am Ende vor einen Zug wirft. Ach, die Russen, die haben noch Sinn für echte, große Tragödien …«

Paula las ihr einige Seiten aus *Anna Karenina* vor und stellte dann zu ihrer allergrößten Erleichterung fest, dass Lita von Wohlrath während der Lektüre sanft entschlummert war. Tatsächlich konnte sie sich nur schwer auf eine einzige Sache konzentrieren, sobald sie eine Weile zuhören musste, flüchtete sie sich ins Land der Träume.

Da Frieda sich im Nebenzimmer einquartiert hatte, stieg Paula ins Obergeschoss des Hotels hinauf, wo sie gemeinsam mit Rosa in einer niedrigen Dachkammer untergebracht war. Die Nacht war ziemlich ungemütlich, nicht nur weil die Kammer zugig und von Mäusen bewohnt war, sondern auch, weil Rosa irgendwann weit nach Mitternacht in weinseliger Laune von ihrer »Stadtbesichtigung« zurückkehrte und anschließend die ganze Zeit jammerte, dass ihr ganz fürchterlich schlecht sei.

Frau von Wohlrath verschlief nach alter Gewohnheit das Frühstück und erhob sich erst gegen ein Uhr, verlangte ein Bad und ließ sich dann von Frieda ankleiden. Paula, die seit acht Uhr im Flur darauf wartete, dass ihre Herrin nach ihr rufen ließ, erhielt von Frieda die Auskunft, Frau von Wohlrath sei beschäftigt und brauche sie momentan nicht.

Todmüde stieg Paula wieder hinauf in ihre Kammer, wo Rosa zusammengerollt in ihrem Bett lag und ihren Rausch ausschlief. Angezogen ließ sie sich auf ihr Lager fallen und schloss die Augen, doch so müde sie auch war, der Schlaf wollte sich nicht einstellen. Was tat sie hier? Weshalb ließ sie sich von dieser Person herumkommandieren? Himmel – sie hatte früher selbst Angestellte befehligt, aber weder sie noch ihre Mutter hätten es sich einfallen lassen, die Dienerschaft auf solche Weise zu behandeln. Ganz im Gegenteil – sie hatten sorgfältig darauf geachtet, gerecht zu sein, um von den Angestellten respektiert zu werden. Aber natürlich – Frau von Wohlrath wechselte die Angestellten wie die Kleider, weshalb sollte sie sich einen Zwang antun?

Es reicht, dachte sie. Soll sie mit ihrer treuen Frieda aufs Land reisen oder meinetwegen auch mit dem Orient-Express bis nach China dampfen. Ich verlange meinen Lohn und fahre zu Tante Alice nach Hamburg, soll sie mich doch …

Jemand klopfte an die Tür, und sie fuhr erschrocken auf.

»Fräulein Paula?«

»Ja, Frieda. Ich komme.«

»Beeilen Sie sich. Wir müssen alles zusammenpacken und bis fünf Uhr auf dem Schiff sein.«

Im Nebenbett regte sich Rosa, sie gähnte und kratzte sich im Nacken.

»Was für'n Schiff?«, krächzte sie verschlafen.

»Die *Tabora* natürlich. Rasch, die Wagen stehen schon vor dem Hotel, Jean und Pierre verladen gerade die großen Überseekoffer.«

Paula schüttelte den Kopf. Sie war sich fast sicher, dass das nur ein Traum sein konnte. Ein Traum oder ein böser Scherz.

»Heißt das, wir setzen die Reise fort?«

Sie erhielt keine Antwort, Frieda war schon wieder hinuntergelaufen.

Als Paula und Rosa mit ihren Koffern in die Hotelhalle kamen, erblickten sie dort auf einem der Polstersofas Frau von Wohlrath, die sich mit einem Kaffee stärkte und zugleich eifrig auf einen jungen Mann einredete. Thomas Naumann hob leicht den Kopf und begrüßte Paula mit einem Lächeln, das wie ein Vorgeschmack auf die afrikanische Sonne war.

9

Licht. Orangefarbiges Licht, das durch die geschlossenen Augenlider drang. Das Gefühl von Wärme, wohlig an den von Kleidern bedeckten Körperstellen, stechend auf Wangen und Kinn, die ungeschützt der Sonne ausgesetzt waren. Ab und zu ein leichter Windhauch, der sich kühlend auf die glühende Haut legte und vortäuschte, die Hitze fortzuwehen. Paula räkelte sich auf ihrem Liegestuhl und zog sich die breite Krempe ihres Strohhuts ein wenig tiefer ins Gesicht, damit sie auch die Augen beschattete. Das Meer war tiefblau, an einigen Stellen türkisfarben, eine unendlich weite, matt gekräuselte Fläche, auf der sich das Sonnenlicht tausendfach brach. Hin und wieder fiel der schlanke Schatten eines großen Seevogels über das Schiffsdeck wie ein dunkler Pfeil, der lautlos über Planken, Reling und Passagiere glitt und auf dem blau glitzernden Meer davonschnellte.

Sie hatten heute früh Neapel verlassen und waren nun auf dem Weg nach Port Said, um durch den Suezkanal nach Aden zu gelangen. Bald würden sie die Straße von Messina erreichen, jene berüchtigte Durchfahrt zwischen dem italienischen Festland und der Insel Sizilien. Hatte nicht der heimkehrende Odysseus dort mit dem sechsköpfigen Meeresungeheuer Scylla gerungen? Verschlangen nicht die tödlichen Strudel der Charybdis seine Schiffe samt den Gefährten? Paula hatte ihrer Arbeitgeberin zwar von der bezaubernden Nymphe Kalypso erzählt, die den erfindungsreichen Helden viele Jahre an sich fesselte, auch die schöne, aber boshafte Zauberin Circe erregte für kurze Zeit das Interesse der Lita von Wohlrath, doch die Schrecken der Scylla und Charybdis waren ganz sicher nichts für das zarte Gemüt ihrer Arbeitgeberin. Immerhin schaffte es Paula inzwischen, dass die gute Lita ihr fast fünf Minuten lang zuhörte, bevor sie dazwischenfuhr und das Thema wechselte.

Ein lautes Kreischen aus weiblichen Kehlen erschreckte die Damen und Herren auf den Sonnenliegen, gleich darauf aber brach fröhliches Gelächter aus, und sie sanken kopfschüttelnd auf ihr Lager zurück. Drüben in dem rechteckigen Schwimmbecken für die Passagiere der ersten und zweiten Klasse hatten zwei junge Mädchen einen Herrn im gestreiften Badeanzug rücklings ins Wasser befördert und freuten sich nun an ihrem prustenden, wild um sich schlagenden Opfer.

»Diese jungen Leute«, sagte ein älterer Herr mit schwarzen Augengläsern, der den Liegestuhl neben Paula besetzt hatte, missbilligend. »Ich bin nach wie vor der Ansicht, dass ein solcher Badeanzug weder für den Herrn noch für die Dame vorteilhaft ist. Zu meiner Zeit fuhr man zum Baden nach Sylt oder Norderney, dort mietete man sich einen Badekarren, ließ sich ein Stück ins Meer hineinziehen und zog die Jalousien herunter, wenn man ins Wasser stieg …«

Er hatte Pech, denn zu seiner Linken lag eine fortschrittlich denkende Dame, die ihm nun energisch widersprach. Die Zeiten, in denen man die Frau in ein Korsett einschnüren und von der Öffentlichkeit fernhalten konnte, seien nun endgültig vorüber. Im Jahr 1908 – also vor nunmehr fünf Jahren – habe die Universität Berlin ihre Pforten für weibliche Studenten geöffnet, und schon seit vielen Jahren stünden Frauen als Lehrerinnen, Sekretärinnen oder Krankenschwestern im Berufsleben, bald würde es auch Ärztinnen und Juristinnen geben.

»Gott behüte …«, murmelte der Herr mit der Sonnenbrille. Er drehte den Kopf in Paulas Richtung und fügte hinzu: »Welches hübsche Mädel mag sich denn den Kopf mit trockener Wissenschaft vollstopfen?«

Paula schwieg und verbarg ihr Gesicht nun vollends unter der Hutkrempe. Beklommen erinnerte sie sich daran, dass die Bibliothek des Vaters für sie tabu gewesen war, nur die Brüder durften sich hier an den Bücherschränken bedienen. Hätte sie studieren wollen? Wohl kaum – aber sie wäre gern Herrin von Klein-Machnitz gewesen. Immer deutlicher wurde ihr jetzt, wie sehr sie dieses Gut geliebt hatte – und doch war sie nicht bereit gewesen, es zu erheiraten. Die einzige Möglichkeit für eine Frau, zu Geld und Besitz zu kommen …

»Frauen benötigen Zugang zu Bildungseinrichtungen, das weibliche Gehirn ist nicht weniger entwickelt als das männliche, wer anderes behauptet, ist ein Dummkopf. Frauen verlangen das Wahlrecht, sie wollen in den Reichstag einziehen …«

Der Herr neben Paula schnaubte abfällig, auf der anderen Seite, wo eine Dame mit ihren beiden Töchtern lag, erhob sich ärgerliches Zischen: Man wolle bitte berücksichtigen, dass sich jugendliche Zuhörerinnen in der Nähe befänden, deren unverbildete Gemüter Schaden nehmen könnten. Worauf die engagierte Dame zornig die Decke von sich schleuderte und das Liegedeck verließ.

»Na ja«, ließ sich der Herr neben Paula nun wieder freimütig vernehmen. »Ich will zugestehen, dass die ganz jungen Mädelchen in diesen Badeanzügen recht adrett aussehen. Aber eine verheiratete Frau – nein, die sollte schon ihrem Ehemann zuliebe die Grenzen der weiblichen Schamhaftigkeit nicht überschreiten …«

Die Dame mit den beiden Töchtern schwieg sich aus, und Paula musste daran denken, dass Lita von Wohlrath vor einigen Tagen in einem marineblauen Badekostüm erschienen war, das sie in einem Geschäft in Marseille entdeckt und sofort gekauft hatte. Es bestand aus einem weiten seidenen Mantel, einem aufwendigen Kopfputz und dem dazu passenden, zierlichen Badeanzug, ein Hauch von einem Hemdhöschen, das die Arme vollständig freiließ und die Oberschenkel nur knapp bis zur Hälfte verhüllte. Ihr Auftritt am späten Vormittag bei vollbesetzten Liegestühlen war eine sehr gelungene Vorstellung gewesen, besonders der Augenblick, als sie am Beckenrand stand und den seidenen Mantel ganz langsam zu Boden gleiten ließ. Ihr männlicher Anhang – Pierre, Jean und Thomas Naumann – hatte dafür sorgen müssen, dass sich niemand am Beckenrand aufhielt, denn sie hatte schreckliche Angst, ins Wasser zu fallen. Für eine Weile ließ sie sich in malerischer Stellung am Rand des Beckens nieder, genoss die auf sie gerichteten Blicke und wagte es dann, den linken Fuß sacht ins Wasser zu tauchen. Mehr nicht. Niemals wäre sie auf die Idee gekommen, den hübschen Badeanzug oder gar den seidenen Kopfputz durch ein Bad in diesem schmutzigen Wasserbecken zu ruinieren. Lita sah – und das musste Paula ehrlich zugeben – ganz bezaubernd aus, eine schlanke junge Frau, der fast alle weiblichen Attribute fehlten und die gerade deshalb eine sündhaft kindliche Verlockung ausstrahlte.

Im Übrigen war Lita von Wohlrath von ungewöhnlicher Sanftmut und Heiterkeit, seitdem sie in Rotterdam wieder das Schiff bestiegen hatte, so dass Paula sich hin und wieder fragte, ob diese launische Person, die ihr dort das Leben schwer gemacht hatte, vielleicht nur ein schlechter Traum gewesen war. In Lissabon und später in Marseille, wo ihnen jeweils ein Tag zur Verfügung stand, um die Örtlichkeiten zu besichtigen, war Frau von Wohlrath mit ihrer Reisebegleiterin Paula rastlos durch alle Läden und Geschäfte gestreift, um Schuhe,

Handtäschchen, Haarspangen und Handschuhe zu erwerben. Was Paula ihr über die Bedeutung und Geschichte der beiden Städte erzählt hatte, war in den Wind gesagt, Lita von Wohlrath gestand ihr lachend ein, dass derartige Dinge in ihrem Hirn keinen Halt fänden. Stattdessen bedachte sie Paula großzügig mit einer bestickten weißen Abendtasche, einem Paar Sandalen aus geflochtenem Leder und einem breitkrempigen Strohhut. Letzterer hatte sich tatsächlich als sehr sinnvoll erwiesen, vor allem hier auf dem Liegestuhl an Deck. Unter der schützenden Krempe konnte Paula die Augen schließen und sich nur den Empfindungen und Geräuschen hingeben, ohne dabei beobachtet zu werden.

Das eintönige Rattern der Maschine, das sanfte Vibrieren des Schiffes. Wie leise das Meer heute war, nur ein zartes Rauschen, ein kaum vernehmbares Zischen und Plätschern. Hin und wieder waren die unerwartet durchdringenden Schreie eines Seevogels zu vernehmen, dann wieder die Stimmen der Mitreisenden. Zwei Herren, die über die drohende Gefahr eines Krieges redeten, der ganz bestimmt von England ausgehen würde, Gekicher und Geplätscher im Schwimmbad, gelegentlich ein Steward, der auf einem Tablett Kaffee, Limonade oder heißen Tee anbot. Sanft strich der Wind über sie hinweg und bauschte ihren Rock und die weiten Ärmel ihrer Bluse, wie schade, dass hier so viele Menschen um das Schwimmbad herumsaßen – sie hätte sehr gern gebadet. Als Kind war sie oft mit den Brüdern unten am See gewesen, um zu schwimmen. Damals genügte ein kurzes Hemd, ganz früher waren sie auch nackt ins Wasser gesprungen, aber das hatte Erna irgendwann verboten. Die Badestelle war am Waldrand gewesen, nicht weit von dem Ort entfernt, wo sie vor einigen Monaten …

Ein Schatten fiel auf sie, kühlend und beunruhigend zugleich.

»Ich hoffe, ich habe Sie nicht geweckt, Paula.«

Thomas Naumann stand vor ihrem Liegestuhl, die Sonne im Rücken, so dass sie blinzeln musste. Der helle Anzug stand ihm vortrefflich, wobei sie mittlerweile den Verdacht hatte, dass er sogar im Burnus eines Arabers oder im Lendenschurz eines Afrikaners vollendet gekleidet wirkte. Er besaß die seltene Eigenschaft, jedes Kleidungsstück, das er anlegte, zu einem Teil seiner selbst werden zu lassen.

»Guten Morgen …«

Sie hatte wohl keine übermäßig begeisterte Miene aufgesetzt, denn sein Begrüßungslächeln sank ein wenig in sich zusammen. Trotz seiner stets zur Schau getragenen Selbstsicherheit war er leicht zu verunsichern.

»Ich darf Sie doch Paula nennen? Frau von Wohlrath spricht immer nur von ihrer ›lieben Paula‹ – ich würde vollkommen durcheinandergeraten, müsste ich Sie mit Fräulein von Dahlen anreden …«

Was blieb ihr übrig? Zurückweisen konnte sie einen solchen Wunsch nicht, das wäre gar zu unhöflich gewesen.

»Schon gut … Meinetwegen sagen Sie Paula zu mir. Es ist einfacher, schließlich werden wir wohl noch eine Weile miteinander auf Reisen sein.«

»Worüber ich sehr froh bin, liebe Paula!«

Der Satz wurde von einer leichten Verneigung begleitet. Meinte er das ernst, oder war das wieder eine seiner ironischen Anwandlungen? Sie wurde einfach nicht schlau aus ihm. Tatsache war, dass er das Kunststück vollbracht hatte, Lita von Wohlrath in eine sanfte Person zu verwandeln. In dem Augenblick, in dem Thomas Naumann zu ihrer Reisegesellschaft gestoßen war, war deren üble Laune – warum auch immer – wie weggeblasen gewesen, und das Wunder hatte bis jetzt angehalten. »Dürfte ich Sie im Gegenzug bitten, mich Tom zu nennen? Weil wir doch noch eine ganze Weile miteinander zu tun haben werden, wie Sie ganz richtig bemerkten …«

»Tom?«

»Eine Kurzform von Thomas, meinem Taufnamen. Alle meine Freunde nennen mich so.«

Sein Lächeln war jetzt wieder voller stolzer Selbstsicherheit, und sie fragte sich insgeheim, welche Freunde er wohl haben mochte. Sicher war, dass seine »hochgemute Herrin« ihn mit »Tom« anredete, wenn sie im Gesellschaftsraum unbeobachtet beieinandersaßen. Hatte sie jedoch Aufträge für ihn, dann sagte Lita von Wohlrath schlicht »Naumann« zu ihm.

»Also dann«, sagte Paula großmütig und schenkte ihm ebenfalls ein Lächeln. »Haben Sie ein Anliegen an mich, mein lieber Tom?«

Die Ironie war so offensichtlich, dass sogar der Herr mit den schwarzen Augengläsern neben ihr den Mund zu einem Grinsen verzog.

»Gewiss«, antwortete der, scheinbar vollkommen unbeeindruckt. »Die *Tabora* hat in Neapel Post aus Deutschland aufgenommen. Frau von Wohlrath bat mich, Ihnen diesen Brief zu geben.«

Er griff mit einer geschmeidigen Bewegung in die Innentasche seiner Jacke und förderte einen hellblauen Umschlag zutage – dem Briefpapier nach war das Schreiben von Tante Alice.

»Vielen Dank für die Mühe.«

»War mir keine Mühe, Paula.«

Er sprach ihren Namen wie selbstverständlich, ohne besondere Betonung, und doch ärgerte sie sich darüber. Auch die Tatsache, dass ihre Post bei Frau von Wohlrath abgegeben wurde, verletzte ihren Stolz. Sie war eine Angestellte und besaß keinen eigenen Status, sie gehörte zum Anhang der Lita von Wohlrath.

Tom Naumann hatte sich inzwischen abgewendet und ein Gespräch mit Paulas Stuhlnachbarin, der Dame mit den beiden Töchtern, begonnen. Wie sich herausgestellt hatte, reiste auch diese mit mehreren Angestellten, darunter eine Gesellschafterin für die beiden siebzehn- und neunzehnjährigen Töchter, die – so versicherte die Dame – soeben erst das Pensionat beendet hätten. Man reiste vor allem, weil die schwachen Nerven der Frau Mama eine Abwechslung dringend notwendig gemacht hatten, die Erfahrung habe gezeigt, dass besonders Schiffsfahrten dazu angetan waren, ihr leicht erregbares Gemüt zu beruhigen. Während Paula den Briefumschlag öffnete und das Schreiben herauszog, musste sie über Tom Naumanns Geschick im Umgang mit Damen mittleren Alters lächeln. Er hatte ein großes Talent, sich als verständnisvoller Zuhörer und wohlwollender Ratgeber darzustellen – die meisten Damen der ersten und zweiten Klasse bekamen leuchtende Augen, wenn der gutaussehende, geschmeidige junge Mann in ihrer Nähe auftauchte.

»Sie werden sehen, gnädige Frau, die Insel Sansibar ist ein wahres Paradies. Biegsame Palmen an weißen Sandstränden, tiefe Mangrovenwälder. Der Duft von Gewürznelken weht über die lichtblaue See. Und in den Nächten wölbt sich ein phantastischer Sternenhimmel über der Insel, Tausende von silbernen Himmelslichtern, zum Greifen nah und doch so unendlich fern …«

Tante Alice schrieb nur wenige Sätze – erstaunlich, dass sie dafür extra die Post bemüht hatte.

Da du die Stellung, die ich dir mit viel Mühe und Geschick verschafft hatte, so leichten Herzens aufgegeben hast, bleibt mir nur, dir für diese – in meinen Augen recht unsinnige – Reise viel Geduld und heilsame Erkenntnisse zu wünschen.

Ich rechne fest damit, dich nach Ende der Fahrt bei mir in Hamburg zu sehen.

Bis dahin verbleibe ich
deine treusorgende, dich liebende Tante
Alice Burkard

Sie ist wütend auf mich, dachte Paula und steckte das Schreiben rasch wieder in den Umschlag. Was meint sie wohl mit »heilsamen Erkenntnissen«? Glaubt sie am Ende, ich unternehme diese Reise, um nach dem Mann auf der Fotografie zu suchen? Das wäre ja vollkommen unsinnig, schließlich sind wir die meiste Zeit an Bord der *Tabora*, und während der wenigen Landgänge werde ich mich in allen Unternehmungen nach Frau von Wohlrath richten müssen.

Ein vielstimmiges Gelächter schreckte sie aus ihren Gedanken, und sie blickte in Tom Naumanns spöttisch verzogenes Gesicht. Der Spott galt nicht ihr, sondern einem der Matrosen, der auf dem unteren Deck ziemlich ungeschickt mit dem Schrubber hantierte und gerade eben den Befehl erhalten hatte, das Ganze von vorn zu beginnen. Paula lachte nicht mit. Der junge Bursche da unten befand sich in genau der gleichen Lage wie sie selbst – er hatte zu gehorchen, wie unsinnig der Befehl auch sein mochte. Man musste wohl so aalglatt sein wie Tom Naumann, um sich wie ein Herr zu geben, auch wenn man in Wirklichkeit ein Sklave war.

Die Küste von Kalabrien tauchte in der Ferne auf, zuerst als flache Form auf dem Meer, dann erblickte das scharfe Auge felsige Küsten, bewachsene Hügel und schroffes Gebirge. Gleich darauf sah man auf Steuerbord Sizilien, dem italienischen Festland nicht unähnlich, auch hier gab es graues Felsgestein, das Buchten und Häfen bildete. In Ufernähe schimmerte das Wasser blau und grün, an manchen Stellen auch türkisfarben.

Die Passagiere aller Klassen waren jetzt, da es wieder etwas zu sehen gab, auf die Außendecks gelaufen. Oben in der ersten Klasse wimmelte es von weiß gekleideten Herrn und Damen mit Sonnenschirmen und Strohhüten, auch schreiend bunte Papierfächer, die man in Marseille erstanden hatte, wurden von einigen Damen eifrig geschwenkt. Paula hatte mit viel Geschick einen Platz an der Reling erobert, sie hielt den Hut, den der Fahrtwind davonwehen wollte, mit einer Hand fest und starrte voller Begeisterung auf die herannahenden Küsten. Wie viel Licht und Farben die Natur hier für die Menschen bereithielt! War es ein Wunder, dass man den Italienern ein lebhaftes Temperament und eine leichtere Lebensauffassung nachsagte? Hier, in dieser hellen, fröhlichen Landschaft, konnte niemand trüben Gedanken nachhängen.

»Möchten Sie einen Blick durch das Glas werfen?«

Der ältere Herr mit der Sonnenbrille reichte ihr ein Opernglas und sah dann schmunzelnd zu, wie sie voller Hingabe die Küste Kalabriens absuchte. Wie Schwalbennester klebten die kleinen, gelben und orangefarbigen Häuser an den grauen Felsen. Und die malerischen Buchten, in denen Fischerboote auf und nieder schaukelten …

»Recht hübsch, nicht wahr? Ja, diese Leute sind mit wenig zufrieden, nur ein bisschen Sonnenschein, ein paar Fische und ein Glas selbstgezogener Wein …«

»Das ist beneidenswert«, sagte sie voll tiefer Überzeugung. Brauchte ein Mensch mehr zum Leben?

»Und natürlich *amore,* die Spezialität der Italiener«, fuhr der Herr neben ihr fort, und sie spürte, wie sein Arm leicht ihre Taille berührte.

»Vielen Dank fürs Ausleihen!«, sagte sie höflich und reichte ihm das mit Perlmutt eingelegte Opernglas. Dann drehte sie sich zur Seite und überließ ihren Platz an der Reling einem jungen Mann.

Schon wieder ein Problem. Es hatte bereits zwei Beschwerden über sie gegeben, beide von älteren, allein reisenden Herren, die der Meinung gewesen waren, dass Frau von Wohlraths Begleiterin ihnen zu wenig Aufmerksamkeit gewidmet hatte. Zum Glück kannte sich Lita von Wohlrath mit der Mentalität älterer Herrn aus, sie hatte sich die Klagen unter verständnisvollem Kopfnicken angehört und dann mit Paula ausgiebig darüber gelacht.

»Sie haben vollkommen recht, liebe Paula. Nichts ist schlimmer als solch ein Tattergreis im Bett. Suchen Sie sich einen jungen Liebhaber. Einen, bei dem Masten und Takelage fest im Rumpf verankert sind. Der mit Ihnen hart am Wind segelt …«

Sie war gewaltig stolz auf diesen gelungenen Vergleich und wollte gar nicht aufhören zu lachen. Vor allem, weil die arme Paula bei solchen Scherzen immer errötete.

»Du hast wohl noch nie, wie?«, kicherte Lita.

Bei solchen Themen ging sie gern zum vertraulichen Du über, einmal hatte sie sich sogar beschwert, weil Paula sie nicht ebenfalls duzte. Paula tat dies jedoch niemals.

»Ich weiß nicht, was Sie meinen, Lita …«

»Ach, Kindchen!« Lita tätschelte ihr in zärtlich-ironischer Aufwallung die Schulter. »Ob du schon mal mit einem Mann im Bett gewesen bist.«

Was zu Hause als höchste Tugend eines Mädchens gegolten hatte, nämlich die Jungfräulichkeit, schien für Lita von Wohlrath der Gipfel der Lächerlichkeit zu sein. Mit siebenundzwanzig noch Jungfrau?

»Das ist ja schrecklich. Du Ärmste hast dein halbes Leben verpasst. Nein, so geht das nicht … Weißt du überhaupt, was

Mann und Frau miteinander tun, wenn sie ganz allein und ohne Kleider beieinanderliegen? Ich sage dir, mein Schäfchen, das sind ganz süße, verrückte, wilde Sachen, du wirst süchtig danach werden, wenn einer es dir mal so richtig gezeigt hat …«

Paula schwieg. Ihre Mutter hatte ihr einmal gesagt, dass man den Ehemann in der Hochzeitsnacht erdulden müsse, später würde es leichter werden, aber ein Vergnügen sei es eigentlich niemals. Nicht für eine anständige Frau. Für eine, die einen ungeliebten Mann heiratet, weil ihre Familie es so bestimmt hat. Paula war keine anständige Frau. Sie hatte gehofft, den Mann zu heiraten, den sie liebte, zu dem es sie hinzog. Hätte sie mit Dr. Johannes Falk süße Stunden im Ehebett verbracht? Hätte er ihr »verrückte Sachen« gezeigt, nach denen sie »süchtig« geworden wäre? Nun, es war wohl müßig, darüber nachzudenken …

»Weißt du was, meine Kleine? Ich werde dir Tom schicken …«

Lita musste dieser Vorschlag nicht leichtgefallen sein, das konnte Paula in ihren dunklen Augen erkennen, in denen eine große, selbstlose Opferbereitschaft stand. Umso enttäuschter war sie, als Paula heftig erschrak und ihr dann sogar das Versprechen abnahm, dies auf keinen Fall zu tun. Nicht Tom und auch nicht Pierre oder Jean und auch sonst niemanden. Sie sei fest entschlossen, sich ihren künftigen Liebhaber selbst auszuwählen.

»Na, hoffentlich fällst du dabei nicht auf die Nase, mein Häschen …«

Am späten Nachmittag, als die Straße von Messina längst hinter ihnen lag und die *Tabora* aufs offene Meer hinausfuhr, war im Gesellschaftsraum der ersten und zweiten Klasse ein Tanztee angesagt. Es war eine Veranstaltung, die Lita von Wohlrath auf eigene Kosten hatte ausrichten lassen, um ihren Geburtstag zu feiern. Offiziell war es der achtunddreißigste, Rosa war jedoch der Ansicht, dass es mindestens der vierzigste sein musste. Paula hielt das durchaus für möglich – vielleicht hatte Lita diese Afrika-Umrundung überhaupt nur unternommen, um vor ihrem vierzigsten Geburtstag zu flüchten. Es gab Frauen, die der Meinung waren, mit vierzig sei alles vorüber, entweder man sei dann eine Matrone oder eine alte Jungfer. Auf den Dörfern oben an der Müritz hatten die Leute gesagt: »Entweder Kuh oder Ziege.« Dass dies alles vollkommener Unsinn war, hatte ihr Tante Alice bewiesen, die auch mit über fünfzig noch hübsch und begehrenswert aussah.

Lita von Wohlrath hatte zum Kummer der deutschen Köche englische Sandwiches und französische *petits fours* geordert, dazu Tee und Mocca neben den üblichen, an Bord häufig konsumierten Getränken wie Wein, Cognac, Whiskey, verschiedenen Likören und selbstverständlich Champagner. Rosa und Paula hatten nach den Wünschen ihrer Arbeitgeberin den Raum geschmückt, die Lampen mit farbigem Seidenpapier verkleidet und einen in Marseille erworbenen Stoff an den Wänden drapiert, um den Raum in einen orientalischen »Sesam-öffne-dich« zu verwandeln. Paula hatte die glorreiche Idee, einige der künstlichen Palmen aus dem Speiseraum herbeitragen zu lassen, wofür sie reiches Lob erntete.

»Hat sie das nicht wundervoll hinbekommen, Tom? Ach, es schaut aus wie in einem türkischen Harem. Gefällt es dir auch, Tom?«

Tom Naumann, im eleganten Gesellschaftsanzug mit lockerem, dunkelrotem Binder, war bemüht, das Grammophon so aufzustellen, dass sein gewaltiger Trichter zwar in den Raum gerichtet, jedoch niemandem im Weg war. Es gab verschiedene Platten mit Tanzmusik, die zwar reichlich gequetscht klangen und sogar hin und wieder festhingen, doch im Allgemeinen tat dies dem Tanzvergnügen keinen Abbruch.

»Ob es mir in einem türkischen Harem gefallen würde?«, scherzte er und drehte an der Kurbel des Geräts. »Nun, ich denke schon. Solange die Damen nicht versuchen, mich zu vergiften oder mit ihren Hutnadeln zu erstechen …«

»Oh, dort trägt man keine Hüte, sondern höchstens einen Schleier …«

»Ein Problem weniger«, versetzte Tom. »Bleibt also nur noch die Möglichkeit, mit einem zarten Seidentüchlein erdrosselt zu werden.«

Er öffnete das Köfferchen, in dem die Schallplatten aufbewahrt wurden, und während er den Deckel hochklappte, sah er zu Paula hinüber, die künstliche Blumen in einer Vase ordnete. Sie spürte seinen Blick, erwiderte ihn jedoch nicht und tat, als sei sie ganz und gar in ihre Beschäftigung versunken. Hatte diese unmögliche Person etwa doch mit Tom Naumann gesprochen? Das war ihr zuzutrauen. Oh Gott, wie schrecklich peinlich das war! Was mochte sie ihm gesagt haben?

Ich bin selbst schuld, dachte sie zornig. Weshalb habe ich ihr nicht etwas vorgelogen? Aber ich dummes Huhn musste ihr ja die Wahrheit erzählen, so wie man es mich zu Hause gelehrt hat. Das habe ich jetzt davon!

Zum Glück füllte sich der Raum jetzt mit neugierigen Gratulanten, die Frau von Wohlrath umringten, ihr Glück und Segen wünschten, einige hatten sogar kleine Geschenke mitgebracht. Es gab nur wenige Stühle, so dass man Getränke und Imbiss im Stehen einnahm, und da Lita keine speziellen Einladungen herausgegeben, sondern alle Passagiere der ersten Klasse eingeladen hatte, drängten sich bald so viele Menschen in dem türkischen Harem, dass kaum Platz zum Tanzen blieb.

Paula hatte sich vorsichtshalber hinter eine künstliche Palme verzogen, um von diesem ruhigen Versteck aus das Geschehen zu beobachten. Trotz der Enge schien die Veranstaltung den verwöhnten Passagieren großes Vergnügen zu bereiten, man schob sich aneinander vorbei, heitere und anzügliche Bemerkungen wurden ausgetauscht, Gelächter brandete auf, ein älterer Herr goss seinen Whiskey auf das Nachmittagskleid einer blonden Dame und bemühte sich eifrig, den Schaden mithilfe einer Stoffserviette einzudämmen. Lita von Wohlrath war in einem weißen, knöchellangen Spitzengewand erschienen, in das Perlen und kleine Flaumfederbüschel eingearbeitet waren. Um das schwarze Haar hatte sie einen Schal aus weißer Seide geschlungen, an dem mehrere Reiherfedern befestigt waren. Diese Reiherfedern waren nicht zu übersehen, sie waren mal hier, mal dort, zogen einen Pulk von Menschen – vor allem männlichen Geschlechts – hinter sich her, und überall, wo sie auftauchten, war Litas seltsam glucksendes Kichern zu hören. Die Feier schien so ganz nach ihren Wünschen zu verlaufen.

Paula lehnte sich müde gegen die Wand und sehnte sich nach dem Außendeck, wo sie die frische, kühle Seeluft atmen konnte. Zweimal schon hatte sie den Kellner, der ihr das Tablett mit den gefüllten Gläsern vorhielt, mit freundlicher Geste wieder fortgeschickt, jetzt endlich hatte sie eine so trockene Kehle, dass sie zu einem Glas Weißwein griff. Es war ein sehr guter Wein, herb und aromatisch zugleich, sie schmeckte Schiefergestein und Pfirsich, Sommersonne und Herbstnebel, den Gesang der Lerche und das Lied der Nachtigall.

Ich hätte heute Mittag etwas essen sollen, dachte sie. Schon nach einem halben Glas steigt mir der Alkohol zu Kopf.

Doch es störte sie nicht. Im Gegenteil, der Wein bewirkte, dass sich ihre Beklommenheit löste, er legte einen sanften Schleier über die Körper und Gesichter, ließ die Bewegungen der Tanzenden weicher erscheinen, und auch das spitze Gelächter einiger Damen gellte nicht mehr ganz so schrill in ihren Ohren. Sie trank das Glas leer, wodurch sich die angenehme Wirkung noch verstärkte. Jetzt erschien ihr die glucksende Lita mit den zitternden Reiherfedern auf dem Kopf wie eine verzauberte Fee, eine zierliche Schneeflocke, die sich in diese orientalische Höhle des Ali Baba verirrt hatte und dort hin und her flatterte, um den Ausgang zu finden. Irgendwo drüben auf der anderen Seite befand sich Tom Naumann, sie konnte seine Stimme hören, manchmal sah sie ihn auch bei dem Grammophon, wo er angestrengt die Kurbel drehte, die Platte wechselte und dann die Nadel mit großer Präzision auf die kreisende Scheibe setzte.

»Darf ich Sie um diesen Tanz bitten?«

Das Eis war gebrochen, sie musste sich fügen. Man hatte eine Weile gezögert, sie aufzufordern, da ihre schlichte Kleidung und auch ihre Zurückhaltung sie als Angestellte kennzeichneten, nun aber, da der Nachmittag in den Abend überging und die Getränke die Stimmung gelockert hatten, fanden sich mehrere Herren in ihrer Nähe ein. Keineswegs nur die älteren, sondern auch einige junge.

Sie hatte lange nicht mehr getanzt und genoss es jetzt, sich nach der Musik zu bewegen, auch wenn die Töne recht blechern aus dem großen Trichter quollen. Ein blonder Herr mittleren Alters stellte sich als »Klaus Meinert« vor, seines Zeichens Ingenieur und unterwegs in die Kolonie Deutsch-Ostafrika, um dort im Usambara-Gebirge eine Seilbahn zu konstruieren.

»Ein Jahrhundertprojekt«, schwärmte er ihr vor. »Deutsche Ingenieurskunst schafft Wege durch Felsen und Urwälder. Ich wünschte, ich könnte es Ihnen zeigen, Fräulein von Dahlen …«

Er gestand ihr, dass er verlobt sei. In drei Jahren, wenn er das Geld für einen Hausstand beisammen hatte, wollte er seine Braut heimholen. Paula wünschte ihm Glück und wandte sich dem nächsten Tänzer zu, einem älteren Herrn aus Bremen, der seit zwei Jahren verwitwet war und so fürchterlich schwitzte, dass er immer wieder stehen bleiben musste, um sich Stirn und Wangen mit dem Taschentuch abzuwischen. Der Nächste war der Herr, der auf dem Sonnendeck geschwärzte Augengläser trug. Er tanzte langsam, klammerte sich fest an Paula und starrte ihr dabei mit unbeweglicher Miene auf die linke Wange. Ein Kellner, der sich mit einem Tablett durch die Tanzenden drängte, rettete Paula vor ihrem anhänglichen Tanzpartner.

»Oh, ich komme um vor Durst«, verkündete sie, entzog sich den Klammerarmen und griff nach einem Glas. Gleich darauf fand sie sich in einer Gruppe junger Leute wieder, die angeregt über die Regeln eines Ballspiels diskutierten, das ihr vollständig unbekannt war. Sie bewegte sich weiter, hörte eine Weile dem Vortrag eines dickbäuchigen Herrn im dunklen Anzug zu, der über die Abgründe und Gefahren des Sozialismus schwatzte, und verfolgte währenddessen den Weg der zarten Reiherfedern. Immer noch schwebten sie in holder Unbefangenheit durch den überfüllten Raum und zeigten an, dass Lita von Wohlrath den Abend inmitten ihrer Verehrer genoss.

»Wie wäre es mit etwas frischer Luft?«, fragte jemand hinter ihr. »Ich denke, die würde Ihnen guttun.«

Er nahm ihr das leere Glas ab und hielt sie an der Hand, um sie nicht zu verlieren, während er ihr einen Weg durchs Gedränge bahnte. Eine Weile gingen sie durch den nur schwach beleuchteten Flur, dann stieß er eine Tür auf, und der salzige, feuchte Seewind schlug ihnen entgegen. Tief atmend blieb Paula stehen. Langsam klärte sich ihr Bewusstsein, und sie begriff, dass es Tom Naumann war, dem sie, ohne zu fragen, gefolgt war.

»Was soll das werden?«

Er hatte eine Decke von einem der Liegestühle genommen und legte sie ihr um die Schultern, bevor sie beide an die Reling traten. Es war dunkel geworden, der Wind hatte aufgefrischt, er griff in ihre Haare und ließ ihre Kleidung heftig flattern. Der Himmel war bedeckt und sternenlos, das Meer eine dunkle, kabbelige Fläche, in der hie und da die weiße Schaumkrone einer Welle aufblitzte. Nur das Schiff, auf dem sie standen, war beleuchtet, ein winziges Lichtlein inmitten der schwarzen See, so klein und unbedeutend, dass Paula sich plötzlich verloren vorkam.

»Was ich Ihnen noch sagen wollte …«, murmelte Tom.

Er stockte, weil er bemerkte, dass sie zitterte. Einen Augenblick zögerte er, dann legte er den Arm um sie und zog sie dichter zu sich heran. Paula wehrte sich nicht. Es war angenehm, seine Wärme zu spüren, seinen kräftigen Arm, auch seinen Atem, der nach Whiskey roch. Aber schließlich war auch sie selbst nicht nüchtern, nein, das auf keinen Fall.

»Was wollten Sie sagen?«

Jetzt hatte es ihm die Sprache verschlagen, er hielt sie fest, blickte ihr nachdenklich ins Gesicht und machte dann einen ungeschickten Versuch, eine ihrer aufgelösten Haarsträhnen zu fassen.

»Ich weiß nicht, ob das der richtige Augenblick zum Reden ist«, sinnierte er.

»Wohl eher nicht«, gab sie leise zurück.

Die Anziehung war stärker, als sie es geahnt hatte. Toms Körper strahlte nicht nur Wärme aus, nicht nur Geborgenheit – er verströmte auch eine männliche Energie, die wie ein Magnet auf sie wirkte. Hatte Lita nun mit ihm gesprochen?

War er deshalb gekommen, um sie von der Gesellschaft fortzuführen, hierher, wo sie miteinander allein waren? Was würde er nun mit ihr tun? Und vor allem: Würde sie widerstehen?

Ja, das musste sie, denn sie liebte ihn doch gar nicht. Und dennoch …

»Es muss gesagt werden«, hörte sie ihn murmeln. »Auch wenn es vielleicht eine Dummheit ist.«

Sie schloss die Augen und spürte seinen Atem, wartete mit wild klopfendem Herzen auf sein Geständnis.

»Ich mag Sie, Paula. Und es tut mir verdammt leid, dass ich Sie in die Nähe dieser Verrückten gebracht habe. Sie sind zu schade für Lita von Wohlrath und ihre Clique. Viel zu schade.«

Es war nicht das, was sie sich erhofft hatte. Verwirrt öffnete sie die Augen und stellte fest, dass er sie anstarrte, als müsse er sich vor ihr fürchten.

»Ich schätze und respektiere Sie, Paula«, flüsterte er.

Es klang nicht gerade wie ein Liebesgeständnis. Auch nicht wie der Versuch, sie zu verbotener Zärtlichkeit zu verführen. Scham und Enttäuschung stiegen in ihr auf.

»Schauen Sie immer so wütend drein, wenn Sie das zu einer Frau sagen?«

»Ich habe es noch zu keiner gesagt!«

Dachte er wirklich, sie würde ihm das glauben? Seine Züge glätteten sich, und sie begriff, dass er jetzt wieder seine Maske aufsetzte. Gleich würde er sie mit gewohnter Ironie anlächeln. Doch er tat es nicht. Stattdessen ließ er sie los und wandte sich um. Jemand hatte die Tür zum Außendeck halb geöffnet, im Türspalt erblickte Paula eine blasse, zitternde Reiherfeder, die gleich darauf verschwand.

10

Das Wetter war umgeschlagen. Gestern noch hatte man auf dem Sonnendeck liegen und sogar baden können – heute fielen Wind und Wellen über die *Tabora* her, und so mancher Passagier, der glaubte, die Seekrankheit auf Dauer überwunden zu haben, verwünschte seinen Leichtsinn und schwor sich, gleich im nächsten Hafen von Bord zu gehen. Andere, wie die fortschrittliche Dame, erschienen dick eingemummt auf dem Außendeck, trotzten dem heftigen Seegang und zogen tief die gesunde Meeresluft in ihre Lungen ein. Der Herr mit den dunklen Augengläsern bedauerte, dass Gott Poseidon, der Herrscher dieser aufgewühlten Gewässer, ganz offensichtlich zornig auf die *Tabora* war, und erklärte der Dame mit den beiden Töchtern, dass man in alter Zeit häufig Menschenopfer erbrachte, um den Gott des Meeres friedlich zu stimmen.

»Vielleicht findet sich ja ein Freiwilliger. Oder eine zarte Jungfrau, die sich in diese aufgewühlten Fluten stürzen will, um uns allen das Leben zu retten!«, rief er theatralisch. Dann musste er sich rasch an einem der Stahlpfeiler festklammern, um nicht bäuchlings aufs Deck zu fallen.

»Verschonen Sie uns mit Ihrem Geschwätz!«, fauchte ihn die Dame an, die unter der Seekrankheit litt und heute keinen Sinn für Scherze hatte.

Paula hatte inzwischen festgestellt, dass sie das Meer bei Sturm mindestens genauso großartig fand wie bei strahlendem Sonnenschein. Gewiss, die Farben waren jetzt gedeckt, der wolkenschwere Himmel verlieh den Wellen ein düsteres Grau, hüllte die Inseln in Dunst und ließ sie wie schlafende Meeresungeheuer erscheinen. Je dunkler die Farben waren, desto gewaltiger schien der wilde Tanz der schaumgeränderten Wogen, die den stetig voranstrebenden Dampfer in die Höhe rissen, um ihn gleich darauf in ein finsteres Wellental zu stürzen. Mochten andere sich schaudernd in die Kabinen zurückziehen und auf besseres Wetter hoffen, Paula verbrachte jede freie Minute an Deck und war untröstlich, wenn der Befehl erging, die Außendecks für die Passagiere zu schließen.

Sie hatte so gut wie nichts zu tun, denn Lita von Wohlrath hielt sich in ihrer Kabine auf und schien von dem Sturm so mitgenommen, dass sie nur Frieda und Tom Naumann um sich haben konnte. Diese beiden allerdings beanspruchte sie derart, dass sie weder zu den Mahlzeiten noch in den Gesellschaftsräumen erschienen. Paula hatte Zeit, um über Tom Naumanns seltsames Geständnis nachzudenken, und kam zu dem Schluss, dass er sich ihr gegenüber wie ein Gentleman benommen hatte. Vermutlich hatte Lita, diese merkwürdige Person, ihm tatsächlich angetragen, die »arme Paula« in die Wonnen der Sinnlichkeit einzuführen. Er aber hatte sie verschont, obgleich – das musste sie voller Beschämung zugeben – sie ihm durchaus Gelegenheit gegeben hatte. Trotz mancher schlechter Eigenschaften hatte Tom Naumann doch einen guten Kern, das war ihr schon in Berlin aufgefallen. Gewiss würde es ihm auf seinem künftigen Lebensweg hilfreich sein, wenn sie die guten Anlagen seines Charakters bestärkte und ihm bei passender Gelegenheit zu verstehen gab, dass sie seine Ritterlichkeit zu schätzen wusste. Wie schade, dass er sich nun schon seit Tagen überhaupt nicht mehr blicken ließ. Sie verbot sich, darüber nachzudenken, zu welchen Diensten

Lita von Wohlrath ihren Angestellten Tom Naumann wohl heranzog, aber ohne Zweifel waren diese von großer Vielfalt. So süß auch die Wonnen der Liebe sein mochten – man konnte unmöglich drei ganze Tage und Nächte mit einem Mann ausschließlich im Bett verbringen. Oder doch?

Kurz vor Port Said legte sich der Sturm endlich, das Meer verwandelte sich in eine sanft gekräuselte blaugraue Fläche, und es wurde so warm, dass sie auf Mäntel und Jacken verzichten konnten. Am Morgen hatte der begeisterte Ruf »Delfine!« die Passagiere der ersten Klasse auf die Außendecks getrieben. Tatsächlich konnte man die gewandten Meeresbewohner für eine Weile bewundern, sie glitten im Pulk nicht weit vom Dampfer entfernt durch die Fluten, schnellten in kraftvollen Sprüngen daraus hervor und tauchten geschmeidig wieder ein.

»Delfine, die Glücksbringer und Boten der Liebenden«, schwärmte die fortschrittliche Dame und fand dieses Mal ausnahmsweise die Zustimmung des Herrn mit den dunklen Augengläsern. Mit verhaltenem Lächeln bemerkte er, dass diese Tiere ein gutes Omen für die Reise bedeuteten.

Der Himmel hatte die Farbe einer blassen Taube, eine kleine gelbe Sonne stand darin, die trotz ihrer geringen Größe eine drückende Wärme erzeugte. Während die *Tabora* in Port Said festlag, um Lebensmittel und Kohlen aufzunehmen, hatten sich die Passagiere der oberen Klassen bereits wieder in die Gesellschaftsräume verzogen. Die Stadt bot wenig Malerisches, eine Ansammlung kastenförmiger Gebäude, dazwischen ragten die dünnen Röhren der Minarette in den Himmel, landeinwärts herrschte rötlich gelber Nebel, offenbar wütete dort ein Sandsturm. Man orderte kühle Getränke, die Damen wedelten mit ihren Fächern, die Herren wischten sich Stirn und Wangen mit Taschentüchern. Nur Paula stand mit

Rosa auf dem Außendeck, um die vielen Boote zu betrachten, von denen die Güter mit Stahltrossen hinaufgezogen wurden.

»Die in der dritten Klasse haben nicht mal Liegestühle«, stellte Rosa fest. »Ich glaube, die schlafen in Stockbetten und haben alle zusammen nur ein einziges Klo.«

Wenn sie sich ein wenig über das weiß gestrichene Eisengeländer beugten, konnten sie unten das Deck für die Reisenden der dritten Klasse sehen. Es waren vor allem junge Männer, die mit kleiner Börse auf Abenteuer ausfuhren, aber auch Familien mit Kindern und mehrere ältere Leute. Vermutlich waren es Auswanderer, die keine Rundfahrt, sondern nur eine Überfahrt gebucht hatten. Dazwischen entdeckten sie immer wieder Matrosen oder rußverschmierte Heizer in blauer Arbeitskleidung, die für kurze Zeit ausruhten und ein wenig frische Luft schnappten.

»Was für kräftige Burschen«, schwärmte Rosa. »Stundenlang stehen die da unten im Schiffsbauch und schaufeln Kohle in das große Ofenmaul. Die müssen ordentlich Muskeln an Armen und Schultern haben …«

»So einer würde dir gefallen, wie?«, scherzte Paula.

»Aber ja doch! Nur würde ich den erst mal in die Waschbütte stellen und 'nen Eimer Wasser drüberkippen …«

Sie erfuhr, dass Rosa lieber heiraten wollte, als ihr Leben lang in Stellung zu bleiben. Aber fleißig musste er sein und Geld nach Hause bringen, das war schon wichtig. Und gefallen musste er ihr natürlich auch.

»Eine richtige Familie will ich«, fuhr sie fort. »Nicht so'n verrücktes Leben wie die Wohlrathsche. Die fängt schon wieder an zu spinnen, sagt Frieda. Das kommt alles nur davon, dass die nichts Vernünftiges im Leben zu tun hat.«

»Sie fängt an zu spinnen?«

Rosa löste den Blick von einem Heizer, der unten an der Reling stand und sich eine Zigarette anzündete. Nee, einer der rauchte, das war nichts für sie. Der stänkerte ihr ja alles voll.

»Frieda hat vorhin geweint«, berichtete sie leise. »Kein Wunder, wo sie seit Tagen nichts anderes tun darf, als auf die bekloppten Befehle der Wohlrathschen zu warten. *Ziehen Sie mir die Jacke an. Bringen Sie den roten Hut mit den Mohnblüten. Geben Sie mir diese Tasche. Legen Sie das wieder fort …* Da braucht man wirklich starke Nerven, sag ich Ihnen …«

»Ich weiß …«

Paula dachte an Tom Naumann, der ebenfalls Litas wechselnden Launen ausgesetzt war. Er jedoch würde bestimmt nicht in Tränen ausbrechen.

»Heute früh hat sie sich in den Kopf gesetzt, eine Korallenbrosche zu tragen, die sie in Lissabon gekauft hat. Und jetzt macht sie der armen Frieda die Hölle heiß, weil das blöde Ding nicht zu finden ist.«

»Kein Wunder bei den vielen Sachen, die sie eingekauft hat.«

»Ja, kaufen ist ihre Leidenschaft. Wenn sie könnte, würde sie wohl alle Geschäfte leer kaufen. In Afrika soll es ja Sklavenmärkte geben, da kann sie sich dann mit hübschen schwarzen Liebhabern eindecken, für jede Tages- und Nachtzeit einen anderen.«

»Aber Rosa!«

Das Mädchen grinste und schien seine anzüglichen Reden kein bisschen zu bereuen.

»Sie werden schon sehen, Fräulein Paula. Die hat nicht alle Tassen im Schrank, die Wohlrathsche.«

Tags drauf erwies sich, dass Rosa nur allzu recht hatte. Die *Tabora* hatte Einfahrt in den Suezkanal erhalten und folgte dem schmalen Wasserweg, der nicht mehr als eine Fahrrinne war. Rechter Hand waren grünende Felder zu sehen, auch niedrige Lehmkegel, in denen man Tauben hielt. Links war nichts als sandige Wüste. Drückende Wärme lastete auf der eintönigen Landschaft, das Wasser des Kanals war von schmutzigem Gelb, hie und da dümpelte eine arabische Dhau, deren Segel schlaff herunterhing. Die Passagiere der ersten Klasse hatten ein ausgiebiges Mittagsmenü eingenommen, zu dem Datteln und Feigen gereicht wurden, die der Koch in Port Said eingekauft hatte. Auch Lita von Wohlrath war im Speisezimmer erschienen, flankiert von Tom Naumann, der Paula ziemlich blass um die Nase schien, und einem jungen Adeligen aus Brandenburg, der sich schon zu Beginn der Reise häufig in ihrer Nähe aufgehalten hatte. Es war ein ungewöhnliches Ereignis, Lita hier zu sehen, da sie ihre Mahlzeiten bisher fast immer in ihrer Kabine eingenommen hatte, aber ganz offensichtlich fühlte sie sich wohl und hatte die Folgen der Seekrankheit – oder was immer es gewesen war – nun endlich überwunden. Paula fiel auf, dass ihre Arbeitgeberin sie vollkommen ignorierte, doch da Lita mit ihren beiden Kavalieren beschäftigt war, dachte sie sich nichts dabei.

Gleich nach dem Essen klopfte jemand an ihrer Kabinentür.

»Fräulein Paula?«

Es war Jean, aber fast hätte sie seine Stimme nicht erkannt.

»Ich komme …«

Der junge Mann kam ihr reichlich fahrig vor, er strich sich immer wieder das Haar aus der Stirn und schien mit irgendeiner Sache nicht zurechtzukommen.

»Was ist denn los? Fühlen Sie sich nicht wohl?«, fragte sie teilnahmsvoll und trat zu ihm hinaus auf den Flur.

Er schüttelte den Kopf und ging ihr voraus, ohne eine Antwort zu geben. Erst als sie Frau von Wohlraths Suite, die ein Deck höher lag, erreicht hatten, blieb er stehen und gönnte ihr einen kurzen Blick.

»Nehmen Sie es nicht zu tragisch. Wir müssen da wohl alle durch …«

»Ich verstehe nicht …«

Mit verlegener Miene blickte er zu Boden, nickte ihr zu und ging davon. Gleich darauf vernahm sie Lita von Wohlraths Stimme, die nur wenig gedämpft durch die Kabinentür drang, und sie bekam eine Ahnung von dem, was Jean ihr hatte sagen wollen.

»Du hast zu gehorchen. Diebsgesindel seid ihr alle!«

Dieses Mal schien Rosa das Opfer von Litas Launen geworden zu sein, denn Paula konnte das Mädchen weinen hören.

»Das tu ich nicht. Und wenn Sie mich totschlagen. Ich schäme mich viel zu sehr.«

»Soll ich lachen? Runter mit dem Korsett. Die Strümpfe auch! Schau nach, ob sie die Brosche im Schuh versteckt hat, Frieda!«

Paula hatte schon die Hand auf den Türknauf gelegt – jetzt verharrte sie, starr vor Entsetzen. Nur ein einziges Mal hatte sie eine solche Durchsuchung erlebt, das war daheim in Klein-Machnitz gewesen, als ihre Mutter ein neu eingestelltes Mädchen des Diebstahls verdächtigte. Das arme Ding hatte sich nackt ausziehen müssen, und eine der älteren Angestellten hatte sogar die intimen Stellen ihres Körpers untersucht. Gefunden hatte man nichts, aber das Mädchen war trotzdem entlassen worden.

Was sollte sie tun? Es widerstrebte ihr, Zeugin einer solch widerwärtigen Szene zu sein. Auf der anderen Seite war es vielleicht möglich, ein gutes Wort für Rosa einzulegen. Paula holte tief Luft, um sich Mut zu machen, dann öffnete sie die Kabinentür. Zuerst erblickte sie Friedas Rücken, dann auch Rosa, die in Korsett und halblanger Unterhose hinter Frieda stand und ihre weißen Strümpfe abstreifte. Um die zwei herum waren Rosas Unterwäsche, die Schuhe, Bluse und Rock auf dem Boden ausgebreitet. Lita von Wohlrath saß links von den beiden auf dem Sofa und verfolgte das Geschehen mithilfe eines Lorgnons. Paula hatte eine Weile gebraucht, um herauszufinden, dass sie ziemlich kurzsichtig war, weil sie aus Eitelkeit niemals eine Brille trug.

»Setz dich dorthin, Paula!«, befahl sie, ohne weiter von ihrer Reisebegleiterin Notiz zu nehmen.

Paula schob die Kleider, die auf dem Sessel lagen, beiseite und nahm Platz. Himmel, was für ein Chaos in diesem Raum herrschte! Wie konnte ein Mensch nur dieses Durcheinander von Kleidungsstücken, Schachteln, Teetassen, Fläschchen und allerlei Tand ertragen? Und dazu dieser intensive Duft nach einem starken französischen Parfum …

»Wenn du dich nicht untersuchen lässt, werde ich dich in Aden der Polizei übergeben«, erklärte Lita in kaltem Ton. »Dann wirst du dich dort im Gefängnis ausziehen müssen, vor all den Männern. Aber vielleicht gefällt dir das ja.«

Rosa schluchzte auf – wahrscheinlich glaubte sie jedes Wort und verging vor Angst. Paula bezweifelte jedoch, dass die britischen Behörden in Aden einen so lächerlichen Fall verfolgen würden.

»Nun macht schon. Frieda hat es auch hinter sich gebracht, die hast du untersucht, du kleines Biest, und kein Mitleid gehabt.«

»Ich habe nichts gestohlen, ich schwöre bei der Heiligen Jungfrau …«

Heulend begann Rosa, die Haken ihres Korsetts zu öffnen, und Paula hielt den Moment für gekommen, an Litas Vernunft zu appellieren.

»Aber weshalb sollte sie denn eine Brosche stehlen, Frau von Wohlrath … Ich bin sicher, das Schmuckstück wird sich anfinden, und alles ist nur ein Miss…«

»Halt den Mund!«

Der Tonfall war mehr als kalt, er war scharf und voller Verachtung. Keine Rede mehr von der »lieben Paula« – sie war eine Untergebene wie die anderen auch. Verwirrt und gedemütigt sah Paula zu, wie Rosa die Unterhose herabzog und auch das Korsett ablegte. Sie war hübsch, ein wenig mollig, mit üppigen Brüsten, die noch fest waren – nur die roten Abdrücke der Korsettstangen auf Bauch und Brust störten das Bild. Frieda untersuchte das Mädchen mit Hingabe, steckte ihr den Finger zwischen die Beine und störte sich nicht daran, dass Rosa sie als »gemeines Aas« bezeichnete.

»Nichts«, sagte sie dann.

»Hast du auch richtig nachgesehen?«

»Ja, Frau von Wohlrath.«

Lita schnaubte enttäuscht und befahl Rosa, sich wieder anzukleiden. »Du kannst dann Paula untersuchen, Frieda!«

Paula stockte der Atem. Das konnte doch nicht sein. Sie war kein Dienstmädchen und auch keine Kammerzofe.

»Sie verdächtigen mich, Ihre Korallenbrosche gestohlen zu haben?«, rief sie empört.

»Bildest du dir ein, was Besonderes zu sein?«, gab Lita kalt zurück. »Ich weiß, dass ihr mich alle bestehlt und betrügt. Auch Jean und Pierre, sogar Tom Naumann – der vor allem. Und auch du …«

»Ich glaube viel eher, dass Sie einem Phantom nachjagen.«

»Was erlaubst du dir? Runter mit den Kleidern. Das hochgeborene Fräulein von Dahlen, das immer so klug und gelehrt daherkommt, ist nicht besser als die anderen auch!«

Frieda näherte sich mit unbeweglicher Miene. Sie war eine Kammerzofe und daran gewöhnt, Frauen an- und auszukleiden, möglicherweise entging ihr die perfide Demütigung dieser Leibesvisitation.

»Ich denke nicht daran, mich auszuziehen.«

Lita griff in das Durcheinander auf ihrem Tisch und förderte ein Glas zutage, in dem noch ein Rest einer honigfarbigen Flüssigkeit war.

»Du möchtest lieber von der Polizei abgeholt werden?«

»Darauf lasse ich es ankommen.«

Lita schluckte das honiggelbe Getränk, das vermutlich Cognac war, stellte das leere Glas hinter sich aufs Sofa und stand auf. Sie schwankte – offensichtlich war es nicht der erste Cognac heute.

»Was stehst du da wie ein Ölgötze, Frieda? Nun mach schon. Wenn sie sich wehrt, wird Rosa dir helfen. Ich will meine Brosche wiederhaben ... Sie war in Gold gefasst, ich habe ein Vermögen dafür bezahlt ...«

Litas Stimme wurde weinerlich, drohte zu kippen. Rosa streifte hastig ihre Bluse über, Frieda schritt mit entschlossener Miene auf Paula zu. Es war klar, dass keine der beiden Frauen sich dem Befehl ihrer Herrin widersetzen würde. Paula wich zur Kabinentür zurück, bereit, sich bis zum Letzten zu verteidigen, bevor man ihr die Kleider vom Leibe riss.

In diesem Augenblick öffnete sich die Kabinentür, und Tom Naumann trat ein. Er trug nichts als ein offenstehendes Hemd und die lange Hose, sein Haar stand zu Berge, als habe er eben noch im Bett gelegen.

»Was ist denn hier los? Aufruhr im Raubtierkäfig?«

Bei seinem Anblick verzerrte sich Litas Gesicht zum Weinen, erste Schluchzer erschütterten ihren Körper.

»Ich ... ich will meine Korallenbrosche ... ha...ha... haben!«

Sie klang wie ein trotziges, verzweifeltes Kind, es fehlte nur noch, dass sie mit dem Fuß aufstampfte, doch dazu war sie nicht mehr standfest genug. Tom warf Paula einen düsteren

Blick zu, dann eilte er zu der schluchzenden Lita und nahm sie in die Arme.

»Ruhig, ganz ruhig«, murmelte er und wiegte sie sanft hin und her. »Du bist mein süßes, kleines Mädchen. Mein Schneeflöckchen. Meine bezaubernde Märchenfee …«

Frieda und Rosa blickten einander unschlüssig an – aufgrund der veränderten Lage wussten sie nicht, was sie nun tun sollten. In Paulas Ohren hämmerte der eigene Herzschlag, dennoch entging ihr kein einziges Wort von Toms Beschwichtigungsreden. Wie zärtlich seine Stimme klingen konnte, was für süße Schmeicheleien er sich doch ausdachte. Märchenfee … Schneeflöckchen …

»Ich denke, wir beenden diese Farce so schnell wie möglich«, sagte sie mit erzwungener Ruhe. »Keiner Ihrer Angestellten würde Sie bestehlen, Frau von Wohlrath. Das wissen Sie selbst am besten.«

Lita schniefte an Toms Brust. Mit ihrer verlaufenen Wimperntusche bot sie einen grotesken Anblick. Toms weißes Hemd wies bereits mehrere schwarze Flecken auf. Indes schien jetzt wohl das Schlimmste vorbei, Tom streichelte ihre immer noch zuckenden Schultern, und wie es schien, wirkte seine Nähe beruhigend auf Lita. Es war zu vermuten, dass er ihre hysterischen Anfälle kannte und damit umzugehen wusste.

Das Klopfen an der Tür war zaghaft, aber immerhin vernehmbar.

»Frau von Wohlrath?«

Lita gab einen Laut von sich, der wie ein leises Stöhnen klang. Ach Gott, jetzt auch noch Pierre – konnte man sie nicht endlich in Ruhe lassen? Hilfesuchend blickte sie zu Tom auf, doch es war zu spät, Pierre hatte die Tür geöffnet und war eingetreten.

»Das hier haben wir in der Kabine von Rosa und Fräulein Paula gefunden.«

Er öffnete die Faust. Auf seiner Handfläche lag ein Schmuckstück. Eine Korallenbrosche, in Gold gefasst, wie eine kleine Weintraube gearbeitet.

Deshalb hatte sich Jean vorhin so seltsam verhalten. Lita hatte den beiden jungen Männern befohlen, die Kabine der Frauen zu durchsuchen. Und sie hatten gehorcht. Es schien überhaupt jeder dieser Verrückten zu Willen zu sein, man ließ sich von ihr quälen und war jederzeit bereit, zum Werkzeug der Demütigung anderer zu werden.

»Meine Brosche!«, rief Lita emphatisch und riss sich aus Toms Armen. »Wo habt ihr sie gefunden? Sag es unumwunden – ich will es wissen!«

Jeans Gesicht war schweißbedeckt, seine Augen hingen an Tom Naumann, der ihn mit Blicken durchbohrte.

»Sie lag auf dem Fußboden«, erklärte er unsicher.

Lita hatte die kleine Brosche in die Hand genommen, hielt sie zwischen Daumen und Zeigefinger und drehte sie hin und her. Innerhalb weniger Sekunden hatte sie sich von dem weinerlichen Kind in eine triumphierende Rachegöttin verwandelt.

»Auf dem Fußboden?«, rief sie aufgeregt. »Nicht zwischen den Sachen in einem der Koffer?«

»Nein, gnädige Frau. Auf dem Fußboden. Direkt hinter der Tür.«

»Na schön«, versetzte Lita und wandte sich um. »Wer von euch beiden hat mir die Brosche gestohlen? Rosa? Paula?«

Rosa begann wieder zu heulen, versicherte schluchzend beim Grab ihrer Mutter, dass sie unschuldig sei. Jeden Eid würde sie vor Gericht leisten, sie sei keine Diebin, ins Wasser würde sie gehen wegen der schandhaften Verleumdung …

»Die Brosche war in meinem Koffer«, sagte Paula laut in das Geheul des Mädchens hinein. »In einem Etui aus hellbraunem Leder, das innen mit geblümtem Seidenstoff gefüttert ist. Zusammen mit zwei goldenen Ringen, einer kurzen Perlenkette und einem Armband aus Silber.«

Urplötzlich herrschte Stille im Raum. Man konnte wieder das Geräusch der Maschine hören, auf dem Flur ging jemand vorbei und stieß bei jedem Schritt mit einem Stock auf den Boden auf. Rosas Mund war vom Weinen noch verzerrt, Lita glich einem Clown mit den weit aufgerissenen Augen und schwarz verschmierten Wangen. Toms Züge drückten nichts als namenlose Verblüffung aus.

»Ich bekam diese Brosche von meiner Tante Alice Burkard zu meinem zwölften Geburtstag geschenkt, und ich habe sie bei festlichen Anlässen zu Hause des Öfteren getragen«, fuhr Paula mit fester Stimme fort. »Das können sowohl meine beiden Brüder als auch Frau Burkard bezeugen. Ebenso meine Kinderfrau, der Butler und die Köchin.«

Lita stieß ein hysterisches Lachen aus und wandte sich mit hilfloser Geste zu Tom Naumann um.

»Hast du das gehört, Tom? Sie leugnet es einfach. Sie behauptet, meine Brosche gehöre ihr … Sie muss verrückt geworden sein …«

Bei ihrer Flucht an die Brust ihres Beschützers stieß sie mit dem Knie gegen den Tisch, mehrere Gegenstände fielen herab, darunter eine Cognacflasche, die über den Boden rollte und unter dem Sofa liegen blieb.

»Ganz ruhig, mein Häschen. Es wird sich alles aufklären … Ich kümmere mich darum … Still, nicht weinen … Du bekommst deine Brosche wieder … ich verspreche es dir …«

Wie liebevoll er sie in seine Arme nahm, ihr zerwühltes Haar streichelte und – Gipfel der Widerwärtigkeiten – ihre schwarzgrau verschmierten Wangen küsste. Sie schmiegte sich an ihn, als sei er gekommen, sie aus tiefster Not zu erretten, und bot ihm ihre Lippen, auf die er die seinen mit gehorsamer Inbrunst heftete.

»Bring mich fort von hier«, flehte sie mit dünner Stimme. »Weit fort von all diesen Leuten … Auf deinen starken Armen …«

Er beugte sich leicht vor, um den rechten Arm unter ihre Kniekehlen zu legen, dann hob er sie mühelos auf und trug sie hinüber in den Schlafraum. Die Tür schloss sich mit einem festen Knall hinter ihnen, vermutlich hatte er den Fuß zu Hilfe genommen.

Einen Augenblick lang verharrten die Zurückgebliebenen reglos, als wäre ihnen soeben ein Spuk erschienen. Rosa war die Erste, die sich fasste.

»Na, dann ist ja jetzt alles wieder in Butter«, stellte sie zufrieden fest. »Dieses Mal hat sie's wirklich bunt getrieben …«

Paula drehte sich auf dem Absatz herum und verließ die Kabine. Pierre murmelte etwas, als sie an ihm vorüberlief, doch sie gab keine Antwort, wollte nur fort, raus hier aus dieser stickigen Luft, hinauf an Deck, wo man freier atmen konnte. Stundenlang stand sie an der Reling und starrte auf die langsam vorüberziehenden Ufer des Kanals, die Felder und kleinen Ortschaften auf der Steuerbordseite, die kahle Wüstenlandschaft backbord. Hin und wieder fiel ihr Blick auf Seevögel, die dem Dampfer in der Hoffnung auf Küchenabfälle folgten, kreischende Möwen, weiße Ibisse, einmal ein junger Seeadler, der die Taubenschwärme über den grünen Feldern erschreckte. Als sie ihm nachsah, verschwammen seine Umrisse vor ihren Augen. Verdammt, weshalb heulte sie? *Geduld und heilsame Erkenntnisse* hatte Tante Alice ihr in ihrem letzten Schreiben gewünscht, wie sinnig. Oh ja, sie hatte eine Erkenntnis gewonnen, und die würde sie nicht so schnell wieder vergessen. Niemals wieder wollte sie sich in eine solche Abhängigkeit begeben. Lieber verhungern und verdursten, lieber unter einer Brücke schlafen oder das Nachtlager unter einem Baum aufschlagen – dafür aber frei sein.

Niemand sprach sie an, doch einige der männlichen Passagiere betrachteten sie mit seltsam lauernden Blicken, einer Mischung aus Mitleid und Begehrlichkeit, die sie erst nach einer Weile zu deuten wusste. Natürlich – sie hatten den Lärm gehört, und ihre Bediensteten würden rasch herausgefunden haben, was sich zugetragen hatte. Dienstboten verständigten sich schnell untereinander, selten blieb ihnen eine Neuigkeit verborgen. Die Vorstellung, dass Lita an ihren Dienstboten eine Leibesvisitation hatte vornehmen lassen, hatte die Phantasie einiger Herren ganz sicher beflügelt.

Man ließ sie unbehelligt – wie es schien, war Lita von Wohlrath anderweitig beschäftigt und benötigte ihre Reisebegleiterin nicht. Am späten Nachmittag erschien Tom Naumann auf dem Außendeck. Er hatte zuvor eine Weile im Raucherzimmer gesessen und dort mit zwei älteren Herren über irgendetwas diskutiert. Als er Paula durchs Fenster entdeckt hatte, war er noch ein Weilchen sitzen geblieben und hatte sich dann von seinen Gesprächspartnern zurückgezogen. Sein heller Tropenanzug saß perfekt, er hatte das Haar sorgfältig gescheitelt und mit irgendetwas eingeschmiert, so dass es in der Abendsonne glänzte. Einen Moment lang stand er schweigend neben Paula an der Reling. Sie roch den Duft seines Rasierwassers, dann, als er sich räusperte, um etwas zu sagen, drehte sie sich um und ging davon.

Geduld. Tante Alice war eine kluge Frau, sie wusste, worauf es im Leben ankam. Geduld. Paula plauderte über Belanglosigkeiten mit Rosa, hielt Frieda gegenüber schweigenden Abstand, zeigte sich Jean und Pierre gegenüber freundlich, doch gleichgültig. Auch sie konnte eine Maske tragen, sie lernte schnell. Die *Tabora* fuhr durch das Rote Meer, die Passagiere schwärmten von dem hellblauen, durchsichtigen Wasser, das einem Aquamarin glich, dazu der dunkle Fels, Farben, wie von der Palette genommen und mit dem Pinsel aufgetragen. Sie hörten Vorträge, feierten kleine Feste, ein bekannter Sänger, der sich zufällig unter den Passagieren befand, trug einige Lieder aus Franz Schuberts »Winterreise« vor. *Fremd bin ich eingezogen, fremd zieh ich wieder aus* … Das Publikum spendete reichlich Applaus.

Lita von Wohlrath war schon am nächsten Tag wie ausgewechselt. Sie ließ Paula in ihre Kabine rufen und lud sie zu Sekt und Kaviar ein, wollte etwas über das Rote Meer erfahren, die Tierwelt, die Felsformationen – war nicht irgendjemand durch dieses Meer gelaufen, ohne nass zu werden? Mit keinem einzigen Wort erwähnte sie die Korallenbrosche, schien dieses Schmuckstück vollkommen vergessen zu haben. Stattdessen beschenkte sie ihre »liebe Paula« mit mehreren Hüten, einer falschen Perlenkette und einer lila Federboa, auch zahlte sie ihr den Lohn für den ersten Monat aus.

»Du bist mir doch nicht böse?«, forschte sie verstört, als Paula nur einsilbig auf ihre vielen Fragen antwortete.

»Du weißt doch, wie sehr ich dich liebe, meine kleine Paula. Wie sollte ich ohne dich auskommen, niemand würde mir aus den vielen Büchern vorlesen … Gib mir doch rasch einmal diese rote Schachtel dort auf dem Tisch. Da ist ein Skarabäus drin, ein ägyptischer Glückskäfer – ich habe ihn in Suez gekauft, weißt du, als die vielen braunhäutigen Händler an Bord kamen …«

»Sehr hübsch …«

Der Skarabäus war handtellergroß und aus einem merkwürdig hellen Stein gearbeitet, einem Harz, das man in der Wüste aufsammeln konnte.

»Möchtest du ihn haben, liebste Paula?«

»Er bringt Glück, Frau von Wohlrath. Vielleicht sollten Sie ihn besser selbst behalten …«

Lita fand den Scherz so gelungen, dass sie gar nicht mehr aufhören wollte zu lachen.

11

Eine Horde Affen saß auf einem Baobab und aß seine Früchte. Da kamen eine Frau und ein Kind, die waren hungrig und wollten auch von den Früchten des Baobab essen. Die Frau sagte dem Kind, es solle auf den Baum klettern und Früchte pflücken, um sie ihr hinabzuwerfen. Als das Kind aber auf den unteren Ästen saß, bewarfen es die Affen mit Kernen und Steinen, so dass es Angst bekam und rasch wieder hinunterstieg. Also kletterte die Frau selbst auf den Baobab, doch die Affen bissen und schlugen sie, so dass sie eilig die Flucht antreten musste. Da wurde die Frau zornig. Sie rief Tembo zu Hilfe und bat ihn, die Affen aus dem Baobab zu verscheuchen. Dem grauen Giganten gefiel das, denn er konnte die Affen nicht leiden. Er schlang seinen Rüssel um den Stamm und riss den Baum aus der Erde, dann drehte er ihn um und schüttelte ihn, bis auch der letzte Affe aus dem Geäst herausgefallen war. Aber als der Elefant den Baobab dann wieder einpflanzte, steckte er ihn versehentlich mit den Zweigen in den Boden, so dass seine Wurzeln zum Himmel ragten. So kam der Baobab zu seinem Aussehen.

Paula musste an diese Geschichte denken, als die *Tabora* in die Bucht von Tanga einfuhr. Ein kräftiges Gewitter ging über der Küste herunter, der Regen peitschte die langen Palmwedel in Ufernähe, doch es war deutlich zu erkennen, dass zwischen den Kokospalmen etliche Affenbrotbäume wuchsen. Sie waren viel kleiner als jenes Exemplar mit dem ungeheuer dicken Stamm, das auf der Fotografie abgebildet war, aber ihre Form war unverkennbar, die wulstigen Zweige mit den kleinen Blattbüscheln daran, die tatsächlich wie dickes Wurzelwerk aussahen, das jemand gerade eben aus dem Boden gerupft hatte. Bäume, die auf dem Kopf standen. Deren Wurzeln zum Himmel zeigten, obgleich sie doch eigentlich in die Erde gehörten.

Die kleine Fotografie steckte in ihrem Reisegepäck. Nein, sie glaubte nicht, nach so vielen Jahren eine Spur dieses Mannes zu finden. Das Foto gab Rätsel auf, die ohne Zweifel ungelöst bleiben würden. Aden lag hinter ihnen, der kahle dunkle Fels im stahlblauen Meer, großartig und abweisend zugleich, ein Platz für Seevögel, die tagsüber auf dem Fels von ihrem Fang ausruhten, ein Ort für Geister, die in den Nächten zwischen Meer und Himmel einhergingen. Wie anders war doch der Anblick der afrikanischen Küste, die an der Steuerbordseite immer wieder auftauchte, am Morgen von weißlichem, fruchtbarem Nebel bedeckt, der sich nur langsam hob, durchlässig wurde, schwarze, filigrane Konturen freigab. Tagsüber klarte das Bild auf, manchmal wurde es sogar gestochen scharf, und bunte Küstenstädte, Fischerboote und Palmenhaine traten wie fernes Spielzeug hervor. Hinter dem flachen, begrünten Küstenstreifen erhob sich gebirgiges Land, eine Hochfläche, wie es hieß, mit dem Auge nur hie und da als bläuliches Bergmassiv zu erfassen.

»Eritrea – das haben sich die Italiener gesichert«, dozierte der Herr mit den Augengläsern. »Das Somali-Protektorat – natürlich britisch. Wir sind zu spät gekommen. Die Welt ist vergeben. Und wir haben nur einen Zipfel davon erwischt.«

Wie dieses Geschwätz sie störte! Genau wie die alberne Zeremonie der Äquatortaufe, bevor sie Mombasa erreichten, als einige der jungen Passagiere sich mit Seifenschaum füttern und in das Schwimmbecken werfen ließen. Die ganze Oberflächlichkeit dieser Leute, die glaubten, die Welt präsentiere sich ihnen wie eine köstliche Sahnetorte, von der man sich so viel wie möglich auf den Teller laden musste, bevor es andere taten. Konnte man diese fruchtbaren Nebel besitzen? Das Glitzern der bläulichen Wellen einfangen? Dieses fremde, unendlich weite Land zu seinem Eigentum erklären, da man doch höchstens einen Streifen der Küste kannte und gar nicht wusste, wie es im Inneren aussah?

Doch, anscheinend konnte man das. Jubel erklang an Bord der *Tabora,* als die Bucht von Tanga in Sicht kam. Hier endete Britisch-Ostafrika, von nun an fuhr der Dampfer an der Küste der deutschen Kolonie entlang, Tanga, das einst eine wichtige Handelsstadt der Araber gewesen war, unterstand der Kolonialregierung von Deutsch-Ostafrika, die ihren Sitz in Daressalam hatte.

»Oh, dieser Duft nach fremden Gewürzen«, hörte sie Lita von Wohlrath seufzen. »Ist das Muskat? Oder Pfeffer?«

»Gewürznelken«, sagte Tom Naumann. »Er weht von Pemba herüber. Weiter südlich liegt Sansibar, die Insel der Sklavenhändler und Gewürze.«

»Es muss traumhaft dort sein!«

»Gewiss.«

Paula drehte den beiden den Rücken zu. Es war schade, dass man wegen des Gewitterregens nicht an der Reling stehen konnte, sondern unter der Überdachung bleiben musste. Langsam schob sich der schlanke Leib der *Tabora* am Leuchtturm vorüber ins Hafenbecken hinein, durchzog das vom Regen gekräuselte Wasser in schnurgerader Fahrt, um dann ein Stück vom Ufer entfernt vor Anker zu gehen. Die Hafenanlagen in Tanga waren noch im Anfangsstadium, ein großer

Dampfer wie die *Tabora* konnte wegen seines Tiefgangs nicht an dem kurzen Landungssteg anlegen, er musste in der Mitte des Hafenbeckens bleiben. Ein Umstand, der die Passagiere der ersten und zweiten Klasse wenig beunruhigte, da ein Landgang erst in Daressalam vorgesehen war. Hier in Tanga verließen nur einige Passagiere aus der dritten Klasse das Schiff, die eine Überfahrt, nicht aber eine Rundreise gebucht hatten. Außerdem wurden – wie an jedem Hafen – die Postsäcke ausgetauscht.

Das Außendeck leerte sich, da die Mittagsmahlzeit serviert wurde, nur einige wenige Nachzügler standen noch unter der Überdachung, um den Anblick der Bucht und der hellen Kolonialbauten zu genießen. Ein kleiner Küstendampfer hatte am Landungssteg angelegt, hier und dort leuchtete das Segel eines Fischerbootes, das ungeachtet des heftigen Tropenregens Kurs auf das offene Meer nahm. Auf dem Landungssteg waren jetzt mehrere schwarze Angestellte und ein weiß gekleideter Postbeamter zu sehen, die Schwarzen schleppten versiegelte Postsäcke und verluden sie in zwei Ruderboote. Auch ihnen schien der Regen nicht viel auszumachen, sie stiegen in ihre Boote und legten sich mächtig in die Riemen.

Paula ging ohne Hast durch den schmalen Schiffsflur und verschwand in ihrer Kabine – wie erwartet war Rosa, ihre Mitbewohnerin, beim Essen. Die Reisetasche hatte sie noch am Morgen heimlich gepackt, als Rosa mit der Wäsche ihrer Herrin beschäftigt war. Nichts von all dem Zeug, das Lita ihr gekauft hatte, wollte sie mitnehmen, nur ihre eigenen Kleider und die Schuhe. Den Pass. Das Geld. Zwei Bücher und einige Landkarten aus Litas Bücherkoffer. Ihren Schmuck, wobei die kleine Brosche leider in Litas Händen zurückgeblieben war. Das Waschzeug. Zwei Schrippen mit Wurst, die sie heimlich beim Frühstück eingesteckt hatte. Sie zog den alten grauen Staubmantel über und setzte einen Strohhut auf, griff die Reisetasche und warf einen vorsichtigen Blick durch die halb geöffnete Tür in den Flur. Der Kammersänger trat aus seiner Kabine, strich sich über den Scheitel, prüfte dann seinen Schnurrbart und zog die seidene Weste glatt, bevor er sich auf den Weg in den Speiseraum machte. Paula verfolgte jede seiner Bewegungen mit brennender Ungeduld, als er endlich verschwunden war, hastete sie zur Treppe und eilte nach unten.

Wo würden die Boote anlegen? Backbords oder steuerbords? Während der vierwöchigen Reise hatte Paula das untere Deck nur zweimal betreten, und beide Male hatte ein Steward sie freundlich, aber bestimmt wieder nach oben geschickt. Man sah es nicht gern, wenn die Reisenden der verschiedenen Klassen einander begegneten.

Auch auf dem unteren Deck hatte man sich vor dem Regen in Sicherheit gebracht, zwei junge Männer standen unter den schützenden Aufbauten und rauchten, eine ältere Frau saß auf einem Überseekoffer und starrte Paula misstrauisch an. Nein, hier war sie falsch. Nirgendwo war ein Reisender zu sehen, der das Schiff verlassen wollte, auch die Ruderboote konnte sie auf dem Wasser nicht entdecken. Also hinüber nach Backbord, aber rasch, damit sie nicht zu spät kam und die Boote schon wieder abgelegt hatten.

Wie ein Labyrinth erschien ihr der Reichspostdampfer, obgleich alles wohldurchdacht und vernünftig angeordnet war. Weshalb fand sie nicht den Durchgang zur Backbordseite? Wieso geriet sie immer nur an verschlossene Türen, lief in blinde Gänge hinein?

»Verzeihung«, wandte sie sich in ihrer Not an einen jungen Matrosen. »Ich habe mich verirrt. Ich will mich ausschiffen lassen, aber ich weiß nicht, wo die Boote anlegen …«

Er kratzte sich im Genick, da ihm die Sache wohl merkwürdig vorkam. Da sie ihn jedoch mit ihrem liebenswürdigsten Lächeln bedachte, wurde er weich, zuckte die Schultern und ging ihr voraus. Es war so leicht, dass sie sich selbst gern geohrfeigt hätte, einfach um die nächste Ecke biegen, dann ging es hinter dem stählernen Mast hinüber auf die andere Schiffsseite.

»Da vorn haben sie die Gangway heruntergelassen. Na dann wünsch ich Ihnen noch eine schöne Reise.«

Sie bedankte sich hastig und lief zu der kleinen Menschengruppe hinüber, die neben der Reling im Regen darauf wartete, ausgeschifft zu werden. Drei junge Männer in Tropenkleidung, die ganz offensichtlich zusammengehörten, ein indisches Ehepaar, ein schwarzbärtiger Missionar im langen, dunklen Mantel und Hut, der vermutlich frisch aus Europa an seinen Einsatzort reiste. Er war ein hochgewachsener, sehr schlanker Mann mit hagerem Gesicht. Als Paula atemlos herbeilief und sich neben ihn stellte, begrüßte er sie, indem er den Hut lupfte.

»Sie wollen auch nach Tanga?«

Sie bejahte, bemüht, ihre Aufregung zu verbergen. Es gelang ihr nur schlecht, denn er bemerkte freundlich, sie könne unbesorgt sein, die Schwarzen dort unten seien vorzügliche Ruderer und machten diese Fahrt mehrmals in der Woche.

»Gerhard Böckelmann«, stellte er sich vor.

»Sehr angenehm. Paula von Dahlen …«

Ein Matrose entfernte die Kette, die vor die Stufen der Gangway gespannt war, und die drei jungen Männer stiegen als Erste hinunter. Sie reisten mit wenig Gepäck, nur ein länglicher Gewehrkoffer deutete darauf hin, dass sie auf die Großwildjagd gehen wollten. Das indische Ehepaar folgte, beide waren zierlich, sie schleppten ein umfangreiches Bündel und einen Koffer mit sich.

»Bitte nach Ihnen …«, sagte Missionar Böckelmann höflich und griff seine dunkelgrüne, bestickte Reisetasche. Dann jedoch passierte, was Paula befürchtet hatte.

»Das ist eine Person zu viel«, sagte der Schiffsoffizier, der das Ausbooten überwachte. »Ich habe hier nur die drei Herren aus Bremen, Herrn Vakil mit Ehefrau und einen Missionar Böckelmann auf der Liste.«

»Wie ist das möglich? Ich habe mich schon gestern gemeldet …«

Paula bot ihre ganze Schauspielkunst auf, zeigte sich empört, dass der Steward ihre Meldung nicht weitergegeben habe, leider kenne sie seinen Namen nicht, aber er sei blond und ansonsten immer sehr höflich.

»Es tut mir außerordentlich leid, Fräulein von Dahlen. Aus der ersten Klasse? Nun – ich trage es eben noch nach, Sie können dann schon einmal im Boot Platz nehmen. Schlimm, dieses Regenwetter. Aber hier an der Küste ist bis Mai noch Regenzeit …«

Sie akzeptierte die Hilfe des Missionars, der ihre Reisetasche unter den Arm klemmte und ihr fürsorglich die Hand reichte. Tatsächlich war das Ausschiffen eine Angelegenheit, die Mut erforderte, denn was vom oberen Deck wie ein leichtes Gekräusel der Wasseroberfläche ausgesehen hatte, erwies sich hier unten als kräftiger Wellengang. Sie war froh, dass Missionar Böckelmann ihr die langen Arme entgegenstreckte, als sie den entscheidenden Schritt von der Gangway hinüber in das vom Regen schlüpfrige Ruderboot tat. Überhaupt war dieser dürre Mensch erstaunlich gelenkig, er stand wie angewachsen in dem schwankenden Boot, verstaute das dicke Bündel des indischen Ehepaares zwischen den Ruderbänken und stützte dann Paula, bis sie auf der schmalen Bank am Heck des Bootes neben ihm Platz genommen hatte.

»Das Schlimmste haben wir geschafft«, verkündete er. »Nun wird Gott der Herr uns sicher an Land bringen.«

»Das … das wollen wir doch hoffen.«

Paula blickte respektvoll an der hohen, steil aufragenden Schiffswand der *Tabora* empor. Himmel, nie zuvor war ihr aufgefallen, wie riesig dieser Dampfer war. Vor allem, wenn man in solch einer winzigen Nussschale saß, die noch nicht einmal dicht war, denn ihre Füße standen im Wasser.

»Ich vertraue fest darauf, liebes Fräulein von Dahlen!«

Mehr als der feste Glaube des Missionars beruhigten sie die Mienen der vier schwarzen Ruderer. Die Männer waren klatschnass, die zerlumpten Hemden klebten an ihren Körpern, aber sie grinsten fröhlich, als sie ihre Ruder fassten. Für sie war diese so gefahrvoll erscheinende Fahrt nicht mehr als ein Kinderspiel. Nicht weit von ihnen entfernt ruderte schon das zweite Boot mit Postsäcken und Passagieren an Bord in Richtung Landungssteg, und so wie sich ihre Schwarzen jetzt ins Zeug legten, hatten sie vor, die Kollegen einzuholen, wenn möglich sogar noch vor ihnen das Land zu erreichen.

Während sie über das Wasser flogen und die *Tabora* sich immer weiter von ihnen entfernte, wich die Spannung von Paula, Erleichterung erfasste sie, und zugleich machte sich ein Gefühl des Triumphes in ihr breit. Sie war frei, niemand hatte mehr über sie zu bestimmen, niemandem war sie Rechenschaft schuldig. Auf Rosas Kopfkissen hatte sie ein kurzes Schreiben an Lita von Wohlrath deponiert, in dem sie ihr mit knappen Worten den Dienst kündigte.

… Die von Ihnen gekauften Kleider verbleiben selbstverständlich in Ihrem Besitz, den Lohn für den vergangenen Monat habe ich erhalten. Ohne Zweifel werden Sie bald eine andere Reisebegleiterin finden, die mehr als ich bereit ist, ihre

Menschenwürde mit Füßen treten zu lassen. Für die Zukunft wünsche ich Ihnen Gelassenheit und Einsicht.
Paula von Dahlen

Lita würde vermutlich Gift und Galle spucken, das Blatt in tausend Fetzen reißen und die untreue Angestellte Paula des hinterhältigen Verrats bezichtigen. Dann würde sie sich heulend in Tom Naumanns Arme werfen, und er würde gewiss nicht zögern, ihr den gewohnten Trost zu spenden. Oh, wie froh sie war, diese ganze Gesellschaft endlich los zu sein!

Die schwarzen Ruderer steuerten nicht zum Landungssteg, sondern zu einer flachen Stelle im Ufersand, wo sie die Boote an dicken, in den Boden eingelassenen Pflöcken festbanden. Dann halfen sie den Passagieren ans Ufer, wobei sie ganz untröstlich waren, dass Paula es kategorisch ablehnte, sich von ihnen durch das knietiefe Wasser tragen zu lassen. So schleppten sie nur die Gepäckstücke und den Postsack, denn auch Missionar Böckelmann und das indische Ehepaar wateten auf eigenen Füßen ans Ufer.

Als sie endlich festen afrikanischen Boden unter sich hatten, klarte der Himmel auf, und die Sonne verwandelte das graue Wasser der Bucht in ein schimmerndes, blaugrünes Juwel. Immer mehr kleine Dhaus lösten sich jetzt von den Ufern und hissten die gelben und weißen Segel, von den feuchten Dächern und Mauern der Stadt stieg Dampf auf.

»Ein gutes Vorzeichen«, bemerkte Missionar Böckelmann. »Gott der Herr zeigt uns dieses Land im Licht der Sonne, damit wir die Schönheit der göttlichen Schöpfung erkennen. Doch die wahre, die innere Schönheit wird erst mit dem Licht des christlichen Glaubens in diesem Land erblühen.«

Paula schüttelte den nassen Rock, der sich an ihre Beine klebte und sie am Gehen hinderte. Die ledernen Schuhe hatten sich mit Wasser vollgesaugt und waren vermutlich unbrauchbar geworden, auch der Staubmantel hatte heftig gelitten.

»Großartig. Jetzt, wo wir sowieso nass sind, hört es auf zu regnen«, bemerkte sie ironisch.

Missionar Böckelmann schien nicht so schnell von ihrer Seite weichen zu wollen, er stapfte neben ihr her durch den Ufersand, vorbei an mehreren Dhauen, die, auf der Seite liegend, die Flut erwarteten. Eine gemauerte Treppe führte hinauf zum Zollschuppen – einem langgestreckten Flachbau, in dem die Waren gestapelt und abgefertigt wurden, gleich links daneben war die Bahnstation für den Güterverkehr. Paula war sehr froh, dass ihr im Reichskolonialamt eine Menge Informationen zugänglich gewesen waren, darunter auch Fotografien und Pläne der Küstenstädte in Deutsch-Ostafrika und natürlich die Namen und Lebensläufe der kaiserlichen Beamten, die dort ihren Dienst taten. Gerade mit Tanga hatte sie sich in der letzten Zeit ein wenig genauer beschäftigt, schließlich war Tanga nach Daressalam eine der wichtigsten Hafenstädte in Deutsch-Ost. Von hier aus fuhr die Usambara-Bahn bis zum Fuß des Kilimandscharo, nach Moshi.

»Ich will nicht aufdringlich erscheinen«, ergriff Missionar Böckelmann nun wieder das Wort. »Aber ich stehe Ihnen selbstverständlich als Begleiter zur Verfügung, solange Sie mich benötigen.«

»Das ist sehr freundlich, aber ich …«

Sie begriff, dass er ihr dieses Angebot aus reiner Fürsorge machte, es schien ihm wohl nicht angebracht, dass eine junge weiße Frau ganz allein durch eine Stadt voller Schwarzer und Inder lief. Gleich wird er mich fragen, wohin er mich geleiten soll, dachte sie beklommen. So freundlich er auch war, sie hatte wenig Lust, ihm ihre Lage zu erklären, daher musste sie ihn so schnell wie möglich loswerden.

»Ich werde zunächst in einem Hotel absteigen«, erklärte sie aufs Geratewohl.

»Dort drüben im Kaiserhof vielleicht?«

Sie beschattete die Augen mit einer Hand und blickte in die angegebene Richtung. Tatsächlich, gleich am Hafen befand sich ein eindrucksvoller weißer Kolonialbau, an dem die Aufschrift »Kaiserhof« angebracht war.

»Ja, genau dort«, erklärte sie mutig. »Aber Sie müssen mich wirklich nicht begleiten, es ist doch ganz nah. Schauen Sie, dort stehen sogar zwei schwarze Askari in Uniform, es wird mir ganz sicher nichts zustoßen.«

Er war hartnäckig, behauptete, den kleinen Umweg gern zu machen, da er auf diese Weise einen ersten Eindruck von der afrikanischen Stadt bekommen würde, in der er von nun an segensreich zu wirken gedachte.

Die Missionsstation befand sich genau in entgegengesetzter Richtung, jenseits der Zollgebäude, wie sie von ihren Nachforschungen im Reichskolonialamt her wusste, und wurde von dichten Palmen und Akazienwäldern beschattet.

Ja, sagte Missionar Böckelmann, seines Wissens gäbe es dort auch Affenbrotbäume, ob sie sehr alt seien, wisse er nicht, doch wenn dieser Umstand für sie wichtig sei, würde er es in Erfahrung bringen.

»Aber nein«, winkte sie ab, ärgerlich über sich selbst. »Es war nur so dahingesagt.«

Die Straßen waren nicht gepflastert, aber breit und schnurgerade angelegt, ganz offensichtlich hatten die Kolonialherren das alte Tanga der Araber niedergerissen und die Stadt in geometrisch genaue Rechtecke eingeteilt. Auch die Straßennamen klangen ausnahmslos deutsch, ein seltsamer Kontrast zu den vielen Menschen unterschiedlichster Hautfarbe, die in der Stadt unterwegs waren. Der Kaiserhof wirkte aus der Nähe betrachtet nicht mehr ganz so eindrucksvoll, aber immerhin standen zwei schwarze *boys* in roten Jacken und weißen Pumphosen gleich neben dem Eingang. Mit ihren roten Käppis auf den kahlgeschorenen Köpfen sahen sie umwerfend aus, und sie schienen es zu wissen.

Ihr aufrechter Begleiter verabschiedete sich gottlob noch vor der breiten Hoteltür – sie hatte schon gefürchtet, er würde mit ihr ins Hotel gehen und aufpassen, dass sie auch ein anständiges Zimmer erhielt.

»Ich hoffe, Sie gelegentlich in der evangelischen Mission zu sehen, liebes Fräulein von Dahlen.«

»Sehr gern, Missionar Böckelmann. Sobald ich die Zeit dazu finde …«

Er drückte ihr die Hand, lupfte den feuchten Hut, dessen Rand einen Strich auf seiner Stirn hinterlassen hatte, und drehte sich noch einige Male um, während er davonschritt.

Paula war also tatsächlich genötigt, die Hotelhalle zu betreten. Sie war hübsch, mit bunten Sesseln und einem breiten Sofa ausgestattet, hinter einem Tresen aus kunstvoll geschnitztem, dunklem Holz saß ein junger Schwarzer und lächelte ihr breit entgegen. Seine Zähne waren so groß und schneeweiß, dass sie gewiss auch in dunkler Nacht leuchteten.

»Willkommen herzlich in Hotel Kaiserhof. *Karibu, bibi.* Schöner Tag heute, Kaiserwetter, schönes Afrika …«

Fast hätte sie gelacht, denn er schwatzte allerlei deutsche Worte daher, die er vielleicht nicht alle verstand, die aus seinem Mund aber ungeheuer freundlich klangen.

Nun ja, sie konnte sich ja mal nach den Preisen erkundigen. Etwas Geld besaß sie, wenn auch nicht besonders viel, und irgendwo musste sie schließlich die Nacht verbringen. Allerdings hatte sie gehofft, ein preiswerteres Quartier zu finden als gerade dieses ostafrikanische Adlon.

»Zimmer kostet drei Rupien. Wenn mit Mahlzeiten, dann fünf Rupien. Fein gutes Essen in Hotel Kaiserhof. Lecker Koch aus China, macht viel zarte Hühnchen mit Mango und Soße, scharf wie Feuer in Mund, sanft wie Federchen in Bauch …«

Drei Rupien. Sie würde Geld tauschen müssen, am besten im Hotel oder in einer Filiale der Deutsch-Ostafrikanischen Bank. Wenn sie sich recht erinnerte, dann war eine Rupie etwa eine Mark und dreißig Pfennige wert. Ein Zimmer für eine Nacht würde sie also fast vier Mark kosten, das war nicht allzu viel, schließlich hatte Lita von Wohlrath ihr für den ersten Monat fünfhundert Mark ausgezahlt, die sie in einem Stoffbeutel um den Hals hängend trug. Dazu besaß sie noch knapp dreißig Mark, die sie als Notreserve mit auf die Reise genommen hatte.

»Ich würde das Zimmer gern sehen.«

Einer der bunt gekleideten *boys* – er konnte nicht viel älter als zehn oder zwölf Jahre sein – wurde herbeigerufen, um ihre Reisetasche zu tragen, ein weiterer Angestellter, dieses Mal ein weiß gekleideter junger Inder, ging ihr voraus die Treppe hinauf bis in den ersten Stock. Was keiner der Schwarzen sie hatte fühlen lassen – der Inder besah abschätzig ihre verdorbene Kleidung und den zerdrückten Strohhut. Vermutlich ordnete er sie in seinem Kopf in die Kategorie »mittellos, aber weiß« ein.

Allzu viele Gäste waren offensichtlich nicht im Hotel abgestiegen, mehrere Zimmertüren standen halb offen, wohl der besseren Durchlüftung wegen. Es war feucht an der Küste, vor allem natürlich während der Regenzeit, so dass man jede Gelegenheit nutzte, die Fenster zu öffnen und die Sonne in die Räume einzulassen. Paulas indischer Führer schien die Gäste gut einschätzen zu können, denn er führte sie keineswegs in eine der teuren Suiten oder auch nur in eines der Zimmer, die mit einem eigenen Bad ausgestattet waren. Zielsicher öffnete er ein einfaches, aber nett ausgestattetes Zimmer, dessen Hauptattraktion unzweifelhaft die Sicht aus dem Fenster war. Man konnte von hier aus fast das gesamte Hafenbecken überblicken.

»Gefällt es Ihnen?«, fragte er mit verhaltenem Triumph in der Stimme, da er ihr das Entzücken über diese wundervolle Aussicht längst angesehen hatte.

»Es ist phantastisch!«

Er lächelte zufrieden, wie jeder gute Angestellte war er stolz auf das Haus, in dem er arbeitete.

»Dann darf ich Sie bitten, mit mir hinunter zum Empfang zu gehen.«

Er sprach ein grammatikalisch einwandfreies Deutsch, jedoch mit einem fremden, ein wenig dumpf klingenden Zungenschlag. Paula ärgerte sich über diese Aufforderung, sie wusste sehr gut, dass man nur einfache Gäste bat, sich einzutragen und den Pass vorzulegen, bevor sie das Zimmer bezogen. Prominente oder sehr wohlhabende Gäste taten dies, wann es ihnen gerade beliebte, oder man brachte ihnen das Meldeformular aufs Zimmer.

»Ich komme, wenn ich so weit bin. Hier …«

Sie wandte sich ab und zog den kleinen Stoffbeutel hervor, entnahm ihm ein paar Groschen und gab sie dem Inder und dem kleinen *boy,* der ihre Tasche getragen hatte. Der *boy* rollte die Augen, machte einen tiefen Diener und steckte die Münzen in seine Mütze, der Inder dagegen lächelte höflich-herablassend, doch er händigte ihr tatsächlich den Zimmerschlüssel aus und zog sich zurück.

Aufatmend streifte sie die nassen Schuhe ab, warf den feuchten Mantel und den zerdrückten Strohhut von sich und suchte in ihrer Reisetasche nach halbwegs trockener Kleidung. Röcke und Blusen waren reichlich zerdrückt, eigentlich hätte sie sie aufbügeln lassen müssen, aber das würde zu lange dauern. Also zog sie einen zerknitterten hellen Rock und eine passende Bluse an, verzichtete auf Strümpfe und schlüpfte in ihre weißen, leider etwas fleckigen Pumps. Die feuchten Kleidungsstücke hängte sie über die beiden Stühle in der Hoffnung, dass sie trockneten, dann öffnete sie aufatmend das Fenster. Warme, feuchte Luft drang in den Raum, das Hafenbecken schimmerte blaugrün im Sonnenlicht, kleine, durchsichtige Wellen schwappten an den weißen Sandstrand. An einigen Stellen schien das Wasser allerlei Strandgut angeschwemmt zu haben, es konnten aber auch Korallenfelsen sein, die schwarz aus dem hellen Sand hervorragten. Beglückt stützte sie die Arme auf das Fensterbrett und genoss das schöne Bild. Eine Gruppe schwarzer Kinder lief zwischen den Booten im Sand herum, sie bewarfen sich mit irgendetwas – vielleicht waren es Muscheln –, lachten und hockten sich dann alle zusammen neben eines der Fischerboote. Wie rührend sich die älteren Geschwister um die Kleinen kümmerten. Wie geduldig sie waren. Und wie viel Vergnügen sie miteinander hatten!

Paula fühlte sich seltsam leicht, so als könne sie die Flügel ausbreiten und über die Bucht davonfliegen. Sie war frei. Es war ganz einfach gewesen und kein bisschen gefährlich. Morgen würde sie nach Arbeit suchen, für eine weiße Frau gab es ganz sicher irgendeine Stellung hier in der Kolonie. Es lebten nicht viele weiße Frauen hier – man würde sich ganz sicher darum bemühen, ihr den Aufenthalt zu ermöglichen. Sie hatte keinen Grund, sich Sorgen zu machen.

Lächelnd ließ sie den Blick über die Ufer des runden Hafenbeckens schweifen, wo Palmen und Mangroven in dichten Hainen wuchsen. Woher sie wohl diese Lust am Abenteuer hatte? Gewiss nicht von ihrer Mutter – Lilly von Dahlen hatte es vorgezogen, einen adligen Gutsherren zu ehelichen, sie hatte Klein-Machnitz nur selten und für kurze Zeit verlassen. Also musste dieser Wesenszug von ihrem Vater stammen … Sie zwang sich, diesen Gedanken nicht allzu weit fortzuspinnen. Nach einem kleinen Imbiss würde sie einen kurzen Brief an Tante Alice schreiben. Das hatte sie verdient, ihre liebe und zurzeit leider zornige Tante. Sie hatte recht und zugleich doch unrecht gehabt, aber sie sollte wenigstens wissen, wo ihre ungehorsame Nichte gelandet war und dass es ihr gutging.

Ein Schwarm Möwen hob vom Ufer ab und flog auf die Bucht hinaus, wo er sich mit zwei größeren Seevögeln einen regelrechten Kampf lieferte. Waren das Seeadler? Pelikane? Ach, sie hatte noch viel zu lernen. Ihr Blick fiel auf die *Tabora,* die nach wie vor in der Nähe der kleinen Insel vor Anker lag und offensichtlich auf die Flut wartete, um auszulaufen. Plötzlich stockte ihr der Atem.

Ein Boot löste sich aus dem Schatten der hohen Schiffswand, ein Ruderboot, ähnlich dem, mit welchem sie an Land gebracht worden war. Vier Männer führten die Ruder, am Heck hockten zwei weitere Männer, die ihrer Kleidung nach Weiße sein mussten. Waren es Passagiere der *Tabora*? Oder einfach nur Kontrolleure der Hafenbehörde in Tanga, die das Schiff wieder verließen? Aber dann hätte es sich um Beamte in weißen Uniformen mit Schirmmützen gehandelt, diese beiden aber trugen Tropenhelme …

Sie suchen nach mir, dachte sie, und Panik stieg in ihr auf. Vielleicht ist das Tom Naumann, zusammen mit Jean oder Pierre, die Lita von Wohlrath ausgeschickt hat, um meiner habhaft zu werden. Sie hatte schließlich einen Vertrag unterschrieben, und den hatte sie gebrochen. Wenn Lita von Wohlrath ihre Drohung wahrmachte und sie bei den Kolonialbehörden anzeigte, dann würde sie zweifellos noch einige boshafte

Lügen hinzuerfinden – Diebstahl, Rebellion, vielleicht sogar unzüchtiges Benehmen, eine Liebschaft mit einem ihrer Angestellten …

Hastig schloss sie das Fenster und stopfte ihre nassen Kleider in die Reisetasche. Nur fort von hier – in diesem Hotel war sie nicht sicher. Man brauchte nur unten am Empfang nach ihr zu fragen, die Beschreibung genügte, auch ohne Meldebogen war das Fräulein von Dahlen in dem nassen, grauen Staubmantel und dem ruinierten Strohhut leicht zu identifizieren.

Hastig verließ sie das Zimmer und traf im Flur auf eine junge schwarze Frau, die, mit Schrubber und Eimer ausgerüstet, eines der leerstehenden Zimmer betreten wollte. Sie nickte ihr flüchtig zu – ihr Suaheli war nicht gut genug, um nach dem Hinterausgang zu fragen. Eilig ging sie zur Treppe und stieg hinunter, sie würde einfach mit gleichmütiger Miene an dem schwarzen Angestellten vorübergehen und ihm freundlich erklären, dass sie ihre Pläne geändert hätte. Doch sie hatte Glück.

Die drei jungen Weißen, die mit ihr aus der *Tabora* ausgeschifft waren, belagerten den Tresen und nahmen die Aufmerksamkeit des jungen Schwarzen vollständig in Anspruch. Unbeachtet konnte sie durch die Halle zum Ausgang gehen, nur einer der schwarzen *boys* schaute ihr nach, doch er kümmerte sich nicht weiter um sie.

Als sie draußen auf dem Weg stand, gleich neben der hübschen Grünanlage, die man vor dem Hotel gepflanzt hatte, erschien ihr diese überhastete Flucht plötzlich lächerlich. Was hatte sie erschreckt? Ein Boot mit zwei weißen Männern darin – du liebe Güte, es konnten irgendwelche Passagiere sein, die beschlossen hatten, sich Tanga anzusehen und danach wieder zur Reisegesellschaft zu stoßen. Mit dem Küstendampfer brauchte man nur wenige Stunden bis Daressalam, wo die *Ta-*

bora morgen einen ganzen Tag lang vor Anker liegen würde. Vermutlich war sie wegen nichts und wieder nichts davongelaufen. Sie beschloss, zum Strand hinunterzugehen und die Landung des Bootes zu beobachten. Dann würde sie ja sehen, wer diese beiden Männer waren.

Zu allem Unglück hatten sich nun wieder dunkle Wolken über der Bucht zusammengezogen. Blitze zuckten auf, der Donner krachte so heftig, als prallten über ihr am Himmel schwere hölzerne Kisten aufeinander. Sie hockte sich dicht neben eines der am Strand liegenden Fischerboote und konnte gerade noch den feuchten Staubmantel aus der Reisetasche zerren, da prasselte auch schon der tropische Regenguss auf sie nieder.

Es war jetzt so dunkel, dass die Bucht wie hinter einem grauen Schleier verborgen lag. Außer ihr schien niemand mehr am Strand zu sein, die schwarzen Kinder hatten sich vor dem Regen in Sicherheit gebracht, drüben an der Bahnstation war ein Zug angekommen, doch niemand machte Anstalten auszusteigen. Wo war denn nur das Ruderboot?

Sie entdeckte es erst, als die Insassen es schon an den Strand zogen und festbanden. Die beiden Weißen wateten unverdrossen durch das seichte Wasser zum Ufer hinüber, der Regen rann wie ein Sturzbach von ihren Tropenhelmen, die hellen Anzüge klebten ihnen am Körper. Sie kamen direkt auf sie zu, doch wegen der lauten Donnerschläge waren ihre Stimmen nur hin und wieder zu vernehmen.

»… die Stecknadel im Heuhaufen … verrückte Person … überall sein …«

Paula kauerte sich zusammen und presste sich so dicht wie möglich an den faulig riechenden, mit kleinen Algen besetzten Schiffsleib. Es war unverkennbar Tom Naumanns Stimme, der andere Mann schien Pierre zu sein. Also doch!

Ahnungslos stapften die beiden an ihr vorüber, blieben an der Uferstraße stehen und schienen sich zu beraten. Pierre wandte sich nach rechts, dorthin, wo das Hotel Kaiserhof stand, während Tom geradeaus in den Ort hineinging.

Was habe ich erwartet?, dachte sie bitter. Ich bin weggelaufen, nun suchen sie nach mir. Ihnen bleibt bis morgen Abend Zeit dazu, dann erst wird die *Tabora* Daressalam verlassen. Einen Augenblick lang war sie versucht, sich Tom Naumann zu stellen und ihm zu erklären, dass sie unter keinen Umständen gewillt war, in Lita von Wohlraths Dienste zurückzukehren, dann aber verwarf sie diesen Gedanken. Es konnte durchaus sein, dass er sie verstand, er war ihr wohlgesinnt, er schätzte sie, zumindest hatte er das behauptet. Dennoch hatte sie keine Lust, sich in seine Hände zu begeben, er war ein Feigling und würde im Zweifelsfall seiner »wohlgemuten Herrin« gehorchen. Es war schade um ihn, denn er hatte gute Anlagen, aber er war ein Mensch ohne Rückgrat, und er taugte nichts.

Was für eine scheußliche Lage! Es konnte gut sein, dass die beiden über Nacht hierblieben und erst morgen mit dem Küstendampfer nach Daressalam fuhren, um dort die *Tabora* zu erreichen. So lange musste sie sich versteckt halten. Aber wo? Sie kannte niemanden hier in Tanga. Die Missionsstation fiel ihr ein. Missionar Böckelmann war zwar gerade erst dort angekommen, doch wenn sie sich ihm anvertraute, würde er sie gewiss schützen. Vorsichtig erhob sie sich, um nachzusehen, ob ihre beiden Verfolger noch in Sicht waren, doch beide waren jetzt zwischen Gärten und Häusern verschwunden. Gut so. Um zur Missionsstation zu gelangen, musste sie sich links halten, sie sollte jedoch besser nicht am Strand entlanglaufen, weil sie dort so leicht zu sehen war. Durch den Ort konnte sie auch nicht gehen, da waren Tom und Pierre unterwegs. Am besten, sie nahm die Uferstraße, dort konnte sie sich im Notfall zwischen den Gebäuden oder hinter Bäumen verbergen.

Sie wartete noch einen Moment, bis der Regenguss ein wenig nachließ, dann gab sie ihre Deckung auf und lief in raschem Tempo durch den Sand zur Uferstraße hinauf. Eine Gruppe junger schwarzer Frauen hatte unter einigen Akazien vor dem Regen Schutz gesucht und starrte nun neugierig auf die vorbeieilende weiße Frau. Paula verlangsamte ihren Schritt, da sie begriff, dass sie auf keinen Fall wie ein Flüchtling aussehen durfte.

Trotz des Schlamms und der zur Bucht hinabstürzenden Rinnsale gefiel Paula die Uferstraße ausnehmend gut. Man ging an malerisch aussehenden Häusern vorbei, umgeben von Gärten, in denen neben Orangen- und Zitronenbäumchen auch Gemüse angebaut wurde. Einige dieser Anwesen schienen arabischer Herkunft zu sein, andere wirkten wie deutsche Giebelarchitektur, kombiniert mit orientalischen Arkaden. Wie hübsch das aussah! Wie schade, dass sie wie eine flüchtige Verbrecherin daran vorbeihasten musste.

Mit dem Ende des Gewitters kehrte das Leben in die Straßen zurück. Die ersten Rikschas, von Eingeborenen gezogen, rollten über den schlammigen Weg, Händler erschienen am Eingang ihrer Läden und trugen Kisten mit Waren hinaus, schwarze *boys,* die eigentlich noch Kinder waren, rannten mit irgendwelchen Aufträgen zwischen den Häusern hindurch. Paula beschattete die Augen vor den ersten Sonnenstrahlen, die nun schon wieder durch die Wolken drangen, und versuchte abzuschätzen, wie weit es noch bis zur evangelischen Missionsstation sein mochte. Auf jeden Fall befand sie sich jenseits der Bahnlinie, die direkt am Strand an einem Pier endete. Dort stand immer noch der kleine Bummelzug der Usambara-Bahn, einige schwarze Arbeiter trugen Kisten und mit Planen umwickelte Ballen aus den Waggons heraus. Ob das Sisal war? Oder Baumwolle …

»Paula!«

Sie zuckte zusammen, als hätte eine Gewehrkugel sie im Rücken getroffen. Es hatte keinen Zweck, sich umzuwenden, es war seine Stimme, er hatte sie gesehen. Wieso war sie auch so unvorsichtig gewesen? Hastig bog sie in eine schmale Seitengasse ein, die in die Stadt hineinführte, folgte einem Fußweg und fand sich zwischen zwei Gärten wieder. Dichtes Buschwerk wuchs an den Gartenmauern, sie blieb stehen und lugte durch das Gezweig. Natürlich war er ihr gefolgt. Jetzt, da er sie entdeckt hatte, würde er ihr dicht auf den Fersen bleiben. Tom Naumann war stehen geblieben und blickte sich suchend um, schob den Tropenhelm in den Nacken und blinzelte in die Sonne. Sogar in dem durchweichten Anzug machte er eine gute Figur, vielleicht lag es daran, dass sein Körper so ebenmäßig gebaut war, vielleicht auch an der Selbstverständlichkeit seiner Bewegungen.

Wollte er dort etwa anwachsen? Paula wurde das Warten lang, zumal in den Bäumen über ihr kleine graue Affen herumhüpften und es von dem feuchten Laub auf sie heruntertropfte. In dem zur Bucht hin gelegenen Garten war eine schwarze Frau erschienen, eine füllige Person in einem bunten Baumwollgewand, um den Kopf trug sie ein kunstvoll drapiertes Tuch aus dem gleichen Stoff. Sie hatte einen Korb im Arm und besah abschätzend die am Boden wachsenden Gemüsepflanzen. Paula bewegte sich nicht und blickte wieder zu ihrem Verfolger hinüber. Tom stand immer noch am gleichen Fleck, er hatte die richtige Vermutung, dass Paula in der kurzen Zeit nicht weit gekommen sein konnte, sondern sich irgendwo in der Nähe versteckt hielt. Sie sah, wie er langsam den Kopf drehte. Sein Blick fiel auf den soeben geöffneten Laden eines einheimischen Handwerkers. Soweit Paula erkennen konnte, handelte es sich um eine Art Kesselschmied, denn der Mann rückte jetzt einen Schemel ans Licht und begann, auf einem Stück Metall herumzuhämmern. Der Laden war fensterlos und bestand vermutlich nur aus einem einzigen Raum, im Hintergrund stand allerlei Gerümpel, das sicher ein gutes Versteck abgab. Erleichtert sah sie, dass Tom zu dem schwarzen Kesselschmied hinüberschlenderte und versuchte, ein Gespräch mit ihm anzuknüpfen. Glaubte er tatsächlich, sie säße dort in dem dreckigen Laden zwischen löchrigen Kesseln und alten Gerätschaften?

Schon wollte sie vorsichtig weitergehen, da vernahm sie einen leisen Ruf. Die schwarze Frau war nicht mehr allein im Garten, ein kleines Mädchen war ihr gefolgt, hüpfte in seltsam ungeschickten Sprüngen durch die Beete und zeigte mit ausgestrecktem Arm auf Paula. Jetzt schaute auch die Frau zu ihr hinüber, stemmte die Arme in die ansehnlichen Hüften und stieß einen tiefen, unwilligen Laut aus. Offensichtlich war es nicht erlaubt, sich dort aufzuhalten. Paula legte erschrocken den Finger auf die Lippen, die Frau verstummte irritiert, während das kleine Mädchen unverdrossen an ihrem Kleid zerrte.

Drüben hatte Tom mit seinem Gesprächsversuch wenig Erfolg gehabt, der schwarze Handwerker verstand offensichtlich nicht, was der weiße Mann von ihm wollte, stattdessen versuchte er, ihm einen gestanzten Kupferkessel zu verkaufen. Tom winkte ab, und als er sich jetzt umdrehte, konnte Paula ihm direkt ins Gesicht sehen. Er wirkte verdrossen, auch schien er sich heute nicht rasiert zu haben, denn um Kinn und Wangen lag ein dunkler Flaum. Unschlüssig tat er ein paar Schritte auf die dicht bewachsenen Gärten zu und versuchte, zwischen Mangobäumen und Buschwerk etwas zu erkennen. Paula erstarrte. Die schwarze Frau bückte sich unbefangen und begann, irgendwelche Wurzeln aus dem Boden zu ziehen, das kleine Mädchen hatte den Korb ergriffen und folgte der Frau. Jetzt begriff Paula auch, weshalb die Kleine solch eigenartige Sprünge machte, sie schien einen kranken Fuß zu haben.

Nach einigen Minuten wandte Tom sich ab, schlenderte weiter, besah sich die Gebäude, schaute in einen Eingang hinein und machte Miene, sich auf einem Häuflein Bausteine niederzulassen, ließ es dann aber bleiben.

Die schwarze Frau richtete sich wieder auf und legte ein Bündel Rettiche in den Korb. Dann ging sie bis zur Mauer und stand nun dicht vor Paula.

»Das dein Mann? Du Angst?«, raunte sie Paula mitfühlend zu.

Paula fand die Situation vollkommen absurd. Dazu noch schrecklich peinlich. Auf der anderen Seite rührte sie die Anteilnahme dieser fremden Frau, daher nickte sie lächelnd. »Du komm in mein Haus. Schnell.«

Die Hand der Frau beschrieb einen Halbkreis. Sie sollte an der Mauer entlanggehen, bis sie drüben das niedrige Gartentor erreichte. Dicht am Tor stand eine Art Baracke, aus Holz und Wellblech errichtet, die Paula an einen Unterstand für die Gartengeräte erinnerte.

Was dachte sich diese Schwarze? Dass sie sich bei ihr in diesem Kabuff verstecken würde? Es war sicher gut gemeint, doch es konnte natürlich auch sein, dass man sie in diesen Schuppen lockte, um sie zu berauben. Immerhin trug sie all ihr Geld bei sich und dazu eine gefüllte Reisetasche.

»Sie war im Kaiserhof«, vernahm sie plötzlich eine bekannte Stimme. »Aber sie ist nicht dort abgestiegen …«

Das war Pierre. Sie waren nun zu zweit.

»Ich habe sie gesehen. Sie muss sich hier irgendwo verstecken«, gab Tom zur Antwort.

»Hier? Wo denn?«

»In einem der Gärten«, sagte Tom.

Für einen kurzen Moment blinzelte er genau in ihre Richtung, dann wandte er sich ab und zog Pierre zur anderen Straßenseite hinüber. Paula blieb fast das Herz stehen. Jetzt war alles gleich. Gebückt lief sie den angezeigten Weg zwischen den Gärten hindurch, drückte die kleine Pforte auf und wurde von der Dunkelheit der Baracke verschluckt.

Im ersten Moment war es tatsächlich so duster, dass sie nicht die Hand vor Augen sah, dafür waren die Gerüche in dem engen Raum umso intensiver. Es roch nach Moder und feuchter Kleidung, nach Schweiß, nach Fisch und fremden Gewürzen, vor allem nach Petroleum und kalter Asche.

»Du hinsetzt auf Boden. *Mama* Schakasa hat kein Stuhl. Aber Haus schön und fest. Kein Regen kommt durch Dach …«

Jetzt wurde auf der rechten Seite ein Tuch zurückgeschlagen, und etwas Licht drang ins Innere der Hütte. Eine erkaltete Feuerstelle wurde am Boden sichtbar, eine zerbeulte Petroleumlampe, deren Glaszylinder zerbrochen war. Daneben geflochtene Bastmatten, eine ausgefranste Wolldecke und eine große runde Blechschüssel, in der mehrere Teller und kleine Schalen aus Holz steckten. Erst als Paula sich auf den Boden hocken wollte, sah sie, dass in einer Ecke drei schwarze Kinder eng aneinandergeschmiegt schliefen.

»Das ist wirklich sehr freundlich von dir …«, stotterte Paula beschämt. »Hoffentlich wecken wir die Kleinen nicht auf.«

Mama Schakasa schien zwar ein wenig Deutsch zu sprechen, doch es war unsicher, ob sie Paula verstanden hatte. Sie stampfte unbekümmert an den drei Schlafenden vorbei, bückte sich, um eine Schale aus der Blechschüssel zu nehmen, und zauberte aus dem dämmrigen Hintergrund der Hütte eine Blechkanne herbei. Mit einem dicklichen, weißen Getränk gefüllt, erhielt Paula die kleine Schale als Gästetrunk, und da sie auf keinen Fall unhöflich sein wollte, nippte sie davon. Es schmeckte süß und fruchtig zugleich, Milch war darin, aber auch Banane, Limonensaft und irgendein Gewürz, das ihr unbekannt war.

»Das ist gut!«

Mit diesem Lob, das ganz und gar ehrlich war, gewann sie das Herz ihrer schwarzen Gastgeberin. *Mama* Schakasa strahlte vor Stolz, sie hockte sich zu ihrem Gast auf die Bastmatte und genehmigte sich ebenfalls einen Trunk, das kleine Mädchen kroch auf ihren Schoß und bekam seinen Anteil. Paula bemerkte erst jetzt, dass die hölzerne Schale, aus der sie trank, eine halbierte und mit Schnitzereien versehene Kokosnuss war.

»Du lauf weg vor *mmula.* Er böser Mann. Er dich schlägt?«

Paula suchte nach Worten, um ihre Lage zu erklären. Nein, das sei nicht ihr Ehemann. Nur ein Bekannter. Er habe den Auftrag, sie mitzunehmen.

Mama Schakasas Stirn zeigte erstaunte Runzeln. Inzwischen regten sich die drei Schläfer, die sich als zwei kleine Jungen und ein Mädchen entpuppten. Leicht war es nicht, sie voneinander zu unterscheiden, da alle drei kahl geschorene Schädel hatten. Nur der ältere Junge trug eine Hose, ein grünes, ziemlich zerfetztes Kleidungsstück, das ihm viel zu groß war. Das Mädchen und der kleine Junge hatten nichts als ein knielanges, fleckiges Hemd am Körper.

»Mitnehmen?«

»Ja, mitnehmen auf das große Schiff. Dort ist meine Dienstherrin. Eine schlechte Herrin. Ich bin von ihr fortgegangen.«

Jetzt hatte *mama* Schakasa verstanden. Ob die böse Herrin sie geschlagen habe? Sie selbst habe viel Glück mit ihrer Herrschaft, niemals erhalte sie Prügel.

»*Mama* Schakasa macht *jumba* sauber und pflanzt viel *kicha* und *mahindi* in Garten. Zwei *toto* von *mama* Schakasa schon für bwana Zengi arbeiten ...«

Paula hatte Mühe, ihren Erzählungen zu folgen, denn sie mischte immer wieder Suaheli-Worte darunter, deren Bedeutung Paula erraten musste. *Mama* Schakasa arbeitete für den Inder Zengi, der mit seiner Familie drüben in der schönen Villa mit den geschnitzten Fensterbögen wohnte. Nach afrikanischer Gewohnheit lebten die Angestellten nicht mit der Herrschaft im gleichen Haus, man stellte ihnen eine Hütte zur Verfügung, wo sie mit ihren Angehörigen wohnen konnten. Paula überlegte, wie alt *mama* Schakasa wohl sein mochte. Es war schwer zu schätzen, denn ihre Haut war glatt und seidig, aber immerhin hatte sie schon mindestens vier Kinder geboren.

»Wie viele Kinder hast du?«

Mama Schakasa lächelte breit und zählte sie auf. Zwei Söhne, die waren schon groß – zwölf und vierzehn Jahre –, es waren die, die in *bwana* Zengis Geschäft arbeiteten. Dann zwei kleinere Söhne – sie zeigte mit dem Finger auf die vier- bis fünfjährigen Knaben, die gerade die letzten Tropfen aus der Kanne leckten. Dann habe sie noch zwei Mädchen, eines helfe ihr schon bei der Arbeit, das andere aber sei von einer *mpepo* verhext worden, als sie vor sieben Jahren mit ihm schwanger war. Deshalb seien die Beine des Kindes unterschiedlich lang, und es müsse humpeln.

Paula schaute mitleidig auf das kleine Mädchen. Es saß auf dem Schoß seiner Mutter und verfolgte das Gespräch mit großer Aufmerksamkeit. Immer wieder wanderte der Blick der großen, dunklen Augen zu Paula hinüber, wenn sie sich jedoch dabei ertappt fühlte, hielt sich die Kleine rasch die Hände vors Gesicht.

»Gehen deine Kinder in die Schule?«

Mama Schakasas Miene verfinsterte sich – das Thema »Schule« schien ihr wenig zu gefallen. Ja, die mittleren Söhne gingen in die »Regierungsschule«, die älteren auch, aber nicht immer. Und die Mädchen brauche sie hier bei der Arbeit.

»Schule macht schlechte *toto.* Macht dumme Kopf und böse Wort. Wozu muss schwarze *toto* rechnen und schreiben wie deutsche *toto*? Bleibt doch schwarz ganze Leben.«

Missmutig nahm sie den Kindern die leere Kanne fort, dann erhielt das gesunde Mädchen einen Auftrag, den Paula erst begriff, als es einen leeren Blecheimer nahm und damit fortging. Vermutlich sollte es Wasser holen.

»Ist es weit bis zur Missionsstation?«

»Was willst du da?«

Auch die Missionare schienen bei *mama* Schakasa nicht gut angeschrieben zu sein. Sie zog mit energischen Bewegungen ihr gewickeltes Kleid zurecht und schob die Kleine dabei von ihrem Schoß herunter.

»Ich habe einen Freund dort, der mir helfen wird«, erklärte Paula.

»Wenn du willst gehen zu Mission – mein Söhne zeigen dir Weg. Aber nicht jetzt. Wenn kommt Nacht, schnell laufen krumme Weg von schwarze Leute. Dann niemand sieht …«

Sie wollte auf keinen Fall Geld annehmen, erst als Paula erklärte, das Geld sei für ihre Kinder, ließ sie sich erweichen. Paula gab ihr vier Mark und sah staunend zu, wie *mama* Schakasa einen bestickten Lederbeutel aus der Tiefe ihres Brustausschnittes zog und das Geld hineinsteckte.

»Deutsch Mark – schöne Mark«, erklärte sie mit breitem Grinsen.

Gleich darauf machte sie Feuer, schob drei Steine in die kleine Flamme und stellte einen eisernen Topf darauf. Paula bewunderte ihr Geschick, doch der Geruch aus dem Topf und der stickige Rauch des Feuers waren kaum zu ertragen. Wie konnten diese acht Menschen nur in solch einer engen Hütte hausen? Es gab nicht einmal einen Fußboden, die Ameisen liefen ihnen über die Füße, und an Skorpione und Spinnen mochte Paula gar nicht erst denken. Ob in der Nacht hungrige Ratten zu Besuch kamen? Möglich.

»Du jetzt gehen. Kerefu und Bari laufen mit dir. Wenn du willst, auch Mukea.«

Mukea war die ältere Tochter, die gesunde Glieder hatte. Die andere hieß Mariamu. Sie schaute Paula mit derart sehnsüchtigen Augen nach, dass sich ihr Herz zusammenkrampfte.

12

»Gro-ßer Go-hot, wir lo-ho-ben dich …«

Paula versuchte, den lauten Gesang zu ignorieren, doch es fiel ihr nicht leicht. Auch die fünfzehn schwarzen Knaben und Mädchen, die vor ihr auf handgezimmerten Schulbänken saßen, lauschten voller Andacht auf die älteren Schüler, die nebenan von Missionar Böckelmann unterrichtet wurden. Böckelmann hatte eine Vorliebe für Choräle, die man zur Ehre Gottes so richtig »schmettern« konnte. »Die Himmel rühmen des Ewigen Ehre« oder »Ein feste Burg ist unser Gott« oder »Lobet den Herren, den mächtigen König der Ehren«.

»Vor Dir na-heigt die E-herde sich u-hund be-wu-hun-dert da-hei-ne Wer-ke …«

Paula bemerkte, dass ihr die Aufmerksamkeit ihrer Schüler entglitt, einige begannen schon, die Worte mit den Lippen nachzuformen. Es war nötig, zu einem Trick zu greifen. Sie waren ja unglaublich lieb und eifrig, die kleinen schwarzen Kinder. Und hübsch waren sie, jedes Einzelne von ihnen war bezaubernd, ein Schokoladenengelein mit riesengroßen braunen Augen und krausen Löckchen, die ihnen die Eltern leider meist vom Schädel abschoren.

»Wir rechnen jetzt um die Wette. Der Gewinner bekommt diesen grünen Radiergummi.«

Begeisterung leuchtete in den Augen der Kleinen. Mochte der Choral auch mit noch so viel Inbrunst geschmettert werden – der grüne Radiergummi hatte gesiegt. Was für ein Zauberwerk, es konnte Bleistiftstriche unsichtbar machen, fast so, als seien sie nie da gewesen.

»Achtung – wer will anfangen?«

Paula hatte Spaß daran, die Aufgaben so zu stellen, dass alle zum Zug kamen, wer letztlich gewinnen würde, war allerdings keine Frage.

Seit fast drei Wochen hielt sich Paula nun in der Missionsstation auf, und zu ihrer eigenen Überraschung fühlte sie sich hier ungemein wohl. Man hatte sie mit großer Wärme aufgenommen, was nicht zuletzt Missionar Böckelmanns Einfluss zu verdanken war, sie hatte ein kleines Zimmer im Gästehaus erhalten, und es war mehr als selbstverständlich, dass sie sich zum Dank in der Missionsstation nützlich machte. Zuerst hatte sie im Garten geholfen, einmal war sie mit Missionar Söldner in die umliegenden Dörfer geritten, wo er Kranke behandelte und die frohe Botschaft Jesu verbreitete. Dann aber hatte Schwester Anneliese sie gebeten, ihr beim Unterricht der Kleinen zur Hand zu gehen, bis die neue Lehrerin, eine junge Frau aus Deutschland, eingetroffen sei. Schwester Anneliese war eine Rheinländerin, ein frohgemuter, zupackender Mensch, doch Missionar Söldner hatte Paula anvertraut, dass die Schwester von der Malaria ausgezehrt sei und wohl nicht mehr lange zu leben habe. Sie selbst beklagte sich niemals. Seit über fünfzehn Jahren arbeitete sie in Deutsch-Ostafrika und hatte – ebenso wie Missionar Söldner – den Maji-Maji-Aufstand miterlebt. Beide sprachen nur selten von dieser Zeit, wenn sie es aber taten, dann flüsterten sie, und Schwester Anneliese traten die Tränen in die Augen. Ein Zauberer habe die Schwarzen verblendet, ihnen eingeredet, durch ein paar Spritzer des Wunderwassers *maji maji* unverwundbar zu werden. Wie die Fliegen seien sie gestorben, als sie in das Maschinengewehrfeuer der Schutztruppe rannten. Später, als der Aufstand niedergeschlagen war, seien zahllose schwarze Männer, Frauen und Kinder verhungert und verdurstet, weil man in den Dörfern die Brunnen zuschüttete und die Ernte verbrannte …

»Aber jetzt ist alles anders, Schwester Anneliese«, beruhigte sie Missionar Böckelmann. »Jetzt ist unsere Kolonie ein Vorbild für alle anderen. Und auch euer Werk, die Missionsstation, kann sich sehen lassen …«

Paula hatte niemals den Ehrgeiz gehabt, den christlichen Glauben in der Welt zu verbreiten, dennoch musste sie die fleißige Arbeit der Missionare bewundern. Die Mission verfügte über ein festes Missionshaus, ein kleineres Gästehaus, ein Schulgebäude und dazu über eine Kirche mit einem viereckigen Turm. Alles war hell und trocken, der umliegende Gemüsegarten lieferte Radieschen, Karotten und Erbsen, Kartoffeln wurden angebaut, im Hof liefen Hühner und Ziegen herum. Kokospalmen und Tamarinden beschatteten Garten und Gebäude. Wenn man durch das dichte Wäldchen schritt, das die Mission umgab, leuchtete bald das blaue Wasser der Bucht zwischen den Stämmen. Ein kleines Paradies voller fleißiger Menschen, eifrig im Glauben und emsig bemüht, den schwarzen Kindern Afrikas die Segnungen des Christentums zu überbringen.

Aus dem hinteren Teil des Missionshauses gellte jetzt der durchdringende Ton eines Tenorhorns, es war Missionar Söldner, der mit den Diakonen für das nahende Pfingstfest übte. Schon vor Jahren hatte Gerhard Söldner das Instrument nach Afrika mitgebracht, mit der Zeit fanden sich durch fromme Spenden weitere Blechblasinstrumente in der Mission ein, und es stellte sich heraus, dass einige der schwarzen Diakone ausgesprochen begabte Musiker waren. Nun verschönte das kleine Blasorchester die Gottesdienste, zog auch hin und wieder durch die Stadt und machte der Kapelle der Regierungsschule Konkurrenz.

»Sieben und acht dazu. Nimm fort sechs, tu dazu neun – Sentibu!«

Der kleine Bursche rollte die Augen und tat, als sei die Aufgabe höllisch schwer, dann sagte er die Lösung und kassierte stolz Paulas lobendes Kopfnicken. Sie waren gute Schauspieler, die schwarzen Kinder. Es lag ihnen einfach im Blut, sie taten es aus Freude daran, jemanden zu überraschen, und hatten einen diebischen Spaß, wenn man ihnen auf den Leim ging. Dabei waren sie allesamt gutmütig und ihrer Lehrerin zugetan, vor allem die Kleinen hingen an ihr und wollten nach dem morgendlichen Unterricht nur ungern wieder heimgehen. Kein Wunder – zu Hause mussten sie meist hart arbeiten, vor allem die Mädchen, die sowieso nur selten zur Schule geschickt wurden. Es war in Afrika auch nicht viel anders als daheim in Deutschland: Schulen waren für Männer da, die Mädchen brauchten keine Bildung. Für eine Frau war die Arbeit auf dem Feld gut, die Sorge um die Kinder und den Ehemann, und nicht selten mussten sie durch kleine Handelsgeschäfte auch noch das Geld für die Familie verdienen.

Paula hatte das nicht hinnehmen wollen, sie war zu *mama* Schakasa gegangen und hatte sie gebeten, auch die beiden Mädchen in die Schule zu schicken.

»Kein Schule! Nichts. Mein Tochter hier bei mir in *tembe*!«

Mama Schakasa konnte zornig werden wie eine Furie. Sie stemmte die Arme in die umfangreichen Hüften und schob angriffslustig den Bauch vor. Erst nach einer Weile begann Paula zu begreifen, weshalb sie so wütend war. Das eifrige Bemühen der deutschen Kolonialregierung um Schulbildung und berufliche Förderung der Schwarzen war zwar grundsätzlich lobenswert, es hatte aber auch seine Schattenseiten.

»*Toto* hört nicht mehr, was alte Leute sagen. *Toto* lernt nicht mehr von *mzimu,* Seele von Toten. Kennt nicht mehr Geister, die wohnen in Baum und Wind. *Toto* betet zu Jesus und will verdienen viel Rupien bei weiße Mann ...«

Es ging ein Riss durch die Generationen. Die jungen Afrikaner wollten nicht mehr so leben wie ihre Eltern, sie verachteten den Geisterglauben ihrer Vorfahren. Die Weißen hatten ihnen Lust auf schöne Häuser und europäische Kleidung gemacht, in der Regierungsschule wurden sie zu Tischlern und Maurern ausgebildet, sie lernten, eine Zeitung zu drucken, bewarben sich um kleine Posten in der Verwaltung. Vergessen war die alte Dorfgemeinschaft, vergessen waren die Feste und Riten ihrer Ahnen, die Geschichten der Alten und Medizinmänner wollte niemand mehr hören. Dazu kam der Eifer mancher sittenstrenger Missionare.

»Missionar hat gesagt: Mann darf nicht haben viele *bibi.* Nur eine *bibi.* Da *mume* gesagt: Du Arbeit, dann du kannst leben allein mit Kind. *Mume* nimmt junge *bibi, mama* Schakasa muss bleiben ohne Mann ... Das ist, was Missionar hat getan. *Sheitani* soll reißen ihm alles Haar von Kopf und Gesicht!«

Paula hatte bei Missionar Söldner nachgefragt, doch der wand sich aus der Verantwortung und behauptete, es sei ein katholischer Kollege gewesen, der *mama* Schakasas Ehemann von dem schändlichen Laster der Vielweiberei abbrachte. Leider habe die gute Entscheidung ihre Nachteile gehabt, denn *mama* Schakasa hatte von da an allein für ihre sieben Kinder zu sorgen, weil ihr Ehemann nur die jüngste seiner drei Frauen bei sich behielt.

»Im Grunde kann sie froh sein«, meinte Missionar Söldner. »Ihr Mann hat nichts weiter getan, als das Geld zu kassieren, das seine drei Frauen verdient haben, und sich davon Schnaps zu kaufen. Aber wie es scheint, kommt er auch jetzt noch hin und wieder bei ihr vorbei und verlangt sein Recht. Oder das, was er dafür hält.«

Dann fügte er grinsend hinzu, *mama* Schakasa sei eine *mpepo,* eine Hexe, denn ihr böser Wunsch sei eingetreten. Tatsächlich hatte er während der letzten Jahre sein Kopfhaar eingebüßt, es wuchs nur noch spärlich im grauen Halbkreis um die rosige Mittelglatze.

Paula hatte all ihre Überredungskunst angewendet und schließlich erreicht, dass wenigstens die kleine Mariamu in die Schule gehen durfte. *Mama* Schakasa fügte sich nur deshalb, weil die Kleine für die Arbeit in Hütte und Garten sowieso nur schlecht zu gebrauchen war, stellte aber zur Bedingung, dass Mariamu in der Mission bleiben und dort auch verköstigt werden sollte.

Vor knapp zwei Wochen hatte Paula das Mädchen abgeholt. Einer der jungen schwarzen Diakone begleitete sie, und als der Kleinen das Gehen zu mühsam wurde, trug er sie auf seinen Schultern in die Missionsstation. Gepäck hatte sie keines, Mariamu besaß nichts als das knielange Hemd, das sie am Leibe trug, und eine kleine Schnitzerei, die einen Elefanten darstellte. Die hatte ihr ältester Bruder für sie angefertigt. Sie fügte sich ohne Schwierigkeiten in die Schülergruppe der Kleinen ein, saß schweigsam auf ihrem Platz und verfolgte alles, was um sie herum geschah, mit großen, aufmerksamen Augen. Dann, als Paula ihr die Zahlen beibrachte und sie mit Hilfe ihrer Finger die ersten Aufgaben löste, wurde das Wunder offenbar. Die kleine Mariamu bewältigte jede Rechenaufgabe, ohne nachdenken zu müssen, das Einzige, was ihr noch Probleme bereitete, waren die deutschen Worte, die Rechenvorgänge liefen in ihrem Kopf wie von selbst ab.

Missionar Böckelmann und sein Mitbruder Missionar Söldner hatten sogleich behauptet, dass dieses Mädchen ganz unzweifelhaft zu Großem bestimmt sei. Gott der Herr habe es mit einem kranken Körper geschlagen und ihm zugleich ein großes, für ein schwarzes Mädchen sehr seltenes Talent geschenkt. Vielleicht würde Mariamu ja eines Tages ihren schwarzen Mitschwestern den christlichen, evangelischen Glauben verkündigen.

Es war also vollkommen klar, wer auch dieses Mal wieder das Wettrechnen gewinnen würde. Die meisten schwarzen Kinder – es waren überwiegend Knaben – hatten Mariamus Überlegenheit längst anerkannt, nur zwei besonders ehrgeizige Bürschlein versuchten hartnäckig mitzuhalten. Gegen Ende des Wettbewerbs, als nur noch die drei Kontrahenten übrig geblieben waren, herrschte allerhöchste Anspannung in der Gruppe, da konnte Missionar Söldner noch so schön auf seinem Tenorhorn »Heil dir im Siegerkranz« blasen – die schwarzen Kinder hörten ihn gar nicht. Jubel brach aus, als die kleine Mariamu auch die letzte, schwierige Aufgabe löste. Paula hatte sie für sich selbst vorsichtshalber aufgeschrieben, denn die Kleine rechnete so schnell, dass auch Paula nicht mitkam.

Es gab ein salomonisches Urteil: Mariamu erhielt den Radiergummi, war aber einverstanden, dass für den zweiten und dritten Sieger jeweils eine Ecke von dem grünen Zauberding abgeschnitten wurde. Paula holte dazu ein scharfes Messer aus der Küche, wo Schwester Anneliese mit zwei schwarzen Frauen dabei war, Bohnen zu schnippeln und dicken Brei aus Maismehl zu kochen. Dann wurde die Operation am Radiergummi unter fachkundiger Anteilnahme aller Schüler vollzogen und zum Abschluss ein gemeinsames Lied gesungen. Sie hatten viel Freude am Singen, die kleinen schwarzen Mädchen und Jungen, sie klatschten dabei in die Hände und wiegten die Körper mit einer selbstverständlichen Anmut, die weiße Kinder nicht kannten. Nachher würden sie alle brav im Hof am

Boden hocken, jedes mit einer Schüssel und einem hölzernen Löffel, und Maisbrei mit Bohnen essen. Nach der Mahlzeit waren sie dann entlassen und liefen nach Hause, nur Mariamu und zwei ältere Jungen, die hier Aufnahme gefunden hatten, blieben in der Mission.

Paula setzte sich zu Missionar Söldner in den Schatten des Missionshauses, wo man einige handgezimmerte Stühle und einen Tisch aufgestellt hatte. Der Missionar nickte ihr mit abwesendem Lächeln zu – er hatte die Bibel aufgeschlagen und war mit der Vorbereitung seiner Sonntagspredigt befasst. Paula schloss die Augen und lauschte in den Mittag hinein. Hühner gackerten, in der Küche schwatzten die Frauen beim Geschirrspülen, über ihr, in den Akazien, hüpfte eine Gruppe kleiner grauer Äffchen durch die Zweige. Manchmal hörte man den Ruf eines Seevogels, der von der Bucht herüberdrang.

Die Regenzeit ging ihrem Ende entgegen, es gab zwar noch Tage, an denen heftige Gewitter herunterkamen, doch immer häufiger blieb es sonnig und trocken. Die Pflanzen, die sich während der feuchten Periode mit Wasser vollgesogen hatten, brachten jetzt Blüten und junge Triebe hervor, herbe und süßliche Düfte stiegen auf, und besonders an den Abenden schien die schwüle Luft erfüllt von der neu erwachenden Fruchtbarkeit.

Paula musste eine leichte Trauer abwehren, die in ihr aufsteigen wollte. Sie hatte keinen Grund, melancholisch zu werden, im Gegenteil, das Glück war ihr hold gewesen. Nachdem sie ihren Verfolgern glücklich entkommen war, hatte sie sich zwei Tage lang in der Mission verborgen, dann war sie sicher gewesen, dass die *Tabora* Daressalam verlassen hatte. Sie hatte eine Weile überlegt, ob sie in Tanga bleiben oder besser in die Hauptstadt, nach Daressalam, übersiedeln sollte, wo es womöglich einfacher sein würde, eine Stellung zu finden. Doch schon nach kurzer Zeit verwarf sie diesen Gedanken. Weshalb sollte sie Tanga verlassen? Es war schön hier, sie hatte Menschen gefunden, die sie schätzten, sie lebte in einem kleinen Paradies, und sie verrichtete eine Arbeit, die um vieles sinnvoller war, als täglich vor einer Schreibmaschine zu sitzen und immer gleiche Texte aufs Papier zu hämmern.

»Mbaluku! *Karibu.* Alter Freund – wie lange warst du nicht hier?«

Söldners freudiger Ausruf riss sie aus den Träumen. Drei Eingeborene waren in die Mission gekommen, zwei davon junge Burschen, der dritte ein beängstigend dürrer Mann, dessen Beine nicht viel dicker waren als der Stock, auf den er sich beim Gehen stützte. Obgleich seine Gesichtshaut kaum Runzeln aufwies, schien er doch alt zu sein, seine Wangen waren hohl, die Lippen schlaff, auf seinem Kopf spross ein zarter, weißer Flaum.

»Karibu«, sagte der Alte und reichte dem Missionar die Hand zum Gruß. Auch seine beiden Begleiter begrüßten Söldner auf diese Weise, doch sie umfassten dabei mit der linken Hand den eigenen rechten Oberarm. Paula hatte diese Geste schon mehrfach bei den Eingeborenen beobachtet, die einem so ihre Freundschaft versicherten: Sieh, ich halte meinen rechten Arm fest, damit du sicher sein kannst, dass ich nichts Böses gegen dich im Schilde führe.

Missionar Söldner lud alle drei zum Sitzen ein und fragte den Alten Verschiedenes auf Suaheli, das Paula nur teilweise verstand. Es schien um seine Familie zu gehen, seine Söhne vor allem, die Schwiegersöhne und Enkel. Nach der Ehefrau erkundigte sich der Missionar ebenfalls, wenngleich nur beiläufig, und die Antwort fiel entsprechend kurz aus. Die beiden jungen Männer schwiegen die ganze Zeit über – es war klar, dass sie dem alten Mann untergeben waren, vielleicht waren sie Verwandte oder sogar seine Enkel.

Der Alte hatte nicht auf einem der Stühle Platz genommen, sondern sich mit seinen Begleitern in den Sand des Hofs gesetzt. Hier nahmen sie auch die Becher mit Mangosaft entgegen, den die schwarzen Frauen aus der Küche herbeitrugen. Zumindest einige der Missionsfrauen schienen die Besucher gut zu kennen, denn sie grinsten fröhlich und unterhielten sich mit ihnen in einer Sprache, die nicht einmal der Missionar verstand. Dabei nahmen sie wenig Rücksicht auf die Hierarchie, sondern schwatzten auch mit den beiden jungen Burschen.

»Es sind Waschamba«, sagte Söldner zu Paula. »Aus einem Dorf, das etwa zwanzig Kilometer westlich liegt.«

Schon als Paula den Missionar auf seinem Ritt ins Inland begleitete, hatte sie bemerkt, dass die Eingeborenen in den kleinen Dörfchen aus einem anderen Holz geschnitzt waren als die, die in Tanga lebten. Sie trugen noch die selbstgefertigte Kleidung aus dünnem Leder, dazu Schmuck und Waffen aus eigener Herstellung, vor allem aber hatten sie sich ein eigenes Wertgefühl bewahrt. Die Häuptlinge, die sie dort gesehen hatte, waren respekteinflößende Persönlichkeiten, und auch der alte Mann, den Söldner mit »Mbaluku« angeredet hatte, schien von dieser Sorte zu sein.

Er schlürfte den Mangosaft in aller Seelenruhe und nahm dann huldvoll etwas von den Speisen, die ihm und seinen Begleitern als Willkommensmahlzeit geboten wurden. Maisbrei, Bohnen, in Essig eingelegte Früchte, Bananenküchlein und ein Stück Marzipan aus Deutschland. Zum Nachtisch schenkte Söldner sich selbst und den Gästen je ein Gläschen Schnaps aus, der auch in der Mission gern getrunken wurde. In Maßen, wie Missionar Böckelmann immer betonte, diene der Schnaps als Medizin, belebe das Gemüt und halte Krankheiten fern. Der Umtrunk hob die Stimmung außerordentlich, Mbaluku gab seinen Begleitern ein Zeichen, und sie breiteten die mitgebrachten Geschenke auf dem Boden aus. Zwei Impalahäute, mehrere gebogene Zähne vom Warzenschwein und das buschige Schwanzende eines Gnus.

»Mbaluku kommt zu sehen gute Freund Missionar Söldner. Hat Leben gerettet von mein Sohn Mdolwa vor viele Jahren. Mdolwa jetzt viel Söhne. Mbaluku aber will gehen zu Geister in Savanne …«

Missionar Söldner war gerührt, versuchte es aber nicht zu zeigen. Stattdessen begann er, von der Hoffnung eines jeden Christen auf ein ewiges Leben nach dem Tod zu sprechen.

»Der Tod hat nicht das letzte Wort, er kann uns nicht schrecken, denn Jesus Christus ist zu seinem Vater in den Himmel aufgefahren und hat uns …«

Mbaluku hob mit einer gebieterischen Geste den Arm, und der Missionar unterbrach sich, um einen Schluck aus dem Gläschen zu nehmen.

»Mbaluku will leben in *kuzimi,* Reich der Geister. Dort, wo leben seine Ahnen. Will sein *mzimu,* ein Geist von Toten …«

Missionar Söldner schien zu wissen, dass der alte Mbaluku ein aussichtsloser Fall war, dennoch schien er ihn zu mögen, denn er hörte sich seine Ausführungen schweigend an. Mbaluku nahm noch ein Gläschen und erklärte hartnäckig, er würde nach seinem Tod als Geist mit seinen Ahnen vereinigt sein. Überall gebe es Geister, im Wald und in der Steppe, es seien die Seelen verstorbener Menschen und Tiere, aber auch Felsen und Berge, Pflanzen und Bäume seien Geistwesen.

»Bäume sind ebenfalls Geister?«, fragte Paula den Missionar.

»Im Glauben der Eingeborenen ja. Deshalb vermeiden sie es auch, in dunkler Nacht im Wald umherzulaufen. Aus irgendeinem Grund sind die Baumgeister in der Nacht gefährlicher als am Tag.«

»Und kann man sie voneinander unterscheiden? Die Geister der Bäume, meine ich.«

Missionar Söldner hob ungeduldig die Schultern – nein, das wusste er nicht. Es war gewiss wichtig, die Vorstellungen der Eingeborenen zu kennen – wie sollte man jemanden bekehren, wenn man keine Ahnung hatte, wie es in dessen Kopf aussah? –, aber allzu sehr ins Detail musste man dabei nicht gehen.

»*Mti* hat Seele«, sagte Mbaluku, der Paulas Frage verstanden hatte. »*Mti,* was ihr nennt Tamarinde, hat Seele. *Mti,* was ihr nennt Akazie, hat Seele. Und *mbuyu,* was ihr nennt Baobab – hat auch *mzimu.* Mbaluku kennt alle Seelen von Bäumen ...«

Merkwürdig war es schon, dass er nun eine so lange Rede an sie richtete, denn obgleich sie ihm als »Schwester Paula« vorgestellt worden war, hatte er von ihr bisher so gut wie keine Notiz genommen. Paula hörte mit großer Aufmerksamkeit zu, begriff zwar nicht alles, aber in ihr wuchs eine verrückte Idee.

»Warte. Ich muss dir etwas zeigen ...«

Sie lief ins Gästehaus und wühlte in ihrer Reisetasche. Da war sie, die Fotografie, sie hatte sie vorsichtshalber in eines der Bücher gelegt, damit sie nicht verknickt oder gar feucht wurde.

Als sie in den Hof zurückkehrte, hatte sich auch Missionar Böckelmann zu ihnen gesellt, er reichte dem alten Mann die Hand und redete mit ihm auf Suaheli, das er vor seinem Einsatz in Afrika zu Hause fleißig gelernt hatte. Mbaluku nickte, schien aber nicht gewillt, mit dem jungen Missionar ein Gespräch zu beginnen.

Paula hockte sich in respektvollem Abstand neben Mbaluku und seine Begleiter auf den Boden und reichte ihm die Fotografie.

»Das ist lange her. Sehr lange. Ein Baobab, ein *mbuyu,* wie ihr ihn nennt …«

Der alte Mann nahm das Bildchen aus ihrer Hand und besah es, hielt es mit ausgestrecktem Arm von sich weg und kniff die Augen zusammen. Oje – vermutlich war er schon halb blind und konnte gar nichts auf dem Foto erkennen.

»Ja, was haben wir denn da?«, staunte Missionar Böckelmann. »Eine alte Fotografie? Von einem Bekannten?«

»Ein guter Freund meines Vaters«, schwindelte sie. »Er war vor vielen Jahren in Tanga und gilt seitdem als verschollen.«

Sie spürte, dass sie wieder einmal rot wurde. Sie hatte immer noch nicht gelernt, frech und unbefangen zu lügen. Vielleicht war das keine erstrebenswerte Kunst, nur manchmal war sie doch recht hilfreich.

»Na so was«, mischte sich Missionar Söldner ein. »Lassen Sie mich auch einmal sehen. Schließlich habe ich schon ein paar Jährchen hier verbracht. Siebzehn sind es inzwischen …«

»Die Aufnahme ist vermutlich um einiges älter.«

Mbaluku hatte die Geste des Missionars bemerkt und reichte ihm jetzt das Bildchen, ohne sich dazu zu äußern. Missionar Söldner zog seine Brille aus der Jackentasche und musterte die Aufnahme mit Interesse.

»Wo soll das gewesen sein? In Tanga, sagten Sie? Habe noch nie solch einen mächtigen Baobab hier gesehen. Und der Mann darunter … hmmm … Lustiger Bursche …«

Es sei schwer zu sagen. Kein Anhaltspunkt, kein Gebäude oder irgendeine auffällige Landschaftsformation. Auch die Kleidung sei nicht ungewöhnlich … Tja … Ein Geistlicher sei es jedenfalls nicht. Das Foto wanderte nun zu Missionar Böckelmann, der es ebenfalls neugierig in Augenschein nahm und dazu nicht einmal eine Brille benötigte.

»Verschollen, sagen Sie? Das war leider das Schicksal vieler mutiger Deutscher, die mit großen Hoffnungen und noch mehr Abenteuergeist hierherkamen. Die Malaria hat viele dahingerafft, einige wurden von den Eingeborenen erschlagen oder sind schlichtweg verschmachtet. Ein Freund Ihres Vaters also?«

»Ja. Ein Jugendfreund. Sie besuchten die gleiche Schule …«

»Gott der Herr gebe seiner armen Seele Frieden.«

Paula nickte beklommen. Ja, es war sehr gut möglich, dass dieser Mann längst tot war. Sie jagte einem Phantom nach, einem Abenteurer, der irgendwo auf der Suche nach Glück und Reichtum ein tragisches Ende genommen hatte. Was hatte dieser seltsame Dr. Meynecke gesagt? Er habe reich werden wollen. Aus Liebeskummer. Aber vielleicht war das ja auch völliger Blödsinn, der alte Julius Meynecke hatte doch nicht mehr alle Tassen im Schrank gehabt.

»Mbaluku kennt Seele von diese *mbuyu*«, ließ sich jetzt der Eingeborene vernehmen. »Starke Seele von große Baum. Lebt immerfort, weil *mbuyu* kann leben tausend Jahr und mehr.«

Paula starrte ihn an, um zu ergründen, was er damit meinte. Ja, sie hatte auch davon gehört, dass ein Baobab uralt werden konnte. »*Mbuyu* wächst dort, wo Sonne geht am Abend. Halb so weit, wie Mbaluku muss laufen zurück in *mji* …«

»Du meinst … der Baum auf diesem Foto … du weißt, wo er steht?«

Sie musste ihn mit solcher Intensität angeblickt haben, dass er ihr nun den Anflug eines Lächelns zukommen ließ.

»Mbaluku weiß. Du gehst mit mir, ich dir zeige.«

Er sagte das so selbstverständlich, als handele es sich um eine Alltäglichkeit. Wir gehen um die Ecke zum Krämer. Paula spürte, wie ihr Herz hämmerte. Eine Spur? Ach nein, was sollte dieser Baum ihr wohl über denjenigen erzählen, der vor fast achtundzwanzig Jahren darunter gestanden hatte? Und dennoch – vielleicht wussten die Eingeborenen aus der Gegend etwas? Aber wenn sie schon Nachforschungen anstellte – wäre es nicht klüger, erst einmal in der Stadt Tanga herumzufragen? In der Klinik? Die hatte es damals allerdings noch gar nicht gegeben.

»Wissen Sie denn wenigstens, wer diese Aufnahme gemacht hat?«, fragte Missionar Böckelmann. »Das könnte vielleicht weiterhelfen.«

»Ich habe keine Ahnung«, gestand sie.

Tatsächlich hatte sie bisher noch niemals darüber nachgedacht. Vielleicht hatte der junge Mann einen Selbstauslöser benutzt.

13

Wer hatte nur erzählt, Afrika bestünde aus Steppenland und rötlichen Sandwüsten? Was für Märchen waren da verbreitet worden, von ausgedörrten Savannen, in denen das Gebein verdursteter Rinder leuchtete, von leeren Flussläufen und geistergleich tanzenden Staubwirbeln?

Im Mai zumindest war dieses Land ein grüner Garten Eden. Keine Stelle, an der nicht irgendein Kraut, ein Grasbüschel, eine Blüte gedieh. Im Garten der Missionsstation kam man mit dem Unkrauthacken kaum nach, und auf dem Markt boten die schwarzen Frauen Kochbananen, Mangos und sogar die ersten Ananas an. Paula hatte von dieser Köstlichkeit zwar schon auf dem Schiff gekostet, doch das war nichts im Vergleich zu dem intensiven Aroma dieser frisch geernteten Früchte, die sich in Deutschland nur wohlhabende Leute leisten konnten. Und erst der Fisch, köstlich, frisch gefangen und gleich am Strand dem Fischer abgekauft.

»Kiboko will mich tragen, wenn ich bin müde«, sagte Mariamu und sah mit großen, flehenden Augen zu Paula auf.

»Kiboko trägt dich drei Schritte, dann ist er müde. Außerdem sollen er und Munga auf dem Rückweg den Korb mit den Fischen tragen, dann musst du laufen, Mariamu.«

»Dann ich laufe. Mariamu kann laufen gut und schnell. Wie Vogel, der pickt Muschel in Sand und immer hüpft …«

Afrikanische Kinder konnten unglaublich gut schmeicheln,

und Mariamu war in dieser Kunst eine Meisterin. Dabei wusste sie genau, dass Paula ihrem bittenden Blick nicht lange widerstehen konnte.

»Na schön, dann komm halt mit …«

Der Weg zum Strand war nicht allzu weit, nur waren sie spät dran, und das Mädchen hatte Schwierigkeiten, im weichen Sand zu gehen. Auf diese Weise würden sie wohl wieder die Letzten sein, wenn die Fischerboote mit ihrem Fang zurückkehrten, und nehmen müssen, was übrig blieb. Paula suchte einen der geflochtenen Körbe aus, der Kiboko anvertraut wurde, steckte etwas Geld ein und nahm Mariamu an der Hand. Im hinteren Teil des Gemüsegartens war Missionar Böckelmann mit zweien der Diakone bemüht, mehrere Zaunlatten zu ersetzen, die die frechen Ziegen herausgebrochen hatten. Er schwang den Hammer mit solcher Verbissenheit, dass Paula lächeln musste. Missionar Böckelmann hatte ihr anvertraut, dass er eigentlich zwei linke Hände habe, doch er sei fest entschlossen, hier in der Missionsstation mit anzupacken, ganz gleich, wobei. Diesem edlen Grundsatz folgend, hatte er sich bereits mehrfach Verletzungen eingehandelt, und auch jetzt schien sein Zeigefinger bei flüchtigem Hinsehen dicker als gewöhnlich.

»Missionar hat nicht Angst vor Schmerz«, sagte Kiboko grinsend. »Missionar schlägt mit Hammer auf Finger …«

Er spielte den Vorgang nach, schlug sich mit der Hand auf den eigenen Zeigefinger und hüpfte dann laut jammernd umher, wobei er den Korb fallen ließ. Munga und Mariamu bogen sich vor Lachen, und auch Paula musste schmunzeln.

»Hör auf damit – er kann uns hören!«

Die Schwarzen hatten viel Sinn für solche Scherze, auch wenn sie selbst das Opfer waren, lachten sie fröhlich über ein Missgeschick. Daher kamen auch die drei Kinder nicht auf die

Idee, dass diese Vorführung Missionar Böckelmanns Selbstbewusstsein untergraben könnte.

Sie folgten einem schmalen Pfad, der sich zwischen den Kokospalmen hindurch bis hinunter zum Strand wand. Mariamu hielt gut mit, doch Paula hörte an ihrem hastigen Atem, dass das Laufen sie anstrengte. Als sich der Palmenhain zur Bucht hin öffnete, blieb Paula einen Moment stehen. Ein graublauer Himmel wölbte sich über ihnen, klar und ohne ein einziges Wölkchen, weiß schimmerte der Sand, tiefblau leuchtete das Wasser. Der Wind wehte vom Meer herüber und trug die Weite des Ozeans mit sich, aber auch den feinen Duft von Gewürznelken, die auf Sansibar wuchsen. Man konnte mehrere Fischerboote sehen, sie hatten die tropfenförmigen Segel gesetzt und nutzten den Wind, um rasch ans Ufer zu gelangen. Drüben, nicht weit von der Toteninsel entfernt, bewegte sich ein kleiner Küstendampfer aus der Bucht ins offene Meer hinaus, er fuhr über Pangani und Bagamoyo nach Sansibar und von dort weiter nach Daressalam. Sansibar – wie viele Wunderdinge hatte man über diese Insel erzählt. Missionar Söldner hatte zwei Jahre dort in der anglikanischen Mission gelebt, er war weniger euphorisch, sondern berichtete schaudernd von Sklavenhandel und Alkohol, von der Pest und von Menschen, die einander mit dem blanken Messer abstachen. Sansibar – eine Insel mit zwei Gesichtern.

Wie immer um diese Zeit hatten sich schon Leute am Strand eingefunden, um den Fischern die frische Ware abzukaufen. Es waren vor allem kleine Händler, die den Fang morgen auf dem Markt weiterverkaufen würden, aber auch Angestellte der Gasthäuser und Hotels oder die chinesischen Köche wohlhabender Deutscher. Die Inder, die je nach Glaubensrichtung strenge Speisevorschriften befolgten, aßen nur wenig Fisch, sie hielten sich an Reis, Obst und Gemüse.

Natürlich waren sie zu langsam, um schon bei den ersten Fischern, die soeben ihre Boote an den Strand zogen, einzukaufen. Am zudringlichsten waren die Hotelangestellten, die stiegen sogar auf die Boote, um die Waren zu begutachten, und kauften nur das Beste.

»Lass mich hier, und lauf zum Boot«, forderte Mariamu, die längst begriffen hatte, dass sie ein Hindernis war, Paula auf.

»Ein kleines Stück noch«, bestimmte Paula.

Aber Mariamu hatte ihre Kräfte überschätzt, sie setzte sich in den Sand und rieb sich das gesunde Bein. Sie tat Paula leid. Gerade das Auswählen der Ware und das Feilschen um den Preis machten der Kleinen so viel Freude. Sie würde wohl einmal eine gute Händlerin abgeben, zumal sie im Kopf blitzschnell überschlagen konnte, ob ein Angebot günstig war oder nicht. Jetzt erreichten zwei Boote gleichzeitig den Strand, und Paula sah die Chance gekommen, wenigstens bei einem der Fischer zu den ersten Kunden zu gehören. Entschlossen hob sie das Mädchen auf den Arm und lief mit ihrer Last zum Wasser hinunter.

»Nimm den Korb, Kiboko. Komm rasch!«

Die Kleine klammerte sich wie ein Äffchen an Paula fest, sie war ein zierliches Kind, und doch machte das ungewohnte Gewicht Paula zu schaffen. Auch andere Käufer hatten jetzt die beiden neu ankommenden Boote im Visier, sie liefen rechts und links an Paula vorbei, stießen mit den Ellenbogen und drängten die beiden Knaben mit dem Korb rücksichtslos beiseite. Es war ärgerlich – schließlich war doch genug für alle da.

»Paula!«

Sie achtete nicht auf den Ruf, fand es nur seltsam, dass ein Weißer zwischen den Kunden war, denn hier kauften sonst nur Einheimische oder schwarze Angestellte.

»Fräulein Paula von Dahlen!«

Wie angewurzelt blieb sie stehen. Das musste ein Trugbild sein, eine Fata Morgana. Es war vollkommen unmöglich, dass sich Tom Naumann hier in Tanga befand.

Und doch stand er vor ihr. Grinste sie an, eine Hand an seinem hellen Strohhut, den er ins Genick geschoben hatte, um sie besser sehen zu können. Und natürlich, wie konnte es wohl anders sein, trug er einen weißen Anzug, der ihm wie maßgeschneidert am Körper saß.

»Was … was tun Sie hier?«, stammelte sie, noch außer Atem vom raschen Lauf.

»Dafür, dass ich nur Ihretwegen nach Tanga komme, habe ich eigentlich eine nettere Begrüßung erwartet«, gab er gespielt beleidigt zurück.

Paula verspürte kein Mitleid, denn er hatte ihr soeben den Einkauf endgültig verdorben. Nun waren die beiden Fischerboote von gierigen Käufern belagert, was bedeutete, dass sie nur die wenig schmackhaften kleinen *dagaa* erstehen könnte, die höchstens für die Fischsuppe taugten.

»Meinetwegen?«, fragte sie unfreundlich. »Ja, richtig – Frau von Wohlrath hatte Ihnen aufgetragen, nach mir zu suchen. Nun – Ihre Beharrlichkeit hat Sie ans Ziel geführt.«

Er besah sie lächelnd und zwinkerte der kleinen Mariamu zu, die neugierig den Kopf drehte.

»Frau von Wohlrath geht uns beide nichts mehr an, Paula.«

Er schien sich über ihr verblüfftes Gesicht zu freuen, denn sein Grinsen wurde breiter, fast triumphierend. »Soll das heißen, Sie haben Frau von Wohlrath den Dienst gekündigt?«

Ohne auf ihre Frage einzugehen, nahm er Kiboko, der mit Munga ratlos zu Paula zurückgekehrt war, den Korb aus der Hand.

»Was für Fische wünscht die Dame? Kabeljau? Schleie? Thunfisch? Hai?«

Sie begriff nicht, hielt die Frage für einen seiner Scherze und erklärte, sie benötige nur die besten Fische, und zwar den ganzen Korb voll.

»Zu Ihren Diensten!«

Unfassbar – er schien es ernst zu meinen. Mit wenigen Sprüngen war er bei einem der Boote, schob die schwatzenden, gestikulierenden Männer und Frauen beiseite und stellte dem Fischer seinen Korb vor die Nase. Was er sagte, konnte Paula nicht verstehen, aber die Handbewegung war eindeutig: Einfüllen, aber schnell! Das Unfassbarste an diesem Vorgang aber war, dass der Fischer ohne weitere Einwände gehorchte. Der Protest, der sich unter den verdrängten Käufern erhob, störte Tom nicht im Mindesten. Er feilschte ein Weilchen um den Preis und einigte sich dann mit dem Fischer, wobei er eine Miene aufsetzte, als müsse er Haus und Hof veräußern, um die Ware bezahlen zu können. Danach winkte er Kiboko und Munga herbei, die den Vorgang mit großer Begeisterung beobachtet hatten, hob den gefüllten Korb vom Boot herunter und überließ es den beiden Knaben, seine Beute zu schleppen.

»Hast du gesehen, *bibi* Paula?«, fragte Mariamu, die Paula inzwischen in den Sand gestellt hatte, weil ihr die Arme wehtaten. »Große weiße Mann ist stark. Kauft alle Fische. Ist gute Mann …«

»Ein Angeber ist er …«, murmelte Paula leise.

»Was ist Angeber?«

Sie gab der Kleinen keine Antwort, denn Tom war nur noch wenige Schritte entfernt. Hatte er die kindliche Frage gehört? Wenn ja, dann zeigte er es nicht.

»Was haben Sie bezahlt?«, wollte Paula wissen.

»Nichts.«

Er rubbelte an einem dunklen Fleck, der den Ärmel seines weißen Anzugs verunzierte.

»Eine Spende von Thomas Naumann an die evangelische Mission und ganz besonders an die bezaubernde Schwester Paula.«

»Das möchte ich nicht!«, widersprach sie verärgert. »Ich habe Geld dabei. Zwei Rupien kann ich Ihnen geben …«

Doch er zuckte nur die Schultern und wandte sich zum Gehen. »Man sieht sich …«

Mit gerunzelter Stirn blickte sie hinter ihm her. Er schlenderte am Wasser entlang, die Hände in den Hosentaschen, hin und wieder stieß er mit dem Fuß nach einem Stück Strandgut, das er in die Wellen beförderte. Über seine weiße Jacke zog sich eine dunkle Spur, die von der rechten Schulter bis hinunter zur Hüfte reichte – der Fang im Korb war nass gewesen. Was tat er hier? Wovon lebte er? Und vor allem: Hatte er sich tatsächlich aus den Klauen dieser Person befreit?

Nun – falls ihm das gelungen sein sollte, war es ein Schritt in die richtige Richtung. Doch Paula bezweifelte, dass er ihr die Wahrheit gesagt hatte.

Wenige Tage später, am vierundzwanzigsten Mai, fand die Hochzeit des Jahres statt: Daheim im schönen Berlin heiratete Prinzessin Viktoria Luise von Preußen den Herzog Ernst August von Hannover. Ein Ereignis, das selbstverständlich auch in den Kolonien gebührend gefeiert werden musste, ähnlich wie man die Geburtstage des Kaiserpaares am siebenundzwanzigsten Januar und am zweiundzwanzigsten Oktober festlich beging.

»Es ist seltsam, dass man an solchen Tagen die Verbundenheit mit der Heimat wieder so stark in sich spürt«, meinte Missionar Söldner, als sie am Vorabend der Jubelfeier im Arbeitszimmer der Missionare beieinandersaßen.

Nur Schwester Anneliese, die heute wieder von heftigem

Fieber geplagt wurde, konnte diese Worte bestätigen. Missionar Böckelmann erklärte, er habe sich in den vergangenen Wochen so gut in Tanga eingelebt, dass er weder den Kaiser noch die zackigen Truppenaufmärsche vermisse, die zu solchen Ereignissen üblich waren. Paula schloss sich seiner Meinung an, doch insgeheim dachte sie daran, dass das Hochzeitspaar – so hatte man in der *Deutsch-Ostafrikanischen Zeitung* lesen können – durch die Allee Unter den Linden fahren würde, und stellte sich vor, wie Gertrud Jänecke und ihre Kolleginnen dort in der Menge standen, Fähnchen schwenkten und dem jungen Paar zujubelten. Auch die Herren vom Reichskolonialamt würden anwesend sein, vermutlich hatte man für sie und ihre Gattinnen sogar überdachte Sitzplätze reserviert. Die arme Magda Grünlich und Ida von Meerten würden stehen müssen, von der Menge hin- und hergeschoben, doch das würde zumindest Magdas Begeisterung keinen Abbruch tun. Hatte sie etwa Heimweh? Wenn ja, dann höchstens nach ihrem Bruder Friedrich. Nach Erna und Johann oben an der Müritz. Und nach Tante Alice. Vor allem nach ihr. Sie hatte ihr schon am zweiten Abend, den sie in Tanga verbrachte, einen langen Brief geschrieben – aber natürlich war bisher keine Antwort eingetroffen. Wenn sie Glück hatte, war ihr Schreiben jetzt gerade in Hamburg angekommen.

»Gekrönte Häupter aus ganz Europa treffen sich zu diesem Ereignis«, ließ sich Missionar Böckelmann vernehmen. »Auch der russische Zar Nikolaus II. und der englische König George V. sitzen an der Hochzeitstafel. Es ist ein frohes, ein sicheres Gefühl, dass die Herrscher Europas einander in Freundschaft verbunden sind. Und es beweist, dass jene im Unrecht sind, die ständig davon schwatzen, es könnte zu einem Krieg kommen.«

»Nur der arme Erzherzog Franz Ferdinand ist nicht geladen«, bemerkte Schwester Anneliese mitleidig. »Weil er sich zu seiner Liebe bekannt hat und eine nicht standesgemäße Ehe eingehen will. Das ist nicht recht von dem alten Kaiser Franz Joseph, gar nicht recht!«

Sie schüttelte empört den Kopf und wandte sich wieder ihrer Stickerei zu. Es war ein Altartuch, an dem sie – so hatte Paula Missionar Söldner verraten – schon seit mehr als fünf Jahren stickte. Es müsse endlich fertig werden, hatte sie gesagt, denn sie wolle diese Stickerei vor ihrem Ableben noch auf dem Altar der Kirche liegen sehen.

»Wir werden morgen auf jeden Fall Ehre einlegen«, erklärte Missionar Söldner vergnügt und schenkte sich und dem Kollegen noch ein winziges Schlückchen ein. »So laut die Truppe von der Regierungsschule auch bläst – sie werden die Choräle unserer Mission nicht übertönen.«

Am folgenden Tag brach ein fröhliches Chaos über die Mission herein. Man hatte für diesen Festtag – es war ein Samstag – zwar schulfrei gegeben, dennoch waren fast alle Kinder erschienen, um von Paula und den schwarzen Frauen für den Umzug durch die Stadt geschmückt zu werden. Die Frauen hatten Kränze aus Akazien- und Tamarindenzweigen gebunden, dazu bekamen die Schüler Fähnchen in die Hand, die Paula und Schwester Anneliese aus einem zerschlissenen Bettlaken hergestellt hatten. Im Schulhaus bliesen sich die Blechbläser ein, kurze Auszüge aus verschiedenen Chorälen ertönten, mehr nicht, die Musiker mussten behutsam zu Werke gehen, sonst versagte ihnen beim Umzug durch die Stadt die Lippenspannung. Alle waren zappelig vor Aufregung, sogar Missionar Böckelmann geriet in Rage, weil sein weißer Talar voller grüner Flecke war, und einer der schwarzen Diakone verkündete jammernd, seine neuen Lederschuhe seien gestohlen worden. Die Hühner flüchteten vor den ziellos umherrennenden Menschen unter die Mangobäume, nur die Ziegen fanden das Gedränge großartig, standen überall im Weg herum und versuchten, die grünen Kränze zu ergattern.

Gegen elf Uhr gelang es Missionar Söldner endlich, seine Schäfchen zu einem einigermaßen anständigen Zug zu formieren, und alle machten sich – angeführt von der Blaskapelle – auf den Weg in die Innenstadt. Es war ein seltsames Erlebnis, inmitten dieser fröhlichen schwarzen Menschen am Strand entlangzulaufen und dabei von altvertrauten Kirchenliedern begleitet zu werden. Paula bedauerte, dass Schwester Anneliese und auch Mariamu in der Mission bleiben mussten, es hätte ihnen bestimmt gefallen. Das Wasser der Bucht war sacht gewellt und spiegelte das Himmelsblau, nur weit draußen im Osten, über dem Pazifik, stiegen weißliche Schleierwolken auf, die der Wind jedoch ohne Zweifel bald auseinanderreißen würde.

Der deutsche Klub hatte die Organisation der Feierlichkeiten übernommen, so fanden sich überall Helfer, die die verschiedenen Gruppen zu einem großen Festumzug zusammenführten.

»Hier entlang! Immer mir nach! Da drüben sind wir richtig …«

Hatte sie recht gehört? Kein Zweifel – der eifrige junge Mann im hellen Tropenanzug war kein anderer als Tom Naumann. Lebte er etwa hier in Tanga? Und wieso kümmerte er sich um die Organisation dieser Veranstaltung?

»Seien Sie gegrüßt, liebe Schwester Paula!«

Er strahlte Freude und echten Patriotismus aus, schüttelte den beiden Missionaren und den schwarzen Diakonen die Hände und gelangte schließlich zu Paula, die inmitten ihrer Schüler ging.

»Was für ein großer Tag für uns alle! Ein Hochzeitstag – wenn das kein gutes Omen für die Zukunft ist …«, schwärmte er und hielt ihre Hand fest.

»Gewiss …«

»Würde es Sie stören, wenn ich während dieses festlichen Umzugs den Platz an Ihrer Seite einnähme?«, fragte er mit verhaltenem Lächeln.

»Ehrlich gesagt: Ja, es würde mich stören«, gab sie impulsiv zurück. »Sie wissen ja, wie schnell sich Gerüchte verbreiten. Vor allem solche, die vollkommen unbegründet sind.«

Sie hatte ihn überschätzt. Bei ihrer rüden Absage fiel ein Schatten über sein Gesicht, und das selbstbewusste Lächeln schwand.

»Verzeihung«, murmelte er. »Das war sehr unbedacht von mir. Nichts für ungut.«

Er hob kurz seinen hellen Strohhut und deutete eine Verbeugung an, dann ließ er sie stehen und verschwand irgendwo am Wegesrand zwischen den Gebäuden. Einen Moment lang verspürte sie Reue, sie hatte nicht vermutet, dass ihre Absage ihn derart verletzen würde. Dann aber rief sie sich ins Gedächtnis, wie zärtlich er die hysterisch heulende Lita von Wohlrath in ihre Schlafkabine getragen hatte, und ihr schlechtes Gewissen legte sich. Der junge Mann hatte sich von seiner Geliebten getrennt, und nun plagten ihn vermutlich Entzugserscheinungen. Aber sie, Paula von Dahlen, hatte nicht die Absicht, zur Nachfolgerin einer verwöhnten Bankierswitwe und ehemaligen Revuetänzerin zu werden. Da musste sich der gutaussehende Herr Naumann schon eine andere suchen, und je früher im das klar wurde, desto besser für ihn.

Es gelang ihr jedoch nicht, die Stimme des Gewissens ganz und gar auszuschalten. Während sie inmitten ihrer Schüler durch die Straßen der Stadt zog und die Klänge der beiden Kapellen sich mit den hellen, trillernden Jubelrufen der schwarzen Frauen mischten, erschien immer wieder Tom Naumanns enttäuschtes Gesicht vor ihren Augen. Wenn sie ihn nicht als geschmeidigen Diener und Liebhaber seiner Lita erlebt hätte – dann hätte es durchaus sein können, dass er ihr gefiel. Sehr sogar. Sie dachte an seine guten Eigenschaften. Was, wenn er sich tatsächlich geändert hatte?

Ein Mensch kann nicht aus seiner Haut, befand sie. Er mag sich verstellen – aber ein Rabe bleibt ein Rabe, und es wird kein Adler aus ihm. Gleich darauf fiel ihr ein, dass dies ein beliebter Spruch des Ernst von Dahlen gewesen war, jenes Mannes, den sie bisher für ihren Vater gehalten hatte …

Der Festzug bewegte sich durch das Viertel der Afrikaner, dann die Kaiserstraße entlang zum Bismarckplatz, wo man ein Denkmal des Eisernen Kanzlers im Schatten zahlreicher Mangobäume errichtet hatte. Der kleine Musikpavillon, in dem die Kapelle der Regierungsschule allsonntäglich aufspielte, war heute mit neugierigen Zuschauern angefüllt. Weiter ging es, vorbei am eindrucksvollen Kolonialgebäude des Deutschen Klubs, der Postagentur und verschiedenen Geschäftshäusern, die für den festlichen Tag mit grünen Akazienzweigen geschmückt waren. In den Schaufenstern standen Fotografien des Hochzeitspaares. Vor dem Bezirksgericht geriet der Festzug ins Stocken, die Musik verstummte, und alle lauschten den Worten des Bezirksrichters. Was genau er sagte, konnte Paula nicht verstehen, da sich eines der kleinen Mädchen einen Dorn in den Fuß getreten hatte und sie damit beschäftigt war, den Fremdkörper herauszuziehen und die Wunde notdürftig mit dem Stoff eines der Fähnchen zu verbinden. Als die Musik wieder einsetzte, zeigte sich, dass Missionar Söldners Schützlinge tatsächlich den längeren Atem hatten, denn sie bliesen so, dass die Melodien noch einigermaßen erkennbar waren, während die Kapelle der Regierungsschule eine ziemliche Kakophonie produzierte.

Mit der festlichen Rede des Bezirksrichters war der offizielle Teil der Feierlichkeiten beendet, nun begann jener Teil, der sowohl von Einheimischen als auch von den weißen Kolonialherren als der eigentlich angenehme angesehen wurde. Für die einheimische Bevölkerung von Tanga gab es Freibier, dazu verschiedene Lebensmittel, die sie selbst nach eigenen Vorstellungen zubereiteten. Die Weißen waren im Deutschen Klub zu einem Umtrunk eingeladen. Innerhalb kürzester Zeit löste sich die Versammlung vor dem Bezirksgericht auf, die indischen Geschäftsleute beeilten sich, die Läden wieder zu öffnen, ein großer Teil der Eingeborenen strebte den Stellen zu, an denen die Festtagsgeschenke ausgegeben wurden, auch Paulas Schüler und ein Teil der Musiker liefen davon.

»Kommen Sie, Paula«, sagte Missionar Böckelmann und fasste sie am Arm. »Söldner will unbedingt zurück in die Mission, schon wegen der Musikinstrumente, aber auch weil er nach Schwester Anneliese sehen will. Es bleibt also uns beiden vorbehalten, die Mission bei dem Festumtrunk gebührend zu vertreten.«

Es war inzwischen ziemlich heiß geworden, Böckelmann musste sich immer wieder den Schweiß von Stirn und Schläfen wischen, auf seinem grün gepunkteten Talar zeigten sich unter den Achseln dunkle Flecke.

»Oh weh«, meinte Paula bedenklich. »Ich hätte zwar nichts gegen eine kühle Limonade einzuwenden, aber ich fürchte, es wird dort drinnen Hochprozentigeres ausgeschenkt werden.«

Missionar Böckelmann befand diese Gefahr für nicht allzu bedrohlich und behauptete schmunzelnd, für das Ansehen der Mission müssten eben Opfer gebracht werden. Außerdem gehe er davon aus, dass die fleißigen deutschen Frauen auch Kaffee und Tee bereithielten.

Paula fügte sich. Während der vergangenen Wochen hatte sie bereits einige dieser deutschen Frauen kennengelernt, da sie zu verschiedenen Veranstaltungen des Deutschen Klubs gegangen war. Vor allem natürlich, weil sie nach dem unbekannten Mann auf der Fotografie forschen wollte – ein Versuch, der leider vollkommen scheiterte, da keine der Frauen zu jener Zeit in Tanga gewesen war. Die Damen waren meist mit deutschen Geschäftsleuten oder Beamten verheiratet, es fanden sich jedoch auch die Ehefrauen der Siedler im Usambara-Gebirge ein, manchmal kamen sie sogar von ihrer Plantage am Kilimandscharo nach Tanga. Die Usambara-Bahn hatte die Siedler in Deutsch-Ostafrika enger miteinander verbunden, eine Wegstrecke, für die eine Karawane früher Wochen gebraucht hatte, war jetzt in einigen Stunden zu bewältigen.

Trotz der freundlichen Aufnahme hatte Paula sich bei diesen Damen nicht allzu wohlgefühlt. Vielleicht lag es daran, dass man sie als unverheiratete Frau mit einem gewissen Misstrauen betrachtete, vielleicht waren es aber auch die abfälligen Bemerkungen einiger Pflanzerehefrauen, wenn die Rede auf die schwarzen Eingeborenen kam.

Der Saal des Deutschen Klubs war sehr ansprechend hergerichtet, blühende Zweige standen in den Vasen, im Vordergrund befand sich ein kleiner Tisch mit der Fotografie des Hochzeitspaares, von zarten Blumen bekränzt. Die lange Tafel hatte man sorgsam mit blütenweißen Damastdecken geschmückt, Teller und Tassen waren bunt gemischt, stammten aber alle aus heimatlichen Beständen. Missionar Böckelmann wurde von verschiedenen Bekannten aufs Herzlichste begrüßt, auch Paula schüttelte man die Hand und machte die üblichen Bemerkungen. Eine so hübsche junge Frau könne hier in Deutsch-Ostafrika nicht lange unverheiratet bleiben. Sie sei in der glücklichen Lage, unter zahllosen Junggesellen wählen zu können, sie müsse sich nur umschauen, die sehnsüchtigen Blicke der Herren folgten ihr bereits.

Die Blicke der Damen, die den Kaffee aus heimatlichen Porzellankannen ausschenkten, waren dagegen weniger sehnsüchtig. Indes gab es auch wohlwollende Mienen, vor allem Frau von Soden aus Wilhelmsthal, eine magere, sonnenverbrannte Person, die Ehemann und vier Söhne fest im Griff hatte, begrüßte das Fräulein von Dahlen mit echter Herzlichkeit.

»Wo waren Sie denn gestern Abend, liebe Paula? Wir haben so nett beieinandergesessen, nachdem wir den Raum geschmückt und die Tische gedeckt hatten …«

Natürlich – das Fräulein von Dahlen war in der Mission nicht abkömmlich gewesen. Was für eine segensreiche Tätigkeit sie sich da erwählt habe. Die armen Schwarzen hier an der Küste würden ja nur allzu leicht der Sünde und dem Alkohol verfallen. Ob sie denn vorhabe, diese Tätigkeit für längere Zeit auszuüben? Wie man hörte, würde doch eine junge Lehrerin in der Mission erwartet …

»Ja, das ist mir bekannt. Ich vertrete ihre Stelle nur im Augenblick, weil die arme Schwester Anneliese …«

Sie stockte, als sie unter den nun eintretenden Gästen Tom Naumann entdeckte. Er ging leichten Schrittes neben dem Bezirksrichter einher und schien ihm etwas ungeheuer Heiteres zu erzählen, denn der Bezirksrichter und die umstehenden Herren brachen in wieherndes Gelächter aus.

»Es steht nicht gut um Schwester Anneliese, nicht wahr?«, nahm ihre Gesprächspartnerin den Faden auf. »Was für eine treue Seele, sie hat ihre Gesundheit für die Bekehrung der Schwarzen hingegeben – gewiss wird sie ihren Lohn im Himmel dafür erhalten.«

Paula schwieg und beobachtete, wie Tom Naumann einige der Geschäftsleute mit Handschlag begrüßte und mit ihnen schwatzte. Ein Pflanzer aus der Umgebung wendete sich demonstrativ von ihm ab und ließ sich von dem schwarzen *boy* ein Bier bringen.

»Kennen Sie diesen Herrn etwa?«, fragte ihre Gesprächspartnerin, der Paulas aufmerksame Blicke nicht entgangen waren.

»Welchen der Herren meinen Sie?«

»Na, diesen Naumann natürlich. Der große Dunkelhaarige, der jetzt mit Herrn Wiese spricht. Also vor dem müssen Sie sich in Acht nehmen, Fräulein von Dahlen.«

Paula verspürte einen Stich – also doch. Wie hatte sie nur so dumm sein können! Ganz offensichtlich war Tom Naumann schon in ganz Tanga als Schwerenöter verrufen, und nur sie, Paula von Dahlen, das ewige Landei, hatte nichts davon mitbekommen.

»In Acht nehmen?«, fragte sie mit gespielter Heiterkeit. »Ist er denn gar so gefährlich, dieser Herr Naumann?«

Ihre Gesprächspartnerin kaute an ihrem Kuchenstück – Mangotarte mit kandierten Mandeln – und spülte es dann mit einem Schluck Kaffee hinunter.

»Er ist ein Negerfreund, meine Liebe. Haben Sie denn nichts davon gehört?«

Nein, Paula hatte keine Ahnung, was die Gemüter der deutschen Pflanzer in Wilhelmsthal und am Kilimandscharo so erregt hatte. Es war ein Zeitungsartikel in der *Berliner Morgenpost*, der mit der üblichen Verspätung in Deutsch-Ostafrika angekommen war. Ein Skandal.

»Dieser Schmierfink untergräbt die Existenz der deutschen Siedler in Ostafrika, meine Liebe. Er macht den ahnungslosen Menschen in der Heimat weis, der Neger könne mit ein wenig Schulbildung auf den geistigen Stand eines Europäers gelangen. Ich bitte Sie, Fräulein Paula. Wohin soll das führen?«

Paula hörte kaum noch zu, kannte sie das Gerede der Pflanzer doch längst. Der Neger sei zwar gutartig, aber faul und geistig minderwertig, daher müsse man für ihn sorgen und ihn zu geregelter Arbeit anhalten. Es sei vollkommen sinnlos, das gute Land an Neger zu geben, sie brächten dort nichts zustande, als Mais und Bohnen zu pflanzen.

»Wir deutschen Siedler haben unsere Kraft und unser Herzblut in die Pflanzungen gesteckt. Wir leben mit unseren Schwarzen, die wie unsere Kinder sind. Wir kümmern uns um sie. Wir geben ihnen Unterkunft und Kleidung. Während sie früher wie die Tiere gelebt haben, wohnen sie jetzt in hübschen Wellblechhütten …«

»Entschuldigen Sie mich bitte …«

Paula erhob sich und ging mit langsamen Schritten an den kaffeetrinkenden Frauen vorüber, den Herren, die bei Bier und deutschen Würstchen saßen. Als sie bei den kleinen Tischen angekommen war, tat sie, als sei sie vollkommen mit der bekränzten Fotografie beschäftigt. In Wirklichkeit aber wartete sie. Und ihr Plan sollte aufgehen.

»Ein schönes Paar – finden Sie nicht auch?«

»Ja, das ist wahr.«

»Bedauern Sie, die Hochzeitsparade in Berlin zu verpassen?«

»Nein. Ich bin sehr froh, hier in Tanga zu sein.«

Er berührte den silbernen Bilderrahmen vorsichtig mit dem Finger, schaute dann prüfend zu ihr hinüber und unternahm einen Vorstoß, obwohl er fürchten musste, sich einen weiteren Korb einzuhandeln.

»Es ist stickig hier, finde ich. Würde es Ihrem Ruf schaden, wenn man Sie an meiner Seite am Strand entlangspazieren sähe?«

»Wer sollte uns schon sehen? Sämtliche Honoratioren von Tanga sind hier im deutschen Klub versammelt.«

Sein Gesicht blieb unbeweglich, nur am kurzen Aufblitzen seiner Augen konnte sie erkennen, wie sehr ihm diese Antwort gefiel.

»Dann sollten wir die Lage nutzen.«

Er wollte vorausgehen und am Zollhaus auf sie warten, damit man sie nicht gemeinsam den Klub verlassen sah, doch Paula lachte ihn aus.

»Wenn schon, dann gehen wir gemeinsam!«

Während sie durch die staubigen Straßen zum Strand hinunterliefen, beschuldigte er sie, eine gerissene Schauspielerin zu sein. Es sei ihr zu keiner Zeit um ihren guten Leumund gegangen, sie habe das nur als Vorwand benutzt, um ihn abblitzen zu lassen.

»Und wieso jetzt?«, wollte er wissen, als sie das Zollhaus passiert hatten und das blaue Wasser der Bucht vor ihnen leuchtete.

»Jetzt bin ich neugierig geworden. Auf den Verfasser eines Zeitungsartikels in der *Berliner Morgenpost* …«

»Ach, Sie meinen diesen armen Burschen, den man demnächst in Wilhelmsthal von deutschen Siedlern erschlagen auffinden wird …«

Erschrocken blieb sie stehen und begegnete seinem belustigten Blick.

»Gefällt Ihnen diese Vorstellung nicht?«, fragte er ironisch.

»Ganz und gar nicht!«

Er schwieg. Ging neben ihr her durch den Sand, wagte es irgendwann, ihr seinen Arm zu bieten, um ihr das Gehen auf dem weichen Untergrund zu erleichtern. Am Wasser angekommen, schlenderten sie langsam in östliche Richtung, wo die Missionsstation lag, doch keiner von beiden schien die

Absicht zu hegen, noch heute dort anzukommen. Die Sonne warf gleißende Lichter über das Wasser, die es schwer machten, auch nur bis hinüber zur Insel zu schauen. Leise rauschend krochen flache Wellen über den Sand, durchsichtig wie Glas, schwappten über ihre Schuhe und netzten ihre Strümpfe, ohne dass sie es bemerkten. Ihre Zungen hatten sich gelöst, leicht, wie selbstverständlich begannen beide zu reden, kamen der Frage des anderen zuvor, verspürten das Verlangen, sich zu erklären und zugleich zu verstehen.

»Er war mir wie ein Vater, Paula. Ich wuchs in seinem Hause auf, er schickte mich auf eine anständige Schule, ließ mich studieren. Was ich bin, verdanke ich zu einem großen Teil dem alten Joachim von Wohlrath.«

Er war der Sohn eines Hausmädchens, sein Vater war als Kammerdiener angestellt und suchte das Weite, als die Schwangerschaft bekannt wurde. Joachim von Wohlrath hatte Mitleid mit der jungen Frau, sie durfte bleiben und ihr Kind behalten. Mehr noch, er ließ den Knaben erziehen.

»Sie hatte von Anfang an ein Auge auf mich geworfen. Mein Gott – wie verrückt kann ein alter Mann sein, dass er sich solch eine Person aufhalst. Als er krank wurde, begann sie, ihn mit anderen Männern zu betrügen, da kam er zu mir …«

Das, was er erzählte, klang unglaublich, und Paula fragte sich insgeheim, ob er das nicht erfunden hatte, um sich von seiner Schuld reinzuwaschen. Angeblich hatte der Kranke ihn gebeten, ein Liebesverhältnis mit seiner Frau einzugehen. Da er ihre Affären nicht verhindern konnte und zu schwach war, die Konsequenzen zu ziehen, hielt er es für das Beste, dass Tom sich ihrer annahm. Auf diese Weise wurden weitere Skandale vermieden, zudem blieb die geliebte Lita in seiner Nähe, er konnte sie täglich sehen und wenigstens seinen Tee in ihrer Gesellschaft einnehmen.

»Und … und darauf sind Sie eingegangen?«

»Zuerst nicht … aber dann …«

»Ich begreife!«

Er blieb stehen, und da sie sich bei ihm eingehakt hatte, musste auch sie verharren. Ein Schwarm Möwen ließ sich auf dem Wasser nieder, drüben bei der Insel stieg grauer Rauch auf – der Küstendampfer fuhr in die Bucht ein.

»Verachten Sie mich?«

»Ich weiß es nicht«, gestand sie. »Wir tun alle irgendwann Dinge, die wir später gern ungeschehen machen würden. Ich habe nicht das Recht, den Stab über Sie zu brechen …«

»Ich bitte auch nicht um Ihre Absolution. Ich will nur, dass Sie davon wissen, Paula. Ich bin nicht das, was man einen Ehrenmann nennt, aber ich bin auch kein durch und durch schlechter Kerl.«

»Habe ich das behauptet?«, fragte sie amüsiert.

Doch er blieb ernst. Erklärte, dass er nach dem Tod seines Gönners im Hause geblieben war, schon weil Lita sein Studium zahlte und er sich um seine Mutter kümmern musste, die dem Alkohol verfallen war. Aber auch, weil er nicht von seiner Geliebten loskam.

»Es war eine merkwürdige Mischung aus Hass und Mitleid, die mich an sie band …«

»Nicht zu vergessen die Sinnlichkeit, die sie ausstrahlt …«

»Die auch …«, gab er leise zu.

Schweigend setzten sie den Weg fort. Als sie die Stelle erreichten, wo ein schmaler Pfad durch den Palmenhain zur Missionsstation führte, begann Paula unvermittelt von ihrer Mutter zu erzählen, von der Hoffnung, die hübsche Tochter würde durch eine reiche Heirat den Familiensitz retten.

»Seit ihrem Tod habe ich oft Reue verspürt«, gestand sie. »Über Generationen haben Frauen klaglos diese Aufgabe erfüllt, aber ich, Paula, die eigenwillige, aufmüpfige Person, ich habe meine Familie verraten. Nun ist Klein-Machnitz für uns verloren …«

Er blieb abrupt stehen und fasste sie bei den Schultern. Sie erschrak. Nie zuvor, nicht einmal auf dem Schiff, hatte sie seine Nähe so intensiv gespürt, den festen Griff seiner Hände, den eindringlichen Blick der blaugrauen Augen.

»Das ist nicht wahr, Paula«, rief er. »Niemand hat das Recht, ein solches Opfer von einem Menschen zu verlangen. Nicht die Eltern und nicht die Familie. Niemand. Sie haben unendlich viel Mut bewiesen, und ich bewundere Sie dafür!«

Er war vor Aufregung außer Atem geraten und ließ sie nun los, stieß sie förmlich von sich und trat einige Schritte zurück, als habe er Furcht, etwas Schlimmes könne geschehen, wenn er sie länger festhielt.

»Es tut mir leid, ich wollte nicht aufdringlich erscheinen. Ich war nur aufgeregt. Sie … Sie dürfen sich auf keinen Fall Vorwürfe machen, Paula. Dazu gibt es keinen Grund.«

»Danke. Ich danke Ihnen sehr, Tom.«

Die Ernsthaftigkeit ihres Dankes schien ihn zu erleichtern, denn er grinste fröhlich und behauptete, sie habe ihn gerade eben zum ersten Mal mit seinem Vornamen angeredet.

»Man sieht sich«, sagte sie lächelnd.

»Unbedingt …«

Er blieb stehen und blickte ihr nach, während sie zum Palmenhain hinaufstieg. Als sie schon den Garten der Mission erreicht hatte, drehte sie sich noch einmal um. Zwischen den Stämmen blitzte das Blau der Bucht hindurch, und sie glaubte, an einer Stelle etwas Weißes zu sehen. Es konnte das Segel eines Fischerbootes sein. Ein Wasservogel, der am Strand nach Muscheln pickte. Oder aber Tom Naumanns heller Anzug.

14

Liebe Tante Alice,

ich freue mich sehr, dass mein Bruder Friedrich endlich den Mut gefunden hat, den ungeliebten Offiziersberuf aufzugeben und sich seiner Begabung zu widmen. Ich weiß, dass er ein großartiger Zeichner ist, und ich lege ihn dir, meine liebe Tante, ganz besonders ans Herz. Vielleicht wird er eines Tages den Namen »von Dahlen« auf ganz andere, neue Weise ins Licht der Öffentlichkeit rücken …

Paula hielt mit Schreiben inne, weil Mariamus klagende Stimme aus dem Schulhaus zu vernehmen war. Sie saß dort mit ihrer älteren Schwester und einem der kleinen Brüder und sollte ihnen bei den Rechenaufgaben helfen. Die schlaue *mama* Schakasa hatte inzwischen ihre Abneigung gegen die Missionare abgelegt und erreicht, dass zwei weitere ihrer Kinder in der Mission aufgenommen wurden. Eine große Erleichterung für sie, denn die Kinder wurden hier voll verköstigt und erhielten neue Kleidung.

»Mukea und Bari!«, rief sie laut über den Hof, so dass man es im Schulhaus hören konnte. »Ich sollt tun, was Mariamu sagt, sie rechnet richtig.«

Es kam keine Antwort, wie es schien, hatte sich die drei Kinder nun geeinigt. Paula tunkte die Stahlfeder ein und schob das Papier zurecht. Seit ihrer Kindheit musste sie das Blatt ein wenig schräg vor sich liegen haben, um besser schreiben zu können.

Von hier ist nur Gutes zu vermelden. Es ist August, die Trockenzeit wird noch bis Ende September dauern, doch sie ist längst nicht so schlimm wie in manchen Zeitschriften beschrieben. Gewiss, die Vegetation leidet unter dem Wassermangel, auch der aufwirbelnde Staub ist unangenehm, doch die Temperaturen sind gemäßigt und die Winde, die vom Meer herüberwehen, sogar recht kühl. Alles in allem bekommt mir das afrikanische Klima bisher sehr gut …

Sie verschwieg, dass sie im Juli drei Tage heftiges Fieber gehabt hatte und von Missionar Söldner mit Chinin behandelt worden war. Man sagte ihr, dies sei mehr oder weniger normal, jeder Europäer fing sich früher oder später ein kleines Fieber ein, doch mit einer vernünftigen Dosis Chinin, etwas Ruhe und guter Ernährung sei solch ein Anfall rasch ausgestanden. Die Natur helfe sich selbst. Auch Missionar Böckelmann hatte gefiebert, und Missionar Söldner behauptete, mindestens vier- bis fünfmal im Jahr einen ordentlichen Anfall zu bekommen, doch bisher sei er noch nicht daran gestorben. Nur Schwester Anneliese, die mehrere Wochen in der Regierungsklinik gelegen hatte, war der Meinung, dass mit dem Fieber an der Küste nicht zu spaßen sei.

Inzwischen ist auch die Lehrerin eingetroffen, die schon seit Monaten angekündigt war, doch bisher auf sich warten ließ. Stell dir meine Freude vor, als ich in ihr jene junge Frau wiedererkannte, die schon in Berlin einen ungemein sympathischen Eindruck auf mich machte. Ihr Name ist Franziska Gabriel, sie war Lehrerin in Weißensee und hat sich dort in rührender Weise für die Kinder aus ärmsten Verhältnissen eingesetzt. So ging sie nun auch hier in der Mission gleich daran, den Unterricht neu zu gestalten und die schwarzen Schüler mit großer Zuneigung anzuleiten …

Paula tauchte die Feder ein, zögerte jedoch weiterzuschreiben. Franziska Gabriel war tatsächlich eine liebenswerte Person, eine sanfte und intelligente Gesprächspartnerin und zudem eine junge Frau, die genau wie Paula auf eigenen Füßen stehen musste. Sie hatten sich rasch miteinander angefreundet, und doch spürte Paula, dass Franziska sich ihr niemals ganz öffnete, dass sie bemüht war, einen gewissen Abstand zu ihr zu halten. Sie nahm es ihr nicht übel, auch wenn es sie befremdete. Dazu kam, dass sie den Unterricht der Kleinen vollkommen anders gestaltete, als Paula es getan hatte. Wettspiele oder Ausflüge, Theaterspielen oder Ringelreihen – dies alles gehörte für Franziska nicht in den Unterricht. Stattdessen stand sie mit sanfter, lächelnder Miene vor ihren Schülern, erklärte geduldig, was sie lernen sollten, schrieb mit Kreide an die Wandtafel und half jedem einzelnen Kind, die Aufgabe richtig zu lösen. Sie liebte die schwarzen Kinder – keine Frage, alle konnten es spüren. Auch hatte sie sich gründlich vorbereitet und Suaheli gelernt. Aber dennoch kamen viele der Kleinen immer wieder zu Paula gelaufen und fragten schüchtern, wann sie denn wiederkäme.

»*Bibi* Franziska macht Augen von *toto* müde. *Bibi* Paula macht Mund von *toto* lachen und Füße hüpfen!«

Das hatte sie Franziska natürlich verschwiegen, denn sie wollte sie nicht traurig stimmen. Sie selbst jedoch verspürte eine kleine, heimliche Freude – mochte Franziska auch eine ausgebildete Lehrerin sein, sie, Paula, wurde von den Kindern geliebt.

Was konnte sie Tante Alice noch berichten? Ach, sie war ja so froh, dass die Tante ihren Ärger vergessen hatte und ihr erstes Schreiben mit einem langen, liebevollen Brief beantwortete. Sie möge ihr vergeben, was sie im ersten Schrecken geschrieben hatte, jetzt, nach einigem Nachdenken, sei sie zu dem Schluss gekommen, dass Paula recht getan habe, sie sei jung und müsse sich den afrikanischen Wind um die Nase wehen lassen. Die Tante verstieg sich sogar zu der Behauptung, diese Reise sei ihrer geliebten Nichte vorbestimmt gewesen, sie habe sich dieser Bestimmung gar nicht entziehen können.

Paula glaubte, diesen Wink verstanden zu haben – anscheinend hatte sich Tante Alice auch mit dem Gedanken ausgesöhnt, dass sie auf den Spuren des Baobabs wandelte.

Inzwischen habe ich einen guten Bekannten aus Berlin wiedergetroffen (du glaubst nicht, wie klein die Welt hier in den Kolonien ist), einen gewissen Tom Naumann, der sich als Journalist einen Namen gemacht hat. Er veröffentlicht regelmäßig in verschiedenen Zeitungen kleine und größere Berichte über die Verhältnisse in Deutsch-Ostafrika.

Der letzte Satz war mehr als geprahlt, denn Tom hatte zwar etliche Artikel verfasst, die Zeitschriften, denen er sie schickte, ließen sich mit der Veröffentlichung jedoch Zeit. Dennoch glaubte sie fest daran, dass Tom seinen Weg als Journalist machen würde, er hatte eine gute Beobachtungsgabe und einen flotten Schreibstil. Vor allem aber gefiel ihr sein unermüdlicher Einsatz gegen jede Art von Bevormundung und Versklavung der schwarzen Menschen in Afrika.

Tom Naumann hat aufgrund seiner Arbeit einen weiten Bekanntenkreis, und er war so liebenswürdig, mir bei mei-

ner Suche behilflich zu sein. Ein Pflanzer aus der Gegend von Amani konnte sich erinnern, einen Mann namens Klaus Mercator vor siebenundzwanzig Jahren in Tanga getroffen zu haben. Er hat ihn auf dem Foto wiedererkannt und behauptet, Klaus Mercator habe mehrere Tage krank in der Mission in Tanga gelegen. Der damalige Missionar Walter Brüggemann ist inzwischen leider verstorben, doch der Pflanzer hatte einen Abend mit Klaus Mercator beim Whisky verbracht und meinte, sich zu erinnern, dass der Mann früher Reitlehrer gewesen und als Großwildjäger nach Afrika gekommen sei. Nach seiner Genesung soll er davongezogen sein, um Gold zu suchen, wohin, wusste der Pflanzer leider nicht.

Nun bin ich sehr gespannt, liebe Tante Alice, ob dies tatsächlich der Name jenes Mannes ist, der vor Zeiten meiner Mutter den Hof machte. Zumindest der Vorname stimmt überein – allerdings fürchte ich, dass es Tausende von Männern gibt, die mit Vornamen »Klaus« heißen …

Insgeheim war sie vollkommen sicher, dass es sich um ein und dieselbe Person handelte. Sowohl Dr. Meynecke als auch dieser Pflanzer hatten behauptet, der Mann sei in Tanga gewesen, habe krank darniedergelegen und sei dann aufgebrochen, um reich zu werden. – Gold zu suchen. Das konnte kein Zufall sein. Selbst wenn Tante Alice in ihrem nächsten Brief behauptete, diesen Namen noch nie zuvor in ihrem Leben gehört zu haben, würde das nichts weiter beweisen, als dass die gute Tante starrsinnig ein Familiengeheimnis bewahrte.

Sie beschloss das Schreiben mit einigen heiteren Vorkommnissen. So waren zwei der schwarzen Diakone in der vergangenen Nacht in heller Panik ins Missionshaus geflüchtet und hatten behauptet, *simba,* ein Löwe, habe vor dem Fenster ihres Schlafhauses gebrüllt. Missionar Söldner fand jedoch heraus, dass es der Spaßvogel Kiboko gewesen war, der die röchelnden, knurrenden Laute des Steppenkönigs täuschend echt nachgeahmt hatte. Dann war noch zu berichteten, dass Schwester Paula bereits den fünften Antrag hatte ablehnen müssen. Dieses Mal hatte ein Geschäftsmann aus Daressalam um ihre Hand angehalten, er gehörte einer der deutschen Handelsgesellschaften an, die Tropenhölzer, Kautschuk, Sisal und Kaffee aus der Kolonie ins Mutterland beförderten. So – da hatte Tante Alice noch etwas zum Schmunzeln.

Paula überflog das Schreiben noch einmal und fügte einige Bemerkungen bei, faltete es dann zusammen und schrieb die Adresse auf einen Umschlag. Es war Mittagszeit, eine Phase der Stille im sonst so lebhaften Treiben der Mission, sogar die Hühner hockten faul in einer Ecke des Hofs beieinander, aus dem Arbeitsraum hinter ihr war Missionar Söldners regelmäßiges Schnarchen zu vernehmen. Einzig Missionar Böckelmann verschloss sich der Mittagsruhe, er war in Tanga unterwegs, um einige seiner Schäfchen zu besuchen und Einkäufe zu tätigen. Gestern war er zur Erheiterung der gesamten Mission mit einem breiten Strohhut für Franziska zurückgekehrt, da er der Meinung war, sie müsse sich gegen die afrikanische Sonne schützen. Tatsächlich hatte sich Franziska während ihrer ersten Tage in der Mission einen kräftigen Sonnenbrand eingehandelt.

Drüben im Schulhaus war der Streit der Kinder jetzt wieder aufgeflammt – Mariamu war bei allem Charme kein einfaches Kind. Sie hatte lange zurückstehen müssen wegen ihrer Behinderung – jetzt, da sie in der Mission Anerkennung erfahren hatte, ließ sie die Geschwister ihre Überlegenheit spüren. Paula wollte schon aufstehen, um nach dem Rechten zu sehen, da erschien Franziska im Hof, lächelte ihr zu und verschwand im Schulhaus. Gleich darauf war dort ihre sanfte Stimme zu vernehmen, sie las den drei Streithähnen auf die ihr eigene Art die Leviten. Sie machte ihre Sache wirklich gut, niemand konnte ihr etwas vorwerfen, nur hatte Paula das beklemmende Gefühl, hier in der Missionsstation überflüssig zu sein. Gewiss, sie suchte sich Beschäftigung, kümmerte sich um den Garten, die Tiere, spielte am Nachmittag mit den Kleinen, außerdem versah sie den Dienst am Harmonium in der Kirche. Aber all diese Aufgaben konnten auch andere übernehmen …

Ein tuckerndes Geräusch näherte sich der Missionsstation und brachte Bewegung in die stille Mittagsstunde. Paula klebte rasch den Brief zu und trug ihn ins Arbeitszimmer, wo Missionar Söldner die Post sammelte, um sie bei Gelegenheit mit hinunter in die Stadt zu nehmen. Bei ihrem Eintreten öffnete er die Augen – selbst wenn er schnarchte, war sein Mittagsschlaf doch so leicht wie der Schlummer eines Kätzchens.

»Ihr Verehrer ist im Anmarsch, schöne Frau«, scherzte er.

»Das ist nicht mein Verehrer – das ist ein guter Bekannter, weiter nichts!«

»Bitte um Vergebung«, schmunzelte er und zog die Jacke aus weißem Baumwollstoff über dem Bauch zurecht. »Mir schien nur, dass der junge Mann sich ganz besonders ins Zeug legt, um Eindruck auf Schwester Paula zu machen …«

Sie musste zugeben, dass er nicht ganz unrecht hatte. Das tuckernde, schnaufende Geräusch hatte inzwischen die halbe Mission in Aufruhr versetzt, die schwarzen Frauen, die Diakone, auch die Kinder waren voller Neugier in den Hof gelaufen, sogar Schwester Anneliese, die noch recht schwach war, hatte auf einem der Stühle im Schatten Platz genommen. Hühner und Ziegen stoben entsetzt davon, als das Automobil in den Hof einfuhr, die schwarzen Kinder hingegen drängten neugierig herbei, sogar Mariamu humpelte völlig ohne Angst zu dem zischenden, vibrierenden Gefährt, das von seinem Fahrer vor dem Missionshaus zum Stehen gebracht wurde.

Ein Automobil mochte in Berlin ein alltäglicher Anblick sein, auch in Daressalam sollte es einige davon geben – ein gewisser Paul Graetz hatte vor einigen Jahren sogar die Strecke von Daressalam bis Swakopmund in Deutsch-Südwest damit zurückgelegt, allerdings unter vielen Strapazen und Abenteuern. Fast zwei Jahre hatte er für diese Fahrt gebraucht.

In der evangelischen Mission Tanga jedoch war ein Automobil die Attraktion des Tages, ein Zauberding und Höllengefährt für die Schwarzen, ein stinkendes Stahlross für die Missionare, die diese Errungenschaft der Technik trotz allem mit einer gewissen Begehrlichkeit betrachteten.

Tom war sich seiner Wirkung durchaus bewusst, wenn er jetzt den Motor ausschaltete und sich nachlässig im Sitz zurücklehnte.

»Finger weg – das ist heiß! Wollt ihr euch verbrennen?«, knurrte er die schwarzen Kinder an, die den Kühler berühren wollten. »Lauft besser zu Schwester Paula, und sagt ihr, dass ich angekommen bin.«

Der Auftrag war mehr als überflüssig, denn niemandem in der Mission war seine Ankunft entgangen. Drüben vor dem Schulhaus war jetzt auch Franziska zu sehen. Sie trug den breitkrempigen Strohhut, den Missionar Böckelmann für sie gekauft hatte, daher war nicht genau zu erkennen, mit welcher Miene sie den Gast betrachtete. Paula hatte jedoch schon mehrfach festgestellt, dass Franziska sich von Tom fernhielt. Auch jetzt stand sie unbeweglich da, die Arme vor der Brust verschränkt, ihre gesamte Körperhaltung drückte aus, dass sie diesen Auftritt als lästige Störung empfand.

Als Paula mit Hut und Jacke angetan im Hof erschien, fand sie Tom damit beschäftigt, das Kühlwasser aufzufüllen. Vermutlich war es nicht einmal notwendig, er tat es, um dem andächtigen Publikum ein Schauspiel zu bieten, denn nachdem er den Trichter abgesetzt und die Öffnung wieder verschraubt hatte, klappte er die linke Seite der Motorhaube auf und zeigte den Zuschauern das ölverschmierte Innere der Zaubermaschine.

»Fertig?«, fragte er beiläufig.

»Geschmiert und blank gewienert, Herr Naumann!«

Er schob Kibokos neugierige Finger beiseite und klappte die Motorhaube wieder zu. Dann zog er ein Tuch hervor und wischte sich das Öl von den Fingern, wobei er Paula genau musterte, als müsse er sichergehen, nicht die Falsche in sein wertvolles Automobil einzuladen.

»Dann darf ich bitten … Und bitte nicht wieder die Tür so fest zuschlagen, der Lack ist empfindlich.«

Sie musste lachen. Es war angenehm, mit ihm zu reden, kleine Scherze zu machen, seine bewundernden, manchmal auch ironischen Blicke zu spüren. Sie hatten sich schon zahllose Male getroffen, auch bevor er auf die verrückte Idee gekommen war, dieses Automobil von irgendeinem geschäftstüchtigen Inder zu erwerben. Seitdem allerdings waren ihre Ausflüge länger und auch abenteuerlicher geworden.

»Sind Sie auf Großes gefasst, Fräulein von Dahlen?«, fragte er grinsend, als er neben ihr hinter dem Steuer saß.

»Ich bin auf alles gefasst, wenn ich mich in dieses Automobil setze.«

»Das ist sehr vernünftig von Ihnen!«

Einer der Diakone betätigte die Kurbel, die an der Frontseite des Wagens angesetzt und mehrfach gedreht werden musste. Sie benötigten drei Versuche, um den Motor in Gang zu setzen, und als er endlich zitternd und tuckernd zum Leben erwachte, wichen die neugierigen Zuschauer respektvoll ein paar

Schritte zurück. Tom wendete den Wagen mit viel Aufwand, überfuhr fast eine verschreckte Henne, und als sie die Mission verließen, rannte der Diakon mit der Kurbel hinter ihnen her.

»*Bwana! Bwana!* Nicht vergessen Zauberstab von Tucke-Tucke!«

Paula beugte sich hinaus und nahm das wichtige Utensil entgegen, dann ließen sie den hustenden Diakon in einer Staubwolke zurück.

»Und? Was hast du heute mit mir vor?«, erkundigte sie sich, als Tom beharrlich schweigend einem Weg folgte, der zu den Kokosplantagen nahe der Stadt führte.

Ihre Ausflüge endeten meist unfreiwillig, sei es durch umgestürzte Bäume, Sandlöcher oder Dornengestrüpp, das den Gummireifen des Automobils zusetzte. Einmal hatte er ihr einen flachen See gezeigt, in dem Flamingos und Marabus nach Nahrung suchten, doch das Gewässer war inzwischen ausgetrocknet. Ein andermal hatten sie eine Gruppe Löwen beobachtet, die reglos in der Sonne dösten und sich nicht im Mindesten um das tuckernde Automobil kümmerten. Es wäre ein Leichtes gewesen, einige der Tiere abzuschießen. Gut möglich, dass Tom Lust dazu gehabt hatte, denn auf dem Rücksitz lag ein Gewehr. Doch er rührte die Waffe nicht an.

»Heute?«, ließ er sich endlich vernehmen. »Heute habe ich mir vorgenommen, dich an einen geheimen Ort zu entführen.«

Sie sah ihn prüfend von der Seite an, dann lachte sie. Offensichtlich hatte er wieder einmal von irgendeiner »Sehenswürdigkeit« gehört, sei es ein besonders eindrucksvoller Termitenhügel, ein Eingeborenendorf oder die Plantage eines Bekannten, bei dem sie auf einen Imbiss und ein kühles Getränk einkehren würden. Einmal waren sie bei einem Pflanzer aus Norwegen über Nacht geblieben, hatten dort bis in die

Dunkelheit hinein zusammengesessen und dann in getrennten Räumen in seinem Gästehaus geschlafen. Niemals hatte Tom versucht, ihr in irgendeiner Weise zu nahe zu treten, hatte sich stets wie ein Ehrenmann benommen. Eine Haltung, die Paula ihm hoch anrechnete und die der Grund dafür war, dass sie sich ihm bedingungslos anvertraute.

Heute schien er keinen Besuch zu planen, denn sie hatte auf dem Rücksitz einen gefüllten Picknickkorb entdeckt. Doch obgleich sie ihn nun mit neugierigen Fragen bestürmte, war er nicht bereit, das Ziel der Fahrt zu verraten. Er behauptete sogar grinsend, keine Ahnung zu haben, wohin er fuhr, da er vor lauter Staub nichts erkennen könne. Je länger die Trockenzeit anhielt, desto dichter wurden die rötlichen Staubwolken, die bei der kleinsten Bewegung von dem ausgetrockneten Boden aufstiegen. Manchmal trieb der Wind ihnen dichte Schleier entgegen, dann wieder konnten sie den Staub in kleinen Wirbeln über die Erde tanzen sehen, so als seien die Geister der Toten aus dem Boden gestiegen, um sich unter die Lebenden zu mischen.

Tom schien die Strecke schon einmal gefahren zu sein, denn als vor ihnen eine wackelige Fußgängerbrücke über einen Flusslauf führte, lenkte er den Wagen zielsicher zum Ufer. Der Fluss war bis auf ein schmales Rinnsal ausgetrocknet, an einigen Stellen sah man tiefe Mulden, dort hatten sich Elefanten und Flusspferde im Schlamm gewälzt, nun aber war auch dieser von der Sonne gehärtet.

Tom hielt Ausschau nach einer Stelle, an der sie das Rinnsal überqueren und an einem flachen Ufer auf die andere Seite gelangen konnten. Als sie es geschafft hatten, erblickten sie rechts die Schienen der Usambara-Bahn, die in einiger Entfernung auf einer hölzernen Brücke über den Fluss verliefen.

»Du willst mich an die Massai verkaufen, gib es zu«, scherzte Paula, der es langsam ein wenig unheimlich wurde. So weit hatten sie sich bisher noch nie von Tanga entfernt.

»Richtig. Ich habe abgemacht, dass sie mir zehn Elefantenzähne und drei gefleckte Rinder für dich zahlen. Würde es dir gefallen, die Ehefrau eines Massai-Häuptlings zu werden?«

»Warum nicht?«, meinte sie schulterzuckend. »In der Mission wird mich niemand vermissen. Dort tut jetzt Franziska meine Arbeit. Ich bin völlig überflüssig.«

Loses Dornengestrüpp versperrte ihnen den Weg, so dass Tom den Wagen anhalten musste. Beide stiegen aus und mühten sich, die stacheligen Hölzer zur Seite zu zerren.

»Franziska ist eine ungewöhnliche junge Frau«, nahm Tom das Gespräch wieder auf, als sie weiterfahren konnten. »Ich hatte sie damals in der engeren Auswahl.«

»Ach ja?«

Sie ärgerte sich, weil ihre Antwort so spitz klang. Tom schielte zu ihr hinüber und grinste vergnügt.

»Sie schien mir ein verlässlicher und kluger Mensch zu sein, jemand, der nicht gleich nach der ersten Auseinandersetzung mit Lita von Wohlrath davonrennt.«

»Du meinst, ein geduldiges Schaf, das ihre Tyrannei klaglos über sich ergehen lässt …«

Er gab keine Antwort. Tom Naumann hatte Lita von Wohlrath zwar verlassen und behauptete, endgültig von ihr frei zu sein, doch war er nicht bereit, über die Zeit, die er bei ihr verbracht hatte, zu sprechen. Er hatte Paula erklärt, was sie wissen musste – damit war es genug.

»Und weshalb hast du Franziska Gabriel dann doch nicht ausgewählt?«

Sie waren weitergefahren, aber nun musste er den Wagen schon wieder anhalten, da der Staub ihnen jegliche Sicht nahm. Tom hustete und trank einen Schluck aus der Wasserflasche, die Paula ihm reichte.

»Sie ist krank, Paula«, sagte er dann und schraubte umständlich den Verschluss auf die Flasche. »Was ich dir jetzt sage, muss unter uns bleiben. Ich habe damals genau wie bei dir Nachforschungen angestellt und erfahren, dass sie an Tuberkulose leidet … Sie muss es verschwiegen haben, sonst hätte sie diese Stelle nicht bekommen.«

»An Tuberkulose … Oh mein Gott!«

Jetzt begriff Paula, weshalb Franziska sich Tom Naumann gegenüber so ablehnend verhielt. Sie ahnte, dass er von ihrer Krankheit wusste, und fürchtete, er könne es den beiden Missionaren verraten. Dabei würde sich diese unheilbare Krankheit sowieso auf Dauer nicht verheimlichen lassen.

»Aber wie ist das nur möglich? Ich weiß, dass Lehrer oder Beamte, die in die Kolonien geschickt werden, einer strengen Gesundheitskontrolle unterzogen werden …«

Tom zuckte die Schultern und bemerkte nur, dass die christlichen Missionsgesellschaften in diesem Punkt vielleicht weniger sorgfältig seien.

»Sie weiß, dass ihr Leben kurz sein wird. Deshalb ist sie entschlossen, etwas Sinnvolles zu tun«, meinte er nachdenklich. »Das ist doch großartig von ihr …«

»Großartig?«, ereiferte sich Paula. »Unverantwortlich ist es. Sie wird die schwarzen Kinder anstecken. Wie kann sie nur so selbstsüchtig sein!«

»Das ist nicht gesagt, Paula. Ihre Krankheit ist in einem frühen Stadium, möglicherweise trägt die Arbeit hier sogar zu ihrer Heilung bei.«

»Du glaubst wohl an Wunder?«

»Ja, Paula«, sagte er und sah sie lächelnd von der Seite an. »Ich glaube an Wunder. Schau!«

Er wies mit dem ausgestreckten Arm nach vorn. Der Staub hatte sich inzwischen gelegt, nur ein zarter, rötlicher Nebel lag noch über der Steppe. Graue Grasinseln waren sichtbar geworden, durchsichtiges Buschwerk, an dem noch ein leichter grüner Flaum zu sehen war. In einiger Entfernung zeichneten sich die Silhouetten einiger Schirmakazien wie filigrane Schattenrisse gegen den mattblauen Himmel ab. Dann aber wurden Paulas Blicke wie magisch von einer fremdartigen Erscheinung angezogen. Einem Geisterwesen gleich stand es in der Steppe, schien in der hitzeflirrenden Luft zu fließen und war doch tausendfach im Himmel verwurzelt, während sich sein Stamm in den staubigen Erdboden grub.

»Tom …«, flüsterte sie. »Ach, Tom …«

Die Rührung schnürte ihr die Kehle zusammen. Sie hatte ihm von dem alten Mbaluku erzählt, der behauptet hatte, den Baobab auf der Fotografie zu kennen, doch das war schon Monate her, seitdem hatten sie nie wieder davon gesprochen. Nun aber hatte Tom den Weg dorthin erkundet.

»Ich weiß gar nicht, was ich sagen soll …«

Er schien selbst von der Wirkung seiner Überraschung überwältigt, sie spürte, dass er den Arm um sie legte und sie für einen Moment an sich zog. Es war die feste und zugleich zärtliche Umarmung eines guten Freundes, der sie in ihrer Gefühlsaufwallung auffangen und beruhigen wollte. Mehr nicht. Schließlich war Tom wie alle anderen der Meinung, es handele sich bei dem Mann auf der Fotografie um einen guten Freund ihres Vaters.

Langsam fuhren sie näher an den mächtigen Baum heran. Sein Stamm war vielfach zerrissen und zerklüftet, an einigen Stellen schien er sogar hohl zu sein, an anderen Stellen wuchsen schlangengleich neue Äste aus dem toten Holz und reckten sich dem Himmel entgegen. Als Tom in einiger Entfernung anhielt und den Motor ausschaltete, war nur noch das schrille, beharrliche Geräusch der Grillen zu vernehmen. Sie stiegen aus, umrundeten den ausladenden Stamm und blickten hinauf in die Unzahl grauer Äste, die wie ein dichtes Gitter miteinander verhakt schienen. Kaum ein Blättchen war zu sehen, nur an wenigen Stellen spross noch ein wenig dunkelgrünes Laub, das der Staub grau gefärbt hatte. Der Baum verließ sich auf seine Wurzeln, die tief in die Erde hineinreichten, so tief, dass sie das Grundwasser erreichen konnten. Es war nicht viel, denn auch der Grundwasserspiegel sank mit jedem Tag der Trockenperiode, aber der Baum zog sich in sich selbst zurück, konzentrierte all seine Kräfte auf den innersten Kern, das Zentrum seiner Lebenskraft, das er erhalten musste, bis die nächste Regenzeit ihn aus der Erstarrung erlöste.

Paula strich mit der Hand über das Holz des Stammes, folgte den Wülsten und Knoten, den tiefen Rinnen, den Kerben … War es hier gewesen? Hatte er hier gestanden? Hatten seine Hände die gleichen Unebenheiten dieses phantastischen Baumstammes erkundet?

»Vor fast achtundzwanzig Jahren könnte dieser Baum viel kleiner gewesen sein …«, murmelte sie unsicher.

»Kaum«, sagte Tom, der sie bei ihrem Tun aufmerksam beobachtete. »Ich habe mich erkundigt. So ein Baobab soll viele Hundert Jahre alt werden. Angeblich sogar über tausend – so gesehen sind knapp achtundzwanzig Jahre für ihn nur ein winziger Augenblick.«

Sie nickte und war sich fast sicher. Wie schade, dass sie die Fotografie nicht bei sich hatte. Aber es war dieser Baum. Auch Mbaluku hatte ihn sofort erkannt, und es war anzunehmen, dass der alte Häuptling zu den Tieren und Pflanzen seiner Umgebung ein sehr enges Verhältnis hatte, enger, als jeder Weiße es haben konnte. Paula lehnte sich mit dem Rücken gegen das knotige Holz des Stammes und schloss die Augen, spürte dem Augenblick nach, als Klaus Mercator an dieser Stelle stand, ein Augenblick, der für den uralten Baobab bis in die Gegenwart andauerte …

»Ich habe noch eine Überraschung für dich«, hörte sie Toms leise Stimme.

Er stand sehr dicht vor ihr, als der Wind mit einem Zipfel seiner Jacke spielte, berührte der Stoff ihren Arm.

»Das ist ja wie Weihnachten.«

»Weihnachten unter dem Baobab …«

»Nun sag schon!«

Er lachte über ihre Ungeduld. Dann kam er damit heraus. Gestern habe ihn ein Anruf aus Amani erreicht, der Pflanzer habe sich nun endlich daran erinnert, wohin Klaus Mercator gezogen sei.

»Er behauptete, der Mann sei mit einer Gruppe Goldsucher ins Kilimandscharo-Gebiet gegangen. Eine Gegend, in die zur damaligen Zeit nur wenige Europäer vorgedrungen waren. Ob diese Abenteurer tatsächlich fündig geworden sind, ist wohl mehr als fraglich – man hat nie wieder von ihnen gehört.«

Er sah die Enttäuschung in ihrem Gesicht und fügte hinzu, dass dies natürlich wenig zu bedeuten habe. Der Pflanzer selbst sei zu dieser Zeit noch ein junger Draufgänger und Abenteurer gewesen, der im Auftrag einer Handelsgesellschaft die Gegend erkunden sollte. In Usambara habe er sich erst viel später niedergelassen, als seine wilden Jahre vorüber waren. Vermutlich sei es jenem Klaus Mercator ähnlich gegangen, denn alles in allem – so behauptete der Pflanzer – habe der Bursche trotz einiger Verrücktheiten doch einen guten Kern gehabt.

»Für jeden von uns kommt einmal die Zeit, da man genug vom ziellosen Umherirren hat und festen Boden unter den Füßen haben möchte«, behauptete Tom.

»Tatsächlich?«

Der ungläubige Ton ihrer Frage schien ihn zu ärgern. Ob sie sich nicht vorstellen könne, dass auch er es satthabe, in einem gemieteten Zimmer im deutschen Viertel von Tanga zu hausen und nicht zu wissen, wohin es ihn morgen verschlagen könne.

»Ich dachte, dieses Leben gefällt dir.«

»Es gefällt mir, weil eine gewisse Paula von Dahlen in meiner Nähe ist«, sagte er. »Was mir aber nicht gefällt, ist die Tatsache, dass sie jeden Augenblick davonfliegen kann und ich dann mit leeren Händen dastehe …«

Sie starrte ihn an und begriff plötzlich, dass er dabei war, ihr einen Antrag zu machen. Konnte das denn sein? Ausgerechnet hier an diesem Ort? Ausgerechnet in diesem Augenblick?

»Hör mir zu, Paula«, bat er und legte sacht beide Hände auf ihre Schultern. »Ich bin nicht der arme Schlucker, für den du mich hältst. Ich habe schon seit Jahren Geld zurückgelegt, für die Zukunft gespart, und ich bin entschlossen, es hier in Deutsch-Ostafrika anzulegen…«

Sie hörte seine Stimme jetzt nur noch gedämpft, mit dem Geschrei der Grillen und einem seltsamen Summen und Knistern in den Zweigen des Baobab vermischt. Er wollte Land kaufen, in Tanga oder Daressalam, ein Haus bauen, eine kleine Plantage anlegen, ein Geschäft eröffnen.

»Einmal im Leben trifft man eine Frau, bei der man weiß: Das ist sie. Die Frau, die zu dir gehört, die für dich bestimmt ist. Die einzige, die richtige. Wenn du sie wieder gehen lässt, bist du der gottverdammteste Idiot, den die Erde je gesehen hat …«

Seine Hände auf ihren Schultern wurden schwer, glitten über ihren Rücken, zogen ihren Körper an seine Brust. Hitze stieg in ihr auf, sie bog sehnsuchtsvoll den Kopf zurück, sah seine funkelnden Augen, spürte die Wärme seines Atems. Als er sie küsste, war es wie ein Rausch, ein wildes Aufbegehren all ihrer Sinne, die Erfüllung zahlloser, nie eingestandener nächtlicher Träume.

»Ich wollte das nicht tun, bevor ich es nicht auf diese Weise tun kann«, flüsterte er, seine Lippen von ihren lösend. »Ernsthaft. Kein flüchtiges Abenteuer, sondern ein Bekenntnis. Ein Versprechen.«

Ob sie bei ihm bleiben wolle. Als seine Frau. Er sei bereit, die Welt auf den Kopf zu stellen und ihr den Mond zu Füßen zu legen. Ein Haus zu bauen. Vom Morgen bis zum Abend zu schuften, um sie glücklich zu machen.

Was hatte sie ihm geantwortet? Später erinnerte sie sich nur an eine schweigende Heimfahrt, die mehrfach von dem überkochenden Kühlwasser unterbrochen wurde. An eine schlaflose Nacht in ihrem Zimmer in der Missionsstation. An viele Tränen und ein ungemein schlechtes Gewissen.

Keine Reue.

15

Das Geschrei der schwarzen Frauen und Kinder auf dem Bahnsteig war unbeschreiblich. Sie hielten flache, runde Körbe in die Höhe, schoben sich gegenseitig beiseite und bemühten sich, ihre Ware so dicht wie möglich vor die Fenster des Personenwaggons zu halten. Geröstete Maiskolben und *mandazi, chapali,* frische Ananas und in Papiertüten verpackte Erdnüsse kosteten nur ein paar Heller, es gab auch Limonade in Glasflaschen oder Bier, doch das durfte eigentlich nicht an die Reisenden verkauft werden. Man benötigte lange Arme und jugendliche Kräfte für diese Arbeit, daher hatten die älteren Frauen und die Kinder nur geringe Chancen. Ihnen blieb bloß das Geschäft mit den ein- und aussteigenden Reisenden.

Paula hatte einem kleinen Mädchen drei Maisküchlein abgekauft und dazu eine Tüte Erdnüsse erstanden, jetzt lehnte sie sich erschöpft zurück und schaute zu ihrer Reisetasche empor, die über ihr im Gepäcknetz lag. Immer noch stiegen Reisende in den Personenwagen ein, Europäer in hellen Tropenanzügen, Inder mit Turban und langer, geknöpfter Jacke, bunt gekleidete Afrikaner mit glänzenden, geschorenen Köpfen. Man rückte auf den hölzernen Bänken enger zusammen und achtete trotz der Überfüllung darauf, unter sich zu bleiben. So suchten Inder gern die Nähe ihrer Landsleute, und auch die Europäer bemühten sich beieinanderzusitzen. Paula hatte das zweifelhafte Vergnügen, zwischen einem weißen

Geschäftsmann und seiner Ehefrau eingeklemmt zu sein, der katholische Missionar auf dem Platz gegenüber hatte ihr bereits zweimal auf die Füße getreten.

»Gestatten – Johannes Mühsal. Ich bin unterwegs nach Moshi, um in der dortigen Mission zu wirken …«

»Sehr angenehm. Franz Bauer – Gemischtwaren. Wilhelmsthal …«

Ein scharfer, langgezogener Pfiff unterbrach das sich anbahnende Gespräch, und Franz Bauer erhob sich, um aus dem Fenster zu sehen. Die Lok war unter Dampf – eigentlich musste es jetzt bald losgehen.

»Unfassbar!«, knurrte er. »Hinten sind sie immer noch nicht mit Aufladen fertig. Es ist doch ein Jammer mit diesen Negern – so etwas wie Zeit kennen die nicht.«

»Dem Glücklichen schlägt keine Stunde«, versetzte Missionar Mühsal lächelnd und handelte sich damit einen feindseligen Blick von Seiten der Gemischtwarenhändlerin ein.

»In Ihrem Geschäft kann's Ihnen gleich sein, Pater«, meinte Franz Bauer, der seine Taschenuhr herausgezogen hatte. »Aber wir wären gern pünktlich in Mombo, um noch bei Tageslicht Wilhelmsthal zu erreichen. In der Nacht finden sich oft allerlei Langfinger ein, die es auf die Waren abgesehen haben, und man kann schließlich die Augen nicht überall haben …«

Rauchschwaden zogen jetzt über den Bahnsteig und hüllten die Händlerinnen in weiße und graue Wolken. Der schwarze Schaffner stand gelangweilt an der Bahnsteigkante, die dunkelblaue Uniformjacke über das hemdartige Gewand gezogen, Beine und Füße nackt. Ein weiterer, schriller Pfiff deutete an, dass es nun ernst wurde, aber immer noch waren einige Händlerinnen nicht bereit zurückzuweichen, denn gerade jetzt entschlossen sich einige Reisende, etwas Proviant für die Fahrt einzukaufen. Der Wagen ruckelte heftig beim Anfahren, und der Gemischtwarenhändler wäre um ein Haar auf den Missionar gefallen, hätte er sich nicht geistesgegenwärtig am Fensterrahmen festgehalten.

»Gottlob – wir fahren!«

»Eine Viertelstunde haben wir verloren! Verfluchte Faulenzer!«

»Was ist schon eine Viertelstunde im Vergleich zu Gottes Ewigkeit?«

Franz Bauer starrte den Missionar an, um herauszufinden, ob der Mann im Ernst redete oder sich über ihn lustig machen wollte. Nach einem raschen Blickwechsel mit seiner Ehefrau entschied er sich für Ersteres und setzte sich mit resignierter Miene auf die Bank. Für einen kleinen Plausch über die Lage der deutschen Landsleute in der Kolonie kam dieser fromme Pater wohl nicht in Frage. Sein Blick glitt zu Paula hinüber, und er schenkte ihr ein Lächeln, das jedoch gleich wieder erstarb, als er auf die wachsamen Augen seiner Ehefrau traf.

Paula war es nur recht, sie war nicht zum Plaudern aufgelegt. Nur gut, dass der Dampf die Sicht auf ihre Lieben vernebelte, sonst hätte sie jetzt die Tränen nicht zurückhalten können. Ach, sie hatte es ihnen doch verboten, aber sie waren dennoch gekommen, um *bibi* Paula, ihre liebe *bibi* Paula, zu verabschieden. Kiboko und Munga hatten sich auf den Bahnsteig geschlichen, Bari und Mukea, die Kinder von *mama* Schakasa, waren bei ihnen. Sie hatten auch Mariamu mitgebracht, obgleich Paula doch ausgiebig von allen in der Missionsstation Abschied genommen hatte. Und *mama* Schakasa war sowieso hier, sie verkaufte Bananenküchlein und selbstgemachte Pasteten.

»Kwa heri ya kuonana! Kwa heri bibi Paula! Kwa heri …«

Sie hörte ihre Stimmen trotz des Zischens und Schnaubens der Lokomotive, und nun hatte sie doch Schwierigkeiten, die

Fassung zu wahren. Wie feige sie war. Weshalb lief sie davon und überließ diejenigen, die sie liebten, ihrem Schicksal?

»Das ist eine Fügung Gottes!«, hatte Frau von Soden gerufen und vor Überraschung in die Hände geklatscht.

Paula war nicht dieser Meinung. Dennoch erschien es ihr als die einzige Lösung in ihrer Lage, denn sie war nicht imstande, die Spannung länger auszuhalten.

»Die arme Elfriede ist leider schon eine ganze Weile krank. Aber sie hat Glück im Unglück, weil ihr Ehemann ihr treu zur Seite steht. Was hat Jacob Gottschling nicht schon alles getan, um das Los seiner Frau zu erleichtern …«

Frau von Soden, die selbst in Wilhelmsthal im Usambara-Gebirge beheimatet war, kannte das Ehepaar Gottschling schon seit fünfzehn Jahren. Sie war damals mit dem Reichspostdampfer *Feldmarschall* von Hamburg nach Daressalam gereist, um den schmucken Hauptmann von Soden zu ehelichen und mit ihm gemeinsam eine Plantage aufzubauen. Auf dem Dampfer hatte sie sich mit den Gottschlings angefreundet, die aus der Stuttgarter Gegend stammten und in Daressalam Freunde besuchen wollten.

»Da hat den Jacob die Begeisterung für den Kilimandscharo ergriffen, er ist mit einer Gruppe Leute dorthin gezogen und hat versucht, den Gipfel zu ersteigen. Stellen Sie sich das nur vor, Paula, damals gab es noch keine Bahnstrecke, sie sind den ganzen Weg zu Fuß gelaufen. Und dann schrieb mir Elfriede irgendwann, sie hätten dort eine Kaffeeplantage gekauft.«

Anfangs hatten sich beide Gottschlings voller Eifer in die Arbeit gestürzt, neben Kaffee wurde auch Sisal gepflanzt, außerdem Versuche mit Kautschuk und sogar Tabak unternommen. Jacob vergrößerte das Wohngebäude, ließ Unterkünfte für die Angestellten errichten, dazu feste Lagerhallen, um die Ernte vor Nässe zu schützen.

»Und wie liebevoll die arme Elfriede das Haus eingerichtet hat – wir haben sie einmal besucht –, es fehlt wirklich an nichts …«

Nun aber war Elfriede Gottschling erkrankt, eine schleichende Seuche, die schon seit einigen Jahren an ihr genagt hatte und die ihr nun heftig zusetzte. Jacob Gottschling hatte zuerst bei guten Freunden und Bekannten angefragt, bevor er eine Annonce in die verschiedenen Zeitschriften setzte, die in Deutsch-Ostafrika erschienen. Die Schwierigkeit war, dass Elfriede unbedingt eine Deutsche als Haushaltshilfe und Pflegerin haben wollte.

»Ganz verstehen kann ich ihre Sturheit ja nicht«, hatte Frau von Soden schulterzuckend gesagt. »Es ist doch sehr bequem mit den afrikanischen *boys,* und auch die Mädchen sind willig. Ich könnte mir nur vorstellen, dass sie sich ein wenig einsam fühlt, die Gute. Sie ist doch daheim mit sieben Geschwistern aufgewachsen …«

Paula hatte sich eingeredet, ein gutes Werk zu tun, wenn sie diese Stelle annahm, und Frau von Soden war ebenfalls dieser Ansicht gewesen. Noch am selben Tag war sie zum Postamt gelaufen, um die gute Nachricht nach Moshi zu telegrafieren. Die Antwort kam postwendend.

HEISSEN DANK LIEBE FREUNDIN STOP ERWARTE PAULA VON DAHLEN ÜBERMORGEN IN MOSHI MIT PFERDEFUHRWERK STOP JACOB

In das gleichmäßige Rattern des Zuges mischte sich jetzt fernes Donnergrollen, und die Reisenden streckten immer wieder besorgt die Köpfe aus den Fenstern. Es war Anfang November, und die Regenzeit hatte eingesetzt. Frau Bauer erhob sich und machte einen energischen Versuch, das Zugfenster zuzuklappen.

»So warte doch, Schatz! Ich gehe dir zur Hand …«

Die weiteren Worte des Gemischtwarenhändlers gingen in einigen kräftigen Donnerschlägen unter. Die Kokospalmen rechts und links der Bahnlinie wurden plötzlich von einem wütenden Sturm gebeutelt, Staub wirbelte auf und schien alles Land um sie her zu verdunkeln. Dann platzte über ihnen die Wolkendecke, als habe jemand einen gewaltigen Wasserschlauch aus Ziegenleder mit einem scharfen Messer aufgeschnitten. Paula hatte inzwischen gelernt, dass der afrikanische Niederschlag nichts mit dem zu tun hatte, was sie bisher unter dem Begriff »Regen« gekannt hatte. Wenn der afrikanische Himmel seine Schleusen öffnete, dann schüttete er das Wasser nicht tropfen-, sondern kübelweise auf die Erde hinunter. Man konnte auch sagen, der Ozean stürzte aus den Wolken auf das ausgedörrte Land und schwemmte alles davon, was nicht fest angewachsen war.

Man mühte sich mit den verrosteten Fenstern, die sich nur unwillig schließen ließen, einige Reisende resignierten und spannten ihre Schirme auf, am wenigsten störten sich die Afrikaner an der eindringenden Feuchtigkeit, sie blieben einfach auf ihren Plätzen sitzen, wischten sich hin und wieder das Wasser aus den Gesichtern und schwatzten fröhlich weiter. Eine Weile kämpfte sich die Usambara-Bahn durch das Unwetter, überquerte mehrfach den Pangani auf halsbrecherisch schmalen Brücken und erreichte dampfend und triefend das Gebirge, dessen Namen sie trug.

»Pongwe!«, brüllte jemand draußen auf einem regenüberfluteten Bahnsteig. Man erkannte ein flaches, langgezogenes Lagergebäude, drei nasse Gestalten und eine Gruppe schwarzweißer Ziegen, die ebenfalls vor Nässe trieften. Das Usambara-Gebirge, auch »afrikanischer Harz« genannt, ein bevorzugtes Ansiedlungsgebiet für deutsche Pflanzer und Geschäftsleute, lag in weißlichen Nebeln verborgen wie das Märchenland der Feen und Zwerge.

Immerhin hörte es nun auf zu regnen. Zwei indische Reisende verließen den Wagen, dafür trieben die drei Afrikaner ihre Ziegenherde in den angehängten Viehwaggon, wo sie sich mit drei braunen Kühen vertragen mussten.

»Hätten Sie etwas dagegen, mit mir den Platz zu tauschen?«, fragte Frau Bauer. »Ich würde gern neben meinem Ehemann sitzen.«

»Keineswegs.«

Paula wechselte zum Fensterplatz, wo es noch tropfte, nachdem man das Fenster wieder geöffnet hatte. Sie fing einen heiteren Blick des Paters auf, der seinen nassen Hut zum Fenster ausschüttelte und anschließend wieder aufsetzte. Er schien ein netter Kerl zu sein, keiner von der verbohrten Sorte, die – so hatte ihr Missionar Söldner empört erzählt – den Afrikanern vor den Flammen des höllischen Feuers und den mit Spießen bewaffneten Teufeln Angst machten.

Ruckelnd fuhr der Zug wieder an, trug sie ein weiteres Stück ihrer neuen Bestimmung entgegen, und sie spürte deutlich, dass sie viel lieber in Tanga geblieben wäre. Pflichtvergessen war sie, hatte die Missionsstation ausgerechnet in einem Augenblick verlassen, da sie nötig gebraucht wurde. Kurz vor Beginn der Regenzeit hatte Franziska Gabriel überraschend um Versetzung gebeten, und es hatte nur zwei Wochen gedauert, da saß die Mission wieder ohne Lehrerin da. Selbstverständlich war Paula eingesprungen, es hatte ihr sogar viel Vergnügen bereitet, die Kleinen wieder zu unterrichten, und sie hatte kaum zu sagen gewagt, dass auch sie daran dachte, den Posten zu verlassen. Was Franziska zu diesem Schritt bewogen hatte, wusste nur Missionar Söldner, und der schwieg sich darüber aus. Doch es war nicht ausgeschlossen, dass Franziska fürchtete, Tom könne ihr Geheimnis verraten, und ihm daher zuvorgekommen war.

Tom …

Sie starrte aus dem Fenster auf die bewaldeten Berge, die der Nebel nun langsam preisgab. Hinter durchsichtigen Schleiern sah sie schroffe graue Felsen, heimatlich anmutende Tannen, Hochwiesen, auf denen braunes Vieh weidete. Auf einigen Höhen war der Waldbestand schon abgeholzt, offene Flächen, die sich neu begrünten, daneben tiefer, dunkler Urwald, aus dem immer wieder ein besonders gewaltiger, hoher Baumriese herausstach. Ein Veteran, der gewiss schon so manchem Unwetter getrotzt hatte und den auch die Blitzeinschläge bisher nicht gefällt hatten.

Tom …

Es half nichts, in den weißlichen Nebelschleiern tauchte sein Gesicht auf, die gerade Nase, die graublauen Augen, das feste Kinn. Sein Mund war schmal und der Ausdruck seiner Augen wild, trotzig und zugleich tief verletzt. Nachdem sie seinen überhasteten Antrag zurückgewiesen hatte, war er mehrere Tage nicht mehr in der Mission aufgetaucht; dann, an einem Sonntag, saß er plötzlich in der Missionskirche, und sie hörte seine laute, tiefe Stimme, als er die Choräle mitsang.

Er bat sie zu einem Strandspaziergang, nannte sich selbst einen Dummkopf, der mit der Tür ins Haus gefallen und dann, als er sich eine Abfuhr einhandelte, auch noch beleidigt gewesen sei. Jawohl, er sei zornig auf sie gewesen, habe in seinem Zimmer gesessen und die Fäuste geballt, nicht gewusst, wohin mit seinem Ärger, der Enttäuschung und dem verletzten Stolz. Nun aber, nach reiflicher Überlegung, sei er zu dem Schluss gekommen, dass er ihr Zeit geben müsse.

»Du weißt nun, was ich für dich empfinde, Paula«, hatte er leise gesagt. »Ich habe mich dir ohne Vorbehalte offenbart, denn ich war der Meinung, dass auch ich dir nicht ganz gleichgültig bin. Ist das so?«

Gewiss, stotterte sie, sie hege freundschaftliche Empfindungen, ja, an jenem Tag unter dem Baobab habe sie sich ihren Gefühlen hingegeben, sich von ihm küssen lassen. Sie schätze ihn, und sie respektiere ihn, denn er habe die Lage nicht ausgenutzt, wie manch anderer das wohl getan hätte. Aber eine Ehe gelte für ein ganzes Leben, und sie wisse nicht, ob ihre Gefühle dafür ausreichten …

»Wann wirst du es wissen?«

Sie zuckte hilflos die Achseln, und er nickte schweigend. Zweimal kam er in den Sonntagsgottesdienst, doch er sprach sie nicht an. Danach war er – so erzählte man ihr im Deutschen Klub – für ein Weilchen verreist. Im Oktober, als die Regenzeit begann, erschien er wieder in Tanga, besuchte die Mission und schwatzte davon, ein Stück Land kaufen zu wollen, da er die Absicht habe, sich hier in Tanga niederzulassen, was in Paula das verzweifelte Bedürfnis hervorrief, davonzulaufen. Das Angebot, auf einer Pflanzung am Kilimandscharo zu arbeiten, erschien ihr wie ein Rettungsanker. Am Kilimandscharo. Wo auch sonst? Vielleicht hatte es so kommen müssen. Vielleicht hatte sie ja nur darauf gewartet. Auch wenn Tante Alice geschrieben hatte, dass ihr der Name Klaus Mercator vollkommen fremd sei. Auch wenn die Chancen, nach fast achtundzwanzig Jahren noch etwas über einen deutschen Goldsucher zu erfahren, ziemlich schlecht standen.

Die Zugstrecke führte am Fuß des Usambara-Gebirges entlang, rechts hatten die Reisenden den Ausblick auf grünende Bergwiesen, auf denen vereinzelte kleine Hütten zu sehen waren, Unterstände, die die Pflanzer für das Vieh errichtet hatten. Auf der linken Seite kam hin und wieder der Pangani in Sicht, von Mangroven und Buschwerk gesäumt, ein braunes, rasch dahinfließendes Gewässer, dem sich kein Schwimmer leichtfertig anvertrauen sollte, denn außer angriffslustigen Flusspferden gab es dort jede Menge hungriger Krokodile.

Die Bahnstationen folgten hier dicht auf dicht, überall wurden Waren aus- und eingeladen, Reisende stiegen aus und beeilten sich, unter dem Wellblech der Lagerhallen vor dem immer wieder einsetzenden Regen Zuflucht zu finden. Nur wenige Reisende nahmen hier ihre Fahrt auf, die meisten kehrten von der Küste auf ihre Besitzungen zurück. Die Geschäftsleute hatten sich mit Küstenwaren eingedeckt, die sie mit einem guten Preisaufschlag im Inland zu verkaufen gedachten. Nur einige junge Afrikaner leisteten sich die Zugfahrt, um nach Moshi zu gelangen. Da gerade Erntezeit war, wollten sie sich vermutlich dort auf den Kaffeepflanzungen guten Lohn verdienen.

Gegen fünf Uhr am Nachmittag erreichten sie Mombo, wo sich das Ehepaar Bauer hastig verabschiedete. Auch etliche andere Reisende verließen hier den Zug, um mit Maultierwagen nach Wilhelmsthal zu gelangen, dem Hauptort der deutschen Ansiedler. Es gab dort eine Poststation und ein Bezirksgericht, mehrere Gasthäuser, Geschäfte und sogar einen deutschen Metzger, der Schinken und Räucherwürste bis hin zur Küste als besondere Delikatessen verkaufte. Paula war trotz der landschaftlichen Schönheit ein wenig eingenickt, vielleicht lag es daran, dass sie in der vergangenen Nacht kaum geschlafen hatte. Jetzt weckte sie das lebhafte Treiben draußen auf dem Bahnsteig, wo Pflanzer und Geschäftsleute ihre afrikanischen Angestellten antrieben. Schmunzelnd stellte sie fest, dass die Afrikaner sich alle Zeit der Welt nahmen, während sie die Kisten und Ballen aus den Güterwagen hoben, kein noch so zorniger Ruf, keine Drohung konnte sie aus der Ruhe bringen.

»Sie sind wie die Kinder«, stellte der Pater fest, der ihr gegenübersaß und ein schwarz eingebundenes Büchlein aufgeschlagen hatte. »Selig sind die geistig Armen, denn ihrer ist das Himmelreich.«

Paula fand, dass der fromme Pater zwar ein liebenswerter Mensch war, dabei jedoch reichlich weltfremd.

»In Tanga habe ich eine sechsjährige Afrikanerin unterrichtet, die komplizierte Rechenaufgaben in wenigen Sekunden lösen konnte.«

»Ach ja? Nun – auch die Neger sind Gottes Kinder und von ihm mit Talenten ausgestattet ...«

»Ganz richtig. Es fehlt ihnen nur an der nötigen Unterweisung, sie brauchen Schulen und Universitäten ...«

»Vor allem fehlt es am festen Glauben an den auferstandenen Christus – daraus folgt alles andere ...«

Paula hatte keine Lust, mit ihm zu streiten. Sie starrte in das Gewimmel auf dem Bahnsteig und hörte mit halbem Ohr den Ausführungen des eifrigen Paters zu. Natürlich könne man den armen Schwarzen keinen Vorwurf daraus machen, dass sie die Heilsbotschaft des christlichen Glaubens noch nicht kennengelernt hätten. Ob sie wisse, wie grausam es sei, als Heide zu leben? Oh, er habe darüber Vorträge gehört, daheim in Schwarzenberg, und das Entsetzen vor der dumpfen Hoffnungslosigkeit des Heidentums habe ihn zutiefst ergriffen.

»Noch grausiger sind ihre Riten, die blutigen Tieropfer und – bitte verzeihen Sie mir – die scheußlichen Tänze, bei denen sie in Trance fallen und sich dann der Unzucht hingeben ...«

Zwischen den lastenschleppenden Schwarzen und zornig gestikulierenden Indern fiel Paula jetzt eine dunkel gekleidete Gestalt auf, deren Gesicht von einem breitkrempigen Strohhut verdeckt wurde. Ganz offensichtlich eine Frau, der Kleidung nach eine Europäerin. Sie schien ohne Begleitung zu sein, auch das war ungewöhnlich, da fast alle europäischen Frauen mit ihren Ehemännern oder mit schwarzen Angestellten reisten. Die Frau trug eine Reisetasche aus braunem Leder, und als sie jetzt den Kopf hob, um den Personenwagen in Augenschein zu nehmen, gab es keinen Zweifel mehr.

Franziska Gabriel! Was um alles in der Welt tat sie hier in Mombo? Hatte man ihr nicht erzählt, sie sei zurück nach Deutschland versetzt worden? Oder irrte sie sich etwa?

Franziska musste sie ebenfalls gesehen haben, da Paula direkt am Fenster saß. Ob sie darüber erschrocken oder erfreut war, konnte man vorerst nicht erkennen, das Licht spiegelte sich auf ihren Brillengläsern und verbarg ihre Augen. Sie ging auf den schwarzen Schaffner zu und zeigte ihm ihre Fahrkarte, dann stieg sie in den Personenwaggon ein. Doch obgleich sich Paula zu ihr umwendete und sie erwartungsvoll anlächelte, nahm Franziska keine Notiz von ihr. Sie hielt den Kopf gesenkt und setzte sich gleich auf die erste Bank neben der Tür, stellte ihre Reisetasche neben sich auf den Sitz und verschränkte die Hände im Schoß.

Paula war verwirrt. Hatte Franziska sie vielleicht doch nicht bemerkt? Sie war sehr kurzsichtig, aber wenn sie ihre Brille trug, sah sie gut. Konnte es sein, dass sie nichts mit Paula zu tun haben wollte und deshalb so tat, als kenne sie sie nicht? Das wäre im höchsten Grade unhöflich, ja lächerlich gewesen. Aber natürlich – ihr Verhältnis war während der letzten Tage ziemlich kühl gewesen. Ahnte Franziska, dass Paula um ihre Tuberkulose wusste? Dass sie es unverantwortlich fand, mit einer solchen Krankheit schwarze Kinder zu unterrichten? Benahm sie sich deshalb so merkwürdig?

Na schön, dachte Paula beleidigt. Dann eben nicht. Dieses Fräulein Gabriel war von jeher ziemlich merkwürdig gewesen. Schon damals, als wir gemeinsam in diesem albernen Warteraum saßen. Zu ihrem Ärger fiel ihr jetzt wieder ein, was Tom über Franziska gesagt hatte. Sie war in die »engere Wahl« gekommen – eine kluge, verlässliche Person. Wie man sich doch täuschen konnte. Franziska Gabriel, die dort neben der Tür hockte und Paula den Rücken zudrehte, war einfach nur verrückt.

Das Ausladen in Mombo hatte ziemlich lange gedauert, so dass es schon Abend wurde, als der Zug endlich weiterfuhr. Der Schaffner entzündete die Petroleumlichter, die an der Decke des Wagens hingen und im Rhythmus der Zugbewegung hin und her baumelten. Die wenigen Reisenden – außer dem Pater, Franziska und Paula waren es nur noch fünf junge Afrikaner und ein indisches Ehepaar – zogen Decken und Mäntel aus ihrem Gepäck, denn es begann empfindlich kühl zu werden. Die Dämmerung brach rasch herein, bald ergraute die vorüberziehende Landschaft, die Savanne wurde zu einer silbrig gefleckten Fläche, ab und an zeigte sich die schwarze Silhouette einer Schirmakazie am Horizont, manchmal entdeckte das scharfe Auge auch in der Ferne die dunklen Leiber einer Elefantenherde. Eintönig ratterten die Wagen dahin, wenn die Strecke eine Kurve zog, sah man die Lichter der Lokomotive, und ihr beharrliches Zischen und Stampfen vermittelte den Reisenden ein Gefühl der Sicherheit. Sie war stark, diese Maschine, sie würde die Güterwagen und den Personenwagen sicher und pünktlich durch die afrikanische Nacht ihrem Bestimmungsort entgegentragen.

Paula hatte sich in ihren Staubmantel eingewickelt und den Kopf gegen den Fensterrahmen gelehnt, um trotz des beständigen Ruckelns ein wenig zu schlafen. Auch der Pater hatte sein Büchlein wieder eingesteckt, die Arme vor der Brust verschränkt, und wenn sie sich nicht täuschte, hörte sie ihn schnarchen. Beneidenswert – sie selbst wachte immer wieder auf, sei es, weil sie mit dem Kopf gegen das harte Metall der Wand schlug, sei es, dass die Lokomotive einen ihrer scharfen, langgezogenen Pfiffe ausstieß. Einmal wagte sie es, sich umzuwenden – Franziska saß mit geradem Rücken auf ihrem Platz, genau so, wie sie sich vor Stunden hingesetzt hatte, nur ihr Kopf war auf die Brust gesunken. Ob sie in dieser unbequemen Stellung schlafen konnte? Und weshalb hatte sie weder Mantel noch Decke umgelegt? Es war empfindlich kalt im Wagen, da die Luft durch die offenen Fenster ungehindert eindrang.

Aber wieso machte sie sich eigentlich Sorgen um Franziska? Sie sollte besser an sich selbst denken. Vermutlich würden sie in den frühen Morgenstunden in Moshi ankommen, möglicherweise noch vor Sonnenaufgang. Hatte man ihr nicht erzählt, dass um diese Zeit die afrikanischen Raubtiere auf Beute ausgingen? Ach, viel gefährlicher als Löwen oder Leoparden waren menschliche Räuber, die einer einsamen Frau allerlei unschöne Dinge antun konnten. Es blieb nur zu hoffen, dass sie nicht allzu lange auf diesen Jacob Gottschling mit seinem Fuhrwerk warten musste. Außerdem hatte sie schrecklichen Hunger – die drei Maisküchlein und die Erdnüsse waren schon längst verzehrt.

Stunden später war sie vor Übermüdung doch fest eingeschlafen, und erst der laute Ruf des schwarzen Stationsvorstehers weckte sie auf.

»Moshi! Moshi! Vorsicht beim Aussteigen!«

Der Zug stand. Ein Blick aus dem Fenster zeigte einen Bahnsteig in bläulichem Mondlicht, eine einsame Laterne, die vom Wellblechdach eines langgezogenen Gebäudes herabhing, erzeugte einen gelblichen Lichtkreis. Paula erkannte eine hölzerne Bank, die auf eiserne Stützen montiert war, daneben stand ein Blechkübel. Von Jacob Gottschling und seinem Maultiergespann keine Spur.

»Darf ich Ihnen behilflich sein?«

Missionar Mühsal hob ihre Reisetasche aus dem Gepäcknetz und stellte sie neben Paula auf den Sitz, dann ging er daran, seinen eigenen Koffer schwungvoll auf den Boden zu befördern. Sie waren die Letzten im Wagen – alle anderen waren bereits ausgestiegen, Paula war froh, jetzt die lebhaften Stimmen der Afrikaner zu hören, die drüben am Viehwagen ihre Ziegenherde ausluden.

»Wie viel Uhr ist es?«

Der Missionar zog eine silberne Taschenuhr hervor und stellte fest, dass es kurz vor fünf Uhr in der Früh sei. Noch eine Stunde bis Sonnenaufgang – eine gute Zeit, um an seinem Bestimmungsort anzukommen, denn bald würde das Morgenlicht die Stätte des künftigen Wirkens auf die schönste Art enthüllen.

Paula bewunderte Johannes Mühsal für seine frohe Zuversicht und fragte sich, ob man mit einem festen Glauben im Herzen nicht bequemer lebte. Sie selbst fand die Aussicht, hier auf dem düsteren Bahnsteig den Sonnenaufgang erwarten zu müssen, nicht besonders verlockend. Fröstelnd stand sie von ihrem Sitz auf und nahm ihre Reisetasche in die Hand. Auch Franziska war verschwunden – nun hatte sie nicht einmal mitbekommen, wo sie ausgestiegen war.

Der schwarze Schaffner hatte draußen auf die letzten Reisenden gewartet, er half Paula beim Aussteigen, deutete eine rasche Verbeugung in Richtung des Paters an und erklärte, dass es im Bahnhof einen Wartesaal gäbe. Dann bestieg er den Personenwaggon, doch anstatt – wie Paula zunächst annahm – dort nach vergessenen Gepäckstücken zu schauen, legte er sich auf eine der Bänke und schickte sich an, ein kleines Morgenschläfchen zu halten. Wie es schien, hatte der Zug hier ein paar Stunden Aufenthalt, bevor er seine Rückfahrt nach Tanga antrat.

Die Erwähnung des »Wartesaals« beruhigte Paula, obgleich ihr klar war, dass es sich dabei vermutlich um einen kahlen, zugigen Raum mit drei Bänken und einem vergitterten Fenster handelte. Sicher vor Überfällen war sie dort nicht, allerdings würde sich wenigstens kein Raubtier dorthin wagen. Und außerdem war sie ja nicht ganz allein – Zugführer und Heizer waren ebenfalls hier, auch die Schaffner und vielleicht sogar die drei Afrikaner mit ihrer Ziegenherde. Vor allem aber der nette Missionar Mühsal.

Doch im Gegensatz zu seinem evangelischen Kollegen Böckelmann, der Paula damals beharrlich begleitet hatte, verabschiedete sich Missionar Mühsal schon auf dem Bahnsteig mit kräftigem Handschlag, den ein langer Segensspruch begleitete. Er habe sich vorgenommen, die Missionsstation Moshi zu Fuß zu erreichen, Gott würde ihn leiten, nach seiner Wegberechnung müsse er in einer guten Stunde am Ziel sein. Paula wünschte ihm Glück und ließ ihn ziehen. Ein Weilchen blieb sie auf dem Bahnsteig stehen und blickte auf den immer noch erleuchteten Zug, die dunklen Gestalten der Afrikaner, die jetzt ihre Ziegen beisammen hatten, sich mit einer Fackel bewaffneten und ihre Herde davontrieben. Jacob Gottschling und sein Fuhrwerk ließen auf sich warten – hoffentlich war das Ganze kein leeres Versprechen gewesen. Entschlossen steuerte sie das von Insekten umschwirrte Licht der Petroleumlampe an, um in seiner Nähe den angepriesenen »Wartesaal« zu finden. Der Geruch, der ihr entgegenschlug, war allerdings so widerlich, dass sie überlegte, besser zum Zug zurückzugehen und es ähnlich wie der Schaffner zu machen.

»*Bibi* Dahle … psst … *bibi* Pola …«

Sie zuckte heftig zusammen und fuhr herum, als etwas ihren Arm berührte. Ein Schwarzer stand hinter ihr, mit einem zerfetzten Kittel und einer halblangen Hose bekleidet, seine weißen Zähne leuchteten.

»Wer bist du? Was willst du?«, zischte sie.

»*Jambo* … *Karibu* … *Bwana* Kasuku schickt Juma. *Bibi* Pola holen. *Bwana* Kasuku nicht kommt. *Bibi Elli* sehr krank …«

»*Bwana* Kasuku?«, unterbrach sie seinen Redeschwall. »Wer ist das?«

Der Schwarze, der sich Juma genannt hatte, grinste noch ein wenig breiter und erklärte, dass der *bwana* eigentlich anders heiße, schwer für die Zunge eines Dschagga.

»Gooot …schliiiin …«

»Jacob Gottschling etwa? Heißt dein *bwana* so? Hat er dich mit dem Fuhrwerk geschickt, um eine Paula von Dahlen abzuholen?«

»*Bibi* Pola. Dalen. Weiße *bibi* …«

Konnte sie ihm vertrauen? Immerhin hatte er ihren Namen fast richtig gesagt. Und auch den Namen Jacob Gottschling. Wieso er seinen Brotherrn allerdings *bwana* Kasuku nannte, war ihr ein Rätsel. Soweit ihr bekannt, war ein *kasuku* ein Papagei.

»Ich Tasche trage für *bibi* Pola…«

Doch Paula trug ihre Habseligkeiten lieber selbst. Zögernd ging sie hinter Juma her, verließ den Bahnsteig, wo jetzt auch am Zug die Lichter gelöscht wurden, und erblickte im Schein einer Petroleumlampe ein Maultiergespann. Der Wagen erschien ihr unförmig, als sie näher herantrat, stellte sie fest, dass er mit einer Zeltplane überdacht war, so dass die Insassen vor Regen geschützt waren.

»Wie weit ist es? Wie lange müssen wir fahren?«

»Nicht lange … kurze Weg, wie Bein von Fliege …«

Die Frage war falsch gestellt, da die Afrikaner die Zeit nicht in Stunden und Minuten fassten. Sie wollte wissen, ob die Sonne aufgegangen sein würde, wenn sie ankamen.

»Sonne schaut müde hinter Berg …«

Sie gab sich zufrieden. Reichte dem zweiten Schwarzen auf dem Kutschbock ihre Tasche, lächelte ihm freundlich zu, als er mit einer Hand die Zeltplane zurückschlug und eine einladende Bewegung machte. Dann erstarrte sie vor Verblüffung.

Das Innere des überdachten Wagens wurde von einer kleinen Lampe ausgeleuchtet, sie erkannte deutlich mehrere Kisten, einen zusammengeschnürten Warenballen und eine Reisetasche aus braunem Leder. Davor saß Franziska Gabriel, die angezogenen Knie mit den Armen umschlossen. Als Paula keine Anstalten machte, zu ihr hineinzuklettern, wandte sie ihr langsam das Gesicht zu und schob den Hut zurück, um besser sehen zu können.

»Guten Morgen«, sagte sie. »Wie es scheint, haben wir das gleiche Ziel.«

»Das … das kann doch gar nicht sein …«, stotterte Paula. »Herr Gottschling hat doch an Frau von Soden telegrafiert …«

»An mich ebenfalls …«

Unfassbar. Dieser Papagei schien auf Nummer sicher gehen zu wollen, hatte er doch gleich zwei Bewerberinnen zu sich bestellt, wobei nur eine von ihnen beiden diese Stelle erhalten würde. Was für eine skurrile Situation!

Für einen Moment schoss Paula durch den Kopf, dass sie am besten auf dem Bahnhof blieb, um in ein paar Stunden die Rückfahrt nach Tanga anzutreten. Dann aber entdeckte sie ein winziges Lächeln in Franziskas Mundwinkeln, und sie entschied sich, die Herausforderung anzunehmen.

»Es ist leider etwas unbequem«, sagte Franziska, während sie ein wenig beiseiterückte, damit Paula ebenfalls in den Genuss der Unterlage kam. Es handelte sich um einen strohgefüllten Jutesack, der bereits ziemlich plattgedrückt war.

»Das macht nichts«, log Paula. »Ich bin nicht verwöhnt.«

Seite an Seite schaukelten sie beim schwankenden Licht der Lampe in ihrem überdachten Gefährt dahin, hörten das Schnalzen des schwarzen Kutschers, der die Maultiere antrieb, und bemühten sich krampfhaft, einander so wenig wie möglich zu berühren. Als es bergauf ging, mussten sich beide gemeinsam des Warenballens erwehren, der auf sie zugerollt kam, und Paula bemerkte zum ersten Mal, dass Franziska vor Erschöpfung zitterte. Sie setzte sich so, dass sie den Ballen mit dem Rücken in Schach hielt, und hoffte inständig, dass nicht auch noch die Kisten ins Rutschen gerieten. Franziska hustete.

»Der Staub …«

»Ja, es ist nicht gerade sauber hier drinnen …«

Als der Wagen endlich anhielt, war das Morgenlicht schon eine Weile durch die Zeltplane sichtbar. Was Paula jedoch erblickte, als sie aus dem Gefährt kletterte, überstieg jede Beschreibung.

Zarte, rosige Morgennebel schwebten über einer grünenden Landschaft, die vor Fruchtbarkeit geradezu barst. So weit das Auge reichte, gab es viereckige Pflanzungen voller dunkler Kaffeebüsche, auf mehreren Terrassen angelegt, dazwischen kleine Hütten, runde, rechteckige, mit Stroh und weißlichem Wellblech gedeckt. Doch das alles war nicht von Bedeutung. Auch nicht das stattliche Wohnhaus mit den Anbauten zu beiden Seiten, das wie ein englisches Landhaus wirkte. Von Bedeutung war einzig der Berg, der gerade in diesem Augenblick aus den rosigen Morgennebeln hervortrat. Unwirklich stand er gegen den taubenblauen Himmel, dunkel, gewaltig, von einer weiß glänzenden Kuppe bedeckt. Der Kilimandscharo – der Berg des bösen Geistes.

»*Bwana* Kasuku nicht zu Hause«, teilte ihnen eine schwarze Angestellte mit, die mit mehreren anderen zu ihrem Empfang vor dem Hauseingang angetreten war. »*Bwana* Kasuku sagt, *bibi* in Gästehaus essen und schlafen. Müde von lange Reise. *Mama* Woisso bringt *chakula.* Lecker *kuku* mit *ugali* und *pili-pili*…«

Er war gar nicht zu Hause – warum auch immer. Paula war so müde, dass ihr schon alles gleich war. Nach einem ausgiebigen Mahl, das aus Hühnerfleisch, Maisbrei und scharfer Soße bestand, legte sie sich in das gemütliche Gästebett und schlief sofort ein. Franziska hatte keinen einzigen Bissen zu sich genommen, sondern sich gleich hingelegt.

16

Sie hatte tief geschlafen und allerlei wirres Zeug geträumt. Die türkisfarbige Bucht von Tanga war ihr im Traum erschienen, der weiße Sand, die Kokospalmen und weit in der Ferne der Schattenriss einer männlichen Gestalt. Sie hatte eine tiefe Sehnsucht verspürt und war am Wasser entlanggelaufen, hatte seinen Namen gerufen, doch sosehr sie sich bemühte, es gelang ihr nicht, ihn zu erreichen. Später träumte sie von Mariamu, die im Garten der Mission in Tanga saß, von einem Schwarm bunter Schmetterlinge umgeben. Danach versank sie in eine kühle Bewusstlosigkeit, aus der sie nur unwillig wieder emportauchte. Es waren aufgeregte Stimmen, Worte auf Suaheli und in einer anderen Sprache, die sie nicht verstehen konnte. Eine Frauenstimme wehrte beharrlich mehrere heisere Männerstimmen ab. Die Frau blieb in der warmen Mittellage, redete schnell und mit gewandter Zunge, während die Männer zwischen dumpfer Tiefe und schriller Höhe wechselnd gegen sie anstürmten und doch nichts ausrichten konnten.

Ich bin auf der Pflanzung von Jacob Gottschling am Kilimandscharo, dachte Paula. Oh Himmel – sie hatte viel zu lange geschlafen, es musste längst Nachmittag sein. Erschrocken öffnete sie die Augen und erblickte – eine Schwarzwaldlandschaft. Wie merkwürdig – vor dem Fenster hing ein Tuch, auf das jemand grüne Matten, dunkle Tannen und ein typisches Schwarzwalddörfchen gemalt hatte. Es sah putzig aus mit den niedrigen Dächern, die fast bis zum Boden herabgezogen waren. Es fehlten auch nicht das Schwarzwaldmädel in bunter Tracht und ein dunkel gekleideter Mann mit Hut. Und – wie eigenartig – der Künstler hatte ein Fensterkreuz über das gesamte Bild gemalt, so als sei dies der Blick nach draußen.

Paula streckte sich und tastete nach ihrem Haar – natürlich war die Frisur ramponiert, sie würde sich umziehen und zurechtmachen müssen, bevor sie ihrem neuen Dienstherrn unter die Augen trat.

»Da drüben ist so etwas wie ein Badezimmer.«

Paula fuhr zusammen, denn sie bemerkte erst jetzt, dass sie nicht allein im Gästezimmer war. Franziska Gabriel saß schräg hinter ihr auf einem geblümten Ohrensessel, und soweit Paula beim raschen Hinsehen feststellen konnte, war ihre Konkurrentin bereits frisiert und umgekleidet.

»Danke.«

Sie stand auf und sah sich im Raum um. Jedes Möbelstück, sogar die Tapete, die geblümten Vorhänge, der blau und rot gemusterte Teppich – alles schien direkt aus Deutschland importiert. Das Geschwätz und Geschrei der Schwarzen draußen im Hof wollte dazu allerdings wenig passen.

»Wundern Sie sich nicht – die Fenster sind alle verhängt. Und man darf sie auch nicht öffnen.«

Paula schwieg verwundert und begab sich in das sogenannte Badezimmer. Wie ärgerlich, dass sie eine solche Schlafmütze war, Franziska schien sich bereits gut orientiert und möglicherweise auch mit Jacob Gottschling bekannt gemacht zu haben. Im Nebenraum erwartete sie die nächste Überraschung: eine Badewanne. Ein traumhaft schönes Stück aus weiß emailliertem Zinkblech mit einem gewölbten Rand, einer Ausbuchtung für die Seife und einem Gummistöpsel, um das Wasser abzulassen. Das edle Stück stand auf vier leicht nach außen gewölbten Beinen, die in breiten Löwenpranken endeten. Was für ein Luxus tief im Herzen Afrikas! Es gab sogar eine Toilette aus weißem Porzellan mit einem hell gestrichenen Holzdeckel, und an der Wand war ein Waschbecken mit Spiegel darüber angebracht. Als Paula zögerlich den Hahn aufdrehte, floss daraus ein dünner, klarer Wasserstrahl.

Während sie sich frisch machte und das Haar neu aufsteckte, fiel ihr ein, dass Jacob Gottschling seiner kranken Frau angeblich jeden Wunsch erfüllt hatte. Nun – die Wünsche der Frau Gottschling waren nicht gerade bescheiden. Auch hier waren die Wände mit Tapeten beklebt und – nein, wie lächerlich – das kleine Fensterchen mit einem Tuch verhängt, auf das jemand ein blühendes Tulpenbeet gemalt hatte.

Als sie in den Schlafraum zurückkehrte, fand sie dort die kräftige Schwarze, die sie vor einigen Stunden empfangen und bewirtet hatte. Wie hieß sie doch? Richtig: *mama* Woisso.

»Ist steif wie tote Mann. Kein Fuß und kein Bein. Sitzt und schaut. Redet nicht. Wir nicht wissen, was tun, *bibi*. Will nicht essen, nicht reden, will nur sitzen wie Geist von Toten …«

»Und wo ist seine Frau? Es hieß doch, sie sei krank. Macht er sich vielleicht Sorgen um sie?«, fragte Franziska ein wenig hilflos.

Mama Woisso fuchtelte wild mit den Armen in der Luft herum. Trotz ihrer Körperfülle war sie eine ungewöhnlich schöne Frau, ihr Gesicht war gerade und edel geschnitten, und die bunte, gewickelte Haube verlieh ihr etwas Königliches.

»Ist weggelaufen in Dunkelheit, *bibi* Elli. Armes *bibi* Elli. Immer geweint, immer Tränen. Wollte nach Hause. Aber *bwana* Kasuku das nicht erlaubt …«

Paula runzelte die Stirn und bemühte sich, aus dem aufgeregten Gerede der Schwarzen einen Sinn abzuleiten. Wie es schien, war Elfriede Gottschling nicht nur körperlich, sondern auch psychisch krank.

»Weggelaufen? Was meinst du damit?«, erkundigte sie sich beklommen.

Mama Woisso ließ die Arme sinken und stieß einen tiefen Seufzer aus. Die weißen *bibi* waren wirklich schwer von Begriff. Hatte sie nicht alles ganz genau geschildert?

»*Bibi* Elli läuft weg. In Nacht. Wenn alles dunkel, nur Mond schaut durch Wolke. Am Morgen *bwana* Kasuku ruft viel Männer, ruft Sapi und Murimi, ruft Lupambila, Mpischi, ruft Kiwanga …«

»Schon gut«, unterbrach Paula. »Sie sind losgegangen, um nach *bibi* Elli zu suchen. Ja?«

»*Ndiyo* – so ist es«, sagte *mama* Woisso erleichtert, während Paula einen besorgten Blick mit Franziska wechselte. Plötzlich waren sie keine Konkurrentinnen mehr, sondern Verbündete, Fremde, die zu unpassender Zeit gekommen waren, denn wie es schien, hatte sich hier auf der Pflanzung eine Tragödie abgespielt.

»Und … sie haben sie nicht gefunden?«

»Kein *bibi* Elli«, gab *mama* Woisso mit düsterer Miene zurück. »Sind gelaufen alle Wege, sind geritten mit Maultier, haben gerufen Namen von *bibi* Elli viele Male. Aber nicht finden …«

»Vielleicht …«, ließ sich jetzt Franziska vernehmen. »Vielleicht kommt sie ja von selbst zurück. Oder sie ist bei einem Nachbarn untergekommen. Das wäre doch möglich, oder?«

»Viel kann sein. Kann sein, *bibi* Elli kommt zurück. Kann sein, *bibi* Elli ist bei große Geist in *kuzimi* …«

Sie schwiegen betroffen. Das alles hörte sich nicht gut an, und das Schlimmste war, dass sie beide nicht viel ausrichten konnten. Es war fraglich, ob Jacob Gottschling in seiner Verzweiflung überhaupt in der Lage war, mit ihnen zu sprechen. Und wenn die unglückselige Elfriede Gottschling tatsächlich für immer verschollen war, würde es hier auch keine Arbeitsstelle für eine weiße Pflegerin geben.

Inzwischen schwatzte *mama* Woisso weiter, und Paula begriff, dass es auf der Pflanzung drunter und drüber ging, weil sich niemand um die Erntearbeiten kümmerte. Jacob Gottschling hatte erst kürzlich zwei weiße Angestellte verloren, sie waren mit seiner rüden Art nicht zurechtgekommen und zu einer Nachbarpflanzung gewechselt. Seitdem hatte er die Arbeiten allein geleitet, nun aber wussten die schwarzen Arbeiter nicht mehr, was sie tun sollten.

»*Bwana* redet nicht. Kein Wort. Kein Befehl …«

Die Erntearbeiten standen still. In dem flachen Bau, wo sich der Pulper und die Wasserbecken befanden, schwamm das Fruchtfleisch mit den Bohnen im Wasser. Ein Teil der Ernte lag zum Trocknen auf den Matten. Niemand wendete die Kaffeebohnen um, wenn das nicht bald geschah, würden sie anfangen zu schimmeln …

Die ganze Situation erinnerte Paula ein wenig an das Märchen von Frau Holle: Das Brot musste aus dem Ofen gezogen werden, bevor es verbrannte. Die Äpfel waren reif und mussten geschüttelt werden. Und was war noch gleich das Dritte gewesen?

»*Mama* Woisso bringt *chakula.* Wenn gut essen, Lachen kommt in Herz …«

Sie grinste breit und machte eine eindrucksvolle Kehrtwendung zur Tür. Weg war sie.

»Es scheint fast, als könnten wir gleich morgen wieder abreisen«, sagte Franziska.

»Warten wir es ab.«

Juma, der sie am Bahnhof abgeholt hatte, brachte den beiden deutschen *bibi* eine Menge unterschiedlicher Speisen auf einem großen Tablett – Teller und Schüsseln waren aus weißem, goldgerändertem Porzellan. Sie saßen einander gegenüber an dem kleinen, runden Tischlein, aßen von dem überreichen Angebot und bemühten sich, wenigstens ein bisschen Konversation zu machen. Franziska hatte in einer Missionsschule in Hohenfriedeberg im Usambara-Gebirge unterrichtet, nachdem sie die Mission Tanga verlassen hatte, doch sie war mit der strengen Frömmigkeit der dortigen Missionare nicht zurechtgekommen. Als sie in der Poststation Wilhelmsthal von der Vakanz bei Jacob Gottschling hörte, hatte sie ein Telegramm geschickt und wenige Tage später eine positive Antwort erhalten.

»Was haben Sie vor, Paula?«, fragte sie, als Paula nach Beendigung der Mahlzeit entschlossen zur Tür ging.

»Ich will mit diesem Jacob Gottschling sprechen.«

»Aber … er ist vermutlich dazu nicht in der Lage.«

»Vielleicht ja doch!«

Die Tür ging auf den Hof hinaus, der eher eine Parkanlage zu nennen war. Vier große, von Steinen eingefasste Wiesenquadrate umschlossen einen weiß angestrichenen Pavillon, eine sogenannte »Liebeslaube«, wie sie in manchen altmodischen Gärten in Berlin stand. Die Wiesenquadrate waren von Blumenbeeten gerändert, Blüten und Staudenpflanzen in allen Farben leuchteten dem Betrachter entgegen, nur die Kletterrose an der Laube schien nicht so recht gedeihen zu wollen.

Zwischen der Parkanlage und dem langgestreckten, dreigeteilten Wohngebäude gab es einen schmalen Hof, dort hatte man den Boden gepflastert und eine Ablaufrinne für das Regenwasser geschaffen. Mehrere Afrikaner hockten im Schatten des Wohnhauses, vor allem junge Männer, die ganz offensichtlich umherziehende Arbeiter waren. Man hatte ihnen Maisbrei, Gemüse und Bier gegeben, dennoch schienen sie nicht gerade fröhlicher Stimmung zu sein.

»*Jambo …*«, grüßte sie.

»*Jambo, bibi …*«

Die jungen Männer starrten sie an, und Paula begriff, dass sie gekommen waren, um sich Geld bei der Ernte zu verdienen. Nun aber verging die Zeit, und sie wussten nicht, woran sie waren. Mutig schritt sie auf den Eingang des mittleren Hauses zu, stieg die beiden Stufen hinauf und betätigte die blanke Türklinke aus Messing. Niemand hinderte sie daran, die Tür zu öffnen und einzutreten, die leisen Schritte hinter ihr stammten von Franziska, die beschlossen hatte, ihrer Konkurrentin auf den Fersen zu bleiben.

»Du lieber Himmel!«, flüsterte Paula, während sie sich umsah.

Franziska schwieg, doch auch sie war beeindruckt. Sie befanden sich in einer Art Empfangszimmer, von dem aus eine hölzerne Treppe in den ersten Stock führte, links blickten sie in ein Esszimmer hinein, der Durchgang auf der rechten Seite war mit einem schweren Vorhang verhängt.

Man hatte den Eindruck, unter der Last dieser überladenen Räume zusammensinken zu müssen. Allein der Transport der düsteren, geschnitzten Möbel und der massigen Portieren musste ein Vermögen gekostet haben. Kein Fleckchen an der Wand, das nicht mit einem Bild, einem bemalten Teller, einem Geweih oder einem geflochtenen Etwas aus echtem Menschenhaar versehen war; und natürlich hatte man auch hier Tücher mit deutschen Landschaften vor die Fenster gehängt.
»Herr Gottschling? Hallo?«

Es kam keine Antwort, allerdings meinte Paula, rechts hinter dem schweren Vorhang ein Rascheln gehört zu haben.

»Herr Gottschling?«

Die Portiere war aus dickem dunkelgrünen Samt gearbeitet, doppelt genäht und mit goldfarbigen Fransen geschmückt. Dahinter befand sich ein kleiner Raum, offensichtlich ein Büro, denn Paula erkannte im Dämmerlicht einen mächtigen Schreibtisch.

»Friedchen …«, flüsterte jemand. »Friedchen, bist du es?«

Franziska hinter ihr erstarrte und trat den Rückzug an. Paula jedoch hatte sich schon zu weit vorgewagt, um jetzt davonzulaufen.

»Nein, Herr Gottschling. Ich bin Paula von Dahlen. Sie hatten mich auf die Pflanzung bestellt. Erinnern Sie sich nicht? Frau von Soden hatte Ihnen ein Telegramm geschickt …«

»Berta …«, flüsterte es.

Oh weh, dachte Paula. Er ist tatsächlich vollkommen durch den Wind. Doch sie täuschte sich.

»Berta von Soden … ja gewiss. Eine junge deutsche Frau sollte kommen. Zeigen Sie sich doch einmal, Fräulein …«

Die kleine Flamme eines Feuerzeugs züngelte auf, dann wuchs der weiche, gelbliche Schein einer Öllampe in den Raum, und Paula erblickte zum ersten Mal *bwana* Kasuku. Er saß auf einem mit dunkelrotem Samt bezogenen Ohrensessel, ein kleiner grauhaariger Mann mit kurzem Vollbart und gebogener Nase. Tatsächlich – er hatte etwas von einem grauen Papagei.

»Kommen Sie näher!«, forderte er sie auf. »Von Dahlen, das ist ein altes Geschlecht von der Müritz. Kommen Sie daher?«

»Ja.«

Es gefiel ihr nicht, so von ihm angestarrt zu werden, und noch viel weniger passte es ihr, dass er ihre Familie kannte. Gleich würde er fragen, wie es mit dem Gut bestellt sei.

»Sind Sie eine Tochter des Ernst von Dahlen?«

Noch schlimmer. Eine Frage, die sie kaum guten Gewissens beantworten konnte.

»Ja.«

Zu ihrer allergrößten Erleichterung fragte er nicht weiter nach. Stattdessen unternahm er einen missglückten Versuch, vom Sessel aufzustehen, fiel jedoch gleich wieder in die dunkelroten Samtpolster zurück. *Mama* Woisso schien recht zu haben – seine Beine knickten unter ihm weg, sobald er sie belastete.

»Soll ich Ihnen helfen?«

Er keuchte vor Ärger und Anstrengung. Ohne auf ihr Angebot einzugehen, klatschte er in die Hände, und ein schmaler Afrikaner im langen weißen Kittel erschien. Er war noch sehr jung und schien die Funktion eines Hausjungen zu erfüllen. Was Gottschling zu ihm sagte, konnte Paula nicht verstehen, doch es klang zornig, und der *boy* eilte dienstfertig davon. Das Verhalten des Pflanzers war abrupt umgeschlagen, die Freundlichkeit einem schrillen, unangenehmen Befehlston gewichen.

»Ich will, dass Sie bleiben, Paula von Dahlen. Ich bezahle Sie gut, hören Sie? Ich zahle mehr, als Sie irgendwo anders bekommen …«

»Ich bin nicht allein gekommen – es ist noch eine weitere Bewerberin hier.«

Es war eher die Angst vor dieser Anstellung als die Fürsorge für Franziska, die sie zu der Aussage trieb. Ob Gottschling sie recht verstanden hatte, war nicht herauszufinden, denn in diesem Augenblick trat ein hochgewachsener, sehr kräftiger Schwarzer in den Raum. Er kam ohne Ankündigung, sein breites Gesicht war erschreckend starr, wie aus Holz geschnitzt, ohne jede Regung. Er sah aus wie ein Mann ohne Seele.

»Gehen Sie!«, zischte Gottschling Paula an. »Hinüber ins Gästehaus. Kommen Sie erst, wenn ich Sie rufen lasse.«

»Aber …«

»Gehorchen Sie!«, kreischte er und nahm mit der rechten Hand ein Gewehr auf, das gegen seinen Sessel gelehnt hatte. »Wenn Ihnen Ihr Leben lieb ist – dann gehorchen Sie. Verdammt! Gehorchen Sie, oder ich schieße alle nieder …«

Als die Gewehrmündung auf sie gerichtet war, hielt es Paula für besser, sich zurückzuziehen. Sie riss die Portiere zur Seite und wollte durch den Eingangsraum hinaus auf den gepflasterten Hof laufen, doch sie kam nicht weit. Die Eingangstür stand weit offen, mehrere Schwarze hatten sich vor der Tür versammelt und warteten schweigend, die Gesichter versteinert, die Augen voller Trauer. Es waren nicht die Wanderarbeiter, sondern aller Wahrscheinlichkeit nach Angestellte des Pflanzers, denn sie trugen gute Kleidung, keine zerrissenen Lumpen, und waren mit Messern und Buschmessern ausgerüstet.

Paula wich zurück, dann dachte sie an das, was Jacob Gottschling ihr angedroht hatte, und obgleich sie davon überzeugt war, dass er nicht mehr alle Sinne beisammen hatte, beschloss sie, besser hinüber ins Gästehaus zu gehen. Langsam trat sie zur Tür hinaus. Die Männer wichen schweigend vor ihr zurück und ließen sie die Stufen zum Hof hinuntersteigen. Dort erblickte sie den Grund für all diese irrwitzigen Vorgänge, und sie begriff, dass jetzt nicht die Zeit war, über Jacob Gottschlings Geisteszustand zu urteilen.

Nicht weit von der Eingangstür entfernt hatten die schwarzen Angestellten eine handgefertigte Trage abgestellt. Es war kein Meisterwerk afrikanischen Handwerks, sondern ein rasch zusammengeflochtenes Etwas aus Ästen und Zweigen, an denen noch die grünen Blätter hingen. Zwei kräftige Stangen machten es möglich, dass die Trage von zwei Männern aufgehoben und transportiert werden konnte, auch ein schattenspendender Baldachin aus Ästen und langen Gräsern fehlte nicht.

Was sich auf der Trage befand, war nicht zu erkennen, denn man hatte mehrere helle Kleidungsstücke darüber gebreitet, die von Insekten umschwirrt wurden. Paula sah schwarze Fliegen über die weiße Baumwolle krabbeln. Ein heller, trillernder Ruf ließ sie zusammenfahren – ausgestoßen hatte ihn eine der Frauen. Sie kamen von überall her, quollen aus dem Wohnhaus, liefen über die gepflegten Wiesenstücke, schleppten ihre Kinder mit sich und füllten den Hof. Ihre Trauer war nicht schweigend und starr wie die der Männer, sie war laut und schrill, eine zornige Anklage an die Götter, die ihnen die Herrin genommen hatten, an den Geist des Felsens, der sie in die Tiefe stürzen ließ, an den Herrn der Schlucht, der ihren Körper in seinen Schlund aufnahm und zerschmetterte.

»Kommen Sie! So kommen Sie doch! Das geht uns nichts an. Wer weiß, was sie jetzt für grässliche Zeremonien abhalten.«

Franziska zerrte sie am Arm ins Gästehaus und verschloss sorgfältig die Tür.

»Nicht den Stoff hochheben!«, warnte sie Paula, die zum Fenster getreten war, um zu sehen, was draußen vor sich ging.

»So ein Blödsinn! Die arme Frau ist tot. Sie wird sich hier nicht mehr einigeln und sich vormachen, sie wäre in Deutschland.«

»Aber Jacob Gottschling könnte es sehen.«

»Er kann nicht einmal von seinem Sessel aufstehen.«

Sie berichtete Franziska von ihrem Gespräch mit dem Pflanzer, verhehlte auch nicht, dass Gottschling sie gebeten hatte zu bleiben, wozu sie nur wenig Lust verspürte. Sie habe schon einmal eine Anstellung bei einer Verrückten angenommen, das habe sie ein für alle Mal kuriert.

»Schauen Sie …«

Paula hatte das bemalte Tuch zur Seite geschlagen, so dass

man nun sehen konnte, wie die Schwarzen die Tote ins Wohnhaus trugen. Was sich dort abspielte, wollten sie beide besser nicht wissen, doch ohne Zweifel würde der unglückliche Jacob Gottschling vollends zusammenbrechen. Es donnerte, der Wind fuhr in die Akazien neben dem Wohnhaus, riss an den Zweigen und zauste die Kaffeesträucher. Gleich darauf klatschte der Tropenregen auf den gepflasterten Hof, und die Schwarzen, die sich dort versammelt hatten, drängten sich in den Schutz des überstehenden Daches. Das Unwetter war so heftig, dass alles um sie herum dunkelgrau und unwirklich erschien, der krachende Donner und das Prasseln des Regens waren ohrenbetäubend. Dort, wo sie heute früh noch den überirdisch schönen Berg gesehen hatte, war jetzt nichts als eine Nebelwand.

Resigniert wandte sie sich schließlich vom Fenster ab und setzte sich zu Franziska, die ihre Reisetasche geöffnet und ein Umschlagtuch daraus hervorgezogen hatte. Beim sanften Schein einer Petroleumlampe hatte die junge Lehrerin begonnen, in einem mitgebrachten Buch zu lesen. Paula beneidete sie – sie selbst besaß nur ein Buch über eine Expedition nach Ruanda, das sie aber schon mehrfach gelesen hatte, und einen Roman, der in Schottland spielte – beides noch aus den Beständen der Lita von Wohlrath.

»Da oben gibt es Bücher.«

Franziska deutete mit dem Finger auf einen der düsteren Schränke, ein sogenanntes Vertiko, auf dem die Waschschüssel und die Wasserkanne ihren Platz hatten. Tatsächlich, dort gab es eine Reihe Bücher, die den Gästen der Gottschlings wohl schlaflose Nachtstunden versüßen sollten. Vermutlich Romane, die die Schönheiten des deutschen Waldes priesen. In der Tat fand Paula als Erstes einen Gedichtband von Joseph von Eichendorff, dann einen Roman von Ludwig Ganghofer, *Der hohe Schein,* schließlich entdeckte sie einige lose zusammengefasste Ausgaben der Zeitschrift *Der Tropenpflanzer* und beschäftigte sich notgedrungen mit den verschiedenen Schädlingen und Krankheiten, die Baumwolle, Sisalpflanzen oder Kaffeebeeren befallen konnten. Letztere litten vor allem unter einer Made, die sich in der Beere einnistete und die Kaffeebohne schädigte.

Man schien über der Trauer um *bibi* Elli die Gäste vollkommen vergessen zu haben. Es gab nicht einmal ein Abendessen, und keine der beiden Frauen hatte Lust, es anzufordern. Als die Dämmerung fiel, legte Paula die Zeitschriften beiseite und beschloss, ein Gespräch mit Franziska zu führen. Wie auch immer – sie waren nun einmal hier im gleichen Raum, würden eine weitere Nacht miteinander verbringen, und es erschien Paula ungeheuer schwierig, weiterhin über gewisse Dinge hinwegzusehen.

»Weshalb sind Sie aus Tanga weggegangen? Ich hatte geglaubt, die Arbeit mache Ihnen Vergnügen.«

Franziska klappte ihr Buch zu – es war ein Werk über die fröbelsche Pädagogik – und blickte abschätzend zu Paula hinüber. Abschätzend oder ablehnend? Es war schwierig, den Ausdruck ihrer Augen zu erkennen, wenn sich das Lampenlicht auf den dicken Gläsern spiegelte.

»Die Arbeit war angenehm in Tanga, ich habe mich dort sehr wohlgefühlt.«

Es klang tatsächlich ablehnend. Zugleich war die Aussage jedoch vollkommen unlogisch, und Paula war nicht bereit, es dabei zu belassen.

»Und weshalb haben Sie dann um Versetzung gebeten?«

Franziska schwieg. Legte ihr Buch auf dem mit einer Häkeldecke geschmückten Tisch ab. Starrte vor sich hin. Sie sah aus, als wäre sie am liebsten aufgestanden und davongelaufen, doch wohin sollte sie sich hier schon wenden?

»Wegen Missionar Böckelmann.«

Paula hatte ganz anderes erwartet und schon eine Reihe von Argumenten zusammengesucht, um Franziska klarzumachen, dass man nicht schwarze Kinder unterrichten durfte, wenn man selbst unter einer ansteckenden Krankheit litt. Diese Antwort jedoch nahm ihr den Wind aus den Segeln.

»Wegen … Missionar … Böckelmann?«

»Sie haben richtig gehört.«

Ruhig und scheinbar vollkommen gefasst berichtete sie Paula nun, dass Missionar Böckelmann ihr vor Monaten einen Antrag gemacht habe, den sie jedoch ablehnen musste. Böckelmann sei darüber sehr verzweifelt gewesen und habe sie gebeten, die Sache nicht endgültig zu entscheiden, sondern sich ein wenig Zeit zu lassen. Er sei gewiss kein Mann, der einer Frau gefallen könne, das wisse er selbst, doch seine Absichten seien lauter. Zudem habe sie diesem Land und seinen Menschen ihre Arbeitskraft geweiht, genau wie auch er hier in Deutsch-Ostafrika noch viel Gutes zu tun gedächte. Weshalb also sollten sie sich nicht als Mann und Frau zusammentun und den Bund der Ehe schließen?

»Er … er ist ein sehr netter Mensch«, stellte Paula vorsichtig fest. »Aber natürlich – eine Frau sollte niemals aus Pflichtgefühl, sondern immer nur aus Neigung heiraten. Das halte ich für durchaus wichtig.«

Franziska stieß ein leises, kurzes Lachen aus, das in ein Husten überging. Weshalb war Paula früher nie aufgefallen, dass Franziska hin und wieder hustete?

»In diesem Fall war es das Pflichtgefühl, das mich davon abhielt, meiner Neigung nachzugehen«, bemerkte sie und kniff die Lippen zusammen zum Zeichen, dass sie keine weiteren Erklärungen abgeben würde. Doch Paula hatte verstanden.

»Sie wollen nicht heiraten, weil Sie lungenkrank sind, nicht wahr? Und das konnten Sie Missionar Böckelmann nicht eingestehen, weil er Sie dann nur umso heftiger umworben hätte. Er ist ein Mensch, der nur schwer auf eine gute Tat verzichten mag.«

Franziska nickte. Einen Moment lang musste sie lächeln, vielleicht dachte sie an den Übereifer des Missionars, den sie ganz offensichtlich gernhatte.

»Tom Naumann hat es Ihnen erzählt, nicht wahr?«

»Allerdings.«

Nun konnte Paula doch nicht länger an sich halten. Wie könne eine erwachsene, kluge Person wie Franziska bloß auf die Idee kommen, ihre Tuberkulose nach Afrika einzuschleppen? Glaube sie vielleicht, die Schwarzen seien immun gegen diese Krankheit?

Franziska wehrte sich. Die Lungenkrankheit sei erst im Anfangsstadium und keineswegs ansteckend – zumindest habe man ihr das gesagt. Außerdem sei das trockene afrikanische Klima heilsam für ihre Lungen, deshalb sei es durchaus vernünftig von ihr gewesen hierherzureisen.

»Das trockene afrikanische Klima!«, höhnte Paula.

Man hörte, wie der Donner über ihnen krachte und der Regen in Sturzbächen über das Wellblechdach rauschte.

»Die Luft ist hier auf jeden Fall sehr rein, auch wenn wir gerade Regenzeit haben. Seitdem ich in Afrika bin, hat sich mein Zustand in jeder Hinsicht gebessert.«

Paula schnaubte ärgerlich und fragte, ob Franziska weiterhin die Absicht habe, als Lehrerin zu arbeiten. Nein, deshalb habe sie sich ja hierher beworben. Aber so, wie die Dinge stünden, würde aus dieser Anstellung wohl nichts werden.

»Da könnten Sie allerdings recht haben.«

Es war momentan kaum möglich, die Pflanzung zu verlassen, denn dazu brauchten sie Wagen und Kutscher. Beide

Frauen wussten nicht einmal genau, wo sie sich befanden, und sie gestanden sich ein, reichlich blauäugig gehandelt zu haben. Zu Fuß nach Moshi zurückzukehren war sicher viel zu gefährlich.

»Und was hat Sie hierhergeführt, Paula?«

Sie hatte schon geglaubt, ohne weitere Erklärungen davonzukommen, doch Franziska war entschlossen, es Paula mit gleicher Münze heimzuzahlen.

»Die gute Luft, was sonst?«

»Ach wirklich?«

Nein, nicht wirklich. Paula musste eingestehen, dass ihre Lage nicht viel anders war als die ihrer Leidensgenossin. Auch sie hatte einen Antrag zurückgewiesen, auch sie hatte gegen ihre Neigung entschieden.

»Sind Sie denn … sind Sie auch krank?«

»Ich bin vollkommen gesund. Es ist dieses Foto …«

Wieso hatte sie plötzlich solches Vertrauen zu dieser jungen Frau, die sie vor gut einer Stunde noch als Konkurrentin angesehen hatte? Vor Franziskas erstaunten Augen zog sie das kleine Bildchen aus dem Buch, in dem sie es zur Sicherheit aufbewahrte. Franziska musste die Brille abnehmen, um den Baobab und den darunter stehenden Mann deutlich erkennen zu können, dann schüttelte sie verständnislos den Kopf und reichte Paula das Foto zurück.

»Wer ist das?«

»Mein Vater. Er ist seit meiner Geburt in Afrika verschollen.«

Franziskas Züge lösten sich plötzlich, ihr Lächeln war weich und voller Herzlichkeit. Auf diese Weise hatte sie bisher nur die Kinder in der Mission angelächelt.

»Ich verstehe … Sie wollen versuchen, etwas über ihn herauszufinden, nicht wahr?«

Paula nickte. Sie hatte einen Kloß im Hals, der sie beim

Sprechen behinderte, so dass sie flüstern musste. »Das ist, als ob man nach sich selber sucht. Nach den eigenen Spuren im Sand der Savanne. Wie soll ich mich einem Mann anvertrauen, wenn ich gar nicht genau weiß, wer ich selbst eigentlich bin?«

Franziska sagte nichts dazu, und Paula fragte sich, ob diese Erklärung einleuchtend gewesen war oder vielmehr verwirrend. Doch während der folgenden Stunden wuchs die Vertrautheit zwischen ihnen, Franziska erzählte von ihrer schwierigen Arbeit in Berlin, von ihrer großen Hoffnung, dass man Kindern aus den Armenvierteln der Großstadt durch Bildung zu einem besseren Leben verhelfen könne. Die Hoffnung hatte sich als trügerisch erwiesen, viel zu stark war der Einfluss der Umgebung, die Trunksucht und Sittenlosigkeit der Familien, die engen Quartiere und die bittere Armut, die Krankheiten und vor allem die kriminellen Machenschaften.

»Haben Sie sich dort die Lungenkrankheit eingehandelt?«

»Vermutlich ja.«

»Das tut mir sehr leid. Ich … Das wusste ich nicht.«

Auf einmal hatten sie jede Menge Gesprächsstoff. Paula erzählte von Lita von Wohlrath, und Franziska stellte lächelnd fest, da habe sie wohl Glück gehabt, dass dieser Kelch an ihr vorübergegangen sei. Eine Weile beratschlagten sie, welche Chancen sie beide hatten, eine irgendwie geartete Arbeitsstelle hier in Deutsch-Ostafrika zu finden, grübelten darüber nach, ob sie es besser unten in Deutsch-Südwest versuchen sollten, und beschlossen endlich, schlafen zu gehen.

Am folgenden Tag traf ein Bekannter auf der Pflanzung ein – Missionar Mühsal ritt auf einem Esel wie einst Jesus Christus, als er in Jerusalem einzog, nur dass Mühsal nicht von den Aposteln, sondern von zwei schwarzen Messdienern begleitet wurde. Zudem prasselte ein Morgengewitter auf den

Pater und seine Begleiter hernieder, so dass sie nicht einmal Zeit hatten, die schöne Parkanlage und den Liebestempel zu betrachten, sondern eilig zu den Wohngebäuden hinüberstrebten.

Am späten Nachmittag, als sich die Wolken verzogen hatten und im Sonnenlicht zarte Nebel von Wäldern und Pflanzungen aufstiegen, wurden Elfriede Gottschlings sterbliche Überreste der afrikanischen Erde übergeben. Man hatte das Grab auf einem der Wiesenquadrate ausgehoben, ein wenig links vom Hauptgebäude des Wohnhauses, so dass Jacob Gottschling es vom Fenster seines Bürozimmers aus sehen konnte. Mit großem Ernst standen die schwarzen Angestellten um die Grube versammelt, lauschten aufmerksam den Worten des Paters, von denen sie kein einziges verstanden, denn er sprach nur Deutsch und Lateinisch. Das deutsche Kirchenlied »Lobet den Herren« aber schienen sie zu kennen, sie sangen es alle voller Begeisterung mit. Jacob Gottschling hatte man auf einem Stuhl herbeitragen müssen, doch er wirkte gefasst, kein Vergleich zu seinem gestrigen, irrsinnigen Verhalten. Als die Afrikaner den in ein rotes Samttuch eingewickelten Leichnam samt der Trage in die Grube legten, starrte Gottschling mit reglosen Zügen auf das Geschehen, dann aber, als der Pater die Tote segnete und man Erde auf sie schaufelte, begann der unglückliche Witwer zu schluchzen und verlangte, sofort ins Haus getragen zu werden.

»Ein sturer Bursche«, sagte Pater Mühsal, der nach der Zeremonie mit Paula und Franziska ein gemeinsames Mahl einnahm. »Er ist fest davon überzeugt, dass er bald wieder laufen kann.«

Mama Woisso hatte ihnen inzwischen erzählt, dass *bwana* Kasuku gestern bei der Suche nach seiner Frau um ein Haar sein Leben eingebüßt hatte. Obgleich seine Schwarzen ihn warnten, hatte er versucht, einen steilen Abhang hinabzuklettern, war dabei gestürzt und nur durch eine halsbrecherische Rettungsaktion seiner treuen Angestellten vor dem sicheren Tod bewahrt worden.

»Er muss sich im Rücken verletzt haben – jedenfalls spürt er seitdem seine Beine nicht mehr.«

Franziska kannte sich aus mit solchen Unfällen, auch in den Fabriken und Arbeitsstätten Berlins hatte es unglückliche Opfer gegeben, die meisten blieben für immer gelähmt.

»Dennoch – es gibt Fälle, da konnten Verunglückte wieder laufen.«

»Dann wollen wir zu Gott dem Herrn beten, dass er Jacob Gottschling nicht mit weiteren Übeln plagt, wie sie einst der biblische Hiob erdulden musste. Bitten wir um seine Genesung.«

Anderenfalls, so fügte der Pater hinzu, sei es wohl unumgänglich, die Pflanzung zu verkaufen, und das würde dem armen Mann ganz sicher das Herz brechen.

»Haben Sie sich in der Mission in Moshi schon ein wenig eingelebt?«, erkundigte sich Paula, um das Gespräch auf eine andere Schiene zu bringen. Sie erfuhren, dass Mühsals Mitbruder in der Mission mit Fieber darniederläge und dass man sich dort nun ganz und gar auf ihn verlasse – eine große Verantwortung, die er voller Eifer auf sich zu nehmen gedenke.

Möglich, dass Franziska eine Frage auf den Lippen gelegen hatte, doch sie stellte sie nicht. Vielleicht weil Paulas Stirnrunzeln sie hemmte, vielleicht aber auch, weil sie wenig Lust verspürte, an der Seite von Johannes Mühsal schwarze Kinder zu unterrichten.

Der Pater wollte die Nacht auf der Pflanzung verbringen, da es bereits zu spät war, um zurück zur Mission zu reiten. Nun erfuhren die beiden Frauen auch, wo genau sie sich befanden:

nordwestlich des Ortes Neu-Moshi auf den Hängen des Kilimandscharo-Massivs. Mühsal berichtete, dass es weitere Pflanzungen in dieser Gegend gab, zwei davon gehörten Indern, eine einem Norweger, die anderen Pflanzer waren Deutsche.

»Man hat mich vor den Dschagga gewarnt – stellen Sie sich das nur vor! Sie sollen immer wieder kriegerische Überfälle auf die weißen Pflanzungen unternehmen – leider Gottes sind es noch schlimme Heiden, die das Land für sich beanspruchen, um ihren Mais und ihre Bananen zu züchten.«

Dabei habe man ihm in Deutschland erzählt, die Dschagga seien ein friedfertiges Bergvolk, das schon vor Jahren von deutschen Schutztruppen unterworfen wurde. Da sehe man wieder einmal, dass es doch immer wichtig sei, sich selbst ein Bild zu machen, anstatt sich auf die Berichte anderer zu verlassen.

Der Pater schlief auf dem Plüschsofa im Wohnraum des Hauptgebäudes und ritt schon am frühen Morgen davon, nicht ohne eine großzügige Spende für seine Mission von Jacob Gottschling mitzunehmen und den beiden Damen einen gesegneten Tag zu wünschen. Wenn sie ihr Weg nach Moshi führe, seien sie gern gesehene Gäste in der Mission.

»Es ist von dort nicht weit zum Bahnhof – Sie können gern bei uns übernachten, um am folgenden Morgen pünktlich am Zug zu sein.«

Das hörte sich nicht übel an. Beide hatten beschlossen, erst einmal bis Wilhelmsthal zu fahren und sich dort nach einer Anstellung umzusehen. Es gab im Usambara-Gebirge viele deutsche Pflanzer und auch Geschäftsleute, außerdem eine Poststelle und ein Telegrafenamt. Paula erinnerte sich nun mit schlechtem Gewissen daran, dass sie Tante Alice einen Brief schuldete, die gute Tante wähnte sie noch in Tanga.

Sie warteten bis zum Nachmittag, zogen über *mama* Woisso Erkundigungen ein und erfuhren, dass *bwana* Kasuku zwar immer noch nicht laufen könne, aber ansonsten ganz ruhig und sogar freundlich sei.

»Gehen wir.«

Jacob Gottschling saß auf seinem Polstersessel, den man vor das offene Fenster gerückt hatte, damit er das Grab seiner Frau sehen konnte. Der kleine Raum war vom einfallenden Sonnenlicht erfüllt und wirkte jetzt wie vergoldet, auch die Insekten, die über dem Schreibtisch im Lichtstrahl tanzten, schienen goldene Flügel zu haben. Draußen leuchtete das Wiesengrün, das Lila und Rot der Blütenstauden erschien wie mit dickem Pinsel getupft.

»Es ist seltsam«, sagte Gottschling, ohne den Blick vom Fenster zu lösen. »Früher hatte ich niemals Augen für Blumenbeete, ich hielt sie für überflüssig. Dass meine Kaffeebüsche ihre weißen Blüten ausbildeten, darauf kam es mir an. Blumen – das war Ellis Sache.«

Weder Paula noch Franziska wussten darauf etwas zu erwidern, daher redete er weiter.

»Und jetzt kann ich mich an diesen bunten Farben nicht sattsehen. Auf ihrem Grab sollen Iris und Rosen wachsen und Tulpen und Narzissen. Und jeden Tag will ich hinübergehen …«

Er brach ab. Die beiden Frauen wechselten einen bekümmerten Blick. Ob der arme Kerl jemals aus eigenen Kräften zu dem Grabhügel hinübergehen würde, stand in den Sternen.

»Wir bedauern den Verlust, den Sie erlitten haben, zutiefst«, sagte Paula und räusperte sich. Sie spürte die Hilflosigkeit, die in dieser Worthülse steckte, aber es half nichts, sie mussten an sich selbst denken.

»Dennoch bitten wir Sie, uns in den kommenden Tagen hinunter nach Moshi bringen zu lassen, da wir hier auf der Pflanzung keine Arbeit …«

»Wie? Was?«, unterbrach er sie und bewegte dabei ruckartig den Kopf. »Keine Arbeit? Es gibt jede Menge Arbeit hier auf der Pflanzung. Jede Menge. Und ich bezahle Sie gut. Wie ich schon sagte, bei voller Kost und Logis erhalten Sie von mir …«

»Ich bitte Sie, Herr Gottschling!«, rief Franziska dazwischen. »Welche Arbeit könnten wir auf der Pflanzung wohl verrichten? Was hier fehlt, scheint mir eher ein tüchtiger Verwalter zu sein, der Sie ersetzen kann, solange Sie nicht laufen können …«

»Das sehe ich genauso, Herr Gottschling«, stand Paula ihr zur Seite. »Was Sie brauchen, ist ein erfahrener Mann, der mit den schwarzen Arbeitern umgehen kann, am besten jemand, der sich mit dem Anbau von Kaffee auskennt.«

Jacob Gottschling starrte sie mit unfreundlichen Augen an, in denen eine gewaltige Portion Starrsinn lag.

»Was reden Sie da von einem Verwalter? Sie sind eine von Dahlen und auf einem Gut aufgewachsen. Oder etwa nicht? Sie können reiten und mit Angestellten umgehen. Ist es nicht so? Und was Sie über den Kaffee wissen müssen, lernen Sie von mir.«

Paula glaubte, nicht recht gehört zu haben. Dieser Mann war tatsächlich nicht zurechnungsfähig.

»Sie sind eine adelige Gutsherrin – also können Sie auch die Stellung eines Verwalters ausfüllen.«

»Ich … ich habe …«, stotterte sie, dann verschlug es ihr vollends die Sprache.

Unfassbar. Ihre ganze Kindheit und Jugend hindurch hatte man sie von solchen Aufgaben ferngehalten, hatte ihr deutlich zu verstehen gegeben, dass sie nur ein Mädchen war. Zu dumm und zu schwächlich für die Verwaltung des Gutshofs. Einen solchen zu führen sei eben Männersache. Und jetzt auf einmal hieß es, sie sei eine Gutsherrin und könne eine Pflanzung verwalten. Dieser Widerspruch war so grotesk, dass sie zu lachen begann.

»Na also«, sagte Gottschling zufrieden. »Dann zeigen Sie mal, was Sie können, von Dahlen.«

»Aber nein … das ist unmöglich … ich verstehe nichts davon …«

Er hörte ihr gar nicht zu, sondern fixierte Franziska, die dem Gespräch mit entsetzter Miene folgte.

»Und Sie kann ich als Lehrerin für die Schwarzen brauchen. Nicht nur für die Kinder – alle sollen lesen und schreiben lernen. Auch die Weiber.«

Franziska machte einen letzten Versuch.

»Wenn es Ihnen recht wäre, würden wir gern morgen früh …«

»Fangen Sie an, wann immer Sie Lust haben, Gabriel«, gab er zurück, ohne auch nur eine Sekunde auf die Idee zu kommen, sie könne sein Angebot ablehnen.

»Aber von Dahlen muss sich sofort an die Arbeit machen. Die Zeit läuft uns davon. Bleiben Sie gleich hier – ich erkläre Ihnen, worauf es ankommt …«

Einmal im Leben, dachte Paula. Einmal im Leben wirft dir das Schicksal den Feind gefesselt und geknebelt vor die Füße. Und du stehst auf, bindest ihn los und nimmst den Kampf auf.

Sie würde vermutlich verlieren – aber sie würde kämpfen.

»Also gut – ich höre zu!«

17

Sie hatte nicht erwartet, dass die Arbeit eines Verwalters so anstrengend sein würde. Während der ersten Tage kam sie kaum aus dem Sattel, litt bestialisch unter dem Muskelkater, den das so lange vernachlässigte Reiten verursachte, und sank an den Abenden vollkommen erschöpft und mit steifen Beinen ins Bett.

»Sie muten sich zu viel zu«, sagte Franziska mitleidig. »Das ist ein Arbeitspensum für einen Mann, wenn Sie so weitermachen, werden Sie einen Zusammenbruch erleiden.«

Das war Wasser auf Paulas Mühle. Schon wieder wollte ihr jemand erzählen, sie sei »nur« eine Frau und könne deshalb die Pflanzung nicht leiten.

»Es ist nur die erste Zeit so hart«, verteidigte sie sich. »Bis ich die Pflanzung genau kennengelernt habe, jeden Kaffeebusch und jede Bananenstaude, jede Wellblechhütte und jeden Kral aus Lehm.«

Sie verschwieg die Tatsache, dass sie diese Ausritte genoss. Die hellen Rufe der Vögel am Morgen, den Geruch der aufsteigenden Bodenfeuchte, den dumpfen Hufschlag ihres Pferdes – all das kannte sie aus den schönsten Zeiten ihrer Kindheit. Zugleich nahm sie voller Begeisterung die fremde Natur wahr, die grauen Meerkatzen mit den schwarzen, ernsten Gesichtern, die seltsamen Nester der Webervögel, die skurrilen Termitenbauten, Elefantenherden, die sie aus sicherem Abstand betrachtete. Einmal hatte sie sogar einen Leoparden gesehen – faul und scheinbar gleichgültig ruhte der Herr des Waldes auf dem Ast eines abgestorbenen Baumes.

»In ein paar Tagen kann ich kürzertreten und mich auf das Wesentliche konzentrieren, nämlich auf die Kaffee-Ernte.«

Franziska zog skeptisch die Augenbrauen in die Höhe. Sie hatte inzwischen eines der Wellblechgebäude in der Nähe der Angestelltenwohnungen mit Beschlag belegt und den Boden aus gestampftem Lehm sauber ausfegen und mit Bastmatten belegen lassen. Ein geschickter schwarzer Handwerker hatte aus mehreren Holzkisten eine Art Wandtafel zusammengebaut und sie mit schwarzer Farbe angemalt.

»Wir haben vorerst zwar weder Bücher noch Hefte noch Bleistifte – aber wir werden dennoch mit dem Unterricht beginnen.«

Es war Ende Dezember, der Regen hatte aufgehört, und die Trockenzeit stand bevor, bis Ende März waren kaum Niederschläge zu erwarten. Wirklich trocken wie unten in der Savanne wurde es hier jedoch das ganze Jahr über nicht, denn überall rauschten die Bäche und Rinnsale vom Gipfel des großen Berges zu Tal. Paula hatte inzwischen gelernt, dass der Berg des bösen Geistes ein launischer Kandidat war, der sich nur hin und wieder in seiner ganzen Schönheit zeigte. Meist lag sein Gipfel im Nebel verborgen, spielte Katz und Maus mit dem Betrachter und schien es darauf anzulegen, sich erst dann zu enthüllen, wenn niemand mehr darauf hoffte. Dann stieg er in klarer Schönheit aus den Wolken, ein dunkler Kegel mit unwirklich leuchtender Schneespitze, himmelhoch und unerreichbar, von schwarzen Raben umflattert, die seine Diener waren.

»Gleich nach Weihnachten will ich alle Schwarzen täglich unterrichten …«

Das war ein edles Anliegen, gegen das selbstverständlich

nichts einzuwenden war. Bildung für alle Schwarzen, für die Kinder, die Jugendlichen und die Erwachsenen. Auch für die Frauen. Für die ganz besonders. Für Paula stellte sich dabei nur ein winziges Problem.

»Sie können die Kinder unterrichten – die anderen brauche ich für die Kaffee-Ernte.«

»Ich unterrichte ja nur einige Stunden am Tag – den Rest der Zeit können sie in den Kaffeefeldern arbeiten.«

Das allerdings würde nicht möglich sein, und auch *bwana* Kasuku wäre damit gewiss nicht einverstanden. Paula verkündete hartnäckig, die Schwarzen den ganzen Tag über zur Ernte zu benötigen, und zwar sowohl die Männer als auch die Frauen. Die Heranwachsenden natürlich ebenfalls.

Sie hatte nicht mit Franziskas Sturheit gerechnet. Nun sei offenbar, dass sie eine Gutsbesitzerin war, eine, die die Landbevölkerung dumm und unwissend hielt, um sie desto sicherer ausnutzen zu können. Welcher Unterschied bestehe da noch zu den geldgierigen Fabrikanten, die kleine Kinder zwölf Stunden und mehr am Tag schuften ließen?

»Himmel, wir leben im zwanzigsten Jahrhundert, Franziska! Gegen solche Zustände gibt es Gesetze.«

»Sie haben ja keine Ahnung! Ich habe es selbst gesehen ...«

»Wie kommen Sie überhaupt dazu, mir solche Dinge vorzuwerfen? Nur weil meine Eltern einmal ein Gut besessen haben?«

Paula biss sich auf die Lippen und schwieg. Bisher hatte sie Franziska gegenüber noch nie erwähnt, dass ihre Familie den Besitz verloren hatte. Gleich darauf bestimmte sie mit doppelter Entschiedenheit: »Während der Erntezeit unterrichten Sie nur die Kinder. Basta!«

»Ausbeuterin!«

Auf diese Beleidigung gab Paula keine Antwort. Doch die

Erkenntnis, dass Franziska Gabriel, die sanfte, kurzsichtige Franziska, von sozialistischem oder gar kommunistischem Gedankengut infiltriert war, setzte ihr hart zu. Solche Leute waren allen Mitgliedern ihrer Familie, sogar der aufgeschlossenen Tante Alice, stets suspekt gewesen.

Doch auch zur anderen Seite hin musste sie sich zur Wehr setzen.

»Es geht nicht anders, von Dahlen. Jetzt seien Sie nicht so stur. Sie müssen sie ja nicht benutzen, aber am Sattel muss sie hängen. Damit die Schwarzen Sie respektieren!«

»Ich werde auf keinen Fall eine Nilpferdpeitsche mit mir führen. Unter keinen Umständen!«

Stattdessen schwatzte sie ihm zwei seiner Reithosen und das Gewehr ab. Sie brauche es, um sich vor Überfällen der Dschagga oder vor Raubtieren zu schützen. Es dauerte eine Weile, bis er sich bereiterklärte, ihr seine Waffe zu leihen, und er tat es auch nur, nachdem sie ihm bewiesen hatte, dass sie damit umgehen konnte. Gewiss – Ernst von Dahlen hatte nur seine beiden Söhne mit auf die Jagd genommen, doch Paula hatte bei den Schießübungen der Knaben zugeschaut, und wenn sie mit Friedrich allein war, hatte auch sie sich in dieser Kunst versuchen dürfen.

»Vor den verdammten Dschagga müssen Sie sich in Acht nehmen, von Dahlen«, mahnte Gottschling.

Niemals dürfe sie ganz allein ausreiten, nur in Begleitung von mehreren treuen Schwarzen. Gottschlings Erklärungen verwirrten sich meist, wenn er auf diesen Punkt zu sprechen kam, doch es schien um ein Stück Land zu gehen, eine der Terrassen, die man dem Urwald abgetrotzt und mit Kaffeebüschen bepflanzt hatte. Sie lag ein wenig höher als der Rest der Pflanzung, und soweit Paula begriff, hatte das Land vor einigen Jahren noch den Dschagga gehört. Sie hatten auch die

Bewässerungsrinne gebaut, die ringförmig um den Berg führte und das stetige Wachstum der Pflanzen garantierte. Es war fruchtbarer, schokoladebrauner Boden, den die Eingeborenen über Jahrhunderte mit Bananen und Mais bepflanzt hatten, so dass Gottschlings Arbeiter einfach nur die Pflanzlöcher für die Kaffeebäumchen hatten ausheben müssen. An anderen Stellen – so hatte er Paula erzählt – hatten seine Leute wochenlang Bäume fällen, die Wurzeln ausgraben und verbrennen müssen, bevor man mit dem Pflanzen beginnen konnte.

»Und wem gehört dieses Land nun? Den Dschagga oder Ihnen?«

Gottschling hatte nicht immer gute Stunden, zumal seine Beine keinerlei Fortschritte machten. Nach wie vor musste er von den schwarzen Hausangestellten wie ein Baby getragen werden, von den menschlichen Verrichtungen ganz abgesehen. Paulas naive Frage brachte ihn derart in Harnisch, dass er einen hölzernen Teller mit *ugali* und gewürztem Ziegenfleisch durch den Raum schleuderte. Die Mahlzeit prallte gegen ein Bücherregal, und der gelbliche Maisbrei legte sich wie ein vielzackiger Stern auf die braunen Buchrücken.

»*Mein* Land ist es, verdammt! Ich habe es vor Jahren gekauft, es ist in dem Plan meiner Pflanzung eingezeichnet und gehört mir. Aber mein Vorgänger – dieser schwachsinnige Idiot – hatte mit irgendeinem Dschagga-Häuptling ein Abkommen getroffen. Die Dschagga schützten ihn gegen die Massai, die damals hin und wieder hier oben einfielen, dafür durften sie dieses Stück Land bebauen.«

Paula betrachtete sein verzerrtes Gesicht und fragte sich, wozu er bei all dem Land, das er sein Eigen nannte, ausgerechnet diese nicht einmal besonders große Terrasse besitzen musste. War es die Gier, die über ihn gekommen war? Eine Todsünde, die Gott angeblich strafte …

»Lassen Sie mich raten: Sie brauchen inzwischen keinen Schutz mehr gegen die Massai, da war das Bündnis nichts mehr wert.«

»So ist es«, knurrte er zufrieden, ohne die leise Ironie in ihrer Stimme zu bemerken. Überhaupt hatte sie noch nie einen Menschen getroffen, der so wenig registrierte, was in seinen Gesprächspartnern vor sich ging.

»Haben Sie verstanden, wie die Kaffeebohnen fermentiert werden? Ich lasse mich morgen noch mal hinübertragen – dann zeige ich es Ihnen. Faules Pack, diese Wanderarbeiter. Wenn man nicht hinschaut, sitzen sie herum und schwatzen. Aber ihren Lohn wollen sie haben …«

Das Lohnsystem war äußerst kompliziert. Alle Arbeiter wurden am Morgen in das Arbeitsbuch eingetragen, am Abend verlas man die Namen, und jeder erhielt sein Tagesgeld und eine Marke, die er am Ende der Saison in Geld umtauschen konnte. Diese morgendliche Zeremonie führte ein schwarzer Vorarbeiter durch, den *bwana* Kasuku durch das Bürofenster überwachen konnte. Nur auf diese Weise war es möglich, gerecht zu zahlen, ohne Schwindlern und Schlauköpfen aufzusitzen. Die Schwarzen waren ausgesprochen erfinderisch, wenn es darum ging, sich vor harter Arbeit zu drücken – wer wollte es ihnen verübeln? Natürlich war es Franziska, die bemerkte, dass der ausgezahlte Lohn lächerlich gering sei, sogar ein Hilfsarbeiter in Berlin verdiene mehr.

»Aber der braucht ja auch mehr Geld zum Leben«, wandte Paula beklommen ein. »Schau – hier hat jede schwarze Familie eine Behausung aus Wellblech bekommen, dazu ein Stück Land, Hühner und Ziegen. Einige besitzen sogar Kühe und Schafe.«

»Ach, Sie glauben, die Schwarzen brauchen keinen anständigen Lohn zu erhalten, weil sie bedürfnislos sind?«, wandte Franziska in spitzem Ton ein.

»Geht es nicht darum, zufrieden mit seinem Leben zu sein?«, fragte Paula unsicher.

»Es geht um Gerechtigkeit!«, versetzte Franziska, und ihr Ton sagte deutlich, dass sie in diesem Punkt keine Kompromisse zulassen würde.

Paula hatte andere Probleme. Solche, die sie weder Jacob Gottschling noch Franziska eingestehen mochte. Probleme, die im Grunde vorgezeichnet gewesen waren. Und die sie doch nicht hatte wahrhaben wollen.

Es war dieses Lächeln, das ganz sacht und kaum merklich auf den Gesichtern der Afrikaner erschien, wenn sie sie zur Ordnung rief. Allein das war schon schwierig genug, und sie brauchte dazu die Unterstützung ihrer drei Begleiter, denn die meisten der Arbeiter waren Dschagga, und sie verstanden nicht allzu viel Suaheli. Aber letztlich war sie sich sicher, dass die Arbeiter recht gut begriffen, was sie von ihnen wollte. Sie verstanden es sogar ganz genau. Sie sollten schneller arbeiten und weniger Pausen einlegen, es sei wohl kaum möglich, dass sie sie immer nur sitzend und schwatzend antraf und sie ihr jedes Mal erzählten, gerade eben eine kleine *pumsika* eingelegt zu haben.

»Ihr macht den ganzen Tag über *pumsika.* Aber für *pumsika* gebe ich keine Rupien!«

Sie nahmen es gelassen, wussten sie doch, dass sie am Abend genau wie alle anderen ihren *posho* und eine Marke erhalten würden. Der Zorn der *bibi* Pola schüchterte keinen von ihnen ein – ganz im Gegenteil. Paula hatte manchmal den beklemmenden Eindruck, dass über ihr Auftreten hinter ihrem Rücken gefeixt und gekichert wurde. Sie waren es eben nicht gewohnt, einer weißen Frau zu gehorchen. *Bwana* Kasuku mit seiner *kiboko,* der Nilpferdpeitsche, das war eine andere Sache gewesen. Aber selbst wenn sie dieses widerliche Ding – Gottschling besaß ganze fünf Stück davon – an ihren Sattel gehängt hätte – nichts auf der Welt hätte sie dazu bringen können, einen Menschen damit zu traktieren.

Die einzige Methode, ihre Wünsche durchzusetzen, war das Büchlein, das Juma, der sie auf jedem Ritt begleitete, stets bei sich führte. Wenn sie ihm befahl, den Namen eines ungehorsamen Arbeiters einzutragen, dann wurde es ernst für den Betroffenen, denn das war gleichbedeutend mit Lohnabzug. Es war erstaunlich, mit welchem Eifer und welcher Beredsamkeit der betreffende Arbeiter einen solchen Eintrag zu verhindern suchte.

Inzwischen machte die Ernte gute Fortschritte. Der Pulper war pausenlos in Betrieb, er fraß die gewaschenen und sortierten Kaffeebeeren, zerquetschte sie in seinem Riesenmaul und spuckte sie als gelblich-roten Brei in die Becken, wo sie fermentierten. Später wurde das restliche Fruchtfleisch von den fermentierten Bohnen abgewaschen, und die Ernte musste trocknen. Der rohe Kaffee war hell, jede Bohne von einer silbrig glänzenden Schale umgeben, erst wenn man sie in einer kleinen Pfanne braun röstete, entstand der wohlbekannte, kräftige Kaffeeduft.

Paulas erstes Weihnachtsfest in Afrika war eine Enttäuschung. Gewiss, auch die Weihnachtsfeiern der vergangenen Jahre auf Klein-Machnitz waren nicht gerade üppig gewesen, im letzten Jahr war sie mangels Reisegeld sogar in Berlin geblieben und hatte am ersten Feiertag einen Gottesdienst in der Andreaskirche besucht. Aber es hatte doch kleine Geschenke gegeben, sie hatte für Jette ein Paar Baumwollstrümpfe gekauft und auch Magda und Ida von Meerten mit einer Kleinigkeit bedacht. Am Heiligen Abend hatten sie zusammengesessen und ein Menü verzehrt, das Jette gekocht und Paula bezahlt hatte, auch der Rotwein war aus ihrem Bestand gewesen. Tja – man würde sie in diesem Jahr wohl schmerzlich vermissen.

Der Heilige Abend auf der Pflanzung von Jacob Gottschling fand einfach nicht statt. Nicht einmal Franziska hatte daran gedacht, dass man den vierundzwanzigsten Dezember zählte, so beschäftigt war sie damit, die Lehrbücher und Schulhefte auszupacken, die Murimi und Lupambila am Nachmittag von der Bahnstation Moshi abgeholt hatten. Paula hingegen führte an diesem Abend ein lebhaftes Streitgespräch mit Jacob Gottschling. Jemand hatte *bwana* Kasuku gemeldet, seine Arbeiter ließen eines der Kaffeefelder unberührt, da sich dort mehrfach ein Chamäleon gezeigt habe, was großes Unglück bedeute.

»Das ist doch nur ein Vorwand«, tobte *bwana* Kasuku. »Der eine Stamm hat Angst vor einem Baumaffen, der nächste zittert vor einer gelb-grünen Schlange, und der dritte jammert, er habe ein Chamäleon gesehen. Wenn man auf jeden Aberglauben der Eingeborenen Rücksicht nehmen wollte, brauchten sie überhaupt nicht mehr zu arbeiten.«

»Dann sollte man jene Eingeborene dorthin schicken, die diesem Aberglauben nicht anhängen. Viele der Fremdarbeiter sind keine Dschagga und könnten …«

»Verflucht noch mal, von Dahlen! Ob die Burschen Dschagga oder Waschamba, ob sie Kukuju, Massai oder Bantuneger sind – wenn sie bei mir arbeiten, haben sie zu gehorchen!«

Er verlangte, dass sie gleich morgen zu dem betreffenden Feld ritt und den Schwarzen »Beine« machte. Sie sei eine von Dahlen, ihr Vater habe Scharen von Arbeitern auf Zack gebracht, also liege ihr das schon im Blut.

Sie erstickte fast an dem, was sie nicht sagen durfte. Als sie zornig aus dem Büro lief, kam ihr *mama* Woisso entgegen und bat sie, gemeinsam mit anderen Angestellten morgen hinunter in die Mission gehen zu dürfen, um dort die Weihnachtsmesse zu hören.

»Weihnachtsmesse?«

»Ist Geburtstag von Jesus, der ist unser Heiland. Ist Retter der Welt. Ist große König.«

Ein Tag Aufschub – das passte ihr wunderbar. Gemeinsam mit den Schwarzen und Franziska fuhr sie hinunter zur Mission, um dort die Messe zu besuchen. Dass es eine katholische Messe war, spielte für sie als Evangelische keine Rolle. Der Glaubenseifer der bekehrten Schwarzen und ihre Begeisterung waren so überwältigend, dass sie sich fragte, ob diese Menschen nicht viel näher an den biblischen Ursprüngen des Christentums waren als die gebildeten Europäer.

Am zweiten Feiertag halfen ihr jedoch kein Christkind und auch kein Weihnachtsengel. Jacob Gottschling hatte den Festtag in düsterem Schweigen auf seinem Sessel verbracht – einen weiteren Feiertag wollte er seinen Arbeitern auf keinen Fall zugestehen.

»Jetzt zeigen Sie mal, was Sie können, von Dahlen!«

Er sagte niemals »Fräulein von Dahlen« oder »Paula von Dahlen« – stets nannte er sie nur mit dem Nachnamen, als sei sie ein Mann. Zu Anfang hatte ihr das sogar gefallen, nur stieß ihr jetzt immer unangenehmer auf, dass dieser Name nicht der ihre war. Er war geliehen – ihr eigentlicher Name war Mercator. Paula Mercator.

Machte sie sich etwas vor? Vielleicht. Aber auch wenn sie es vermutlich niemals sicher wissen würde – es war schön, davon zu träumen. Ob Klaus Mercator überhaupt gewusst hatte, dass er eine Tochter hatte? Vermutlich nicht. Und selbst wenn, so hatte man ihm wohl kaum eine Chance gegeben, seine kleine Tochter zu sehen … Ganz im Gegenteil, ihre Mutter hatte vermutlich alles daran gesetzt, ihn vom Gutshof fernzuhalten.

Am Morgen des zweiten Feiertags lagen die Kaffeefelder im Nebel, eine weißliche Zauberlandschaft, aus der nur langsam die ersten dunklen Konturen erwuchsen. Die Stämme und Kronen der Akazien, das dreigeteilte Wohngebäude, dann auch die kleine Liebeslaube, die zart wie ein Käfig für bunte Paradiesvögel aus dem Dunst erstand. Der klotzige Grabstein aus mehreren Basaltblöcken, den Gottschling für seine Frau hatte aufrichten lassen. Nur der Berg zeigte sich nicht, doch inzwischen war sie seine Spielchen gewohnt.

Gegen neun Uhr ließ Paula die Reittiere satteln und rief ihre Helfer zusammen: den dünnen, wendigen Juma, den kleinen, aber ungemein kräftigen Murimi, den immer fröhlichen Lupambila. Sie wollte auch Sapi und Kiwanga mitnehmen, doch die beiden waren drüben am Pulper unentbehrlich, also verzichtete sie auf ihre Begleitung.

Das Kaffeefeld, auf dem sich angeblich ein Chamäleon gezeigt hatte, befand sich nicht weit entfernt von jenem anderen Feld, der fruchtbaren und gut bewässerten Terrasse, die die Dschagga für sich beanspruchten. Man hatte dort zwar mit der Ernte begonnen, jedoch zögerlich und nur dann, wenn eine große Anzahl von Pflückern beisammen war. Natürlich konnte es so sein, wie Jacob Gottschling vermutete: Es waren die Dschagga, die den Arbeitern Angst gemacht hatten, um sich ein weiteres Stück Land einzuverleiben. Schließlich gab es überall Chamäleons – auch auf anderen Kaffeefeldern traf man diese stummen, urzeitlichen Drachengeschöpfe an.

Die Pflücker waren mit ihren Körben hinausgezogen, überall hörte Paula ihre fröhlichen Stimmen. Vor allem einige der erwachsenen Frauen taten sich hervor, sie lachten und schwatzten und stimmten hin und wieder kurze Wechselgesänge an. Ihre Lieder erschienen Paula von der Melodie her recht eintönig, dafür besaßen alle, auch die traurigen, langsamen Gesänge, ein seltsam eindringliches Metrum, das kein Europäer hätte nachahmen können. Es war, als stiegen diese Lieder aus der afrikanischen Erde in die schwarzen Körper ihrer Bewohner. Afrikas Kinder spürten diesen Rhythmus, noch bevor sie auf die Welt kamen, im Takt dieser Gesänge wurden sie auf dem Rücken ihrer Mütter gewiegt, im Metrum dieses Pulsschlags stampften sie ihre Kriegstänze.

»Jambo, bibi Pola. *Jambo.«*

Mit den Frauen war leichter zurechtzukommen, sie mochten Paula und taten ihre Arbeit freiwillig, manchmal wetteiferten sie sogar, wer den Korb am schnellsten mit den roten und gelben Beeren gefüllt hatte. Paula grüßte, winkte einigen zu und hielt ihr Pferd an, um die Beschwerde einer jungen Mutter anzuhören, die Streit mit der Nachbarin hatte. Paula versprach, dass *bwana* Kasuku *shauri* halten würde, damit sie ihren Fall vortragen könne, und wenn die Nachbarin im Unrecht sei, müsse sie ihr mehrere Hühner oder Ziegen geben.

Sie hatte eine solche Gerichtsverhandlung erst ein einziges Mal miterlebt, ein buntes und äußerst langwieriges Schauspiel, bei dem es im Prinzip immer nur um das Aushandeln einer Entschädigung ging.

Sie ritten nun einer hinter dem anderen bergan, bewegten sich auf schmalen Pfaden durch die Pflanzungen und gewannen rasch an Höhe. Der Nebel hatte sich inzwischen vollständig aufgelöst, grün geflügelte Insekten erwachten zum Leben, einige letzte, dicke Tautropfen glitzerten auf den glatten Blättern der Kaffeesträucher. Nur in der Ferne war es noch dunstig, das gewaltige Bergmassiv des Kilimandscharo war nicht zu sehen.

»Dort«, sagte Juma nach einer Weile.

Paula musste nicht sehen, wohin er deutete, sie wusste auch so, dass die umstrittene Pflanzung direkt über ihnen am Berghang lag. Wie erwartet, befand sich kein einziger Pflücker zwischen den Kaffeebüschen, die man wie fast überall mit Bananenstauden vermischt hatte. Die hohen Stauden spendeten den sonnenempfindlichen Kaffeebüschen genügend Schatten – eine Erkenntnis, die sich die ersten Pflanzer mit vielen Verlusten erkauft hatten.

»Gut«, sagte Paula und hielt ihr Pferd an. »Murimi und Lupambila – ihr reitet hinüber zu diesen Arbeitern.«

Sie wies auf eines der Kaffeefelder weiter unten, auf dem eine Menge schwarzer Pflücker, meist Männer, beschäftigt waren.

»Sagt ihnen, sie sollen ihre Körbe nehmen und dort oben weiterarbeiten.«

Murimi und sein Kamerad schienen so etwas befürchtet zu haben, denn sie versuchten, ihrer *bibi* Pola klarzumachen, dass die Arbeiter ihrer Aufforderung nicht Folge leisten würden.

»Wollen lieber tot umfallen und fliegen in Paradies gleich heute.«

»Sie sagen, dort wohnt *chui.* König von Wald mit Gesicht von Krieger.«

»Sie sagen, böse Geist, der wohnt auf Kilimandscharo, fährt in Chamäleon. Wer schaut in Auge von graue Echse, gehört böse Geist und muss tun böse Tat …«

»Es reicht!«, schimpfte Paula zornig. »Tut, was ich sage!«

Sie sah den beiden nach, wie sie auf ihren Maultieren davonzockelten, unwillig und fest davon überzeugt, dass der Weg vergebens sein würde. Es konnte gut sein, dass sie recht behielten – aber so schnell würde sie sich nicht geschlagen geben.

Murimi und Lupambila hatten das quadratische Kaffeefeld jetzt erreicht und lenkten ihre Maultiere zwischen die Kaffeebüsche. Paula hörte, wie sie energisch auf die Arbeiter einredeten. Die Pflücker hörten ihnen zu, scharten sich zusammen und redeten miteinander. Nach einer Weile nahmen sie ihre Arbeit seelenruhig wieder auf. Paula sah, wie ihre beiden Angestellten hilflos mit den Armen fuchtelten, und ihr war klar, dass keiner der Pflücker dem Befehl Folge leisten würde.

»Wie Juma schon gewusst, *bibi* Pola. Nicht wollen gehen. Sind Feiglinge, haben Angst vor kleine Echse, nicht viel größer wie Kätzchen …«

Juma war ein Kikuju, doch er hatte eine Weile an der Küste gelebt und den Glauben seiner Ahnen längst abgelegt. Ein Chamäleon kam darin sowieso nicht vor, zumindest hatte er das behauptet.

»Was wir tun, *bibi* Pola? *Bwana* Kasuku hat genommen *kiboko,* wenn schwarze Männer ungehorsam …«

»Wir reiten hinunter.«

Paula hatte nicht vor, die Schwarzen zu zwingen, diesen Kaffee unter Todesangst zu pflücken, doch sie wollte wissen, ob deren Angst tatsächlich so stark war oder ob noch etwas anderes dahintersteckte. Möglicherweise sogar ein geheimes Übereinkommen mit den wild lebenden Dschagga.

Während sie ihr Pferd den Pfad hinunterlenkte, bemerkte sie einen Reiter zwischen den Kaffeebüschen, der sich ihnen von Osten her näherte. Er hatte den Hut tief ins Gesicht gezogen, doch der Kleidung nach war er ein Weißer. Vermutlich einer der Nachbarn. Nicht nur der Norweger, auch zwei deutsche Pflanzer waren während der vergangenen Wochen zu Nachbarschaftsbesuchen aufgetaucht, hatten ihr Bedauern über den Tod der armen Elfriede Gottschling ausgedrückt und sich von Juma an ihr Grab führen lassen. Wenn sie dann am Abend im Esszimmer zusammensaßen und die neuesten Nachrichten aus der Umgebung erzählt wurden, war mehr oder weniger rücksichtsvoll jene Frage gestellt worden, die Jacob Gottschling jedes Mal zu einem Wutanfall veranlasste. »Verflucht will ich sein, sollte ich je dieses Land verkaufen. Hierher gehöre ich, hier liegt mein Friedchen begraben, und hier will auch ich einst liegen. An ihrer Seite, wie es sich gehört. Erst wenn ich verreckt bin, könnt ihr das Land haben, aber keinen Tag früher. Geht das in euren Schädel hinein?«

Der Reiter war rasch unterwegs, und Paula fiel auf, dass er anders ritt als die deutschen Pflanzer, die ziemlich schwerfällig auf ihren Gäulen saßen. Dieser Mann war ein geübter Reiter. Paula passte es gar nicht, bei dieser schwierigen Aufgabe beobachtet zu werden, noch dazu von einem Nachbarn, der vermutlich hämisch verbreiten würde, dass die junge Frau, die der Sturbock Gottschling als Verwalter angestellt hatte, von den Schwarzen kein bisschen respektiert wurde. Aber das war ja nicht anders zu erwarten gewesen.

»Was ist los, Murimi? Weshalb bewegt sich niemand?«, fragte sie, als sie unten angekommen waren.

Murimi tat einen tiefen Seufzer, breitete die Arme aus und drehte die Handflächen nach oben.

»Haben Angst, *bibi* Pola. Große Angst vor *sheitani* und böse Geist.«

»Sag ihnen, ich gebe denjenigen, die gehorchen, doppelten Lohn. Außerdem werde ich Wächter mit Buschmessern schicken und selbst bis zum Nachmittag hierbleiben.«

Es war das Äußerste, was sie bieten konnte, und immerhin besaß sie ein Gewehr, falls tatsächlich ein *chui,* ein Leopard, oder eine schwarze Mamba auftauchen sollte.

Ihre drei Angestellten verbreiteten das neue Angebot und erregten damit heftige Diskussionen. Der doppelte Lohn schien einige der Arbeiter zu locken, ob auch ihr Gewehr Eindruck machte, wusste Paula nicht zu sagen, doch etliche Schwarze schielten misstrauisch auf das gute Stück, das in einer ledernen Halterung an ihrem Sattel steckte. Vermutlich fragten sie sich, ob *bibi* Pola mit dieser Donnerbüchse überhaupt umgehen konnte.

Sie hatte so intensiv auf die schwarzen Pflücker geschaut, dass sie nur aus dem Augenwinkel bemerkte, wie rasch sich der Reiter näherte. Jetzt vernahm sie bereits die dumpfen Hufschläge seines Pferdes, das aus dem Trab in den Schritt fiel und dann gezügelt wurde. Er grinste unendlich siegesgewiss, obgleich er keinerlei Grund dazu hatte. Außer, dass Paula bei seinem Anblick fast das Herz stehen blieb.

»Nein …«, flüsterte sie.

»Was für ein begeisterter Empfang«, scherzte er mit überlauter Stimme. »Ich sehe deine Wangen vor Freude erblühen und deine roten Lippen verliebte Worte murmeln …«

Paula wusste ziemlich genau, dass sie totenbleich geworden war, aber dieser Mann war nun einmal ein Spötter. Oh, wie hatte sie sich nach ihm gesehnt – aber das konnte sie auf keinen Fall zugeben. Nicht einmal vor sich selbst.

»Die Überraschung ist allerdings geglückt, Tom Naumann«, sagte sie, und ihr dummes Herz fing so heftig an zu klopfen, dass sie kaum atmen konnte.

»Paula von Dahlen, die Herrin von Klein-Machnitz«, sagte er schmunzelnd und ließ den Blick über sie wandern. »Die Reithose steht dir ausgezeichnet. Als wärest du darin zur Welt gekommen …«

»Lass die Witze! Was willst du hier?«

»Nachschauen, wie es dir so geht …«

Sie hob das Kinn und schwieg. Hatte er gehofft, sie sei in Schwierigkeiten und warte darauf, von ihm gerettet zu werden?

»Keine Angst«, fuhr er leise fort. »Dieses Mal werde ich dich nicht um deine Hand bitten. Ich habe mich lange genug zum Narren gemacht.«

Eigentlich wollte sie beteuern, wie leid es ihr tat, doch die Worte blieben ihr in der Kehle stecken. Stattdessen sagte sie: »Schön, dass du das einsiehst …«

Seine Züge blieben unbeweglich, wie meist, wenn er sein Inneres hinter der Maske des kühlen, ironischen Burschen versteckte. Er lächelte sogar, wendete den Blick jetzt jedoch von ihr ab und besah neugierig die aufgeregten Schwarzen im Kaffeefeld.

»Was ist los? Proben die den Aufstand?«

»Natürlich nicht!«

Ausgerechnet Tom Naumann musste jetzt und hier auftauchen. Da wäre ihr ja noch einer der lästigen Nachbarn lieber gewesen.

»Aber was palavern sie? Da ist doch irgendwas im Gange.«

Paula holte tief Luft und lenkte ihr Pferd ein wenig zur Seite, um auf diese Weise das Gespräch zu beenden.

»Du würdest mir einen großen Gefallen tun, lieber Tom, wenn du dich um deine eigenen Angelegenheiten kümmertest.«

Da war es wieder, dieses gottverdammte freche Grinsen. Er schien es zu genießen, sie in Schwierigkeiten zu sehen.

»Oh – ich bin sozusagen im Urlaub und hätte unbegrenzt Zeit für dich, Fräulein Paula.«

»Aber ich nicht für dich!«

Sie spornte ihr Pferd an und trieb es zwischen die Kaffeebäumchen, obgleich sie es sonst eigentlich vermied, dort hindurchzureiten. Juma und die anderen Angestellten waren von etlichen schwarzen Pflückern umringt, und wie man an den immer wieder in die Luft fliegenden Armen sehen konnte, wurde eifrig gefeilscht. Paula ahnte nichts Gutes.

»Sie wollen arbeiten, *bibi* Pola«, vermeldete Lupambila. »Aber nur für viermal den Lohn.«

»Was? Das kommt überhaupt nicht infrage.«

»Dann keiner von ihnen will dort oben sterben.«

»Es stirbt niemand auf dem Kaffeefeld! Das ist alles nur ein dummer Aberglaube.«

»Sie glauben fest, dass müssen sterben, wenn pflücken Beeren von Chamäleon.«

»Da schau an!«, knurrte Paula. »Und wozu brauchen sie dann noch den vierfachen Lohn, wenn sie bei dieser Arbeit ohnehin umkommen?«

Lupambila winkelte die Ellenbogen an und hob die Schultern, als wolle er mit imaginären Flügeln schlagen. Dazu verzog er das Gesicht zu einer Grimasse.

»Weil – vielleicht ja doch nicht sterben.«

Aha – daher wehte der Wind. Sie hatte ganz recht vermutet, die Sache mit dem Chamäleon war nur ein Vorwand gewesen, eigentlich glaubten sie gar nicht daran.

»Was für ein Aberglaube?«, erkundigte sich Tom. Anstatt davonzureiten, war er ihr gefolgt, dieser hinterhältige Mensch.

»Sie fürchten sich vor dem Chamäleon, das angeblich auf einem der Kaffeebüsche gesessen hat«, erklärte sie unwillig.

»Warum?«

»Es hat mit dem Glauben der Dschagga zu tun. Das Chamäleon bringt Unglück.«

Tom schob den Hut in den Nacken und wischte sich die Stirn mit dem Handrücken. Sein Haar war schweißverklebt, er schien seit heute früh unterwegs zu sein.

»Arme Burschen«, sagte er. »Die kleinen Drachen hocken doch überall.«

»Sie bringen auch nur Unglück, wenn man sie sieht. Normalerweise passen sie sich ihrem Hintergrund so gut an, dass sie fast unsichtbar sind.«

»Aha!«, sagte er, als habe sie ihm gerade die absolute Erleuchtung gebracht. Dann schwang er sich aus dem Sattel, band sein Pferd – eine besonders hübsche Fuchsstute – an eines der Kaffeebäumchen und begann, in seiner Satteltasche zu wühlen. Offensichtlich hatte er beschlossen, sich einen Imbiss zu genehmigen, denn er zog seine Trinkflasche und einen hölzernen Becher hervor, der aus einer Kokosnuss geschnitzt war.

»Hör zu, Lupambila«, wandte sie sich wieder ihren Angestellten zu. »Ich sage es nur ein einziges Mal: Wer bereit ist, für den doppelten Lohn zu arbeiten, der soll hier auf diesen Weg hinaustreten. Alle anderen wird Juma in sein Buch eintragen …«

»Ja, *bibi* Pola …«

Es kamen tatsächlich drei Männer mit ihren Körben, die von den Übrigen mit missgünstigen Blicken beäugt wurden. Drei – da würde es wochenlang dauern, bis die Beeren gepflückt waren. Aber es war immerhin ein Anfang. Ein winzig kleiner Erfolg, auf den sie nicht wenig stolz war.

»Gut. Sag ihnen, ich freue mich über ihren Mut und werde ihnen heute Abend …«

Sie musste sich unterbrechen, als plötzlich ein lauter, dunkler Ton ihre Worte überdeckte. Es klang wie ein Gesang, jedoch vollkommen ohne Melodie, ein eher unheimlich wirkendes Auf- und Niedersteigen der menschlichen Stimme …

Sie brauchte einen Moment, um zu begreifen, dass diese Töne aus Tom Naumanns Kehle drangen. Er hatte seinen Becher mit Wasser gefüllt, einen grünen Zweig von einem Kaffeebäumchen gerissen und ging jetzt mit langsamen Schritten bergauf. In regelmäßigen Abständen tauchte er den Zweig in den Becher und spritzte ein paar Tröpfchen nach rechts, dann ein paar Tröpfchen nach links.

Ist er verrückt geworden?, dachte sie erschrocken. Was soll denn dieser lächerliche Zirkus?

Die Schwarzen starrten ihm nach, scharten sich zusammen und flüsterten miteinander.

»Mpepo …«, murmelte Juma, der dicht neben ihr auf seinem Maultier saß.

»Aber … aber er ist ein …«

Sie verschluckte den Rest des Satzes. Nein, Tom war kein *mpepo,* kein Zauberer, und auch kein Medizinmann, er war bloß ein Schauspieler und ein Scharlatan, doch er hatte Talent. Mit wiegenden Schritten durchquerte er das vermeintlich verhexte Feld, bis er dessen Rand erreicht hatte. Er brauchte sich nicht umzuwenden, er wusste auch so, dass fast alle Schwarzen ihm gefolgt waren.

Paula musste die Augen gegen die Mittagssonne schützen, nur undeutlich konnte sie sehen, dass er den Becher und den nassen Kaffeezweig in die Höhe hielt, damit auch alle diese Insignien seiner Zauberkraft sehen konnten. Dann tauchte er zwischen die Kaffeebäumchen und Bananenstauden, vermutlich um den bösen Geist des Chamäleons zu bannen. Ausgerechnet Tom Naumann. Der selber manchmal etwas von einem Chamäleon hatte.

Eine halbe Stunde später fielen die Pflücker über das Kaffeefeld her. Kein Wunder, dass keiner von ihnen mehr unten arbeiten wollte. Hier oben, wo kurz zuvor noch das böse Chamäleon geherrscht hatte, verdienten sie schließlich den doppelten Lohn.

18

In abgelegenen Gegenden ist die Gastfreundschaft das höchste Gut. Es blieb Paula nichts anderes übrig, als Thomas Naumann auf ihrem Ritt durch die Pflanzung an ihrer Seite zu dulden und ihn gegen Abend zum Wohnhaus zu geleiten.

»Du kannst selbstverständlich hier übernachten«, stellte sie ohne viel Begeisterung klar. »Das Gästehaus ist allerdings besetzt, du musst mit dem Plüschsofa im Wohnzimmer vorliebnehmen.«

»Oh – um eine Nacht in deiner Nähe verbringen zu dürfen, würde ich selbst in den Zweigen eines Baobabs schlafen ...«

Sie schluckte bei der Erinnerung an jenen Nachmittag, an dem sie ihn so heftig begehrt hatte, dass sie sich um ein Haar vergaß. Nie wieder würde sie diesen Kuss aus ihrem Gedächtnis verbannen können.

»Aber ein Plüschsofa ist auch in Ordnung«, fuhr er fort, als sie schweigend vom Pferd stieg und Juma die Zügel übergab. »Ich liebe Plüschsofas ...«

Wenige Minuten später war er anderer Meinung. Paula und Franziska hatten inzwischen das Gästehaus umgestaltet, die Tücher von den Fenstern genommen und einige der düsteren Möbel mit weißer Farbe angestrichen. Im Haupthaus jedoch, wo Jacob Gottschling residierte, wagte niemand, auch nur ein Stäubchen zu verändern.

»Wieso ist es hier so dunkel?«

»Die Ehefrau des Pflanzers wollte es so. Sie lebte in der Illusion, zu Hause in Deutschland zu sein.«

Tom verdrehte die Augen und atmete tief ein. Es müffelte nach Staub, Feuchtigkeit und modernden Stoffen. Seitdem Paula das Haus zum ersten Mal betreten hatte, kannte sie diesen Geruch, und inzwischen hatte sie sich daran gewöhnt.

»War sie …?«

Er tippte sich mit dem Zeigefinger gegen die Stirn.

»Während der letzten Jahre war die Ärmste wohl zunehmend verwirrt. Wir haben sie nicht mehr kennengelernt, sie starb an ebenjenem Tag, an dem wir hier ankamen.«

»Wir?«

Er hatte keine Ahnung davon gehabt, dass er auch Franziska Gabriel wiedertreffen würde.

»Ich dachte, sie sei in Hohenfriedeberg im Usambara-Gebirge in Stellung. Das hat mir zumindest Missionar Böckelmann erzählt. Armer Kerl …«

Paula kam nicht dazu, seine beiden letzten Worte zu hinterfragen, denn in diesem Augenblick bemächtigte sich *mama* Woisso des Gastes, führte ihn herum, erkundigte sich nach seinem Leibgericht und erklärte ihm dann, sie habe ein Bad für ihn vorbereitet.

»Da sage ich nicht Nein!«

Er schmunzelte vor Vorfreude auf den kommenden Genuss, reckte die Arme und klopfte sich gegen die Brust, dass es staubte. Paula verdrängte energisch einige unzüchtige Vorstellungen, die sich plötzlich in ihrem Hirn einfanden, und bemerkte stattdessen bissig: »Juma soll deine schmutzigen Sachen ausklopfen. Wir sehen uns dann später.«

Auch Franziska war keineswegs erfreut über den Besucher. Paula hatte ihr hoch und heilig versprochen, niemandem auf der Pflanzung von ihrer Krankheit zu erzählen, vor allem

Jacob Gottschling nicht. Und tatsächlich hatte sie während der vergangenen Wochen kaum noch gehustet, auch keinen Fieberanfall gehabt – vielleicht stimmte ja, was die Ärzte behaupteten, und das klare Bergklima wirkte heilend auf ihre Tuberkulose.

»Er wird ganz sicher nichts erwähnen, Franziska.«

»Wenn er es doch tut, wird Jacob Gottschling mich auf der Stelle entlassen.«

»Er wird schweigen. Aber auch Sie müssen mir etwas versprechen.«

Franziska schob die Brille zurück, die ihr auf die Nasenspitze gerutscht war. Das Brillengestell war ihr schon zweimal auseinandergebrochen, beide Male hatte sie es notdürftig geflickt.

»Die Sache mit dem Foto?«

Paula nickte. Tom hielt den Mann auf dem Bild für einen Freund ihres Vaters, und er sollte bei diesem Glauben bleiben.

»Sie sind die Einzige, die die Wahrheit kennt, Franziska.«

Franziska lächelte Paula an, stolz über das Vertrauen, das diese ihr entgegenbrachte. »Ich bin sehr glücklich, dass ich Sie nun als meine Freundin bezeichnen darf, Paula. Meine engste Freundin, eine Kollegin, die mit mir an der Schule in Weißensee arbeitete, habe ich in Berlin zurücklassen müssen, und mitunter vermisse ich sie sehr. Mit ihr konnte ich alle Entbehrungen, aber auch alle Hoffnungen teilen.«

Sie waren schon ein seltsames Gespann, so unterschiedlich wie Tag und Nacht und doch in einer ähnlichen Lage. Sie konnten bis aufs Blut streiten, dennoch brauchten und respektierten sie einander. Franziska trug zwar das Geheimnis ihrer Krankheit mit sich herum, an dem sie ganz sicher litt, doch ansonsten war sie ein grundehrlicher Mensch, auf den man sich verlassen konnte. Paula, die in ihrem ganzen Leben noch nie eine wirkliche Freundin gehabt hatte, war tief gerührt von Franziskas Geständnis, aber gleichzeitig verspürte sie Unsicherheit, ob sie die Erwartungen der jungen Frau auch erfüllen konnte.

Das Abendessen war ganz nach dem Geschmack des Pflanzers Jacob Gottschling, der es liebte, viele Gäste an seinem Tisch zu bewirten und das Wort zu führen. Während der letzten Jahre sei nur wenig Besuch gekommen, was er sich »gar nicht erklären« könne, erzählte er, jetzt aber, seitdem die beiden jungen Frauen in seinen Diensten stünden, könne er sich vor Besuchern kaum retten. Wahrscheinlich kämen sie alle nur, um sich das alberne Bildchen anzuschauen, das von Dahlen regelmäßig herumzeige und mit dem keiner etwas anfangen könne.

»Von Dahlen?«, erkundigte sich Tom mit hochgezogenen Brauen. »Ach, Sie meinen Ihre Verwalterin, Fräulein Paula von Dahlen.«

»Sag ich doch. Von Dahlen. Sie macht ihre Sache verflucht gut, junger Mann. Ich bin sicher, jeder Pflanzer zwischen Tanga und dem Victoria-See würde sich nach solch einem Verwalter die Finger lecken ...«

Auch Franziskas Arbeit lobte er, ließ jedoch durchblicken, dass diese Dinge zweitrangig, wenn auch nicht ganz unwichtig seien. Neben der Schule habe sie inzwischen einen Kindergarten eingerichtet, eine vernünftige Sache, die es den Müttern ermögliche, auf seinen Feldern zu arbeiten, ohne sich um die Kleinkinder sorgen zu müssen. Die Säuglinge schleppten die schwarzen Weiber ja sowieso immer mit sich herum.

Mama Woisso und zwei der *boys* reichten Kartoffelklöße und geschmorte Ziege mit Weißweinsoße, dazu Kohlgemüse. Afrikanisch aßen sie nur wochentags – wenn Gäste zu bewirten waren, galten immer noch *bibi* Ellis Menüvorschriften. Sie hatte den chinesischen Koch mit viel Energie und Beharrlichkeit in die deutsche Küche eingewiesen, jedes Krümelchen Curcuma, Tamarinde, Kreuzkümmel oder gar Sternanis hatte hysterische Anfälle der Hausherrin zur Folge gehabt.

»Ausgezeichnet!«, lobte Tom. »Man glaubt sich im guten alten Deutschland …«

Er sah großartig aus. Die Haut gebräunt, das kleine Schnurrbärtchen frisch gestutzt, eine feuchte Locke ringelte sich auf seiner Stirn, den Rest des dichten Haares hatte er fein ordentlich hinter die Ohren gestriegelt. Paula glaubte sogar, den Duft der Rosenseife zu riechen, die den Gästen stets bereitgelegt wurde, vermischt mit dem Geruch seines Haares und seiner warmen Haut. Aber das konnte auch nur Einbildung sein, hier im Esszimmer roch es genau wie im Wohnzimmer nach dem feuchten Mief der dunklen Möbel und Tapeten.

Jacob Gottschling thronte auf seinem Sessel, man hatte ihm mehrere Kissen unterschieben müssen, damit er die rechte Sitzhöhe hatte, um das Besteck benutzen zu können. Seine Beine waren nach wie vor taub, allerdings behauptete er, in den Nächten scheußliche Fußschmerzen zu haben, was nur bedeuten könne, dass er bald wieder auf die Beine käme.

»Ja, das Deutsche Kaiserreich!«, rief er und klopfte herrisch mit dem Messergriff auf den Tisch, weil Franziska leise mit Paula sprach.

»Ich bin sicher, dass Europa auf einen Krieg zusteuert, und das wird Deutschland schlecht bekommen. Seien wir froh, dass wir hier in Afrika eine neue, eine bessere Heimat gefunden haben. Sollen sich die europäischen Mächte doch die Köpfe einschlagen – uns hier in den Kolonien kann das nicht berühren. Die Kongo-Akte wurde in Berlin von allen Kolonialmächten unterzeichnet – niemals werden sich europäische Truppen auf afrikanischem Boden bekriegen …«

Man schrieb den zweiten Februar 1914, und Gottschling

prophezeite schon für den Sommer einen gewaltigen Krieg. Vor allem die verdammten Engländer würden eins aufs Maul bekommen, aber auch die Russen und Franzosen und die Balkanvölker, die solle man überhaupt ausrotten, die machten nur Ärger und würden sich niemals einig …

Paula beobachtete Tom, während der Pflanzer seine Phrasen drosch, und stellte zu ihrer Erleichterung fest, dass er wohl nicht vorhatte, seinem Gastgeber zu widersprechen, obgleich er in verschiedenen Punkten ganz sicher nicht Gottschlings Meinung war. Stattdessen hielt er sich an den Ziegenbraten, der ausgesprochen saftig zubereitet war, verdrückte mindestens fünf Kartoffelklöße und spülte eifrig mit klarem Schnaps aus der großen Keramikflasche nach.

»Mein Friedchen wollte immer zurück nach Deutschland«, gestand Gottschling, der dem Schnaps ebenfalls gut zusprach. »Aber ich hab ihr gesagt: Es gibt Krieg, da oben in Europa. Hier unten in Afrika sind wir sicher. Die Kolonien gehen einer großen Zukunft entgegen …«

Tom lehnte sich aufseufzend im Stuhl zurück und verkündete, lange nicht mehr so gut gegessen zu haben. Die heimatliche deutsche Küche sei ein wichtiges Kulturgut, das in den Kolonien bewahrt werden müsse, falls das Deutsche Kaiserreich oben in Europa Schaden nahm. Paulas strafender Blick schien ihm Vergnügen zu bereiten, er hatte längst herausgebracht, dass Jacob Gottschling nicht in der Lage war, ironische Bemerkungen zu verstehen. Zufrieden grinsend erzählte er dann, er sei unterwegs, um Land für eine Pflanzung zu erwerben, am besten ein Stück, das bereits kultiviert sei. Paula erblickte bereits das aufkommende Ungewitter in Gottschlings Zügen, doch Tom fuhr leichten Herzens fort und ließ seinen Gastgeber wissen, dass er nicht vorhabe, sich hier in der Gegend niederzulassen, denn er wolle Sisal anbauen.

»Hier oben – das war mir heute sofort klar – ist es zu kühl und zu feucht. Die Sisalagaven sind verflucht empfindlich gegen Nässe – ich werde also entweder in Küstennähe oder weiter unten am Fuß des Gebirges nach meiner Plantage suchen.«

Eine Weile schwatzte er mit Gottschling über das Geschäft mit dem Sisal, aus dem man inzwischen außer Tauen und Seilen auch Säcke und sogar Kleidung herstellen könne. Die Fasern seien nicht nur im Reich gefragt, sondern auch in anderen europäischen Ländern, es käme darauf an, schnell zu sein, den Engländern voraus, die inzwischen ebenfalls mit der Produktion begonnen hätten.

Eine Weile drehte sich das Gespräch um den Kaffeepreis und die Frage, ob man mit Kautschuk gutes Geld verdienen könne, und Paula fragte sich, seit wann Tom ein derart eifriger Geschäftsmann war. Hatte er nicht von Ersparnissen gesprochen, die er anlegen wolle?

»Momentan verdiene ich recht gut als Journalist«, prahlte er. Dann setzte er Gottschling mit der Absicht in Erstaunen, den Kilimandscharo besteigen zu wollen, da er mit einer deutschen Zeitung einen Vertrag für einen mehrteiligen Reisebericht abgeschlossen habe. Nun war es natürlich unumgänglich, dass sie sich Gottschlings Geschichte anhören mussten. Damals, vor gut fünfzehn Jahren, habe es ihn durch Zufall in dieses Land verschlagen, und ebenjener Berg habe ihn nahezu magisch angezogen …

Gottschling hatte eine Besteigung gemeinsam mit drei Deutschen und einem Holländer gewagt, doch sie waren gescheitert. Ein Schneesturm hatte ihnen die Orientierung genommen, die folgende Nacht im Eis überlebten nur drei der fünf Bergsteiger. Mit knapper Not gelangten sie einigermaßen heil in die Waldregion zurück, die toten Kameraden hatten sie oben im ewigen Schnee zurücklassen müssen, auch drei schwarze Träger seien erfroren.

»Der Berg des bösen Geistes hat eine tückische Anziehungskraft«, schwatzte Gottschling und kippte das nächste Gläschen Schnaps. Sie waren bereits bei der dritten Flasche angelangt, denn Tom hielt sich ebenfalls an den deutschen Korn.

»Der Bursche, von dem ich diese Pflanzung gekauft habe – ein Franzose mit dem schönen Namen Jean Poitiers –, soll gleich viermal versucht haben, den Kilimandscharo zu bezwingen. Ob er es geschafft hat, weiß ich nicht. Aber die ›Plantage‹, wie er sie nannte, hat er dabei heruntergewirtschaftet. Er hat fünf oder sieben Jahre hier auf dem Land gesessen …«

Tom hörte schweigend zu, stieß nur hin und wieder mit Gottschling an und schüttete den Schnaps hinunter. Gottschling ließ die nächste Flasche bringen. Der Abend war für ihn ein voller Erfolg, denn nun konnte er auch über die »Franzmänner« herziehen, die allesamt weibisch, hinterhältig und faul seien, und die Französinnen – nun ja, man wusste ja, was von denen zu halten sei.

»Kannten Sie denn viele Französinnen?«, fragte Paula, die es nicht mehr aushielt. Ein belustigter Blick aus Toms Augen traf sie, doch sie tat, als habe sie nichts bemerkt.

»Französinnen?«, murmelte Gottschling und stierte Paula an. »Nicht dass ich wüsste. Ich war ein treuer Ehemann, nicht wie die anderen Pflanzer. Hab mein Lebtag auch nix mit einer Negerin gehabt …«

»Ein deutscher Ehemann ist ein anständiger Ehemann«, ließ sich Tom vernehmen, und Jacob Gottschling nickte eifrig dazu. Paula wurde das Gespräch langsam unheimlich, vor allem Gottschling schien mehr betrunken als wach zu sein, während man Tom, der mindestens ebenso viel klaren Schnaps intus hatte, außer seiner immer boshafter werdenden Ironie kaum etwas anmerkte.

»Dieser Jean Poitiers hat die Pflanzung von einem Holländer gekauft. Guter Mann, der Holländer. Hat das Land hochgebracht. Fleißige Leute, die Holländer. War früher mal Araberland, die ganze Pflanzung.«

Er berichtete, dass es ein Araber gewesen war, der vor vielen Jahren die ersten Felder kultivieren ließ, um Kokospalmen und Hanf anzupflanzen. Der Holländer hatte die Palmen fällen lassen und Kaffeebäumchen gepflanzt, den Hanf aber hatte er noch eine Weile weiter angebaut. Die Schwarzen rauchten das Zeug mit heller Begeisterung, es ließ sich hier in Afrika gutes Geld damit machen.

»Ja, so ein Hanfpfeifchen am Morgen versüßt den Tag«, meinte Tom und beobachtete schmunzelnd Paulas Reaktion.

»Rauchst du das Zeug etwa auch?«, fragte diese brüskiert.

»Nur hin und wieder. Wenn ich mir ein paar schöne Stunden gönnen will.«

Damit kam er bei Gottschling schlecht an. Der hatte trotz seines Alkoholpegels verstanden und verzog unzufrieden das Gesicht. Naumann solle sich lieber an einen guten Schnaps halten, wenn ihm danach sei. »Das ist kernig und männlich – dieses stinkende Kraut dagegen ist afrikanisch oder indisch, und das taugt nichts. Macht abhängig …«

»Sie haben vollkommen recht, Gottschling«, bestätigte ihn Tom, während er sein Gläschen leerte. »Im Grunde taugt das alles nichts. Auch ich hatte beschlossen, mein Leben zu ändern und solide zu werden, einer Frau zuliebe, wenn Sie verstehen …«

Paula hielt die Luft an. Was würde dieser Betrunkene noch alles erzählen?

»Ach ja? Und was ist daraus geworden?«

Tom hielt sein leeres Schnapsgläschen in die Höhe und besah es aufmerksam im Schein der Hängelampe. Die kleine Neige, die noch darin war, blitzte auf, wenn er die Hand bewegte.

»Nichts. Sie hat mich nicht haben wollen …«

Gottschling wurde von einem heftigen Schluckauf übermannt, der gar nicht mehr aufhören wollte. *Mama* Woisso lief herbei, um ihm sinnloserweise auf den Rücken zu klopfen, gefolgt von den beiden *boys.*

»Müssen schlafen gehen, *bwana* Kasuku. Bauch ist müde wenn hüpft, Bauch muss haben Ruhe, weil innen in Bauch viel Arbeit. Viel *mbuzi* und Kartoffelkloß, viel deutsche *snaps* …«

»Ich bin nicht müde … Nehmt die Finger weg. Ich will nicht schlafen, verdammt …«

Mama Woisso konnte mit *bwana* Kasuku umgehen wie mit einem kleinen Jungen, und mit wenigen Ausnahmen akzeptierte er diese mütterliche Fürsorge. Trotz seiner – zugegeben sehr schwachen – Gegenwehr, schoben die *boys* den Sessel zurück, fassten den Gelähmten rechts und links unter der Schulter und trugen ihn hinüber in seinen Schlafraum. Dass seine Beine dabei kraftlos über den Boden schleiften, störte die beiden Diener nicht.

»Gute Nacht!«, rief Tom ihm nach, der den Vorgang mit gekräuselter Stirn verfolgte. »Sanfte Ruhe. Süße Träume.«

Dann wandte er sich Paula zu, die von ihrem Platz aufgestanden war, um hinüber ins Gästehaus zu gehen.

»Du willst die Tafel auch schon verlassen, liebste Paula? Wie schade, da der gemütliche Teil doch gerade erst beginnt …«

»Danke«, zischte sie ihn an. »Mir reicht es für heute. Vielen Dank für deine boshaften Anspielungen.«

Er langte nach der Flasche, fand sie jedoch leer und ließ die letzten Tropfen in sein Gläschen rinnen.

»Ich habe keine Ahnung, was du meinst. Wissen Sie es vielleicht, Fräulein Gabriel?«

»Allerdings.«

Auch Franziska hatte sich jetzt erhoben und legte ihr Schultertuch um, das sie über die Rückenlehne ihres Stuhls gehängt hatte.

»Würden Sie mich dann bitte aufklären?«

Franziska hob das Kinn, und obgleich sie auf Toms Diskretion angewiesen war, hatte die Freundschaft zu Paula für sie doch den höheren Stellenwert.

»Wenn Sie vorhaben, Ihr Leben mit Rauschgift und Alkohol zu ruinieren, dann müssen Sie das eben tun, Herr Naumann. Aber Sie haben kein Recht, Paula dafür verantwortlich zu machen!«

»Habe ich das getan?«

Paula fasste Franziska an der Hand und zog sie wortlos zur Tür hinaus. Tom erhob sich, um den beiden Frauen nachzulaufen, doch noch bevor er die Tür erreichte, fing der Raum derart heftig an zu schwanken, dass er sich an einer Kommode festhalten musste. Vielleicht hatte er ja doch ein wenig zu viel gebechert. Dieser deutsche Fusel hatte es ganz schön in sich …

»Morgen …«, murmelte er, »morgen werde ich mit ihr reden.« Unsicher schwankte er zu dem Plüschsofa hinüber und ließ sich schwer darauf fallen. Als sich die aufsteigende Staubwolke gelegt hatte, stopfte er sich eines der spitzengeränderten Kissen unter den Kopf, ein anderes legte er sich auf den Bauch, da er keine Zudecke fand. Kurz darauf waren seine regelmäßigen Schnarchtöne zu hören, die sich mit denen des *bwana* Kasuku ein bemerkenswertes Duett lieferten.

Paula hingegen schloss in dieser Nacht kaum ein Auge. Schuld daran war nicht allein das ungewohnte nächtliche

Schnarchkonzert, das sogar bis ins Gästehaus zu hören war, sondern vor allem Franziskas gut gemeinte Worte.

»Sie haben ganz sicher die richtige Entscheidung getroffen, Paula«, sagte sie, als sie wie immer nebeneinander in dem breiten Gästebett lagen und sich in ihre Wolldecken einkuschelten.

Paula, die noch ganz in ihren Gedanken gefangen war, verstand zunächst nicht, was sie meinte.

»Tom Naumann sieht zwar ungewöhnlich gut aus und mag auch recht hoffnungsvolle Anlagen besitzen«, fuhr Franziska fort und beugte sich vor, um die Lampe zu löschen. »Aber er scheint leider ein Alkoholiker zu sein, der auch vor Rauschgift nicht zurückschreckt. Ob er dazu noch ein notorischer Lügner ist, kann ich nicht beurteilen, aber mir schien die Sache mit dem angeblichen Landkauf doch recht unwahrscheinlich …«

»Ja, ich kann mir auch nicht denken, dass er es ernst meint …«

»Und dann diese boshafte Bemerkung …«

»Da war er schon betrunken …«, murmelte Paula, als seien dies mildernde Umstände.

»Betrunken ist noch milde ausgedrückt. Er war sternhagelvoll.«

»Das war er. Es war sehr lieb von Ihnen, wie Sie für mich eingetreten sind, Franziska.«

»Das hätten Sie doch auch für mich getan, Paula.«

»Ja«, flüsterte Paula. »Das hätte ich.«

»Gute Nacht …«

Franziska schlief sofort ein, man hörte es an ihren regelmäßigen, leisen Atemzügen. Paula beneidete sie, denn sie selbst fand keine Ruhe, gar zu viele widersprüchliche Dinge schossen ihr durch den Kopf. Wenn sie sich wenigstens auf dem Lager hätte hin- und herdrehen können, um die innere Unruhe ein wenig aufzufangen, doch sie musste still liegen bleiben, um Franziskas leichten Schlummer nicht zu stören.

Paula verschränkte die Hände im Nacken und atmete tief ein und aus, doch es half nichts, der Schlaf wollte sich einfach nicht einstellen. Sie malte sich aus, wie Tom im Wohnzimmer auf dem Plüschsofa nächtigte. Ob *mama* Woisso daran gedacht hatte, ihm eine Decke zu geben? Obgleich Trockenzeit war, wurde es in den Nächten oft empfindlich kühl.

Ach, Franziska hatte es ja nur gut gemeint. Dennoch hatte ihr Urteil, Tom betreffend, Paula seltsamerweise nicht beruhigt, sondern einen Stich versetzt. War er tatsächlich ein Alkoholiker? Sie grübelte darüber nach, ob er auf dem Schiff auch schon regelmäßig getrunken hatte, doch sie konnte sich nicht daran erinnern. Meine Güte – hier in den Kolonien tranken die Leute sowieso mehr und häufiger als daheim in Deutschland, angeblich lag das an dem ungewohnten Klima und an verschiedenen Krankheiten, die man mit Alkohol in Schach halten konnte. Das wurde zumindest behauptet. Außerdem hatte Tom nicht mehr getrunken als Jacob Gottschling, den man nun wirklich nicht als Alkoholiker bezeichnen konnte.

Viel stärker als der Schnapskonsum hatte ihr seine Ironie missfallen. Diese Art, durch spöttische Bemerkungen Leute vorzuführen, sie vor anderen lächerlich zu machen, ohne dass sie selbst es bemerkten. Aber nun ja – Gottschlings Ansichten waren tatsächlich so verquer, dass man irgendetwas hatte sagen müssen. Viel länger hätte auch sie nicht mehr an sich halten können …

Im Grunde war es nur ein einziger Satz, den sie Tom vorwerfen konnte: Er habe sein Leben um einer Frau willen ändern wollen, doch sie habe ihn nicht gewollt. Das war wirklich rücksichtslos gewesen. Vor allem, weil diese Behauptung sofort ihr schlechtes Gewissen auf den Plan gerufen hatte. Sie hätte ihm wenigstens etwas Hoffnung lassen können, anstatt Hals über Kopf davonzulaufen. Eine Verlobung mit einjähriger Probezeit. Ein Versprechen, sich nach einem guten Jahr wiederzutreffen und dann zu entscheiden. Die Versicherung, dass es in ihrem Leben keinen anderen gebe, dass er ihr eineinhalb oder vielleicht auch zwei Jahre lang Zeit lassen solle …

Vorsichtig, um Franziska nicht zu wecken, drehte sie sich auf die Seite, stopfte das Kopfkissen zurecht und horchte auf die Schnarchgeräusche. War es wirklich so erstrebenswert, jede Nacht dieses Konzert zu hören? Diesen großen, schweren Burschen neben sich im Bett liegen zu haben? Mit ihm leise zu schwatzen, bevor sie einschlief? Seine Wärme zu spüren, seine Begierde, wenn er sie an sich zog, sie küsste, über sie herfiel … Sie erschauerte. Tat man es eigentlich jede Nacht, wenn man miteinander verheiratet war? Oder nur einmal in der Woche? Ihre Mutter und Ernst von Dahlen hatten getrennte Schlafzimmer bewohnt, niemals war ihr aufgefallen, dass sie einander besuchten. Dafür hatte sie in Berlin das Geschwätz ihrer Arbeitskolleginnen verfolgt, die fast alle einen Freund oder Liebhaber hatten und von »heißen Nächten« erzählten. Man redete hin und wieder auch von heißen Bädern und von dummen Freundinnen, die sich »etwas hatten anhängen lassen«, von »Engelmacherinnen« und von unfehlbaren Pülverchen, die im Falle eines Falles einzunehmen seien.

Vielleicht hätte ich Tom zu meinem Liebhaber machen sollen, dachte sie, während sie nun endlich in den Schlaf hinüberglitt. Seltsamerweise empfand sie bei diesem Gedanken keine moralische Empörung, sondern einfach nur Heiterkeit. Was für eine lustige Idee …

Sie konnte noch nicht lange geschlafen haben, da erschreckte sie ein flatterndes Geräusch am Fenster. Das erste Tageslicht hatte eine große Libelle geweckt, die sich gestern Abend offensichtlich ins Gästehaus verflogen hatte. Trotz aller Müdigkeit tat Paula das Insekt leid, und sie stand auf, um ihm das Fenster zu öffnen. Es dauerte ein Weilchen, bis die Libelle den Weg hinausfand und mit ihren schillernden grünen Flügeln davonschwirrte, der Sonne und den lockenden Wasserteichen entgegen.

Auf der Pflanzung war noch alles still, die beiden braunen Hunde lagen aneinandergeschmiegt und schliefen, keiner der *boys* war zu sehen, wie es schien, war noch nicht einmal *mama* Woisso auf den Füßen. Paula atmete tief die frische Morgenluft und blickte hinüber zu den Berghängen, die heute ungewöhnlich klar im Morgenlicht lagen. Jeder einzelne Baum war zu erkennen, jeder Ast, jedes Wiesenstück, sogar die Bananenpflanzungen der wilden Dschagga, die ein gutes Stück höher lagen als die Kaffeefelder. Auf halber Höhe reckten sich die gebleichten, kahlen Zweige eines Urwaldriesen, den vor einiger Zeit der Blitz getroffen hatte, in den Himmel empor. Noch ein paar Monate, dann würde er fallen, schon jetzt umrankten ihn Lianen und Orchideen, die aus seinem Holz ihre Kraft saugten. Nichts verging in diesem ständigen Kreislauf des Daseins, aus allem, das starb, erwuchs neues Leben, und in allem Lebendigen wohnte schon der nahende Tod.

Gegen acht Uhr würden sich die Pflücker vor dem Wohnhaus versammeln, um sich eintragen zu lassen und ihr Tagesgeld zu erhalten. Nach einem Blick auf die kleine Pendeluhr stellte Paula fest, dass es gerade erst sieben war, sie konnte sich noch ein halbes Stündchen aufs Ohr legen. Gerade als sie das Fenster wieder schließen wollte, bemerkte sie eine Bewegung drüben bei den Ställen und hielt inne.

Unfassbar – er war es. Und dabei hätte sie darauf gewettet, dass er bis Mittag schlafen würde.

Sie schloss das Fenster so leise wie möglich und zog sich dann ein wenig zurück, um ungesehen festzustellen, was Tom Naumann zu dieser frühen Stunde auf der Pflanzung umtrieb. Er schien es eilig zu haben, denn er näherte sich mit raschen Schritten, sah weder nach links noch nach rechts, sondern stieg die drei Stufen zum Eingang des Haupthauses empor und verschwand hinter der Tür.

Er will sich davonmachen, dachte sie. Ohne Abschied einfach verschwinden.

Ein unerklärlicher Schrecken packte sie, und es schien ihr plötzlich lebenswichtig, Tom Naumann aufzuhalten, wenigstens noch ein paar Worte mit ihm zu sprechen. Es war gleich, dass sie im langen Nachthemd war und nicht einmal Schuhe an den Füßen hatte, eilig warf sie sich Franziskas Schultertuch über und lief barfuß aus dem Gästehaus in den Hof. Sie hatte richtig vermutet. Von hier aus konnte sie sehen, dass er sein Pferd bereits gesattelt und neben dem Stall an den Zaun gebunden hatte. Die beiden faulen Wachhunde blinzelten verschlafen und sahen nicht aus, als wollten sie Alarm schlagen.

Paula hatte gerade noch Zeit, das Schultertuch etwas enger zu ziehen, da öffnete sich die Tür des Haupthauses, und er erschien mit seinem Gepäck. Da er nicht darauf gefasst war, zu dieser frühen Stunde jemandem zu begegnen, lief er ihr genau in die Arme.

»Du willst abreisen?«

Er zuckte zusammen und verharrte unbeweglich, als habe ihn eine böse Fee mit ihrem Zauberstab berührt. Langsam wendete er ihr sein Gesicht zu, und Paula begriff, dass gerade sie die Letzte gewesen war, der er an diesem Morgen hatte begegnen wollen.

»Ich wollte dich nicht länger mit meiner Gegenwart belästigen.«

»Das verstehe ich nicht …«

Er fasste sie genauer ins Auge und stellte fest, dass sie sich nicht einmal die Zeit genommen hatte, ein Kleid anzuziehen. Oder eine Reithose. Scheinbar hatte sie es eilig gehabt, ihn noch zu erwischen.

»Nun – dein Abgang gestern Abend hatte viel Dramatik. Beleidigtes Ehrgefühl. Sittliche Entrüstung. Der glühende Vorwurf, ich wollte dich für meine Verworfenheit verantwortlich machen … Und das alles nur wegen eines Scherzes …«

Ein frischer Morgenwind hatte sich erhoben, fuhr in die Akazien und wirbelte den Staub im Hof auf. Paula musste ihr langes Nachthemd festhalten, damit es nicht hochgewirbelt wurde.

»Einen Scherz nennst du das?«

Einen Moment lang war er von ihrem Kampf mit den luftigen Elementen gefesselt, dann umspielte ein boshafter Zug seinen Mund.

»Was sonst? Seit wann bist du so empfindlich, Paula?«

»Ich fand es ausgesprochen geschmacklos!«

Sie musste sich in den Hauseingang zurückziehen, sonst hätte die Windbö Schlimmes angerichtet. Tom schob derweil den Hut aus der Stirn und tat erstaunt.

»Ach, jetzt verstehe ich!«, rief er aus. »Du liebe Güte, dass ich nicht gleich darauf gekommen bin. Du glaubst doch nicht etwa, ich spräche von dir?«

Er begann zu lachen, laut und fröhlich, während es Paula kalt überlief. Konnte das sein? Hatte sie sich so zum Narren gemacht?

»Nein, schönste Paula. Auch wenn es dich vielleicht verwundern wird – du bist nicht die einzige Frau, die mein Leben bereichert. Auch nicht die einzige, die mir den Laufpass gegeben hat. Wobei ich im Nachhinein vielleicht sagen sollte:

Glücklicherweise hat mich ein gütiges Geschick immer wieder vor Hymens Fesseln bewahrt …«

Jede andere wäre jetzt vor Scham in den Boden gesunken oder schnellstens davongelaufen. Paula nicht. Dieser schlaue Bursche wollte sich auf diese Weise aus der Affäre ziehen, aber so einfach würde sie es ihm nicht machen.

»Es verwundert mich gar nicht, Tom Naumann«, sagte sie so kühl, wie es ihr möglich war. »Mir ist durchaus bekannt, dass die Liste deiner Liebschaften so lang ist, dass man sie dreimal um einen Baobab wickeln könnte.«

Er horchte auf, maß sie mit Blicken und verzog das Gesicht zu einem schiefen Grinsen.

»Da schau an«, murmelte er. »Das Fräulein von Dahlen kann ja selbst ironisch werden. Wer hätte das gedacht?«

»Wenn du auch nur einen Funken Anstand besitzt, dann bleibst du zum Frühstück, wie es sich für einen Besucher gehört, anstatt dich in aller Frühe ohne Gruß oder Dank davonzuschleichen!«

»Ach wirklich?«

Sein Grinsen wurde breiter. Er tat einige Schritte auf sie zu, blieb dicht vor ihr stehen und nahm den Hut ab. Paula stellte erschrocken fest, dass seine männliche Energie wie ein Kraftmagnet auf sie wirkte, ihren Herzschlag verdreifachte, den Puls vervierfachte und leider auch das Blut in ihre Wangen trieb. Letzteres war besonders lästig, denn er konnte es sehen und deuten.

»Nun … es gehört sich nicht, ohne Abschied … einfach … zu … verschwinden …«

Es klang ziemlich jämmerlich, das bemerkte sogar sie selbst, doch zu ihrer Überraschung verspottete er sie diesmal nicht. Mit düsterer Miene und zornig blitzenden Augen fragte er stattdessen: »Hast du dir wirklich einen feierlichen Abschied erhofft, Paula? Ein gemeinsames Frühstück mit frischem Limonensaft und Papaya? Ein Tête-à-Tête mit Freundin Franziska und dem lieben Jacob Gottschling? Belanglose Gespräche über das Wetter und die Kaffeepreise? Über die ach-so-hervorragenden Leistungen des Verwalters von Dahlen?«

»Was … was stört dich daran?«

Er trat einen Schritt zurück und ließ den Blick ungeniert über ihren Körper schweifen. Er tat dies offenbar gern, schon in Berlin hatte er sie so mit den Augen gemessen, doch jetzt auf einmal empfand sie es als sehr erregend.

»Was mich daran stört? Das will ich dir sagen: Es passt mir nicht, dass du vor lauter Ehrgeiz, dich in einem Männerberuf zu bewähren, zum willfährigen Werkzeug dieses Dummschädels geworden bist. Um deinem gestrengen Chef gehorsam zu sein, zwingst du die schwarzen Pflücker, in Angst und Schrecken zu arbeiten. Und für ein Lob des Herrn Gottschling bist du vermutlich bereit, dich auf den Kopf zu stellen und mit den Füßen zu wackeln …«

»Das ist eine infame Unterstellung!«

Ihre Stimme zitterte, hatte er mit seiner Bemerkung doch den Nagel auf den Kopf getroffen. Die Anerkennung, die sie für ihre Arbeit erhielt, war ihr unendlich wichtig. Zum ersten Mal in ihrem Leben lag Verantwortung in ihren Händen, niemand redete ihr ein, sie sei nur eine Frau und daher für diese Arbeit ungeeignet. Ausgerechnet darüber musste er jetzt spotten.

»Ach was!«, knurrte er und wandte den Kopf zur Seite, als er sah, wie sehr er sie verletzt hatte. »Dieser Bursche ist hart wie Eisen und stur wie eine ganze Hammelherde. Ich habe mit den Nachbarn geredet. Seine arme Frau hat ihn jahrelang angefleht, nach Deutschland zurückzukehren. Er wollte nicht. Auch nicht als sie krank wurde. Sein Friedchen hatte sich zu fügen, er war ihr Ehemann und wusste genau, was gut für sie war. Wenn die Ärmste jetzt frühzeitig eines unglückseligen Todes gestorben ist, dann trägt er dafür die Verantwortung. Und von solch einem Burschen lässt du dich tagein, tagaus herumkommandieren. Ich fasse es nicht!«

Sie spürte schmerzhaft, dass er auch mit diesen Worten nicht ganz unrecht hatte. Man hatte ihr gesagt, dass es kein Verwalter längere Zeit bei Gottschling aushielt, der Mann war zu herrisch, wollte jede Einzelheit selber bestimmen, kontrollierte vom Morgen bis zum Abend. Gewiss – in seiner momentanen unglückseligen Lage war er auf ihre Arbeit angewiesen, doch er verlangte jeden Abend einen genauen Bericht über alles, was sie den Tag über getan hatte. Und zu jeder Kleinigkeit hatte er etwas zu bemerken. Nur hatte sie das bisher wenig gestört, schließlich war alles für sie neu, sie hatte diese Maßregelung eher als Hilfestellung aufgefasst.

»Ich begreife nicht, was dich das überhaupt angeht!«, wehrte sie sich. »Mit welchem Recht glaubst du, ein Urteil über meine Arbeit fällen zu dürfen?«

»Oh Verzeihung«, rief er, einige Schritte zurückweichend. »Ich wollte dir nicht zu nahe treten, von Dahlen. Wie schön, dass du hier auf der Pflanzung dieses alten Gnoms deinen Lebensinhalt gefunden hast.«

Er lupfte mit einer leichten Bewegung den Hut und machte eine ironische Verbeugung, was Paulas Zorn erneut anfachte.

»Oh, es war mir so klar, dass du alles ins Lächerliche ziehen würdest. Kannst du niemals ernsthaft reden? Es geht mir nicht darum, bis an mein Lebensende der Verwalter des Herrn Gottschling zu sein. Aber ich will mich in dieser Aufgabe bewähren, das ist alles. Was ich danach tun werde, das weiß ich nicht. Vielleicht …« Sie sah, wie es in seinem Gesicht zuckte. Das harte Glitzern in seinen Augen hätte sie eigentlich warnen müssen, trotzdem sprach sie ihren Satz zu Ende: »… vielleicht wäre es danach an der Zeit, sich wiederzutreffen und neu zu verhandeln. Vielleicht hat sich dann vieles verändert …«

»Vielleicht«, äffte er sie nach. »Ich habe dieses Wort ein wenig zu oft aus deinem Mund vernommen, von Dahlen. Ich habe es satt, verstehst du? Endgültig und ausgiebig satt!«

Sein wütender Ton verletzte sie, doch sie musste sich eingestehen, dass sie nicht unschuldig daran war.

»Weshalb bist du dann überhaupt gekommen?«

Mit einer entschlossenen Bewegung setzte er seinen Hut auf und rückte ihn zurecht. Drüben auf dem Wiesenviereck sah man schon die ersten schwarzen Pflücker herbeischlendern, gleich würde einer der Haus*boys* die Glocke schlagen, die sie alle vor das Haupthaus befahl, und die morgendliche Zeremonie würde ihren Anfang nehmen.

»Weshalb?«, fragte er höhnisch. »Um dir das zu sagen. Weshalb sonst?«

Er ließ sie stehen und ging davon, nach einigen Schritten verharrte er jedoch und wandte sich noch einmal zu ihr um.

»Noch eine Kleinigkeit. Ich dachte zuerst, ich sage es dir besser nicht, aber wenn man Abschied voneinander nimmt, sollte man ehrlich sein, nicht wahr?«

Sie schwieg. Was immer er noch sagen wollte, es interessierte sie nicht. Er sollte es für sich behalten. Es reichte, dass ihr Herz kurz davor stand, in tausend Stücke zu zerspringen. Am liebsten hätte sie geweint.

»Dieser Mann auf dem Foto. Klaus Mercator. Er war nicht allein in Tanga. Eine Frau war bei ihm. Hübsch und jung. Was aus ihr geworden ist, ist leider nicht bekannt.«

Er wartete nicht auf ihre Antwort, sondern ging nun endgültig hinüber zu seinem Pferd, befestigte Gepäck und Gewehr, schwang sich in den Sattel und ritt davon.

19

An diesem Vormittag machte sie eine schlimme Entdeckung. Elefanten waren in der Nacht in die Kaffeefelder eingefallen, hatten sich mit den reifen Früchten der Bananenstauden vollgestopft, die zwischen den Kaffeebäumchen wuchsen, und dabei immensen Schaden angerichtet. Und natürlich war zuallererst jenes unheilvolle Feld betroffen, auf dem man ein Chamäleon gesehen haben wollte. Dieser Umstand wog besonders schwer, denn nun hatte sich die Furcht der Eingeborenen als begründet herausgestellt. Die uralte, böse Kraft des Chamäleons war stärker gewesen als der Zauber des weißen Mannes.

Die Nachricht wurde Paula überbracht, kaum dass sie ihren Morgenritt begonnen hatte. Aufgeregte Pflückerinnen rannten ihr entgegen, als sei der leibhaftige *sheitani* hinter ihnen her, sie hatten ihre Körbe irgendwo stehen gelassen, um nur rasch die schlimme Botschaft zu vermelden.

»Tembo ... tembo ...«

»Elefanten? Ja, wo denn?«

Keine dieser Frauen hatte einen der Übeltäter gesehen, auch keine Verwüstung in den Feldern wahrgenommen, sie hatten bloß davon gehört und deuteten mit dem Finger nach Westen, wo das Unheil angeblich seinen Lauf nahm. Erst nach einer Weile, als Paula schon hoffte, das alles sei nur falscher Alarm oder möglicherweise wieder irgendein alberner Aberglaube, war in der Ferne Lärm zu hören. Juma, der die schärfsten Augen hatte, richtete sich im Sattel auf.

»Versuchen *tembo* fortjagen. Mit viel laut Geschrei. Dort hinten, wo ist viel Staub ...«

Einige mutige Schwarze hatten sich zusammengetan, um die Eindringlinge zu vertreiben, man hörte sie schreien und trommeln, irgendjemand schlug scheppernd auf einen blechernen Kochtopf.

»*Tembo* kommt am Abend«, ließ sich Murimi verwundert vernehmen. »Dann läuft zurück in Wald. Kommt am Morgen und geht zurück in Wald. Aber nicht bleibt ganze Tag ...«

Paula hatte noch niemals Elefanten in den Kaffeefeldern gesehen. Angeblich hatte es vor Jahren einmal einen Elefantenpfad quer durch eine neu angelegte Pflanzung gegeben, doch Jacob Gottschling hatte ihr erzählt, dass er die »Biester« damals erfolgreich vertrieben habe. Inzwischen waren nur noch ab und an kleinere Schäden in den Gärten der Angestellten zu verzeichnen, eingedrückte Zäune, geplünderte Mais- und Bananenfelder, auch Bohnen und Hirse, die Gottschling »Sorghum« nannte, verschmähten die Dickhäuter nicht. Doch in all diesen Fällen waren die Eindringlinge am späten Abend oder frühen Morgen gekommen und hatten sich tagsüber freiwillig wieder davongemacht. Diese aber schienen sich hier auf der Pflanzung häuslich einrichten zu wollen.

»Ist es nicht gefährlich, so dicht an sie heranzugehen?«, fragte Paula ihre drei Schwarzen.

»*Tembo* ist immer anders«, sagte Lupambila. »*Tembo* ist freundlich, wenn hat gute Laune. *Tembo* frisst immerzu. Viel Äste und Blätter. *Tembo* ist böse, wenn hat kleine *mtoto. Tembo* ist wütend, wenn ist ganz allein und große Bulle. Dann er stößt mit lange, spitze *bori,* und du musst fliegen. Weil *tembo* läuft schnell, wenn ist zornig ...«

Der Vortrag war zwar recht ausführlich, aber nicht dazu angetan, die Lage zu erhellen. Klar war nur, dass einsame Bullen und Elefantenmütter lebensgefährlich sein konnten.

»Ich hoffe sehr, die Männer dort hinten wissen, was sie tun!«

Sie ritten ein Stück näher und konnten nun ringsum die zertretenen Kaffeebäumchen und abgefressenen Bananenstauden erkennen. Die Eindringlinge hatten es wohl ursprünglich auf die Bananen abgesehen, fanden dann aber auch an den noch unreifen Kaffeebeeren Geschmack. Um sich daran gütlich zu tun, rissen sie die Bäumchen förmlich auseinander. Jacob Gottschling würde einen hysterischen Anfall erleiden, vermutlich steckte er schon mittendrin, denn die schwarzen Angestellten hatten ihm die Nachricht gewiss nicht vorenthalten.

Paula schob den Tropenhelm ins Genick und beschattete die Augen mit der Hand. In der gelblichen Staubwolke konnte sie die grauen Leiber der Elefanten ausmachen. Sie waren unterschiedlich groß. Wie es schien, befanden sich mehrere Kühe mit ihren Kälbern unter ihnen, ein einzelnes Tier überragte alle anderen, vermutlich die Leitkuh. Fast immer wurde eine Herde von einer Kuh und nur selten von einem Bullen angeführt. Die Tiere befanden sich mitten in einem Kaffeefeld, und trotz der lauten Geräusche bewegte sich keines von ihnen mit besonderer Hast. Es kam Paula eher so vor, als überlegten sie, ob sie sich tatsächlich schon wieder dem Wald zuwenden oder besser noch ein Weilchen weiterfressen sollten. Nur sehr gemächlich wichen sie vor den lästigen Schwarzen zurück, zupften noch hie und da einen Zweig ab, traten spielerisch gegen ein Kaffeebäumchen, das auf der Stelle umknickte, und wenn einer der jüngeren halbstarken Bullen in Eifer geriet, lief er mit seltsam wackelndem Hinterteil und eingerolltem Rüssel voraus. Paula hörte ihr helles Trompeten und verspürte den höchst eigenartigen Wunsch, diesem Ton zu folgen, mit den grauen Leibern in den schattigen Wald zu ziehen, im Schutz der Herde zu stehen und Blätter zu kauen, Elefantenkinder zu behüten und der großen, weisen Anführerin schweigend in die Augen zu sehen.

»Kommen zurück, *tembo*. Große Unglück. Kommen jede Morgen und jede Abend. Treten kaputt alle Kaffeebäume …«

»Aber wieso tauchen sie jetzt auf einmal auf, wenn man sie doch jahrelang hier nicht mehr gesehen hat?«

Als sie um die Mittagszeit zurückritt, hatte Jacob Gottschling seinen ersten Wutanfall schon mit einer halben Flasche deutschem Schnaps bekämpft. Was nicht bedeutete, dass er sich beruhigt hätte. Ganz im Gegenteil: Dieser Mann hatte eine ungemein trockene Leber, die den hochprozentigen Klaren aufsaugte wie ein durstiger Schwamm.

»Die verfluchten Dschagga haben das getan!«, kreischte er durchs Fenster quer über den Hof, kaum dass Paula vom Pferd gestiegen war. »Wieso hat das keiner von euch Trantüten bemerkt? Idioten seid ihr! Heillose Schwachköpfe, die sich von ein paar primitiven Eingeborenen an der Nase herumführen lassen …«

Paula spürte die mitleidigen Blicke ihrer schwarzen Begleiter und begriff, dass diese auf das spannende Schauspiel »Wütender *bwana* Kasuku wäscht armer *bibi* Pola den Kopf« warteten. Sie beschloss daher, ihre Rolle in diesem Stück anders zu spielen, als man von ihr erwartete, und verschwand zunächst im Gästehaus.

»Lass die Badewanne füllen, *mama* Woisso. Und dann bring mir etwas zu essen …«

Mama Woisso stand mit staunend aufgerissenen Augen vor ihr, eine schwarze Venus, das Haupt von einer erdbeerroten Stoffhaube gekrönt, den fülligen Leib von einem Tuch der gleichen Farbe umwickelt. Keine Schuhe. Makellose schwarze

Zehen. An ihren Handgelenken klapperten unzählige silberne Reifen, ein kleiner runder Knochen schmückte ihr linkes Ohrläppchen.

»Aber *bwana* Kasuku ruft laut … Will wissen, was ist mit *tembo* … will haben Bericht …«

Bibi Pola lächelte mit hartnäckiger Gelassenheit. Sie könne *bwana* Kasuku melden, *bibi* Pola sei sehr erschöpft und müsse sich zuerst mit einem Bad stärken. Danach werde sie ihm Bericht erstatten. Allerdings nur, wenn er in der Lage sei, die Gebote der Höflichkeit einzuhalten.

Das Wasser wurde in einer überdeckten Rinne, die man von einem der Bergbäche abgezweigt hatte, zum Haus geleitet, von dort führte ein System von Röhren zu verschiedenen Räumen. Ein ungewöhnlicher Luxus für eine afrikanische Pflanzung. Für ein Bad musste allerdings ein Teil des Wassers auf dem offenen Feuer erhitzt werden – das dauerte seine Zeit.

»Bwana Kasuku hat gesagt, wenn *bibi* Pola nicht gleich kommt, *bibi* Pola muss nie wiederkommen …«

»Schön. Ist das Badewasser warm?«

Mama Woissos Gesicht blieb unbeweglich, bisher war ihr der Verlauf des Spiels noch unheimlich. Die *boys* huschten mit eingezogenen Schultern umher, niemand wagte laut zu sprechen. Aus dem Haupthaus dröhnte Jacob Gottschlings heiseres Geschrei.

»Sie sind entlassen, von Dahlen! Verschwinden Sie von meinem Anwesen. Sie sind die jämmerlichste Figur, die jemals hier gearbeitet hat! Sie taugen nicht einmal zu einer Waschfrau, geschweige denn zu einem Verwalter …«

Paula dachte an die vielen Verwalter, die er schon davongejagt hatte. Ganz sicher waren fähige Männer darunter gewesen. Leute, die diese Arbeit besser und kompetenter ausgeführt hatten, als sie es konnte. Sie hatte sich bemüht und eine

Menge geleistet, vollkommen war sie nicht. Aber sie ließ sich auch nicht von ihm abkanzeln.

»Ich hätte dann gern mein Mittagessen.«

Mama Woissos Züge zuckten, als müsse sie sich das Grinsen verkneifen. Sie ging davon und kehrte mit einem Tablett voller Leckereien zurück, die sie mit großer Sorgfalt vor Paula ausbreitete. Bald darauf kehrte Franziska aus der Schule zurück, und sie aßen zu zweit.

»Elefanten? Großer Gott – werden sie am Ende bis zum Schulgebäude laufen? Werden sie uns angreifen?«

»Das glaube ich nicht …«

Bwana Kasuku ließ vermelden, sie solle endlich ihren Kram zusammenpacken, er habe schon Befehl gegeben, den Wagen anzuspannen, um sie hinunter zur Bahnstation Moshi zu schaffen.

»Meint er das ernst?«, fragte Franziska erschrocken.

»Ich nehme jetzt ein Bad …«

Gottschlings Aufschrei, als man ihm vermeldete, sein Verwalter säße nicht im Maultierwagen, sondern in der Badewanne, war bis ins Gästehaus zu vernehmen.

»Das ziehe ich Ihnen vom Lohn ab, von Dahlen! Verfluchtes Pack, diebisches. Verbraucht mein Wasser. Meine Rosenseife. Mein Feuerholz …«

Erst als sie frisch gebadet und gekleidet auf dem Bett ausruhte, kamen die ersten, vorsichtigen Friedensangebote. Inzwischen hatte auch *mama* Woisso begriffen, dass das Spiel anders lief als gedacht, was ihr recht gut zu gefallen schien. Ein breites Grinsen überzog ihr Gesicht, wenn sie bei Paula und Franziska im Gästehaus auftauchte, um eine Botschaft zu vermelden.

»Bwana Kasuku will Gnade geben und nix strafen. Aber *bibi* Pola muss kommen und ihm erzählen von graue *tembo* und kaputte Kaffeebäumchen …«

»Sag *bwana* Kasuku, dass meine Ohren klingen von all den bösen Namen, die ich aus seinem Mund gehört habe. Deshalb muss ich zuerst noch ein wenig ausruhen …«

Inzwischen waren Gottschlings Stimmbänder vom vielen Schreien offenbar erschöpft, nur ab und an hörte man ihn am Fenster etwas Unverständliches röcheln.

»Der arme Mensch ist behindert, Paula. Wie können Sie so grausam sein? Der Verlust seiner Kaffeebäumchen trifft ihn hart.«

Das mochte schon sein. Vermutlich hing er an seinen Kaffeebäumchen mehr als an allem anderen auf der Welt. Paula lauschte auf die Laute, die sich inzwischen zu einem leisen Schluchzen gewandelt hatten, und wurde weich. Vielleicht war es besser hinüberzugehen, bevor er vor Wut einen Schlaganfall bekam. Dann aber fiel ihr die arme Elfriede ein, die so gern nach Deutschland zurückgekehrt wäre, aber am harten Schädel ihres Ehemannes gescheitert war.

»Ich denke, wir trinken noch einen kleinen Kaffee, bevor ich mich aufmache …«

»Sie haben wirklich Nerven, Paula!«

Als sie endlich am späten Nachmittag im Büro des Pflanzers aufkreuzte, fand sie Jacob Gottschling stockheiser und mit rot unterlaufenen Augen auf seinem Sessel hockend vor.

»Wir müssen heute Nacht Wachen aufstellen, von Dahlen«, keuchte er heiser. Seine Stimmbänder mussten so dick und rot wie reife Kaffeebeeren sein.

»Das halte ich auch für wichtig. Wachen mit Fackeln und allerlei Geräten, die Lärm machen.«

»Sie werden meinen Elefantentöter nehmen und die verdammte Leitkuh abknallen.«

»Nein!«

»Wieso nicht?«, krächzte er.

»Ich schieße keinen Elefanten. Unter keinen Umständen.«

Er wollte aufbegehren, da seine Stimme ihm jedoch nicht gehorchte, winkte er nur mit der Hand und beharrte nicht auf seiner Forderung. Erst später erfuhr Paula, dass die Eingeborenen die Leitkuh auf sein Geheiß mit hölzernen Spießen töteten. Sie hätten es allerdings auch ohne seinen Befehl getan, denn sie bemächtigten sich der Stoßzähne, die ihnen gutes Geld brachten. Paula weinte fast die ganze Nacht, als man ihr freudestrahlend von diesem Sieg berichtete. Die Herde war nach dem Verlust der Anführerin verunsichert, sie ließ sich leicht vertreiben, und nach einigen unruhigen Nächten schien die Gefahr vorerst ausgestanden.

»Sie haben mich gut drangekriegt, von Dahlen«, sagte Jacob Gottschling. »Hat bisher noch keiner geschafft. Und wäre wohl anders ausgegangen, wenn ich noch zwei gesunde Beine hätte!«

»Kaum!«

Er hätte gern widersprochen, doch er sah den streitbaren Geist in Paulas Augen und schwieg. Stattdessen besprachen sie, was mit den zerstörten Kaffeebäumchen geschehen sollte, welche man noch retten konnte und welche ausgegraben werden mussten, um neue Stecklinge zu pflanzen.

»So ist das nun einmal, von Dahlen. Eine Pflanzung ist ein ständiger Kampf gegen die Natur. Mal will es nicht regnen, mal haben die Beeren die Würmer. Dann kommen Elefanten und ruinieren in einer einzigen Nacht, was man jahrelang behütet und gepflegt hat. Dann aber kommt ein Jahr, das einen für alle Mühen belohnt. Ein großes Jahr. Eines dieser Jahre, für die man all die Plackereien und Sorgen gern auf sich nimmt …«

Er blickte sie mit trüben Augen an, und plötzlich tat er ihr leid. Das kommende Jahr würde ganz sicher kein großes Jahr werden, es war fraglich, ob das Schicksal für Jacob Gottschling überhaupt noch einmal ein solches Segensjahr bereithielt.

»Was für ein Glück, dass Sie eine so riesige Menge an Stecklingen gezogen haben«, tröstete sie ihn. »Wenn wir die alle noch kaufen müssten …«

Er nickte. Aber sie wussten beide, dass es Jahre dauern würde, bis die Stecklinge herangewachsen waren und die ersten weißen Blüten trugen.

Der lange Brief von Tante Alice war auch nicht dazu angetan, Paulas Stimmung zu heben. Er war auf verschiedenen Umwegen zur Pflanzung gelangt, da Tante Alice die Adresse falsch angegeben und »Kilimandscharo-Region, Bezirk Moshi« statt »Usambara-Gebirge, Bezirk Wilhelmsthal« geschrieben hatte. Weshalb ihr dieser Irrtum unterlaufen war, konnte Paula nicht begreifen, hatte sie die Adresse doch in deutlichen Buchstaben als Absender auf dem Umschlag ihres letzten Briefes vermerkt und sie zusätzlich noch einmal in den Brief selbst hineingeschrieben. Aber es mochte sein, dass Tante Alice mit zunehmendem Alter ein wenig zerstreut wurde.

Meine liebe Paula,
nun hast du also die sogenannte zivilisierte Welt – wenn man denn die Küstenstadt Tanga so bezeichnen mag – endgültig hinter dir gelassen, um draußen in der Wildnis zu leben. Es mag sein, dass diese Pflanzung dich an deine Kindheit erinnert, das elterliche Gut Klein-Machnitz, die weiten, sanft geschwungenen Hügel, die Felder, die kleinen Dörfchen, die Waldgebiete, in denen dein Vater so gern gejagt hat. Es ist Gutsherrenart, auf die Jagd zu gehen und die Tafel mit Wildbret zu bereichern. Wie man hört, gibt es auch in Afrika genügend Wild, das ein geschickter Jäger erbeuten kann, es müssen ja nicht immer die allseits bekannten Löwen oder

Elefanten sein. Inzwischen reist jeder Dummkopf, der genügend Geld in der Tasche hat, in die Kolonien, um mit einem Haufen Trophäen zurückzukehren, die er der staunenden Verwandt- und Bekanntschaft vorführt, garniert mit allerlei albernen Jagdhistörchen. Wie tief ist doch der deutsche Reisende gesunken, der vor Jahren noch als mutiger Entdecker und Abenteurer in den Schwarzen Kontinent aufbrach! Ich hoffe nur, du bleibst auf deiner Pflanzung von diesen seltsamen »Reisegruppen« verschont, die – so sagte man mir – inzwischen scharenweise die Kolonie bevölkern und an Dummheit kaum zu überbieten sind.

Wo wir gerade beim Thema sind: Deine liebe Freundin Lita von Wohlrath ist inzwischen von ihrer »Afrika-Umrundung« zurückgekehrt. Eine gute Bekannte von mir hat die arme Rosa Bunzler aufgenommen, du erinnerst dich vielleicht an sie. Sie war als Mädchen bei der Wohlrathschen in Diensten und wurde kurz nach der Reise Knall auf Fall entlassen. Das unglückliche Ding war vollkommen mit den Nerven fertig, was bei dem Lebenswandel ihrer Herrin kein Wunder ist. Wie es scheint, hat sich der langjährige Liebhaber der Wohlrath in Afrika davongemacht, Rosa erzählte jedoch, dass er nach ihrer Rückkehr in Berlin schon wieder bei ihr war. Ob er ihr noch immer das Bettchen wärmt, kann ich natürlich nicht sagen, aber Lita scheint eine Person zu sein, die einen einmal erworbenen Besitz nicht so leicht wieder aus ihren Krallen lässt. Es war eine gute Entscheidung von dir, liebe Paula, dich von dieser Frau zu trennen, klüger wäre es allerdings gewesen, sich erst gar nicht mit ihr einzulassen.

In Bezug auf deine Brüder wäre zu vermelden, dass Wilhelm sich in der Armee hervorragend bewährt und man größte Hoffnungen hegen darf. Die höhere Offizierslaufbahn ist ihm sicher, auch wenn die Mittel fehlen, so wird er wohl

Quellen auftun, um sich weiterzubringen. Er schrieb vor einigen Wochen von seiner Verlobung mit einer jungen Adeligen, ich habe den Namen vergessen, da es keine bedeutende Familie ist. Indes scheint ein gewisses Vermögen vorhanden, das man für die Zukunft der jungen Frau einsetzen möchte. Friedrich hingegen macht mir Sorgen, da er trotz meiner finanziellen Fürsorge keinerlei hoffnungsweisende Ergebnisse vorlegen kann. Er zeichnet recht hübsch, doch nach Auskunft seiner Ausbilder ist er kein großes Talent, sondern eher guter Durchschnitt. Das wäre nicht weiter schlimm, denn auch eine mittelmäßige Begabung kann durch Fleiß und Ehrgeiz entwickelt werden und einem jungen Menschen zu einer annehmbaren Position verhelfen. Friedrich besitzt jedoch von beiden Fähigkeiten nicht einen Hauch. Er zeichnet, wenn er Lust dazu verspürt, gibt sich mit Zweitklassigem zufrieden, anstatt verbissen an einem Werk zu arbeiten, um es so perfekt wie irgend möglich zu machen. Zu allem Überfluss hört man von gewissen »Damen«, die ihn angeblich besuchen, um sich von ihm zeichnen zu lassen. Du weißt ja, wie Künstler solche »Damen« zeichnen, es sind Aktstudien, wobei die Frau stundenlang splitternackt vor dem Zeichner verweilt. Ich bin keineswegs prüde, meine liebe Paula, aber es reut mich doch, dass meine monatliche Zuwendung an deinen Bruder Friedrich in solch dubiose Kanäle fließt.

Ich muss gestehen, dass ich oft voller Sehnsucht an dich denke, meine kleine Paula. Du bist das Kind meiner verstorbenen Schwester, es wäre schön, dich bei mir zu haben, deinen Weg aus der Nähe zu verfolgen und – nimm es mir nicht übel – dir mit Rat und Tat und allem, was mir sonst noch zur Verfügung steht, unter die Arme zu greifen, falls du dessen bedürftest. Unnötig zu erwähnen, dass auch dein Bruder Friedrich von deiner Gegenwart in Deutschland profitieren würde.

Aber du hast dir die Einsamkeit erwählt, und es bleibt mir nichts anderes übrig, als deinen Entschluss gelten zu lassen. Dass die Arbeit eines Verwalters dir Freude macht, verwundert mich nicht, schließlich stammst du aus einem Gutsherrengeschlecht und stehst deinen Brüdern in nichts nach. Auf die Dauer wird dir diese Anstellung jedoch wenig Gewinn bringen, sowohl in menschlicher als auch in finanzieller Hinsicht. Deine Zukunft, Paula von Dahlen, liegt nicht in Afrika. Sie wartet hier im Deutschen Kaiserreich, und ich werde sie für dich so lange bewahren, bis du kommst, um sie in deine Hände zu legen.

Auf diesen Tag lebe ich hin.

Sei gegrüßt von deiner Tante Alice. Auch mein lieber Karl Mehnert lässt dir herzliche Grüße übermitteln, ebenso dein Bruder Friedrich. Einen ganz besonders lieben Gruß von der alten Erna und von Johann, die ich inzwischen beide bei mir aufgenommen habe, damit sie ihr Alter in Ruhe und ohne Sorgen verleben können.

Paula war hin- und hergerissen nach der Lektüre dieses Briefes. Es sprach so viel Zuneigung aus den Zeilen, zugleich aber spürte man auch die starke Hand einer Frau, die gewohnt war, ihre Wünsche durchzusetzen. Ach, Tante Alice hatte ihr bisher so viel geholfen, und doch ärgerte Paula die Dringlichkeit, mit der die Tante sie zurück nach Deutschland zitieren wollte. Sie habe Sehnsucht nach ihr. Und dann führte sie auch noch Friedrich ins Feld, ihren Lieblingsbruder, der offensichtlich dabei war, in gewisse Kreise abzugleiten. Es bedrückte Paula sehr, und sie nahm sich vor, dem Bruder mit einem eindringlichen Brief ins Gewissen zu »schreiben«. Aber Friedrich war ein erwachsener Mann, und bei aller Liebe und Verbundenheit, die es zwischen ihnen gab – Paula war nicht seine Mutter.

Nein, es gab etliche Punkte in diesem Schreiben, die ihr ganz und gar nicht gefielen. Natürlich war die Nachricht, dass Tom Naumann ganz offensichtlich – zumindest für eine Weile – zu Lita von Wohlrath zurückgekehrt war, sehr aufschlussreich. Eigentlich hätte sie Tante Alice für diese Information dankbar sein müssen. In Wahrheit hatte sie ihr leider einen tiefen Stich ins Herz versetzt. Wie wankelmütig er doch war! Erst lief er Lita davon und machte ihr, Paula, den Hof. Als er damit keinen Erfolg hatte, flüchtete er gleich wieder unter die noch warmen Röcke seiner Ehemaligen. Es war beschämend – und so unfassbar schade um diesen Menschen. Aber er war nun einmal ein charakterloser Schwerenöter.

Am meisten aber ärgerte sie an diesem Brief die ständige Betonung, dass sie eine »von Dahlen« war. Spross einer alteingesessenen Gutsherrenfamilie. Keine Rede mehr von Klaus Mercator. Natürlich nicht – den kannte Tante Alice ja angeblich gar nicht.

Nein, liebe Tante, dachte sie. Du kannst noch so zärtlich flöten, dass du Sehnsucht nach deiner kleinen Nichte hast – solange du mir nicht die Wahrheit sagst, werde ich nicht nach Deutschland zurückkehren.

Warum auch? War dieses Land nicht wunderschön? Die Nebel über den Kaffeefeldern, zarte Dunstschleier, die die aufgehende Sonne rosig färbte. Die Silhouetten der Urwaldriesen, die man an klaren Tagen wie uralte Hünen aus dem Wald herausragen sah. Der Geruch der braunen, fruchtbaren Erde nach dem ersten Regen. Die steif daherstaksenden Marabus, die zahllosen bunten Schmetterlinge, die großen, süß duftenden Blüten … Ach, und dabei hatte sie bisher doch bloß einen kleinen Teil dieses wunderbaren Landes kennengelernt. Nur hin und wieder zeigte sich der schneebedeckte Herrscher der Berge, schien in Nebeln am blauen Himmel zu schweben wie ein Phantom, ein Traumbild, ein Ort der Sehnsucht. Aber jedes Mal, wenn er seine Majestät enthüllte, spürte sie seine Kraft, begriff, was den Pflanzer Jacob Gottschling vor mehr als fünfzehn Jahren dazu gebracht hatte, an diesem Ort zu bleiben. Ja, es war tief in sie eingedrungen, dieses sanfte, dunkle Land, das eine so starke Magie in sich trug. Wie der Ruf der Elefanten, dem sie verfallen war. Wie das Lied, das der Wind in den Zweigen des Baobabs gesungen hatte. Wenn Klaus Mercator tatsächlich ihr Vater war, dann hatte er das Gleiche empfunden und dieses Land nicht wieder verlassen.

Die große Regenzeit, die normalerweise im März einsetzte und bis zum Juni dauern konnte, ließ in diesem Jahr auf sich warten. Unten in der Steppe herrschte extreme Dürre, die Seitenflüsse des Pangani waren zu schmalen Rinnsalen geworden und schließlich ganz ausgetrocknet, man hörte von Flusspferden, die den Rückweg zum Pangani nicht rechtzeitig angetreten hatten und jämmerlich im Schlamm verendeten. Auch die Krokodile, jene uralten Echsen, die seit Jahrtausenden alle Veränderungen auf diesem Erdenball überlebt hatten, waren durch die Trockenheit in Bedrängnis geraten. Auf der Pflanzung war man nicht böse über die Verzögerung, gab sie doch Gelegenheit, vor Beginn des großen Regens alle neuen Pflanzlöcher auszuheben und die Stecklinge einzusetzen. In den letzten Märztagen endlich bezog sich der Himmel immer häufiger, schwärzliche Wolkenschleier ballten sich zu dunklen Schichten zusammen, zeichneten skurrile Muster an den taubenblauen Himmel – und zogen vorüber.

»Regen kommt«, sagte *mama* Woisso mit großer Überzeugung. »Regen kommt immer. Wenn kommt spät, dann mit viel große Kraft. Nur manchmal Regen bleibt fort. Dann böse

Jahr für Massai unten in Savanne. Weil sterben alle Rind und Ziege. Auch für uns böse Jahr, *bibi* Pola ...«

Sie ließ sich gern ein Hintertürchen offen, die schlaue *mama* Woisso. Der Regen kam immer. Aber manchmal kam er auch nicht. Was auch immer eintrat – *mama* Woisso hatte es klug vorausgesehen.

»Für uns ein böses Jahr? Nun ja – es gibt viel Arbeit, denn wenn der Regen tatsächlich nicht kommt, müssen wir die Felder künstlich bewässern. Dennoch besteht keine Gefahr für die Pflanzung, da die Bergbäche genügend Wasser liefern ...«

»Nix wegen Wasser, *bibi* Pola. Wegen Massai. Wenn schlimme Jahr für Massai, sie schicken Krieger hinauf in Wald. Dann sie stehlen von uns *mbuzi* und *kuku*. Kämpfen auch mit Dschagga und stehlen Bananen und Mais und Bohnen. Dann junge Krieger kommen und wollen töten ...«

»Ist ... ist so etwas schon einmal geschehen?«

»Mama Woisso hat nicht gesehen solch schlimme Jahr. Aber alte Leute haben gesagt, schlimme Jahr kommt immer, wenn Chamäleon sitzt auf Fensterbank ...«

»Schluss damit!«, rief Paula zornig. »Von diesem dummen Aberglauben will ich nichts mehr hören!«

Mama Woisso zuckte die Schultern und rollte die Augen, um anzudeuten, dass es nicht an ihr lag, falls nun ein solches Unglück eintreten sollte. Paula hatte inzwischen erfahren, dass *mama* Woisso von ihren Eltern mit knapp dreizehn Jahren verheiratet worden war und ihrem Mann sechs Töchter geboren hatte. Dieser hatte daraufhin behauptet, jetzt zu einer anderen Frau gehen zu müssen, denn er brauche Söhne und nicht noch mehr Töchter. In ihrer Not hatte sich *mama* Woisso eine Stelle auf Gottschlings Pflanzung gesucht, die Mädchen waren inzwischen allesamt groß und arbeiteten für Gottschling, vier waren bereits verheiratet und hatten selbst Kinder. Von ihrem Ehemann hatte *mama* Woisso nur gehört, dass er mit einer jungen Frau zusammenlebe, die ihm vier weitere Töchter geboren hatte. Eine Tatsache, die sie oft und gern und mit großer Befriedigung erzählte.

Anfang April ballten sich die Wolken immer bedrohlicher zusammen, und selbst Gottschling war der Meinung, dass nun jeden Tag mit einem heftigen Gewitter zu rechnen war. Doch die Wolken lösten sich auf wunderbare Weise auf, schienen sich in schwarze Krähen zu verwandeln, die über die trockenen Felder ausschwärmten und die kleinen Meerkatzen in den Akazien erschreckten.

»Es wäre gut, sie würden ein paar Chamäleons fressen«, meinte Gottschling, der die schwarzen Vögel von seinem Fenster aus beobachtete und sich hin und wieder den Spaß machte, auf sie zu schießen. »Wenn die verdammten Krähen diese Drecksechsen vertilgen, dann brauchen die Massai nur noch die Dschagga auszurotten, und wir sind aus dem Schneider!«

Mitte April, als schon niemand mehr an den Regen glauben wollte, brach in der Nacht das erste sintflutartige Gewitter aus. Es wurde mit einem spontanen Freudenfest empfangen. Paula und Franziska hatten im Gästehaus die Lampe angezündet, sie standen am Fenster und sahen im bläulichen Schein der Blitze zu den Hütten der Angestellten hinüber. Die Schwarzen tanzten im Regen, die Arme erhoben, die Gesichter zum schwarzen Himmel gewendet, die Münder weit geöffnet. Sie tranken die Regentropfen, so wie es die Pflanzen und auch die Tiere taten, nahmen das kühle Nass in ihre Körper auf, spürten die Fruchtbarkeit und das neue Leben, das ihnen mit diesem gewaltigen Ausbruch des Himmels geschenkt wurde.

»Ist es nicht wundervoll?«, flüsterte Franziska neben ihr.

»Ja, es ist großartig«, erwiderte Paula.

Sie kam sich vor wie in ein Korsett eingeschnürt, dabei hatte sie dieses Kleidungsstück doch schon seit längerer Zeit abgelegt. Die Steifheit ihrer Erziehung aber hatte sich nicht ablegen lassen, war ihr geblieben, und Paula schaffte es nicht, auf den Hof hinauszurennen und im Nachthemd einen begeisterten, glücklichen Regentanz aufzuführen, wie es *mama* Woisso und die beiden *boys* gerade taten. Drüben im Haupthaus wurde das Fenster aufgerissen, *bwana* Kasukus lautes Jubelgeschrei ertönte. Man konnte über ihn sagen, was man wollte, aber in seinen Gefühlsregungen war er verdammt spontan und ehrlich.

Gegen Mittag des folgenden Tages traf Besuch auf der Pflanzung ein. Missionar Söldner war aus Tanga angereist, hatte sich unten in Moshi ein Maultier gemietet und war unter einigen Mühen die schlammigen Pfade zu Gottschlings Anwesen hinaufgeritten. Er schwärmte von diesem Ritt, bei dem man noch den warmen Dunst der Regennacht riechen und an schattigen Stellen die letzten vereinzelten Tropfen auf den glatten Blättern der Kaffeebäumchen funkeln sehen konnte.

»Ich habe mir gedacht – wenn ich jetzt nicht hinausfahre, dann werden die Wege für Monate unpassierbar sein, und ich kann erst wieder im Herbst zu Ihnen gelangen!«

Gottschling hatte keine Ahnung, welchem Umstand er den Besuch des Missionars verdankte, doch er hieß ihn freundlich willkommen und behauptete im gleichen Atemzug, einem einsamen Kranken wie ihm sei jede Abwechslung angenehm. Soso, er sei in der evangelischen Mission in Tanga tätig. Nun, er selbst habe nichts gegen Missionare, die Berliner Missionsgesellschaft sei ein wenig übereifrig, aber er sei nicht der Mann, der sich davon einschüchtern ließe. Nur die Pietisten und die Jesuiten, die könne er auf den Tod nicht ausstehen.

Franziska hatte an diesem Tag auf ihre Schüler warten müssen, da das Unwetter an den Hütten der Schwarzen einige Schäden angerichtet hatte und alle Hände zur Reparatur gebraucht wurden. Zudem waren Hühner und Ziegen davongelaufen, die man im Schlamm wiederfinden und einfangen musste. So konnte der Unterricht erst um einige Stunden später beginnen, weshalb er bis zum Abend dauerte. *Bibi* Franziska kehrte müde, doch mit großer Befriedigung zum Wohnhaus zurück, beobachtete die dunklen Wolkenschleier am mattblauen Abendhimmel, die auf einen weiteren großen Regen hoffen ließen, und erst als sie über die gelblichen Pfützen im Hof stieg, um ins Gästehaus zu gelangen, fiel ihr das Maultier auf.

»Missionar Söldner ist gekommen aus Tanga«, erklärte ihr einer der beiden *boys*, den Paula ihr entgegengeschickt hatte, um sie vorzubereiten. Paula selbst saß längst mit Söldner und Gottschling bei dem üblichen Willkommensmahl, und wie sie es schon vermutet hatte, schätzte auch Missionar Söldner den heimatlichen Hochprozentigen aus der grauen Keramikflasche. Franziska musste sich heftig erschrocken haben, denn sie war sehr bleich, als sie schließlich an der Tafel erschien, doch sie bewahrte Haltung und lächelte dem Missionar freundlich entgegen.

»Was für eine schöne Überraschung – Missionar Söldner! Ich hoffe, Sie hatten eine angenehme Reise. Es hat geregnet in dieser Nacht …«

»Das hat es allerdings … Aber der Herr hat die Hufe meines Maultiers gelenkt und mich sicher hierher auf die Pflanzung gebracht.«

»Es ist schade, dass so wenig Gäste kommen«, grölte Gottschling dazwischen. »Die Nachbarn lassen sich immer seltener blicken, und die Jagdgesellschaften, die früher regelmäßig hier einfielen, die sieht man überhaupt nicht mehr. Waren nette

Leute, sogar die Briten und Franzmänner … Schöne Waffen haben sie gehabt, nagelneu und frisch geölt, genau wie ihre Frisuren und Schnurrbärte!«

Mama Woisso hatte Paula einmal erzählt, dass *bwana* Kasuku den Jagdgesellschaften für Übernachtung und Verköstigung so viel Geld abgenommen hatte, dass sie inzwischen einen weiten Bogen um seine Pflanzung machten.

»Oh, ich habe auf meinem Weg die Mission unserer katholischen Mitbrüder in Moshi besucht und von Pater Mühsal viel Gutes über Sie gehört, lieber Herr Gottschling … Sie seien ein Mann, der das Herz auf dem rechten Fleck habe … Auf Ihre Gesundheit, lieber Gottschling …«

Missionar Söldner war ein Mann mit reicher Lebenserfahrung, er wusste, wie man einem groben Klotz wie Gottschling beikam, und er war mit seiner Taktik erfolgreich. Paula und Franziska tauschten Blicke – sie fragten sich, was den Missionar hierhergeführt haben mochte, und hatten beide den gleichen vagen Verdacht.

»Wie es in der Mission in Tanga geht?«, wandte Söldner sich an Paula, die diese Frage der Höflichkeit halber gestellt hatte. »Nun – ich werde wohl ein Weilchen allein herumwirtschaften müssen, denn Missionar Böckelmann gedenkt, sich versetzen zu lassen.«

»Ach wirklich?«, flüsterte Franziska und nahm einen langen Schluck Milch aus der Trinkschale. »Wohin zieht es ihn denn?«

Missionar Söldner fixierte sie mit großer Aufmerksamkeit und wandte den Blick erst ab, als sie sich vor Verlegenheit an der Milch verschluckte.

»Der junge Mitbruder träumt offensichtlich davon, so rasch und so glorreich wie möglich in Gottes Paradies einzugehen. Er will ins Inland, möglichst dorthin, wo die Schlafkrankheit grassiert, vielleicht auch an den Tanganjikasee wegen der

Malariamücken. Am meisten jedoch zieht es ihn nach Sansibar.«

»Nach Sansibar?«, entfuhr es Paula. »Aber – das soll doch ein kleines Paradies sein. Die Insel der tausend Sterne. Die weiße Schönheit im tiefblauen Ozean …«

»Er hat gehört, dort sei wieder einmal die Pest ausgebrochen«, knurrte Söldner. Er fischte sich eine Bratenscheibe aus der Schüssel, schnitt ein großes Stück davon ab und schob es genüsslich in den Mund. »Ich sagte ja, dass Missionar Böckelmann es eilig hat, vor Gottes Richterstuhl zu treten.«

»Ist der junge Mann ein wenig wirr im Hirn?«, erkundigte sich Gottschling. »Zu lange in der Sonne gestanden, wie? Bekommt nicht jedem. Hahaha!«

Söldner kaute bedächtig auf dem Braten herum, nahm einen weiteren Kartoffelkloß und tat dann einen tiefen Seufzer.

»Was soll ich sagen?«, meinte er bekümmert. »Als Missionar Böckelmann vor einem Jahr in Tanga ankam, lernte ich ihn als einen umsichtigen und vernünftigen Menschen kennen. Sie erinnern sich doch gewiss daran, liebes Fräulein Paula? Ich glaube, Sie und Missionar Böckelmann betraten am gleichen Tag afrikanischen Boden.«

Natürlich erinnerte sich Paula. Unfassbar, dass schon ein ganzes Jahr seitdem vergangen war. Und doch – wie sehr hatte dieses Jahr ihr Leben und ihr Denken verändert!

»Missionar Böckelmann ist ein besonnener Mann, der hier auf Gottes schöner Erde noch eine Menge Gutes bewirken möchte«, sagte sie mit großer Überzeugung. »Zumindest ist das mein Eindruck.«

»Sehen Sie, liebes Fräulein Paula!«, rief Söldner aus. »Genau das meine ich. Ein besonnener Mann, diesen Eindruck hatte auch ich von ihm. Aber leider hat sich unser Freund inzwischen von Grund auf verändert.«

Dieses Mal blickte er nur kurz zu Franziska hinüber und wandte sich dann dem Schnapsgläschen zu, das Gottschling für ihn aufgefüllt hatte. Er leerte es mit einem Gesundheitswunsch und bemerkte dann, dass in der Mission leider nicht so heimatlich gekocht würde wie hier auf der Pflanzung. Es sei Jahrzehnte her, dass er Schmorbraten mit Kartoffelklößen nach deutschem Rezept gegessen habe.

Es war ein Fehler gewesen, denn nun verbreitete sich Jacob Gottschling über die Kochkünste seines Friedchens, lobte auch ihre Nähkünste, ihre Erfolge im Gartenbau, ihre Frömmigkeit und die sanfte, fügsame Art seiner verstorbenen Frau im Allgemeinen. Paula und Franziska staunten ein wenig über diese Hymne, die er ganz unbefangen und mit großem Stolz vortrug. Er schien den Tod seiner Frau längst nicht mehr als schmerzhaft zu empfinden, er hatte die Verstorbene auf einen Sockel gestellt, sie mit unzähligen Talenten und Tugenden ausgeschmückt und war zufrieden, dieses Idealbild seines Friedchens anbeten zu dürfen. Vermutlich war auch das eine Form von Liebe. Allerdings eine sehr einsame.

Immerhin gelang es Missionar Söldner, das Gespräch wieder auf Böckelmann zu richten. Der junge Mann habe vor einigen Monaten ein schweres Fieber gehabt – nichts Ungewöhnliches für die Küstenregion, fast alle Weißen und auch die Schwarzen wurden in regelmäßigen Abständen von irgendeiner Seuche heimgesucht. Böckelmann habe allerdings mehrere Tage und Nächte mit dem Tod gerungen, man habe an seinem Lager gewacht und das Schlimmste befürchtet.

»Er fieberte so hoch, dass er wilde Phantasien entwickelte und schrecklichen Unsinn redete …«

Die Lippen der jungen Frau zitterten, doch sie schwieg. Paula spürte einen heftigen Zorn gegen diesen Menschen, der ganz offensichtlich gekommen war, um der armen Franziska die Hölle heißzumachen. Ob Böckelmann davon wusste? Sie konnte sich das nicht vorstellen – viel wahrscheinlicher war, dass Missionar Söldner auf eigene Faust den Postillon d'Amour spielen wollte. Wenn er an Böckelmanns Bett gesessen und seinen Fieberphantasien zugehört hatte, würde er schnell erraten haben, was seinem Kollegen auf der Seele lag.

»Wie schön, dass er schließlich doch wieder gesund geworden ist«, bemerkte sie. »Jedes Unglück, das Gott der Herr uns schickt, hat eine Bedeutung und soll uns etwas lehren. Wie es scheint, war die Lektion, die der Herr für Missionar Böckelmann bereithielt, recht tiefgreifend.«

»Gewiss«, gab Söldner mit freundlichem Lächeln zurück. »Deshalb zieht es ihn ja auch näher zu Gott.«

Der Pflanzer hatte das Gespräch ohne größeres Interesse verfolgt und sich an sein Lieblingsgetränk gehalten, jetzt befiel ihn ein Schluckauf, den er mit einem weiteren Gläschen bekämpfen musste.

»Haben Sie schon einmal den Kili… Kilimandscharo bestiegen, junger Mann? Den Berg des bö… des bösen Geistes? Das ist wahrhaft ein Ort, der unsereinen Gott näher bringt. Wer dort ob… oben steht, der atmet schon die klar… klare Luft der himmlischen Sphären und hört die Engelschöre sü… süße Melodien singen …«

Missionar Söldner gab ihm in allem Recht, erklärte jedoch, dass er in seinem Alter nicht mehr dazu tauge, himmelhohe Berge zu erklimmen.

»Verzeihen Sie bitte«, unterbrach Franziska leise. »Ich möchte mich gern zurückziehen. Der Tag war anstrengend, und wir haben nicht viel geschlafen in der Nacht.«

Missionar Söldner lehnte sich im Stuhl zurück und verfolgte mit Bedauern, wie sich Franziska das Schultertuch umlegte.

»Das ist schade«, behauptete er. »Zumal ich auf den eigentlichen Grund meines Besuchs noch gar nicht zu sprechen gekommen bin. Es verhält sich nämlich so, dass die arme Schwester Anneliese zu krank ist, um ihre Arbeit in der Mission zu tun. Offen gesagt: Ich hatte gehofft, wenigstens eine meiner lieben ehemaligen Mitarbeiterinnen zur Rückkehr nach Tanga überreden zu können. Denken Sie daran, welch gutes Werk Sie damit täten, meine Damen …«

Ein lauter Knall ließ ihn zusammenfahren – es war Gottschling, der mit der blanken Faust auf den Tisch gehauen hatte.

»Hören Sie, Söldner«, brüllte er. »Sie nehmen meine Gastfreundschaft in Anspruch, fressen sich auf meine Kosten voll und saufen meinen Schnaps. Und im gleichen Atemzug haben Sie die Stirn, meine Angestellten abzuwerben?«

»Aber lieber Herr Gottschling, das haben Sie ganz falsch verstanden. Ich sprach nur von einer zeitweiligen Aushilfe …«

Doch Jacob Gottschling war nicht einfältig, und Söldner musste viel Redekunst und etliche Notlügen aufwenden, um sich aus diesem Dilemma wieder herauszumogeln. Mit größtem Vergnügen ließ Paula ihn nun mit dem aufgebrachten Gottschling allein. Auch sie sei sehr erschöpft und brauche ihren Schlaf, entschuldigte sie sich.

»Gute Nacht, die Herren. Morgen früh in alter Frische …«

»Schlafen Sie gut, von Dahlen. Und wenn Sie es wagen sollten, mir zu kündigen, erschlage ich Sie mit dieser Flasche …«

»Ich werde es mir überlegen, *bwana* Kasuku!«

Als sie sich neben Franziska auf dem Lager ausstreckte, war drüben im Haupthaus immer noch ein lebhaftes Gespräch im Gange. Trotzdem konnte Paula hören, dass Franziska leise weinte.

»Lassen Sie sich doch von diesem Geschwätz nicht beeindrucken, Franziska. Wer weiß, ob er nicht das meiste erfunden hat.«

Es dauerte eine Weile, bis Franziska antwortete. Zum einen wollte sie nur ungern über diese Geschichte sprechen, zum anderen war ihre Kehle vor Kummer wie zugeschnürt.

»Und wenn nicht? Wenn er tatsächlich in den Tod rennt, weil ich ihn abgewiesen habe?«

Paula schüttelte ärgerlich den Kopf und erinnerte Franziska daran, dass sie vor nicht allzu langer Zeit ein ähnliches Gespräch geführt hatten – nur unter umgekehrten Vorzeichen.

»Wenn er das tut, ist er ein hirnloser Idiot. Ich will Ihnen nicht zu nahe treten, aber Sie sollten Ihren Einfluss nicht überschätzen. Missionar Böckelmann sucht einen neuen Wirkungskreis – was ist daran ungewöhnlich? Fast alle Missionare wechseln mehrfach den Ort, an dem sie arbeiten. Und Malaria, die Schlafkrankheit oder die Pest – diese fürchterlichen Seuchen kann man sich im Grunde fast überall in Afrika einhandeln.«

Franziska tat einen tiefen Atemzug und drehte sich auf den Rücken. Inzwischen tönte nur noch selten ein lautes Wort vom Haupthaus herüber, dafür hörten sie das Summen der Insekten, die auch im dunklen Raum aktiv waren. Es war stickig unter den Moskitonetzen.

»Sie haben recht, Paula«, flüsterte Franziska endlich. »Wahrscheinlich habe ich viel zu romantisch gedacht. Wie ein dummes kleines Mädel. Missionar Böckelmann ist ein besonnener Mensch, gerade deshalb schätze ich ihn ja so. Er wird sich nicht leichtfertig einer Gefahr aussetzen.«

»Das denke ich auch.«

Ein weiterer langer Atemzug – etwas schien Franziska noch zu quälen, und sie rang mit sich, ob sie ihre Sorge mit der Freundin teilen sollte.

»Paula?«

»Ja?«

Sie hörte Franziska schlucken, dann schnaufte sie, weil ihre Nase vom Weinen verstopft war.

»Glauben Sie, er hat … er hat … irgendwelche Intimitäten verraten? Ich meine, als er im Fieber lag …«

Paula dachte kurz nach. Der gute Böckelmann musste auf jeden Fall allerlei Unsinn geschwätzt haben, sonst wäre Missionar Söldner in Tanga geblieben. Was – das konnte sie nur vermuten. Herzschmerz. Selbstmitleid. Zerplatzte Hoffnungen auf eine Missionarsfamilie mit zehn Kindern wie die Orgelpfeifen. Verletzte Eitelkeit. Vielleicht auch Träume. Auch ein Missionar hatte körperliche Bedürfnisse.

»Intimitäten? Welcher Art?«

»Nun ja – er hat mir doch einen Antrag gemacht. Er hat meine Hände genommen und sie geküsst. Und ich habe mich zuerst nicht einmal gewehrt …«

»Und dann?«

»Dann habe ich ihm meine Hände entzogen und den Antrag abgelehnt.«

»Wenn da nicht mehr gewesen ist als ein Handkuss, dann weiß ich nicht, worüber Sie sich Sorgen machen.«

»Nein, nein. Gewiss nicht mehr. Nur seine Lippen auf meinen Handinnenflächen. Es war … trotz allem … aufregend.«

Draußen quakte der erste Frosch. Drüben bei den Teichen gab es Hunderte dieser langbeinigen Gesellen, und sie alle würden in der Nacht ihr Liebeslied singen. Es war Zeit, endlich zu schlafen.

20

Die Welt war ungerecht. Der Mutige wurde bestraft, und die Bosheit triumphierte. Zwei Liebende hatten trotz aller Widerstände zueinander gefunden – nun wurde ihr Glück mit Füßen getreten.

Man schrieb Mitte Juli. Es hatte gute vierzehn Tage gedauert, bis die Nachricht von dem Attentat in Sarajewo auch in der Pflanzung am Kilimandscharo angekommen war. Franziska hatte geweint.

»Dieser feige Mörder hat sie alle beide erschossen, Paula. Stellen Sie sich das nur vor. Die armen Kinder!«

»Es ist so schrecklich. Weshalb hat er nicht auf den alten Kaiser Franz Joseph gefeuert? Der hat doch lange genug gelebt!«

»Aber Paula! Man darf niemandem den Tod wünschen, nicht einmal einem alten Mann.«

»Aber das wäre besser gewesen, als dieses glückliche junge Paar zu töten, das so lange für seine Liebe gekämpft hat …«

»Vielleicht«, schluchzte Franziska. »Vielleicht ist es für zwei Menschen, die einander so sehr lieben, ein großes Glück, miteinander zu sterben!«

»Das glauben Sie doch selber nicht, Franziska. Haben Sie nicht gelesen? Der Sarg des Thronfolgers stand erhöht auf einem gewaltigen Katafalk, und der seiner Ehefrau ganz klein und schäbig daneben. Die haben ihnen das Liebesglück nicht einmal im Tod gegönnt, diese österreichischen Höflinge …«

Jacob Gottschling hatte die Meldung nur am Rande wahrgenommen. Sie war ein weiterer Beweis für seine Theorie, dass das alte Europa längst verrottet und verkommen war – man schoss auf Könige und Kronprinzen, nicht einmal der Respekt vor der Obrigkeit war geblieben. Er habe es ja immer gesagt – es stand ein dickes Unheil bevor. Gut, dass man hier unten in der Kolonie saß und nicht oben in Berlin oder gar in Wien. Die Österreicher, diese Weichlinge, die jämmerlichen, die sich ihren Kronprinzen abknallen ließen – auf die war noch nie Verlass gewesen. Und überhaupt wurde gemunkelt, dass die verfluchten Serben dahintersteckten.

»Zeit, dass dieses Drecksnest ausgeräuchert wird!«, rief er über den Hof. »Aber dazu fehlt diesen Jammerlappen ja der Mumm in den Knochen …«

Seit einigen Wochen war er besonders schlechter Laune, denn er hatte nun endlich einsehen müssen, dass seine Beine vorerst gefühllos bleiben würden. Lange hatte er gezögert, es war ihm peinlich gewesen, sich in diesem unglückseligen Zustand vor seinen schwarzen Arbeitern zu zeigen – nun aber, da die Regenzeit vorbei war und die Pfade langsam wieder passierbar wurden, hatte er seine Angestellten beauftragt, eine Art Rikscha für ihn zu bauen. Es hatte etliche Fehlversuche gegeben, die Gottschling mit Wutanfällen quittierte, doch er war viel zu geizig, den Auftrag an einen deutschen Schreiner in Moshi oder gar in Wilhelmsthal zu vergeben.

»Liegt hier nicht genügend Holz herum, verdammt noch mal? Was seid ihr nur alle für Idioten!«

Die Räder waren das Problem. Eine Sänfte hätten die Schwarzen ihm leicht bauen können, aber die beiden großen Räder, die dazu dienen sollten, seinen Sitz so hoch wie möglich zu postieren, waren für die Eingeborenen eine harte Aufgabe. Mal waren sie nicht gleichmäßig rund und eierten, mal knickte eine der hölzernen Speichen ein, dann stellte sich heraus, dass sie unterschiedlich groß waren, so dass das Gefährt schräg stand und Gottschling auf die eine Seite der Sitzbank rutschte.

Paula ging das Theater auf die Nerven, und sie war jeden Morgen froh, ihren Rundritt machen zu können, damit sie Gottschlings Gekeife nicht mehr hören musste. Aber natürlich – die Zeit der selbstbestimmten Morgenritte würde bald vorüber sein. Sobald *bwana* Kasuku mit seiner albernen Rikscha zufrieden war, würde er sie bei diesen Inspektionsritten durch die Pflanzung begleiten. Das würde schwer für sie werden, so viel stand jetzt schon fest. Sie war sehr ernst geworden während der vergangenen Monate. Wenn sie in den kleinen Wandspiegel im Badezimmer sah, fand sie ihr Gesicht gebräunt und kantig, die Lippen oft rau, ihr Blick war hart und abweisend. Auch ihr Körper hatte sich verändert, war sehnig geworden, die Brüste klein, die Hüften schmal. Ihre Mutter hätte die Hände über dem Kopf zusammengeschlagen und behauptet, sie müsse mindestens zehn, besser noch zwanzig Pfund zunehmen, um einem Mann zu gefallen. Da sie jedoch keinem Mann gefallen wollte, war Paula mit ihrem Aussehen zufrieden. Der Gewichtsverlust und Zugewinn an Muskeln und Sehnen machte sie ausdauernd, genau das, was sie für ihre Arbeit benötigte. Ausdauernd wie ein Mann.

Lästig waren nur die dumpfen Träume, die sie in den Nächten befielen und aus denen sie oft schweißgebadet aufwachte. Besonders schlimm war es während der Regenzeit gewesen, wenn in den Nächten Gewitter heruntergingen und es im Zimmer unter dem Moskitonetz so stickig war, dass man kaum atmen konnte. Oft hörte sie Franziska husten. Sie hustete in ihr Kopfkissen hinein, damit Paula nicht im Schlaf gestört wurde, tagsüber behauptete sie steif und fest, es ginge ihr vortrefflich, die klare Bergluft bekäme ihr gut. Tatsächlich war sie im Gegensatz zu früher sehr lebhaft und fröhlich, wenn sie die Kinder und jungen Erwachsenen unterrichtete. War es in Tanga noch Paula gewesen, die für die Kinder lustige Spiele erfand und so ihre Herzen gewann, so war es hier auf der Pflanzung eindeutig Franziska, der die Liebe ihrer Schüler gehörte. Sie lebte nur für ihre Schutzbefohlenen, kümmerte sich um jeden Einzelnen, lachte und spielte mit den Kleinen, machte sich Gedanken, wie sie die Älteren begeistern konnte. Sie kämpfte um jeden Stift und um jedes Buch mit dem geizigen Pflanzer und hatte von ihm den Spitznamen »Fräulein Möchtegern« erhalten, weil sie immer häufiger mit dem Satz »Ich möchte gern für meine Schüler …« zu ihm kam und – so erstaunlich dies auch war – fast immer erreichte, was sie sich vorgenommen hatte.

»Sie haben einen Stein im Brett bei *bwana* Kasuku«, stellte Paula neidvoll fest.

»Ach, Unsinn. Ich glaube, er fühlt sich besser, wenn er gute Werke tut, und genau dazu verhelfe ich ihm.«

»Mag sein«, knurrte Paula. »Er hat ja auch genügend Leichen im Keller.«

»Pfui – was für ein grässlicher Ausdruck, Paula!«

»Pah!«

Sie war schlecht gelaunt, besonders am Morgen, wenn ihr mehrere Stunden Schlaf fehlten, weil einer dieser dummen Träume sie in der Nacht geweckt hatte. Jetzt, in der beginnenden Trockenzeit, war der Himmel am Morgen von Wolken verhüllt, die sich erst gegen Mittag auflösten. Vermutlich waren es diese niedrig hängenden tristen Dunstschleier, die bei Paula ziehende Kopfschmerzen verursachten. Gegen Mittag, wenn sie durch die Pflanzung ritt, ballten sich die lästigen Schleier zu weißen Wölkchen zusammen und ließen die Sonne hindurchschauen. Dann waren auch die Kopfschmerzen verschwunden, so als hätte die Sonnenwärme sie wie einen Nebelstreif aufgelöst.

»Morgen werde ich Sie begleiten, von Dahlen!«, brüllte Gottschling über den Hof, als sie sich an diesem Morgen auf ihre Stute schwang.

»Wird der Wagen denn halten?«

Die Rikscha stand fix und fertig auf der Wiese vor seinem Fenster, wie es schien, war nun endlich alles nach seinen Wünschen gelungen. Es gab sogar einen ledernen Riemen, den er sich um den Bauch schnüren konnte, damit er bei holpriger Fahrt nicht von seinem Sitz rutschte. Bewegt wurde das Gefährt mit Menschenkraft. Zwischen zwei langen Stangen lief ein schwarzer Arbeiter, wenn es bergauf ging, konnte man auch einen zweiten einspannen, ein dritter schob die Rikscha von hinten an, er war der Reservemann, der den vorderen ablöste, falls dieser Ermüdungserscheinungen zeigen sollte. Ein Maultier vorspannen wollte *bwana* Kasuku nicht, die Viecher waren unberechenbar und hätten das leichte Gefährt möglicherweise umgekippt.

»Wir machen gleich eine letzte Probefahrt.«

»Dann viel Glück!«

Paula trieb ihr Pferd an und ritt, von Juma, Sapi und Kiwanga gefolgt, auf der üblichen Route davon. Zunächst ging es an den beiden mit Stroh überdachten Schulgebäuden vorbei, wo sie den lauten Chor der Kinderstimmen vernahmen. Die Kleinen sprachen Franziska einzelne Sätze nach – eine gute Methode, Wissen in ihre Köpfe zu bekommen, ohne dass sie sich dabei viel anstrengen mussten.

Bei den Hütten der Arbeiter gab es immer irgendwelche Beschwerden anzuhören, Streit war ausgebrochen, Reparaturen auszuführen, eine Ziege hatte im Garten der Nachbarin Kräuter abgefressen, und der Verlust musste ersetzt werden.

»*Mpepo* geht um, *bibi* Pola«, jammerte eine alte Frau. »Böse Geist mit Gesicht von *chui*, von Jaguar. Müssen kaufen *dawa* gegen böse Geist …«

Es gab jede Menge von bösen Geistern, das hatte Paula inzwischen begriffen. Ein Fels, ein Baum, ein Termitenhügel, auch ein Bachlauf – alle hatten ihre Schutzgeister, die mal gut und mal böse waren. In früheren Zeiten gab es Hexen und Medizinmänner, die die Menschen vor den schlimmen Absichten der Geister schützten – jetzt gab es nur noch Jesus Christus, der ja angeblich Herr aller Geister war. Die katholischen Missionare waren besser dran, da hatte man noch die *mama* Maria und verschiedene Heilige, die einen schützen konnten. Aber eine gute *dawa*, ein Zaubermittel, sollte man auf alle Fälle zusätzlich kaufen. Sicher war eben sicher.

»Mit dem Gesicht von *chui*?«, fragte Paula lächelnd und schüttelte den Kopf. »Das wirst du geträumt haben, Magora.«

»Nicht geträumt – gesehen, *bibi* Pola. Magora schiebt Decke zur Seite, was hängt vor Eingang von Hütte und schaut hinein mit gelbe Augen? *Chui*. König von Urwald. Herr von *kuzimi*, Reich von Geister …«

Paula seufzte. Gegen diese feste Überzeugung war wenig auszurichten, sie würde der Alten etwas Geld geben, damit sie zu einem der umherziehenden Medizinmänner laufen konnte, um sich dort ihre *dawa* zu kaufen. Hoffentlich machte ihr Beispiel nicht Schule, denn diese Medizinmänner waren ein lästiges Gesindel. Sie zogen von Pflanzung zu Pflanzung, boten ihre Dienste an, scheuten sich nicht einmal, sogar in den Missionen aufzutauchen, und machten einen ordentlichen Reibach.

»Aber kaufe eine gute *dawa*, und gib die Rupien nicht etwa deinem Mann, damit er sich *pombe* davon kauft!«

»*Hapana, bibi* Pola. *Asante sana, asante …*«

Seltsam war nur, dass auch sie selbst heute Nacht ein solches Wesen erblickt hatte. Im Traum war ihr die katzenartige Maske eines Leoparden erschienen, die schwarzen Flecken auf dem hellgelben Untergrund, das goldfarbige, scharf gezeichnete Dreieck der Nase, die dunkle, zweifach gebogene Linie des geschlossenen Mauls auf weißem Grund. Es war kein schlimmer Traum gewesen, keiner von der Sorte, die sie aus dem Schlaf rissen; sie hätte ihn vielleicht längst vergessen, wenn die alte Frau jetzt nicht von einem Leoparden geredet hätte. Paula musste über sich selbst den Kopf schütteln. Es musste dieser ständige Ärger mit den Dschagga sein, der sich in ihren Träumen niederschlug.

Sie hatten das strittige Kaffeefeld genau wie alle anderen Felder behandelt, die durch die Elefanten Schaden genommen hatten. Fast alle Kaffeebäumchen mussten ausgegraben und durch Stecklinge ersetzt werden. Es war eine mühsame Arbeit gewesen, die sie noch dazu teuer bezahlen musste, denn die Schwarzen verlangten den doppelten Lohn. Das Feld des Chamäleons brachte Unglück, wer immer darauf arbeitete, den hatte die kleine Echse im Blick, und niemand wusste, was sie tun würde. Vielleicht schickte sie wieder eine Elefantenherde, vielleicht wurde auch oben am Hang einer der großen Urwaldriesen vom Blitz getroffen, und sein brennendes Geäst stürzte auf das Feld. Vielleicht rief das Chamäleon eine schwarze Mamba herbei oder den *chui*, den Herrn des Urwalds.

Es war unklar, wen das verdammte Vieh letztlich zu Hilfe gerufen hatte, aber kaum war die Regenzeit zu Ende, da fand Paula alle Stecklinge fein säuberlich aus dem Boden gezogen und auf einen Haufen gestapelt. Wäre es trockener gewesen, hätte man diesen Stapel junger Zweiglein leicht anzünden können, so aber hatten die Saboteure den Stecklingen die gerade neu entwickelten Wurzeln abgeschnitten.

Dieses Mal gab es keinen Zweifel – die Dschagga hatten ihre Finger im Spiel gehabt. Es war schon daran zu erkennen, dass sie die Maispflanzen nicht angerührt hatten. Und natürlich gab es jede Menge Fußabdrücke. Sherlock Holmes, der englische Meisterdetektiv, hätte seine Freude daran gehabt. Nackte Füße, die ohne Zweifel Eingeborenen gehörten, doch es war wohl kaum davon auszugehen, dass Gottschlings eigene Arbeiter auf die Idee gekommen waren, ein Kaffeefeld zu vernichten.

Es hatte einen heftigen Streit zwischen Paula und Gottschling gegeben, denn Paula war dafür, mit den wild lebenden Dschagga Kontakt aufzunehmen. Warum sollte man nicht verhandeln? Vielleicht konnte man einen neuen Vertrag schließen, zwanzig junge Ziegen oder einige Säcke Zucker für das Recht, auf dem strittigen Stück Land Kaffee zu pflanzen. War das nicht besser, als sich auf einen stetigen Kleinkrieg einzulassen? Doch mit Gottschling war ein solcher Vorschlag nicht umzusetzen. Im Gegenteil, er verlangte, dass sie die Schutztruppe unten in Moshi zur Hilfe rief, um den »verfluchten Drecksnegern endlich einmal eine Lektion zu erteilen, die sie sich hinter die schwarzen Ohren schreiben«.

»Und was soll daraus werden? Ein Krieg gegen die Dschagga? Wollen Sie riskieren, dass wir hier allesamt in der Nacht überfallen werden? Dass sie uns das Haus über dem Kopf anzünden?«

»Ach, Quatsch! Die Kerlchen sollen die Askaris mit ihren Gewehren einfach nur sehen, das wird sie schon genügend einschüchtern. Schließlich können sie bloß mit Pfeilen und Spießen dagegenhalten …«

»Ich finde das im höchsten Maße albern!«

»Sie reden wie eine alte Jungfer, von Dahlen!«

Es war perfide, aber damit hatte er sie bis ins Mark getroffen. Sie war inzwischen achtundzwanzig Jahre alt, in zwei Jahren würde sie dreißig sein. Spätestens dann war sie tatsächlich eine alte Jungfer. Ihre Mutter hatte sie schon seit ihrem zwanzigsten Geburtstag so genannt.

Wenige Tage später marschierte tatsächlich eine Abteilung der deutschen Schutztruppe durch die nähere Umgebung der Pflanzung. Es war ein Teil der ersten Kompanie, die in Arusha stationiert war, gut zweihundert Askaris, schwarze Soldaten unter dem Befehl der Deutschen, begleitet von ihren Dienern und Köchen. Sie wurden von einem Oberleutnant geführt, dem zwei junge Leutnants beigegeben waren, allesamt noch sehr jung und ganz offensichtlich froh, dem öden Kasernenalltag für einige Tage entkommen zu sein. Man suchte einige Dschagga-Dörfer auf, sah dort »nach dem Rechten«, feuerte mehrere Schüsse ab und demonstrierte die Präsenz der deutschen Schutztruppen. Am Abend bauten die Mannschaften ihre Zelte auf den Wiesenstücken vor dem Wohnhaus auf und wurden von Gottschling großzügig verköstigt. Die drei jungen Offiziere logierten selbstverständlich im Haupthaus. Sie waren entzückt, zwei hübsche Damen auf der einsam gelegenen Pflanzung anzutreffen, und überboten sich gegenseitig in der Kunst, dumm zu schwatzen und alberne Komplimente zu machen. Gleichzeitig bahnte sich draußen nicht geringer Ärger mit Gottschlings Arbeitern an, denn die Askaris stiegen den jungen schwarzen Frauen nach, um nach Soldatenart ihr Vergnügen mit ihnen zu haben. Außer Gottschling waren alle Bewohner der Pflanzung heilfroh, als die Truppe zwei Tage später unter großem Bedauern wieder nach Arusha abmarschierte. Einer der bunt gekleideten Askaris hinkte. Ein junger Arbeiter hatte ihm in der Nacht aufgelauert und ihn verprügelt, als er unter einem Baum einem menschlichen Bedürfnis nachging. Der Askari hatte sein Mädchen verführt.

Die Machtdemonstration der Truppe schien immerhin Eindruck hinterlassen zu haben. Auf Gottschlings Befehl wurden die zerstörten Stecklinge durch neue ersetzt, und eine Weile geschah nichts.

»Sehen Sie, von Dahlen? So muss man mit den Burschen umgehen. Die haben jetzt verstanden, dass wir nur zu winken brauchen, und die Askaris stehen bereit, um unsere Rechte zu verteidigen.«

»Sind das wirklich unsere Rechte? Ich dachte, es gäbe einen Vertrag mit den Dschagga?«

Er begann, mit den Händen in der Luft herumzufuchteln, und rief wütend, dass dieser sogenannte Vertrag nichts als ein Phantom sei. Ein Vertrag – haha! Wo die Dschagga nicht einmal lesen könnten! Die wollten einfach nicht einsehen, dass dieses Land ihm gehörte, das war es. Aber es würde ihnen nichts anderes übrig bleiben, als sich zu fügen.

»Die Welt ist nun einmal so eingerichtet, von Dahlen, dass der Stärkere sich durchsetzt und der Schwache weichen muss!«

Früher hätten sich die Dschagga gegen die Massai wehren müssen, da hätten sie noch schlechtere Karten gehabt, denn die Massai seien große, eindrucksvolle Krieger, während die Dschagga ein kleinwüchsiges Bergvolk seien, braune Zwerglein, die gegen die Massai-Krieger keine Chance gehabt hätten.

»Und jetzt haben sie ihre Pflanzungen eben an uns Europäer verloren – so ist das nun einmal im Leben. Aber wir lassen sie ja leben, sie sind nur ein Stück höher den Berg hinauf gezogen, da ist's vielleicht nicht mehr ganz so fruchtbar und auch recht kühl, aber niemand muss verhungern, von Dahlen. Wir sind schließlich zivilisierte Menschen, wir Deutschen.«

So also standen die Dinge inzwischen, und es war verständlich, dass Gottschling es kaum erwarten konnte, die neu gepflanzten Stecklinge mit eigenen Augen zu sehen. Paula ritt gemächlich über die schnurgeraden Wege, die zwischen den Feldern hindurchführten, und atmete den süßen, lilienartigen Duft der weißen Blüten. Es waren nur noch einige Nachzügler, die jetzt mit Macht austrieben und die Luft mit ihrem lockenden Geruch schwängerten, die meisten Kaffeebäume hatten den weißen Blütenschaum schon abgelegt und die ersten, noch grünlichen Früchte angesetzt. Es dauerte viele Monate, bis aus zarten Blüten rote und gelbe Kaffeebeeren geworden waren, und – das hatte sie inzwischen gelernt – in dieser Zeit konnte eine Menge geschehen.

»*Bibi* Pola!«, rief Juma. »Da sieh! Tote Mann liegt auf Weg!«

»Was?«

Woher Juma diese Vermutung hatte, war Paula unbegreiflich, denn sie konnte nur eine Ansammlung schwarzer Menschen erkennen. Einige standen und gestikulierten, andere knieten am Boden und reckten die Arme gen Himmel, eine junge Frau lief vor der Gruppe wie eine Besessene hin und her, die Hände an den kahl geschorenen Kopf gepresst. Man hörte ihre langgezogenen Schreie, die seltsam eintönig klangen und doch einem Metrum folgten.

»Singt Totenlied, junge *bibi* …«

Natürlich befand sich diese unglückselige Versammlung genau vor dem Chamäleon-Feld – hatte sie doch geahnt, dass Gottschlings Methode keinen Erfolg haben würde. Aber was um Himmels willen war geschehen?

Als sie näher heranritten und schließlich von den Pferden stiegen, wichen die Schwarzen auseinander. Juma hatte recht gehabt, quer auf dem staubigen Weg lag der Körper eines Mannes. Es war ein kräftiger junger Kerl, dessen schwarzer

Körper im Licht glänzte, so dass man jede Sehne und jeden Muskel an Brust und Gliedmaßen erkennen konnte. Er lag auf dem Rücken, nur mit einem Stofffetzen zwischen den Beinen bekleidet, und einzig die Tatsache, dass man seine Arme dicht an den Körper angelegt und die Beine eng geschlossen hatte, wies darauf hin, dass seine Seele in das Totenreich hinübergewechselt war.

Paula fühlte sich hilflos diesem Unglück gegenüber, dem Weinen der jungen Frau, die ohne Zweifel seine Ehefrau war, dem Entsetzen der übrigen schwarzen Arbeiter. Sie alle starrten die weiße *bibi* an, und Paula begriff, dass sie etwas tun musste. Sie war nicht besonders fromm, aber hier auf der Pflanzung stellte sie die weiße Autorität dar, die Herrin, die befehlen und fordern konnte, die ihre Schwarzen beschützte und Verantwortung für sie trug. Sie kniete vor dem Leichnam nieder, und jetzt erkannte sie den jungen Mann, dessen Name Muwango war, seine Frau hieß Matuba, sie hatte vor wenigen Monaten ihr erstes Kind zur Welt gebracht. Paula hob die rechte Hand und legte sie sanft auf das grausam verzerrte Gesicht des Mannes, schloss seine Augen und schlug das Kreuzzeichen über ihm.

Dann erst sah sie es. Er hatte eine kleine Wunde an der rechten Schulter, nur ein zarter Einstich, ein Löchlein in der Haut, das unmöglich zu seinem Tod geführt haben konnte.

»Mshale wa sumu …«, murmelte Kiwanga, der neben ihr kniete. »Ein vergifteter Pfeil …«

»Unsinn. Es wird eine Mamba gewesen sein. Sie hing auf einem niedrigen Ast, und er hat sie nicht gesehen …«

»Mshale wa sumu …«

Von irgendwoher reichte man ihr das kleine Stückchen Holz, schwarz und glatt mit einer Spitze aus einem scharf zugeschnittenen Knochen, nicht länger als ein Bleistift, doch schmaler. Er war mit Hilfe eines Blasrohres abgeschossen worden, während Muwango gemeinsam mit anderen Arbeitern die neu gepflanzten Stecklinge vom Unkraut befreite. Einige der Arbeiter wollten den Blasrohrschützen sogar gesehen haben, er sei klein gewesen, der Körper mit rotbraunem Lehm bestrichen, das Gesicht ähnlich einem Leoparden mit dunklen Flecken auf hellem Grund bemalt.

»Ist Zeichen von Kampf. Junge Krieger malen Gesichter wie Leopard, wenn gehen und töten Feind.«

Es war eine Machtdemonstration, die Antwort auf die Askari und ihre Gewehre. Auch wir haben Waffen, wir marschieren nicht laut daher, wir kommen leise und im Verborgenen, unsere Waffen machen keinen Lärm, du hörst sie nicht, du siehst sie nicht, aber sie sind tödlich.

Was für ein Land, dachte sie entsetzt. Sie schicken verborgene Mörder aus und töten einen unschuldigen Arbeiter mit Pfeilgift. Und weshalb? Wegen eines Ackers. Ein Stück Land ist der Grund für Mord und Totschlag. So, wie es bei uns im Mittelalter gewesen ist. Ja, so ist es wohl, diese Menschen leben im Mittelalter, die Zivilisation der Europäer hat sie noch nicht erreicht.

Die Schwarzen fertigten eine Trage aus Ästen an, um den Toten zu seiner Hütte zu bringen. Soweit Paula bekannt war, lebten dort auch seine Eltern und drei jüngere Geschwister – man würde sich um die junge Witwe und den Säugling kümmern. Paula gab den Befehl, dass niemand heute auf dem Kaffeefeld des Chamäleons arbeiten sollte, dann ritt sie mit ihren Begleitern weiter. Es war nicht leicht, nun den üblichen Rundritt zu absolvieren, die anstehenden Arbeiten einzuschätzen, die Schwarzen zu begrüßen, die auf den Pflanzungen Unkraut jäteten und zu denen sich der Unglücksfall noch nicht herumgesprochen hatte. Als sie gegen Mittag zum Wohnhaus zurückkehrte, fand sie Gottschling in heilloser Aufregung in seinem Arbeitszimmer.

»Da haben wir es, von Dahlen! Diese verfluchten Wilden haben einen meiner Arbeiter gemeuchelt. Aber das wird ihnen schlecht bekommen …«

Paula war zu deprimiert, um seinem hysterischen Geschwätz zu widersprechen. Es sei nun endgültig Zeit, die Schutztruppe im großen Stil einzusetzen. Eine Strafaktion sei fällig. Alle Dörfer müssten der Reihe nach niedergebrannt, die Wasserrinnen zerstört, Mais und Bananen auf den Feldern vernichtet werden. Weshalb sie den Befehl gegeben habe, nicht auf dem verdammten Chamäleon-Feld zu arbeiten? Damit habe sie Angst gezeigt, sei zurückgewichen. Das sei grundfalsch. Man müsse diesen Negern gegenüber immer als Herrenmensch auftreten und niemals zurückweichen.

»Ich setze keinen weiteren Arbeiter einer solchen Gefahr aus!«

»Ach was«, knurrte er. »Das sind Schwarze unter sich.«

Paula spürte, wie der Zorn in ihr hochkochte. Dieser Jacob Gottschling war nichts weiter als ein sturer, einfältiger Dickschädel, aber er hielt sich für etwas Besonderes, nur weil er ein Mann war und eine weiße Hautfarbe besaß.

»Sie können sich ja morgen in Ihrer Rikscha durch die Pflanzung ziehen lassen, da bieten Sie ein gutes Ziel für Angriffe mit dem Blasrohr«, versetzte sie boshaft.

»Machen Sie keine dummen Witze, von Dahlen«, fauchte er sie an.

Am folgenden Morgen stellte Paula fest, dass er ein jämmerlicher Feigling war, denn es war keine Rede mehr davon, dass *bwana* Kasuku seinen Verwalter auf dem Rundritt begleiten wollte. Stattdessen hatte er sich hinter das geschlossene Fenster zurückgezogen und beobachtete durch die Glasscheibe, wie Paula aufs Pferd stieg und mit ihren Begleitern davonritt. Jacob Gottschling hatte keine Lust, seinen kostbaren Körper als Zielscheibe für einen vergifteten Pfeil darzubieten.

Paula fällte eigene Entscheidungen, von denen sie *bwana* Kasuku vorerst nichts sagte. Das Chamäleon-Feld lag einsam, kein Arbeiter jätete dort das Unkraut, niemand sorgte dafür, dass die jungen Stecklinge genügend Wasser erhielten. Doch sie ritt täglich daran vorbei, ließ ihr Pferd in langsamem Schritt gehen und beobachtete mit ihren Begleitern genau, ob sich dort etwas getan hatte. Gab es neue Fußspuren? Hatte jemand Stecklinge herausgerissen? Aber nichts dergleichen geschah. An mehreren Stellen auf der Pflanzung konnte man die Felder der Dschagga erkennen, die wie unregelmäßige hellgrüne Flecken in den Urwald eingeschnitten waren. Dort arbeiteten immer nur die Frauen, manchmal sah man sie aus der Ferne mit ihren hölzernen Hacken den Boden lockern, die meisten in rötliche, zerschlissene Stoffe gewickelt, einen Säugling auf den Rücken gebunden. Sie waren immer zu mehreren an der Arbeit, wie die Schwarzen überhaupt sehr gesellig waren und eng in ihren Familienverbänden zusammenhingen. Die Frauen taten die Feldarbeit, sorgten für die Kinder, kochten das Essen – was die Männer den ganzen Tag über trieben, war Paula schleierhaft. Sie kümmerten sich um die Rinder, hieß es. Doch davon besaßen die Dschagga im Gegensatz zu den Massai unten in der Savanne nur sehr wenige. Männer waren Krieger, sie pflegten ihre Waffen und bereiteten sich auf den Kampf vor. Früher zumindest hatte man sich gegen die Massai wehren müssen, aber die verschiedenen Dschagga-Stämme hatten auch gegeneinander gekämpft. Jetzt schienen sie sich darauf vorzubereiten, den Schutztruppen der deutschen Kolonialregierung zu trotzen.

Am Nachmittag bat Franziska sie um ein Gespräch. Es beträfe *mama* Woisso und die beiden *boys* – sie müsse sich mit Paula darüber beraten, denn die Sache sei ausgesprochen unangenehm.

»Ich sage es nur ungern, Paula. Aber es ist kein Irrtum möglich, ich habe überall gesucht. Jemand hat meine silberne Halskette mit dem kleinen Anhänger aus meiner Kommodenschublade genommen.«

»Ach du lieber Gott!«, stöhnte Paula. »Haben Sie unter der Kommode nachgesehen?«

»Natürlich. Aber leider ohne Ergebnis.«

Paula erinnerte sich an die kleine Silberkette und den Anhänger in Form eines vierblättrigen Kleeblatts. Es war das Abschiedsgeschenk von Franziskas Kollegin in Weißensee gewesen, kein großer Wertgegenstand, aber ein liebes Andenken.

»Und Sie glauben, *mama* Woisso oder einer der *boys* hat die Kette genommen?«

»Es bleibt nur diese Möglichkeit, Paula. Ich bin ganz sicher, dass ich sie am Abend dort abgelegt habe …«

»Und wann haben Sie bemerkt, dass sie fort war?«

»Gleich am folgenden Morgen.«

Paula starrte Franziska verwirrt an. Wollte sie damit etwa sagen, die Kette sei über Nacht aus ihrem Schlafraum verschwunden?

»Es scheint tatsächlich so. Deshalb kommen dafür eben nur die Hausangestellten infrage …«

»Natürlich …«, murmelte Paula.

Der Gedanke, der sich soeben in ihr Hirn schlich, war viel zu erschreckend, um etwas mit der Wahrheit zu tun zu haben. Und dennoch …

»Wann ist es passiert?«

»An dem Tag, an dem der arme Muwango starb.«

Franziska hatte ihre eigenen Sorgen wegen der aufregenden

Ereignisse vorerst verschwiegen, nun aber war sie der Meinung, etwas unternehmen zu müssen. Diebisches Hauspersonal gab es auch daheim in Deutschland, das war schlimm, aber man konnte es sich auch nicht so einfach gefallen lassen …

»Und … und was ist das?«, unterbrach Paula ihren Redefluss.

»Das? Ein geknickter Zweig. Ich dachte, er gehöre Ihnen, und Sie hätten ihn aus irgendeinem Grund auf die Kommode …«

Paula kämpfte mit sich, doch sie widerstand der Versuchung, ihre Befürchtung der Freundin mitzuteilen und sich dadurch zu erleichtern.

»Ja richtig«, erklärte sie zerstreut. »Hören Sie, Franziska. Lassen Sie uns vorerst noch nichts unternehmen, ich habe einen Verdacht, wer die Kette genommen haben könnte, möchte ihn vorerst jedoch für mich behalten. Geben Sie mir ein paar Tage Zeit …«

»Aber natürlich, Paula. Das Ganze ist einfach nur sehr unangenehm, und ich wäre sehr froh, die Kette wiederzubekommen …«

Als Franziska das Zimmer verlassen hatte, musste sich Paula auf das Bett setzen. Für einen Moment wurde ihr schlecht, sie sah die gefleckte Maske des Leoparden, glaubte, ein Wesen zu spüren, das im Raum umherging, auf leisen, bloßen Sohlen, die gelben Augen auf zwei schlafende Frauen gerichtet. Dann stand sie auf, um sich den Zweig zu besehen, der auf der Kommode zurückgeblieben war. Er stammte von einem Kaffeebäumchen und war mehrfach geknickt, so als habe jemand versucht, ihn um ein Stuhlbein zu wickeln.

Wenn es so gewesen war, wie sie befürchtete, dann hatte der nächtliche Besucher nur einen kleinen Tausch vorgenommen. Eine Mutprobe. Eine Demonstration der Überlegenheit. Eine

Botschaft. Sicher war nur eines: Sie hatte die Maske des Leoparden in dieser Nacht nicht geträumt. Sie hatte sie gesehen.

Wie war es dem jungen Krieger gelungen, an den Hunden vorbei ins Haus einzudringen? Welchen Trick hatte er angewendet? Und – war es nur einer gewesen? Oder vielleicht gar mehrere? Waren sie auch in Gottschlings Schlafraum eingedrungen? In die Hütte hinter dem Wohnhaus, wo die Angestellten schliefen?

Paula verspürte einen bitteren Geschmack im Mund. Wenn sie Gottschling von der Sache berichtete – was sie eigentlich tun musste –, würde er umgehend die Schutztruppen anfordern. Mit einer gewissen Berechtigung, denn dieses unbemerkte Eindringen ins Wohnhaus war eine tödliche Bedrohung. Gewiss, der als Leopard bemalte Krieger hatte ihnen nichts getan – doch ihrer aller Leben hatte in dieser Nacht an einem seidenen Faden gehangen.

Die Schutztruppen würden eine brutale Strafaktion durchführen. Vielleicht nicht ganz so grausam, wie Gottschling es sich erhoffte, aber es würde Blut fließen, nicht nur das der jungen Krieger, auch das der Alten, Frauen und Kinder. Paula stöhnte leise und stellte sich vor, wie die Soldaten in den Dörfern wüten würden. Einige waren selbst Dschagga, fühlten sich jedoch als Askaris und verachteten ihre Stammesgenossen, die noch nach der alten Manier in den Wäldern des Kilimandscharo lebten. Ein Askari genoss anderen Schwarzen gegenüber große Privilegien, er besaß einen Status, verdiente gutes Geld und konnte sogar zum Offizier aufsteigen. Sie waren tapfere Soldaten, die schwarzen Askaris. Tapfer und ihren Vorgesetzten bedingungslos gehorsam.

Wenn sie Gottschling jetzt von dieser Sache berichtete, würde es Krieg geben. Auf der anderen Seite konnte sie Gottschling die Angelegenheit auch nicht verschweigen.

Wenn man doch mit ihnen verhandeln könnte, dachte sie verzweifelt. Aber dazu ist es jetzt zu spät. Sie haben den armen Muwango getötet. Und sie haben uns gezeigt, dass sie auch uns töten könnten, wenn sie nur wollen. Die Zeit für Verhandlungen ist vorüber – Gottschling hat recht: Wir müssen uns wehren. Zu unserem eigenen Schutz.

Sie hatte die ganze Zeit über den geknickten Zweig in ihren Händen herumgedreht, jetzt warf sie ihn zornig Richtung Kommode. Er prallte von dem kleinen Wandspiegel ab, der darüberhing, und rollte über das weiße Häkeldeckchen, mit dem Elfriede Gottschling die polierte Holzfläche des Möbelstücks hatte schonen wollen. Die beiden Schubladen standen immer einen Spalt offen, da das Holz in der Feuchtigkeit aufgequollen war.

Paula starrte einen Augenblick auf das zusammengedrehte Zweiglein, dann ging sie mit steifen Schritten zur Kommode und zog die linke obere Schublade auf. Die rechte gehörte Franziska, die linke Paula – so hatten sie es untereinander ausgemacht.

Es war nicht mehr an seinem Platz. Paula fuhr mit zitternden Fingern zwischen die Seiten des Büchleins, das sie in Tanga erworben hatte und das die geographischen Gegebenheiten des Kilimandscharo-Massivs beschrieb. Sie riss das Buch aus der Schublade heraus, klappte die Buchdeckel auseinander und schüttelte es. Ein Stückchen Zeitung fiel heraus, das sie als Lesezeichen benutzt hatte. Ein vertrocknetes Blatt, eine gepresste Akazienblüte. Nichts weiter. Sie hob die drei weißen Taschentücher hoch, die neben dem Buch gelegen hatten, durchforstete das schmale Briefbündel, entfaltete jedes einzelne Schreiben, fast alle waren von Tante Alice. Sie zerrte die grüne Mappe hervor, in der sie ihr Briefpapier, die Umschläge, Briefmarken und allerlei Zettelchen mit Adressen aufbewahrte. Nichts.

Sie zog die Schublade aus der Kommode, leerte sie sinnloserweise auf ihre Bettdecke aus, setzte sich daneben, und während ihre Finger das Durcheinander auf der Bettdecke durchforsteten, begann sie hilflos zu schluchzen.

Diese verfluchten, elenden Diebe. Angemalte Katzengesichter. Langfinger. Lächerliche Angeber. Eingebildete junge Kerle, die glaubten, allmächtig zu sein, weil sie auf leisen Sohlen schleichen und zwei Hofhunde täuschen konnten.

Sie hatten ihr alles genommen, was sie besaß. Alles, was ihr in diesem Leben wichtig war. Sie hatten das Foto ihres Vaters gestohlen.

21

Gottschlings Augen schienen aus den Höhlen zu quellen, als Paula ihm Bericht erstattete.

»Das Maß ist voll!«, flüsterte er.

Vertrag oder nicht – Paula war der gleichen Ansicht. Man verbrachte eine höchst ungemütliche Nacht im Haupthaus, denn jetzt, da man wusste, wie leicht sich der Gegner zu dem Anwesen Zugang verschafft hatte, war es aus mit dem ruhigen Schlaf. Gottschling hockte, von mehreren Kopfkissen gestützt, in seinem Bett und hielt zwei geladene Gewehre im Arm. Draußen auf dem Hof waren mehrere Schwarze als Wächter abgestellt. Einer der beiden *boy*s hatte Befehl, vor Gottschlings Schlafzimmertür zu sitzen und den *bwana* vor Einbrechern zu schützen.

»Wenn du in der Nacht einschläfst, schlage ich dir morgen früh eigenhändig den Kopf ab!«

»Josef ganz sicher nicht schlafen … Josef hat große Angst vor *chui*, das kommt in der Nacht … Josef besser sitzt hinter große Sessel von Plüsch …«

»Hier vor meiner Tür wirst du sitzen, verdammt. So dass ein Eindringling über dich stolpern muss, wenn er zu mir hereinwill …«

Auch Franziska hatte nun die beklemmende Wahrheit erfahren, doch sie verhielt sich zu Paulas Erleichterung weitaus gefasster als der cholerische Gottschling.

»Der Gedanke, dass in der Nacht ein Wilder bei uns im Zimmer war, ist schrecklich«, flüsterte sie. »Auf der anderen Seite – er hat uns ja nichts getan …«

Paula und Franziska nächtigten auf Gottschlings ausdrücklichen Wunsch hin nicht im Gästehaus, sondern im Haupthaus auf den Plüschsofas. In der Stunde der Not müssten alle Weißen zusammenhalten. Paula solle ihr Gewehr griffbereit neben sich liegen haben und im Notfall sofort schießen. Nicht lange fackeln, er täte es auch nicht.

»Besser wir sterben alle gemeinsam im Kugelhagel, als dass sie uns einen nach dem anderen still und leise abschlachten.«

Es half wenig, ihm klarzumachen, dass seit dem nächtlichen Besuch bereits mehrere Wochen vergangen waren, in denen kein einziger *chui* ihre Nachtruhe gestört hatte. *Bwana* Kasuku war in Panik und weckte sie mehrfach durch ein schrilles »Halt! Wer da? Stehen bleiben oder ich schieße!«

Zweimal drückte er tatsächlich ab, die Schüsse hätten um ein Haar den kleinen *boy* erwischt, der auf der Türschwelle nächtigte und vor Entsetzen hochgefahren war.

»Hören Sie auf damit!«, schimpfte Franziska. »Sie werden mit Ihrem albernen Gewehr noch ein Unheil anrichten!«

Gottschling hatte gleich am Nachmittag einen Boten mit einem eiligen Schreiben hinunter nach Arusha zur Garnison geschickt. Er war schwer enttäuscht, dass bei Sonnenaufgang des folgenden Tages noch kein einziger Askari vor dem Wohnhaus zu sehen war. Gegen Mittag schimpfte er auf den faulen Boten, der vermutlich irgendwo hängen geblieben sei, anstatt die Botschaft zu überbringen. Dann zog er über die Offiziere der Schutztruppe her, alles junge Kerle ohne Erfahrung, trugen ihre hübschen weißen Uniformen zur Schau, und an den Abenden hockten sie in den Offiziersmessen, um zu spielen und zu saufen. Man kenne das ja. Noch grün hinter den Ohren, aber schon die Leber perforiert.

»Irgendwelche verdächtigen Beobachtungen, von Dahlen?«

Paula hatte ihren Rundritt wie üblich gemacht, aber nur zwei Begleiter mitgenommen, den treuen Juma und den erfahrenen Kiwanga. Nein, es sei ihr nichts Ungewöhnliches aufgefallen. Die Arbeiten gingen voran wie geplant, auch die Stecklinge auf dem Feld des Chamäleons seien noch intakt. Seltsam war nur, dass keine einzige Dschagga-Frau oben auf den Feldern arbeitete. Es habe auch keines der Mädchen Bananen gepflückt oder Maiskolben gebrochen. Alle Dschagga-Frauen schienen sich in den Dörfern aufzuhalten.

»Umso besser«, knurrte Gottschling.

Eine Stunde bevor die Nacht einfiel, erschienen die Askaris endlich auf der Pflanzung, bauten stillvergnügt ihre Zelte wieder auf und begannen, auf den gepflegten Wiesen ihr Abendessen zu kochen. Rücksichtsvollerweise nutzten sie die Kochstellen, die sie bei ihrem vorherigen Besuch hinterlassen hatten, das Holz und die Lebensmittel besorgten sie sich auf dem Anwesen. Gottschling war einerseits erleichtert, andererseits jedoch tief enttäuscht.

»Ist das alles? Die paar Leute? Wieso habt ihr nicht Verstärkung angefordert? Es geht hier um Leben und Tod …«

»Beruhigen Sie sich, Herr Gottschling. Wir sind zu Ihrem Schutz hier – Sie brauchen sich nicht mehr zu fürchten.«

»Haben Sie eine Ahnung, junger Mann!«

Der Abend verlief nach bewährtem Muster, allerdings wurden die drei deutschen Offiziere im Laufe des Gesprächs zunehmend einsilbiger, und als sie beschlossen, den Truppen draußen letzte Befehle für die Nacht zu erteilen, gingen sie zu zweit, das Gewehr im Anschlag.

»Wissen Sie, Gottschling«, knurrte der Oberleutnant, der

im Wohnzimmer zurückgeblieben war. »Überall in der Kolonie herrscht Ruhe – nur Sie haben es geschafft, die Eingeborenen gegen sich aufzubringen. Wir werden morgen sehen, was wir tun können. Aber Sie, Gottschling, Sie müssen lernen, mit den Dschagga umzugehen. Sonst sehe ich schwarz für Ihre Pflanzung!«

Gottschling blinzelte ihn aufgebracht an, verkniff sich jedoch den Zornesausbruch, der eigentlich fällig war. Stattdessen murmelte er nur, dass es damals, als er hier anfing, noch Männer mit Mumm in den Knochen gegeben habe. Heute aber begegne man nur mehr Schleichern und Anpassern.

Die drei weißen Offiziere besichtigten ausgiebig den Tatort, zogen die Kommodenschubladen heraus und schoben sie wieder zurück, untersuchten das Fenster, die Eingangstür und das Badezimmer. Besonders Letzteres erregte ihre Aufmerksamkeit und wurde längere Zeit in Augenschein genommen, sie schauten sogar unter die Badewanne, jedoch ohne Ergebnis. Dafür bezeichnete einer der Leutnants die beiden Hofhunde als harmlose »Tschapperln« und erbot sich, vor der Eingangstür der Damen in höchsteigener Person Wache zu halten. Die Damen bedankten sich höflich, lehnten jedoch ab.

»Was werden sie tun?«, flüsterte Franziska, als sie sich endlich zu Bett gelegt hatten.

»Keine Ahnung. Aber ich glaube nicht, dass sie Dörfer anzünden und Eingeborene hinrichten werden.«

»Das glaube ich auch nicht«, kicherte Franziska. »*Bwana* Kasuku wird bitter enttäuscht sein.«

»Hoffentlich!«

Die Nacht verlief ohne irgendwelche Vorkommnisse, nur die Frösche sangen ihr penetrantes Lied in den Teichen, und zu aller Überraschung ging kurz vor Sonnenaufgang ein sanfter Regenschauer herunter, eine Seltenheit in der Trockenperiode. Kaum erhellte jedoch das erste blasse Morgenlicht die aufsteigenden Nebel, da vernahm man die aufgeregte Stimme einer schwarzen Frau.

»Dschagga! Dschagga! Werden uns töten. Alle. Jesus Christus hilf. Dschagga! …«

Paula und Franziska fuhren gleichzeitig im Bett hoch und stürzten zum Fenster. Die Zelte der Askaris lagen im hellen Morgendunst, man sah die ersten verschlafenen Gestalten aus den Tüchern kriechen, noch ohne Jacken und Schuhe, die Gewehre schussbereit.

»Wer hat geschrien?«, wunderte sich Franziska.

»Die Frau dort. Unfassbar. Es ist eine von unseren Angestellten, die die Nacht offensichtlich bei den Askaris verbracht hat. Da – sie läuft über das Wiesenstück zurück zu ihrer Hütte!«

Zwei der weißen Offiziere erschienen im Hof, unrasiert, die Jacken hastig übergeworfen und nicht zugeknöpft. Einer von ihnen streckte den Arm aus, der andere formte mit den Lippen einen Fluch. Paulas und Franziskas Blicke folgten der Richtung des ausgestreckten Armes, und sie erstarrten.

»Oh Gott!«, flüsterte Franziska.

Da waren sie! Eine langsame Prozession schmaler Figuren, die schwarzen Körper mit rötlichem Schlamm bemalt, die Gesichter weiß, mit braunen und schwarzen Zeichen bedeckt. Sie trugen selbstgefertigte, mandelförmige Schilde aus Leder, Paula sah Speere in den Himmel ragen, Köcher voller Pfeile und rote und orangefarbige Tücher, die um die sehnigen Körper gewickelt waren. Sie näherten sich langsam, in einer Art Tanzschritt, der ganz offensichtlich dazu diente, den eigenen Kriegern Mut einzuflößen.

Befehle schallten über die Wiesenstücke. Die Askaris brachten sich in Windeseile in Kampfstellung, das Frühstück musste warten, der Feind war da. Paula sah Gottschlings blasses

Gesicht hinter der Glasscheibe seines Bürofensters, er fuchtelte mit den Armen, sein Gewehr rutschte vom Sessel auf den Boden.

»Wir … wir sollten uns ankleiden«, fand Franziska.

Sie hatte recht. Es wäre peinlich gewesen, im Nachthemd zu sterben, wenn es denn so weit kommen sollte.

Die Prozession der Dschagga-Krieger bewegte sich langsam und lautlos durch die aufsteigenden Bodennebel auf das Wohnhaus zu. Paula schätzte, dass es fünf- bis sechshundert Männer waren, alle in Waffen, bemalt und zum Kampf geschmückt. Unverständlich war, dass sie vollkommen furchtlos an den Gewehren der Askaris vorbeigingen. Hielten sie sich für unverwundbar?

»Bleiben Sie bitte im Haus«, wies sie der Oberleutnant an, als Paula mit Franziska auf den Hof hinaustrat.

»Aber was geschieht jetzt?«

»Wir wissen es noch nicht. Die verfluchten Kerle sind im Vorteil. Sie haben eine weiße Geisel genommen.«

»Eine … Geisel?«

»Gehen Sie ins Haus, und überlassen Sie alles Weitere uns!«

Franziska gehorchte sofort, Paula jedoch, die gewohnt war, auf dem Anwesen als Verwalter zu agieren, zog sich nur bis zur Eingangstür des Gästehauses zurück. Eine unsagbare Spannung lag in der Luft, während sich der Zug der Dschagga-Krieger weiterhin auf sie zubewegte.

In Höhe des kleinen Akazienhains kam die Prozession zum Stehen, die feindlichen Krieger sammelten sich. Jetzt erkannte Paula auch, dass sie eine Trage mit sich führten, auf der ein gefesselter Mann lag – die Geisel. Der Kleidung nach war er kein Missionar, wie sie schon befürchtet hatte. Wohl eher ein Pflanzer, vielleicht auch einer der vielen Großwildjäger, die sich hier in der Gegend herumtrieben. Der Ärmste hätte zu keinem ungünstigeren Zeitpunkt hier auf Safari gehen können. Ob er verletzt war, konnte man nicht sehen, zumindest aber bewegte er sich nicht.

Eine kleine Gruppe von Kämpfern löste sich aus der Menge und bewegte sich langsam auf das Wohnhaus zu. Von dort trat ihnen einer der schwarzen Offiziere, von mehreren Askaris und einem Dolmetscher begleitet, entgegen. Bange Minuten vergingen. Gottschling wagte es, sein Fenster zu öffnen, er streckte die Nase heraus und verlangte Aufklärung über das Geschehen. Doch bisher konnte ihm niemand etwas sagen, da die Gespräche noch im Gang waren.

»Wenn alle ihre Pfeile vergiftet sind – na dann Mahlzeit«, sagte Paula leise.

»Machen Sie keine dummen Witze«, murmelte der Oberleutnant.

Gleich darauf löste sich die Spannung, die Unterhändler kehrten zurück und erstatteten flüsternd Bericht. Paula erkannte mit scharfen Augen, dass in der Prozession der Dschagga Ähnliches geschah, auch dort wurde das Ergebnis der Gespräche an einen Anführer weitergegeben. Der Mann war im Vergleich zu den jungen Kriegern sehr klein, und es konnte sein, dass er schon bejahrt war. Doch er trug über seinen Schultern das gefleckte Fell eines Leoparden, das sichere Zeichen für einen Höhergestellten. Entweder war er der Medizinmann oder der Häuptling – vielleicht sogar beides.

»Was wollen sie?«, wandte sie sich ungeduldig an den Leutnant.

Noch gestern Abend waren die Herren Offiziere in charmanter Weise bemüht gewesen, ihr über alles Mögliche Auskunft zu erteilen. Jetzt schienen sie ihre Frage nicht einmal zu hören – im harten Geschäft des Krieges hatten Frauen zu schweigen. Erst als sie hartnäckig weiterbohrte, erhielt sie eine kurze Antwort.

»Sie wollen mit Gottschling reden.«

»Haben sie gesagt, weshalb?«

»Es scheint um irgendeinen Vertrag zu gehen!«

»Sie wollen also gar nicht kämpfen, sondern verhandeln?«

»Wie man's nimmt«, knurrte der Leutnant. »Verhandeln mit einem kleinen Druckmittel in der Hinterhand.«

Die Geisel war inzwischen nicht mehr zu sehen, denn die Dschagga-Krieger hatten sich in mehreren Reihen um ihren Anführer und den Gefangenen geschart. Aus der langgezogenen Reihe der Krieger war ein unregelmäßiger Haufen geworden, sie standen unbeweglich, abwartend, die Gesichter starr und zum Kampf entschlossen. Scharf geschliffene Speere und schmale Pfeile standen gegen die geladenen Gewehre der Askaris, die angesichts der übermächtigen Zahl ihrer Gegner sicher kein gutes Gefühl hatten.

»Meine Antwort ist NEIN«, hörte man Gottschling brüllen. »Wozu habe ich die Schutztruppen gerufen? Damit sie mein Recht verteidigen. Über diesen sogenannten Vertrag wird nicht verhandelt. Es gibt ihn nicht. Das können Sie diesem Dschagga-Heini sagen …«

»So nehmen Sie doch Vernunft an, Gottschling. Wollen Sie das Leben der Geisel aufs Spiel setzen?«

»Was geht mich dieser Dummkopf an? Er ist selber schuld, wenn er den Wilden in die Arme rennt. Wäre er daheim geblieben …«

»Jetzt reicht es, Gottschling«, grollte der Oberleutnant. »Wir haben die Pflicht, diesen Mann zu schützen. Wenn Sie nicht verhandeln wollen – wir werden es tun.«

»Verräter! Tun sich hinter meinem Rücken mit dem Feind zusammen. Wenn ich das geahnt hätte …«

»Lassen Sie den Alten«, hörte Paula einen der Leutnants sagen. »Der hat ja nicht mehr alle Tassen im Schrank.«

Gottschling hatte sich selbst aus dem Geschehen herauskatapultiert, was von nun an unternommen wurde, lief an ihm vorbei. Paula begriff sofort, dass ihre Chance gekommen war.

»Ich bin der Verwalter der Pflanzung und werde an den Verhandlungen teilnehmen.«

»Wir können es ja versuchen«, meinte der Oberleutnant schulterzuckend. »Aber meiner Erfahrung nach werden die Dschagga nicht mit einer Frau verhandeln wollen.«

Ein Vorschlag wurde unterbreitet, ein Treffen der Anführer in dem kleinen Liebestempel, der etwa in der Mitte zwischen dem Wohnhaus und dem Heer der Dschagga-Krieger lag. Jeder Anführer wurde von drei Männern begleitet, dazu von zwanzig Kriegern, die jedoch keinen Zutritt zu dem Tempelchen hatten, sondern draußen auf der Wiese warteten. Außerdem wäre der Dolmetscher anwesend, den die Schutztruppen mitgebracht hatten.

Die Morgennebel hatten sich inzwischen gehoben, so dass die Kämpfer der Dschagga klar und deutlich im Licht der Sonne zu sehen waren. Sie büßten dadurch ein wenig von der Bedrohlichkeit ein, die sie zuerst ausgestrahlt hatten, denn nun konnte man ihre zerfetzten Umhänge erkennen, die Blechdosen, die sie in die gelochten Ohrläppchen gezwängt hatten. Einige hatten das Haar mit nasser Erde eingerieben und zu unzähligen kurzen Zöpfchen geflochten, die ihnen wie die Stacheln eines Igels vom Kopf abstanden. Die meisten jedoch trugen den Schädel kahl geschoren und mit einem geflochtenen Lederband geschmückt. Waren die Pfeile in ihren Köchern tatsächlich vergiftet? Paula neigte zu der Annahme, dass es ganz normale Pfeile waren, gut angespitzt und mit einer kleinen Feder am Ende ausgestattet, damit sie die Richtung besser einhielten.

Der Vorschlag der Offiziere wurde angehört, ausgiebig besprochen und modifiziert. Nicht drei, sondern vier Begleiter sollten mit den Anführern gehen, alle ohne Waffen, dazu fünfundzwanzig bewaffnete Krieger. Die Offiziere erklärten sich einverstanden, verlangten jedoch zuvor Auskunft über die Geisel. Wie lange war der Mann schon in der Gewalt der Dschagga? War er krank oder verletzt? Wieso bewegte er sich nicht und musste getragen werden.

»Wenn sie den armen Kerl schon umgebracht haben, können wir uns die ganze Verhandlung sparen«, murmelte der Oberleutnant.

Die Unterhändler berichteten jedoch, der weiße Mann sei erst eine Nacht in ihrer Obhut, er sei wohlauf, habe höchstens ein paar Beulen, ansonsten aber heile Glieder. Dass er jetzt schlafe, läge an einem Trank, den die *mpepa* im Dorf gekocht habe und dessen Wirkung noch ein paar Stunden anhalten würde.

Es blieb den drei Offizieren nichts weiter übrig, als sich auf diese Aussage zu verlassen. Sie akzeptierten großmütig die abgeänderten Bedingungen und gingen daran, die fünfundzwanzig Askaris auszuwählen, die ihre drei Offiziere, einen schwarzen Effendi, den Dolmetscher und *bibi* Pola in der Liebeslaube bewachen sollten.

Langsam formierten sich auf beiden Seiten die Teilnehmer, von den übrigen Kriegern und Askaris mit großer Aufmerksamkeit beobachtet. Die drei deutschen Offiziere und der schwarze Offizier, den man hierzulande als »Effendi« bezeichnete, nahmen Paula in ihre Mitte, als erste Gruppe schritten sie zu der weiß gestrichenen Laube und nahmen auf der zierlichen Rundbank Platz. Es knackte bedenklich, als der Oberleutnant den Rücken an das weiße Spalierholz lehnte, er setzte sich sofort gerade hin und entschuldigte sich nervös bei Paula. Hinter ihnen, durch die Lücken des Holzgitters gut zu sehen, ließen sich die fünfundzwanzig Askaris auf der Wiese nieder, alle hatten den kleinen Liebestempel im Visier.

»Skurrile Situation …«, murmelte einer der beiden Leutnants und versuchte, einen Rosenzweig zu bändigen, der sich an seiner Jacke festhakte.

Nach einer Weile trudelte der Dolmetscher ein. Der Anführer der Dschagga ließ auf sich warten, was die drei Offiziere ungemein aufbrachte. Als der Oberleutnant schon aufstehen und zum Wohnhaus zurückgehen wollte, sah man endlich die Delegation der Gegner, die sich dem Tempelchen näherte. Der kleine Mann mit dem Leopardenfell musste tatsächlich sehr alt sein, sein Schädel war eingefallen wie der eines Toten, das Gewand schlotterte an seinem ausgemergelten Körper. Dennoch ging er mit weiten, federnden Schritten, begleitet von vier bemalten Kriegern, die – so wie es gefordert war – Speere, Bögen und Pfeile auf der Wiese abgelegt hatten. Nur zwei der Krieger waren jung, die beiden anderen schienen etwa im Alter des Anführers zu sein.

Paula musste an den alten Mbaluku denken, der die Mission in Tanga mit seinen Begleitern aufgesucht hatte, auch er war ein Anführer gewesen, der eine ganz natürliche Autorität ausgestrahlt hatte. Dieser alte Mann jedoch, der sie bei seinem Eintritt in den weißen Tempel mit tiefen, dunklen Augen musterte, wirkte um einiges mächtiger. Er hatte sein Leben lang frei in den Bergen des Kilimandscharo-Massivs gelebt, so wie auch seine Ahnen und die Geister seiner Vorfahren. Vielleicht war er der Letzte seiner Art, doch in ihm sammelte sich noch einmal alle Kraft und Magie der Verstorbenen. Als sein Blick Paula streifte, verzog sich sein Mund unmerklich, und sie wusste, dass der alte Häuptling es als eine Beleidigung auffasste, in dieser Runde mit einer Frau verhandeln zu müssen.

Die Sitzordnung der Dschagga unterschied sich von der der

Weißen. Nur der alte Häuptling benutzte die Bank, seine Begleiter setzten sich zu seinen Füßen auf den hölzernen Boden des kleinen Tempels. Jetzt sah man auch, dass die rötlichen Tücher, in die sich die Dschagga wickelten, nur teilweise aus Stoff bestanden, die Kleidung des Alten und eines seiner Begleiter war aus weichem Ziegenleder gefertigt, das man an den Rändern schön bestickt und eingefärbt hatte. Auch das Leopardenfell war sorgfältig gegerbt, die Füße mit den Pranken hatte man nicht entfernt, nur der Kopf des Leoparden fehlte. Vermutlich diente er einem ihrer Medizinmänner als magische Kopfbedeckung.

Der alte Häuptling hatte kaum Platz genommen, da wandte er sich schon dem Dolmetscher zu und hielt ihm mit dünner, hoher Stimme eine längere Rede. Paula war ärgerlich auf die jungen Offiziere, die sich einen Trumpf nach dem anderen aus der Hand nehmen ließen. Der Dschagga-Häuptling hatte durch sein spätes Erscheinen bestimmt, wann die Verhandlungen begannen, nun war er es auch, der die Forderungen stellte.

Genau dies schien dem Oberleutnant auch gerade klar zu werden, denn er zog eine säuerliche Miene und hob schließlich die Hand, um anzumelden, dass er zunächst einmal eine Übersetzung benötige. Der alte Häuptling nickte dem Dolmetscher auffordernd zu und lehnte sich dann zurück, das Knacken der Spalierwand störte ihn dabei überhaupt nicht.

Der Dolmetscher war ein Mann in mittleren Jahren, selbst ein Dschagga, der jedoch lange als Angestellter der Schutztruppen in Moshi und später in Arusha gelebt hatte und sich wie ein Europäer kleidete. Er hatte die Sprache seiner Kindheit nicht vergessen, dazu aber sprach er ein erstaunlich gutes Deutsch.

»Häuptling Mangatua hat gesagt, dass die Hänge des großen Berges früher nur den Dschagga gehört hätten, sie hätten

Rinnen gegraben, um ihre Felder zu bewässern, und Mais und Bananen gepflanzt …«

»Das wissen wir …«, fiel einer der Leutnants ungeduldig ein.

»Er sagte, die weißen Pflanzer hätten die Rinnen der Dschagga genutzt, die Dschagga aber hinauf zu den schlechteren Feldern vertrieben …«

»Er will offensichtlich die Geschichte seines Volkes aufarbeiten«, knurrte der Oberleutnant.

»Er hat auch gesagt, dass er in Frieden mit den weißen Pflanzern leben will, aber das Stück Land unterhalb seines Dorfes ist ihm vertraglich zugesichert worden, und er will nicht darauf verzichten.«

»Aha!«, rief der Oberleutnant. »Endlich kommt er zur Sache. Sag ihm, wir wüssten nichts von einem Vertrag. Wenn er einen Vertrag vorweisen kann, dann setzen wir uns dafür ein, dass er sein Recht bekommt. Allerdings nur, wenn er unverzüglich die Geisel freilässt.«

Häuptling Mangatua hörte sich die Ausführungen des Dolmetschers schweigend an. Aus seiner Haltung war zu ersehen, dass er diesen Mann verachtete, der sein eigenes Volk verlassen hatte, um wie ein Europäer zu leben. Er ließ ihn nicht einmal ausreden, sondern hob die Hand und begann seinerseits einen Vortrag zu halten, der mehrere Minuten dauerte. Paula spürte, wie sich die weiße Liebeslaube mit dem dunklen, machtvollen Einfluss des schwarzen Häuptlings füllte. Das Holz schien sich zu dehnen, ein paar Insekten, die sich für die aufgeblühten Rosen interessierten, schossen wie schillernde Pfeile durch das Innere des Tempelchens.

»Er sagt, der Geist sei ihm günstig gestimmt, darum sei er gekommen. Er wolle nichts weiter, als den alten Vertrag mit neuem Leben zu füllen. Er wolle nicht kämpfen und nicht töten, nur das Zeichen auf dem Papier und den Handschlag der Anführer. Wenn das geschehen sei, wolle er die Geisel freilassen und mit seinen Männern davongehen. So und nicht anders habe der Geist es ihm eingegeben.«

»Was für ein Geist?«, wunderte sich der Oberleutnant.

Der Dolmetscher behauptete, die Dschagga-Häuptlinge pflegten vor wichtigen Unternehmungen Rat bei den Geistern ihrer Ahnen einzuholen.

»Was machen wir?«, erkundigte sich einer der Leutnants bei Paula. »Wenn wir dieses ominöse Stück Land jetzt an die Dschagga verhökern – was wird Gottschling dazu sagen?«

Paula grinste vergnügt.

»Er wird einen Tobsuchtsanfall bekommen. Aber letztendlich kann er nichts dagegen tun. Meiner Meinung nach wäre es vollkommen in Ordnung, ihnen dieses Land zu geben oder einen Ersatz anzubieten.«

»Langsam, langsam, junge Dame«, knurrte der Oberleutnant. »Es ist leicht, etwas zu verschenken, das einem nicht gehört.«

»Es geht um das Leben der Geisel!«, mahnte einer der Leutnants.

»Um unser aller Leben«, fiel Paula ein. »Es könnte durchaus sein, dass es zum Kampf kommt, wenn wir uns nicht einigen.«

»Das ist defätistisches Geschwätz«, nörgelte der andere Leutnant. »Das kommt davon, wenn man eine Frau zu solchen Verhandlungen mitnimmt.«

Paula hatte eine zornige Antwort auf den Lippen, doch in diesem Augenblick wurde sie von einem seltsamen Vorgang abgelenkt. Häuptling Mangatua hatte einem der beiden älteren Begleiter ein Zeichen gemacht, worauf der so etwas wie eine Umhängetasche aus Ziegenfell zum Vorschein brachte und ihr ein ziemlich schmutziges, vergilbtes Papier entnahm.

Die Offiziere blickten sich verblüfft an, als ihnen dämmerte, dass dieser Vertrag, von dem Gottschling behauptet hatte, es habe ihn nie gegeben, wohl doch existent war.

Mangatua nahm das Papier würdevoll aus der Hand seiner Untergebenen und brauchte ein Weilchen, um es mit seinen dünnen Fingern, deren Nägel krallenartig gebogen waren, zu entfalten. Wieder hielt er dem Dolmetscher eine Rede, diesmal war sie zum Glück kurz, dann drehte er das Schriftstück so, dass man die Innenseite sehen konnte. Die Worte waren ziemlich groß und mit dicker Feder geschrieben, so dass sie auch aus einiger Entfernung noch gut zu lesen waren.

Die tausend Quadratmeter Land unterhalb des Dorfes, in dem mein Freund und Bruder Mangatua lebt, gehören ihm, seinen Kindern und Kindeskindern.

So versprochen und mit dem heiligen Ehrenwort besiegelt am 31. März 1888. Gültig, solange ich lebe.

Klaus Mercator

»Gute Mann, Klaus Mercator«, sagte der Häuptling und gab damit preis, dass er die deutsche Sprache zumindest ansatzweise sprach und verstand. »Gute Mann und gute Geist. Lebt in diese Haus Klaus Mercator, Freund von Mangatua.«

Paula löste den Blick von dem Namen und starrte den alten Häuptling an. Er hielt jetzt das Foto zwischen seinen dürren Krallen.

22

»Sie haben es gewusst!«

Jacob Gottschling hörte gar nicht hin. Er war krebsrot im Gesicht vor Wut. Soeben hatten die Offiziere ihm mitgeteilt, die Verhandlungen seien positiv verlaufen. Er habe das Land an die Dschagga abzutreten, zumindest vorerst, denn es sei tatsächlich ein Vertrag vorhanden. Man habe jedoch erreichen können, dass die Geisel freigelassen würde und die Dschagga-Krieger friedlich von dannen zögen.

»Diese elenden Feiglinge«, keuchte er. »Verwöhnte Jüngelchen. Mamas Liebling auf Abenteuer in den Kolonien. Dreckige Verräter …«

Er brach ab, weil er husten musste, sein Atem ging keuchend, und Paula bekam nun wirklich Angst, der Schlag könne ihn treffen. Nichtsdestotrotz beharrte sie auf ihrer wütenden Frage.

»Lenken Sie nicht ab, Gottschling! Sie haben gewusst, dass Klaus Mercator einmal Besitzer dieser Pflanzung war.«

»Quatsch!«, murmelte er und schluckte brav das Wasser, das *mama* Woisso ihm eintrichterte. Die schwarze Hausangestellte warf Paula vorwurfsvolle Blicke zu – war es nötig, den armen *bwana* Kasuku so aufzuregen? Jetzt, wo doch alles zu einem guten Ende gekommen war und sich die Dschagga-Krieger davongemacht hatten.

»Wieso haben Sie erzählt, es sei ein Holländer gewesen?«, tobte Paula, deren Zorn sich weiter steigerte.

»Habe ich das?«, flüsterte Gottschling schwer atmend.

»Jawohl, das haben Sie. Sie haben mich wissentlich belogen!«

»Ach was. Mein Gedächtnis lässt nach, das ist es. Ich dachte, dieser Mercator sei ein Holländer. Klingt doch holländisch der Name, oder?«

»Überhaupt nicht!«, fauchte Paula.

Sie schlug mit der Faust auf die Armlehne des Plüschsessels und erzeugte damit einen heftigen Staubwirbel. Gottschling hustete und gab sich geschlagen.

»Sie wären doch auf der Stelle davongelaufen, hätte ich es Ihnen gesagt, von Dahlen. Ich habe doch gemerkt, wie verrückt Sie hinter diesem Kerl her sind! Ein Freund der Familie – pah! Wer hat hier wen angelogen?«

Die Frage war, wieso keiner der Nachbarn sich an Klaus Mercator erinnert hatte. Schließlich hatte sie bei den Besuchen das Foto herumgezeigt und auch den Namen genannt.

»Die sind alle später hierhergekommen. Sie glauben ja gar nicht, wie oft so eine Pflanzung den Besitzer wechselt. Da kommen junge Strohköpfe daher, die glauben, mit Kaffeeanbau das schnelle Geld zu machen, und wenn sie die Pflanzung heruntergewirtschaftet haben …«

»Verschonen Sie mich mit Ihrem Geschwätz, Gottschling! Sie haben mich getäuscht und belogen!«

»Was regen Sie sich auf?«, stöhnte Gottschling. »Sie haben Ihr Foto wieder und außerdem erfahren, was Sie wissen wollten, ich dagegen habe mein Land verloren. Ich bin es, den man getäuscht und belogen hat. Verraten und verkauft hat man mich …«

Paula hatte versucht, dem Häuptling einen Ersatz für das Land anzubieten. Kaffee. Zucker. Kupferdraht. Stoffe. Sogar Whisky. Nur Gewehre bot sie nicht an, vielleicht hätte er die sogar genommen. So aber blieb dieser Versuch ohne Ergebnis.

»Stellen Sie sich doch nicht so an wegen der tausend Quadratmeter, Gottschling. Bei den vielen Hektar Land, die Sie besitzen, ist das einfach nur lächerlich!«

»Land … Land!«, kreischte er und wurde jetzt auf einmal wieder munter. »Land kann man hier in Afrika ohne Ende besitzen. Ganze Wälder. Berge. Schluchten und Seen. Aber das Land zu kultivieren, das kostet Mühe und Kraft. Ackerland ist es, was zählt. Und diese tausend Quadratmeter sind kostbares Ackerland …«

Paula hatte kein Mitleid. Gottschling hatte damals zwar einige Landstücke gerodet und Pflanzungen angelegt, die Hauptarbeit hatten jedoch seine Vorgänger getan. Der Araber, der sich schon früh hier angesiedelt hatte. Später auch Klaus Mercator und seine Nachfolger. Und überhaupt – die ersten Felder und die dazugehörigen Bewässerungsanlagen stammten von den Dschagga, da hatte der alte Häuptling durchaus die Wahrheit gesprochen.

»Und was ist aus Klaus Mercator geworden?«, forschte sie dickköpfig. »Wohin ist er gegangen?«

»Woher soll ich das wissen?«

»Strengen Sie Ihr Hirn an, Gottschling!«

Er hockte auf seinem Sessel wie eine gefangene Spinne und glotzte sie böse an.

»Ist fortgegangen, der Bursche«, murmelte er. »So wie viele andere. Kein Sitzfleisch am Hintern. Ein junger Spund, der auf Abenteuer aus war. Ist abgehauen, der Mistkerl. Aber den verfluchten Vertrag, den hat er mir gelassen!«

»Mäßigen Sie sich!«, schimpfte Paula. »Ich dulde es nicht, dass Sie diesen Mann beleidigen.«

»Verdammt. Ich habe keine Ahnung, wo Ihr Vater geblieben

ist! Lassen Sie mich endlich in Ruhe. Und kommen Sie von Ihrem hohen Ross herunter, von Dahlen. Die Arbeit ruft – ich bezahle Sie nicht fürs Herumstehen.«

»Sie müssen sich einen neuen Verwalter suchen, Gottschling«, verkündete sie kühl. »Ich kündige zum Ende des Monats.«

Sie stand auf und ließ ihn sitzen. Lange hatte sie Mitleid gehabt, hatte immer wieder eingelenkt, hatte sich von ihm anbrüllen und ausbeuten lassen. Diese boshafte Lüge konnte sie ihm nicht verzeihen.

Als sie das Foto in der Hand des Dschagga-Häuptlings sah, hatte sie vor Überraschung leise aufgeschrien. Die tiefen dunklen Augen des Häuptlings drangen in sie ein, zornig und gebieterisch.

»Mein Vater«, sagte sie leise. »Auf dem Foto ist mein Vater.«

Sie hörte, dass der Dolmetscher einige Sätze an den Häuptling richtete. Seltsam, wie lange er redete, da der Sachverhalt doch so einfach war. Die Miene des alten Mannes veränderte sich nicht, während er seine Antwort formulierte.

»Er sagt, dass du einen guten Vater hast. Er sei sein Freund gewesen, ein Freund aller Dschagga. Auch dann noch, als er in den Bergen des Meru war und viel Gold fand. Er nahm viele Dschagga mit dorthin, ließ sie für sich arbeiten, und alle kamen reich beschenkt zurück.«

»Und wo ist er jetzt?«

Der alte Häuptling hob die Arme, die nur aus Haut und Knochen bestanden. Er habe lange nichts mehr von seinem Freund Klaus Mercator gehört, aber er kenne seinen Geist, der ein guter Geist sei.

»Gehe den Pfad des Leoparden und den Weg der Schlange. Suche immerfort, und höre auf das Lied des Baobabs. Dort, wo du nicht suchst, wirst du ihn finden.«

Er verzog nun tatsächlich das Gesicht und entblößte mehrere große weiße Zähne, die sich in seinem Oberkiefer tadellos erhalten hatten. Paula schauderte und musste sich alle Mühe geben, dies zu verbergen.

»Sag, dass ich ihm danke. Ich danke ihm von ganzem Herzen. Und ich will dafür sorgen, dass die Unterschrift meines Vaters Bestand hat, auch unter dem neuen Herrn der Pflanzung.«

Damit hatte sie den Mund recht voll genommen, denn eigentlich war es die Schutztruppe, die den Vertrag mit den Dschagga neu unterzeichnete und dafür einstand, dass er auch eingehalten wurde. Bis auf weiteres – niemand konnte wissen, was die Zukunft brachte.

»*Bibi* Pola, *bibi* Pola!«, rief *mama* Woisso. »Schauen hinaus auf Wiese! Mann ist lebendig. Sitzt mit Askaris und trinkt *snaps* …«

Die Askaris hatten beschlossen, die Pflanzung auch in der folgenden Nacht noch mit ihrem Schutz zu beglücken, daher hatten sie ihre Zelte nicht abgebaut, sondern ihr Lager ganz im Gegenteil in alle Richtungen ausgedehnt. Die Köche bereiteten auf kleinen Feuerchen die Abendmahlzeit zu, verschiedene Grüppchen von Askaris wanderten über die gepflegten Wiesen, besahen die Teiche und schlenderten dann hinüber zu den Hütten der schwarzen Angestellten, um nach hübschen Frauen Ausschau zu halten. Andere hockten im Kreis beieinander und ließen Flaschen verschiedener Art kreisen, Kalebassen, lederne Trinkschläuche oder Gefäße aus bräunlichem Glas mit feurigem Inhalt.

Auch die drei Offiziere hatten sich im Schatten eines Zeltes niedergelassen, da der Aufenthalt im Haupthaus bei dem wütenden Pflanzer wenig erfreulich war. Paula stellte fest, dass die

Geisel, ein gut gewachsener, großer Mann, inzwischen aus seiner Betäubung erwacht war und – der Form der Flasche nach zu urteilen – die Wirkung des Dschagga-Trankes mit gutem, irischem Whiskey bekämpfte.

Er wendete ihr zwar den Rücken zu, aber sie erkannte ihn trotzdem. Großer Gott. Es war Tom Naumann. Was hatte ihn hierher, in die Kilimandscharo-Region, geführt?

»Was tust du, *mama* Woisso?«

»Bringe Essen für arme, kranke *bwana* Tom. Hat gelegen gefesselt viele Stunden. Hat gelegen wie tot. Muss haben viel Hunger …«

»Vor allen Dingen hat er Durst …«, murmelte Paula.

Es fiel ihr nicht leicht, die Gleichmütige zu spielen. Tom hatte ihre Träume beherrscht, sich jede Nacht in ihr Bewusstsein gedrängt, um am Morgen von ihr zornig verleugnet zu werden.

Er war ein Scharlatan, ein Weiberknecht, ein Traumtänzer. Und er hatte sie beim letzten Abschied bis ins Innerste verletzt. Wie genüsslich er ihr unter die Nase gerieben hatte, dass Klaus Mercator mit einer Frau unterwegs gewesen war! Sie hatte eine Weile daran knabbern müssen – nun ja, er war ein Mann. Weshalb hätte er wie ein Mönch leben sollen, nachdem ihre Mutter ihm einen Korb gegeben hatte? Die große, romantische Liebe, der man ein Leben lang nachtrauert – wer glaubte denn an so etwas? Nachdenklich blickte sie über die Wiesen zu der Stelle hinüber, wo Tom Naumann mit den drei Offizieren im Gras hockte und, wie es schien, in ein eifriges Gespräch vertieft war. Vermutlich schilderte er ihnen mit allen Ausschmückungen, wie er in die Hände der Wilden gefallen war und mit welchen Tricks sie ihn bezwungen hatten. Einen Augenblick lang stieg Panik in ihr auf. Was wäre wohl mit ihm geschehen, wenn sie sich nicht mit den Dschagga geeinigt hätten? Sie dachte an den armen Muwango, dessen junges Leben durch einen vergifteten Pfeil ein so abruptes Ende genommen hatte, ein harmlos aussehendes kleines Ding, kaum so groß wie ein Bleistift, aber absolut tödlich.

Mama Woisso schleppte ein Tablett voller lecker duftender Schälchen und Körbchen über die Wiese, wiegte beim Gehen die Hüften und zog allerseits neidische und begierige Blicke auf sich. Tom drehte sich überrascht zu ihr um, als sie das Tablett vor ihm ins Gras stellte, und so konnte Paula sehen, dass er offensichtlich einige Kratzer auf Stirn und Wangen davongetragen hatte. Genau war es nicht zu erkennen, weil sein kurzer Vollbart Kinn und Wangen verdeckte.

Hatte er sie im Hof vor dem Gästehaus erspäht? Paula war sich nicht sicher, doch ihr schien, als verzöge er für einen Moment das Gesicht. Er drehte sich jedoch gleich wieder in die andere Richtung und vollführte eine einladende Geste an die Offiziere, die besagte, dass sie sich an *mama* Woissos schmackhaften Speisen bedienen sollten.

»Es ist Tom Naumann«, sagte Franziska, die aus dem Gästehaus trat, um hinüber zum Schulgebäude zu gehen. »Oh Paula – er ist gewiss Ihretwegen hier. Folgen Sie Ihrem Herzen, ich glaube, wir Frauen sollten niemals etwas anderes tun, als unserem Herzen zu folgen.«

Paula fiel keine passende Antwort ein. Was war das bloß für ein verrückter Tag! Einer jener Tage, an denen die Dinge nach langer Starre plötzlich in Fluss gerieten, ein Tag, an dem sich Rätsel lösten und verloren geglaubte Träume wiederkehrten.

Schlagartig wurde ihr klar, dass auch Franziska in den Nächten von Träumen heimgesucht wurde, dass ihre Hoffnungen jedoch wenig Aussicht auf Erfüllung hatten.

Tom ließ sich ausgiebig Zeit. Den Nachmittag über schwatzte er mit den Offizieren, drehte in ihrer Begleitung eine kleine Runde über die Anlage, besah sich die Teiche, inspizierte den Liebestempel, in dem die Verhandlungen stattgefunden hatten, und begab sich dann zu den Pferden, um den Fuchswallach des Oberleutnants zu bewundern. Paula ärgerte sich über die Verzögerung – wollte er sie auf die Folter spannen? Oder erwartete er vielleicht gar, sie würde über die Wiesen zu ihm hinüberlaufen und ihm zu seiner Befreiung gratulieren?

Ungeduldig ließ sie sich ein Pferd satteln, rief Lupambila, Mpischi und Kiwanga zusammen und unternahm einen Ritt durch die Pflanzung. Unfassbar – auf dem Landstück, das nun den Dschagga gehörte, waren die Dschagga-Frauen bereits damit beschäftigt, das Unkraut um die jungen Kaffeeschösslinge zu entfernen. Sie hatten eine Wasserrinne geöffnet und versorgten die jungen Pflanzen nun mit dem lebensnotwendigen Nass. Wie es aussah, hatte Häuptling Mangatua beschlossen, den Grundstock für eine künftige Kaffeepflanzung zu legen. Es war keine dumme Idee, unten an der Küste gab es bereits einige Schwarze, die Kokospalmen, Sisal und auch Baumwolle anbauten, um ihre Produkte zu verkaufen. Zum übergroßen Ärger vieler weißer Pflanzer hatte die Gouvernementsregierung Einschränkungen beim Landerwerb verfügt – ein Teil des Landes musste an die Eingeborenen vergeben werden.

Sie bemühte sich, genau und gründlich nach dem Rechten zu sehen, und beschloss, eine Liste der demnächst anfallenden Arbeiten anzulegen, die Gottschling ihrem Nachfolger vorlegen konnte. Sie hatte gekündigt, doch sie wollte ihre Arbeit anständig abschließen, schon der schwarzen Arbeiter wegen, die noch diese oder jene Wünsche hatten. Aber auch, weil sie ein geordnetes Feld hinterlassen wollte.

Es war schon spät, als sie endlich zum Wohnhaus zurückkehrte. Im Hof saß *mama* Woisso über einer Schüssel frisch gepflückter Bohnen und erklärte ihrer Herrin vorwurfsvoll, *bwana* Tom habe gefragt, wann sie zurückkomme. Da *mama* Woisso das jedoch nicht genau sagen konnte, habe er sich drüben im Zelt der Offiziere schlafen gelegt. Wie jemand unter diesen Umständen schlafen konnte, war Paula schleierhaft, denn die Askaris saßen bei ihren Feuerstellen, erzählten Geschichten und sangen lauthals deutsche Marschlieder.

Gottschling ließ vermelden, dass er niemanden sehen wolle, vor allem keine Verräter, die hinter seinem Rücken sein Land verschenkten. Falls sein Verwalter jedoch inzwischen zur Vernunft gekommen sei, könne er bei ihm vorsprechen.

Franziska saß auf dem Bett, einen dicken Roman auf die hochgezogenen Knie gestützt, und las mit roten Wangen. Als Paula eintrat, blickte sie nur kurz auf und lächelte schuldbewusst. Das Buch stammte aus dem Fundus der Elfriede Gottschling und handelte von einem jungen Ritter, der sich in die Tochter seines schlimmsten Feindes verliebte – einer jener »Schmachtfetzen«, über den sie beide ausgiebig gelacht hatten, als sie vor Monaten das Bücherregal im Wohnzimmer des Haupthauses inspizierten.

»Wenn Sie schlafen wollen – ich kann gern das Licht löschen«, sagte sie eilfertig. »Ich lese nur ein wenig zur Zerstreuung.«

»Bei dem Lärm, den unsere Beschützer da draußen vollführen, ist an Schlaf vorerst wohl nicht zu denken«, murrte Paula.

»Das ist wahr …«

Paula begann, ihr Kleid aufzuknöpfen, dann setzte sie sich auf den Bettrand, um Schuhe und Strümpfe auszuziehen. Sie hörte Franziska seufzen und hielt inne.

»Werden Sie wirklich von hier fortgehen, Paula?«

»Ja, Franziska. Ich bin fest entschlossen. Es … es tut mir nur Ihretwegen leid. Und wegen der Schwarzen – sie hängen an mir, und ich mag sie gern.«

Eine Weile schwieg Franziska. Paula suchte ihr Nachthemd unter dem Kopfkissen hervor.

»Dann werde ich diesen Posten wohl ebenfalls verlassen«, bemerkte Franziska traurig. »Es wird mir unendlich schwerfallen, aber ich will an die Küste zurückkehren. Ich muss nur vorher jemanden finden, der meine Arbeit ...«

Sie hielt inne, als sie ein leises Klopfen an der Tür zum Hof vernahmen. Paula knöpfte ihr Kleid wieder zu und schlüpfte in die Schuhe.

»Seien Sie vorsichtig, Paula. Das könnte ein betrunkener Askari sein ...«

Doch draußen im mondbeschienenen Hof stand Tom Naumann. Er sah ziemlich bleich aus, was ohne Zweifel der Beleuchtung zuzuschreiben war, vielleicht auch der Tatsache, dass er ausnahmsweise nicht lächelte. Er grinste nicht einmal.

»Haben Sie einen Moment Zeit, von Dahlen?«

So glücklich sie war, ihn zu sehen – die Anrede ärgerte sie, denn sie wusste genau, dass sie als Provokation gemeint war.

»Was für eine Überraschung«, erwiderte sie spöttisch. »Haben Sie Ihren Rausch ausgeschlafen?«

Tom verzog das Gesicht, und jetzt konnte sie sehen, dass er zwei ordentliche Schrammen quer über Nase und Wangen abbekommen hatte. Sie gingen tief, als seien sie mit der Kralle eines Leoparden gezogen worden. Mit diesem Gesichtsschmuck fiel ihm das Grinsen vermutlich schwer.

»Dazu brauche ich niemals länger als eine halbe Stunde«, prahlte er.

»Übung macht den Meister!«

Sie schwiegen beide und spürten, wie ihre Herzen klopften. Drüben auf den Wiesenstücken hockte man immer noch an den ausgehenden Feuern, von irgendwoher tönte ein afrikanisches Lied, dem Rhythmus der Erde entsprungen, voller Melancholie.

»Ich hätte …« Paula unterbrach sich, weil ihre Stimme plötzlich heiser klang. »Ich hätte nicht gedacht …«

»Dass ich so dumm bin, mir eine weitere Abfuhr einzuhandeln?«, unterbrach er sie und ließ ein kurzes, abgehacktes Lachen hören. »Nun – ich bin einer von der Sorte, die niemals klug wird. Ich renne immer wieder gegen die gleiche Mauer und handele mir immer wieder die gleichen Beulen ein …«

»Das stimmt nicht.«

Sie sah zu ihm auf und lächelte. Dann hob sie langsam und zaghaft die Hand, um seine Wange zu berühren. Er hielt stand, ohne mit der Wimper zu zucken, obgleich es ganz sicher wehtat.

»Dieses Mal waren es mehr als nur ein paar Beulen. Du hättest tot sein können.«

»Und das hätte dich gestört?«

Was für eine provokative Frage. Sie konnte seinen Atem an ihrer Handinnenfläche spüren und wollte die Finger wieder zurückziehen, doch jetzt fasste er ihr Handgelenk und hielt sie fest. Zart, aber unerbittlich.

»Das hätte mich allerdings gestört, Tom. Ich … ich habe mich im Nachhinein fürchterlich erschrocken.«

»Das hört sich ja so an, als hättest du Sehnsucht nach dem Scharlatan Tom Naumann gehabt.«

Sie schwieg. Er war zu nah, der Sog seines Körpers hatte sie längst ergriffen und ließ sie erzittern. Ja, sie hatte Sehnsucht gehabt, mehr als das, sie hatte jede Nacht von seinen Händen geträumt, von seinen Augen, seinen Lippen …

»Dieser Hof ist die perfekte Bühne«, murmelte er. »Wenn ich dich jetzt küsse, schauen uns zweihundert Askaris und drei weiße Offiziere zu. Nicht zu reden von deiner Freundin Franziska und dem alten Griesgram Gottschling …« Doch seine Lippen berührten bei diesen Worten bereits die ihren, legten sich heiß auf ihren Mund, und sie versank in der Magie seiner Männlichkeit. Nichts war geblieben von der strengen Erziehung ihrer Mutter, von dem Gerede, sich niemals einem Mann »hinzugeben«, niemals Gefühle zu zeigen oder gar Wollust zu empfinden. All die quälenden Träume, die ihr Inneres gemartert hatten, brachen aus ihr heraus, sie umschlang seinen Körper wie eine Ertrinkende, schmiegte sich an ihn, bot sich ihm dar, wie sie es im Traum zahllose Male getan hatte.

Er atmete hastig, doch erst als seine Finger sich unter die Knopfleiste ihres Kleides schoben und daran zerrten, kam er zu sich.

»Alle Wetter«, stöhnte er. »Was ist mit dir passiert, Paula? Wenn du so weitermachst, kann ich für nichts garantieren …«

Sie erwachte aus ihrem Rausch und erschrak heftig über das, was sie getan hatte.

»Ich … Ich weiß nicht …«, stammelte sie. »Oh mein Gott, ich bin …«

»Komm!«

»Aber nein …«

»Doch. Wir müssen reden, Paula.«

Er legte den Arm um sie und führte sie am Haupthaus vorbei in eines der Nebengebäude, das als Vorratskammer für Getreide, Zucker und Reis diente und während der Regenzeit auch zum Trocknen der Wäsche genutzt wurde. Drinnen war es dunkel, Tom stieß mit dem Knie gegen einen Waschtrog und fluchte leise.

»Warte«, flüsterte sie. »Ich zünde die Lampe an.«

Der Schein der Petroleumlampe wuchs zitternd in den kleinen Raum hinein und ließ die beiden gemauerten Waschtröge erkennen, die von unten befeuert werden konnten, die Jutesäcke mit Zucker und Reis, verschiedene Lederschnüre, die von einem Balken herabhingen. Mehrere kleine Geckos, die an der Decke gehangen hatten, huschten davon, zwei graue Mäuse verschwanden blitzartig in der Dunkelheit.

»Nicht sehr romantisch«, murmelte er und rieb sich das Knie. »Aber wenigstens sind wir hier ungestört.«

Der Augenblick der Leidenschaft war vorüber, Paula hatte sich wieder im Griff. Reden war in Ordnung. Aber er sollte nicht glauben, dass sie auch nur im Entferntesten daran dachte, sich ihm in dieser verkommenen Remise hinzugeben.

»Ich kam vor allen Dingen, um mich bei dir zu entschuldigen, Paula«, erklärte er sanft. »Ich habe mich schändlich benommen, als ich das letzte Mal hier war. Noch nie habe ich mich für etwas so geschämt …«

Sie entspannte sich. Wie weich und dunkel seine Stimme klang, wenn er als Bittsteller kam. Sie durfte niemals vergessen, dass er ein Heuchler war, ein Schwerenöter, ein begabter Lügner. Hatte Tante Alice nicht geschrieben, dass Tom zu Lita von Wohlrath zurückgekehrt war? Zumindest für eine Weile …

»Nun – es war nicht gerade nett«, gestand sie. »Aber es ist vermutlich die Wahrheit, oder? Ich meine die Sache mit Klaus Mercator und dieser Frau …«

»Ich hätte es dir auf rücksichtsvollere Weise beibringen können. Mir war klar, dass dieser Mann dir wichtig ist, du hast mir allerdings nie gesagt, dass es sich um deinen Vater handelt.«

Er wusste es von den Offizieren, die ihm den Verlauf der Verhandlungen mit Häuptling Mangatua geschildert hatten.

»Es ist nicht sicher, ob er wirklich mein Vater ist«, gestand sie. »Ich vermute es nur. Und ich wünschte, ich könnte Gewissheit finden.«

Er küsste sie. Dieses Mal fast ohne Leidenschaft, eine zärtliche Versicherung, dass er sie verstand und mit ihr fühlte. Dennoch löste die Berührung seiner Lippen einen Wirbel ungeahnter Sehnsüchte in ihrem Inneren aus.

»Hättest du dich mir von vornherein anvertraut, dann wären wir vielleicht schon weiter«, murmelte er. »Es kann doch nicht so schwer sein, einen Deutschen in Deutsch-Ost zu finden. Die Gouvernementsregierung hat ganz sicher jeden einzelnen Auswanderer registriert …«

»Ich kenne die Listen, Tom. Ich habe sie schon in Berlin in den Händen gehabt, als ich noch beim Auswärtigen Amt tätig war. Es ist kein Klaus Mercator darauf verzeichnet.«

»Wieso bist du da so sicher?«

»Ich habe an meine ehemalige Kollegin Gertrud Jänecke geschrieben und sie gebeten nachzuschauen.«

Er pfiff leise durch die Zähne direkt in ihr Ohr, und sie zuckte zusammen.

»Du bist gar nicht so dumm, mein Schatz!«

»Mein Schatz?«, tat sie empört. »Kaum gibt man dir den kleinen Finger, willst du schon die ganze Hand.«

»Die Hand wäre zu wenig. Ich will viel mehr.«

Sie erschrak. Hatte sie es doch geahnt – er wollte sie verführen. Hier, zwischen den Reissäcken und den Waschtrögen. Was dachte er sich dabei? Aber war es denn so wichtig, dass es in einem rosenumkränzten Brautbett geschah?

»Ich will ein aufrichtiges Wort, Paula«, fuhr er mit unerwartetem Ernst fort. »Es ist die Zeit, ehrlich zueinander zu sein. Die Zeit der Wahrheit.«

Verwirrt sah sie ihn an, konnte in seinen Zügen jedoch keine Ironie erkennen.

»Und was genau meinst du damit?«

»Du weißt es tatsächlich noch nicht?«, fragte er und schob sie ein kleines Stück von sich, um ihr Gesicht sehen zu können.

»Wovon redest du?«

»Es ist Krieg, Paula. Österreich hat Serbien den Krieg erklärt, und Deutschland steht den Österreichern zur Seite. Vor ein paar Tagen hat Deutschland eine Kriegserklärung an Russland geschickt – was inzwischen geschehen ist, weiß ich nicht. Aber die Offiziere teilten mir mit, dass der deutsche Kaiser nun auch Frankreich den Krieg erklärt habe …«

Paula erstarrte. Krieg? Seit Jahren wurde davon geredet, dass irgendwann ein Krieg in Europa ausbrechen würde. Man hatte diesen Krieg so oft und so ausführlich beschworen, dass man sich an diesen Gedanken längst gewöhnt hatte. Und ausgerechnet jetzt war der Krieg Wirklichkeit geworden?

»Verstehst du?«, vernahm sie Toms leise, eindringliche Stimme. »Die allgemeine Mobilmachung ist ausgerufen, die Deutschen eilen voller Begeisterung zu den Waffen. Früher oder später wird es auch mich erwischen – obgleich ich keinen Sinn darin sehe. Aber bevor ich meinen Hals für Kaiser und Vaterland riskiere, will ich wissen, ob ich die ganze Zeit über nur ein Traumtänzer gewesen bin …«

Er legte sanft beide Hände um ihre Wangen und sah ihr in die Augen. Hatte sie sich die ganze Zeit über in ihm getäuscht? War er im Grunde seines Wesens doch ein ernsthafter Mensch?

»Ich werde nicht schlau aus dir, Paula«, sagte er, ohne den Blick abzuwenden. »Du lässt dich von mir küssen – meinen Antrag aber weist du zurück. Steckt in dir der Hochmut der adeligen Dame, die sich mit ihrem Reitknecht auf eine Affäre einlässt, aber nicht im Traum daran denken würde, ihn zu ihrem Ehemann zu machen? Ist es das?«

»Aber nein …«

»Was dann?«

Sie versuchte, sich zu befreien, doch er hielt sie fest, forderte energisch eine Antwort. Sie biss sich auf die Lippen.

»Ich kann nicht. Jetzt noch nicht. Zuerst muss ich wissen, wer ich selbst überhaupt bin …«

Doch damit gab er sich nicht zufrieden.

»Ich habe dir versprochen, alles Mögliche zu unternehmen, um dir bei dieser Suche zu helfen. Mit mir gemeinsam hast du doppelt so große Chancen wie allein. Weshalb also willst du mich nicht haben? Gefalle ich dir nicht? Vertraust du mir nicht? Bin ich in deinen Augen tatsächlich nur ein windiger Scharlatan?«

Die Flamme der Petroleumlampe flackerte heftig auf, dann sank sie zu einem winzigen Lichtlein zusammen. Paula machte einen weiteren energischen Versuch, sich zu befreien.

»Erst will ich eine Antwort haben!«, beharrte er.

»Klär erst einmal dein zweifelhaftes Verhältnis zu Lita von Wohlrath!«, stieß sie ungehalten hervor.

»Was sagst du da?«

»Du bist doch zu ihr zurückgelaufen – glaubst du, ich wüsste das nicht? Ich habe meine Informanten …«

Abrupt ließ er sie los. Ein hölzerner Waschzuber schlug polternd um, als er versehentlich dagegentrat. Der Luftzug der hinter ihm zuschlagenden Tür machte der Petroleumlampe endgültig den Garaus, und Paula blieb allein im Dunklen zurück.

23

Am folgenden Morgen brachen die Askaris ihre Zelte ab, und die Offiziere erschienen vor dem Wohnhaus, um sich zu verabschieden. Paulas Einladung zu einem gemeinsamen Frühstück lehnten sie höflich ab, es sei Eile geboten, da ein Befehl aus Arusha sie erreicht habe.

»Wir müssen damit rechnen, dass die Briten Deutschland den Krieg erklären«, sagte der Oberleutnant zu Paula. »Dann werden wir unsere Kolonie möglicherweise verteidigen müssen.«

»Aber … die Kongo-Akte besagt doch, dass die Truppen der europäischen Kolonialmächte niemals gegeneinander kämpfen werden …«

»Gewiss, junge Frau. Doch wer versichert uns, dass die Briten sich daran halten?«

Schlagartig wurde Paula klar, dass im Kriegsfall auf keinerlei Vereinbarung Verlass war. Schon gar nicht auf eine Kongo-Akte aus dem Jahr 1884. Die Briten waren nicht weit – auf der anderen Seite des Kilimandscharo war Britisch-Ostafrika, sie saßen auch im Süden in Britisch-Zentralafrika und hielten die deutsche Kolonie so mehr oder weniger umklammert. Natürlich würden die Briten die Gelegenheit wahrnehmen, die deutsche Kolonie anzugreifen und wenn möglich zu erobern. Deutsche und britische Askaris würden gegeneinander kämpfen, Afrikaner würden Afrikaner töten im Auftrag der Kolonialmächte, die das Land unter sich aufgeteilt hatten.

»Seien Sie unbesorgt, junge Frau«, tröstete sie der Oberleutnant. »Solange die deutschen Schutztruppen hier stehen, droht den Pflanzungen keine Gefahr.«

Die Herren warfen sich in die Brust und schienen voller Zuversicht, sie baten Paula, Jacob Gottschling zu grüßen und ihn zu ermahnen, von nun an friedlich mit den Dschagga umzugehen, da die Schutztruppen für solche Einsätze vorerst nicht mehr zur Verfügung stünden. Danach nahmen die Soldaten Aufstellung und zogen davon, zuerst die Vorhut mit dem Trompeter, dann die Askaris in Waffen und Uniform, danach die Diener und Köche, die Träger, die beladenen Maultiere. Nur die drei Offiziere ritten hoch zu Ross, die Truppe marschierte zu Fuß.

Franziska hatte die Kriegsnachricht mit der ihr eigenen Selbstbeherrschung aufgenommen. Das hätte ja früher oder später so kommen müssen, meinte sie bekümmert.

»Glauben Sie, dass auch Missionare als Soldaten in die Armee eingezogen werden, Paula?«

»Das … glaube ich nicht …«

Franziska tat einen leisen Seufzer der Erleichterung, dann betrachtete sie sorgenvoll Paulas blasses Gesicht.

»Er ist fort, nicht wahr?«

Paula zuckte die Schultern, als sei ihr dies vollkommen gleichgültig, dann erklärte sie, Tom Naumann sei in aller Frühe davongeritten. Da die Dschagga sein Pferd einbehalten hatten, habe er sich kurzerhand eines von Gottschlings Tieren genommen und den schwarzen Angestellten erklärt, es später bezahlen zu wollen.

»Das erzählen wir Gottschling besser nicht, oder?«, meinte Franziska vorsichtig.

»Nein, besser nicht.«

Paula wendete sich ab, um keine weiteren Fragen beantworten zu müssen. Er war fortgeritten, noch dazu auf einem gestohlenen Pferd, ohne Abschied, beleidigt wie ein kleiner Junge. Oh, sie hatte seinen wunden Punkt getroffen, sein Verhältnis zu Lita von Wohlrath, das ganz offensichtlich immer noch ungeklärt war. Vermutlich ritt er jetzt schnurstracks hinunter nach Moshi, bestieg die Usambara-Bahn und fuhr zurück nach Tanga. Von dort aus konnte er per Schiff nach Europa gelangen, in etwas mehr als vier Wochen wäre er zurück in Berlin, wo ihn seine hysterische Geliebte längst sehnsüchtig erwartete … Nein – es war gut, dass diese Angelegenheit zwischen ihnen ausgesprochen worden war. Nun wusste er Bescheid, dass sie sich nicht auf der Nase herumtanzen ließ, dass sie den Mann, den sie liebte, ganz für sich haben wollte und keine Lust hatte, ihn mit einer anderen zu teilen.

Den Mann, den sie liebte …

Tom, der Lügner. Der Schürzenjäger. Tom, der Scharlatan. Der Mann, der zwei Frauen lieben konnte. Tom, der einzige Mann, der sie jemals geküsst hatte. Der ihre Träume erfüllte. Der Sehnsüchte in ihr weckte, die sie nicht einmal sich selbst eingestehen mochte. Tom … Tom … Tom …

Schluss damit!

Sie begann, die bevorstehende Reise zu planen. Sie würde dem Pfad des Leoparden und dem Weg der Schlange folgen. Wenn Klaus Mercator in den Meru-Bergen eine Goldmine besessen hatte, würde sie dort vielleicht einen Hinweis finden. Es waren die Dschagga, die diesen Ort kannten, denn Mercator hatte etliche von ihnen dorthin mitgenommen, um sie für sich arbeiten zu lassen. Es war zwar schon ziemlich lange her, aber die Männer mussten damals jung und kräftig gewesen sein, gewiss waren einige von ihnen noch am Leben.

Sie wies Lupambila und Kiwanga an, sie zu begleiten, als sie in das nächstgelegene Dorf der Dschagga ritt, denn die beiden verstanden noch die Sprache ihres Volkes.

»Wir uns vorsehen müssen, *bibi* Pola«, warnte Kiwanga. »Dschagga viel wilde Krieger. Mit Pfeile, das vergiftet …«

Paula war bisher nur selten bis in eines der Dörfer vorgedrungen. Ein paarmal erst hatte sie auf Ausritten die Gastfreundschaft der Dschagga genossen, wenn diese der weißen *bibi* mit ihren Begleitern eine Gruppe junger Leute entgegenschickten, die ihnen Geschenke anboten. Früchte oder Eier, einmal sogar eines der bestickten Lederbänder, die sich die Dschagga um die Köpfe und Arme wickelten. Wenn Paula dann ins Dorf hineinging, empfing man sie voller Neugier, vor allem die Frauen und Kinder hörten nicht auf, sie anzustarren. Der Häuptling hatte jedoch meist einen Handel im Sinn, er bot Tierhörner, Felle oder Elfenbein an und forderte dafür Zucker, Messingdraht, Messer und Gewehre. Da sie auf solche Angebote jedoch nicht einging, waren die Einladungen in die Dschagga-Dörfer bald ausgeblieben.

»Wir wollen mit ihnen handeln, Kiwanga«, beruhigte sie ihren Begleiter. »Warum sollten sie uns angreifen?«

»Warum nicht, *bibi*? Vier Tage zurück, sie stehen vor Wohnhaus von *bwana* Kasuku mit Speeren und Pfeilen …«

»Aber wir haben uns doch friedlich geeinigt, Kiwanga.«

»Junge Krieger haben Lust auf töten …«

Sie ritten langsam den schmalen Pfad bergauf, vorüber an den Mais- und Bohnenpflanzungen der Dschagga, die das Dorf umgaben. Sie waren geschickte Bauern, die Dschagga, ihr Mais stand gut, die Bohnen konnten schon geerntet werden, und die hohen Bananenstauden mit ihren hellgrünen Blättern trugen reichlich Frucht. Zwischen den Maispflanzen raschelte es, das waren die Frauen und Mädchen, die sich versteckten, um die heranreitenden Besucher in aller Vorsicht zu beobachten. Vermutlich waren einige von ihnen schon ins Dorf gelaufen, um die Neuigkeit zu vermelden.

»Besser hier warten«, entschied Lupambila, als man schon die braunen, kegelförmigen Hütten zwischen dem Buschwerk erkennen konnte.

Dieses Mal war es die weiße *bibi,* die Geschenke brachte, denn sie war es auch, die mit einem Anliegen zu den Dschagga kam. Sie brauchten nicht lange zu warten, bis die übliche Empfangsdelegation erschien – ein paar junge Burschen mit Waffen, lässig und scheinbar vollkommen gleichgültig. Sie nahmen gnädig die Geschenke an – einige Stoffbahnen, Würfelzucker und ein Paket Zündhölzer –, besahen die weiße *bibi* und ihre Begleiter mit gleichmütiger Aufmerksamkeit und stellten fest, dass sie ohne Gewehre gekommen waren. Schweigend und ohne ein Zeichen zu geben, ob sie nun warten oder ihnen folgen sollten, machten sich die Dschagga mit den Geschenken auf den Rückweg ins Dorf.

Paula wehrte nervös die Mücken ab, die sich hier, in den feuchten Pflanzungen, hungrig auf sie stürzten. Lupambila stieg aus dem Sattel, um sein Pferd grasen zu lassen, Kiwanga übte sich in der Kunst, mehrere Fliegen auf dem Hals seiner Stute mit einem einzigen Handstreich zu erledigen. Zeit war ein Begriff, der für die Afrikaner nicht existierte. Eine Stunde oder ein ganzer Tag – wo war der Unterschied?

Viele Mückenstiche später tauchten die jungen Krieger wieder auf, und Lupambila übersetzte, dass der Häuptling bereit sei, die weiße *bibi* zu empfangen. Sie wurden von den Kriegern umringt, man nahm ihnen die Zügel ihrer Pferde aus den Händen und geleitete sie auf direktem Weg ins Dorf. Ob als Gäste oder als Gefangene, war unklar – aber wenigstens würde Paula Gelegenheit haben, ihr Anliegen vorzutragen.

Das Dorf erschien Paula unübersichtlich, ein Eindruck, der

von den vielen hohen Bananenstauden verstärkt wurde, die zwischen den Hütten wuchsen. Hatte es in anderen Dschagga-Siedlungen einen Dorfplatz gegeben, so standen die halbkegelförmigen Hütten hier vollkommen ungeordnet, offensichtlich baute jeder seine Behausung dort, wo es ihm gerade beliebte. Die Unterkünfte aus Lehm, Zweigen und Rinderdung erschienen Paula ungewöhnlich düster und schmutzig, sie hatten keine Fenster, die runden Türöffnungen wurden von vertrockneten Bananenblättern verhüllt. Man ließ die Besucher neben einer schlanken Bananenstaude stehen, und wieder begann die Warterei.

»Nehmen Pferde weg«, knurrte Lupambila.

Tatsächlich waren die drei Pferde irgendwo zwischen den Hütten verschwunden. Seltsam genug, denn die Dschagga hielten höchstens Rinder, aber keine Pferde, nur sehr wenige von ihnen konnten reiten.

»Gastgeschenk«, murmelte Kiwanga. »Schlaue Dschagga verkaufen Pferde unten in Moshi. Gute Geschäft. Verkaufen auch Maulesel.«

Einen solchen Handel hatte Paula nicht im Sinn gehabt. Auf dem Packpferd, das brav hinter ihnen hergelaufen war, befanden sich weitere Geschenke, die nun möglicherweise zur Kriegsbeute geworden waren.

»Abwarten …«, murmelte sie.

Tatsächlich war es das Einzige, das sie tun konnten. Geduld und Gelassenheit waren das Kapital, das sie als ebenbürtige Partner auswies. Längst wurden sie von zahllosen neugierigen Augen beobachtet, hörten es zwischen den trockenen Bananenblättern an den Hütteneingängen rascheln und flüstern, hin und wieder wurde sogar leise gelacht. Ob das ein gutes oder ein schlechtes Zeichen war, wusste Paula nicht zu sagen. Wichtig schien ihr nur, ruhige Zuversicht zur Schau zu stellen und keinerlei Ängste zu zeigen. Wer Angst hatte, war schwach, und ein Schwächling konnte ungestraft beraubt und getötet werden.

Es war Mittag geworden, die Zeit der größten Hitze. Paula fürchtete schon, bis zum frühen Nachmittag untätig herumstehen zu müssen, da bewegte sich das welke Bananenlaub an einem der Hütteneingänge. Ein alter Mann erschien, nur mit einem rötlichen Stofffetzen bekleidet, das Haupt kahl geschoren, beide Ohrläppchen hingen wie dicke Schnüre auf seine Schultern herab. Die Dschagga liebten es, ihre Ohrlöcher immer weiter auszudehnen, indem sie runde Gegenstände wie Knochen, Knöpfe oder Metalldöschen hineinzwängten. Irgendwann riss das Ohrläppchen und bot dann einen ziemlich jämmerlichen Anblick.

Wie ein Häuptling sah der Alte eigentlich nicht aus. Eher wie der Dorfärmste. Er nahm denn auch keine Notiz von den fremden Besuchern, sondern setzte sich neben seine Hütte in den Schatten und hatte ganz offensichtlich vor, ein Nickerchen zu machen. Doch der Eindruck täuschte. Wie auf eine unhörbare Aufforderung hin tauchte nun ein zweiter Mann auf, ebenfalls betagt und in ein rötliches Gewand gekleidet, doch im Unterschied zu dem ersten trug er eine Art Mantel um die Schultern. Gleich darauf erschien der dritte Greis, ein fröhlich grinsender Kahlkopf, der sich unter unbefangenem Geplapper neben den beiden ersten niederließ. Ohne dass Paula und ihre Begleiter es bemerkt hatten, waren auch die jungen Krieger wieder da, sie standen wie aus der Erde gewachsen zwischen den Hütten, woher sie gekommen waren, konnte Paula nicht sagen. Keine einzige Frau zeigte sich, auch kein Kind.

Der Alte in dem zerfetzten Gewand schien tatsächlich eine wichtige Stellung einzunehmen, denn er saß in der Mitte, flankiert von seinen beiden Mitstreitern. Jetzt, da sie zu dritt waren, schienen die Besucher nun endlich ihre Aufmerksamkeit zu wecken. Die Greise starrten Paula und ihre beiden Begleiter an, dann winkte der Alte in der Mitte sie heran.

Unfassbar, dachte Paula wütend. Von Höflichkeit haben die wohl noch nichts gehört. Er winkt mich tatsächlich vor seinen imaginären Thron, als wäre er ein König und ich seine Untertanin. Sie tat einen Schritt in seine Richtung, dann blieb sie stehen und wartete.

Das Triumvirat wartete ebenfalls, da die Besucherin jedoch nicht bereit war, ihnen einen weiteren Schritt entgegenzukommen, bequemte sich der alte Mann im zerfetzten Gewand, einige Worte zu sagen.

»Er will wissen, warum du trägst Kleidung von weiße *bwana*«, übersetzte Lupambila.

»Was?«

Die alten Dschagga wunderten sich, dass eine weiße *bibi* Hosen trug. Paula erklärte, dass sie die Arbeit von einem weißen *bwana* tat und daher auch seine Kleidung brauche. Die Übersetzung dieser Erklärung erregte Unverständnis. Man ließ ihr ausrichten, eine Dschagga-Frau dürfe niemals die Arbeit eines Mannes verrichten und auch nicht seine Kleider tragen. Paula nahm es zur Kenntnis, obgleich sie nicht begriff, worin sich die rötlichen Stofffetzen, in die sich die Krieger wickelten, von jenen unterschieden, die die Frauen am Leib trugen.

»Ich komme mit Geschenken zu den Dschagga, weil ich einen Handel mit ihnen abschließen will ...«

Die Erklärung erregte zumindest Aufmerksamkeit, man wollte wissen, um welche Art Handel es ging und ob sie bereit sei, Gewehre und Munition zu geben.

»Sag ihnen, ich habe mit dem Häuptling Mangatua verhandelt. Er hat mir erzählt, dass vor vielen Jahren ein Mann mit Namen Mercator Dschagga-Krieger zum Meru-Berg führte …«

Die Übersetzung ging stockend voran, es gab mehrere Nachfragen. Dann aber stellte sich diese Erklärung als Sensation heraus. Nicht nur der Name Mangatua erregte Aufsehen, auch das Wort Mercator ging den drei Dschagga erstaunlich leicht von den Zungen. Paula verstand kein Wort von dem, was sie untereinander redeten, denn die Sprache der Dschagga hatte wenig mit dem üblicherweise gebrauchten Suaheli zu tun. Doch immer wieder tauchten diese beiden Worte auf: Mangatua. Mercator.

Sie hielt es für das Beste, einfach weiterzusprechen. Wie auch immer diese Männer zu dem Häuptling Mangatua standen und was auch immer sie über Klaus Mercator dachten – sie musste jetzt ihr Anliegen vortragen.

»Sag ihnen, dass ich nach Klaus Mercator suche. Frag, ob sie wissen, was aus ihm geworden ist. Sag ihnen, dass ich denjenigen mit Geld und Geschenken belohnen will, der mich zu Mercators Goldmine in den Meru-Bergen führt …«

»*Bibi* Pola viel Worte. Tanzen wie Mücken in arme Kopf von Lupambila. Wimmelt wie Ameisen in große Haufen, wenn Sonne brennt heiß …«

»Gib dir Mühe!«

Gespannt beobachtete sie die Reaktion der drei Dorfältesten. Neugierig stellten sie Gegenfragen, deuteten mit den Blicken auf Paula und schienen Lupambila über seine Herrin auszufragen.

»Sie wissen wollen, ob du gibst auch Gewehre …«

Zum Teufel mit diesen verdammten Gewehren! Sie selbst besaß kein einziges, nur das, was sie von Gottschling geliehen hatte. Auf der anderen Seite hatte sie eine Menge Lohn von ihm zu bekommen, da er sie bisher noch kein einziges Mal ausbezahlt hatte. Sie konnte gut zwei Exemplare aus seiner Waffensammlung als Teil ihres Lohnes fordern. Dazu die nötige Munition.

»Derjenige, der mich zur Goldmine von Klaus Mercator in den Meru-Bergen führt, bekommt ein Gewehr.«

Die Ankündigung wurde eifrig diskutiert und ganz offensichtlich als enttäuschend eingeschätzt. Hatten sie geglaubt, die weiße *bibi* wolle alle Krieger des Stammes mit Feuerwaffen ausrüsten? Da hatten sie sich getäuscht. Überhaupt fragte sie sich, weshalb die Dschagga so gierig auf die Gewehre der weißen Kolonialherren waren, wenn sie mit ihren vergifteten Pfeilen eine weitaus gefährlichere Bedrohung darstellten.

»Sie sagen, Mine in den Meru-Bergen ist verhext, *bibi* Pola.«

»Verhext?«

Lupambila erkundigte sich sicherheitshalber noch einmal, denn auch er schien nicht so recht verstanden zu haben, was der Dorfälteste über diesen Ort gesagt hatte.

»Böse Zauber«, meinte er dann und hob ratlos die Schultern. »Geist tanzt in Berg.«

Ein Erdbeben? Hatte ein Bergrutsch die Mine am Ende verschüttet? War Klaus Mercator vielleicht gar …

»Was geschah mit Mercator? Hat der Geist ihm Böses zugefügt?«

»Mercator schickt Dschagga-Krieger zurück in Dorf. Mercator gute Mann, gibt Dschagga-Kriegern Gold. Er selbst noch viel mehr Gold. Glänzend wie Sonne, dickes Klumpen Gold …«

Paula stöhnte auf. Konnte dieser Lupambila einmal, nur ein einziges Mal, genau das übersetzen, was sie gefragt hatte?

»Was wurde aus Klaus Mercator?«

»Niemand weiß, *bibi*. Aber da ist Krieger, der weiß, wo war

Goldmine von Mercator. Viele Krieger – so viel wie Finger an Hand. Und noch andere Hand dazu.«

»Ich brauche nur einen. Aber die Geschenke auf meinem Packpferd sind für das ganze Dorf …«

Sie hatte Gottschlings Vorratskammer geräubert, Zucker, Reis und Streichhölzer waren stets willkommene Geschenke, allerdings hatten sie nicht den Wert einer Waffe. Auch strebten die jungen Dschagga-Frauen inzwischen nach silbernen Armreifen, künstlichen Blumen, Schminke und glitzernden Haarspangen. Es gab sogar solche, die sich mit der weißen Spitzenunterwäsche und den abgelegten Korsagen der weißen *bibis* schmückten. Daher hatte sich Paula heimlich an der von Gottschling sorgfältig gehüteten Unterwäsche seiner verstorbenen Frau bedient.

»Morgen früh sollen die Krieger zum Wohnhaus der Pflanzung kommen – ich werde denjenigen auswählen, der sich das Gewehr verdienen darf.«

Damit war das Gespräch beendet, und Paula hatte das Gefühl, Eindruck gemacht zu haben, obwohl sie »nur« eine Frau war. In würdiger Eile traten sie nun den Rückzug an, Kiwanga, der sich inzwischen umgesehen hatte, führte seine *bibi* Pola wie zufällig zu ihren Pferden. Man hatte die vier Tiere abseits des Dorfes angebunden, ganz offensichtlich in der Hoffnung, die weiße *bibi* würde ihre Pferde nicht wiederfinden und sie daher den Dschagga überlassen. Paula befahl, das Packpferd zu entladen, und überließ es den jungen Dschagga-Kriegern, die beiden Säcke und die kleine Kiste ins Dorf zu schleppen. Dann schwang sie sich in den Sattel und sprengte so eilig davon, dass die beiden Schwarzen, die keine begeisterten Reiter waren, ein gutes Stück zurückblieben.

»*Bibi* Pola nicht verlassen arme Lupambila!«, rief der Schwarze, als sie die Herrin wieder eingeholt hatten. »Nehmen mit in Meru-Berge. Lupambila tötet böse Geist von Berg.«

Sie war gerührt. Auch Kiwanga bat, sie auf diesem Ritt begleiten zu dürfen. Und Juma würde sich ebenfalls anschließen, da waren sie sicher.

»*Bwana* Kasuku schlechte Herr. Streitet mit alle Verwalter. Nur immer Zorn. Verwalter schlägt mit *kiboko,* andere schießt mit Pistole. Nicht gut. *Bibi* Pola großes Schade, wenn fortgeht.«

24

Der Pangani-Fluss hatte sich tief in den Boden hineingegraben, man konnte sich gut vorstellen, wie machtvoll das Wasser zur Regenzeit durch das Flussbett drängte und alles mit sich riss, was sich ihm in den Weg stellte. Jetzt aber, Anfang September, war der Fluss auf einen schmalen Bachlauf reduziert, der sich in dem breiten Wadi hie und da sogar spaltete und schlammige Inseln freigab, auf denen Krokodile besseren Zeiten entgegendösten. Dabei gab es hier, in der Nähe der Berge, noch genügend klares Wasser, weiter unten aber, wo die Zuflüsse immer geringer wurden und sogar ganz versiegten, blieb von dem großen Strom oft nur noch ein kärgliches Rinnsal.

Paula hatte nicht gewusst, wie brutal die Hitze in der Savanne sein konnte. Selbst wenn man dem Fluss folgte und jederzeit die steilen Ufer hinabsteigen konnte, um sich mit Wasser zu versorgen, brannte die glühende Sonne lähmend auf Körper und Hirn nieder. Langsam, unendlich träge kam die kleine Reisegruppe voran, die Strecke von etwa siebzig Kilmetern bis zu den Meru-Bergen hätte eigentlich binnen zweier Tage überwunden sein können, doch sowohl die Maultiere als auch die Reiter und Träger fühlten sich an, als wären sie aus Blei.

»Massai-Land«, erklärte Kiwanga. »Massai böse Menschen. Stehlen Gewehr. Stehlen Zelt. Stehlen auch Maultier …«

Paula hatte diese Warnung schon mehrfach zu hören bekommen, bisher hatte sie immer widersprochen, heute jedoch fehlte ihr die Kraft dazu. Auch Kiwanga verstummte. Die vier Schwarzen – Lupambila, Juma, Kiwanga und Murimi – vertrugen die Hitze zwar besser als ihre Herrin, doch auch sie fühlten sich im kühlen Hochland des Kilimandscharo wesentlich wohler als hier in der heißen Steppe, genau wie die schwarzen Träger, zehn an der Zahl, die Zelte, Lebensmittel, Kochtöpfe und sogar Holzscheite trugen. Der Einzige, der keinerlei Ermüdungserscheinungen zeigte, war der alte Kinjassi, der versprochen hatte, sie zu der Goldmine des Klaus Mercator zu führen, und als Lohn dafür ein Gewehr samt Munition erwartete.

Es waren ganze dreißig Dschagga-Krieger vor dem Wohnhaus der Pflanzung erschienen, und Paula hatte Franziska rasch zu Gottschling geschickt, um ihm zu erklären, dass diese Leute in friedlicher Absicht gekommen waren. Ansonsten hätte der Pflanzer möglicherweise aus sicherer Deckung heraus das Feuer auf die Burschen eröffnet. Paula fand bald heraus, dass nur fünf der Männer tatsächlich wussten, wo sich die Mine befand, da sie damals selbst mit Mercator dort gewesen waren. Die Übrigen kannten diesen Ort nur vom Hörensagen, weil der Vater oder Onkel seinerzeit Goldstaub von dort mitgebracht hatte. Sie waren jedoch fest davon überzeugt, die Mine jederzeit finden zu können, vor allem, wenn sie dafür ein richtiges Gewehr erhielten. Drei der Dschagga waren ehrliche Burschen, sie gestanden, keine Ahnung zu haben, wo sich besagter Ort befand, boten jedoch ihre Dienste als Träger an.

Paula entschied sich für den alten Kinjassi, weshalb, das wusste sie selbst nicht so genau, doch die vier Schwarzen, die sie begleiten wollten, waren mit ihrer Entscheidung mehr als einverstanden.

»Kinjassi gute Mann. Nix Lüge. Alt, aber gute Fuß und klare Kopf.«

Bisher hatte Kinjassi sich des in ihn gesetzten Vertrauens würdig erwiesen, er schritt munter aus, brauchte erstaunlich wenig Nahrung und Wasser und verhielt sich den vier schwarzen Angestellten gegenüber zurückhaltend, jedoch nicht unfreundlich. Es war klar, dass dieser frei geborene Dschagga, der noch dazu seines Alters wegen Anerkennung erwarten durfte, die schwarzen Arbeiter der Kolonialherren verachtete. Da sie jedoch gemeinsam unterwegs waren, galt das uralte Gesetz der Savanne, das jegliche Feindschaft untersagte, solange das Schicksal die kleine Gruppe aneinanderband.

»Arusha?«, fragte Paula und deutete mit der Hand nach vorn.

Kinjassi wandte nicht einmal den Kopf, er gab seine Antwort mit dunkler, seltsam schnarrender Stimme und überließ es Lupambila, einen Sinn darin zu finden.

»Sagt, wir zu langsam. Arusha morgen. Heute Nacht in Zelt …«

Noch eine Nacht im Zelt! Paula ärgerte sich – wie konnte es sein, dass sie den Ort Arusha immer noch nicht erreichten? Die Schutztruppen marschierten innerhalb eines Tages von Moshi dorthin, wo sie stationiert waren. Zumindest hatte man ihr das erzählt. Von Arusha war es nicht mehr weit bis zum Meru-Berg, man konnte ihn von dort aus schon sehen. Wenn es endlich bergauf ging, würden sie auch nicht länger dieser mörderischen Hitze und dem elenden Staub ausgeliefert sein. Es gab einen dichten Waldgürtel am Meru-Berg, genau wie am Kilimandscharo, dort herrschte auch jetzt in der Trockenzeit Feuchtigkeit und Kühle.

»Zum Meru-Berg?«, hatte Gottschling gerufen und die Hände über dem Kopf zusammengeschlagen. Ob sie denn ganz und gar den Verstand verloren habe? »Keine zehn Pferde würden mich dorthin bringen. Das ist ein Vulkan, junge Frau.

Ende der Achtzigerjahre gab es einen fürchterlichen Ausbruch, man konnte den Rauch und die glühende Lava weithin sehen. Und vor drei Jahren ging es da schon wieder los, aber wenn Sie gerne in Feuer und Schwefel Ihr Leben lassen möchten – bitte sehr! Eilige Reisende soll man nicht aufhalten ...«

Paula hatte rücksichtsvoll gewartet, bis sich mehrere Bewerber um den Verwalterposten vorgestellt hatten. Die ersten warf Gottschling hochkant wieder hinaus, als er jedoch bemerkte, dass Paula ernsthafte Reisevorbereitungen betrieb und auf der Auszahlung ihres Lohnes bestand, gab er nach. Paulas Nachfolger war ein rotwangiger blonder Mann von ungemein kräftiger Statur, ganz offensichtlich ein Bure, der mit Frau und fünf Kindern anreiste. Gottschling beeindruckte die Tatsache, dass Minheer Halfpapp die *kiboko* gleich am Gürtel trug und glaubhaft versicherte, mit den Schwarzen noch niemals Probleme gehabt zu haben. Franziska war ebenso entsetzt wie Paula, doch was half es? Halfpapps Ehefrau würde den Unterricht übernehmen, das fiel ihr nicht schwer, da sie sowieso die eigene Brut im Rechnen und Schreiben unterwies. Auf ein »paar Bälger mehr oder weniger« kam es da nicht an, wie sie lachend behauptete. Die kleinen Halfpapps waren ausschließlich Buben, acht Jahre der älteste, der jüngste lag noch an Mutters nahrhafter Brust. Alle glichen dem Vater, waren kräftig, hatten runde, hellblaue Augen, rote Wangen und dünnes, blondes Haar.

Der Abschied von Franziska war Paula zu Herzen gegangen. Beide empfanden es als bitter, dass sich ihre Wege nun trennten, fühlten sich einsam ohne die Freundin, und doch war Franziska die Einzige, die Paulas Entschluss verstand.

»Sie müssen es tun, Paula. Ich wünsche Ihnen so sehr, dass Sie endlich finden, was Sie suchen. Aber passen Sie auf sich auf – versprechen Sie mir das!«

»Was wollen Sie nun unternehmen, Franziska? Sich in Tanga eine Stelle suchen?«

Franziska lächelte und erschien dabei ein wenig schuldbewusst.

»Ich will nach Sansibar übersetzen.«

Sie hatte bereits mehrfach Post von Böckelmann erhalten, was in den Briefen stand, hatte sie allerdings niemandem verraten. Doch alle waren in Sansibar abgeschickt worden, das bewies die bunte Briefmarke mit dem englischen König darauf.

Gemeinsam waren die beiden Frauen hinunter nach Moshi geritten, dort erfuhren sie, dass Tanga und Daressalam inzwischen zu »offenen Städten« deklariert worden waren, was bedeutete, dass sie nicht angegriffen werden durften. Andernorts dagegen war es bereits zu Gefechten zwischen Briten und deutschen Schutztruppen gekommen. Die Briten setzten indische Soldaten ein, die Deutschen kämpften mit ihren treuen Askaris. Der vorläufige Höhepunkt der Kriegshandlungen war die Vernichtung des britischen Kreuzers *Pegasus* vor Sansibar durch den deutschen Kreuzer *SMS Königsberg*. Dieser Sieg der deutschen Seemacht über die Briten wurde in der Poststation Moshi ausgiebig bejubelt und begossen, während Paula und Franziska die Nachricht voller Entsetzen vernahmen.

»Wie soll ich denn jetzt nach Sansibar gelangen?«, stöhnte Franziska. »Die Insel ist britisch. Sie werden ganz sicher jeden deutschen Küstendampfer beschießen und versenken.«

»Sie suchen sich einen Fischer und lassen sich von ihm ganz unauffällig hinüberfahren«, riet Paula. »Für einen guten Preis werden viele bereit sein, Ihnen zu helfen.«

Sie erklärte Franziska, dass man sogar heute noch heimlich Sklaven nach Sansibar hinüberschaffe, außerdem blühe der Schmuggel seit Jahrhunderten, und sämtliche Waren würden mit diesen harmlos aussehenden Fischerbooten transportiert.

»Was wird Gerhard von mir denken, wenn ich mit einem Schmuggler nach Sansibar komme?«

Schau an, die beiden duzten sich schon! Und dabei hatten sie doch nur wenige Briefe gewechselt.

»Er wird froh sein, dass Sie überhaupt kommen, und Sie mit offenen Armen empfangen!«

Bei diesen Worten errötete Franziska so tief, dass Paula ahnte, wie sehr ihre Freundin diesen Augenblick herbeisehnte. Sie hustete kaum noch und hatte schon mehrfach erklärt, sich noch nie zuvor in ihrem Leben so gesund gefühlt zu haben. Dafür habe das gute Bergklima gesorgt. Paula hoffte inständig, dass auch das Klima auf Sansibar einen positiven Einfluss auf Franziskas Lunge nehmen würde. Konnte eine Tuberkulose von selber heilen? Ach, ganz sicher war das möglich, vor allem, wenn ein Mensch aufrichtig liebte und geliebt wurde.

Sie trennten sich in der Poststation, denn beide mochten nicht am Bahnsteig voneinander Abschied nehmen. Es gab keine Tränen, nur eine feste Umarmung und ein zärtliches Lebwohl, dann bestieg Paula ihr Maultier und ritt mit ihrer Begleitung Richtung Westen, während Franziska mit geradem Rücken und energischen Schritten zum Bahnsteig hinunterging, die Reisetasche aus braunem Leder fest im Arm.

Gegen Mittag wurde die Hitze so heftig, dass selbst Kinjassi Ermüdungsanzeichen zeigte, und Paula beschloss, eine kurze Rast einzulegen. Sie suchten den Schatten einiger halb vertrockneter Mangroven und führten die fünf Maultiere zum Fluss hinunter, damit sie trinken konnten. Paula goss das Wasser, das Juma ihr in einer Kalebasse brachte, vorsichtshalber in einen Becher – es war gelblich und voller Sandkörner. Sie filterte den Trunk durch ihr Halstuch, doch ihr Durst war so groß, dass sie die Kalebasse fast leer trank. Untätig saßen alle auf dem trockenen, aufgerissenen Boden, reichten die Wasserbehälter herum und starrten den Ameisen nach, denen die Hitze offensichtlich hervorragend bekam. Wie zum Hohn zeigte sich im Nordosten nun plötzlich der gewaltige, schneebedeckte Gipfel des Kilimandscharo, ein seltener Anblick, der die Sehnsucht nach Kühlung noch verstärkte. Weit draußen im Süden, dort, wo die heiße Luft über der rötlichen Erde schwirrte und flimmerte, erblickte man die Silhouetten einiger Bauminseln. Wenn in wenigen Wochen die Regenzeit begann, würde sich diese ausgedörrte, tote Savanne in ein grünendes Weideland verwandeln, von kleinen Hainen und üppigem Buschwerk unterbrochen, und in den Sümpfen würden die grauen Marabus und zierliche rosige Flamingos umherstaksen. Paula beschattete die Augen mit der Hand und versuchte, die dunklen Formen weit im Hintergrund zu erkennen. Waren es Elefanten? Nashörner? Ach, selbst die kleinste Armbewegung war schrecklich anstrengend bei dieser Sonnenglut, man wünschte sich nichts anderes, als unbeweglich dazuhocken und mit dem heißen, afrikanischen Boden zu verschmelzen.

Am Nachmittag, als die kleine Reisegesellschaft weiterzog, erhob sich ein leichter Wind, der ihnen den rötlichen Staub entgegentrug und in der Ferne längliche, röhrenförmige Windhosen in den Himmel wachsen ließ. Die Luft war zu heiß, als dass der Wind Erleichterung gebracht hätte, dennoch empfand es Paula als angenehm, dass nun wenigstens Bewegung in diese trostlose, glühende Stille kam. Sie quälten sich weiter, Paula bewunderte die schwarzen Träger, die den gesamten Weg mit ihrer Last auf dem Rücken zu Fuß bewältigen mussten, denn selbst das Reiten empfand sie als ungemein anstrengend. Zum Glück hielten die Maultiere der Hitze hervorragend stand, trotzdem fiel ihr ein Vers aus einem Gedicht von Ludwig Uhland ein:

Den Pferden war's so schwach im Magen
Fast musste der Reiter die Mähre tragen.

Paula kicherte albern, als sie sich erinnerte, dass sie als kleines Mädchen immer »Möhre« anstatt »Mähre« gesagt hatte, wofür sie von ihren Brüdern schrecklich ausgelacht worden war. Wieso musste sie gerade jetzt daran denken? Es musste die mörderische Glut sein, die ihr Hirn durcheinanderbrachte. Vielleicht auch die Tatsache, dass auf der Poststation Moshi ein Brief von Tante Alice an sie gelegen hatte, den sie ungeöffnet in die Satteltasche gesteckt hatte. Zum Glück wusste Tante Alice nichts von dieser Reise in die Meru-Berge, aber auch so hatte Paula wenig Lust auf ihre Vorhaltungen und weisen Ratschläge. Schon gar nicht auf die Gerüchte, die Tantchen so hemmungslos verbreitete. Paula wollte auf keinen Fall wissen, was Lita von Wohlrath gerade tat, mit wem sie sich traf und welcher ihrer Liebhaber gerade das Bett mit ihr teilte. Das schon gar nicht!

Gegen Abend erblickten sie im Westen einen bläulichen Hügel, den Paula zuerst für eine Wolkenformation gehalten hatte – die Meru-Berge.

»Er sagt, morgen wir auf Berg steigen«, teilte Lupambila ihr mit. »Abend wir Mine gefunden.«

Der Ort Arusha war nur noch wenige Kilometer entfernt, doch die sinkende Sonne färbte schon den Himmel glutrot, so dass die Berge im Westen wie aus rotem Gold gegossen erschienen. Schwarz ragten weit in der Ferne die Umrisse einiger trockener Schirmakazien in den Himmel, doch zu Paulas Entzücken schlugen sie das Lager unter einem gewaltigen, uralten Baobab auf. Es war ein Zeichen, dessen war sie ganz sicher. Ein gutes Vorzeichen.

Der Baobab schien vollkommen ohne Leben, sein Stamm war hohl und an einigen Stellen zerklüftet, und doch sah man junge Sprösslinge, die sich an dem alten Holz hinaufwanden und oben im dürren Gezweig ihre Äste ausbreiteten. Wer sich die Mühe machte, genau hinzuschauen, der konnte an einigen dieser Ästchen winzige, dunkelgrüne Blätter und sogar kleine, runde Früchte erkennen. Die Wurzeln des Baobabs reichten tief in den Boden hinein und saugten Wasser aus unteren Erdschichten, eine Trockenheit wie diese hatte er vermutlich schon viele hundert Mal überlebt.

Nach Sonnenuntergang versank die Steppe zunächst in fahlem Dämmerlicht, dann wurde es für eine Weile vollkommen dunkel, bis schließlich die ersten Sterne am Himmel erschienen. Paula sah voller Bewunderung ihren Schwarzen zu, die alle erlittenen Strapazen abschüttelten und munter durcheinanderliefen, um das Lager einzurichten. Sie suchten allerlei trockenes Gestrüpp, doch nicht um ein Feuer zu machen, wie Paula zuerst annahm, sondern um damit einen schützenden Ring um das Lager zu legen. Es war trotz des Feuers möglich, dass man Besuch von hungrigen Löwen oder Geparden erhielt, die es im günstigsten Fall auf die Essensreste abgesehen hatten. Auch die Hyänen, die bereits jetzt in der Nähe des Lagerplatzes zu hören waren, konnten ziemlich aufdringlich werden. Bald war auch schon ihr seltsam helles Bellen zu vernehmen, das der menschlichen Stimme nicht unähnlich war.

Es wurde nun rasch kühler, Paula suchte eine Strickjacke aus ihrem Kleiderkoffer und war froh, als endlich das Zelt für *bibi* Pola stand. Todmüde legte sie sich auf ihr Lager, verschränkte die Arme hinter dem Kopf und dämmerte vor sich hin, während ihre treuen Schwarzen Feuer anzündeten und mit viel

Aufwand das Essen richteten. Eine Weile zog die Erschöpfung sie hinab in den tiefen Brunnen des Schlafes, doch die ungewohnten Geräusche holten sie bald wieder in die Wirklichkeit zurück. Wie lebhaft und fröhlich die Schwarzen waren, sie kicherten und schwatzten, sogar Gesänge ertönten, die ganz spontan aus einer Frage und der dazugehörigen Antwort entstanden. Bald duftete es nach *ugali* und scharf gewürzten Soßen, es gab gebackene Mangos, dazu Erdnusssoße und Samosa, Teigtaschen, die mit Bohnen oder anderem Gemüse gefüllt waren. Juma brachte ihr die Mahlzeit und meldete zugleich, dass der Dschagga Kinjassi wieder nicht mit ihnen essen wolle, sondern abseits unter seinem Zeltdach säße, Maisfladen knabbere und dazu trockene Bananenstücke kaue.

»Lasst ihn in Ruhe«, befahl Paula.

»Wir nix machen, *bibi* Pola. Nur stellen leckere *pili-pili* und *ugali* vor Kinjassi. Aber Dschagga will nicht haben gute Essen …«

»Schön für euch, dann könnt ihr es selber nehmen.«

Noch vor einer Stunde hatte sie geglaubt, keinen einzigen Bissen hinunterzubekommen, doch nun, da es beständig kühler wurde und der Wind in den Ästen des Baobabs sang, lebten auch ihre Kräfte wieder auf. Sie setzte sich mit ihren Speisen vor das Zelt, um den Abend in der Savanne mit wachen Sinnen zu genießen. Ihre vier Angestellten und die zehn Träger hatten sich um mehrere Feuer geschart. Wie es schien, wurden Geschichten erzählt, doch auf eine ungewöhnliche Weise: Es gab mehrere Erzähler, die einander oft ins Wort fielen, und jeder schien den Ehrgeiz zu haben, seine Version in den Vordergrund zu spielen. Paula bedauerte, nur einen kleinen Teil davon verstehen zu können, denn es wurde in einem seltsamen Mischmasch aus der Dschagga-Sprache und Suaheli geredet. Nur der alte Kinjassi hatte sich auf seine Binsenmatte gelegt und eine mitgebrachte Decke um sich gewickelt, die aufgeregten Reden der übrigen Schwarzen waren ihm herzlich gleichgültig – er schlief tief und fest. Soweit man das bei einem Menschen, der in der Natur lebte, behaupten konnte.

Als die Stimmen der Schwarzen endlich leiser wurden und sie sich einer nach dem anderen auf ihrer Matte zusammenrollten, ertönten aus der Ferne die Geräusche der nächtlichen Steppe. Flugwesen glitten mit leisem Pfeifen vorüber, irgendwo klagte ein Vogel mit langgezogenen Lauten, dann vernahm Paula das Brüllen eines Löwen. Es war mehr ein Röcheln aus tiefer Kehle, dem ein wilder, heiserer Ausbruch folgte, ein machtvoller Ruf und eine Warnung an alle, die sich in sein Jagdgebiet wagen wollten. Hier bin ich, *simba*, der Herr der Savanne. Ich bin laut, ich bin stark, und zurzeit bin ich maßlos hungrig. Paula erhob sich und gab Befehl, Wächter aufzustellen, die die Feuer bis zum Morgen in Gang halten sollten. Sie würden sich abwechseln, damit jeder genügend Schlaf bekam. Dann kroch sie in ihr Zelt und legte eines der beiden Gewehre, die sie Gottschling abgekauft hatte, geladen und griffbereit neben ihr Lager. Wieder war das Brüllen des Savannenkönigs zu vernehmen, gleich darauf ertönte der klagende Schrei eines sterbenden Wesens, kurz nur, aber unendlich jammervoll. Paula schauderte. Wie sollte man bei diesem Nachtkonzert überhaupt die Augen schließen? Seufzend zündete sie die Petroleumlampe an, die von der niedrigen Decke des Zeltes herunterhing, und suchte nach einiger Überlegung den Brief von Tante Alice hervor. Wenn sie sowieso nicht schlief, konnte sie genauso gut Tantchens neueste Anweisungen an die liebe Nichte lesen. Ein Blick auf das Postdatum zeigte ihr, dass der Brief Ende Juli in Tanga eingetroffen war, also kurz vor Ausbruch des Krieges. Weshalb der Postbote, der gewöhnlich einmal in der Woche die Briefe von der Poststation Moshi zu den Pflanzungen brachte, den Brief nicht ausgetragen hatte, war Paula rätselhaft, aber es konnte damit zusammenhängen, dass *bwana* Kasuku den freundlichen schwarzen Postillon vor mehreren Wochen wegen irgendeiner Nichtigkeit fürchterlich angebrüllt hatte.

Eine Hyäne bellte ganz in der Nähe, es klang, als säße das Tier gleich neben ihrem Zelt. Eine zweite antwortete, dann eine dritte – es schien sich eine ganze Gruppe dieser seltsamen hundeartigen Wesen zusammenzurotten. Hieß es nicht, Hyänen seien Aasfresser? Wieso also trafen sie sich ausgerechnet in der Nähe ihres Lagers? Paula grübelte eine Weile über dieses Phänomen, dann fiel ihr ein, dass Hyänen angeblich besonders neugierig waren. Vielleicht lockte sie das Licht im Zelt an. Der Gedanke war beunruhigend, daher riss sie mit unruhigen Fingern den Briefumschlag auf.

Tante Alice hatte ihr Mitte Juni geschrieben, also zu einer Zeit, da noch niemand ernsthaft geglaubt hatte, dass Europa keine zwei Monate später im Krieg sein würde.

Meine liebe Nichte Paula,
nun haben wir uns schon länger als ein Jahr nicht mehr gesehen, du folgst deiner Abenteuerlust, bewährst dich als Verwalterin einer Plantage, und ich bin fast sicher, dass aus meiner geliebten kleinen Paula inzwischen eine andere, mir unbekannte junge Frau geworden ist. Ach, ich will nicht klagen, obwohl ich manchmal bittere Stunden durchlebe. Nein, ich bin stolz auf dich, meine liebe Nichte, du hast meine ganze Bewunderung und meine Hochachtung. Wenn ich hin und wieder traurig bin, dann nur aus dem Grund, dass ich deine Entwicklung nicht aus der Nähe verfolgen darf, denn du, meine kleine Paula, bist die wichtigste Person in meinem Leben.

Paula hielt mit Lesen inne und drehte die Flamme in der Lampe ein wenig herunter, da sich viele Insekten im Zelt sammelten, die das Licht umkreisten. Sie seufzte leise – natürlich, sie hatte sich schon gedacht, dass die Tante wieder jammern würde. Wenn sie, Paula, tatsächlich die wichtigste Person im Leben von Alice Burkard wäre, dann hätte sich besagte Dame sehr viel mehr um ihre Herzensangelegenheit, die Suche nach Klaus Mercator, bemüht. Aber in diesem Punkt war Tante Alice seltsam prüde – vielleicht wollte sie jetzt, da ihre Schwester nicht mehr lebte, das Andenken der Lilly von Dahlen nicht beschmutzen und den so lange zurückliegenden »Fehltritt« einfach totschweigen.

Dann hätte sie besser von Anfang an geschwiegen, dachte Paula erbittert. Aber es war gut so, wie es gekommen war. Sie war auf ihrem Weg, und sie würde finden, wonach sie so verzweifelt suchte. Auch ohne die Hilfe ihrer Tante.

Die weiteren Zeilen betrafen die üblichen Neuigkeiten aus der Familie, die durch den Ausbruch des Krieges längst überholt waren. Beklommen las Paula, dass Wilhelm in den Rang eines Hauptmanns befördert worden war und geheiratet hatte. Ob der Einfluss der angeheirateten, adeligen Familie seine Beförderung bewirkt hatte oder ob die Beförderung aufgrund eigener Verdienste seine Heirat erst möglich gemacht hatte, war schwer zu sagen. Tante Alice beklagte sich nur bitter, dass man sie nicht zur Hochzeit eingeladen habe, betonte jedoch zugleich, dass sie – selbst wenn man sie eingeladen hätte – nicht hingegangen wäre. Sie schloss diese Nachricht mit dem Wunsch ab, das junge Paar möge glücklich werden.

Es war ihnen sehr zu wünschen, denn Wilhelm würde jetzt im Feld stehen. Vielleicht in Frankreich oder aber in Russland – wer konnte das wissen? Es war nicht einmal sicher, ob er noch am Leben war.

Nicht viel anders würde es dem armen Friedrich ergangen sein.

In Bezug auf deinen Bruder Friedrich kann ich dir recht gemischte Nachrichten mitteilen. Stell dir vor, liebe Paula, eines dieser liederlichen Frauenzimmer hat ein Kind auf die Welt gebracht, ein Mädchen, soviel ich hörte, und es behauptet steif und fest, dass Friedrich von Dahlen der Vater des Balgs sei. Was – wenn du mich fragst – keineswegs sicher ist, da solche Weibspersonen meist mehrere Liebhaber haben. Immerhin hat diese zweifelhafte Vaterschaft deinen Bruder aus seiner Lethargie gerissen, und es hat sich gezeigt, dass mehr in ihm steckt, als wir alle vermuteten. Plötzlich – wie aus dem Nichts – zeigt er sich als begabter Zeichner, erfindet bezaubernd witzige Bildergeschichten und beliefert inzwischen mehrere Zeitungen mit seinen Erfindungen. Die ganze Stadt redet von nichts anderem, man reißt sich die Blätter förmlich aus den Händen, viele schneiden die Zeichnungen sogar aus und sammeln sie, binden sie zu kleinen Büchlein zusammen, die man an gute Freunde weitergibt. Wie ich hörte, soll ein Verlag eine Buchveröffentlichung planen – ich kann nur hoffen, dass es dem armen Friedrich genügend Geld einbringt, um seinen Anhang durchzufüttern. Es scheint sogar, dass er diese Person geheiratet hat – aber diese Nachricht betrachte bitte als inoffiziell …

Paula versuchte, einige vorwitzige Nachtfalter mit Hilfe des Briefs von der Lampe zu vertreiben – ein unnützes Unterfangen. Immer wieder verglühte eines dieser schönen Insekten am Glasschirm der Petroleumlampe. Friedrich – ihr geliebter, kleiner Bruder. Nun hatte er endlich seinen Weg gefunden, sein großes Talent war offenbar geworden. Dazu hatte er eine kleine Tochter, eine junge Familie, für die er sorgen wollte. Was Tante Paula da schwatzte, war ganz sicher nicht wahr. Weshalb sollte das Kind nicht Friedrichs Tochter sein? Und weshalb sollte diese junge Frau ein »liederliches Frauenzimmer« sein? Nur weil sie weder adelig noch bürgerlicher Herkunft war, sondern eines jener unzähligen Mädchen vom Lande, die das Schicksal in die große Stadt Berlin verschlagen hatte und die dort einen verzweifelten Überlebenskampf führten? War es denn wichtig, wer sie war und woher sie kam, wenn Friedrich mit ihr glücklich war?

Glücklich *gewesen* war. Am liebsten hätte Paula den Brief zerknüllt und mit einem gut gezielten Wurf hinaus ins Feuer befördert. Auch Friedrich war ganz sicher im Zuge der allgemeinen Mobilmachung in den Krieg geschickt worden. Möglicherweise sogar als einfacher Soldat, höchstens als Fähnrich oder Leutnant.

Was regst du dich auf?, dachte sie und schüttelte die trüben Gedanken ab. Der Krieg wird bald vorüber sein. So wie es damals war, als wir gegen Frankreich zogen und einen überwältigenden Sieg errungen haben. Der Großvater von Dahlen war damals im Jahr 1870/71 dabei gewesen, und Erst von Dahlen, der damals ein Knabe gewesen war, hatte oft den Kriegserzählungen des Vaters gelauscht. Ein einziger Winter nur – da waren die Franzosen schon besiegt.

Und doch waren viele junge Männer auf dem Feld der Ehre geblieben. Franzosen und auch Deutsche. Ehemänner und Söhne, Väter, Geliebte. Der Tod fragte nicht danach, ob irgendwo eine junge Braut wartete, ob ein Kind nach dem Vater rief, ob eine Mutter ihren einzigen Sohn verlor.

Sie schloss die Augen und rechnete. Achtundzwanzig plus zwanzig, vielleicht auch zweiundzwanzig. Das machte fünfzig Jahre. Falls ihr Vater noch lebte, dann war er zu alt, um noch eingezogen zu werden. Es war ein verrückter Gedankengang, doch er erleichterte sie, so dass sie nun beschloss, den Brief zu Ende zu lesen.

Es gibt etwas, meine kleine Paula, das ich dir bisher verschwiegen habe, denn ich wollte dich damit überraschen, sobald du bei mir in Hamburg bist. Nun aber, da die Zeit sich so unglaublich in die Länge dehnt und ich manchmal fast fürchte, du könntest dich in diesem fremden Kontinent verlieren, will ich gestehen, dass ich – ohne dass du davon wusstest – für deine Zukunft in Deutschland vorgesorgt habe.

Du erinnerst dich gewiss daran, wie rüde dein Bruder Wilhelm mich abfertigte, als ich seinerzeit anbot, das überschuldete Gut Klein-Machnitz zu retten. Nun – er war zu stolz, um meine Hilfe anzunehmen, und egoistisch genug, seine einsame Entscheidung auch Friedrich und dir aufzuzwingen. Damals war ich ungeheuer aufgebracht, war es doch mein Ziel, dir, meine liebe Paula, einen guten Anteil am Besitz deines Vaters zu verschaffen. Nun – eine Alice Burkard ist nicht die Frau, die sich von einem jungen Schnösel wie Wilhelm beiseiteschieben lässt. Selbstverständlich habe ich den anschließenden Verkauf des Gutshofs genauestens im Auge behalten und rechtzeitig eingegriffen. Gustav Kamrau, der Werftbesitzer aus Stettin, war ein von mir angeworbener »Strohmann«, der das Gut in meinem Auftrag gekauft hat. Das habe ich getan, weil ich diesen Besitz in deine Hände geben will, meine liebe kleine Paula. Sobald du zurück in Hamburg bist …

Paula musste sich die Augen wischen, weil die mit Füllhalter geschriebenen Zeilen vor ihrem Blick verschwammen. Sie drehte die Flamme der Petroleumlampe wieder heller und las die letzten Sätze noch einmal, dann ließ sie das Blatt sinken und saß eine Weile wie erstarrt da. Ein seltsames Rauschen und Klopfen machte sich in ihren Schläfen bemerkbar, das einige Atemzüge lang anhielt und dann wieder verschwand. Hatte sie recht verstanden? Klein-Machnitz, der geliebte Ort ihrer Kindheit, war nicht verloren, das Gut befand sich im Besitz ihrer Tante. Es sollte ihr, Paula, gehören. Wenn sie zurückkehrte …

Plötzlich kochte eine unbändige Wut in ihr hoch. Was für ein hinterhältiges Lockmittel! Der Besitz derer von Dahlen sollte ihr gehören, sobald sie reumütig zu ihrer Tante zurückgekrochen kam. Himmel – sie liebte dieses Fleckchen Erde, sie hing daran, hätte alles darum gegeben, dort bleiben zu können. Aber sie war keine von Dahlen, das heißgeliebte Gut gehörte ihren Brüdern, nicht ihr. Sie war die Tochter des Klaus Mercator, Besitzer einer Goldmine und seit Jahren in den Meru-Bergen verschollen.

Sie knüllte den Brief zusammen und warf ihn in eine Ecke des Zelts, dann kroch sie auf allen vieren hinaus und setzte sich schweigend an das glimmende Feuer. Sie weinte stumm, ohne einen Laut, ließ die Tränen über die Wangen fließen, ohne sie abzuwischen. Juma, der die Wache hielt, sah wohl, dass *bibi* Pola traurig war, doch er schwieg und schob nur hin und wieder ein Ästchen ins Feuer.

Erst nach einer ganzen Weile klärte sich Paulas tränenverschwommener Blick. Ein Wunder erwartete sie. Sie blickte hinauf in die verschlungenen Zweige des Baobabs und sah darin Tausende von nächtlichen Sternen glitzern. Wie kostbare Früchte hingen die kleinen Himmelskörper in den Ästen des uralten Baumes, und ihr heiteres Licht spendete Frieden.

25

Arusha erwies sich als eine Ansammlung rechteckiger, strohgedeckter Hütten, die sich rechts und links der breiten Durchgangsstraße gruppierten. Es gab eine Poststation und verschiedene Läden, die – wie allgemein üblich – von Indern geführt wurden. Dazu die Befestigung, in der die Erste Kompanie der Schutztruppe stationiert war. Der Inder, bei dem sie zwei Hühner, Ananas und frische Mangos einkauften, erzählte ihnen, dass die Soldaten momentan »im Krieg« seien, wo, das wisse niemand. Aber es habe Gefechte gegen die Engländer am Victoriasee gegeben, und auch am Tanganjikasee würde gekämpft, dort allerdings gegen die Belgier. Er selbst bedaure den Krieg zutiefst, weil er die Warenzufuhr abschneide und die Geschäfte beeinträchtige. Die Askaris der Ersten Kompanie seien seine besten Kunden gewesen, Tee, Whisky, Zigaretten und Tabak, dazu auch farbige Tücher, Ohrringe, Amulette und allerlei Tand, den die Kerle für ihre Mädchen anschafften – all diese Waren blieben nun liegen, nur ab und an kauften die deutschen und holländischen Pflanzer mal eine Flasche Schnaps und eine Packung Zigaretten. Die Holländer seien leider sehr fromm, weshalb viele von ihnen gar keinen Alkohol tranken. Gestern habe er das Glück gehabt, eine ganze Jagdausrüstung, dazu Lebensmittel und ein gutes Maultier an einen Großwildjäger zu verkaufen, doch das sei eine Seltenheit geworden, da sich kaum noch Jagdgruppen in der Gegend aufhielten.

»Eine Goldmine in den Meru-Bergen?«, fragte er ungläubig, als Paula ihm erzählte, wonach sie suchten. »Das kann ich gar nicht glauben, Lady. Der Boden ist vulkanisch. Erstarrte Lava. Wo soll da Gold herkommen?«

Vor ihnen erhob sich in der Tat ein mächtiger Vulkankegel, aus dem weißliche Dämpfe quollen, die man auch für zarte Wölkchen halten konnte. Paula erfuhr, dass sich dort, wo die harmlosen Dünste in den blauen Himmel schwebten, ein vier Kilometer breiter Krater befand, dessen Wände nach Osten hin eingestürzt waren, nach Westen hin jedoch immer noch als steile Felsformationen stehen geblieben waren. Im Osten, also in der Richtung, aus der sie sich näherten, befanden sich mehrere natronhaltige Seen, in denen es angeblich beständig brodelte, da sie von heißen Vulkanquellen gespeist wurden.

»Böser Geist tanzt in Berg«, hatten die Dschagga behauptet.

Schweigend bewegte sich die kleine Reisegruppe auf die Berge zu. Es war, wie Paula schon vermutet hatte: Im unteren Bereich standen dichte Wälder, die zu dieser frühen Stunde noch in graue Nebel gehüllt waren. Jenseits der Waldgrenze erblickte man kahlen, rötlichen Fels, und ganz oben am Kraterrand schien sich ein weißlicher Belag angesiedelt zu haben. Ob es Schnee war, Kalk oder Asche konnte man von hier aus nicht entscheiden. Aber vor vier Jahren, anno 1910, waren angeblich rote Lavaströme aus dem Krater geflossen, und der Berg hatte wütende Aschewolken in den Himmel geschleudert.

Zu dieser Zeit – das hatte Paula längst herausgebracht – war Klaus Mercator nicht mehr in der Gegend gewesen. Wann er seine Goldmine verlassen hatte, wusste der alte Kinjassi nicht. Zeit hatte keine Bedeutung, die Dschagga würden nie verstehen, weshalb die weißen Europäer den Lauf der Dinge in Abschnitte einteilten, um sie zu zählen. Kinjassi wusste jedoch, dass seine Frau damals den zweiten Sohn gebar und dass die kleine Tochter an einem Fieber gestorben war. Auch drei alte Männer aus dem Dorf waren zu dieser Zeit gestorben, einer davon ein großer Medizinmann und sein Onkel, einer sein Großvater, der dritte der zweite Mann seiner Großtante. Die meisten dieser Angaben halfen Paula herzlich wenig, doch vermutete sie, dass es um die zwanzig Jahre her sein musste.

Nach kurzem Aufstieg tauchte die Reisegruppe in den dunstigen Urwald ein, und wie Paula gehofft hatte, wurden sie nun von Kühle und Feuchtigkeit umfangen. Der Waldgürtel des Meru-Gebirges bestand aus üppigem Gehölz, von Lianen und Farnen durchwachsen, überall wucherte Bambus in dichten Hainen, Moose und Flechten bedeckten den fruchtbaren, braunen Boden. Zahlreiche hohe Urwaldriesen ragten aus dem Gehölz hervor und reckten ihre Äste gen Himmel, auch längst abgestorbene Bäume standen noch scheinbar unversehrt, von dichten Lianen und allerlei blühenden Ranken umschlungen, denen sie als Nahrung dienten. Zwischen dem Gezweig sah man kleine schwarze Affen mit weißen Schulterbehängen und breiten weißen Schwänzen hin und her springen, Meister der Lüfte, die mit Hilfe der gespreizten weißen Schwanzhaare von Ast zu Ast segelten, als hätten sie Flügel.

Paula war von der sie umgebenden Natur begeistert, trotz der schmalen Pfade, die sie oft genug mit ihren Buschmessern freischlagen mussten, fühlte sie sich frei und sicher. Sie genoss die Vielfalt der Pflanzen, das Rauschen und Rieseln der kleinen Wasserläufe, die sich am Boden ihren Weg suchten. Dieses Dickicht kannte sie aus der Kilimandscharo-Region, die sie oft genug in Begleitung ihrer schwarzen Angestellten durchstreift hatte, hier gab es die hübschen Zwergantilopen, auch den Serval, eine mittelgroße schwarz gefleckte Wildkatze, und verschiedene kleine Affen. Nur hin und wieder wagte sich eine Gruppe Elefanten in diese Höhe, und natürlich mussten sie immer damit rechnen, von den gelben Augen eines Leoparden beobachtet zu werden. Doch tagsüber war der Herr des Urwalds scheu, er verbarg sich im Dickicht und ging erst in der Nacht auf leisen Pfoten zur Jagd.

Hin und wieder führte der Pfad auf eine Anhöhe, und man erblickte zwischen den Bäumen den fernen, schneebedeckten Gipfel des Kilimandscharo, dem größeren Bruder des Meru. Auch der berühmte »Berg des bösen Geistes« war vulkanischen Ursprungs, im Gegensatz zu seiner kleineren Ausgabe war er jedoch längst erloschen.

Erst jetzt fiel ihr auf, dass ihre Begleiter ungewöhnlich still waren. Hatten sie vorgestern, als sie den Waldgürtel des Kilimandscharo durchliefen, nicht lauthals gesungen und sich gegenseitig Scherzworte zugerufen? Hier im Meru-Gebiet schienen sie es darauf anzulegen, möglichst unbemerkt durch den Urwald zu schleichen.

»Frag ihn, ob es noch weit ist«, sagte sie zu Lupambila.

Kinjassi hatte mehrfach die Richtung geändert, was Paula dem undurchdringlichen Dickicht zuschrieb, das zu Umwegen zwang. Nun aber kamen ihr doch Zweifel, ob der alte Dschagga den Weg zur Mine tatsächlich so genau in Erinnerung hatte.

»Er sagt, du ihm geben jetzt Gewehr und Patronen.«

Diese Antwort bestätigte Paulas Vermutung. Was für ein Pech, sie hatte doch den Falschen ausgesucht. Weshalb musste überall immer ein Haken sein? Sie war so stolz gewesen, dass sie die Dschagga dazu bewegt hatte, ihr einen Führer zu schicken. Und jetzt erwies sich, dass der Alte den Mund zu voll genommen hatte.

»Er bekommt das Gewehr erst dann, wenn wir die Mine erreicht haben, und keinen Augenblick früher! Keine Goldmine – kein Gewehr!«

Lupambila mühte sich mit der Übersetzung, die der alte Kinjassi heute ganz besonders schlecht verstand. Er schien mehrere Einwände zu erheben, die auch Lupambila nicht ganz von der Hand weisen konnte, und schließlich wandte sich Paulas treuer Angestellter mit schlechtem Gewissen an seine Herrin.

»Dschagga-Mann sagt, hier in Urwald viel böse Feind. Kleine Krieger mit rote Haar, heißen Uri. Auch lange, dünne Krieger mit böse, schwarze Auge, heißen Warusha. Haben Pfeil und spitze Speer. Haben auch Medizinmann mit schlimme *dawa* …«

»Hat er etwa Angst vor den hier lebenden Eingeborenen?«

Lupambila schaute in die Runde, und sein Gesicht zeigte deutlich, dass auch er sich hier im Urwaldgebiet des Meru nicht wohlfühlte.

»Er sagt, böse Leute. Mercator mit ihnen redet, aber sie nicht verstehen. Mercator schießt mit Gewehr. Sie große Angst.«

Wie es schien, hatte auch ihr Vater damals mit diesen Eingeborenen Schwierigkeiten gehabt. Aber schließlich war seitdem viel Zeit vergangen – vielleicht gab es diese wilden Stämme ja gar nicht mehr.

»Ich habe seit Stunden keinen einzigen Eingeborenen gesehen!«

Lupambilas Gesicht war eine Mischung aus Mitleid und Angst. Er hatte seiner *bibi* Pola stets vertraut, nun aber schien er zu begreifen, dass die Klugheit und Überlegenheit der Weißen ihre Grenzen hatte.

»Aber sie uns sehen, *bibi* Pola.«

»Was sagst du da?«

Sie war in den Wiesen und Wäldchen der Müritz herumgelaufen, mitunter hatte sie das Wild beobachtet, meist aber war sie einfach sorglos umhergestrolcht. Sie hatte nie gelernt, den scharfen, feindseligen Blick eines Verfolgers zu spüren.

Schande über sie, sogar die Maultiere hatten es bemerkt, denn sie schnaubten, wendeten die Köpfe, und ihre Schritte waren unstet.

Paula entschloss sich, das für Kinjassi bestimmte Gewehr zumindest aus der Umhüllung zu nehmen und zu laden, sie gab es allerdings Juma, der einigermaßen damit umgehen konnte. Kinjassi würde diese Waffe erst erhalten, wenn er sie an Ort und Stelle gebracht hatte. Mochten diese Eingeborenen sie ruhig beobachten, die Hauptsache war, sie erreichten ungehindert ihr Ziel.

»Frag ihn, ob er vielleicht vergessen hat, wo der Ort liegt!«

»Alter Dschagga sagt, Goldmine nicht mehr weit. Aber hier in Wald ist böse Ort. Schlimme *dawa.* Vielleicht wir alle müssen sterben …«

Der Alte schien sein Gewehr mit allen Mitteln an sich bringen zu wollen, doch vergeblich: *Bibi* Pola konnte verflucht stur sein. Keine Goldmine, kein Gewehr.

»Was für ein ›böser Ort‹ soll das denn sein?«

Darauf erhielt Paula keine Antwort. Langsam, sehr langsam bewegte sich die Gruppe weiter bergauf, die Schwarzen brauchten unendlich lange, um einen Ast oder eine Liane abzuschlagen, sie mühten sich mit den hochgewachsenen Bambusröhren, die teilweise den Durchmesser eines menschlichen Armes erreichten. Paula überlegte, wer diesen verschlungenen und halb zugewachsenen Pfad wohl angelegt hatte und zu welchem Zweck er benutzt wurde. Es kamen eigentlich nur die einheimischen Stämme in Betracht – sie bewegten sich also auf fremder Straße, kein Wunder, dass man sie misstrauisch beäugte. Im Grunde war es doch auch möglich, überlegte Paula, dass diese Eingeborenen ihr helfen konnten, vielleicht wussten sie etwas über das Schicksal des Klaus Mercator, des weißen Mannes, der hier nach Gold gesucht hatte.

»Weshalb bleiben wir nicht stehen und versuchen, mit diesen Leuten zu reden? Könntest du ihre Sprache verstehen, Lupambila?«

»Siyo, bibi Pola …«

Das bedeutete nein. Ein ungewöhnlich entschiedenes Nein, das ihre schwarzen Angestellten bisher noch nie in dieser Deutlichkeit ausgesprochen hatten. Erschrocken stellte sie fest, dass sich auch ihre Gesichter verändert hatten, plötzlich tat sich eine breite Kluft auf zwischen der weißen *bibi* und den Afrikanern, ein Wissen stand zwischen ihnen, das ihr, der Europäerin, versagt war.

»Was ist los? Juma? Kiwanga?«

Schweigen. Durch die Lücke, die die Buschmesser in den Bambuswald geschlagen hatten, konnte man jetzt den blauen Himmel und grauen Fels sehen. Sie befanden sich an der Waldgrenze, noch einige letzte Urwaldriesen ragten vor den Felswänden auf, sie trugen Flechten, die wie lange grüne Bärte von ihren Ästen wehten. Das Buschwerk wurde mit zunehmender Höhe niedriger, Heidekraut gesellte sich dazu, hie und da fanden sich kleine Bäumchen, die auf diesem kargen Felsboden keine Chance hatten, zu solch großartigen Waldriesen zu werden, wie man sie weiter unten fand.

Plötzlich ertönte Kinjassis schnarrende Stimme. Er streckte den Arm aus und wies auf einen grauen Fels, der nicht weit von ihnen aus dem Urwald herausragte. Paula musste die Augen vor der Sonne beschirmen, um die Steinformation deutlicher zu erkennen. War das Vulkangestein? Eigentlich sah es eher wie Schiefer aus, es glitzerte sogar, vielleicht handelte es sich um eine Art Glimmerschiefer?

»Er sagt, Mine dort, wo Stein brennt. Wasser läuft über Stein in Schlucht. Dschagga sitzen und waschen Gold mit große Schüssel.«

Das hörte sich vernünftig an. Ganz offensichtlich gab es dort oben einen Wasserfall oder einen Bachlauf, den Klaus Mercator zum Auswaschen des Goldes genutzt hatte. Eine Schlucht? Nun – von hier aus war nichts dergleichen zu erkennen, aber es war schon möglich, dass das Wasser sich seinen Weg durch den Fels gegraben hatte.

»Sag ihm, er bekommt das Gewehr, wenn wir in der Schlucht stehen, dort, wo die Dschagga damals das Gold gewaschen haben.«

Lupambila übersetzte diese Forderung nicht. Stattdessen fing er die Blicke seiner schwarzen Freunde auf, und Paula sah voller Erstaunen, dass es ein schweigendes Einverständnis zwischen den Afrikanern gab, das sogar den Dschagga Kinjassi mit einschloss.

»*Bibi* Pola muss vergeben. Wir immer treu zu *bibi* Pola. Wir viel Mut und mit *bibi* Pola in Berge steigen, wo böse Geist tanzt. Aber wir nicht gehen zu Mine.«

Sie schwieg verblüfft. Konnte das sein? Sie weigerten sich, ihrer Herrin zu folgen. Und das ausgerechnet so kurz vor dem Ziel.

»Und weshalb nicht?«

»Schlucht ist böse Ort, *bibi* Pola. Ort von Geister. Von *sheitani* …«

Sie begehrte auf. Bisher hatte sie den Geisterglauben der Schwarzen immer geachtet, hatte es lächerlich gefunden, dass manche Missionare ihnen erzählten, es gäbe keine Geister, nur Jesus Christus, den Herrscher über die ganze Welt. Jetzt allerdings war sie wütend auf diese alberne Furcht vor irgendwelchen Geistern.

»Wie kann das ein böser Ort sein, wenn Klaus Mercator und seine Dschagga-Arbeiter dort jahrelang gearbeitet und Gold gefunden haben?«

Inzwischen bewegte sich niemand mehr, alle standen auf der Stelle, blinzelten scheu zu den grauen Felsen hinüber, zwei der Träger hatten bereits ihre Last auf den Boden gesetzt.

»Kinjassi sagt, böse Geist immer an diese Platz. Darum Klaus Mercator geht fort. Böse *mpepo* stärker als Gewehr und Feuer. Böse *mpepo* ist Geist von tote Uri …«

»Die Geister der … toten Uri?«

Was für ein Unsinn. Sie wusste recht gut, dass die Schwarzen glaubten, die Geister ihrer toten Ahnen gingen auf der Erde um. Angeblich kamen sie in die Dörfer der Eingeborenen, die Feste für sie ausrichteten, ihnen Speisen und Opfer darbrachten, um sie günstig zu stimmen. Weshalb aber sollten sich die Geister der toten Uri ausgerechnet in dieser Schlucht aufhalten? Hing es am Ende mit dem Gold zusammen? Hatten diese Eingeborenen, die Uri, wie Kinjassi sie nannte, Klaus Mercator vertrieben, um die Goldmine selbst auszubeuten? Es hörte sich fast so an.

»Passt auf«, sagte sie entschlossen, denn inzwischen stellten auch die anderen Träger ihre Lasten auf den Boden. »Ich zahle allen, die mit mir zur Mine gehen, zwanzig Rupien extra.«

Das Angebot löste Stirnrunzeln aus, wurde jedoch von keinem einzigen Träger akzeptiert. Stattdessen machte Kiwanga ihr den Vorschlag, gemeinsam zurückzureiten, schließlich habe sie die Mine ja nun mit eigenen Augen gesehen.

»Oh, ihr Feiglinge!«, schimpfte sie zornig. »Ich bin tief enttäuscht von euch. Ihr hattet versprochen, bei mir zu bleiben und mich zu beschützen. Und was ist jetzt? Jetzt lauft ihr vor ein paar Eingeborenen davon!«

»Mit Geister ist kein Scherz, *bibi* Pola. Kiwanga kann kämpfen gegen Uri-Krieger, kann kämpfen auch gegen Warusha-Krieger. Aber nicht kann kämpfen gegen Geister von Toten.«

»Dann lauft zurück, ihr Feiglinge!«, rief Paula wütend. »Ladet die Lebensmittel und mein Zelt auf drei der Maultiere, und dann werde ich euch den Lohn auszahlen. Aber wartet nicht auf mich unten in Arusha – ich will euch niemals wiedersehen, das schwöre ich!«

Sie gab Befehl, Kinjassi das Gewehr und ein Kästchen mit Patronen auszuhändigen, dann zog sie den Geldbeutel aus der Satteltasche hervor und zählte die Rupien ab. Die Bitten ihrer schwarzen Angestellten, nicht an den verfluchten Ort zu gehen, sondern so schnell wie möglich nach Arusha zu reiten, wies sie hartnäckig zurück. Der alte Kinjassi machte sich als Erster auf den Weg, ganz offensichtlich legte er wie schon auf dem Hinweg keinen Wert auf eine Begleitung. Als er verschwunden war, kehrten auch die zehn Träger ihrer Herrin den Rücken. Juma und Murimi verabschiedeten sich schweigend, Kiwanga gesellte sich mit sichtlich schlechtem Gewissen zu ihnen, nur Lupambila versuchte noch eine Weile, seine *bibi* Pola zur Rückkehr nach Arusha zu überreden. Schließlich musste Paula ihn sogar trösten, schien er doch fest davon überzeugt, dass sie noch heute den Tod finden würde, wenn sie nicht einlenkte.

»Ich sterbe nicht so schnell, Lupambila. Und außerdem habe ich ein Gewehr.«

»Gewehr nix helfen gegen Geist. Oh, *bibi* Pola, liebe gute *bibi* Pola … Nicht gehen zu verfluchte Ort …«

Er erklärte todunglücklich, dass er doch Ontulwe habe, seine Frau, und dazu drei Kinder, zwei Söhne, Sentibu und Buge, und die kleine Tochter Modupe. Wenn die nicht wären, dann würde er gern mit seiner Herrin *bibi* Pola sterben, aber so …

»Es ist gut«, seufzte Paula. »Ich verzeihe dir. Wir sehen uns in Arusha. Und jetzt verschwindet!«

Er weinte, als er mit den anderen davonging, und drehte sich mehrfach nach ihr um. Beklommen trieb Paula ihr Maultier an, doch schon nach wenigen Metern stellte sich heraus, dass der Pfad zu eng war und sie mit dem Buschmesser hantieren musste. Es war eine schweißtreibende Arbeit, und bald fragte sie sich, weshalb sie eigentlich unbedingt diese dumme Schlucht sehen wollte. Würde sie Mercator dort finden? Ganz sicher nicht. Viel klüger wäre es doch, mit ihren Leuten zurück nach Arusha zu reiten und dort Erkundigungen einzuziehen. Am besten bei den Eingeborenen, denn die Deutschen und Inder waren meist erst ein paar Jahre ansässig. Möglicherweise hatte es Arusha zur Zeit des Klaus Mercator noch gar nicht gegeben, sondern nur ein Eingeborenendorf dieses Namens.

Aber sie wollte, sie musste diese Goldmine sehen. Den Ort, an dem Mercator das Gestein aus dem Berg gehackt hatte. Die Stelle, an der er gestanden und die Arbeit seiner Schwarzen beaufsichtigt hatte. Vielleicht gab es sogar noch ein paar Schalen, in denen das Gold von dem übrigen Gestein getrennt wurde? Oder gar den Rest einer Hütte, in der Klaus Mercator gewohnt hatte, in der er am Abend das erbeutete Edelmetall in ein kleines Säckchen legte und seinen Gewinn in ein Buch notierte. Sie stellte sich seinen Schatten am lodernden Feuer vor. Den Klang seiner Schritte. Sein herausforderndes Grinsen, das die albernen Geister ganz sicher vertrieben hatte.

Mühsam kämpfte sie sich voran, zerrte die widerspenstigen Maultiere durchs Gestrüpp und war froh, dass die Vegetation endlich karger wurde, auch der lästige Bambus fand nun kaum noch Nahrung auf dem felsigen Grund und versperrte ihr nicht länger den Pfad. Das Rauschen des Bachlaufs verstärkte sich, nach einer erneuten Wegbiegung erreichte sie endlich den grauen Fels. Tatsächlich, er bestand aus Glimmerschiefer, ein seltenes Mineral im Meru-Berg, wo man fast nur hartes schwarzes Vulkangestein fand. Ein Pfad zog sich durch die

Felsen, der ganz offensichtlich von Menschenhand geschlagen worden war, denn es gab Stufen und Absätze. Es war kein Weg für Reiter, daher entschloss sie sich, die drei Maultiere anzubinden und das letzte Stück des Weges zu Fuß zurückzulegen. Wenn Kinjassi sie nicht belogen hatte, dann führte dieser Pfad direkt in die Schlucht hinein.

Die Maultiere waren mit ihrer Entscheidung mehr als einverstanden, sie machten sich sofort über einige dürre Büsche her und störten sich nicht einmal daran, dass ihre Herrin sie an einer verkrüppelten Fichte festband. Sicherheitshalber hängte sich Paula das geladene Gewehr über die Schulter, schließlich war es durchaus möglich, dass unten in der Schlucht außer Geistern auch andere Wesen hausten.

Sie war so aufgeregt, dass ihre Beine zitterten, als sie die ausgetretenen Stufen hinaufstieg. Ob Klaus Mercator diesen Weg mit eigener Hand in den Fels geschlagen hatte? Ach nein, das hatten ganz sicher seine Dschagga-Männer für ihn getan.

Das Rauschen wurde bald übermächtig laut und überdeckte jedes andere Geräusch. Paula musste über mehrere spitze Felsvorsprünge steigen, dann aber bot sich ihr ein überraschender Anblick.

Dicht vor ihr strömte der Wildbach aus dem Felsen und ergoss sich in weißlich schäumender Flut in die Tiefe. Ein Regenbogen zeigte sich in der sprühenden Gischt, wie ein vielfarbiger Schleier stand er über dem blitzenden Wasser, und Paula musste daran denken, dass am Ende eines Regenbogens angeblich ein Topf voll Gold stand. Vorsichtig spähte sie hinab. Ihr Blick wurde von der sprühenden Gischt vernebelt, doch sie stellte fest, dass sich das herabstürzende Wasser am Fuß des Felsens in einem Becken sammelte und von dort aus seinen Weg durch eine Schlucht nahm. Endlich. Sie war am Ziel. Dort unten hatten die Dschagga-Männer für ihren Vater das Gold gewaschen, dort waren vielleicht sogar noch Spuren seiner Behausung, seiner Tätigkeit zu finden.

Es war halsbrecherisch, dicht neben dem Wasserfall auf den schlüpfrigen Stufen in die Tiefe zu klettern. Ein Fehltritt, ein Ausrutscher, und sie läge mit gebrochenen Gliedern unten in der Schlucht. Keine angenehme Vorstellung, denn bestimmt käme ihr in solch einem Fall niemand zu Hilfe.

Zum Glück erreichte sie heil den Grund der Schlucht, besah staunend die nahezu kreisförmige Vertiefung, die der Wasserfall in den felsigen Untergrund gegraben hatte, und folgte dann dem breitflächigen Lauf des Baches. Zu Anfang erschien der Weg durch die Schlucht geradezu von romantischer Schönheit, der blaue Himmel leuchtete über den hohen, glitzernden Felswänden, hie und da sah man eine mutige Fichte oder ein Farnkraut, das sich an der steilen Wand angesiedelt hatte und starrsinnig seinen Platz behauptete. Was für ein friedlicher Ort. Nur das permanente, überlaute Rauschen war lästig, um sich hier mit jemandem zu verständigen, hätte man schreien müssen. Langsam schritt sie neben dem Wasserlauf her und stellte fest, dass der Grund der Schlucht aus sandigem Geröll bestand – hatte man das Gold einfach aus dem Bach herausgewaschen? Gab es also gar keine Mine, kein Bergwerk, nicht einmal eine Grube? Hatten die Dschagga-Männer hier am Bachlauf gehockt und fleißig den Sand nach Goldkörnern durchsiebt? Sie blickte sich suchend um, konnte jedoch zwischen dem spärlichen Buschwerk nichts Auffälliges entdecken. Die Schlucht verengte sich zusehends, die Felswände schienen näher aneinanderzurücken, immer weniger Sonnenlicht drang in die Klamm ein, dafür wurden die Schatten mächtiger. Wenn Klaus Mercator irgendwo eine Hütte besessen hatte, dann musste sie hier, im vorderen Bereich der Schlucht, gestanden haben, denn weiter hinten füllte der Bach den gesamten Talgrund aus.

Sie entdeckte die Mine nur durch Zufall. Eine bläuliche Libelle war pfeilschnell herbeigeschwirrt, verharrte kurze Zeit über dem glitzernden Bachlauf und schoss dann hinauf in das lockende Sonnenlicht. Paula folgte dem Tier mit den Blicken, und plötzlich sah sie die schwarze Öffnung im Fels. Sie befand sich, von Buschwerk halb verborgen, an einem flachen Abhang, einem Geröllfeld, das vermutlich nicht natürlichen Ursprungs war. Paula blieb stehen und stieß einen lauten, triumphierenden Schrei aus. Gefunden!

Hastig stieg sie über das Geröll nach oben, kämpfte mühsam gegen die herabrollenden Steine, die keinen festen Halt bieten wollten, und langte völlig außer Atem vor dem Mineneingang an. Er war rechteckig, von dicken Balken abgestützt, eine schmale Rinne war in den Boden eingegraben, vermutlich zur Entwässerung des Bergwerks. Sicher war nur, dass dies ursprünglich eine natürliche Höhle gewesen war, die von Menschenhand zu einem Stollen erweitert wurde. Die Goldmine des Klaus Mercator. Ihres Vaters.

Sie war stolz wie ein König. Hier war der Ort, an dem er gearbeitet hatte, gleich hier in der Nähe musste auch seine Hütte gewesen sein. Sie hatte es geschafft, und noch dazu war es gerade erst Mittag, sie hatte Zeit genug, sich ein wenig umzusehen und dann in aller Ruhe mit ihren Maultieren zurück nach Arusha zu reiten.

Vorsichtig lugte sie in den Eingang hinein – weshalb hatte sie nicht daran gedacht, eine Lampe mitzunehmen? Sie konnte kleine und größere Töpfe erkennen, auch flache Schüsseln, an anderen Stellen hatte man Lumpen, irgendwelchen Müll und ausgediente Jutesäcke aufgestapelt. Der Stollen schien vollkommen intakt zu sein, sie sah, dass die Decke in regelmäßigen Abständen mit Balken und Querhölzern abgestützt war. Die Sicherheit seiner Arbeiter war Klaus Mercator wichtig gewesen. Sie zögerte einen kurzen Moment, dann fiel ihr ein, dass sie Streichhölzer in der Hosentasche hatte, sie brauchte sich nur einen trockenen Ast zu suchen, und schon hatte sie eine Fackel. Zumindest die ersten Meter der Mine wollte sie sich anschauen, vielleicht fand sich dort etwas, das Aufschluss über den Verbleib ihres Vaters gab. Vielleicht sogar ein Gegenstand, der ihm gehört hatte. Eine Wasserflasche. Ein Messer. Eine Münze. Ein Knopf …

Trockene Äste lagen nicht gerade in reichlicher Anzahl herum, sie würde vermutlich ein Stück zurückgehen müssen, schlimmstenfalls sogar den Fels neben dem Wasserfall wieder hinaufklettern. Zögernd wandte sie sich vom Eingang ab und ließ den Blick über die Schlucht schweifen …

Zuerst glaubte sie, eine Wahnvorstellung zu haben. Sie blinzelte, doch die stumme Menge der weiß-rot bemalten Gesichter wollte nicht weichen. Sie füllten fast die gesamte Schlucht aus, bunte Maskengesichter, die einander glichen wie ein Ei dem anderen, schweigend, lauernd, neugierig warteten sie, ließen die weiße Frau nicht aus den Augen. Die dazugehörigen Körper waren klein, nicht größer als die zehnjähriger Knaben, ganz und gar mit braun-roter Farbe bemalt und mit allerlei Knochen, Federn und bunten Perlen geschmückt. Alle hielten Speere in den Händen.

Was hatten ihre Schwarzen da von Geistern geschwafelt? Hier stand eine Armee von lebendigen Wesen, die ganz offensichtlich etwas dagegen hatten, dass sie in den Stollen eindringen wollte.

»Jambo!«, rief sie mit gespielter Unbefangenheit.

Ihre Stimme wurde vom Rauschen des Wasserfalls überdeckt. Großer Gott – wie war es möglich, dass diese Menge von Leuten hier urplötzlich wie aus dem Nichts auftauchte? Gewiss, wegen des Wasserfalls hatte sie ihre Schritte nicht hören können, aber sie hatte doch Augen im Kopf! Sie hätte wenigstens einen Schatten, eine Bewegung bemerken müssen, doch das hatte sie nicht.

Von irgendwoher war jetzt ein heller, spitzer Laut zu hören, der so durchdringend war, dass er sich gegen das Geräusch des Wasserfalles durchsetzte. Panik erfasste Paula, als die bemalten Krieger sich nun direkt auf sie zubewegten.

»Ich will euch nichts tun!«, schrie sie auf Suaheli. »Ich bin eure Freundin. Ich will nur …«

Sie hätte genauso gut gegen eine Wand brüllen können – die Krieger scherten sich nicht um ihr Geschrei. Es blieb nur ein letztes Mittel, sie wendete es ungern an, doch es war die einzige Rettung. Kurz bevor der erste bemalte Krieger sie erreichte, nahm sie das Gewehr vom Rücken, entsicherte und schoss.

Der Knall übertönte den Wasserfall mühelos, was daran lag, dass die Felswände wie ein Verstärker wirkten. Sie hatte dicht über die Köpfe der Eingeborenen gezielt, da es ihr widerstrebte, einen Menschen zu verletzen, doch leider war die abschreckende Wirkung dieses Schusses lange nicht so stark, wie sie gehofft hatte. Die Krieger waren zwar zusammengezuckt, einige hatten sich auch zu Boden geworfen, doch der seltsam helle Laut, der ganz offensichtlich die Kampfaufforderung ihres Häuptlings war, brachte sie gleich wieder dazu, einen erneuten Angriff zu unternehmen.

Paula sah sich verloren. Sie hatte nur noch einen einzigen Schuss in dem altmodischen Gewehr, dann hätte sie nachladen müssen, aber die Patronen befanden sich in der Satteltasche ihres Maultiers. Sie schoss die zweite Patrone ab und wurde noch im gleichen Augenblick von mehreren erstaunlich kräftigen Armen gepackt. Sie trat nach den Angreifern, versuchte, mit dem Gewehrkolben zu schlagen, doch man riss ihn ihr aus der Hand. Schmerzhaft prallte sie rückwärts gegen den harten Fels und merkte, wie das Geschehen um sie herum vor ihren Augen verschwamm wie in einem unscharfen Traumbild.

Ich muss mit dem Hinterkopf an den Stein geschlagen sein, dachte sie. Es ist aus – sie werden mich wegschleppen. Vielleicht sogar umbringen. Auf jeden Fall aber werden sie mich vergewaltigen …

Ihr wurde schlecht. In einem rötlichen Nebel erblickte sie eine dunkle Gestalt, doppelt so groß wie die kleinen Eingeborenen, ohne Zweifel ein Geist. Er wedelte mit beiden Armen, und es sah aus, als stiege feurige Glut aus seinen Händen auf. Scharen von bemalten Gesichtern flüchteten zum Wasserfall hinüber, andere hängten sich wie kleine Raubtiere an den großen schwarzen Körper, doch sie wurden immer wieder abgeschüttelt.

»Verfluchtes Pack!«, brüllte ihr jemand ins Ohr. »Was ist los mit dir?«

»Mein Kopf …«

»Da rein! Los! Nun mach schon!«, kommandierte er wütend und stieß sie voran.

»Mir … mir ist schlecht!«

Später erinnerte sie sich noch daran, dass sie sich übergeben musste und fest davon überzeugt war, dass dies ihr Ende wäre. Dann wurde alles dunkel.

26

Sie schwebte dicht über dem Erdboden. Dunkler, zerklüfteter Fels glitt an ihr vorüber, schwankend, zitternd, immer schneller. Paula schloss die Augen, weil ihr schwindelig wurde, doch es half wenig, denn auch mit geschlossenen Augen sah sie das rissige Gestein an sich vorüberjagen, ohne Aufenthalt, ohne Rücksicht darauf, dass ihr Kopf dröhnte und ihr Magen sich immer wieder umstülpte.

»Kannst du endlich mal aufhören zu kotzen?«, knurrte jemand. »Mir wird gleich selber schlecht.«

Das war Toms Stimme. Sie waren auf dem Schiff mitten im Sturm, Lita von Wohlrath war seekrank, und Tom trug sie zu ihrem Bett. Aber wo war dieses Bett nur? Wieso schleppte er sie durch diese Düsternis, durch kahle, eiskalte Gänge, wo das Wasser von der Decke hinuntertropfte? War das Schiff etwa untergegangen? Irrten sie durch die Flure des sinkenden Reichspostdampfers auf der verzweifelten Suche nach einem Rettungsboot? So wie die armen Menschen, die vor zwei Jahren mit der Titanic im Ozean versunken waren?

Und überhaupt – sie war ja gar nicht Lita von Wohlrath. Sie war Paula von Dahlen, und sie wurde nicht seekrank. Nein, sie war nicht Paula von Dahlen. Sie war Paula Mercator. Oder etwa nicht?

»Ich habe gesagt, du sollst dich zusammennehmen und nicht mehr würgen.«

»Wer … wer bin ich?«, murmelte sie.

»Verfluchtes Elend!«, hörte sie ihn flüstern.

Sie schwiegen, die Felswände bewegten sich mit ungehinderter Geschwindigkeit, doch das Schwindelgefühl legte sich. Langsam klärte sich ihr Bewusstsein. Tom hatte recht, man konnte den Würgereiz besiegen, indem man dagegen anatmete. Sie begriff, dass sie in den Gängen der Mine unterwegs waren und dass Tom sie auf seinem Rücken trug, eine kleine Karbidlampe, die er in der rechten Hand hielt, beleuchtete spärlich den Weg. Jetzt erkannte sie auch sein angestrengtes Profil und hörte seinen raschen, stoßweisen Atem.

»Noch ein kleines Stück«, sagte er mit leiser, beschwörender Stimme. »Halt durch, Mädchen. Dann kannst du ausruhen und etwas trinken …«

Es klang ungeheuer fürsorglich – fast hätte sie gezweifelt, dass es wirklich Tom Naumann war, auf dessen Rücken sie durch die Gänge der Mine flog. Es konnte sowieso nur ein Traum sein.

»Tom?«, flüsterte sie.

»Pssst. Streng dich nicht an, Paula. Gleich kannst du dich ausruhen. Du bist mit dem Hinterkopf gegen den Fels geschlagen.«

Er war es, ganz ohne Zweifel. Aber wie kam er nur hierher? Jetzt erinnerte sie sich auch daran, ihn während des Kampfes mit den Eingeborenen gesehen zu haben. Wie ein Berserker hatte er sich zwischen die Krieger geworfen, in jeder Hand einen Revolver, aus dem er immer wieder Schüsse abfeuerte. Tom, ein kämpfender Berserker? Das konnte eigentlich nur eine Wahnvorstellung gewesen sein.

»Versuchen wir es mal«, hörte sie ihn sagen.

Sie hatten eine scharfe Biegung erreicht, dahinter befand sich eine Art Kammer, ein blinder Gang, der wenig vertrauenerweckend aussah. Jede Menge loses Gestein lag am Boden, und als Paula den Blick zur Decke richtete, stellte sie erschrocken fest, dass über ihnen die zerklüfteten Überreste eines Einsturzes hingen. Es gab hier keine hölzerne Deckenabstützung mehr wie am Eingang der Mine, vielmehr schien die Mine in ein natürliches Höhlensystem zu münden, das durch die vulkanische Tätigkeit des Berges immer wieder von Einstürzen heimgesucht wurde.

Tom ließ sie vorsichtig zu Boden gleiten und bettete ihren schmerzenden Kopf auf seine Jacke, die er zu diesem Zweck zusammengefaltet hatte. Nachdem er ein Weilchen auf die Geräusche etwaiger Verfolger gelauscht hatte, kniete er neben ihr nieder und gab ihr aus seiner Feldflasche zu trinken. Paula war schrecklich durstig, dennoch trank sie nur wenig Wasser, da sie Sorge hatte, der Brechreiz könne wiederkehren. Zum Glück tat er das nicht – vielleicht hatte sie das Schlimmste ja inzwischen überstanden.

Als er bemerkte, dass sie auch ohne seine Hilfe trinken konnte, überließ er ihr die Feldflasche und trat hinüber zu dem schmalen Rinnsal, das ihren Weg die ganze Zeit über begleitet hatte. Er band sein Halstuch los und tauchte es ins Wasser, dann machte er sich daran, ihr Gesicht und ihre Hände vorsichtig mit dem feuchten Tuch zu reinigen. Gerührt bemerkte sie, wie sorgfältig und zugleich zärtlich er sie wusch. Er bemühte sich sogar, einige Flecke aus ihrer Jacke und den Hosen zu entfernen, und vergaß auch seine eigene Kleidung nicht.

»Besser?«, fragte er leise.

»Viel besser!«, gab sie zurück. »Danke!«

Sie sah ihn grinsen. Dieses Wort zumindest hatte er hören wollen. Und er hatte es sich auch verdient, weiß Gott.

»Wie kommst du …«

»Wie ich hierherkomme?«

Er schwieg einen Moment und lauschte in die Dunkelheit des Bergwerks hinein, doch außer dem Plätschern und Tröpfeln des Wassers war nichts zu vernehmen. Allerdings musste man wohl Ohren wie ein Luchs haben, um eine Gruppe Eingeborener zu hören, die auf bloßen Füßen über den Felsboden schlich. Er löschte die Karbidlampe, und gleich darauf spürte sie seine Beine, die sich neben ihrer Hüfte ausstreckten. Er hatte sich zu ihr auf den Boden gesetzt.

»Nun – ich bin ein Geist«, erklärte er.

Sie konnte sein Gesicht nicht sehen, aber es war so gut wie sicher, dass er grinste. Sie bewegte sich, um eine bequemere Lage zu finden, und hob probeweise den Kopf. Das war keine gute Idee, denn die Schwärze um sie herum begann sich zu drehen. Als sie vorsichtig mit der Hand ihren Hinterkopf berührte, ertastete sie eine Schwellung und ein wenig Feuchtigkeit. Offensichtlich hatte sie auch eine Platzwunde.

»Du erwartest nicht, dass ich dich ernst nehme, oder?«, murmelte sie mühsam.

Er legte ihr das frisch ausgewaschene, kühle Halstuch auf die Stirn, und das unangenehme Schwindelgefühl verschwand.

»Warum nicht?«, meinte er. »Das Dasein, das ich in letzter Zeit geführt habe, hatte schon etwas Geisterhaftes an sich. Immer unterwegs. Nirgendwo ankommen. Warten. Ohne Ende warten …«

»Worauf hast du gewartet? Dass der Krieg zu Ende geht?«

»Wer redet vom Krieg? Meine Wenigkeit wartete auf das Auftauchen einer gewissen Paula Mercator in Arusha. Ich wusste genau, dass du diese verfluchte Goldmine suchen würdest. Ich war mir so sicher, dass ich mir sogar schon einmal eine Ausrüstung und Proviant besorgte …«

Langsam klärte sich das Rätsel. Er war zwar wütend von

der Plantage davongeritten, hatte sich dann aber wohl besonnen und beschlossen, sie in Arusha abzufangen. Der einsame »Großwildjäger«, von dem der indische Händler ihr erzählt hatte – das musste Tom Naumann gewesen sein.

»Du … du bist hinter uns hergeritten?«

»Kluges Mädchen!«

»Schon seit heute früh?«

»So ist es.«

»Aber … weshalb hast du dich denn nicht gezeigt?«

Sie spürte, dass er ihre Hand suchte, behutsam tastete er sich an ihrem Arm entlang und umfasste schließlich ihre Finger. Sie waren eiskalt. Sanft begann er, sie zu reiben.

»Zuerst wollte ich das auch. Dann aber kamen mir deine schwarzen Angestellten entgegengelaufen und beschworen mich, auf der Stelle umzukehren, wenn ich nicht sterben wolle.«

»Ja, das haben sie mir auch erzählt«, murmelte Paula verdrießlich. »Wegen der Geister, die hier in der Schlucht hausten. Es waren allerdings keine Geister, sondern ganz reale Uri oder wie sie heißen mögen. Weiß der Teufel, was in sie gefahren war. Ich wollte ihnen doch gar nichts tun. Ich wollte nur die Mine anschauen, dann wäre ich wieder zurückgeritten …«

Tom schwieg eine Weile, vermutlich lauschte er in die Gänge hinein. Paula begann sich plötzlich zu sorgen, wie sie wieder hinausfinden würden. Ohne den berühmten Faden. Den Faden der schlauen Prinzessin Ariadne.

»Ich bin ja grundsätzlich der Ansicht, dass du ein wirklich kluges und tapferes Mädchen bist, meine kleine Paula«, begann er, und sie konnte sich jetzt ganz genau sein perfides Lächeln vorstellen.

»Spar dir das Geschwätz!«

Sie hob vor Ärger den Kopf und stöhnte auf. Sacht legte sich seine Hand auf ihre Stirn und drehte den feuchten Lappen auf die Rückseite, wo er noch angenehm kühl war.

»Nicht aufregen, mein Schatz. Ich meine es ganz ernst. Ich habe dich oft für deinen Mut und deine Klugheit bewundert. Aber in manchen Dingen bist du ganz erstaunlich naiv.«

»Aha, ich bin also naiv!«, stieß sie hervor. »Und in welchem Zusammenhang genau?«

»Hast du wirklich nicht begriffen, weshalb diese Eingeborenen etwas dagegen haben, dass du dich hier in der Schlucht herumtreibst? Spätestens als du in den Mineneingang hineingeschaut hast, hättest du es wissen können.«

»In den … Mineneingang? Aber da lag nur allerlei Gerümpel herum. Töpfe, Krüge, alte Säcke, Unrat …«

»Du standest vor der Begräbnisstätte der Uri, Mädchen. In diesen Gefäßen bringen sie ihren Toten Speis und Trank. Sie wickeln die Leichname in Tücher ein und legen sie in der Höhle ab, doch zu bestimmten Gelegenheiten tragen sie ihre Toten in ihre Dörfer zurück, damit sie mit ihnen gemeinsam die Feste begehen können.«

Das klang wahrhaft unglaubwürdig. Die Gegenstände, die sie für Hinterlassenschaften ihres Vaters gehalten hatte, sollten Grabgeschenke und eingewickelte Tote gewesen sein? Ausgerechnet in dem Stollen, den ihr Vater in den Berg hatte treiben lassen?

»Vermutlich ist dieser Stollen natürlichen Ursprungs und von deinem Vater nur erweitert und abgestützt worden, Paula. Dein Vater hat damals schon den Begräbnisplatz der Uri geschändet, um an die goldhaltigen Schichten im Berg zu gelangen. Deshalb hatte er wohl auch die ganze Zeit über Ärger mit ihnen und wurde letztlich vertrieben.«

»Großer Gott!«, stöhnte sie. »Woher weißt du das mit dem Begräbnisplatz?«

»Ich habe mich in Arusha erkundigt, diese Gebräuche der Uri sind bekannt.«

»Wieso erfährst du solche Dinge und ich nicht?«, fragte sie verärgert. »Ich habe doch auch herumgefragt.«

»Aber vermutlich nicht in der Kneipe, oder?«

Nein, natürlich nicht. Es gab leider immer wieder Situationen, in denen ein Mann unverdiente Vorteile genoss. »Schlaf ein wenig«, sagte Tom mit weicher Stimme. »Du brauchst Ruhe, damit sich dein Kopf erholen kann.«

Der Ratschlag wäre außerordentlich vernünftig gewesen, wenn sie jetzt in ihrer Berliner Wohnung im weichen Bett gelegen hätte. Oder wenigstens auf einem Sofa auf Gottschlings Pflanzung. Hier aber, in der kalten Finsternis einer unbekannten Höhle, von Eingeborenen verfolgt und ohne einen Plan, wie sie mit dem Leben davonkommen würden, klang dieser Vorschlag vollkommen irrsinnig.

»Ich kann nicht schlafen ...«

»Wir können im Moment nichts Besseres tun, Paula. Erst gegen Abend haben wir eine Chance ...«

»Was für eine Chance?«

Er brummte unwillig, und sie spürte, dass er sich auf die Seite drehte. Wollte er vielleicht ebenfalls in aller Seelenruhe ein Schläfchen halten?

»Ich erkläre es dir später, Paula. Ruhen wir uns erst einmal aus, wir werden unsere Kräfte noch brauchen.«

»Du glaubst doch nicht im Ernst, dass ich jetzt schlafen werde ...«

Doch, er hatte es zumindest gehofft. Sie brauche sich keine Sorgen wegen der Eingeborenen zu machen, wenn sie ihnen gefolgt wären, hätten sie längst Gelegenheit gehabt, sie zu überwältigen. Vermutlich wagten sie sich nicht so tief in die Höhle hinein, weil dies der Ort der Geister war.

»Hier drinnen werden sie uns wohl in Ruhe lassen«, erklärte er. »Allerdings gehe ich davon aus, dass sie am Mineneingang auf uns warten.«

Diese Sorge teilte Paula. Ja, ganz sicher standen die Uri-Krieger vor dem Mineneingang Wache, der Rückweg war ihnen somit abgeschnitten.

»Glaubst du, die Höhle hat einen zweiten Ausgang?«

»Früher vielleicht«, sagte er leise. »Aber jetzt nicht mehr, Paula. Dieser Gang führt nicht weiter, er ist eingestürzt.«

Sie schwieg betroffen. Natürlich, sie hatte doch selbst gesehen, dass ein Teil der Decke heruntergefallen war. Sie saßen in der Falle. Vor ihnen das Felsgeröll und hinter ihnen die zornigen Uri. Wenn sie doch wenigstens unverletzt wäre, klar denken, laufen, klettern könnte. So aber war sie für Tom nichts als eine Last …

»Wir sollten warten, bis es Nacht ist, und dann zurückgehen«, fuhr er fort. »Ich habe vorhin bemerkt, dass es eine Verbindung zu einem wasserführenden Höhlensystem im Felsen gibt …«

Paula begriff nichts. Kein Wunder, ihr Kopf fühlte sich dumpf und riesengroß an, außerdem machte sich jetzt ein Summen bemerkbar, ähnlich dem Geräusch einer aufdringlichen Hummel im Frühling.

»Ein wasserführendes Höhlensystem?«

Er zögerte einen Moment, und sie begriff, dass die Sache verflucht riskant sein musste, wenn er schon Angst hatte, sie ihr zu erklären.

»Ich habe es nur gehört und den Luftzug gespürt, aber ich bin ziemlich sicher, dass es hinüber zum Wasserfall führt. Jetzt, in der trockenen Zeit, gelangt man vermutlich durch den Gang bis an die Felsöffnung.«

»Du meinst das Loch im Berg, aus dem das Wasser in die

Tiefe strömt? Bist du von allen guten Geistern verlassen? Selbst wenn es uns gelänge …«

Sie spürte wieder seine Hand auf ihrer Stirn und hörte ihn leise murmeln, sie solle sich nicht so aufregen. Doch seine ungeschickten Versuche, sie zu beruhigen, hatten wenig Erfolg.

»Es sind bestimmt fünfzig Meter von der Felsöffnung bis hinunter zum Wasserbecken …«

»Ach was! Höchstens fünf oder sieben …«

»Du bist wohl blind? Zwanzig sind es auf jeden Fall …«

»Lass es zehn sein …«, kam er ihr entgegen.

»Zwei Meter reichen schon aus, um sich das Genick zu brechen!«

»Das kannst du auch schaffen, wenn du nach dem Mittagessen vom Stuhl fällst …«

»Hör endlich auf mit deinen albernen Witzen, Tom Naumann …«

»Ich meine es ernst, Paula. Bitterernst. Welche andere Chance bleibt uns denn? Der Wasserfall ist zu dieser Jahreszeit vergleichsweise harmlos, wir könnten daran vorbei aus der Felsspalte klettern und mit einem kühnen Sprung die Stufen erreichen, die dort in den Stein geschlagen sind.«

»Du bist vollkommen irrsinnig, Tom …«

»Es kann allerdings nur klappen, wenn sich alles so verhält, wie ich hoffe, und der Weg zur Felsöffnung nicht zu eng oder mit Wasser vollgelaufen ist. Deshalb habe ich vor, auf Erkundungstour zu gehen, während du dich hier ausruhst …«

Vor Aufregung begann sie wieder zu würgen und konnte erst damit aufhören, als er ihr die Hände auf den Magen legte.

»Hast du Angst, allein zu bleiben?«

Sie hatte verfluchte Angst. Nicht nur wegen der Dunkelheit und der Möglichkeit, dass einige der Eingeborenen sich doch in die Gänge gewagt hatten. Sie fürchtete vor allen Dingen, dass Tom nicht zurückkehren könnte.

»Angst? Natürlich nicht!«

Sie vernahm ein Geräusch, das wie unterdrücktes Lachen klang. Vielleicht war es auch nur ein Husten.

»Genau das habe ich von meiner tapferen Paula erwartet«, lobte er, wofür sie ihn hätte ohrfeigen können. »Die Idee ist doch Blödsinn, Tom. Sollten die Eingeborenen tatsächlich vor dem Eingang der Mine Wache halten, werden sie uns auf jeden Fall entdecken, wenn wir aus dem Wasserfall herauskriechen …«

Sie war froh, dass ihr dieses Argument gerade noch eingefallen war, doch Tom Naumann wischte es mit einem einzigen Satz beiseite.

»Erstens verbirgt uns die Gischt des Wasserfalls, und zweitens wird es dunkle Nacht sein, mein Schatz.«

Es schien ihn wenig zu stören, dass sie selbst dann ebenfalls nichts sehen würden – das Ganze war einfach ein vollkommen verrückter, undurchführbarer Plan, doch Tom war so davon besessen, dass er keinem vernünftigen Argument zugänglich war. Möglicherweise war sie auch nicht in der Lage, klar und einleuchtend zu formulieren, denn die Hummel in ihrem Kopf hatte einen Freund gefunden und summte mit ihm um die Wette.

»Schlaf mein Schatz«, sagte er zärtlich, und sie spürte seine Lippen auf ihrer Wange. »Ich bin bald wieder bei dir. Hier, nimm vorsichtshalber das.«

Er drückte ihr den Lauf eines Revolvers in die Hand.

»Tom …«

Sie tastete mit der freien Hand über seinen Arm, fühlte die angespannten Muskeln, die Wärme seines großen, kräftigen Körpers und kämpfte den Wunsch nieder, sich an ihn zu klammern, ihn nicht gehen zu lassen.

»Sei vorsichtig ... Bitte ...«

»Keine Sorge, meine Süße. Und wenn ich zurückkomme, bist du ausgeschlafen – versprochen?«

»Ja«, flüsterte sie und gab sich alle Mühe, die aufsteigende Panik zu unterdrücken. Verdammt – er war kein Dummkopf. Er würde sich in Acht nehmen und zurückkommen. Ganz sicher würde er das. Tom Naumann brachte das fertig.

Er hatte es allerdings auch fertiggebracht, am Kilimandscharo von den Dschagga gefangen genommen zu werden. Was ihn um ein Haar das Leben gekostet hätte ...

Sie verscheuchte die trüben Erinnerungen und lauschte stattdessen auf seine Schritte, die sich vorsichtig tastend entfernten. Er hatte die Lampe tatsächlich mitgenommen, zündete sie jedoch nicht an. Vermutlich wollte er das kleine Licht nur im äußersten Notfall gebrauchen.

Paula versuchte, auf dem harten Untergrund eine einigermaßen bequeme Position zu finden, und stellte bei dieser Gelegenheit fest, dass es keinen Vergleich zwischen einem harten, feuchten Fels und einer bequemen Rosshaarmatratze gab. Aber wenigstens hatte sich ihr Magen wieder beruhigt, und wenn sie den Kopf auf die Seite drehte, wurde auch das Summen leiser. Eine Weile horchte sie angestrengt in die Dunkelheit hinein, glaubte, hier oder dort ein ungewöhnliches Geräusch zu hören, doch nichts geschah. Ganz bestimmt würden die Eingeborenen nicht im Finstern umhertappen, machte sie sich selbst Mut, die schwarzen Angestellten auf Gottschlings Pflanzung hatten jedenfalls panische Angst vor der Dunkelheit. Sobald sich die Nacht herabsenkte, mieden sie vor allem den Wald, scheuten sich aber auch, ihre eigenen Gärten aufzusuchen oder auch nur von ihrer Hütte bis zum Wohnhaus des Pflanzers zu laufen. Sie konnte also beruhigt schlafen.

Doch so rasch, wie sie gehofft hatte, wollte sich der Schlaf nicht einstellen. Stattdessen fiel sie in eine Art Dämmerzustand. Nun vernahm sie außer dem leisen Summen auch das regelmäßige Pochen ihres Pulses und verspürte eine dumpfe Mattigkeit. Bilder zogen vor ihrem inneren Auge vorüber, ohne dass sie sich dessen erwehren konnte, immer wieder sah sie die bemalten Gesichter der Uri-Krieger, wehrte sich gegen ihre Speere, die greifenden Hände, spürte den dumpfen Schlag gegen den Hinterkopf und das Gefühl, verloren zu sein. Dann wieder ging sie über die belebte Allee Unter den Linden, musste den flanierenden Passanten ausweichen, sah einen braunen Jagdhund mit einer karierten Schirmmütze auf dem Kopf und eine elegant gekleidete Dame, die auf weißen Hundepfoten lief. Plötzlich eilte ihr die betrunkene Magda Grünlich im flatternden Mantel entgegen und jubelte, sie habe tausend Mark in der Lotterie gewonnen. Gleich darauf jedoch erschien ihr wieder die scheußliche Menge bemalter Gesichter, sie sah, wie die Eingeborenen heranrückten, versuchte, sich ihrer zu erwehren, und wurde gegen die Felswand gestoßen.

Wo kamen nur all die Bilder her? Und weshalb war es nicht möglich, sie einfach aus ihrem Kopf zu verbannen? Sie fielen über sie her wie ein boshafter Wespenschwarm und verursachten ihr stechende Kopfschmerzen. Da war Lupambila, der sie anflehte, nicht in die Geisterschlucht zu gehen. Weshalb hatte er ihr nichts von diesem Begräbnisplatz gesagt? Doch gerade als sie ihn zur Rechenschaft ziehen wollte, erschien Jacob Gottschling vor ihr auf seinem Plüschsessel, zappelte mit den Beinen und kreischte, er sei wieder gesund. Nur stehen und gehen könne er noch nicht, aber mit den Füßen zappeln und seinen großen Zeh mit der Hand fassen. Stöhnend drehte sie den schmerzenden Kopf auf die andere Seite, tastete nach dem feuchten Tuch und presste es sich auf die Stirn. Schlafen. Ausruhen. Kräfte sammeln. Wenn das doch nur so einfach wäre.

Eine unendlich lange Zeit quälte sie sich herum, dann wurden die hektischen Bilder in ihrem Kopf langsam ruhiger, verschwammen ineinander, wurden zu Schatten und lösten sich auf. Nur das leise Summen und die Kopfschmerzen blieben zurück, doch das hinderte sie nicht daran, in einen sanften, angenehmen Dämmerzustand zu gleiten.

»Paula?«

Sie erschrak, als sie seine Stimme hörte, die sie aus ihrem leichten Schlummer in die harte Wirklichkeit zurückholte, doch ihr Schrecken verwandelte sich sofort in namenlose Erleichterung. Er war wieder bei ihr.

»Tom«, krächzte sie verschlafen. »Bist du unversehrt?«

»Nass, aber zufrieden.«

Sie vernahm ein merkwürdig schmatzendes Geräusch, gleich darauf ein Träufeln, als gösse jemand Wasser aus einem Becher auf den Felsboden. Offensichtlich zog er seine engen Lederstiefel von den Füßen, um sie auszuleeren. Er war also tatsächlich durch diese wasserführende Höhle gestiegen.

»Was meinst du mit ›zufrieden‹?«

»Wir können es schaffen, mein Schatz.«

Sie seufzte tief und machte einen vorsichtigen Versuch, sich aufzusetzen. Zu ihrer Freude gelang es, ohne dass sich der unangenehme Schwindel wieder einstellte. Vielleicht konnte sie sogar ein Stück weit laufen.

»Hast du geschlafen?«

Sie erklärte, sich ganz hervorragend ausgeruht zu haben, außer ein wenig Kopfschmerz habe sie keinerlei Probleme mehr. Er atmete erleichtert auf, meinte aber, sie solle ihre Kräfte keinesfalls überschätzen. Probeweise tastete sie über seine Brust und befühlte sein Hemd – es war nass. Das Wasser in besagtem Gang stand ihm mindestens bis an die Brust, da konnte sie sich ausrechnen, dass es ihr bis zum Hals reichen würde.

Was für ein verrücktes Unterfangen! Wäre es nicht besser, sich den Eingeborenen zu ergeben? Wer sagte denn, dass sie gleich getötet würden? Die Zeiten, in denen die Schwarzen Europäer köpften oder ihnen die Glieder abschnitten, waren doch längst vorüber. Oder etwa nicht? Immerhin war die Grabschändung der Ahnen ein ziemlich heftiges Delikt …

»Es freut mich, dass du auf Zärtlichkeiten sinnst, meine süße Paula«, vernahm sie Toms spöttische Stimme. »Wenn du deine Hand ein wenig tiefer rutschen lässt, könnte es aufregende Stunden zwischen uns geben.«

Sie erstarrte und zog ihre Hand ruckartig zurück. Unfassbar. Sie wussten nicht, ob sie die kommenden Stunden überlebten, und dieser Mensch hatte nur seine niederen Triebe im Sinn. Aufregende Stunden – die konnte er haben, wenn sie gleich gemeinsam in die Tiefe stürzten!

»Ich wollte nur wissen, bis wohin dir das Wasser gegangen ist«, stellte sie klar, »ganz egal, was deine schmutzige Phantasie dir weismachen will.«

Sie hörte ihn zufrieden kichern und ärgerte sich, dass sie auf seine Herausforderung eingegangen war.

»Du musst noch viel lernen, meine zärtliche, kleine Paula. Und ich freue mich wie ein König, dir all diese schönen Dinge beizubringen …«

»Hör auf damit!«, fauchte sie.

»Für heute schon. Aber ich schwöre dir, dass du schon morgen die erste Lektion erhalten wirst. Und es wird dir gefallen, mein Schatz. Du wirst sogar süchtig danach werden …«

»Morgen?«

Das Wort kam halb lachend, halb schluchzend aus ihrer Kehle. Morgen. Er plante schon, was er morgen tun wollte. Dabei war es sehr gut möglich, dass sie morgen mit zerschmetterten Gliedern unter dem Wasserfall lagen.

»Gehen wir«, sagte er und setzte sich auf, um seine Stiefel wieder anzuziehen. »Wir werden ein Weilchen brauchen, um zur Felsöffnung zu gelangen. Bis dahin ist es Nacht, und wir beide verschwinden mit den Nebelschatten, so dass uns nicht einmal ein Geist sehen kann.«

Sie schwieg. Wozu hätte sie ihm ihre Ängste und Zweifel anvertrauen sollen? Sein Plan war irrsinnig, aber in ihrer Lage blieb ihnen keine Alternative. Vielleicht gab es ja eine höhere Macht, die ihnen beistand.

Er fasste ihre Hand und ging mit langsamen Schritten voran, blieb immer wieder stehen, weil er fürchtete, ihr könne schlecht werden oder die Kräfte könnten ihr versagen. Doch Paula befand sich in einem seltsam erregten Zustand, der ihr trotz Kopfschmerzen und Schädelbrummen ungeahnte Kräfte verlieh. Nur ein wenig schwindelig war ihr, aber das lag daran, dass es dunkel war und sie die Füße nur tastend voreinander setzen konnten. Es ging bergab, ziemlich steil sogar, dann hörten sie das Rauschen eines eilig fließenden Gewässers.

»Hörst du?«, ließ sich Tom vernehmen. »Das ist der wasserführende Gang, von dem ich dir erzählt habe. Er liegt ein wenig tiefer als dieser Stollen. Es gibt eine Stelle, an der man hinübersteigen kann, es ist zwar ein wenig glitschig, und man wird ordentlich nass, dafür ist das Wasser aber nicht kalt, sondern warm.«

Paula hatte diese Ankündigung zwar erwartet, dennoch fand sie das Rauschen des unterirdischen Gewässers wenig ermutigend. Es klang, als hätten sie gute Chancen zu ertrinken, bevor sie den Wasserfall hinunterstürzten und sich die Hälse brachen. Gleich darauf nahm sie einen Luftzug und einen fremden Geruch wahr, ein wenig dumpf und faulig, nach warmem Stein, nach Sand und Kalk, während es hier, im Minengang, eher nach feuchtem, kühlem Schiefergestein roch.

Tom mühte sich, die kleine Karbidlampe zu entzünden, dreimal blies der Luftzug die helle, rötliche Flamme wieder aus, dann endlich gelang es ihm, das brennende Lämpchen sicher in eine Ecke zu stellen. Paula sah einen dunklen, gezackten Schatten im Gestein, der sich als jene Öffnung entpuppte, die den Stollen mit dem wasserführenden Gang verband. Der Gedanke, sich durch diese Öffnung zu zwängen und auf der anderen Seite in das reißende Wasser einzutauchen, erschien ihr geradezu wahnwitzig.

»Nun komm schon. Ich gehe voran. Unten steigst du auf meine Schultern. Klar?«

»Aber … ich bin zu schwer.«

»Kaum schwerer als ein Sandsack.«

Paula hatte sich auf diese Sache eingelassen, jetzt war es zu spät, sich zu weigern. Sie folgte ihm, während er langsam voranstieg, befolgte brav seinen Rat, einfach nur einen Fuß vor den anderen zu setzen und sich auf seinen Schultern abzustützen.

»Was ist mit der Lampe?«

»Die bleibt hier stehen für folgende Generationen. Wir brauchen sie nicht mehr, es ist nicht weit bis zum Wasserfall. Und außerdem würde sie sowieso nass und untauglich werden.«

Es gefiel Paula gar nicht, ihre einzige Lichtquelle einfach stehen zu lassen und wieder in die Finsternis einzutauchen. Noch dazu in eine warme Strömung, die so tief und reißend war, dass sie sich an Toms Schultern klammern musste, um nicht davongespült zu werden.

»Nun mach schon, Äffchen«, knurrte er. »Steig auf, und halt dich gut fest.«

»Mir … mir wird schlecht.«

»Reiß dich zusammen, verdammt!«

Es war der seltsam faulige Geruch des Wassers, der ihren Magen in Aufruhr versetzte, doch zum Glück gewöhnte sie sich schon nach kurzer Zeit daran. Tom bewegte sich in Fließrichtung; wo der Gang breit genug war, ruderte er mit den Armen, um nicht mitgerissen zu werden, wenn eine Felsnase in den Weg ragte und sich reißende Strudel bildeten, stemmte er sich keuchend gegen die Felswände. Die Strömung nahm zu, je näher sie der Felsöffnung kamen, aus der sich das Wasser in die Schlucht ergoss – jene romantische Stelle, die sie gestern noch so bewundert hatte. Jetzt wäre dort kein Regenbogen, sondern nur wallender Nebel und erbarmungslose Finsternis.

Tom stöhnte. »Könntest du aufhören, mir die Luft abzudrücken, Liebste?«

»Ent… Entschuldigung!« Sie hatte gar nicht gemerkt, wie fest sie sich an ihn geklammert hatte.

Der Gang erweiterte sich. Während die Flut mit zunehmender Geschwindigkeit ihrem Sturz in die Tiefe entgegenströmte, versuchte Tom, seitlich auf dem Felsen einen Halt zu finden, um nicht mit dem Wasser hinuntergerissen zu werden. Es war nicht einfach, denn der Stein war glatt und ausgewaschen, doch schließlich gelang es ihm, sich an einem vorspringenden Felsen festzuhalten.

»Schau dir das an!«

Wie in einem Guckkasten erblickte man in der Schwärze des Ganges die zackige Form der Felsöffnung, darin schwebten zarte, weißliche Nebelschwaden, vom hellen Vollmond beschienen. Draußen war es gar nicht dunkel, sie würden sehen können, aber auch gesehen werden.

»Gut festhalten!«

Tom balancierte jetzt dicht neben der reißenden Flut auf dem glatten Gestein – eine Meisterleistung, die nur während der Trockenzeit gelingen konnte, wenn der unterirdische Fluss weniger Wasser führte. Langsam näherten sie sich der Öffnung. Das Rauschen wurde übermächtig, draußen erblickten sie für kurze Zeit den gestirnten Nachthimmel, dann wehte eine Nebelwand darüber hinweg.

»Vertraust du mir?«, hörte sie Tom brüllen.

Was hatte er vor? Wollte er zum Rand der Felsöffnung gehen und von dort hinüber zur Treppe springen?

»Nein!«

»Verdammt noch mal! Einmal im Leben, Paula. Ein einziges Mal. Bitte!«

»Ja!«, schrie sie ihm ins Ohr.

Es war sowieso gleich. Sie würden miteinander sterben, und irgendwie war es ihr ein Trost, im Tod seinen starken, warmen Körper zu spüren. Ach, sie hatte ihren Vater nicht gefunden, dafür aber Tom, den Mann, den sie liebte. Und auch wenn sie einander nie gehört hatten, so würde sie ihn doch auf ewig …

»Sieh mal!«, hörte sie ihn brüllen.

Was hielt er da in der Hand? Er stand dicht an den Fels geklammert und zerrte mit der rechten Hand an einem Gegenstand, der über ihnen hing. Ein Seil. Zumindest der Rest von einem dicken Seil. Es war an einem stählernen Haken befestigt, den jemand in den Fels geschlagen hatte. Als Tom noch heftiger daran zog, riss das Tau auseinander, und es wurde klar, dass es vollkommen morsch war. Von hier war also keine Hilfe zu erwarten.

Die Felsöffnung tat sich wie ein großes, gezacktes Tor vor ihnen auf, eine Pforte ins Reich des Todes. Im oberen Bereich der Spalte sah man den dunkelblauen Samt des Himmels, von goldenen Sternen übersät, von unten wallten immer wieder weißlich schimmernde Nebelschwaden empor. Glatt und reißend schoss das warme Vulkanwasser zur Felsöffnung, um dort in die Tiefe zu stürzen und zu weißer Gischt zu zerstäuben. Für einen Wassertropfen, der sich mit Leichtigkeit in ein Wölkchen oder auch eine Schneeflocke verwandeln konnte, war dies ganz sicher ein hübscher Spaß. Für einen Menschen war es das Ende.

Paula versuchte, sich so leicht wie möglich zu machen und sich nicht zu bewegen, am besten gar nicht vorhanden zu sein, um Tom sein Vorhaben zu erleichtern. Mutig stieg er an den Rand der Öffnung, presste sich gegen den Fels und arbeitete sich nach rechts vor, wo die Stufen waren. Sein Körper wurde hart wie Eisen, jeder Muskel, jede Sehne war aufs Äußerste gespannt. Er klammerte sich an winzige Vorsprünge, fand Halt auf schmalsten Absätzen, und doch war Paula fest davon überzeugt, dass sie jeden Augenblick in die Tiefe stürzen würden. Unbeweglich hing sie an seinen Rücken geklammert, dachte daran, dass er ohne sie vielleicht mit dem Leben davonkommen würde, mit ihr aber ganz sicher nicht. Doch wie sollte sie sich von ihm lösen, ohne ihn aus dem Gleichgewicht zu bringen? Ihr edelmütiger Plan, sich für ihn zu opfern, würde sie nur beide in die Tiefe reißen.

Plötzlich erblickte sie rechts von sich eine Stufe. Nur noch einen halben Meter entfernt, zum Greifen nah. Auch Tom musste sie gesehen haben, er verharrte für einen Moment, und sie spürte, wie sein Brustkorb arbeitete. Ein halber Meter nur, zwei Schritte, und sie würden festen Halt finden. Paula zitterte. Gischt umhüllte sie, klebte sich an ihre nassen Körper, machte die Hände feucht und glitschig. Tom stieg mit dem rechten Bein hinüber auf einen kleinen Absatz und tastete mit der rechten Hand nach einem Halt, da geschah es. Das Schiefergestein unter seinem Fuß bröckelte, er rutschte ab, suchte mit dem Fuß verzweifelt einen rettenden Vorsprung, doch da war nur glatter, nasser Fels. In diesem Moment, als alles verloren schien, stand plötzlich eine kleine, verkrüppelte Fichte vor

Paulas Augen, und sie griff danach wie nach einem Rettungsseil. Das Bäumchen hielt. Seine Wurzeln waren tief zwischen die Gesteinsschichten gedrungen, es hielt sogar das Gewicht von zwei Menschen, die für einen kurzen, schrecklichen Augenblick zwischen Himmel und Erde schwebten.

Ein neuer Halt, ein weiter Schritt, dann standen Toms Füße auf der sicheren Stufe, und er sank keuchend nach vorn. Vorsichtig rutschte Paula von seinem Rücken, tastete mit den Füßen nach einer Felsstufe, gewann festen Stand und wartete, bis Toms stoßweiser Atem sich beruhigt hatte. Dann stiegen sie langsam hintereinander den Steig hinauf, jene glitschigen Stufen, vor denen Paula noch gestern gewaltigen Respekt gehabt hatte und die ihr jetzt wie eine bequeme Freitreppe erschienen.

Mit zitternden Knien kamen sie oben an, pressten sich an den felsigen Boden und schauten zurück in die Schlucht. Feuerschein leuchtete auf halber Höhe – wie sie vermutet hatten, hielten die Uri vor dem Mineneingang Wache. Schweigend schleppten sie sich weiter, stiegen den Fels hinunter und gelangten zu dem Ort, an dem Paula ihre Maultiere festgebunden hatte.

Natürlich hatten sich die Uri der Lastentiere und des Gepäcks bemächtigt, Zelt und Ausrüstung waren verloren, dafür aber war Toms Pferd da. Er mochte es selbst kaum glauben, doch der braune Wallach lief ihnen entgegen, froh, seinen Reiter wiederzusehen, denn ein Pferd allein im Urwald war den Raubtieren hilflos ausgeliefert. Ein durchgescheuerter Lederriemen hing um seinen Hals, der schlaue Bursche hatte sich selbst aus der Gefangenschaft befreit. Er war wenig begeistert, dass er nun zwei Reiter statt nur einem zurück in die Stadt Arusha tragen musste, doch das war immer noch besser, als einem hungrigen Leoparden zum Abendessen zu dienen.

27

»Wo sagten Sie? Was für ein See?«

»Am Kiwu-Kee.«

»Im Sultanat Ruanda?«

»Kann schon sein. Die Drecksbelgier sind gelaufen wie die Hasen. Sieg auf der ganzen Linie für unsere deutschen Jungs.«

»Mir gefällt das nicht. Wozu müssen wir die Belgier reizen?«

»Wozu? Sind Sie ein Deutscher oder ein jämmerlicher Waschlappen? Je öfter wir den Feind hier unten in Afrika schädigen, desto besser für die Truppen daheim.«

»Das ist doch vollkommener Blödsinn!«

»Ach, Sie halten es wohl mit Gouverneur Schnee, diesem Feigling? Der hat ausgespielt, mein Freund. Jetzt hat Kommandeur von Lettow-Vorbeck das Sagen, und der nimmt jede Gelegenheit wahr, den Engländern eins auf die Schnauze zu geben. Sollen wir hier etwa faul herumsitzen, während unsere mutigen Kameraden in Frankreich und Russland ihr Leben für Kaiser und Vaterland einsetzen?«

»Das ist mir alles wurst. Ich bin Geschäftsmann – ein Krieg ist verflucht schlecht für mein Metier …«

»Elende Krämerseele!«

»Kriegstreiber, angeberischer!«

»Wirtin! Zahlen!«

Ein leeres Bierglas wurde schwungvoll auf einen hölzernen Tisch geknallt, ein Stuhl fiel polternd um, ein erschrockener

Hund kläffte zornig und jaulte gleich darauf. Jemand musste ihm einen Fußtritt verpasst haben.

»Geben Sie Obacht«, vernahm man eine tiefe, weibliche Stimme. »Wenn Sie den Hund treten, schnappt er nach Ihnen.«

Hundegebell. Laut und angriffslustig. Wütendes Knurren.

»Nehmen Sie die verdammte Töle weg! Drecksvieh. Weg von meiner Jacke! So tun Sie doch was!«

Das Knurren verstärkte sich, es klang triumphierend. Der Hund knurrte, weil er das Maul voll hatte und deshalb nicht bellen konnte.

»Bleiben Sie stehen, sonst reißt er Ihnen die Hose entzwei. Aus, Putzi. Aus! Hierher, Putzi. Guter Hund.«

Paula wollte sich auf den Rücken drehen, doch die kräftigen Arme, die sie umschlossen hielten, zwangen sie, in der seitlichen Position zu bleiben. Blinzelnd sah sie sich um. Ein enges, nicht sehr sauberes Zimmer. Wände, die einmal weiß getüncht gewesen waren, die gerahmte Fotografie eines unbekannten Schnurrbartträgers, ein kleines, vergittertes Fenster. Ein nicht allzu breites Bett. Darauf Tom, der sie im Schlaf umschlungen hielt, den Kopf an ihre Brust gepresst, leise schnarchend. Lächelnd schloss sie wieder die Augen, verblieb in der unbequemen Position, um ihn nicht aufzuwecken, und spürte gerührt seine warmen, regelmäßigen Atemzüge. Wie vertraut ihr dieser große Körper war. Wie gut sie den Geruch seines Haares, seiner Haut, seiner Kleider kannte, wie sehr er sie anzog und zugleich schon ein Teil ihrer selbst geworden war. So wie sie jetzt beieinanderlagen, eng umschlungen im Schlaf, waren sie nicht zwei Wesen, sondern ein einziges, und ihr schien, als sei es seit Anbeginn der Welt schon so gewesen.

»Die Hose werden Sie mir ersetzen, verdammt!«

»Da können Sie lange warten!«

»Ich knall die Töle ab!«

»Hier schießt keiner auf meinen Hund …!«

Tom regte sich, ächzte, schmatzte kurz und zog tief die Luft ein. Dann hob er den Kopf und blinzelte Paula mit gut gespielter Überraschung an.

»Alle Wetter! Wie kommen Sie in mein Bett, junge Frau?«

»Sie irren sich, Herr Naumann. Dies ist mein Bett, und die Frage wäre, was Sie hier eigentlich zu suchen haben …«

Sie begannen beide gleichzeitig zu kichern, dann presste er sie so fest an sich, dass sie in Atemnot geriet. Drüben kläffte Putzi empört, weil man ihm verbot, die Hosenbeine des deutschen Pflanzers zu fassen.

»Lass los, mir wird schwindelig …«

»Ausreden!«

»Nein, bitte lass los, sonst platzt mir der Kopf! Er tut immer noch weh …«

Er lockerte die Umarmung und tastete vorsichtig über ihren Hinterkopf. Die Schwellung war zurückgegangen, aber noch zu spüren. Tom nahm die Gelegenheit wahr, die Hand in einer sanft kreisenden Bewegung über ihren Nacken gleiten zu lassen. Als er ihre Schultern in die Massage einbezog, stöhnte sie leise.

»Nicht so fest … Ich glaube, ich habe scheußlichen Muskelkater …«

»Ich auch«, gestand er. »Komme mir vor wie ein uralter rheumatischer Greis.«

Er bewegte probeweise die Beine, verzog das Gesicht und stöhnte theatralisch. Er sei vollkommen am Ende, behauptete er, könne vermutlich keinen einzigen Schritt mehr gehen. Ob sie mit solch einem Wrack, wie er es sei, überhaupt zurechtkommen könne?

»Das frage ich mich auch«, flüsterte sie lächelnd.

Er strich ihr mit einer ungeschickten Bewegung das offene Haar zurück, verhedderte sich jedoch in einigen Strähnen, so dass sie leise aufschrie. Nicht einmal dazu tauge er, fuhr er in seinem Selbstmitleid fort. Geschweige denn zu einem Lebensretter.

»Wenn du nicht diese Krüppelkiefer gepackt hättest, Paula«, murmelte er. »Dann wäre es jetzt aus mit uns beiden. Du hast uns gerettet – nicht ich. Aber Tom Naumann musste ja sein Maul wieder riesig voll nehmen …«

»Tom …«, sagte sie mit leisem Vorwurf.

Zerknirscht lehnte er den Kopf gegen ihre Brust und schloss die Augen. Drüben im Gastraum knallte die Tür, der Pflanzer hatte seine Zeche bezahlt und machte sich auf den Heimweg. Putzi knurrte und wurde von seiner Herrin gerügt.

»Alles, was du gestern getan hast, war großartig, Tom«, fuhr Paula fort. »Du hast mich vor den Eingeborenen gerettet – du hast dein Leben für mich riskiert. Und das nicht nur einmal. Du hast mich getröstet. Mich umsorgt. Weißt du, welche Ängste ich ausgestanden habe, als du fortgegangen bist?«

Er blinzelte mit dem rechten Auge.

»Tatsächlich? Hattest du etwa Sorge, ich könnte dir davonlaufen?«

»Ich hatte Sorge, dir könnte etwas zustoßen, Tom.«

»Kein großer Verlust für die Welt«, knurrte er.

»Aber ein gewaltiger Verlust für eine Frau, die liebt.«

Jetzt öffnete er auch das andere Auge. Forschend blickte er sie an, fast ein wenig ungläubig, aber doch hoffnungsvoll.

»Willst du etwa behaupten, einen solchen Versager wie mich zu lieben?«

Langsam wurde sie ungehalten. »Ja, ich liebe dich, Tom Naumann, aber hör mir gut zu, denn das werde ich dir nicht jeden Tag sagen: Ich liebe dich abgöttisch, und das nicht erst seit gestern. Du bist kein Versager, sondern ein wundervoller, einfallsreicher, verrückter Bursche, und was du gestern getan hast, war einfach genial.«

Er grinste. Nein – er strahlte vor Glück.

»Genial? Übertreibst du da nicht ein wenig, mein Schatz?«

Natürlich wollte er hören, dass sie ganz im Gegenteil noch sehr zurückhaltend formuliert hatte. Diesen Gefallen tat sie ihm jedoch nicht.

»Nun – damit dein Plan gelingen konnte, brauchtest du natürlich eine ebenso geniale Partnerin. Eine wie mich!«

»Eine wie dich!«

Nun war er nicht mehr zu halten. Er legte seine Lippen auf ihre und küsste sie, behauptete, immer schon gewusst zu haben, dass die hübsche, die bezaubernde Paula etwas ganz Besonderes sei. Eine Frau, der man nur einmal im Leben begegnete. Eine Zauberin aus dem Zwischenreich. Das Schicksal auf goldenen Schwingen. Das man festhalten müsse, denn wenn man es wieder aus den Händen gab, war es für immer verloren.

Jemand hämmerte mit der Faust gegen die Brettertür ihres Gastzimmers.

»He, ihr da drinnen. Schluss mit dem Schäferstündchen! Jetzt wird erst mal das Zimmer bezahlt, und wenn ihr noch länger bleiben wollt, dann will ich das Geld für die zweite Nacht. Und überhaupt ist das hier kein Puff, sondern ein anständiges deutsches Gasthaus!«

Tom kniff die Augen zusammen und fuhr sich mit der Hand über die unrasierten Wangen. Leise ächzend setzte er sich auf und angelte nach seiner Jacke, dann unternahm er einen Versuch, den rechten Stiefel anzuziehen – vergeblich.

»Was ist jetzt?«

Die Wirtin untermalte ihre Frage durch weiteres Hämmern an der Tür.

»Nur die Ruhe!«

Es klang etwas gepresst, weil ihm sein Muskelkater beim Aufstehen ganz höllische Schmerzen bereitete. Mit verzerrtem Gesichtsausdruck humpelte Tom zur Tür, schob den Riegel zurück und öffnete.

»Na endlich!«, knurrte die Wirtin.

Toms Züge lösten sich, und er lächelte, charmant wie ein kleiner Junge.

»Kann man in Ihrem Gasthaus denn auch ein deftiges Frühstück bekommen, schöne Dame?«

Die Wirtin war eine große, hagere Frau, die nach Art der Inder eine weiße Pumphose mit einer langen Jacke trug. Ihr dunkles Haar hatte sie straff nach hinten gekämmt und zu einem Knoten geschlungen. Auf ihrer Oberlippe wuchs ein lichter Schnurrbart.

»Jetzt, am Nachmittag?«

»Wir haben seit gestern Morgen nichts mehr gegessen.«

»Du meine Güte!«

Es klang ehrlich erschrocken. Unfassbar – dieser Kerl hatte die zornige Dame schon bekehrt, aus der wütenden Wirtin, die sofort ihr Geld haben wollte, war eine zärtlich besorgte Mutter geworden. Sie erklärte, dass es in der Küche noch Kartoffelklöße, Schweinebraten und echtes deutsches Sauerkraut gäbe. Außerdem Maisbrei mit scharfen afrikanischen Soßen, gebackene Bananen, frische Ananas, Papaya, Hirsefladen und eingedickte Ziegenmilch.

»Sie sind ein Engel! Bringen Sie von allem etwas. Und dazu vielleicht ein Schlückchen Bier?«

Er drehte sich zu Paula um, die das Gespräch mit staunender Aufmerksamkeit verfolgte.

»Oder hättest du lieber einen Wein, Schatz?«

»Tee wäre mir lieber.«

»Also ein Kännchen Tee, wenn's möglich wäre.«

Er öffnete die oberen Knöpfe seines Hemdes und gönnte der Wirtin den Anblick seiner behaarten Brust, während er den ledernen Beutel öffnete, in dem er seine Barschaft aufbewahrte.

»Wie viel schulden wir Ihnen? Mit der kommenden Nacht selbstverständlich, dazu diese Mahlzeit, ein Abendessen und das Frühstück für morgen. Nicht zu vergessen mein Pferd …«

»Aber ich bitte Sie … Das hat doch Zeit!«

Zufrieden grinsend bückte er sich, um den schwarzen »Putzi« zu streicheln, dann nickte er seiner Gönnerin zu und schloss die Tür. Man vernahm die eiligen Schritte der Wirtin, die in die Küche eilte und dort ihre Befehle gab. Tom hielt sich den Rücken und verfluchte den verdammten Muskelkater, dann hinkte er zurück zum Bett und ließ sich rücklings hineinfallen.

»Mein ganzes Leben lang war ich noch nie so fertig«, stöhnte er. »Ich spüre sämtliche Muskeln, sogar solche, von denen ich bisher gar nichts wusste …«

Seinem verzweifelten Blick hätte nicht einmal ein Felsen widerstehen können. Schon gar nicht Paula.

»Leg dich auf den Bauch – ich massiere dir den Rücken.«

»Du bist ein Schatz!«

Sie kniete sich über ihn und griff beherzt zu. Nach einer Weile vernahm sie sein leises, wohliges Ächzen.

»Hilft es?«

»Phantastisch. Wer hätte gedacht, dass du eine so feste Hand besitzt, meine Süße?«

Er behauptete, seine Schultern benötigten ebenfalls ein wenig Lockerung, und drehte sich genießerisch auf den Rücken, doch als sie die Schritte der Wirtin vernahmen, richtete er sich auf. »Lass uns hinunter in die Gaststube gehen, mein Schatz, aber mach vorher deine Bluse zu«, sagte er leichthin.

»Du lieber Gott!«, flüsterte Paula verlegen und tastete eilig nach den Knöpfen.

»Ja, du hast ganz recht: Der liebe Gott hat dich wahrlich ausgestattet wie eine Königin.«

Kurz darauf saßen sie beide vollständig bekleidet in der Gaststube und aßen hungrig von allem, was die Wirtin ihnen vorsetzte. Paula war sicher, noch nie zuvor solch leckere Speisen gegessen zu haben, aber vielleicht hing das auch mit Toms Gegenwart zusammen, der ihr die Mahlzeit mit allerlei Geschichten würzte. Nur die Blicke, die er ihr immer wieder zuwarf, verunsicherten Paula so sehr, dass ihr eine Gänsehaut den Rücken hinablief. Doch auch dieses Gefühl war im Grunde wundervoll.

Putzi saß brav neben Toms Stuhl, und obgleich seine Herrin ihn mehrfach rief, dachte der Hund nicht daran, diesen Platz zu verlassen. Er drückte seinen schwarzen, verfilzten Rücken gegen Toms feuchte Stiefel und schien dabei vollkommen glücklich zu sein.

»Sie ist nun mal ein Mädchen«, seufzte ihre Herrin. »Und sie mag die gut aussehenden Kerls.«

»Ein Mädchen? Da schau mal einer an.«

Es war nicht viel los in der Gaststube am frühen Nachmittag, nur der Postbote kam auf einen kurzen Imbiss herein, und zwei durchreisende Händler tranken ein Bierchen. Man schwatzte ein wenig vom Krieg, der sich inzwischen auch in der Kolonie bemerkbar mache. Kommandeur von Lettow-Vorbeck sei ein wahrer Teufelskerl, er führe einen Angriff nach dem anderen auf die britische Uganda-Bahn, und immer gelinge es ihm, als Sieger aus dem Scharmützel hervorzugehen.

»Sie treiben es so lange, bis die Engländer Ernst machen«, meinte die Wirtin verdrießlich. »In Mombasa sollen indische

Soldaten gelandet sein. Tausende. Da wird sich unser Kommandeur die Zähne dran ausbeißen.«

Es hörte sich nicht gut an. Auch in Europa sah es nicht danach aus, als könne der Krieg in Kürze entschieden sein. Es hatte eine Schlacht an der Marne gegeben, die für die Deutschen nicht gut ausgegangen war, somit war der deutsche Vormarsch auf Frankreich vorerst gestoppt. Dafür rüsteten nun die Engländer, um über den Kanal zu setzen und den Franzosen beizustehen. Deutschland war in Bedrängnis – blieb jedoch standhaft.

Paula war zu glücklich, um an ihre Brüder zu denken und sich um sie zu sorgen. Ach, das Schicksal würde sie gewiss beide bewahren, vielleicht fand auch Tante Alice eine Möglichkeit, wenigstens Friedrich zurück in die Heimat zu holen. Wilhelm würde diesen Krieg sowieso als eine großartige Gelegenheit sehen, sich auszuzeichnen und rasch befördert zu werden.

Als sie satt war, lehnte sie sich mit wohligem Aufseufzen im Stuhl zurück und spendete der Wirtin Lob für die Mahlzeit. Die ersten Abendgäste fanden sich ein, zwei junge Schwarze, die bei der Bahn angestellt waren und noch rasch ein Bier trinken wollten. Sie setzten sich in den hinteren Bereich der Gaststube, wo die Eingeborenen und Inder ihre Tische hatten, oben bei der Theke wurden die Deutschen bewirtet, auch ein Stammtisch mit dem Wimpel des Deutschen Heimatvereins befand sich dort. Paula entdeckte einige Ausgaben der Zeitschrift *Der Pflanzer,* die in Deutsch-Ostafrika herausgegeben wurde.

»Was hältst du von einem Mittagsschläfchen?«, wollte Tom wissen.

»Nachdem wir am Nachmittag ein Mittagessen gefrühstückt haben, ist ein kleines Verdauungsschläfchen gewiss angebracht.«

»Das finde ich auch.«

Sie waren tatsächlich müde nach dem ausgiebigen Mahl. Eng aneinandergekuschelt schliefen sie ein, und nicht einmal das laute Treiben nebenan in der Gaststube konnte sie aufwecken. Erst die Stille, die nach Mitternacht eintrat, nahm ihnen den Schlaf, und sie begannen leise miteinander zu flüstern.

»Was hast du da?«

»Rate mal.«

Er hielt etwas Bröseliges in der Hand, das nicht gut roch. Ein braunes Stück Hanf, das einmal zu einem Seil gehört hatte.

»Du hast es mitgenommen?«

»Es ist eine Reliquie, die ich dir überreichen wollte, mein Schatz.«

Sie verzog vor Abscheu das Gesicht – dennoch nahm sie das Stückchen gedrehten Hanf in ihre Hand. Ein Seil. Wozu hatte es wohl gedient? Wer mochte den stählernen Haken in den Fels eingeschlagen haben?

»Es ist durchaus möglich, dass ein gewisser Klaus Mercator vor zwanzig Jahren ebenfalls von den Uri bedrängt wurde und die Flucht antreten musste. Nur dass ihm eine Menge Werkzeug und auch ein gutes Seil zur Verfügung standen.«

Sie drehte das Stückchen Seil nachdenklich hin und her – es klang allzu abenteuerlich, was Tom da erzählte. Und dennoch konnte es stimmen. Wer sonst kam für eine so verrückte Tat in Betracht?

»Du meinst, er ist genau wie wir in den wasserführenden Gang eingestiegen und hat sich dann den Wasserfall hinunter abgeseilt?«

»Warum nicht? Das Rauschen ist so laut, dass man die Hammerschläge nicht hören konnte.«

»Aber dann muss dort irgendwo ein Hammer herumliegen.«

»Den hat das Wasser vermutlich längst zu Tal gespült.«

»Du meinst also, mein Vater hat dieses Stück Hanf in seinen Händen gehalten?«

Tom sah lächelnd zu, wie sie das Seil mit zärtlichen Fingern streichelte. Ja, versicherte er, es sei gut möglich, dass sie nun einen Gegenstand besaß, der einmal Klaus Mercator gehört hatte.

»Zwei«, sagte sie schmunzelnd und zog das kleine Foto hervor, das sie in der Brusttasche ihrer Bluse aufbewahrt hatte. Es war nur ein wenig feucht geworden, was der Abbildung jedoch nicht geschadet hatte.

Sie stand auf, um Foto und Seil auf einen Stuhl zu legen. Als sie wieder ins Bett stieg, zog er ein breites Laken über sie beide.

»Was soll das werden?«

»Wir werden die Nacht unter diesem Zeltdach verbringen, mein Schatz. Komm – es wird dir gefallen.«

Sie begriff, was er vorhatte, und sie war ihm dankbar, denn sie hatte sich noch nie zuvor in ihrem Leben vor einem Mann ausgezogen. Und doch war alles ganz einfach, ganz selbstverständlich, sie kicherten wie alberne Kinder, flüsterten und lachten, spielten miteinander, und ehe sie wusste, wie ihr geschah, war aus dem heiteren Spiel ein sehnsüchtiger Rausch geworden. Sie hatten nicht darüber gesprochen, aber Tom wusste nur allzu gut, dass sie noch nie zuvor bei einem Mann gelegen hatte. Er nahm sie erst gegen Morgen, als sie sich müde gespielt und geküsst hatten und als Paula schon glaubte, sie habe sich geirrt und die Liebe zwischen Mann und Frau bestünde doch nur aus all diesen wundervollen, süßen und höchst erregenden Berührungen, die sie stöhnen und einmal sogar leise aufschreien ließen. Aber nein, die Liebe zwischen Mann und Frau war eine schmerzhafte und blutige Sache, die sie mit zusammengebissenen Zähnen ertrug, weil sie spürte, welch gewaltigen Glücksrausch sie Tom damit bescherte.

»Das nächste Mal wird es auch für dich wundervoll sein«, versprach er mit schlechtem Gewissen.

Sie strich ihm lächelnd über die stoppelige Wange und glaubte ihm kein Wort.

Doch sie sollte sich täuschen.

28

Die Elefanten näherten sich dem Fluss in gemächlicher Ruhe, nur die Kleinen, die hinter ihren Müttern hertrotteten, rochen jetzt das Wasser und beschleunigten ihre Schritte. Die älteren Tiere wussten genau, dass es niemanden gab, der ihnen das kühle Nass streitig machen konnte, und dass der Pangani ihnen nicht davonlief.

Paula bedauerte, keine Kamera zu besitzen, denn der Anblick der grauen Riesen war so faszinierend, dass sie ihn gern auf Zelluloid gebannt hätte. Es war Toms Einfall gewesen, sich mit dem ersten Morgengrauen zum Fluss zu begeben, um dort auf einen der halbvertrockneten Mangrovenbäume zu klettern und die Tiere zu beobachten. Paula hatte ihn zuerst für verrückt erklärt, als sie jedoch begriff, dass er es ernst meinte, fand sie die Idee zauberhaft.

Die halbwüchsigen Elefanten begrüßten das Wasser mit sichtbarem Wohlbehagen, einige trompeteten sogar, andere stampften genüsslich durch den Schlamm, um zu dem Wasserlauf in der Mitte des Wadis zu gelangen. Zwei Flusspferde, die dort ein Schläfchen gehalten hatten, beschlossen nach kurzer Gegenwehr, das Feld zu räumen. Einen oder zwei der grauen Riesen hätten sie vielleicht verjagen können, um den angenehmen Platz im Schlamm zu behaupten, gegen eine ganze Herde hatten sie jedoch keine Chance. Auch ein riesiges, graues Krokodil musste weichen, eine wachsame Elefantenkuh hatte die gefräßige Echse entdeckt, und sogleich fanden sich mehrere Elefanten zusammen, um diese Gefahr für ihre Kleinen zu beseitigen. Erstaunlich schnell zog sich das Krokodil zurück, und erst jetzt wurde Paula bewusst, dass sie und Tom noch vor einer halben Stunde dicht daran vorbeigelaufen waren.

Wie rücksichtsvoll die grauen Riesen miteinander umgingen! Keiner bedrängte seinen Nachbarn, es schien eine festgefügte Rangordnung zu geben, bei der die Mütter mit kleinen Kindern an erster Stelle standen. Oft kümmerten sich die Elefantenkühe auch um das Kalb einer Tante oder Nichte, richteten es liebevoll wieder auf, wenn es im Schlamm ausgerutscht war, und verhielten sich mindestens so wachsam wie die richtigen Mütter. Abseits der Herde rangelten ein paar halbwüchsige Bullen miteinander, doch dieses Kräftemessen war eher ein Spiel. Paula wusste, dass die erwachsenen Bullen die Herde meist verlassen mussten und als Junggesellen oder Einzelgänger lebten.

Es war nicht gerade bequem auf dem vertrockneten Ast, und der Gedanke, dass ein Leopard keine Hemmungen hätte, einen Baum zu erklettern, war stets in Paulas Hinterkopf präsent. Nur vor Löwen, Hyänen oder Geparden sei man hier oben absolut sicher, wie Tom kühn behauptete. Er selbst hockte nicht weit von ihr auf einer niedrigen Akazie, und auch wenn er seinen Revolver im Gürtel stecken hatte, so hätte ein hungriger Löwe ihn im Sprung doch gut erreichen können, bevor er überhaupt zum Schuss kam. Vor allem, weil er seine langen Beine sorglos herunterbaumeln ließ.

Es war Ende Oktober, und die ersten Regengüsse waren schon heruntergegangen, doch die trockene, rissige Erde hatte das Wasser noch gar nicht aufsaugen können, es war über die ausgetrocknete Savanne geflutet und von den Flussläufen aufgenommen worden. Nur die Sumpfgebiete hatten die Regenmenge halten können, die ersten Seen waren wieder entstanden, Vögel kehrten zurück, zartes Grün bildete sich über Nacht, und Milliarden von Mücken krochen aus ihren Eiern.

Tom und Paula waren eine ganze Woche bei der freundlichen Wirtin in Arusha geblieben, dann hatten sie beschlossen, zurück nach Tanga zu reisen, wo Tom mit seiner Zeitung Kontakt aufnehmen und Paula nach Franziska forschen wollte. Zu ihrer Freude waren Lupambila und Juma eines Tages im Gasthof aufgetaucht, voller Reue und zugleich überglücklich, ihre *bibi* Pola lebendig und wohlauf vor sich zu sehen. Murimi und Kiwanga hatten sich bei einem indischen Händler verdungen, doch sie hatten es nicht gut getroffen. Der Inder war geldgierig und ließ seine Angestellten vom Morgen bis zum Abend schwer schuften, dafür gab es schlechtes Essen und wenig Lohn. Lupambila und Juma hatten beschlossen, zur Pflanzung zurückzukehren, auch wenn »die schönen Tage mit *bibi* Pola« vorbei waren und man nichts Gutes von dort zu hören bekam. Ein Verwandter von Lupambila, der Neffe seines Schwiegervaters, brachte die Post von Moshi nach Arusha, er hatte ihnen erzählt, dass der neue Verwalter die *kiboko* zu gebrauchen wusste. Dennoch wollten die beiden zurück zu Gottschling. Sie sehnten sich nach ihren Frauen und Kindern, und so ergab es sich wie von selbst, dass sie ihre *bibi* Pola und den großen *bwana* Tom nach Moshi begleiteten.

Mit guten Pferden konnte man diese Strecke innerhalb eines einzigen Tages hinter sich bringen. War man mit Maultieren unterwegs, so dauerte es gewöhnlich zwei bis drei Tage. Zu Fuß brauchte man einen Tag länger. Tom und Paula aber waren nun bereits zwei Wochen unterwegs, und immer noch schien der Ort Moshi in weiter Ferne zu liegen. Sie waren verliebt und neugierig wie zwei Kinder, die Welt erschien ihnen als ein großer Korb voller spannender Überraschungen, die eine nach der anderen ausgepackt werden mussten.

Es war Paula, die die hellbraunen Leiber der Löwinnen auf der gegenüberliegenden Flussseite entdeckte, eine Gruppe von Jägerinnen, die ihre Jungen versorgen mussten. Noch war die Sonne nicht aufgegangen, das Licht über der Savanne war matt, fast bläulich, und die Köpfe der Raubtiere erschienen mitunter grau im dürren Steppengras. Paula schaute beklommen zu Tom hinüber, der ihren Blick aufnahm und nun ebenfalls zum anderen Flussufer spähte. Der Moment war gekommen, sich zurückzuziehen, denn falls sich die Jagd über den Fluss hinweg erstrecken sollte, war nicht sicher, ob ihnen die brüchigen Hochsitze genügend Schutz gewährten.

Es donnerte in der Ferne – ein sicheres Anzeichen dafür, dass noch vor Sonnenaufgang der erste Regen fallen würde. Tom maß die Entfernung zu den grauen Jägerinnen mit abschätzenden Blicken und nickte Paula auffordernd zu. Die Damen dort drüben würden sich auch durch ein Gewitter nicht von ihrer Jagd abhalten lassen – ganz im Gegenteil. Paula staunte, wie geschickt er seinen unbequemen Sitz verließ, auf den Boden sprang und zu ihr hinüberlief.

»Darf ich der jungen Lady behilflich sein?«, fragte er mit halblauter Stimme.

»Ja, du kannst meine Spange suchen, sie ist mir eben gerade aus dem Haar gerutscht«, flüsterte sie zurück.

»Doch nicht die hübsche, handgeschnitzte, die ich dir auf dem Markt in Arusha gekauft habe?«

»Doch – leider.«

Es erwies sich, dass weder Zeit noch Beleuchtung ausreichten, um den verlorenen Haarschmuck zu finden, denn am fahlen Morgenhimmel zogen nun fein gesponnene schwarze Wolkennetze auf.

»Gehen wir lieber, bevor es zu regnen beginnt.«

Der Donner explodierte über ihnen, während sie Hand in Hand zum Lagerplatz zurückliefen, unten am Fluss schlug der Blitz in einen alten Baum ein. Kurz bevor sie das Lager erreichten, wo Lupambila und Juma die aufgeregten Maultiere beruhigten, fielen die ersten Tropfen. Sekunden später waren sie bis auf die Haut durchnässt. Da es nun keinen Sinn mehr machte, ins Zelt zu kriechen, blieben sie eng umschlungen im Regen stehen, spürten das Prasseln und Trommeln der nassen Flut auf ihren Körpern, und während sie einander küssten, schmeckten sie das Regenwasser, das an ihren Gesichtern hinablief.

»Juma gleich hat gesehen, dass *bwana* Tom ist gute Mann für *bibi* Pola. Aber *bibi* Pola hat weggejagt gute *bwana* Tom. So hat auch gemacht Mapanga, wenn Juma ist gekommen mit Geschenke und Blätter von Kokospalme …«

Die beiden Schwarzen zierten sich keineswegs, ihre Scherze über das verliebte Paar zu machen. Es waren wohlmeinende Scherze, die niemanden verletzten, über die sich Juma und Lupambila jedoch lange Zeit vor Lachen ausschütten konnten. Hin und wieder, wenn es Tom in den Kram passte, stieß er ins gleiche Horn.

»Ja, so sind die Frauen. Schwarz oder weiß – da sind sie alle gleich. Beim ersten Mal wird man davongeschickt, bei zweiten Mal bekommt man dazu eins auf die Nase, und nur wer den Mut aufbringt, es noch ein drittes Mal zu versuchen, der kann darauf hoffen, den kleinen Finger gereicht zu bekommen …«

»Um dann gleich die ganze Hand an sich zu reißen«, fiel Paula lachend ein.

»Ach was! Eine Hand ist viel zu wenig!«

Im strömenden Regen brachen sie auf, um nun endlich das letzte Stück des Weges nach Moshi zu bewältigen, und während sie triefend vor Nässe durch schlammige Sturzbäche ritten, klarte der Himmel am Horizont wieder auf. Rotgoldenes Licht schimmerte durch die schwarzen Wolkenstreifen, beherrschte bald den gesamten Himmel und färbte die vom Boden aufsteigenden Dämpfe rosig. Am Fluss sah man die grauen Rücken der Elefanten aus dem rosigen Dunst ragen, sie bewegten sich nur wenig, doch es war zu vermuten, dass sie ihre Leiber mit dem dicken gelben Schlamm bewarfen, der ihre empfindliche Haut vor Hitze und Sonnenbrand schützte. Schweigend ritt die kleine Gruppe ihrem Ziel entgegen, Weiße wie Schwarze waren benommen von der Schönheit des morgendlichen Naturschauspiels.

»Ich wusste nicht, dass das Leben so wunderbar sein kann«, sagte Paula leise.

»Ich wusste es in dem Augenblick, als ich dich zum ersten Mal sah«, gab er lächelnd zurück.

»Ach, Tom …«

In Moshi fanden sie nur mit Mühe eine Unterkunft, da der Ort voller Reisender war, die zur Küste unterwegs waren. Vor allem die indischen Kaufleute waren um ihren Warennachschub besorgt und hofften, die Blockade der Briten auf irgendeine Weise zu durchbrechen. Auch einige deutsche Pflanzer zog es zur Küste, es waren meist junge Burschen, die sich dem charismatischen Kommandeur von Lettow-Vorbeck anschließen wollten, um ihre »Heimat gegen den Feind zu verteidigen.« Im Usambara-Gebirge sollte sich ein »freiwilliges deutsches Schützenkorps« unter Hauptmann von Prince gebildet haben, das von Lettow-Vorbecks Askaritruppen zur Seite stand. Hauptmann von Prince sei der berühmte *»bwana* Sakkarani«, der seinerzeit den schwarzen Aufständischen Mkwawa zur Strecke gebracht habe.

Tom sagte nicht viel zu den Nachrichten, die ihnen im Gasthaus von einem norwegischen Pflanzer brühwarm erzählt wurden. Gewiss, von *bwana* Sakkarani habe er gehört, übersetzt hieß dieser Beiname so viel wie »der sich wie ein Blindwütiger in jede Gefahr stürzt«. Allerdings sei der Hauptmann schon seit gut fünfzehn Jahren nicht mehr aktiv, er habe sich mit seiner Frau im Usambara-Gebirge niedergelassen und dort eine Kaffeepflanzung angelegt.

»Dennoch ist sein Ruhm ungebrochen«, beharrte der Norweger, der ganz offensichtlich auf der Seite der Deutschen stand.

»Wie schaut es denn an der Küste aus?«, wollte Tom wissen.

»Großartig. Sieben Stunden lang hat sich der tapfere Major Baumstark mit den Briten südlich von Mombasa herumgeschlagen. Er hätte sie alle niedergemacht, wäre ihm nicht die Munition ausgegangen …«

»Südlich von Mombasa?«, mischte sich Paula besorgt ein. »Auf britischem oder auf deutschem Gebiet?«

»Auf britischem Territorium natürlich. Bei Gazi.«

Tom und Paula dachten das Gleiche, schwiegen jedoch, denn sie hatten längst bemerkt, dass die allgemeine Kriegsbegeisterung keine vernünftigen Erwägungen duldete. Die deutschen Schutztruppen konnten es nicht lassen, in die umliegenden Kolonien einzufallen, Schaden anzurichten und sich dann mit sieggeschwellter Brust wieder zurückzuziehen. Weshalb? Irgendwann würden Briten und Portugiesen die ständigen Nadelstiche satthaben und mit voller Kraft zurückschlagen. Glaubte von Lettow-Vorbeck tatsächlich, den britischen Kolonialtruppen viel entgegensetzen zu können? Woher nahmen diese Offiziere eigentlich ihre verdammte, völlig grundlose Siegesgewissheit?

Im Laufe des Abends setzten sich weitere Reisende an ihren Tisch, zwei junge Inder, ein belgischer Großwildjäger und drei deutsche Pflanzer, die zur Bahnstation geritten waren, um die neuesten Nachrichten zu erfahren. Das Kriegsgeschehen war jedoch bald vergessen, stattdessen schwatzte man von der Jagd, von den Schäden, die die Trockenheit unter den Rinderherden der Massai angerichtet hatte, von Blitzeinschlägen und den Folgen der ersten, kräftigen Regenfälle. Schließlich kam auch die Rede auf die Pflanzung des »alten Kauz Gottschling«, auf der es wohl seit einigen Wochen drunter und drüber ging.

»Der Alte hatte einen Buren als Verwalter eingestellt, aber den hat er schon nach einer Woche wieder gefeuert. Danach kam ein dürrer Kerl mit Schnauzbart, ein Pole oder Russe – doch auch der war bald wieder draußen. Jetzt soll er einen Deutschen angeheuert haben, einen jungen Kerl, der sich wohl hier unten in Afrika vor dem Kriegsdienst drücken will.«

»Wird auch nicht lang gehen …«

»Bestimmt nicht. Wo der alte Gottschling doch den ganzen Tag über mit seinem komischen Rollwägelchen unterwegs ist und in alles seine Nase steckt …«

»Was für ein sturer Bock, dieser Gottschling. Nach dem Tod seiner Elfriede haben wir alle keinen Pfifferling mehr für ihn gegeben, weil er doch so an ihr hing. Und dann noch die Lähmung in den Beinen … Das ist das Ende, haben wir gedacht. Aber ich glaube, der Alte ist hart wie Granit, der überlebt uns alle noch …«

»Das mag schon sein«, stimmte Paula lächelnd zu. »Und irgendwie gönne ich es ihm.«

Der junge Pflanzer hatte sie schon mehrfach aufmerksam gemustert, jetzt fragte er – mit vorsichtigem Seitenblick auf Tom – ob sie vielleicht jene Paula von Dahlen sei, die eine Weile Verwalterin bei Gottschling gewesen war.

»Die bin ich allerdings.«

»Meinen allergrößten Respekt«, meinte der junge Mann

und hob mit leichter Verlegenheit sein Bierglas, als wolle er auf sie trinken. Der Rest der Runde fand die Idee großartig, man trank auf Paula von Dahlen, und nur Tom wusste, wie wenig Paula daran lag, ausgerechnet unter diesem Namen gefeiert zu werden.

»Ach ja – da liegt ein Brief für Sie in der Poststation«, teilte ihr einer der jungen Pflanzer mit. »Ich weiß es deshalb, weil man mich fragte, ob ich zufällig eine Paula von Dahlen kenne.«

Paula und Tom wechselten einen belustigten Blick. Tante Alice konnte es einfach nicht lassen, ihre geliebte Nichte mit Liebeserklärungen und Forderungen zu traktieren. Paula hatte Tom von dem heimlichen Kauf des Gutshofs erzählt, und er hatte sie ermutigt, dieses Geschenk nicht abzuweisen. Doch Paula hatte ihm entgegengehalten, dass sie sich augenblicklich im Krieg befänden und daher keine Pläne machen könnten. Es sei überhaupt höchst erstaunlich, wie es die deutsche Post geschafft habe, die britische Seeblockade zu umgehen und diesen Brief nach Moshi zu bringen.

Die Nacht im Gasthof war recht ungemütlich. Tom musste sich ein Zimmer mit vier anderen Reisenden teilen, während Paula mit zwei jungen Inderinnen in einem engen Kämmerchen nächtigte und die meiste Zeit damit beschäftigt war, die Regenfluten aufzufangen, die durch das defekte Dach eindrangen. Wie gerädert trafen sie am Morgen in der Gaststube wieder zusammen, nagten an trockenen Brotfladen und tranken schalen Milchkaffee.

»Die Usambara-Bahn geht in einer Stunde«, vermeldete Tom. »Ich habe mich erkundigt. Lass uns diesen ungastlichen Ort so schnell wie möglich verlassen.«

»Gern«, gab sie zurück. »Ich habe noch etwas Geld übrig und werde damit Lupambila und Juma bezahlen. Wollen wir ihnen auch die Maultiere geben? Und das Zelt?«

Er kippte den Inhalt seiner Kaffeetasse herunter, schluckte und zog ein angewidertes Gesicht. Ziegenmilch im Morgenkaffee zählte nicht zu seinen Vorlieben.

»Meinetwegen. Auch die restlichen Lebensmittel und den ganzen Krempel, den Juma zum Kochen gebraucht hat. In Tanga werden wir hoffentlich in einem anständigen Gasthof unterkommen.«

»Ansonsten könnten wir auch in der evangelischen Mission wohnen. Missionar Söldner würde sich freuen. Und meine schwarzen Schüler ebenfalls ...«

»Den Brief müssen wir vorher noch rasch abholen«, warf Tom ein.

Eine halbe Stunde später hielt Paula das Schreiben in der Hand. Es war nicht von Tante Alice, sondern überraschenderweise von Franziska. Als Absender war die Mission in Tanga angegeben, doch seltsamerweise trug der Brief eine britische Marke. Wie dies zustande kam, konnte nicht einmal der junge Postbeamte erklären, doch er murmelte etwas von »nächtlichen Fischzügen« und »arabischen Schmugglern«.

»Sie ist auf Sansibar. Deine brave Freundin scheint eine Menge dazugelernt zu haben«, amüsierte sich Tom, während sie eilig zur Bahnstation gingen, um die Abfahrt des Zuges nicht zu verpassen. Sie fanden zwei Plätze dicht am Fenster des Personenwaggons, richteten sich dort mit einem kleinen Vorrat an Maisfladen, Erdnüssen und frischer Ananas ein und begannen schon kurz nach der Abfahrt des Zuges zu essen.

»Ich sehe es schon kommen«, witzelte Tom. »Bei der nächsten Station werde ich wieder einkaufen müssen. Ich hoffe nur, dass meine Geldbörse deinem Appetit gewachsen ist.«

Lachend widersprach Paula, behauptete, er selbst habe den größten Teil ihrer Vorräte verzehrt, was durchaus der Wahrheit entsprach. Er legte den Arm um sie, und sie lehnte den

Kopf gegen seine Brust, um beim eintönigen Rattern des Zuges ein wenig zu dösen.

»Frau Paula Naumann«, hörte sie ihn flüstern. »Frau Paula Naumann, geborene Mercator. Mrs. Tom Newman. Madame Pauline Nouvel Homme. Signora Paola Novo …«

»Spinner …«

»Ich will dich heiraten, mein Schatz. Und dieses Mal wirst du mich nicht abweisen, denn ich habe dir die Unschuld geraubt und bin verpflichtet, mich für den Rest meines Lebens deiner anzunehmen.«

»Ich will keinen Mann, der mich nur aus Pflichtgefühl nimmt!«

»Vielleicht möchtest du einen, der dich aus rasender Liebesleidenschaft in die Ehe prügelt?«

»Auch nicht …«

Er knurrte unzufrieden. Für Paula, die das Ohr an seiner Brust hatte, klang er wie ein zorniger Braunbär.

»Nicht aus Pflichtgefühl, nicht aus Liebe – ja, was denn dann? Der romantische Kavalier? Soll ich hier mitten im Waggon vor dir niederknien und dir in aller Form einen Antrag machen? Ist es das?«

Sie kicherte glücklich und meinte, solcher Aufwand sei unnötig. Sie wolle seinen Antrag wohlwollend überdenken und eine positive Antwort in Erwägung ziehen …

»Sag einfach Ja, Mädchen.«

Paula scherte sich kein bisschen um die indignierten Blicke zweier junger Inderinnen, die ihr gegenüber auf der Bank saßen.

»Also, dann eben Ja.«

»Ha!«, rief er, weit lauter, als es nötig gewesen wäre. »Jetzt ist es amtlich. Ich habe Zeugen, der ganze Waggon hat es gehört.«

»Bitte, Tom …«

Nun wurde sie doch rot, denn der graubärtige Inder, der zwischen den beiden jungen Frauen saß, verzog das Gesicht fast unmerklich zu einem Lächeln.

Tom lächelte zurück, nickte den beiden Frauen freundlich zu, dann schob er den Hut in die Stirn und schickte sich an, trotz der ruckelnden Fahrt und der unbequemen Rückenlehne ein Schläfchen zu halten.

Auch Paula war nach der ungemütlichen Nacht todmüde, doch während Tom neben ihr bald leise vor sich hin schnarchte und auch den Inderinnen die Augen zufielen, gelang es Paula nicht, ins Reich der Träume hinüberzugleiten. Der Zug hielt an verschiedenen Bahnhöfen, weiße Flachbauten, die mit Wellblech gedeckt waren, Lagerhallen aus Backstein und gusseiserne Straßenlaternen glitten an ihr vorüber, schwarze Eingeborene in bunten Gewändern strömten schwatzend und lachend in den Waggon, Araber bewegten sich würdevoll durch die Menge, Inder mit weißen Turbanen und langen seidenen Jacken setzten sich schweigend auf die noch freien Plätze und bewachten ihr Gepäck mit Argusaugen. Nach einer Weile erinnerte sich Paula an Franziskas Schreiben, und sie zog den Brief aus der Jackentasche, um ihn zu öffnen. Sie war neugierig darauf, wie Franziskas neuer Lebensabschnitt verlaufen war, zugleich plagte sie jedoch die Sorge um die Freundin. Dass Franziska sich so rasch wieder meldete, konnte auch bedeuten, dass sie in Not war und Hilfe benötigte.

Sie musste lächeln, als sie die beiden dicht beschriebenen Blätter entfaltete. Franziskas Handschrift war so gleichmäßig und akkurat, dass man sie für Druckschrift halten konnte. Paula hatte Franziska beim Schreiben oft beobachtet und zu ihrer Überraschung festgestellt, dass sie diese perfekten Buchstaben vollkommen mühelos zu Papier brachte, ohne jegliche Anstrengung und in erstaunlichem Tempo.

Meine liebe Freundin Paula,
Sie werden sich wundern, schon jetzt einen Brief von mir zu erhalten, doch die Ereignisse der letzten Wochen waren so intensiv und meine Sehnsucht nach Ihnen so groß, dass ich nicht anders konnte, als zur Feder zu greifen und Gott den Herrn zu bitten, der Brief möge Sie in diesen unruhigen Zeiten heil und sicher erreichen.

Vor allem hoffe ich, dass es Ihnen gut geht, dass Sie bei bester Gesundheit sind und frohen Mutes. Vielleicht ist Ihre Reise zum Meru-Berg ja noch nicht beendet und Sie sind immer noch auf der Suche nach den Spuren Ihres Vaters. In diesem Fall bete ich darum, dass der Herr Sie sicher wieder aus den Bergen zurück an die Küste führen wird, um Ihnen dort seine unerschöpfliche Güte und Liebe zu beweisen …

Paula ließ das Blatt ein wenig irritiert sinken. War Franziska eigentlich auch vorher schon so fromm gewesen? Hatte sie in jedem zweiten Satz Gott den Herrn zitiert? Eigentlich nicht. Sie schmunzelte und dachte sich ihren Teil.

Mein Schicksal, liebe Paula, hat mich auf gefährlichen Pfaden dicht am Abgrund vorbeigeführt, doch die Engel Gottes haben mich behütet und mich letztlich zu einem großen, unverdienten Glück geleitet. Seit einer Woche bin ich mit Gerhard Böckelmann verheiratet, schwimme in Seligkeit und kann nicht glauben, dass ich nach all den Gefahren letztlich doch in den sicheren Hort der Mission in Sansibar gelangt bin …

In der Folge beschrieb Franziska, dass sie mehrere Tage in der Mission in Tanga gewartet hatte, unsicher, was sie unternehmen sollte, denn es war möglich, dass die Briten den deutschen Missionar Gerhard Böckelmann aus Sansibar auswiesen. Nach tagelangem Warten entschloss sich Franziska mit dem Mut der Verzweiflung zur Überfahrt mit einem Fischerboot, eine vielstündige Seereise, die sie nur als »entsetzlich« bezeichnete. Mehr tot als lebendig sei sie am frühen Morgen auf der Insel angekommen, dann eine Weile umhergeirrt und mit knapper Not einem Überfall entkommen. Schließlich aber fanden sich einheimische Christen, die ihr den Weg zur Mission zeigten, wo sie den verblüfften Böckelmann antraf. Es stellte sich heraus, dass Missionar Böckelmann eine englische Mutter hatte und zudem beste Beziehungen zur anglikanischen Mission auf Sansibar unterhielt, so dass er vorerst dort verbleiben konnte.

Unsere Hochzeit verlief in aller Einfachheit, aber dennoch sehr feierlich. Reverend Homer hat uns getraut, zwei schwarze Diakone waren die Trauzeugen, die Missionskinder unsere Gäste. Wir alle aßen und tranken fröhlich miteinander, und es gibt nur einen einzigen Wermutstropfen in dem köstlichen Freudenbecher unseres Glücks. Gerhard bedauert, dass wir nicht nach evangelischem Ritus heiraten konnten, und er ist entschlossen, die Zeremonie zu gegebener Gelegenheit zu wiederholen …

Großer Gott, dachte Paula, faltete den Brief zusammen und steckte ihn ein. Es ist ganz offensichtlich der Tag der Hochzeiten, zuerst redete Tom davon, und jetzt bekam sie noch Franziskas ausführliche Schilderung zu lesen. Wie romantisch, in einer Mission zu heiraten, umgeben von fröhlichen schwarzen Menschen, unter Palmen, den weißen Strand und die kobaltblauen Wellen des Indischen Ozeans gleich in der Nähe. Seltsam – sie selbst konnte sich ihre Hochzeit eigentlich nur in der kleinen Kirche an der Müritz vorstellen, dort, wo sie als Kind mit der Familie jeden Sonntag der Predigt gelauscht und heimlich mit den Brüdern allerlei Unsinn ausgebrütet hatte. Traurig blickte sie aus dem Zugfenster, wo jetzt die staubgraue Savanne vorüberzog. Passend zu ihrer Stimmung verdunkelte sich der Himmel, leises Donnergrollen kündigte den nächsten Regenguss an. Wieso sehnte sie sich immer wieder nach dem stillen, friedlichen Klein-Machnitz? Es würde ihr niemals gehören, es durfte ihr nicht gehören, denn es war Besitz der von Dahlen.

Überall wurden schon in Erwartung der Regenfluten die Fenster hochgeschoben. Gleich würde es zu dunkel sein, um weiterzulesen. Rasch zog sie die gefalteten Blätter wieder aus ihrer Jackentasche.

Ich hoffe wirklich sehr darauf, meine liebe Paula, dass Ihr Abenteuer in den Meru-Bergen von Erfolg gekrönt war und dass Sie inzwischen wieder den Rückweg nach Moshi angetreten haben. Ich brenne nämlich darauf, Ihnen eine Nachricht zu überbringen, die mich schon zwei ganze Nächte nicht mehr schlafen ließ. Denken Sie nur, es gibt ganz in der Nähe der anglikanischen Mission eine großen Plantage, auf der allerlei Gewürze, vor allem aber Gewürznelken angebaut werden. Großzügigerweise liefert der Besitzer alle drei Monate eine Ladung Gewürze an die Mission, weshalb, das habe ich vergessen, aber es hat etwas mit einem schwarzen Kind zu tun, das die Missionare einst gesund pflegten. Ich konnte es kaum glauben, als Gerhard mir den Namen des Plantagenbesitzers nannte, und ich schwöre Ihnen, dass ich zunächst gelassen blieb und genaue Nachforschungen anstellte. Nun aber musste ich zur Feder greifen, denn die Fakten scheinen mir allzu passend: Der Plantagenbesitzer ist circa fünfzig Jahre alt, er kam vor zwanzig Jahren auf die Insel und kaufte die damals ziemlich heruntergewirtschaftete Plantage von einem Araber. Seitdem hat er den Besitz ausgebaut, und die Gewürze haben ihn zum reichen Mann gemacht.

Sie werden es erraten haben, liebe Paula. Der Name des Plantagenbesitzers ist Klaus Mercator.

Noch starrte Paula auf den Namen, spürte den heißen Ansturm ihres Herzens, da krachte über ihnen der Donner, und die Regenfluten ergossen sich wie ein Sturzbach über die trockene Landschaft. Tom erwachte und blinzelte in Richtung Fenster, dann erst spürte er, dass Paula in seinem Arm steif wie eine Tote dasaß.

»Was ist los, mein Schatz?«

»Lies …«, flüsterte sie und hielt ihm das Schreiben hin.

Tom nahm ihr die Blätter aus der Hand, wenn ein Blitz die Landschaft erhellte, konnte man sogar ein paar Worte lesen.

29

Schwester Anneliese saß friedlich auf ihrem Lehnstuhl, ein weiches Kissen im Rücken, die Hände im Schoß ineinandergelegt. Den Lehnstuhl hatten die schwarzen Diakone für sie aus Bambusrohr zusammengebunden, ein erstaunlich haltbares und schmuckes Möbelstück. Schwester Anneliese hatte sich jahrelang um den Unterricht der schwarzen Missionskinder gekümmert, die Kranken gepflegt, den Garten bestellt, sie war keine Missionarin, und doch war sie die gute Seele der Mission gewesen – nun war sie müde und krank. Man hatte sie aus der Klinik auf ihre Bitte hin entlassen, denn sie wollte ihre letzten Lebenstage dort verbringen, wo sie so viele Jahre segensreich gewirkt hatte.

»Es ist jammerschade, dass Sie nicht hierbleiben wollen, Fräulein Paula«, sagte sie und bemühte sich, den Kopf anzuheben, um die junge Frau besser sehen zu können. »Die schwarzen Kinder haben so an Ihnen gehangen. Vor allem die kleine Mariamu.«

Paula freute sich über das Kompliment, doch sie wusste natürlich, dass es aus der Hoffnung geboren war, sie an die Mission in Tanga zu binden. Außer Missionar Söldner und Schwester Anneliese gab es hier momentan keine weißen Mitarbeiter, und wegen des Krieges war auch nicht zu erwarten, dass dieser Zustand sich in naher Zukunft änderte.

Man hatte inzwischen einen mit Palmblättern überdachten

Sitzplatz im Hof der Mission errichtet, ein kühler Schattenspender in der heißen Jahreszeit, aber auch ein erstaunlich guter Schutz vor den Regenfluten, die momentan täglich über die Küstenregion herniedergingen. Schwester Anneliese verbrachte fast den ganzen Tag hier, nicht einmal Blitz und Donner konnten sie von diesem Lieblingsort vertreiben, und jeder der gerade Zeit hatte, leistete ihr ein wenig Gesellschaft.

»Mariamu ist ein Kind, das unbedingt gefördert werden muss, Fräulein Paula«, fuhr Schwester Anneliese hartnäckig fort. »Sie ist ein Rechengenie. Aber auch das Lesen und Schreiben fällt ihr leicht, sie hat ein großartiges Gedächtnis, und – was mir besonders bemerkenswert erscheint – sie ist für ihr Alter ungewöhnlich vernünftig. Allerdings auch ein wenig schwierig.«

Paula hatte es schon vermutet. Mariamu war mit einem besonderen Kopf gesegnet, sie war ihren Altersgenossen, aber auch den älteren Schülern in fast allen Dingen weit voraus. Vielleicht wäre sie nicht so »schwierig« gewesen, hätte sie nicht jahrelang unter ihren Brüdern gelitten. Das kleine Mädchen war ein gutes Stück gewachsen, speziell angefertigte feste Schuhe glichen die Behinderung aus, und der Ausdruck des immer noch bezaubernd kindlichen Gesichts hatte etwas Hochnäsiges bekommen. Mariamu liebte es, andere in die Irre zu führen, um dann ihre Überlegenheit zu genießen, und manchmal probierte sie ihre Fähigkeit auch an den schwarzen Diakonen aus, die momentan den Unterricht hielten. Da hatte sie sich – zur Freude ihrer Mitschüler – schon mehrfach bösen Ärger und handfeste Ohrfeigen eingehandelt.

»Falls Sie tatsächlich nach Sansibar gelangen sollten, Fräulein Paula …«

Schwester Anngret musste eine kleine Pause machen, weil ihr der Atem ausblieb. Dann aber nahm sie den Faden entschlossen wieder auf.

»Falls Sie Sansibar tatsächlich trotz aller Widrigkeiten erreichen sollten, dann schauen Sie sich dort bei der anglikanischen Mission um. Angeblich gibt es dort eine weiterführende Bildungsstätte für Schwarze. Eine Schule, die Eingeborene auf die Universität vorbereitet. Das wäre für unsere kleine Mariamu genau das Richtige …«

Sie musste husten, und Paula beeilte sich, ihr einen Becher mit Limonade zu reichen. Schweigend saß sie dann neben ihr, sah zu, wie die Schwester das Getränk in kleinen Schlucken zu sich nahm, während der Regen wie ein lebendiger Vorhang von dem Palmblätterdach über ihnen auf den Hof hinabrauschte. Wie alt mochte Schwester Anneliese wohl sein? Fünfzig? Sechzig? Vielleicht auch schon siebzig? Es war schwer zu sagen, und neugierig nachfragen mochte Paula nicht. Aber sie war voller Bewunderung für diese Frau, die ihr Leben einer einzigen Aufgabe gewidmet hatte und bis zum letzten Atemzug daran festhielt.

Was hatte sie selbst dem entgegenzusetzen? War ihr Leben nicht eine einzige Folge von Irrwegen? Von Hoffnungen und Anstrengungen, die nirgendwohin führten?

Nach ihrer Ankunft in Tanga hatten sie bald festgestellt, dass es keine Chance auf ein einigermaßen vernünftiges Hotelzimmer gab. Reisende aus verschiedenen Ländern waren dort seit Tagen einquartiert und hofften verzweifelt darauf, mit irgendeinem Schiff den Hafen verlassen zu können. Doch vor den Häfen der deutsch-ostafrikanischen Küste patrouillierten britische Kriegsschiffe, und die kleinen deutschen Küstendampfer wagten sich nicht mehr auf See. Unnötig zu erwähnen, dass seit Wochen kein einziger Reichspostdampfer in der Kolonie festgemacht hatte. Post aus der Heimat gab es so gut wie gar nicht mehr, auch Telefonate waren nicht länger möglich, da der Feind alle Überseekabel zerschnitten hatte. Die einzige

Verbindung zur Außenwelt war die Funktelegrafie gewesen, doch nachdem die Briten den Funkturm in Daressalam zerschossen hatten, war auch darauf kaum mehr Verlass.

Tom und Paula hatten wie erwartet Zuflucht in der evangelischen Mission gefunden, wo Missionar Söldner sie mit großer Freude aufnahm. Ein paar Tage hatten sie sich dort nützlich gemacht, Paula hatte sich um Mariamu und ihre schwarzen Mitschüler gekümmert, ihnen neue Lieder und Spiele beigebracht und die Kirche zum Gottesdienst mit Blüten und Palmzweigen ausgeschmückt. Tom hatte sich bei der Herstellung von Kirchenbänken mehrfach die Finger geklemmt und schließlich den grinsenden Diakonen erklärt, er sei mehr dazu geeignet, mit dem Kopf als mit dem Hammer zu arbeiten. Schließlich hatte er sich in die Stadt begeben, um »alte Freunde« zu treffen und die neuesten Kriegsgerüchte in Erfahrung zu bringen. Als er am Abend mit einer leichten Whiskyfahne in die Mission zurückkehrte, präsentierte er Paula ein Telegramm, das schon seit einigen Wochen für ihn auf der Post gelegen hatte.

SIND INTERESSIERT AN BERICHTEN ÜBER
KRIEGSEREIGNISSE IN DEUTSCH-OST STOP
ÜBER TELEGRAF STOP ZAHLEN GUT STOP
BERLINER MORGENPOST

»Daraus wird wohl nichts werden«, meinte Paula bedauernd. »Es gibt keine Möglichkeit, einen Zeitungsartikel von hier nach Berlin zu schicken.«

Er zuckte die Schultern und warf das Telegramm nachlässig aufs Bett. Er hätte ohnehin abgelehnt, behauptete er. Kriegsberichte zu schreiben sei nicht seine Sache. Er habe niemals eine Neigung zum Militär verspürt, habe die vielen Aufmärsche und Paraden immer lächerlich gefunden. Dass inzwischen aus den harmlosen Soldatenspielchen blutiger Ernst geworden sei, halte er für äußerst beklagenswert. Es sei jedoch zu erwarten gewesen bei dem beständigen Säbelrasseln auf allen Seiten, der Krug gehe nun einmal so lange zu Wasser, bis er breche …

Paula wusste nicht so recht, ob sie ihm glauben konnte. Sie hatten miteinander verabredet, eine Gelegenheit zu suchen, illegal mit einer arabischen Dhau nach Sansibar überzusetzen und dort mit Franziskas Hilfe den Plantagenbesitzer Klaus Mercator aufzusuchen. Paula war atemlos vor Aufregung, zugleich aber voller Angst, das so lange ersehnte Ziel im letzten Augenblick doch noch zu verfehlen. Was, wenn sie bei dieser Überfahrt in den Fluten des Ozeans versanken? Oder wenn sich erwies, dass dieser Mann mit dem Namen Klaus Mercator ein ganz anderer war? Ach, welch ein Traumgebilde hatte sie sich da zusammengezimmert! Jetzt erst wurde ihr bewusst, dass sie nichts Konkretes in Händen hatte. Nur ein Foto, auf dem Tante Alice einen Mann erkannt hatte, der ihrer Schwester einmal den Hof gemacht hatte. Genauer gesagt: Tante Alice hatte geglaubt, diesen Mann zu erkennen – sicher war sie keineswegs gewesen. Und auch der dazugehörige Name war nur Vermutung, auch wenn Tom von der Zuverlässigkeit seines Informanten überzeugt war. Klaus Mercator. Was würde sein, wenn der Plantagenbesitzer Klaus Mercator ihr lächelnd erklärte, niemals eine Lilly von Brausewitz gekannt zu haben?

»Was plagst du dich, mein Schatz?«, hatte Tom gefragt. »Du hast jetzt nur die eine Möglichkeit: Du musst dir Klarheit verschaffen. Tust du es nicht, wird dich diese Frage für den Rest deines Lebens beschäftigen.«

Natürlich hatte er recht. Und doch zitterte sie vor Angst.

»Die ganze Zeit über habe ich mich an die Hoffnung geklammert, seine Tochter zu sein«, flüsterte sie kläglich. »Was werde ich tun, wenn dieser Traum zerplatzt? Woran werde ich mich dann festhalten?«

Er schloss sie in die Arme, ohne ein Wort zu sagen, und Paula spürte, wie ihre Ängste kleiner wurden. Ja, selbst wenn ihre große Hoffnung sich nicht erfüllte, gab es jemanden, der sie hielt. Tom Naumann, die Liebe ihres Lebens. War das nicht alles, was sich eine Frau wünschen konnte? Der Mann, den sie liebte, stand felsenfest an ihrer Seite.

»Ich bin so froh, dass es dich gibt, Tom …«

Drei Tage nach seiner Rückkehr von der langen Whiskynacht eröffnete er ihr mit schlechtem Gewissen, dass er sie nicht nach Sansibar begleiten würde.

»Aber … aber das hatten wir doch ausgemacht.«

Sie fasste es nicht. Er brach sein Versprechen und nahm ihr damit den Rückhalt, den sie so nötig brauchte. Wie war das möglich? Sie musste sich verhört haben.

Aber nein. Er hatte diesen Spaziergang am Meer, das von dem morgendlichen Unwetter noch aufgewühlt war, eigens dazu unternommen, um ihr diesen problematischen Entschluss mitzuteilen. Als ob die Schönheit der hellblauen, glitzernden Wellen und der schneeweiße Sand eine schlimme Nachricht abmildern könnten.

»Gewiss, mein Schatz, das hatten wir ausgemacht. Aber inzwischen bin ich zu der Ansicht gekommen, dass meine Person auf Sansibar einfach fehl am Platze wäre …«

Er meinte es ernst. Paula verspürte zunächst nichts als eine ungeheuer große Trauer. Sie hatte sich ein Idealbild gezimmert: der verlässliche, selbstlose Tom, der Mann, an dessen starker Schulter sie ausruhen konnte, der stets zur Stelle war, wenn sie Hilfe brauchte. Tatsächlich hatte sie vergessen, dass Tom Naumann eine zweite Natur besaß. Der bezaubernde Scharlatan, der immer auch seine eigenen Ziele verfolgte.

»Wie kommst du darauf, dass du auf Sansibar überflüssig sein könntest? Gerade dort und auch schon auf der gefahrvollen Überfahrt brauche ich dich so dringend wie nie zuvor …«

Das war zwar übertrieben, aber wenn er mit unlauteren Mitteln stritt, musste sie nicht nachstehen.

»Dein Vertrauen macht mich glücklich, Paula«, gab er zurück und tat einen langen, schweren Atemzug, bevor er weitersprach. Von hier aus konnte man die palmenbekränzte Bucht von Tanga überblicken, die so heiter und friedlich wirkte. Doch die grauen Schemen der englischen Kriegsschiffe waren deutlich auf dem blauen Ozean zu erkennen, sie patrouillierten ungeniert zwischen der Küste und der Gewürzinsel Pemba, zogen weiter südlich bis Sansibar, umfuhren die Insel Mafia und kehrten wieder zurück.

»Mein Vertrauen macht dich glücklich?«, entfuhr es Paula. »Mir scheint, ich habe dir allzu sehr vertraut, Tom Naumann.«

»Ich habe lange mit mir gekämpft, Paula, bevor ich diesen Entschluss gefasst habe, das schwöre ich dir. Aber überleg doch mal …«

Er stellte sich vor sie hin und machte ihr mit großer Beredsamkeit weis, dass dieses Treffen mit ihrem Vater eine intime Familienangelegenheit sei. Eine Sache zwischen Vater und Tochter. Ein Sich-Wiederfinden unter Tränen und großen Emotionen. Vater und Tochter würden einander viel zu erzählen haben, Fragen würden geklärt werden, Geheimnisse gelüftet, lebenslange Missverständnisse aufgedeckt. Ein Unbeteiligter wie er störe bei so etwas doch nur.

Paula hörte ihm schweigend zu, schlenderte dabei mit langsamen Schritten durch den regennassen Sand, stieg über angeschwemmten Seetang und zerbrochene Muscheln, umging die Stellen, an denen der Regen die dunkle Korallenbank freigespült hatte.

»Gewiss ist die Überfahrt nicht ungefährlich«, gab er zu. »Aber die schwarzen Fischer können erstaunlich gut mit ihren Booten umgehen. Und ich weiß, dass du eine kluge und mutige junge Frau bist, Paula. Gerade aus diesem Grund liebe ich dich.«

Er schwatzte noch ein Weilchen über die guten Verbindungen zwischen der anglikanischen Mission in Stone Town auf Sansibar und der evangelischen Mission in Tanga. Tatsächlich waren viele dieser Bootsbesitzer auf die Missionsschulen gegangen und zum Christentum bekehrt worden. Einige – so hatte Tom gehört – waren sogar noch freigelassene Sklaven aus der Zeit, als die Briten auf Sansibar den Sklavenhandel erlaubten.

»Es sind treue Burschen und dazu geschickte Segler – sie haben auch Franziska sicher nach Sansibar gebracht …«

»Schon gut, Tom Naumann«, unterbrach ihn Paula mit harter Stimme. »Bevor du noch stundenlang allerlei Unsinn redest: Was steckt wirklich dahinter?«

»Wie … wie meinst du?«

Er sah sich ertappt. Sie war ihm in den Weg getreten, die Arme vor der Brust verschränkt, ihrem herausfordernden Blick war nichts entgegenzusetzen.

»Fang an«, forderte sie ihn auf. »Was ist los? Hast du vielleicht Angst, auf Sansibar als deutscher Spion gefangen gesetzt zu werden? Ist es das?«

»Großer Gott – nein!«, rief er empört.

»Was dann? Heraus damit!«

Er tat wieder einen tiefen Atemzug, dann gab er sich geschlagen.

»Du wirst es nicht verstehen, Liebste«, murmelte er. »Es ist so lächerlich, dass ich es selbst kaum für möglich halte. Aber es ist, wie es ist, und ich kann nicht anders.«

Er schämte sich. Kommandeur von Lettow-Vorbeck stand mit zweitausend Mann am Kilimandscharo, und in Usambara hatte sich ein Freiwilligen-Korps zusammengefunden, um die Kolonie gegen die Briten zu verteidigen. Man hatte die Funkverbindung der Engländer angezapft und erfahren, dass größere Kriegsverbände aus England und Indien unterwegs nach Deutsch-Ost waren – es würde zum Kampf kommen.

»Du weißt, dass ich nichts vom Soldatenleben und noch weniger vom Heldentod halte«, sagte er und starrte mit zusammengekniffenen Augen auf das blendend helle Meer.

»Aber ich bin auch kein solcher Feigling, dass ich mich jetzt, wo so viele andere ihren Hals riskieren, heimlich nach Sansibar verdrücke.«

Das hatte sie nicht erwartet. Nicht von Tom Naumann. Und doch meinte er es bitterernst.

»Du … du willst dich zum Freiwilligen-Korps melden?«, fragte sie mit dünner Stimme. »Um zu kämpfen? Mit zwei Revolvern?«

Ihre entsetzten Augen taten ihm unendlich weh. Unglücklich zog er sie in seine Arme, nannte sich selbst einen Idioten, einen lächerlichen Spinner und versicherte ihr zugleich immer wieder, dass er sich selbst zeitlebens verachten müsse, wenn er jetzt nicht tat, was er tun musste.

»Wirst du mich dafür hassen?«, flüsterte er beklommen.

Sie musste schlucken, der Aufruhr ihrer Gefühle schnürte ihr die Kehle zusammen.

»Nein, Tom. Ich versuche, dich zu verstehen. Aber zugleich vergehe ich vor Angst um dein Leben.«

Eine Weile standen sie eng umschlungen da, keiner von beiden sprach ein Wort.

»Lass uns zuvor schnell heiraten, Paula«, durchbrach er plötzlich die Stille.

Paula spürte, wie etwas in ihr aufbegehrte. Nein, sie würde sich nicht in alles fügen!

»Ich will dir etwas sagen, Tom Naumann«, erwiderte sie aufgebracht und stellte sich auf die Zehenspitzen, um ein wenig größer zu erscheinen. »Wir werden nicht eher heiraten, als bis ich meinen Vater gefunden habe und du deine ach so hehren Kampfgelüste gestillt hast. Basta!«

»Aber Paula …«

Doch sie hatte sich bereits von ihm gelöst und machte auf der Stelle kehrt, um zurück zur Mission zu laufen. Resigniert hob er die Arme und ließ sie dann wieder sinken.

»Basta«, murmelte er, während er hinter ihr herlief.

In der Mission war er wieder obenauf, schilderte ihr die Schönheiten der Insel Sansibar, die dichten Mangrovenwälder, die Palmenhaine, die weiten Strände im rötlichen Abendlicht, die bläulichen Morgennebel über den Gewürzpflanzungen. Vor allem der Duft, der den Reisenden schon auf See entgegenwehte, der süßlich-herbe Geruch der Gewürznelken, die auf der Insel angebaut würden …

»Und in den Nächten schaust du hinauf zum Firmament und findest die dunkle Samtkuppel übersät mit silbernen Lichtern. Tausende und Abertausende glitzernder Gestirne umgeben das weiße Rund des Mondes, sie erscheinen so nah, dass man glaubt, sie mit den Händen greifen zu können.«

»Warst du denn schon einmal auf Sansibar?«

»Das nicht«, gab er zu und räusperte sich. »Aber ich habe davon gelesen. Und ich weiß, dass wir beide in wenigen Wochen dort am Strand sitzen werden, ein sanfter Wind streicht durch dein Haar, über uns glitzern die Sterne …«

Paula teilte diese Gewissheit nicht – aber sie schwieg. Es hätte wenig geholfen, seine Traumvisionen zu zerstören, und eine Möglichkeit, ihn von seinem Vorhaben abzuhalten, sah sie nicht. Ein wenig machte es sie sogar stolz, dass er kämpfen wollte, anstatt sich nach Sansibar zu flüchten. Es passte zu dem Tom Naumann, der sie vor den Uri gerettet und auf halsbrecherische Weise den Wasserfall hinuntergetragen hatte. Tom Naumann, der heldenhafte Retter.

Allerdings wären sie beide jetzt nicht mehr am Leben, hätte sie nicht im richtigen Moment die Krüppelkiefer gepackt. Wer würde ihn nun vor Schaden bewahren, wenn er sich allzu mutig in den Kampf stürzte?

Hätte sie nicht so hart bleiben sollen, als Missionar Söldner ihnen anbot, sie beide in der Mission kirchlich zu trauen? Tom hatte sie fragend angeschaut, doch sie hatte energisch den Kopf geschüttelt. Dies sei keine Zeit, um zu heiraten, hatte sie behauptet, und Schwester Anneliese hatte mit ihrem Kommentar ins Schwarze getroffen.

»Gerade jetzt, mein Kind, da die Zeiten so unruhig sind und niemand weiß, wie lange der Herr ihm das Leben gibt, sollte ein liebendes Paar seinen Bund von Gott segnen lassen.«

»Ich muss zuerst eine wichtige Familienangelegenheit klären«, stotterte sie. »Auf Sansibar.«

Sie hatte Missionar Söldner niemals ins Vertrauen gezogen, doch er schien über ihr Vorhaben im Bilde zu sein. Hatte Tom geplaudert? Oder war eine Nachricht von Franziska über den Indischen Ozean in die Mission gelangt? Wie es schien, klappte die Geheimverbindung zwischen den beiden Missionen ganz hervorragend.

»Wenn Sie tatsächlich fest entschlossen sind, die Überfahrt zu wagen, Paula, dann ist heute Nacht ein guter Zeitpunkt.«

Missionar Söldner kehrte soeben vom Strand zurück, das übliche Nachmittagsgewitter hatte ihm Kleidung und Schuhwerk vollkommen durchweicht, auch aus dem Bart rannen die Wassertropfen. Als er jetzt jedoch mit leichtem Grinsen den Tropenhelm abnahm, sah man, dass der spärlich behaarte Schädel darunter trocken geblieben war.

»Heute Nacht? Das wäre ja großartig!«

Ihre Stimme zitterte ein wenig, denn die Nachricht kam so plötzlich. Aber natürlich – irgendwann musste es ja sein, weshalb also nicht heute Nacht?

»Es wird keine Vergnügungsfahrt werden, meine Liebe. Sie werden ordentlich nass werden, denn Sie müssen flach auf dem Boden des Bootes liegen. Ich hoffe, Sie sind seefest?«

»Ich war noch nie seekrank, wenn Sie das meinen.«

»Nun ja«, erwiderte er und wischte sich mit einem Handtuch den Bart trocken. »Es besteht ein gewisser Unterschied zwischen einem Reichspostdampfer und der einmastigen Dhau eines Fischers. Aber hoffen wir mal das Beste.«

Paula spürte, wie ihr Herz bei diesen abschreckenden Aussichten schneller zu pochen begann. Es war nicht gerade nett von Missionar Söldner, ihr eine solche Angst einzujagen, obwohl das vermutlich gar nicht seine Absicht war. Ganz sicher wollte er sie bloß auf eventuell auftauchende Probleme vorbereiten.

Wenige Minuten später erschienen zwei triefende Gestalten im Hof der Mission, die von Schwester Anneliese unter ihrem Regendach mit freundlichem Winken begrüßt wurden.

»Gott sei mit dir, mein kleiner Jonathan!«, rief sie dem hochgewachsenen Schwarzen zu. »Hast du deinen Freund immer noch nicht zu Jesus Christus bekehren können?«

Die beiden Schwarzen schienen diese Frage schon oft gehört zu haben, denn sie lachten beide, und derjenige, den sie mit Jonathan angeredet hatte, erklärte der Schwester, er mühe sich seit vielen Jahren mit seinem Freund Omar, doch dieser habe sein Herz vor der frohen Botschaft verschlossen.

»Es ist schade um ihn«, meinte die Schwester lächelnd. »Er

ist ein so gut aussehender junger Mann, wir haben hier in der Mission viele hübsche Frauen, die ihm gefallen könnten.«

»Oh nein!«, rief Omar, der ebenso wie sein Freund groß und überschlank war. »Niemals ich werde eine Frau heiraten, die nicht hat den rechten Glauben. Das ist Sünde wider Allah und sein Prophet!«

»Es ist immer das Gleiche mit euch beiden«, stellte Schwester Anneliese fest und schüttelte scheinbar betrübt den Kopf. »Dann geht halt hinein zu Missionar Söldner. Aber trocknet euch vorher ab, sonst macht ihr lauter Pfützen auf den Fußboden.«

Paula begriff rasch, dass die beiden Männer jene Fischer waren, in deren Boot sie in der Nacht über den Ozean fahren würde. Als die beiden sich trocken gerieben hatten und von Missionar Söldner mit einem Imbiss, Ziegenmilch und frisch gekochtem Kaffee bewirtet wurden, begrüßten sie auch Paula. Es war nicht angenehm, von zwei jungen Schwarzen derart prüfend angestarrt zu werden, doch sie begriff, dass die beiden sich ein Bild von ihr machen wollten. Es war auch für diese beiden Eingeborenen nicht ungefährlich, eine junge Deutsche nach Sansibar zu bringen, denn es war gut möglich, dass sie von den Briten erwischt und für Spione gehalten wurden. Was dann mit ihnen geschah, war nicht schwer zu erraten. Tagelange Verhöre, Dunkelhaft, vielleicht sogar Folter. Wenn sie Glück hatten, wurden sie gegen englische Spione ausgetauscht. Wenn nicht … Es herrschte nun mal Krieg. Ein toter Spion konnte dem Vaterland nicht mehr schaden.

Sie verstand auch, dass die beiden jungen Männer ihr Geld im Voraus haben wollten. Es war nicht gerade wenig: fünfhundert Rupien für jeden. Paula, die nicht damit gerechnet hatte, so viel für die Überfahrt zahlen zu müssen, blickte Missionar Söldner hilfesuchend an.

»Schämst du dich nicht, Jonathan, eine so große Summe zu

fordern?«, fragte der Missionar vorwurfsvoll. »Was würde Jesus dazu sagen, der die Geldwechsler aus dem Tempel vertrieben hat und zeit seines Lebens arm gewesen ist?«

Jonathan zeigte tatsächlich eine gewisse Betroffenheit. Dann aber verteidigte er sich recht geschickt. Er brauche keinen Geldwechsler, da er die Rupien seiner Frau geben würde. Die müsse Hirse, Bohnen und Mango für die Familie einkaufen, die alte Schwiegermutter brauche eine Medizin für ihre steifen Knie, und im Dach der Hütte sei ein Loch. Um das zu flicken, müsse er ein Stück Wellblech erwerben. Wenn seine Frau alles Geld ausgegeben habe, sei er, Jonathan, wieder arm, wie es einst der Herr Jesus Christus war – womit dann alles wieder in Ordnung sei.

Doch Missionar Söldner ließ sich nicht so schnell überzeugen. Er warf den beiden Schwarzen vor, sie hätten den Preis seit der letzten Fahrt um das Doppelte angehoben. Das sei nicht anständig, auch der Prophet Allahs könne so eine Preistreiberei nicht gutheißen.

»Du sprichst Wahrheit«, erklärte Omar mit ernstem Nicken. »Geldgier ist schlimme Sünde. Böse Sünde. Aber noch schlimmere Sünde ist fahren mit Boot nach Sansibar und bringen dorthin eine Ungläubige. Solche Sünde liegt schwer auf Seele von Omar. Darum Omar braucht Geld, das er will geben für arme Leute, damit Sünde kommt von Seele fort.«

»Du willst die fünfhundert Rupien den Armen schenken?«, fragte Missionar Söldner ungläubig.

»Nicht alle …«, gab Omar zu. »Ein Teil ich will geben an Imam für schmücken Moschee mit blaue Steine.«

»Du bist ja wahrlich ein frommer Mann«, knurrte der Missionar und wandte sich resigniert zu Paula um.

»Sie lassen nicht mit sich handeln. Werden Sie das Geld auftreiben können?«

In diesem Augenblick stiefelte Tom in das Arbeitszimmer des Missionars. Es sah tatsächlich so aus, als sei er zufällig vorbeigekommen, denn er tat sehr überrascht, als er die beiden Schwarzen erblickte. In Wirklichkeit – da war sich Paula ganz sicher – hatte er wohl schon eine geraume Zeit hinter der Tür gestanden und das Gespräch belauscht.

»Störe ich?«

Es war eine rein rhetorische Frage, denn er wusste recht gut, dass er genau im passenden Moment auftauchte.

»Ich … ich müsste ein wenig Geld von dir leihen, Tom.«

»Aber immer und jederzeit, meine Süße. Meine Schatzkammer steht dir zur Verfügung. Wie viel brauchst du?«

Er grinste sie fröhlich an und wusste doch ganz genau, wie ungern sie als Bittstellerin vor ihm stand. Doch es schien ihm zu gefallen.

»Tausend Rupien … Das ist ziemlich viel, nicht wahr?«

Der Ansicht war er allerdings auch. Missmutig besah er sich die beiden Eingeborenen, die den hochgewachsenen, kräftigen Mann ein wenig verunsichert betrachteten. Vor allem Omar, der nur bedingt auf den Schutz der Mission rechnen konnte, da er kein Anhänger der frohen Botschaft Jesu Christi war, schien sich nicht ganz wohl in seiner Haut zu fühlen.

»Tausend Rupien?«, wiederholte Tom und stemmte mit einer langsamen Bewegung die Arme in die Hüften. Er tat einen Schritt auf die beiden Schwarzen zu, die rasch einen Schritt zurückwichen. Missionar Söldner hielt sich bereit, in die nun folgenden Vorgänge rechtzeitig einzugreifen, denn er konnte es auf keinen Fall dulden, dass in der Mission geprügelt wurde.

»Nur die Ruhe!«, beschwichtigte der Missionar. »Wir werden uns schon einigen. Das haben wir bisher immer getan. Jeder von uns kommt dem anderen ein Stückchen entgegen, und wir treffen uns in der Mi…«

»Tausend Rupien?«, brüllte Tom mit Donnerstimme.

Alle im Raum erzitterten. Omar erbleichte, Jonathan dachte an seine Sünden.

»Das ist viel zu wenig!«

Niemand bewegte sich. Omar und Jonathan waren noch starr vor Schrecken, Missionar Söldner und Paula konnten keinen Sinn in diesen Worten entdecken.

»Jawohl – viel zu wenig!«, rief Tom zornig. »Zehntausend, hunderttausend, eine Million Rupien würden nicht genügen. Kein Geld der Welt kann euch diese Fahrt entlohnen. Und wisst ihr auch, weshalb?«

Omar und Jonathan schluckten. »Wir … wir nicht verstehen, *bwana.* Wir dumme Leute, arme Fischer …«, stammelte Jonathan schließlich.

Tom starrte ihn an, als wolle er ihn gleich zum Frühstück verspeisen.

»Weil die Frau, dich ich euch anvertraue, mit keinem Geld dieser Erde zu bezahlen ist, ihr Idioten! Sie ist meine Liebe, mein Augenstern, sie ist alles, was mir auf dieser Welt von Wert ist. Was sind tausend Rupien? Ein Nichts!«

Er schnaubte durch die Nase, zog seinen Brustbeutel hervor und entnahm ihm ein Bündel Rupienscheine. Paula konnte nicht so rasch zählen, wie er sie den beiden Männern in die Finger drückte. Waren es tausend? Oder weniger? Omar zumindest machte den Versuch nachzuzählen und öffnete den Mund, um bei allem Respekt einen Einwand vorzutragen. Doch Tom war derart in Fahrt, dass er den dünnen Fischer gar nicht erst zu Wort kommen ließ. Mit einer raschen Bewegung packte er ihn an seinem regenfeuchten Überkleid und zog ihn dicht zu sich heran.

»Bevor ich es vergesse, mein Freund«, sagte er mit drohendem Unterton. »Ich zähle darauf, dass ihr beide meine Frau behütet wie euren Augapfel. Denn wenn ihr etwas zustoßen sollte, so schwöre ich euch, dass ich euch fertigmache. Ganz gleich, wo ihr seid. Ob auf Sansibar oder auf dem Festland – ich werde euch finden. Im Himmel oder in der Hölle. Sogar zwischen den Huris des Paradieses werde ich dich erwischen, und wenn ich dann mit dir fertig bin, werden die Damen keine Freude mehr an dir haben. Hast du das verstanden, Omar?«

Omar war zwar sehr blass, doch in seinem Blick lagen Respekt und ein gewisses männliches Verständnis.

»Wir sie schützen mit unsere Leben, *bwana.* Das wir schwören. Bei Jesus Christus und auch bei Allah und seinem Propheten.«

»Gut.« Zufrieden ließ Tom ihn los.

»Fehlen noch zweihundert Rupien, *bwana* …«, forderte Omar unverdrossen.

»Geldgeier!«, knurrte Tom grinsend und zahlte.

30

Sie hatte sich diese Reise ganz anders vorgestellt, abenteuerlich, lebensgefährlich, vielleicht auch qualvoll, von Seekrankheit gepeinigt, aber sie war nicht darauf vorbereitet gewesen, dass es so schrecklich lange dauerte.

Am Abend nach dem Regen war sie zu der verabredeten Stelle am Strand gelaufen, wie besprochen hatte sie kein Gepäck bei sich, nur ihre Papiere und das Foto hingen in einer Hülle aus Wachstuch unter der Bluse um ihren Hals. Sie trug eine weite Pumphose und eine lange Jacke wie die Inder, um das Haar hatte sie ein Tuch gewickelt – eine Tracht, die ihr für diese Reise sinnvoll erschien.

Von Jonathan und Omar war nichts zu sehen, also setzte sie sich in den Sand und wartete. Sie war in Afrika, Zeit war ohne Bedeutung. Die rote Sonnenscheibe versank in den Fluten des Ozeans, setzte den Abendhimmel in Glut und warf funkelnde hellrote Bänder über das sich sanft kräuselnde Wasser. Beklommen dachte sie an Toms letzte Umarmung, seinen langen, zärtlichen Kuss, das geflüsterte Versprechen, spätestens in zwei Wochen auf Sansibar zu ihr zu stoßen. Sie war fest davon überzeugt, dass er diese Frist nicht einhalten würde, ach, es war nicht einmal sicher, ob sie einander überhaupt wiedersahen.

»*Bibi* Naumann! Wir in See stechen.«

Sie fuhr herum und erblickte Omar und Jonathan, von den

letzten orangefarbigen Sonnenstrahlen angeleuchtet. Sie gingen leicht vornübergebeugt und zerrten eine schwere Last hinter sich her. Das Boot.

Ihr erster Gedanke war: Es ist viel zu klein. Natürlich kannte sie die Fischerboote, hatte sie täglich beobachtet, ihre Wendigkeit bewundert, den hochstehenden, spitzen Bug, das tropfenförmige Segel, den flachen Bootskörper, der stets so aussah, als könnten die Wellen mit Leichtigkeit ins Innere schwappen. Jetzt, da die beiden Fischer ihren stolzen Besitz hinter sich herzerrten, konnte man sehen, dass das Boot zwar flach war, jedoch ein ordentliches Schwert besaß, das ihm im Wasser Stabilität verlieh. Dennoch machte die Dhau auf Paula eher den Eindruck einer ziemlich wackeligen Nussschale.

»Boot hat gebaut mein Großvater«, erklärte Omar stolz, der Paulas besorgten Blick bemerkt hatte. »Vor viele Jahre er hat genommen beste Holz von Zeder und Nägel von gute Stahl. Ist gefahren mit diese Boot, mein Großvater und der Großonkel, dann mein Vater und die Brüder, dann mein älterer Bruder Mahmed, und jetzt es gehört Omar.«

Er schien das für eine besondere Empfehlung zu halten, während diese Aufzählung Paulas Bedenken eher verstärkte. Wie lange hielt eine solche handgezimmerte Dhau überhaupt? Eine Generation? Oder zwei? Viel länger doch sicher nicht. Dieses Boot war nun schon in Händen der dritten Generation.

»Nix Angst haben, *bibi* Naumann«, ermutigte sie Jonathan fröhlich. »Ich mit Omar fahren schon viele Jahr in diese Boot. Ist gute Schiff und kann tragen ganze Berg von Fisch, was wir gefangen.«

Paula nickte resigniert und lief neben dem Boot her, das sich, schräg auf der Seite liegend, ohne weitere Probleme durch den Sand ziehen ließ. Erst jetzt fiel ihr auf, dass die beiden sie »*bibi* Naumann« nannten – unglaublich. Es musste an Toms ergreifendem Vortrag gelegen haben, dass die beiden Schwarzen sie als Besitz des großen, zornigen *bwana* Naumann betrachteten. Sie überlegte einen Augenblick, ob sie sich dagegen verwahren sollte, dann ließ sie es bleiben. Seltsamerweise gefiel es ihr, für Toms Frau gehalten zu werden.

Die beiden Fischer hatten noch eine Weile zu tun, bis ihr Boot startklar und seetauglich im Meer schaukelte. Zuerst musste das eingedrungene Wasser herausgeschöpft werden, dann schleppten sie das Segel, das am Strand liegen geblieben war, behutsam auf den Schultern zum Schiff hinüber, damit sich der Stoff nicht mit Wasser vollsaugte. Danach wurde der Mast aufgerichtet und das Segel befestigt, Omar warf das Fischernetz ans Heck, und endlich kehrte er mit Jonathan zurück, um *bibi* Naumann über das seichte Wasser hinüber zum Boot zu tragen. Sie ließ es sich gefallen – weshalb sollte sie jetzt schon nasse Kleider bekommen, schließlich hatte Tom den beiden eine Menge Geld bezahlt. Noch ließ sich die Reise angenehm an, fast wie eine Vergnügungsfahrt, die man längst schon einmal unternehmen wollte.

Irritierend waren nur die zunehmende Schwärze des sonst so lichtblauen Wassers, der grauer werdende Himmel und der Wind, der vom Land her blies.

»Wenn kommt Nacht, Wind erzählt Meer von Urwald und Steppe«, erklärte Jonathan. »Wenn kommt Tag, Wind dreht sich um und erzählt Menschen in Dörfern von Wellen und große Fisch in Ozean.«

Tatsächlich war bekannt, dass der Wind in der Nacht vom Land zum Meer wehte, tagsüber jedoch in umgekehrter Richtung. Paula hielt dieses Phänomen für ausgesprochen günstig, denn so trieb der Wind sie hinüber zu den Inseln. Sie hockte am Heck des schwankenden Bötchens auf dem geknüpften Fischernetz und starrte mit zusammengekniffenen Augen hinüber zum Horizont, der als feine, silberne Linie über den schwarzen Wellen zu sehen war. Ja, da waren sie, die verdammten Kriegsschiffe der Briten. Eines und daneben noch eines. Nur für scharfe Augen erkennbar und zum Glück sehr weit von ihnen entfernt.

Das Segel wurde gehisst, das Boot nahm Fahrt auf und bewegte sich längs der Küste nach Süden. Es war ein merkwürdiges Gefühl, auf diesem schmalen Gefährt durch die Wellen zu gleiten, den tiefen Atem des Meeres unter sich zu spüren und doch auf leichte, fast spielerische Weise darüber hinwegzutänzeln. Omar, der am Steuer saß, fuhr einen – in Paulas Augen – höchst seltsamen Zickzackkurs, der mal auf die Küste zuführte, dann wieder aufs offene Meer hinaus und schließlich zurück zum Land. Paula begriff nicht, weshalb er das tat. Wollten die beiden jetzt hinüber nach Sansibar oder nicht?

»Weshalb halten wir nicht nach Osten?«, erkundigte sie sich.

Omar würdigte sie keiner Antwort, Jonathan aber forderte sie auf, das Fischernetz freizugeben, und erklärte wortkarg: »Drüben im Osten ist Insel Pemba, schöne, grüne Insel. Wir nicht wollen zu Pemba, aber zu Unguja, was ihr nennt Sansibar. Das viel weiter im Süden, *bibi* Naumann. Ich jetzt werde fangen Fisch, weil hier ist gute Platz.«

Sie traute sich nicht, aufrecht im Boot zu stehen wie die beiden Männer, sondern kroch lieber auf allen vieren ein Stück nach vorn, damit Jonathan das Fischernetz herausziehen konnte. Dabei stellte sie fest, dass auf dem Boden des Bootes Wasser stand. Entweder war die Dhau nicht dicht, oder es lag daran, dass immer wieder Meerwasser über den niedrigen Bootsrand schwappte. Während Jonathan mit großem Geschick das Netz auswarf, hockte Omar sich seelenruhig hin, um mit einer Blechdose Wasser aus dem Boot zu schöpfen. Ein Vorgang, der während der Weiterfahrt häufig wiederholt wurde und an dem sie sich schließlich ebenfalls beteiligte.

Sie fand es unglaublich, dass die beiden in aller Ruhe fischten, anstatt so eilig wie möglich nach Süden und dann nach Osten zu segeln. Hatte man ihr nicht erzählt, sie würde schon am Morgen auf Sansibar anlanden? Nein, wenn sie genau nachdachte, hatte niemand dergleichen behauptet. Es war gar nicht zur Sprache gekommen, wie lange die Fahrt dauern würde.

Immerhin mussten die beiden doch daran interessiert sein, ihr Geld so rasch wie möglich zu verdienen. Oder hatten sie einfach Angst, sich weiter östlich in den Machtbereich der britischen Kriegsschiffe zu begeben, und segelten deshalb an der ostafrikanischen Küste entlang, wo sie vor solchen Begegnungen einigermaßen sicher waren?

Es war Nacht geworden, nur wenige Wolken standen am Himmel, vereinzelt blinkten Sterne. Eine helle Mondsichel warf silberne, leicht schwankende Streifen über das dunkle Wasser, der Wind war sanft, er blähte das Segel mit Bedacht, in dieser Nacht war er der Freund der Schiffer. Paula saß auf den nassen Planken und starrte nach Osten hinüber, wo die flache, dunkle Erhebung der Insel Pemba langsam entschwand. Wie weit war Sansibar von Pemba entfernt? Sie hatte in der Mission eine Karte angesehen und war der Meinung gewesen, es sei nur ein Katzensprung. Aber was auf der Karte nicht breiter als ihr Daumen gewesen war, stellte sich hier auf dem Meer als unendlich weite Entfernung dar. Jetzt begriff sie auch, weshalb Omar das Boot auf solch unruhigem Kurs hielt – im Licht des Mondes entdeckte sie dunkle Formen im grauen Wasser, scharfe Korallenriffe, die für ein so kleines Boot wie dieses das Ende bedeuten konnten.

Eine Weile beschäftigte sie sich damit, Wasser zu schöpfen, was ihr einen wohlwollenden Blick von Omar eintrug.

Dann lehnte sie tatenlos gegen die Heckwand, überließ sich dem Schaukeln und Schlingern der Wellen, und da sie zum Glück keinerlei Anzeichen von Seekrankheit verspürte, kam der Schlaf über sie. Hin und wieder drangen die leisen Gespräche der beiden Fischer in ihren Schlummer, einmal spürte sie etwas Glitschiges, Zappliges an ihren Beinen, doch die Müdigkeit war stärker als ihr Ekel. Erst als jemand sie am Arm zog, riss sie erschrocken die Augen auf. Die Nacht war vorüber, der Morgen dämmerte bereits bläulich über Meer und Küste.

»Wo … Wo sind wir?«, krächzte sie heiser.

»Nix aufregen, *bibi* Naumann. Wir jetzt gehen schlafen in Dorf. Vorher wir braten Fisch und essen mit Freunde. Auch *bibi* Naumann wird gute Fisch mit Gemüse essen …«

Sie rieb sich den Rücken, der von der harten Heckwand ziemlich mitgenommen war, und versuchte zu begreifen, was da vor sich ging.

»In was für einem Dorf geht ihr schlafen? Sind wir vielleicht gar schon auf …«

Jonathans Gesicht zeigte tiefes Bedauern, Omar watete bereits durch das niedrige Küstenwasser und zog das Boot hinter sich her zum Strand.

»Wir nicht weit weg von große, alte Stadt Bagamoyo, *bibi* Naumann. Aber wir nicht gehen in Stadt, lieber in Dorf, wo sind gute Freunde, die auch glauben an Jesus Christus, der ist unser Herr. Ist nur kurze Weg, *bibi* Naumann.«

Ihr wurde klar, dass die beiden Fischer nicht hinüber nach Sansibar gehalten hatten, sondern stattdessen an der Küste geblieben waren und nun in der Nähe von Bagamoyo in irgendeinem Eingeborenendorf den Tag verschlafen wollten.

»Morgen Nacht wir nach Sansibar fahren, *bibi* Naumann. Das ich schwöre. Morgen wir segeln nach schöne Insel, fahren mit gute Wind und Mond und Sterne.«

Was blieb ihr übrig? Möglicherweise hatten die beiden ja recht, die Entfernung war tatsächlich viel zu groß, um in einer einzigen Nacht von Tanga nach Sansibar zu gelangen. Während sie über die glitschigen Fische hinweg aus dem Boot kletterte und dieses Mal ohne Hilfe an Land watete, erklärte ihr Jonathan eifrig, dass Jesus ihnen einen guten Wind geschickt habe, es sei selten, dass man so schnell bis Bagamoyo gelange. Das Boot wurde an den Strand gezogen und zusätzlich an einem tief eingerammten Pflock vertäut, damit die Flut es nicht davonspülte. Paula stapfte hinter Jonathan her, der die gefangenen Fische in einer großen Stofftasche auf dem Rücken trug. Vermutlich waren sie das Gastgeschenk für die Dörfler, bei denen sie essen und den Tag verschlafen wollten. Noch bevor die Sonne aufging, bezog sich der Himmel mit schwarzen Regenwolken, und das übliche Morgengewitter brach genau in dem Moment über sie herein, als sie die schlüpfrige Abbruchkante hinaufkletterten.

Schlecht gelaunt und vollkommen durchnässt erreichten sie die wenigen strohgedeckten Hütten, wo ihnen drei nackte Kinder entgegenliefen, die den Morgenregen für eine wundervolle Dusche hielten und mit Behagen im Schlamm herumhüpften. Der Größte unter den Knirpsen, ein Junge, wies vergnügt auf die große Tasche und brüllte vernehmlich: *»Samaki, samaki!«*

Er schien recht gut zu wissen, dass es heute ein leckeres Fischmahl geben würde. Auf sein Geschrei hin wurden die Tücher und Bananenblätter vor den Hütteneingängen beiseitegeschoben, schwarze Gesichter tauchten aus dem Dunkel der Hütten auf, das Weiße in ihren Augen blitzte, ebenso ihre stattlichen Zähne.

Der Empfang war herzlich, vor allem die Frauen eilten mit viel Gelächter und allerlei seltsamen Scherzen herbei, um

Jonathan die gefüllte Stofftasche abzunehmen. Sie brachten Paula einen Becher mit Bananenmilch und führten sie in eine der Hütten. Es war ganz sicher gut gemeint, denn draußen tobte ein fürchterliches Gewitter. Dennoch war Paula auf der Stelle klar, dass sie es keine drei Minuten in diesem düsteren, stinkenden Raum aushalten würde, der völlig ohne Fenster war. Im Hintergrund hockten drei alte Frauen auf Bastmatten und grinsten sie einladend an, eine von ihnen hielt einen brennenden Span in der Hand und beleuchtete damit eine kleine, geflochtene Matte gleich neben dem Eingang, die offensichtlich für den Gast bestimmt war. Paula lächelte den Frauen freundlich zu, nickte mehrfach, um ihnen ihre Freundschaft und Dankbarkeit anzudeuten, dann aber zog sie sich zurück und hockte sich draußen mit hochgezogenen Knien neben den Hütteneingang. Das Regenwasser lief in dichten Fäden vom Strohdach herab und spritzte hoch auf, wenn es auf den Boden traf, doch wenn man den Rücken fest an die Hüttenwand presste, blieb der Körper einigermaßen trocken. Nur die Knie und die Füße bekamen eine Menge von dem schlammigen Regenwasser ab.

Das versprochene Mahl ließ auf sich warten, man war in Afrika, und bevor der Regen nicht aufgehört hatte, konnten die Frauen nicht kochen. Paula beschäftigte sich eine Weile mit den drei Kindern, die sich zutraulich neben sie hockten und die bloßen Füße in die vom Dach herunterfließenden Regenfluten hielten. Später, als das Unwetter nachließ, schlugen die drei alten Frauen die Tücher vor dem Hütteneingang beiseite und begaben sich zu ihren Töchtern und Schwiegertöchtern, um das Essen zuzubereiten. Paula streckte die Beine in die Sonne, und trotz der unbequemen Stellung schlief sie bald ein. Irgendwann weckte man sie, reichte ihr eine hölzerne Schüssel mit Reis, Fisch, Gemüse, vermengt mit allerlei Gewürzen, und sie aß ein wenig davon. Im Dorf war jetzt munteres Leben eingekehrt, auch die älteren Kinder waren aus den Hütten gekrochen, sie spielten Fangen, einige ließen sich auf einem kleinen Holzwagen herumziehen, andere bemalten sich Hände und Gesichter mit nassem Lehm. Die jüngeren Frauen konnte Paula nicht entdecken, nur die alten hockten um eine Bananenstaude und flochten irgendwelche Bänder. Die Männer saßen ein gutes Stück entfernt und rauchten, dem Geruch nach waren es keine Zigaretten und auch kein Pfeifentabak, wie ihn die Weißen bevorzugten. Es war Haschisch. Paula schickte ein Stoßgebet zum Himmel, dass ihre beiden Bootsführer jetzt friedlich schliefen und keinesfalls ein solches Pfeifchen schmauchten. Ein Weilchen blickte sie sehnsüchtig hinüber zum Meer, das sich von hier aus als hellblaue, blitzende Fläche präsentierte. War das Sansibar, dieser graue Schatten weit draußen am Horizont? Oder einfach nur eine Projektion ihrer Hoffnungen? Müde lehnte sie den schmerzenden Kopf gegen die Hüttenwand und glitt wieder hinüber ins Reich der Träume.

Der Regen weckte sie, der um diese Jahreszeit jeden Nachmittag über der Küstenregion herunterging, es donnerte heftig, neben ihr huschten die alten Frauen in die schützende Hütte. Nicht einmal die Kinder hatten jetzt noch Lust, draußen in der Nässe zu bleiben, und auch Paula, deren Kleider inzwischen getrocknet waren, wollte sich nicht noch einmal durchweichen lassen. Sie rutschte zum Hütteneingang und hockte sich auf die für sie zurechtgelegte Matte, bemüht, so flach wie möglich zu atmen, um den beißenden Geruch ertragen zu können. Noch ein, zwei Stunden, dann wäre das Gewitter vorüber, und sie würden endlich aufbrechen können.

Was war Zeit? Die Anzahl der sekundenlangen, taghellen Blitze und der krachenden Donnerschläge? Die Menge der herabstürzenden Regenfluten? Die erneuten Versuche, ein Feuer in Gang zu bringen, den Kessel aufzustellen, ein Mahl zuzubereiten, ein Pfeifchen zu stopfen? Ein Becher Milch, eine kleine Schale mit schwarzem Kaffee? Omar und Jonathan, heiter und ausgeruht im Kreise ihrer Freunde, lachend, schmausend, schwatzend?

»Wann brechen wir auf?«

»Meer ist aufgeregt von Gewitter. Wellen wollen Boot greifen und auffressen. Müssen warten …«

Wollten sie etwa erst morgen Nacht übersetzen? Oder noch später? Dann, wenn das Meer sich beruhigt hatte? In einer Woche? In einem Monat?

Gleich darauf stellte sie fest, dass ihre Panik unbegründet war, Omar und Jonathan waren aufgestanden, machten die Runde bei ihren Freunden, nahmen Abschied, vergaßen auch nicht, die ausgefranste Stofftasche wieder mitzunehmen.

»Omar und Jonathan sind bereit, *bibi* Naumann. Jesus Christus steht an unserer Seite, und auch Allah ist mit uns.«

Das kleine Boot schaukelte in der Flut, hätte Omar es nicht festgebunden, dann wäre es jetzt auf die offene See hinausgezogen worden. Am Himmel war noch ein letzter, rosiger Schein zu sehen, das Wasser war längst grau, unruhig schlugen die Wellen an den flachen Strand. Sie hatten ordentlich mit der Brandung zu kämpfen, bis sie endlich ihr Boot erreichten, und Paula wurde klar, dass sie auch diese Nacht in nassen Kleidern verbringen würde. Aber wer scherte sich um solche Lappalien, wenn die Aussicht bestand, in wenigen Stunden die ersehnte Insel zu erreichen?

Solange sie lebte, würde sie diese Fahrt nicht vergessen. Woher nahmen die beiden Fischer nur ihre ruhige Zuversicht in diesem Inferno, die Gelassenheit im Umgang mit dem wild flatternden Segel, die traumwandlerische Sicherheit, mit der jeder Handgriff saß? War es wirklich der gleiche Ozean, der gestern so freundlich mit ihnen umgegangen war? Heute stürzten die schwarzen Wogen mordlustig auf die kleine Dhau ein, hoben sie empor, beutelten sie, wollten das Segel zerreißen, den Mast knicken, den zerbrechlichen Bootskörper gegen ein Korallenriff schleudern, wo er in tausend Stücke bersten würde. Längst hatten die beiden Fischer das Segel gerefft, jetzt legten sie den Mast um, damit das Boot nicht kenterte, und nur der hoch erhobene Bugspriet verhinderte, dass die Wellen über die Dhau hinwegbrachen und sie in Stücke rissen. Der spitze Bug stach respektlos in die schwarzen Wogen hinein, zerteilte sie, kämpfte mutig gegen den übermächtigen Ozean und wollte nicht aufgeben.

Paula kniete auf dem Boden, spürte, wie die Brecher über sie hinwegrollten, und klammerte sich mit aller Kraft an der Bootswand fest. Es war so anstrengend, dass sie nicht einmal auf die Idee kam, ein Stoßgebet zum Himmel zu schicken, all ihr Sinnen und Trachten war nur darauf gerichtet, nicht aus dem Boot geschleudert zu werden. Erst nach einer ganzen Weile wurde ihr klar, dass auch die beiden Fischer inzwischen flach im Schiff lagen und ihr Leben der Schiffsbaukunst von Omars Großvater anvertrauten.

Paula hätte nicht sagen können, wie lange dieser Zustand andauerte. Er hielt an, bis ihre Kräfte erlahmten, erst als sie kein Gefühl mehr in den Händen hatte und fürchtete, sich nicht länger im Boot halten zu können, beruhigte sich das Meer. Es spuckte sie aus, der lästigen Gesellschaft überdrüssig, warf sie mit den zornigen Brechern an den Strand, und das stolze Gefährt, das so mutig dem großen Ozean getrotzt hatte, erlitt hier, im weißen Sand der Trauminsel, eine böse Verletzung. Paula spürte es, Omar und Jonathan hatten es kommen sehen, sie fluchten und jammerten, doch die Wellen waren unerbittlich. Mit gebrochenem Schwert blieb das Boot am Strand liegen, das Fischernetz war über Bord, auch der Rest der Ausrüstung, nur das Segel war zum Glück am Mast hängen geblieben. Wobei der Mast diese Bezeichnung nicht mehr verdiente, er war nur noch ein Stumpf.

Vollkommen erschöpft kämpfte sich Paula durch die Brandung an Land, hatte nicht einmal die Kraft, sich nach Omar und Jonathan umzusehen, geschweige denn den beiden zu helfen, das beschädigte Boot zu bergen. Im ersten, blassen Morgenlicht erschien die Insel dunkel vor dem heller werdenden Meer, die filigranen Schatten der Palmen wurden erkennbar, die sanft geschwungene Form einer Bucht. Doch Paula hatte im Augenblick wenig Sinn für die Schönheit der Natur, vor Erschöpfung wollten ihr die Knie einknicken, ihr Magen rebellierte gegen das unfreiwillig geschluckte Salzwasser, und sie suchte dringend einen sicheren Ort, um dort in den Sand zu fallen und zu schlafen. Die Bucht erwies sich als dicht von Mangroven bewachsen und unübersichtlich – genau richtig, um sich dort vor den Briten zu verstecken.

Paula war nicht sicher, ob sie bis zu dem angepeilten Versteck gelangte, sie wusste nur, dass sich unter ihr angenehm trockener Sand befand, als sie in sich zusammensackte. Dann zog die Erschöpfung sie tief hinunter in das Reich des Schlafes.

Lange Zeit trieb sie auf den dunklen Wellen des Unbewussten, verspürte noch einmal die gewaltige Kraft des feindlichen Ozeans, kämpfte auf schwankendem Untergrund um ihr Leben, und erst als auch die Traumbilder sich langsam beruhigten und sie nicht mehr plagten, fand sie Erlösung.

Nach einer Zeit füllte sich ihr Schlummer mit leisen Reden, zunächst kaum wahrnehmbar, dann aber zunehmend energischer und schließlich so laut, dass sie erwachte. Jonathan stieß wüste Verwünschungen aus, Omar jammerte über den Verlust seines Bootes, fremde Stimmen mischten sich ein, stellten Fragen, forderten, machten sich wichtig. Paula blinzelte in eine helle Mittagssonne, Insekten summten über ihr, der Himmel war taubenblau, die Luft war sanft und roch nach warmer Meeresbrise.

»Wir keine Feinde, wir nur arme Fischer. Boot kaputt in Sturm. Viel Unglück. Kein Mitleid. Kein Hilfe. Nur böse Wort. Allah strafe euch!«

Sie drehte den Kopf und erblickte vier Männer, die einander gegenüberstanden und wild gestikulierend miteinander stritten. Zwei davon waren Omar und Jonathan, die anderen beiden trugen Turban und farbenprächtige Gewänder, in den breiten Gürteln aus bunter Seide steckten blanke Dolche mit reich geschmückten Griffen. Dennoch hatte man das Gefühl, dass diese Waffen mehr zur Dekoration als zum wirklichen Gebrauch dienten. Paula richtete sich vorsichtig zum Sitzen auf und klopfte sich den Sand aus der Kleidung.

»Schwätzer seid ihr. Immer nur Mund auf und zu und reden, reden, reden. Nur nicht Wahrheit sagen. Wo ist Fischernetz? Wenn nix Fischernetz – du auch kein Fischer. Du dreckiger Spion von Deutsche Kaiser!«

»Spion von Deutsche Kaiser?«, kreischte Omar erbost. »Allah zerquetsche dich wie Wurm. Hitze hat gemacht Hirn in dein Schädel klein wie Nuss!«

»Du immer nur schwatzen. Gib uns Beweis. Dann wir dir glauben. Schöne, bunte Beweis in kleine Schein von Rupie. Aber wir auch nehmen hässliche, dicke Dollar von Silber …«

»Allah segne euch, Geldgeier, und schenke euch Paradies. Vielleicht schon morgen.«

Paula begriff, dass diese beiden Schlaumeier offenbar Soldaten des Sultans von Sansibar waren, die sich hier einen kleinen Nebenverdienst gönnten. Der Sultan gehörte einer alten, einst mächtigen Dynastie an, die im siebzehnten Jahrhundert aus Maskat in Südarabien nach Sansibar gekommen war und die Portugiesen vertrieben hatte. Inzwischen waren die Sultane nur noch Handlanger der Briten und hatten selbst so gut wie keine Machtbefugnisse mehr. Dennoch konnten diese beiden Operettensoldaten ihnen viel Ärger bereiten, wenn sie die Ankunft dreier unbekannter Schiffbrüchiger an die britische Inselverwaltung meldeten. Paula besann sich darauf, dass sie in dem Brustbeutel aus Wachstuch auch eine kleine Geldsumme aufbewahrte, und zog den Beutel heraus, um nachzuschauen, ob sein Inhalt trocken geblieben war. Zu ihrem Ärger war Salzwasser in die Wachstuchhülle eingedrungen und hatte Foto, Papiere und Rupienscheine durchweicht.

»Ich bin eine arme Frau«, erklärte sie. »Und noch dazu ist mein Geld leider nass. Aber wenn ihr mich und meine Freunde zur anglikanischen Mission führen wollt, will ich mich für diese Freundlichkeit gern erkenntlich zeigen.«

Man wurde rasch handelseinig, und Paula begriff, dass die beiden Soldaten im Grunde harmlose Burschen waren, ein kleines Bakschisch hatte genügt, sie zufriedenzustellen. Nun waren sie sogar eifrig bemüht, ihre Schutzbefohlenen sicher und unter Umgehung britischer Wachposten zur anglikanischen Missionsstation zu geleiten. Omar blickte mit wunden Augen zu seinem Boot zurück, das mit gebrochenem Schwert und gesplittertem Mast am Strand lag wie ein großer Fisch, den die Wellen ans Land geworfen hatten.

»Es tut mir leid«, sagte Paula beklommen.

»Ach – nix schade«, murmelte Omar. »Dhau kaputt schon viele Male, und immer Omar macht wieder neu …«

Nun ja – das Boot war ein Veteran, vermutlich würden noch Omars Enkel damit über den Indischen Ozean fahren.

Jetzt erst nahm Paula die Schönheit dieser Insel wahr, die

weiten, schneeweißen Strände und die ungewöhnlich leuchtende, blaugrüne Farbe des Meeres. Die verschwiegenen Buchten, wo Mangroven bis ins Wasser hinein wuchsen, die vielen Gräser und Farne, die Palmen und darüber der strahlend blaue Himmel. Diese Insel schien vom Schicksal mit Licht und Fröhlichkeit gesegnet, wer hier lebte, der konnte nicht anders als glücklich sein.

Bald jedoch begriff sie, dass es auch in diesem Paradies dunkle Wolken gab. Auf ihrem Weg ins Innere der Insel tauchten verkommene Hütten auf, verrostete Wellblechunterkünfte, in denen Menschen wohnten, bald auch die ersten Häuser aus Stein, bunt bemalt und baufällig. Arme Leute lebten hier, erzählte man ihr. Auch böse Leute, Schmuggler, Diebe, Hehler. Und kranke Leute, die man in der Stadt nicht haben wollte. Die anglikanische Mission – so erfuhr sie – befand sich in Stone Town, dem Sitz des Sultans. Man hatte sie genau dort erbaut, wo früher die Sklaven verkauft wurden.

Das Gewimmel in den Gassen der Stadt erschien Paula fast beängstigend. Lag es daran, dass die Gebäude hier dichter gebaut waren, als es in Tanga der Fall war? Alles erschien ihr wacklig und baufällig, zugleich aber berstend vor Leben. In den Eingängen der alten Gebäude hatten Händler ihre Waren ausgebreitet, einer neben dem anderen, oft nur durch ein Tuch oder eine Kiste voneinander getrennt. Und welch sonderbare Dinge man hier zum Verkauf anbot! Gewiss hatte sie auch auf den Märkten in Tanga allerlei Reiseandenken, Hokuspokus und Pülverchen gesehen, doch die Auslagen hier in Sansibar übertrafen ihre wildesten Vorstellungen. Löwenfelle und Elefantenzähne, das Gehörn eines Büffels, Flusspferdschädel und Rhinozeroshörner – alles konnte der wohlhabende Reisende hier kaufen, um es zu Hause über den Kamin zu hängen. An anderer Stelle bot man zahllose stark duftende Gewürze an,

Kerne und Hülsen, Blüten, Samen, was immer das Aroma der Pflanze in sich trug, lag vielfarbig und getrocknet in kleinen Körbchen, um von kundiger Nase auf seine Güte überprüft zu werden. Ach, und erst die zarten, farbigen Seidenstoffe, die im Wind flatterten, die silbernen Spangen und Ringe, die schönen Amulette, aus schimmerndem Perlmutt gefertigt …

»Dort ist Kirche von Mission«, sagte einer der beiden Soldaten und blieb mitten im Menschengewimmel stehen. Eine Abessinierin mit langen, schwarzen Locken strich mit einer aufreizenden Bewegung an ihm vorüber und lachte dabei.

Die Kirche war ein wenig unscheinbar, aus hellem Stein erbaut und von mehreren niedrigen Gebäuden umgeben, die – wie es schien – zur Missionsstation gehörten.

Paula bedankte sich für das sichere Geleit, und tatsächlich nahmen die beiden Soldaten Abschied, boten ihre Dienste für allerlei Gelegenheiten an und gingen schließlich ihrer Wege. Ob sie diese Begegnung verschweigen oder Meldung erstatten würden, konnte Paula nicht sagen.

Die Gebäude um die Kirche herum waren unterschiedlich groß, eines davon, ein flacher Bau mit großen Fenstern, aus dem Kinderstimmen ertönten, schien ein Schulhaus zu sein. Paula lief darauf zu und versuchte, durch eines der Fenster ins Innere zu blicken. Dort hockten schwarzlockige und kahlköpfige Kinder auf handgezimmerten Bänken, vor ihnen standen Tische, und – oh Wunder – es gab sogar Tintenfässer und Schreibfedern. »Paula!«

Sie selbst hatte Franziska im Hintergrund des Klassenraums gar nicht gesehen, doch sie war entdeckt worden. Sie hörte, wie die Freundin den Kindern in ruhigem Ton etwas erklärte, dann flog die Tür auf, und Franziska eilte ihr entgegen.

»Paula! Oh, wie schön es ist, Sie hier zu sehen! Ach, nun lass uns endlich das alberne ›Sie‹ ablegen! Du Ärmste, was wirst du auf der Reise durchgemacht haben! Lass dich anschauen. Ganz zerknautscht und abgerissen. Oh, Paula!«

Sie fielen sich in die Arme, und Paula war tief gerührt, als sie spürte, dass die Freundin vor Freude schluchzte. Was war aus der immer beherrschten Franziska Gabriel geworden, aus der jungen Frau, die sich trotz ihrer Krankheit niemals ihre Gefühle anmerken ließ?

»Ja, die Reise war scheußlich«, gestand Paula. »Aber nun ist alles gut. Ich bin so froh und erleichtert, bei euch zu sein.«

»Und auch Jonathan ist mit dir gekommen«, bemerkte Franziska mit einem lächelnden Seitenblick. »Nun, Jonathan? Dürfen wir dir eine Unterkunft und ein Nachtlager anbieten? Und was ist mit deinem Freund Omar?«

»Du kennst die beiden?«, wunderte sich Paula.

»Natürlich. Sie haben mich damals ebenfalls nach Sansibar gebracht.«

Wie fröhlich sie war! Sie lachte über Paulas verblüfftes Gesicht, fasste sie am Arm und zog sie hinüber in eines der größeren Gebäude.

»Gerhard! Schau, wer gekommen ist!«

Da war die Ursache für diesen Wandel. Die Tür tat sich auf, und Missionar Böckelmanns lange, dürre Gestalt erschien, sein dunkler Bart war struppig, die Hitze hatte rötliche Flecken auf Wangen und Stirn erblühen lassen. Doch der Blick und das rasche Lächeln, das die beiden einander zuwarfen, ließen erahnen, dass sie mehr als selig miteinander waren.

»Fräulein Paula! Wir haben Sie schon erwartet. Kommen Sie. Ruhen Sie sich aus. Und auch ihr beide, Omar und Jonathan, die ihr uns immer so treu zur Seite steht, tretet ein und seid uns willkommen …«

31

Sie schob es vor sich her. Vermied ängstlich, das Gespräch auf Klaus Mercator zu bringen. Stattdessen verbrachte sie eine ganze Stunde in dem kleinen Gästezimmer, um sich zu waschen, das Haar zu richten und die von Franziska geliehenen Kleider anzulegen. Bluse und Rock waren aus weißem Baumwollstoff genäht, locker und schmucklos, mit langen Ärmeln. Der Rock war ein formloser Lappen und ging bis zu den Knöcheln. Einen Spiegel – Sinnbild der Eitelkeit – gab es nicht in der Mission, doch sie war sicher, wie eine brave Missionarsfrau auszusehen.

Als sie aus dem Fenster blickte, entdeckte sie Omar und Jonathan, die gleich neben dem Schulgebäude unter einer Palme schliefen. Sie lagen lang ausgestreckt, einen Arm als Kopfpolster angewinkelt, die Gesichter im Schlaf entspannt – ein Bild der Sorglosigkeit. Vielleicht war es ja wirklich so, dass sich auf dieser Insel alle Schwierigkeiten von alleine auflösten?

Sie hasste sich selbst wegen ihrer Unentschlossenheit. Weshalb ging sie nicht auf ihr Ziel los, packte den Stier bei den Hörnern, begab sich in die Höhle des Löwen? Sie war zu feige, hatte schreckliche Angst, dass sich die große Hoffnung ihres Lebens als lächerlicher Irrtum herausstellen könnte.

»Ach, Tom«, murmelte sie unglücklich. »Weshalb bist du nicht bei mir, um mir Mut zu machen?«

Den Nachmittag verbrachte sie mit Franziska, die den Schulunterricht an eine der beiden englischen Missionsschwestern abgegeben hatte, um sich ganz ihrer Freundin Paula widmen zu können. Eine Weile saßen sie vor dem Wohnhaus der Mission im Schatten der Palmen und erzählten einander ihre Erlebnisse.

»Er will kämpfen?«, fragte Franziska beklommen. »Was verspricht er sich davon?«

Paula versuchte, Toms Gründe zu schildern, und Franziska nickte voller Verständnis. Ja, für einen Mann sei es nicht immer leicht abseitszustehen, wenn andere in den Kampf zogen. Auch sie mache sich Sorgen, weil ihr Gerhard seit einigen Tagen davon sprach, in die Elendsviertel der Stadt zu gehen, um die Menschen dort zu bekehren.

»Das ist gewiss ein gottgefälliges Unterfangen«, meinte sie und blickte dabei traurig vor sich hin. »Aber selbst Missionar Homer, der schon so viele Jahre hier auf Sansibar lebt, hat uns gewarnt, dass man dort sehr vorsichtig zu Werke gehen muss. Nicht nur wegen des Rauschgifts und des Alkohols …«

Paula begriff. In diesen Vierteln begegnete man auch militanten Anhängern des Islam, die jederzeit bereit waren, einen christlichen Prediger niederzustechen. Diese Missionsgänge waren auch gar nicht Gerhard Böckelmanns Idee gewesen, sie entsprangen dem übereifrigen Hirn des jungen Missionsgehilfen Steven Cunningham, der vor drei Monaten aus Irland gekommen war.

»Er ist vom Gedanken der Mission geradezu besessen«, flüsterte Franziska, wobei sie sich zu Paula beugte, damit niemand sie hören konnte. »Ich will nicht sagen, dass ich etwas gegen die Bekehrung der Eingeborenen hätte – ganz im Gegenteil. Aber es sollte doch um der armen Heiden willen geschehen. Dieser junge Mann aber scheint jede Bekehrung als eine persönliche Großtat zu empfinden, verstehst du, was ich meine?«

»Ich glaube, ja. Ein bekehrter Heide ist für ihn so etwas wie eine Trophäe.«

Franziska lächelte über diesen Vergleich, der ihr sehr passend erschien.

»Leider hat er Gerhard mit seinem Ehrgeiz angesteckt. Aber ich vertraue auf Gott, er kann nicht wollen, dass Gerhard und ich so bald wieder auseinandergerissen werden, da wir einander doch gerade erst gefunden haben …«

»Nein, das kann er nicht wollen …«, wiederholte Paula leise.

Franziska atmete auf und schien tatsächlich getröstet. Auch Tom würde heil und unversehrt nach Sansibar gelangen, es könne nicht mehr lange dauern. Man habe von Gefechten bei Tanga gehört, doch wie es schien, seien sie glimpflich verlaufen.

»Ist das wahr? Mein Gott, wie froh wäre ich, wenn alles schon vorbei wäre!«

»Mach dir nicht so viele Sorgen, Paula. Möchtest du jetzt die Kirche von innen sehen? Und die anderen Häuser?«

»Sehr gern, Franziska.«

Oh ja, sie war feige. Geduldig hörte sie Franziskas Vorträge über die Christuskirche an, die genau dort erbaut worden war, wo früher die unglücklichen Sklaven angekettet und verkauft wurden. Die anglikanische Mission habe sich seit vielen Jahren dieser Menschen angenommen, denn mit der Befreiung aus den Sklavenbanden sei noch nicht viel gewonnen. Man musste ihnen in ihrem neuen Leben zur Seite stehen, sie waren nicht gewohnt, eigene Entscheidungen zu fällen, für sich selbst zu sorgen. Man habe sie in Dörfern angesiedelt, sie unterrichtet, ein Handwerk gelehrt, sie in die Lage versetzt, Geld zu verdienen und eine Familie zu gründen.

Die Kirche war innen ebenso schmucklos wie außen, auch die Innenräume der verschiedenen Gebäude erschienen Paula recht schlicht ausgestattet, man schien hier weniger Wert auf

Bilder oder Möbel zu legen und dafür mehr in Bücher zu investieren. Davon fanden sich jede Menge in den Regalen, vor allem Bibeln, aber auch Fachliteratur und Nachschlagewerke. Paula erfuhr, dass man viel Mühe darauf verwendete, die Unterrichtswerke auf Suaheli zu übersetzen, und tatsächlich gab es einige Schüler, die hier auf die Universität vorbereitet wurden. Da sie den Unterricht, den Steven Cunningham hielt, nicht stören wollten, lugte Paula nur rasch durch ein Fenster. Vier schlanke Knaben saßen an einem Tisch, eifrig beschäftigt, die weisen Worte ihres Lehrers zu notieren. Nur einer der vier war dunkelhäutig, die anderen drei waren Mischlinge, deren Haut wie helle Bronze war, einer von ihnen hatte sogar blondes Lockenhaar, das zu den dunklen Augen und der gebräunten Haut sehr ungewöhnlich aussah.

»Und wo sind die Mädchen?«, fragte Paula stirnrunzelnd.

»Momentan gibt es nur diese vier Knaben. Wenn sie den Abschluss schaffen, wird man sie nach England zum Studium schicken.«

Das hörte sich großartig an. Aber selbst wenn Mariamu hier die Universitätszulassung erlangen könnte – würde das Mädchen sich an einer Universität in England zurechtfinden? Wäre es dort nicht vollkommen einsam, ein Kind Afrikas im kalten, feuchten Norden?

»Lass uns jetzt über dein Anliegen sprechen, Paula. Du bist gewiss schon ganz aufgeregt. Ich habe es ja selbst nicht glauben können, als ich diesen Namen hörte …«

»Oh …«, stammelte Paula erschrocken. »Es ist nicht so eilig, Franziska. Ich bin doch heute erst angekommen und … und ich kenne noch nicht einmal alle Mitarbeiter der Mission …«

»Ganz wie du willst«, meinte Franziska mit leiser Verwunderung. »Du hast natürlich Recht. Man sollte nichts überstürzen.«

Am Abend fanden sich alle Angehörigen der Mission im Wohngebäude der Missionare zum gemeinsamen Abendessen zusammen. Nun erst lernte Paula den Leiter der Mission kennen, Missionar Homer, der Böckelmann und Franziska seinerzeit getraut hatte. Er war ein rundlicher Mann mit rotem Gesicht, das von einem krausen, silbergrauen Bart und ebensolchem Kopfhaar eingerahmt wurde.

»Sagen Sie es nicht«, bemerkte er grinsend, als Paula ihm vorgestellt wurde. »Ich weiß ohnehin, was Sie jetzt denken.«

»Wie bitte?«

»Sie denken, dass ich wie ein biblischer Apostel aussehe, nicht wahr?«

Genau dieses Bild hatte sie vor Augen gehabt, wie sie lächelnd zugab. Missionar Homer gefiel ihr ausgesprochen gut, der rothaarige, spindeldürre Ire Cunningham, dessen große blaue Augen sich immer wieder vorwurfsvoll auf ihre Person hefteten, dagegen sehr viel weniger. Was hatte er gegen sie? Störte es ihn, dass sie so viel mit Franziska und den beiden englischen Missionsschwestern Louise und Jane schwatzte und dabei immer wieder Gelächter aufkam? Cunningham wechselte nur ab und an einige Worte mit Homer und Böckelmann, dann bat er Missionar Homer, das Abendgebet zu sprechen, da er sich für heute früh zurückziehen wolle.

Nach dem ausführlichen Gebet verließen auch die vier schwarzen Diakone den Raum, um schlafen zu gehen. Draußen regnete es in Strömen – auch auf Sansibar war Regenzeit, von den Tausenden blinkender Sterne, die Tom ihr versprochen hatte, war heute Nacht kein einziger zu sehen.

»Unwissende Menschen würden sagen: Welch ein Zufall«, wandte sich Missionar Homer an Paula. »Ich aber behaupte: Dies war eine Fügung Gottes.«

»Sie meinen …?«

»Ich meine Klaus Mercator, unseren Freund und Gönner.«

Nun war es passiert. Sie konnte nicht mehr davonlaufen, sich auch nicht mit einer fadenscheinigen Ausrede aus der Schlinge ziehen. Missionar Homer war trotz seines biblischen Aussehens ein Mann mit einer ungewöhnlichen Autorität, einer jener Menschen, denen man nicht so leicht entkam.

»Ja ...«, stotterte sie. »Es ... es wäre möglich, dass er ein Freund meiner Familie ist. Ein lange verschollener, guter Bekannter ...«

Sie las in Homers Gesichtszügen, dass Franziska ihm anderes erzählt hatte, auch Böckelmann, der neben Homer am Tisch saß und in den Zähnen bohrte, blickte ein wenig verlegen drein. Fräulein Paula wollte offensichtlich nicht alle Karten auf den Tisch legen. Nun – dafür hatten sie Verständnis, es war ja doch eine sehr persönliche Angelegenheit.

»Er kam vor etwa zehn oder zwölf Jahren zu mir«, erzählte Homer und unterbrach sich gleich, denn jetzt, da er nachrechnete, erkannte er, dass es dreizehn Jahre sein mussten.

»Er brachte einen fiebernden Säugling, einen Jungen, und flehte mich an, alles zu versuchen, damit er überlebte.«

Böckelmann mischte sich ein. Paula müsse wissen, dass Missionar Homer nicht nur Theologe, sondern auch Mediziner sei. Während der Pestepidemie auf Sansibar habe er sich große Verdienste erworben, weil er die Kranken furchtlos betreute und einigen tatsächlich das Leben retten konnte. Man habe ihn sogar in den Palast des Sultans geholt, als dort eine seiner Frauen Anzeichen der Seuche zeigte – ein gewaltiger Vertrauensbeweis, wenn man sich vor Augen führte, dass normalerweise kein Fremder einen muslimischen Harem betreten durfte.

»Genug der Lorbeeren auf mein armes Haupt geheftet«, wehrte sich Missionar Homer mit leichter Verlegenheit. »Ich tue, was ich kann – das ist alles. Das Kind hatte ein schlichtes Dreitagefieber – wenn man dem Kleinen genügend Flüssigkeit gibt, ist das nicht weiter gefährlich.«

»Mercator war unendlich dankbar, als der Junge wieder gesund wurde, und seitdem liefert er der Mission in regelmäßigen Abständen seine besten Gewürze.«

»Seit dreizehn Jahren?«, staunte Paula. »Dann hat er ein langes Gedächtnis. Weshalb war er so besorgt um diesen Säugling? War es … war er sein eigenes Kind?«

»Allerdings«, sagte Missionar Homer. »Klaus Mercator ist seit vielen Jahren mit einer Angehörigen des Herrscherhauses verheiratet.«

Schmunzelnd erzählte er nun die romantische Liebesgeschichte, die seinerzeit durch einen Neffen des Sultans eingefädelt wurde. Der junge Mann hatte sich mit Mercator angefreundet und wollte ihm behilflich sein, eine Plantage auf Sansibar zu erwerben. Für einen Deutschen war das nicht einfach, deshalb nahm er Mercator mit in den Palast, um ihn Chalifa ibn Harub vorzustellen. Dort erblickte die schöne Leila den blonden Deutschen durch den Schlitz eines Vorhanges und verliebte sich in ihn.

»Und die beiden konnten einfach so heiraten?«, staunte Paula.

Homer schüttelte lachend den Kopf. Es sei damals eine höchst schwierige, sogar lebensgefährliche Angelegenheit daraus geworden. Ein heimliches Treffen, bei dem auch Mercator von den Flammen der Liebe erfasst wurde, diskrete Verhandlungen, Fürsprecher und Gegner, Drohungen, den vorwitzigen Fremden ins Verlies zu sperren, ihn gar enthaupten zu lassen.

»Dann aber löste sich die Sache auf erstaunlich friedliche Weise«, erzählte der Missionar weiter. »Mercator muss dem Sultan mit einer nicht unbeträchtlichen Summe ausgeholfen haben, dafür erhielt er die Erlaubnis, sich auf Sansibar niederzulassen und zu heiraten.«

Paula nickte und lächelte, als fände sie diese Geschichte ausgesprochen schön und romantisch. In Wirklichkeit verspürte sie eine tiefe Beklommenheit. Sie hatte einen kleinen Halbbruder. Den Sohn einer arabischen Prinzessin, in die ihr Vater sich unsterblich verliebt hatte. Vorausgesetzt, dieser Klaus Mercator war tatsächlich ihr Vater. Vielleicht wäre es besser, sie hätte sich getäuscht. Wenn Mercator gar nicht ihr Vater war, blieben ihr auch diese Prinzessin Leila und der kleine Bruder erspart …

»Es scheint eine glücklich Ehe zu sein«, erzählte Missionar Homer, der nichts von Paulas Empfindungen ahnte. »Sie haben inzwischen wohl sechs oder sieben Kinder – alle, außer dem jüngsten, das noch zu klein ist, haben unsere Schule besucht, drei der Knaben werden wohl in England studieren.«

Paula wurde sich darüber klar, dass sie heute Nachmittag möglicherweise drei ihrer Halbbrüder gesehen hatte. Sie schwieg. Vielleicht war es besser, nicht so viel zu fragen. Man erfuhr sowieso nur Dinge, die man gar nicht wissen wollte.

»Klaus Mercators Plantage liegt südöstlich von hier«, mischte sich Böckelmann ein. »Ein wundervoller Besitz, ein wahrer Garten Eden. Er baut nicht nur Gewürze an, sondern auch Ananas, Orangen und Zitronen, außerdem verschiedene Gemüsesorten und Bananen. Und erst das Wohnhaus …«

»Nun hören Sie doch auf zu schwärmen, Böckelmann!«, rief Missionar Homer lachend, und sein Bauch hüpfte ein wenig dabei. »Ich weiß wohl, dass Sie ein unverbesserlicher Traumtänzer sind. Einmal wollten Sie in den Elendsvierteln missionieren, dann hätten Sie gern eine Plantage, die unsere Schutzbefohlenen in ein grünes Paradies verwandeln könnten. Aber das Paradies auf Erden, mein armer Freund, ist noch keinem Gotteskind zuteilgeworden. Höchstens einem glücklichen Ehemann in den ersten Wochen nach der Hochzeit …«

»Ich bitte Sie, Missionar Homer …«, wehrte sich Böckelmann, der bis zu den Haarwurzeln errötet war. »Ich bin nur Gast auf dieser Missionsstation, solange der Krieg verhindert, dass wir eine eigene Niederlassung gründen. Dennoch möchte ich mich für die erwiesene Gastfreundschaft erkenntlich zeigen und die Arbeit der anglikanischen Mission nach Kräften fördern.«

»Das haben Sie schön gesagt, mein Freund!« Homer klopfte Böckelmann jovial auf die Schulter. »Deshalb werden Sie und Ihre junge Frau gleich morgen zur Plantage des Klaus Mercator aufbrechen. Natürlich gemeinsam mit Fräulein Paula. Die Angelegenheit muss schließlich geklärt werden – oder?«

Er blickte Paula herausfordernd in die Augen – natürlich wusste er, dass sie in Wirklichkeit ihren leiblichen Vater zu finden hoffte. Franziska hatte geplaudert – wie unangenehm. Ob die übrigen Mitglieder der Missionsstation es auch wussten? Nun würde man sie bei ihrer Rückkehr natürlich ausfragen, und – was noch schlimmer war – falls sie enttäuscht wurde, war ihr das Mitleid der gesamten anglikanischen Missionsbelegschaft sicher.

»Schon morgen?«, wandte sie vorsichtig ein. »Bitte – meinetwegen müssen Sie keine Umstände machen. Falls Sie morgen etwas Wichtiges zu tun haben, können wir diesen Besuch auch verschieben. Und wer sagt uns, dass Herr Mercator überhaupt auf der Plantage anwesend i…«

»Das ist er ganz sicher«, fiel ihr Missionar Homer ins Wort. »In diesen unruhigen Zeiten ist es für einen Deutschen am besten, sich unauffällig zu verhalten. Obgleich Mercator gute Beziehungen zum britischen Gouverneur unterhält, sollte er jetzt, wie alle Deutschen auf Sansibar, fein bescheiden auftreten und daheim bleiben.«

Es war abgesprochen und abgemacht, sie könnte morgen höchstens erzählen, sie sei krank und müsse den Besuch verschieben. Tatsächlich tat sie in der folgenden Nacht kaum ein Auge zu, so wild schossen ihr die Gedanken und Bilder durch den Kopf. Mal sah sie Tom mit zerschossener Brust vor dem weißen Bahnhofsgebäude in Tanga liegen, dann wieder erschienen ihr die maskenhaft bemalten Gesichter der Uri-Krieger. Die nächtlichen Wogen des Indischen Ozeans warfen ihre kleine Dhau hin und her, und sie klammerte sich mit aller Kraft an den Mast, um nicht ins Meer hinausgerissen zu werden. Als sie schweißgebadet erwachte, stellte sie fest, dass sie anstatt des Bootsmastes ihr Kopfpolster umfasst hielt. Ein heftiger Regenguss rauschte auf die Insel hernieder, und sie stand auf, um das Fenster zu schließen. Danach war an Schlaf nicht mehr zu denken. Mit offenen Augen lag sie da und starrte an die weiß getünchte Zimmerdecke, entdeckte darauf mit dem heller werdenden Morgenlicht immer neue dunkle Flecken, von denen sich einige bald als geflügelte Insekten entpuppten. Schließlich stand sie auf und zog sich an. Draußen auf dem Kirchplatz waren nun schon fröhliche Stimmen zu hören.

Es war ein kleiner Wochenmarkt, der hier unter dem Schutz der Mission aufgebaut wurde. Frauen verschiedenster Hautfarbe trugen Früchte und Gemüse in Körben herbei und breiteten die Ware auf Tüchern aus. Bis auf wenige Ausnahmen handelte es sich um die gleichen Dinge, die man auch in Tanga auf dem Wochenmarkt kaufen konnte, nur die Frauen unterschieden sich von den Eingeborenen der Küstenstadt. Die Insel war schon lange ein Schmelztiegel für allerlei Völker gewesen, Araber und Abessinier, Portugiesen und Briten; schwarze Eingeborene verschiedener Stämme, Inder und Goanesen hatten nebeneinander und miteinander gelebt, und oft war es schwer herauszufinden, welche Vorfahren diese oder jene Frau wohl haben mochte. Eines war ihnen auf jeden Fall gemeinsam: die unbefangene Fröhlichkeit und die Neigung, einander auf gutmütige Art auszulachen. Eine Weile sah Paula durchs Fenster auf das Marktgeschehen. Schwester Louise war schon auf den Beinen und feilschte um eine Ananas, hinter ihr wartete Missionshelfer Cunningham geduldig mit einem großen Korb. Er schien an diesem Morgen keineswegs vom Bekehrungseifer besessen, sondern blickte eher ein wenig verschlafen drein – vielleicht war der frühe Morgen ja nicht sein Fall.

Das Frühstück fiel – wie in der Missionsstation üblich – recht bescheiden aus, eine Tasse Haferbrei, ein winziges Schälchen Mangokompott, dazu ein Becher mit dünnem Kaffee, den Paula zunächst für Tee gehalten hatte – das musste genügen. Franziska, die sie mit einem warmen Lächeln begrüßt hatte, schob unauffällig ihr Mangokompott zu Paula hinüber.

»Iss ruhig, Paula. Es ist mir zu süß.«

»Danke«, murmelte Paula, die mechanisch ihren Haferbrei löffelte. »Ich … ich habe gar keinen Appetit.«

Franziska seufzte. Sie hatte sehr gut begriffen, womit Paula sich quälte.

»Weißt du«, sagte sie leise. »Ich habe Mercator nur ein einziges Mal gesehen, aber mir fiel sofort auf, wie ähnlich ihr euch seid.«

Paula schob die Haferbreischüssel von sich – jetzt rebellierte auch noch ihr Magen.

»Meinst du das im Ernst?«

»Natürlich, Paula. Das war für mich der Anstoß, dir zu schreiben. Vielleicht hätte ich es sonst gar nicht getan …«

Es reichte! Nun wollte sie doch so rasch wie möglich die Plantage aufsuchen, um diese Angelegenheit ein für alle Mal zu klären. Was auch immer dabei herauskam – nichts war schlimmer als dieses beständige Wechselbad aus Hoffnung und Angst.

»Sind Sie bereit, Fräulein Paula?«

»Ja!«

Böckelmann hatte seinen Tropenhelm aufgesetzt, auch Franziska schützte sich mit einem breitkrempigen Strohhut. Die Missionsstation besaß weder Wagen noch Zugtiere – sie würden den Weg zur Plantage zu Fuß zurücklegen müssen.

»Eine gute Stunde – mehr nicht«, erklärte Böckelmann lässig, als sei dies ein leichter Spaziergang. »Nehmen Sie diesen Strohhut, er gehört Schwester Jane, sie leiht ihn Ihnen gern, damit Sie sich unterwegs keinen Sonnenstich holen.«

Paula stülpte sich den Hut über, der ein gutes Stück zu weit war. Gut – so konnte sie ihr Gesicht darunter verstecken.

Der Weg führte durch Palmenhaine und kleine Wäldchen, in denen Farne und Buschwerk wucherten, dann wieder öffnete sich die Landschaft und gab den Blick frei auf Felder mit Mais, Bananen und Ananas. Der sanfte Wind trug den Duft nach Muskatblüte und Gewürznelken mit sich. Frauen, die auf den Äckern Unkraut jäteten, grüßten Böckelmann fröhlich, liefen herbei, um ein wenig zu plaudern, boten sogar einen Becher Ziegenmilch oder eine süße Frucht an. Zu anderer Zeit hätte Paula wohl viel Gefallen an diesen heiteren Menschen gefunden, jetzt aber war ihr jeder Halt lästig. Hatte sie noch gestern diesen Besuch mit allen Mitteln vor sich hergeschoben, so wollte sie jetzt nur noch auf der Plantage ankommen und die Wahrheit herausfinden. Auch wenn sie schmerzhaft sein sollte.

Franziska spürte die Unruhe ihrer Freundin und bemühte sich nach Kräften, die Gespräche kurz zu halten und auf keine Einladung einzugehen. Unterwegs flüsterte sie ihrem Ehemann einige leise Worte zu, und er nickte fast ein wenig schuldbewusst. Trotz ihrer Aufregung musste Paula schmunzeln – es schien ihr, als habe die sanfte Franziska in der Ehe doch die Hosen an. Auch die Gespräche, die sie unterwegs miteinander führten, bestätigten ihr diese Vermutung. Was immer Franziska sagte, Gerhard Böckelmann bemühte sich mit Eifer, ihre Worte zu unterstreichen. Manchmal schmückte er ihre Berichte noch ein wenig aus, geriet hin und wieder ins Schwärmen über Franziskas Begabung, mit den Kindern umzugehen, über ihre Bemühungen, die arabische Sprache zu erlernen, und das breite Feld, das sich hier einem Missionar und seiner Gefährtin bot. Nur wenn er gar zu euphorisch wurde, holte Franziska ihn mit einer sanften Bemerkung wieder in die Realität zurück. Dann blickten sie einander lächelnd an und fassten sich für einen kleinen Moment bei den Händen.

»Womit habe ich dieses Glück nur verdient?«, seufzte Böckelmann.

Franziska schwieg und schaute zu Boden. Paula fragte sich indessen, wieso es Franziska nicht gelang, ihren Gerhard von seinem übergroßen Missionseifer in den Elendsvierteln abzuhalten, da er sich ihren Wünschen doch sonst in allen Dingen fügte. Ob er meinte, sich seiner Frau als zukünftiger Heiliger beweisen zu müssen?

Franziska unterbrach Paulas Gedankenfluss, indem sie die Freundin am Arm fasste.

»Siehst du dort hinten die Mauer aus Bruchsteinen? Und darin das gemauerte Tor? Das ist der Eingang zu Mercators Plantage.«

Sofort vollführte Paulas Herz wahre Trommelwirbel. Abrupt blieb sie stehen. Tatsächlich erblickte man in einiger Entfernung zwischen den Palmen ein hohes, gemauertes Tor aus hellen Lehmziegeln, mit Schindeln gedeckt. Es war groß genug, dass ein von Pferden gezogener, hoch beladener Wagen hindurchfahren konnte, und wurde mit zwei vergitterten Torflügeln geschlossen. Das Tor und die niedrigen Mauern standen in einem seltsamen Missverhältnis zueinander, für einen erwachsenen Menschen wäre es ein Leichtes gewesen, darüber hinwegzusteigen. Weshalb Klaus Mercator seine Plantage wohl auf diese Weise abgrenzte?

»Er scheint Besuch nicht gerade zu schätzen«, vermutete sie unsicher.

»Unsinn – er ist sehr gastfreundlich, nicht wahr, Gerhard?«, widersprach Franziska rasch, und Böckelmann beeilte sich zu versichern, dass er hier auf der Plantage stets freundlich aufgenommen und mit Speis und Trank versorgt worden sei. Während der ersten Wochen, die er hier auf der Insel verbrachte, sei er viel umhergewandert, um Land und Leute kennenzulernen. Dabei habe er so manche gute, aber auch schlimme Erfahrung gemacht. Hier auf der Plantage von Klaus Mercator habe er jedoch ausschließlich Gutes erfahren.

Eine Gruppe Eingeborener kam ihnen durch das Tor entgegen, es schienen Landarbeiter zu sein, die auf der Plantage um Beschäftigung angefragt hatten. Die Frauen hatten bunte Tücher um die Köpfe gebunden, sie trugen ärmellose Hemden, um die Hüften hatten sie farbige Stoffe gewickelt, die bis zum Boden reichten und deren Ende über die Schulter geschlagen wurde. Die jungen Männer hatten oft nur eine weite Baumwollhose, höchstens noch ein zerfetztes Hemd am Körper. Als sie an Paula und ihren beiden Begleitern vorübergingen, grüßten sie Böckelmann mit besonderer Ehrfurcht, und Paula konnte sich des Eindrucks nicht erwehren, dass dieser lange, dürre Mensch vielleicht gar kein so schlechter Missionar war. Dann verwirrten sich ihre Gedanken, denn nun standen sie direkt vor dem Eingangstor der Plantage.

»Nur Mut«, flüsterte Franziska und fasste Paulas Hand. Paula holte tief Luft und nickte.

»Bitte, wenn wir ihm jetzt begegnen, sagt ihr kein Wort davon, wer ich bin und weshalb ich hierherkomme. Das müsst ihr mir fest versprechen.«

»Natürlich, Paula. Es ist deine Sache, wir werden uns nicht einmischen.«

»Danke …«

Zunächst sah es innerhalb der Ummauerung nicht viel anders aus als draußen. Auch Paulas übertriebene Angst, sie könne schon jetzt dem Besitzer in die Arme laufen, bewahrheitete sich nicht. Der Weg schlängelte sich gemächlich durch Palmenhaine und Bambuspflanzungen, dann aber wurde der Duft der Gewürznelken übermächtig. Rechts und links des Weges lagen ausgedehnte Felder, auf denen ein Bäumchen neben dem anderen gedieh, dazwischen wuchs ab und an Gesträuch, meist aber nur spärliches Gras.

»Was für ein betörender Geruch, beinahe betäubend«, bemerkte Böckelmann, dem der Duft ein wenig unheimlich war. Er fügte hinzu, dass Mercator auch Pfeffer und Muskatblüten anbaue und dass vor allem Letztere ebenso starke Gerüche entfalteten.

Doch Paula hörte ihm nicht mehr zu. Unversehens öffnete sich jetzt der Blick auf ein weißes Gebäude, das ihr im ersten Moment wie ein kleines Märchenschloss erschien. Tatsächlich war es ein kompakter Bau mit hohen Fenstern und einem Säulenvorbau, ähnlich dem eines englischen Landsitzes. Nur die Palmen, die das Haus beschatteten, erinnerten daran, dass man sich in den Tropen befand. Der Weg verbreiterte sich vor dem Anwesen zu einem ovalen Platz, in dessen Zentrum ein ummauertes Blumenbeet leuchtete, zu den Seiten hin wuchsen Palmen und Akazien. Paula entdeckte einen schwarzen Knaben, der mit einer Hacke im Blumenbeet stand und ganz offensichtlich den Auftrag hatte, das Unkraut zu jäten. Vor einer kleinen Seitentür, die vermutlich zur Küche führte, hockten drei junge Frauen mit Blechschüsseln voller Grünzeug. Sie schwatzten fröhlich und schnippelten dabei ihr Gemüse, was nicht brauchbar war, warfen sie zwei weißen Ziegen vor, die sie aufdringlich umstrichen.

Noch starrte Paula auf diese Idylle, da sprang plötzlich eine der Frauen auf, stellte die Schüssel beiseite und begann aufgeregt zu rufen.

»*Bwana* Bömann! Missionar Bömann!«

Aha – auch hier schien Missionar Böckelmann in gutem Ruf zu stehen. Paula bemerkte lächelnd, wie stolz Franziska auf ihren Gerhard war, sie strahlte ihn geradezu an. Und er errötete – was für ein seltsamer, liebenswerter Bursche.

Inzwischen hatten die drei Gemüseschneiderinnen andere Bewohner alarmiert, an der Küchentür tauchten weitere schwarze, freundlich grinsende Gesichter auf, und schließlich wurde auch die große Eingangstür geöffnet. Der hell gekleidete Eingeborene schien seiner Haltung nach kein einfacher Diener zu sein, er erinnerte Paula ein wenig an den alten Johann, der zwar Hausdiener genannt wurde, im Grunde aber die Funktion eines Butlers erfüllte. Wieso musste sie gerade jetzt an das Gutshaus in Klein-Machnitz denken? Ihr Herz hämmerte nun so rasch, dass sie fürchtete, gleich tot umzufallen, dabei stand ihnen nicht einmal Klaus Mercator gegenüber, sondern nur der weiß gekleidete Butler. Er lächelte Böckelmann an und lud sie mit ausladender Geste ins Haus ein.

»*Bwana* Bömann … *karibu. Bibi* Franziska … *karibu. Bibi … karibu.* Herrin ist geehrt und erfreut über Besuch. Gehen in kühle Zimmer, trinken feine Limonade, willkommen, *karibu* …«

Sie stiegen die Treppe hinauf, durchquerten den Schatten des kleinen Säulenvorbaus und traten ein. Ein hoher Raum umfing sie, eine Halle, von der aus zwei Treppen in den oberen Stock führten. Teppiche bedeckten Boden und Treppen, von der Decke hingen zwei Hängelampen aus getriebenem Messing herab, auch die verschnörkelte Wandbemalung erinnerte Paula an die Geschichten aus *Tausendundeiner Nacht*. Der Raum, in den der schwarze Butler sie führte, bestätigte diesen Eindruck. Längs der Wände gab es gepolsterte Bänke, mit schönen Kelimarbeiten bedeckt, dazu kleine Tische aus getriebenem Kupfer, die auf einem dreibeinigen, zusammenklappbaren Gestell standen. Eine Truhe, mit blinkendem Silber beschlagen, stand vor einem üppig drapierten Vorhang aus kostbarem Brokat. Paula ertappte sich bei der Überlegung, dass diese Inneneinrichtung wohl die Mitgift der arabischen Prinzessin gewesen war. Möglicherweise hatte Mercator diese Dinge aber auch gekauft, damit seine Frau sich in seinem Haus heimisch fühlte. Weshalb verspürte sie dabei einen Stich im Herzen? Dazu hatte sie weder einen Grund noch das Recht.

Die Gäste ließen sich auf den weich gepolsterten Bänken nieder und wurden auf der Stelle von zwei jungen, hellhäutigen Mädchen mit kühlen Getränken versorgt. Die beiden waren noch Kinder, vielleicht acht und zehn Jahre alt, aber sie überreichten den Willkommenstrunk mit natürlicher Grazie und dem gelassenen Selbstbewusstsein einer Gastgeberin. Waren es vielleicht gar die Töchter des Plantagenbesitzers? Paula nippte an dem Ananassaft, der mit Limone gesäuert war und köstlich schmeckte. Es war nicht leicht, einen klaren Kopf zu behalten, vor allem musste sie endlich aufhören, so empfindlich zu reagieren.

Gleich darauf wurde dieser Vorsatz auf eine harte Probe gestellt. Ein Vorhang wurde beiseitegeschoben, und eine schlanke, dunkelhaarige Frau im langen Seidengewand erschien. Paula bemühte sich um ein Lächeln, das ohne Zweifel ziemlich kläglich ausfiel, Franziska und Böckelmann jedoch begrüßten die Hausherrin und stellten ihr Fräulein Paula aus Berlin vor.

»Seien Sie mir willkommen«, sagte Mercators Frau in flüssigem Deutsch. »Mein Mann stammt ebenfalls aus Deutschland, und ich weiß, dass er auch in Berlin gewesen ist. Er wird sich ganz sicher freuen, mit Ihnen Erinnerungen auszutauschen.«

Sie strahlte viel Wärme aus und besaß ein herzliches Lächeln. Paula überlegte, wie alt Prinzessin Leila wohl sein mochte, und überschlug rasch, dass sie höchstens Mitte dreißig sein konnte, nicht allzu viel älter als sie selbst. Sie war zart, hatte große, braune, ein wenig umschattete Augen, eine feine Nase und schön geschwungene Lippen. Für eine Orientalin benahm sie sich sehr offen, fast wie eine Europäerin, denn sie befragte Missionar Böckelmann sehr genau über die Fortschritte ihrer Söhne in der Schule und schien auch über die politischen Ereignisse auf dem Laufenden zu sein.

»Ja, bei Tanga soll es zu einem Kampf gekommen sein. Aber wie man hört, ist es den Briten dabei nicht gut ergangen, alle indischen Regimenter mussten zurück auf ihre Schiffe flüchten.«

»Und sind die Kämpfe jetzt vorüber?«, fragte Franziska, die Paulas hoffnungsvolle Miene bemerkte.

»Zumindest in der Nähe von Tanga soll es wieder ruhig geworden sein. Aber das alles sind nur Gerüchte, die wir von unseren Landarbeitern oder von guten Freunden zugetragen bekommen. Etwas Genaues kann ich Ihnen auch nicht sagen.«

»Natürlich nicht. Zumal wohl täglich neue Schreckensmeldungen zu befürchten sind …«

Man sprach offen über Sympathien und Antipathien. Prinzessin Leila war mit dem Haus des Sultans verwandt, doch man pflegte auch freundschaftliche Beziehungen zum britischen Gouverneur und zu anderen Briten, zu portugiesischen Kaufleuten und nicht zuletzt zu einigen Deutschen, die sich hier auf Sansibar niedergelassen hatten.

»Ich weiß sehr wohl, dass das Herz meines Mannes bei seiner deutschen Heimat ist«, sagte Prinzessin Leila lächelnd. »Er wünscht dem Kaiser den Sieg, hofft aber, dass dieser leidige Krieg so rasch wie möglich beendet sein wird.«

Paula beteiligte sich nur wenig an der Unterhaltung, es fehlte ihr die Unbefangenheit, mit dieser schönen Frau über allerlei Wichtiges und auch Unwichtiges zu plaudern. Hin und wieder spürte sie den prüfenden und ein wenig verwunderten Blick der Prinzessin, die wohl glaubte, der Gast sei zu scheu, um sich am Gespräch zu beteiligen. Aus diesem Grund wandte sich Leila mit einigen belanglosen Fragen an sie, und Paula sah sich gezwungen, darauf zu antworten.

»Was hat Sie aus Berlin nach Afrika gebracht?«

Paula erklärte, die Abenteuerlust habe sie gepackt, sie sei entschlossen gewesen, ihrem Leben eine Wendung zu geben, weshalb sie sich auf eine Annonce als Reisebegleiterin gemeldet habe.

Prinzessin Leila war fasziniert. Warum sie nicht geheiratet habe? Was ihre Eltern dazu sagten, dass sie ganz allein in Berlin lebte, ohne Ehemann? Dass sie für Geld arbeitete?

Paula kam bald in Erklärungsnöte, denn auch für eine Deutsche war ihr Leben bisher ungewöhnlich freizügig verlaufen. Im Vergleich zu einer orientalischen Prinzessin hatte sie unfassbare Freiheiten genossen.

»Wie fremd das in meinen Ohren klingt«, meinte Leila schließlich und gab den Mädchen einen Wink, die Gäste mit frisch zubereitetem Mokka zu bewirten. Sie gossen das dunkle, mit Kardamom gewürzte Gebräu aus einer hohen Kanne in winzige Tässchen, ohne auch nur einen einzigen Tropfen zu verschütten.

»Ich hätte nicht so leben wollen«, fuhr Leila lächelnd fort. »Und doch erscheint mir vieles, das Sie erzählen, verlockend. In meiner Familie sind Frauen und Mädchen vollkommen vom Willen ihrer Väter abhängig.«

»Trotzdem ist es Ihnen gelungen, den Mann zu heiraten, den Sie selbst sich ausgewählt hatten«, sagte Böckelmann und bereute diesen Ausspruch sogleich, da er Franziskas tadelnden Blick spürte.

Die Prinzessin ließ den Satz unkommentiert, doch auf ihrem Gesicht erschien ein Lächeln, das man fast als verschmitzt hätte bezeichnen können.

»Niemand kann sich dem Willen Allahs entziehen«, meinte sie. »Oder wie Sie es ausdrücken würden, Missionar Böckelmann: Wir alle befinden uns in Gottes Hand.«

»Gewiss, gewiss«, stammelte er errötend und war froh, als seine Gastgeberin nun das Gesprächsthema wechselte.

»Ich hoffe sehr, Sie bleiben über Nacht, damit wir heute Abend in aller Ruhe miteinander plaudern können. Mein Mann wird sich ganz sicher freuen – vor allem über Sie, Fräulein Paula.«

Paula zuckte zusammen, als sie in Leilas dunklen Augen neben harmloser Freundlichkeit und Staunen auch ein leises Misstrauen bemerkte. Die Prinzessin hatte gespürt, dass die junge Deutsche sich mit irgendeiner geheimen Absicht trug. Paula fühlte sich scheußlich. Wenn sie so weitermachte, würde man sie demnächst noch für eine deutsche Spionin halten.

»Ist … ist Ihr Mann momentan nicht auf der Plantage anwesend?«

Die dunklen Augen wanderten zu dem hohen Fenster hinüber, das teilweise von einem blau-silbernen Brokatstoff verdeckt war. Prinzessin Leila erklärte mit bedauerndem Lächeln, dass ihr Ehemann heute früh mit einer Schar Arbeiter aufgebrochen sei und wohl erst gegen Abend zurückkehre. Er habe vor, ein Stück Land zu roden, um darauf Ingwer anzupflanzen. Ein ganz hervorragendes Mittel gegen die Seekrankheit, ob sie schon davon gehört habe?

»Mein Mann würde es mir nie verzeihen, wenn ich Sie gehen ließe, liebe Freunde. Bleiben Sie über Nacht, fühlen Sie sich hier in unserem Haus völlig frei, essen und trinken Sie, halten Sie eine Siesta, wie es hierzulande üblich ist. Oder gehen Sie spazieren – es gibt unendlich viele schattige Wege und romantische Orte. Haben Sie unseren Park schon gesehen? Die Springbrunnen? Den kleinen Tempel? Oh – ich werde meine Töchter anweisen, Ihnen alles zu zeigen. Mich entschuldigen Sie jetzt bitte – ich habe häusliche Angelegenheiten zu regeln.«

Sie hatte eine anmutige Art, das lange Seidengewand zu raffen, während sie sich von ihrem Sitz erhob. Zum Abschied neigte sie den Kopf ein wenig und lächelte ihren Gästen gewinnend zu, doch Paula hatte nicht den Eindruck, dass Prinzessin Leila über ihren Besuch aufrichtig begeistert war.

»Über Nacht«, sagte Franziska entsetzt. »Aber das geht doch nicht, Gerhard. Wer soll denn heute Abend die Bibelstunde der Diakone leiten?«

»Nun ja«, gab Böckelmann beklommen zurück. »Das wird dann wohl Mr. Cunningham tun.«

Paula fühlte sich fürchterlich schuldig. Sie konnte den beiden nicht einmal anbieten, ohne sie zur Mission zu gehen, denn es hätte wohl recht seltsam ausgesehen, wenn nur sie allein auf der Plantage zurückgeblieben wäre.

»Mr. Cunningham wird sich gewiss alle Mühe geben«, sagte sie leise, doch sie erhielt keine Antwort.

32

Warten. Was für eine Qual. Warten auf das Todesurteil all ihrer Träume. Auf das Ende der sinnlosen Hoffnung, nicht diejenige sein zu müssen, die sie nun einmal war. Eine von Dahlen. Warten auch auf eine schreckliche Blamage. Auf das verständnislose Lächeln im Gesicht Klaus Mercators, wenn sie ihm ihre Fragen stellte.

Können Sie sich vielleicht an dieses Foto erinnern?

Kannten Sie eine Lilly von Brausewitz?

Könnte es sein, dass Sie eine Tochter mit dieser Frau haben?

Nein, so durfte sie auf keinen Fall fragen. Aber wie sonst? Sich vorsichtig heranschleichen? Über Deutschland reden. Über Berlin. Über das Märkische Land. Das Gut derer von Brausewitz im Havelland? Das Berliner Stadthaus in Wilmersdorf, das zum Erbteil ihrer Mutter gehört hatte und schon vor vielen Jahren verkauft worden war? Das Beet mit den Hundsrosen, in dem damals der Blumenstrauß gelandet war?

Was für ein Blödsinn. Selbst wenn er tatsächlich derjenige gewesen sein sollte, der ihrer Mutter einen Heiratsantrag machte – an die Hundsrosen würde er sich ganz sicher nicht erinnern.

»Gerhard möchte gern ein wenig Siesta halten – hast du Lust, mit mir spazieren zu gehen? Den Park habe ich auch noch nicht zu sehen bekommen …«

»Nein, danke, Franziska. Ich bin sehr müde und würde gern hier in diesem Zimmer bleiben.«

»Wie du willst, Liebes. Wollen wir ein wenig plaudern?«

»Sei mir bitte nicht böse, Franziska. Aber ich möchte gern allein sein.«

»Das verstehe ich gut. Wenn du mich brauchst, wir sind gleich nebenan, die Diener werden dir den Weg weisen.«

»Danke, Franziska.«

Paula atmete auf, als die Freundin hinter dem Vorhang verschwunden war. Nein, sie hatte keine Lust, den großartigen Park anzusehen, den Mercator für seine Frau hatte anlegen lassen. Springbrunnen. Ein kleiner Tempel. War er größenwahnsinnig?

Doch warum nicht? Er liebte diese Frau, und Prinzessin Leila hatte um ihre gemeinsame Liebe gekämpft, vielleicht sogar ihr Leben aufs Spiel gesetzt, auf jeden Fall aber Demütigung, Kerker und eine eilige Zwangsheirat riskiert. Und was hatte Lilly von Brausewitz damals gewagt? Nichts – sie hatte sich feige in die Ehe mit einem ungeliebten, aber standesgemäßen Adeligen geflüchtet.

War Klaus Mercator wirklich jener Mann, der ihrer Mutter damals den Hof gemacht hatte? Vielleicht war er ein ganz anderer. Ein Fremder. Ein Abenteurer, der sich jahrelang durch Afrika geschlagen hatte, dies und das auf die Beine gestellt und jetzt hier, auf Sansibar, sein Glück gefunden hatte.

Sie legte sich auf eine der Seitenbänke und nippte hin und wieder von den kühlen Getränken, die in regelmäßigen Abständen von einem schwarzen *boy* serviert wurden. War es tatsächlich so heiß? Die Bluse klebte ihr am Körper, auf ihrer Stirn standen Schweißperlen. Was war mit der Zeit los? Wieso kroch sie gleich einer Schnecke dahin? Wieso lastete jeder Augenblick zentnerschwer auf ihr, nahm ihr die Kraft zum Atmen, schien sie erdrücken zu wollen? Wieso schreckte sie jedes Mal zusammen, wenn von draußen laute Stimmen zu hören waren? War es nicht albern, aufzuspringen und zum Fenster zu laufen? Schon deshalb, weil dieser Raum nach hinten zum Park hinausging – sie konnte von hier aus gar nicht sehen, wer im Hof lärmte.

Irgendwann in den späten Nachmittagsstunden forderte die Erschöpfung ihren Tribut, und Paula fiel in einen leichten Schlummer. Seltsamerweise zogen helle, glückverheißende Bilder an ihrem inneren Auge vorüber, der weite, schneeweiße Strand der Insel, sanft geneigte Palmen, deren Zweige sich im Wind leise regten, die türkisfarbige Fläche des nunmehr freundlichen Ozeans …

»Böckelmann? Das ist ja wunderbar! Und er hat seine Frau mitgebracht? Zwei Frauen? Na, da schau her!«

Gelächter folgte diesen Worten, wohlwollend und zugleich ein wenig spöttisch. Paula war aus dem Schlaf gefahren. Diese Stimme. Hell und doch sehr männlich. Heiter, voller Elan, die Stimme eines Mannes, der mit sich selbst zufrieden war und seine frohe Stimmung an andere Menschen weitergab.

»He, ihr beiden kleinen Weibsbilder! Wollt ihr euren Vater gleich erdrücken? Hilfe! Leila! Rette mich vor diesen wilden Gören …«

Paula brach aufs Neue der Schweiß aus. Er sprach deutsch mit ihnen. Wie die Mädchen kicherten und herumalberten! Und auch er lachte, sie hörte eines der Mädchen vor Begeisterung quietschen. Hob er die Töchter gar hoch und drehte sich mit ihnen im Kreis, wie Ernst von Dahlen es vor langer Zeit mit seinen Söhnen getan hatte? Nur mit den Söhnen – niemals mit Paula. Plötzlich überkam sie Bitterkeit – diese Mädchen durften die Liebe ihres Vaters spüren, während sie selbst wohl niemals geliebt worden war. Was tat sie hier? Alles, was sie erfuhr, war purer Schmerz, es wäre tatsächlich besser, sie hätte diesen Abend schon hinter sich. Ach, Tom – weshalb war er nicht hier, damit sie sich zu ihm flüchten konnte? Aber der Herr Naumann musste ja in den Krieg ziehen, weil sein Ehrgefühl es verlangte.

»Schluss jetzt, ihr kleinen Megären! Ich will mich noch ein wenig menschlich herrichten, damit die Gäste keinen Schrecken bekommen …«

Er hatte jetzt energisch gesprochen, die Mädchen waren gut erzogen und gehorchten. Allerdings unter sanftem Protest.

»Du bist auch so schön, Papa!«

»Für die Gäste bist du schön genug!«

»Nur ein bisschen Staub und ein Grashalm in den Haaren.«

»Und kratzig an den Wangen …«

Eine Tür schlug zu, leises Gekicher, dann war es still. Irgendwo lief Wasser, es gab also eine Dusche, die vermutlich durch eine Zisterne gespeist wurde. Klaus Mercator machte sich zurecht, um seine Gäste zu empfangen.

Hektisch fuhr Paula von ihrem Polster auf. Es gab nicht einmal einen Spiegel im Raum, aber ihre Haare waren ganz sicher total durcheinander. Sie befühlte den hochgesteckten, dicken Zopf, strich sich ein paar Strähnen hinter die Ohren, zupfte an ihrer Bluse und versuchte, den zerknitterten Rock etwas ansehnlicher zu drapieren. Ach, das hatte alles wenig Zweck – wenn sie doch nur den Strohhut aufsetzen und sich darunter verstecken könnte. Aber wer trug schon einen Strohhut im Haus? Noch dazu einen, der zwei Nummern zu groß war?

Was tue ich eigentlich?, dachte sie und hielt abrupt inne. Ich will diesen Mann weder verführen noch für mich gewinnen. Ich will ihm eine Frage stellen – das ist alles.

Der weiß gekleidete Butler trat ein und verneigte sich feierlich vor ihr.

»*Bibi* Pola – *bwana* Mercator und *bibi* Leila bitten, in große Zimmer kommen.«

»Ich komme …«

Plötzlich war alle Angst verflogen. Es war so weit – in wenigen Sekunden würde sie dem Mann gegenüberstehen, nach dem sie so lange gesucht hatte. Klaus Mercator. Sie spürte ihren Körper kaum, während sie dem Butler durch Flure und Zimmer hindurch folgte, sie schien zu schweben, die weichen Teppiche unter ihren Füßen waren Wolken, auf denen sie dahinglitt.

Von irgendwoher kamen Böckelmann und Franziska, auch sie von einem Diener geführt, die Gesichter ein wenig sorgenvoll wegen der nicht eingeplanten Übernachtung. Als sie Paula erblickten, lächelten sie ihr aufmunternd zu. Paulas Herz wurde warm. Gute Freunde. Vielleicht würde sie sie gleich bitter nötig haben.

»Hast du ein wenig schlafen können?«

»Ja, es war sehr erholsam. Und ihr?«

»Wir haben ein wenig geruht und dann einen kleinen Spaziergang gemacht. Der Park ist wirklich traumhaft …«

Zwei Flügeltüren mit geschnitzten Einsätzen öffneten sich, gaben den Blick frei auf einen reich ausgestatteten Raum, ganz im orientalischen Stil gehalten. Nur der lange Tisch in der Mitte und die Stühle bewiesen, dass der Hausherr es nicht schätzte, beim Essen auf dem Boden zu hocken.

»Willkommen, liebe Freunde! Ich freue mich, dass Sie sich entschlossen haben, uns diesen Abend zu schenken. Frau Böckelmann – wie schön, dass Sie sich einmal von allen Verpflichtungen frei gemacht haben, und auch Sie, lieber Gerhard …«

Paula blieb auf der Schwelle stehen, unfähig, auch nur einen einzigen Schritt zu gehen, ganz in die Betrachtung dieses

Mannes vertieft. Klaus Mercator war mittelgroß und schlank bis auf einen winzigen Bauchansatz, den seine europäische Kleidung preisgab. Sein Haar war dunkel und glatt, es zeigte an den Schläfen ein paar weiße Strähnen, die seinem Aussehen jedoch eher förderlich waren, als dass sie ihn älter erscheinen ließen. Sein Gesicht war schmal und sonnengebräunt, um Mund und Augen hatten sich Falten eingegraben. Welche Farbe hatten seine Augen? Sie waren auf jeden Fall dunkel – braun oder grünlich.

»Fräulein Paula? Ich bin entzückt, eine so bezaubernde, junge Dame auf meinem Besitz beherbergen zu dürfen. Aus Berlin? Nun, da bin ich sehr neugierig …«

Sie zuckte zusammen, denn er war auf sie zugegangen und reichte ihr nach deutscher Gewohnheit die Hand, dann fasste er sie leicht bei der Schulter, um sie zu ihrem Platz am Tisch zu führen.

»Fräulein Paula … Das klingt ein wenig anonym«, sagte er, während er ihr den Stuhl zurechtschob. »Gibt es auch einen Nachnamen?«

Sie schluckte. Den gab es allerdings.

»Paula von Dahlen, Herr Mercator.«

Zeigte er Betroffenheit? Es war der Name des Mannes, der damals seine Liebste geheiratet hatte. Der adelige Gutsbesitzer, der ihm, dem Habenichts, vorgezogen wurde.

»Von Dahlen?«, sagte er. »Ein altes Adelsgeschlecht, nicht wahr? Aus Brandenburg?«

»Weiter östlich. In der Nähe der Müritz.«

»Schöne Gegend«, meinte er heiter. »Nehmen Sie einen Aperitif? Ich habe Gin, einen vorzüglichen Rum und auch Whisky. Natürlich mit Soda …«

»Nein, danke. Ich bleibe lieber bei der köstlichen Limonade.«

Er schob ihr den Stuhl unter und lachte sie aus. Behauptete, das fromme Klima in den Missionen bringe lauter Abstinenzler hervor, es sei verflucht schwierig, jemanden zu finden, der einen anständigen Umtrunk mit ihm nehmen wollte. Zumal der Alkohol in seinem eigenen Haus streng verpönt sei und seine Frau ihm täglich erzähle, er verstoße gegen Allahs Gebote.

»In diesem Punkt ist das Christentum weniger streng«, fiel auch sofort Missionar Böckelmann ein. »Gott der Herr überlässt es jedem Gläubigen, selbst darüber zu entscheiden, ob er Alkohol trinken will oder nicht. Unser Herr Jesus Christus hatte keine Bedenken, Wein zum Abendmahl zu nehmen ...«

»Ich weiß, Sie lassen keine Gelegenheit aus, mich armen Sünder wieder auf den rechten Pfad des christlichen Glaubens zu führen«, rief Mercator heiter dazwischen. »Aber ich bin und bleibe Moslem – das habe ich meiner Frau versprochen, und dieses Versprechen halte ich.«

»Mein lieber Freund – ich weiß doch, dass Sie unseren Jesus Christus in Ihrem Herzen tragen, und das genügt mir...«

Paula erfuhr, dass Mercator sich damals zum Islam hatte bekehren müssen, denn das war die Bedingung für den Kauf der Plantage und wohl auch für seine Heirat gewesen. Es schien ihn wenig zu stören, die beiden Religionen seien einander in vielem sehr ähnlich, behauptete er. Nur habe er als Moslem natürlich die großartige Aussicht, dereinst mit zweiundsiebzig Jungfrauen, schön wie Rubine und Korallen, im Garten des Paradieses zu leben.

Er blickte kurz zu Paula hinüber, um festzustellen, ob sein Scherz ihr gefallen hatte, als sie jedoch ernst blieb, verkniff er sich weitere anzügliche Scherze. Schon deshalb, weil nun seine Frau, Prinzessin Leila, mit den beiden Töchtern eintrat und ihren Platz an seiner Seite einnahm. Islam hin oder her –

hier herrschten europäische Tischsitten, Ehefrau und Töchter hockten nicht in der Küche, um später die Reste zu essen, sie saßen mit an der Tafel, und wie Paula feststellte, beteiligten sie sich eifrig an der allgemeinen Unterhaltung. Auch die vier Söhne stellten sich nun ein, alle sauber gekleidet, das Haar geglättet und gekämmt, höflich gegenüber den Gästen, aber zugleich unbefangen in ihren Gesprächsbeiträgen. Nur der Jüngste, der noch keine sechs war, maulte, musste von den großen Schwestern mit Leckerbissen verwöhnt werden und schimpfte dennoch, er wolle ein großes Stück Fisch essen. So groß wie das, was sein ältester Bruder auf dem Teller hatte, nicht das kleine, das ihm zugeteilt worden war.

»Iss das kleine Stück auf, dann bekommst du ein großes«, schlug Mercator vor.

»Neiiiin!«

»Dann gehst du jetzt mit Makira hinüber in die Küche«, entschied Prinzessin Leila.

»Neiiiin!«

Ganz offensichtlich war der Kleine das verwöhnte Nesthäkchen der Kinderschar, sonst hätte er dieses Theater nicht aufgeführt. Doch wenn Gäste da waren, gab es kein Pardon, die Prinzessin winkte der schwarzen Angestellten, die Töchter schienen erleichtert, dass sie der Tyrannei des Jüngsten entkamen, die drei älteren Brüder blickten herablassend auf den kleinen Renegaten.

Doch bevor die schwarze Kinderfrau den Kleinen greifen konnte, hatte sich plötzlich Paula eingemischt. Weshalb – das wusste sie selbst nicht. Vielleicht deshalb, weil kleine Brüder ihr von damals vertraut waren.

»Wie heißt du?«

Er blickte sie mit großen, samtbraunen Augen an. Den Augen seiner Mutter. Dumm war er nicht. Er wusste ganz genau, dass Makira ihn nicht fortschleppen durfte, solange die junge Frau, die zu Gast war, mit ihm redete.

»Ali«, sagte er. »Aber auch Johannes. Und manchmal Satansbraten.«

Paula verkniff sich ein Grinsen. Mit großem Ernst unterbreitete sie ihren Vorschlag.

»Hör zu, Ali Johannes Satansbraten. Ich möchte ein Geschäft mit dir abschließen. Ein gutes Geschäft für uns beide.«

Er starrte sie an, verwundert und ein klein wenig misstrauisch. Der Blick seiner Mutter.

»Was für ein Geschäft?«

Paula deutete auf ihren Teller.

»Es geht um diesen Fisch. Ich habe mir aus Versehen zu viel genommen, das Stück ist zu groß, ich schaffe es nicht. Aber deine Portion würde ich leicht schaffen. Es wäre also eine gute Sache, wenn wir die Teller tauschten.«

Ali reckte den Hals und taxierte das Stück Fisch auf Paulas Teller. Es war gut doppelt so groß wie das, was man ihm gegeben hatte. Ein richtig großes Stück, selbst wenn man damit rechnen musste, dass noch ein paar Gräten darin waren …

»Das geht natürlich nur dann, wenn du das Stück auch aufessen kannst«, fuhr Paula fort. »Sonst blamieren wir uns beide, verstehst du?«

Er nickte. Wenn er dieser netten Frau half, ihre Portion aufzuessen, durfte er nicht schlappmachen.

»Glaubst du, wir kommen ins Geschäft? Ich wäre wirklich sehr froh darüber …«

Sie schaute ihn fragend an, und Ali schien einen Moment lang Angst vor der eigenen Courage zu bekommen. Dann aber nickte er energisch.

»Das geht schon«, erklärte er mit männlicher Überzeugung. »Das Stück ist für mich genau richtig.«

Diskret tauschte Makira ihre Teller, und obgleich alle amüsiert diesem Dialog gelauscht hatten, taten sie so, als hätten sie nichts bemerkt. Ali Johannes Satansbraten stürzte sich tapfer auf den Fisch, und Paula wandte sich Mercators Töchtern zu. Fatima war der Name der einen, Fatima Marie, die andere hieß Dinar und mit zweitem Namen Rosa. Paula erfuhr, dass die Mädchen beide die Missionsschule besucht hatten, doch studieren wollten sie nicht. Sie zogen es vor, wie ihre Mutter im Haus zu bleiben, schöne Kleider zu tragen, Bücher zu lesen, Blumen zu pflanzen und allerlei andere angenehme Dinge zu tun. Eines Tages würden sie heiraten und ein eigenes Haus besitzen.

»Und wie muss euer zukünftiger Ehemann aussehen?«

Gekicher war die Antwort. Wie ihr Papa musste er aussehen, das war doch klar. Niemals würden sie einen Araber oder gar einen schwarzen Eingeborenen heiraten. Auch keinen Briten oder Portugiesen. Nur einen Deutschen.

Die Gespräche verliefen laut und fröhlich, was vor allem an der Anwesenheit der Kinder lag. Mercator ermunterte sie, bei Tisch mitzureden, und mischte sich nur dann ein, wenn eines der Kinder sich im Ton vergriff oder der Beitrag allzu unqualifiziert war. Paula schien das Herz der Eltern des kleinen Ali gewonnen zu haben, sowohl Prinzessin Leila als auch Mercator schauten immer wieder schmunzelnd zu ihrem Jüngsten hinüber, der wacker mit seiner Fischportion kämpfte. Er hatte längst bemerkt, dass das Stück zu groß für ihn war, doch er dachte gar nicht daran aufzugeben.

»Schaffst du es?«, flüsterte Paula hin und wieder.

»Es geht schon«, murmelte er.

»Ein kleines Stückchen könnte ich dir noch abnehmen …«

»Nein!«

Er brachte tatsächlich alles hinunter, lehnte sich dann aufatmend im Stuhl zurück und rieb sich den vollen Bauch.

»Das hast du großartig gemacht, Ali Johannes Satansbraten.«

Er war so vollgegessen, dass er sie nur noch müde anblinzeln konnte.

»Satansbraten heiße ich nur manchmal.«

»Oh, Entschuldigung«, sagte Paula ernsthaft. »Ich heiße Paula.«

Sein Magen musste ganz hervorragend sein, denn er konnte sie schon wieder angrinsen.

»Sie sind nett, Paula. Morgen zeige ich Ihnen mein Schiff. Und meinen Baum. Und jetzt bin ich müde.«

Er rutschte vom Stuhl und wünschte seinen Eltern, den Geschwistern und den Gästen eine gute Nacht. Als er zu Paula kam, fügte er hinzu: »Schlafen Sie süß, Paula.«

»Du auch, Ali Johannes.«

Auf der Schwelle verteilte er Kusshändchen, erntete große Heiterkeit und trollte sich dann endlich mit seiner Kinderfrau.

»Da haben Sie eine Eroberung gemacht, Fräulein von Dahlen«, bemerkte Klaus Mercator schmunzelnd. »Er ist ein kleiner Charmeur, nehmen Sie sich vor ihm in Acht.«

Paula schluckte die Antwort, die ihr auf der Zunge lag, unausgesprochen hinunter. War auch der Vater dieses bezaubernden Knaben ein solcher Charmeur? Plötzlich fragte sie sich beklommen, ob Klaus Mercator seine Frau am Ende betrog. Aber nein – er liebte sie doch. Nur war diese Tatsache für viele Männer keineswegs ein Hinderungsgrund, hin und wieder vom Pfad der Tugend abzuweichen.

Man hatte die Gäste zum Ausklang des Mahls mit Süßigkeiten und frischem Obst verwöhnt, dazu kleine, aromatische Mandelkekse aufgetischt und einige Gläschen selbsthergestellten Fruchtlikör eingeschenkt. Dies freilich nur für die Gäste – Leila und die Kinder enthielten sich des Alkohols, und Mercator behauptete, das Zeug sei zwar schmackhaft, aber für seine Zunge viel zu süß.

Nach dem Essen saßen sie noch eine Weile zusammen und sahen durch die Glasfenster der Terrassentüren, wie sich nach einer kurzen Dämmerung die Nacht über den Park hinabsenkte. Diener waren mit Fackeln und Windlichtern unterwegs, die sie teils zwischen den Bäumen, teils auf der Terrasse verteilten. Schließlich öffnete Klaus Mercator die Türen und lud die Gäste auf die beleuchtete Terrasse ein, wo man Kissen und Polster auf den hölzernen Bänken ausgebreitet und Getränke bereitgestellt hatte.

Prinzessin Leila verabschiedete sich von ihren Gästen, sie sei wie ein Tagvogel, dem am Abend die Augen zufielen, dafür erwache sie jedoch am Morgen mit dem ersten Licht und habe schon ihr halbes Tagwerk getan, bevor so mancher andere sich aus dem Schlaf erhebe. Dabei blickte sie lächelnd zu ihrem Mann, der ihr Lächeln verständnisinnig erwiderte. Auch die Knaben und Mädchen zogen sich nun zurück, dienstbare Geister tauchten auf, um den jungen Herrschaften beim Zubettgehen behilflich zu sein, und so kamen nur die Gäste und der Hausherr in den Genuss der so romantisch erleuchteten Terrasse.

»Insel der tausend Sterne«, flüsterte Paula, als sie in den Himmel sah. »Es ist tatsächlich wahr.«

Auch Franziska und Böckelmann schauten hinauf zum dunklen Firmament, das voller silberner Lichtpunkte war, helle und matte, große und kleine, blinkende und still vor sich hin schimmernde. Beide saßen dicht nebeneinander, und Böckelmann wagte es schließlich, die Hand seiner Frau zu nehmen und sacht an die Lippen zu führen. Paula wandte rasch den Blick ab.

»Erzählen Sie mir von Berlin, Fräulein von Dahlen«, forderte Mercator sie auf, der wohl bemerkt hatte, dass das glückliche Paar die junge Besucherin genierte.

Wieso nannte er sie eigentlich ständig »Fräulein von Dahlen«? Sie war mit »Fräulein Paula« hier eingeführt worden. Doch er sprach auch Franziska stets mit »Frau Böckelmann« an, nur zu dem Missionar sagte er »lieber Gerhard«.

»Berlin …«

Paula zog das Wort in die Länge und verlieh ihrer Stimme einen nostalgischen Klang. Es war nicht nur Theater, sie hatte tatsächlich immer wieder Heimweh nach der großen, lärmenden Stadt gehabt. Weshalb, das war schwer in Worte zu fassen.

»Es ist eine eigentümliche Sache mit dieser Stadt«, sagte sie lächelnd. »Sie hat einen Rhythmus, den man spürt, sobald man das Pflaster der Straßen betritt. Wie ein Herz, das immerfort schlägt …«

Sie brach ab, weil sie fürchtete, für diese Worte ausgelacht zu werden, doch Mercator hatte sein Glas an die Lippen gesetzt und blickte sie über den Rand hinweg mit ernsten Augen an. Sie waren grau, diese Augen. Grau wie ihre eigenen. Aber was sagte das schon?

»Ich glaube, ich verstehe«, erwiderte Mercator, nachdem er einen Schluck genommen hatte. »Berlin ist ein Brennpunkt, ein Ort, an dem sich Geschichte vollzieht, nicht nur politisch, auch sozial. Eine Stadt, in der es unter dem Pflaster brodelt, in der Neues und Altes aufeinanderprallen, Schönes und Hässliches, Arm und Reich.«

Sie war froh, dass er den Kern ihrer Aussage begriffen hatte. Er saß entspannt, den Rücken gegen ein weiches Polster gestützt, die Beine übereinandergeschlagen, den Kopf ein wenig zurückgelehnt. Nur sein Blick war hoch konzentriert auf Paula gerichtet.

»Ja«, sagte sie leise. »Es ist aufregend, dort zu leben. Man hat das Gefühl, die neue Zeit wird in Berlin erfunden. Allein schon die Kleidung der Frauen, die vielen Revuen, die Kinos mit den allerneuesten Filmen. Die Paraden, bei denen jeder Berliner die Möglichkeit hat, den Kaiser zu sehen. Es kam sogar vor, dass man durch den Grunewald spazierte und die kaiserliche Familie in einer Kutsche vorüberfuhr …«

Er nickte und bemerkte nachdenklich, dass sich seit damals, als er Berlin zum letzten Mal sah, doch viel geändert haben musste. Zu jener Zeit regierte der Großvater des jetzigen Regenten, Kaiser Wilhelm I., und der unvergessene Otto von Bismarck war noch in Amt und Würden. Paula rechnete blitzschnell nach – er musste Berlin vor dem Jahr 1888 verlassen haben, das konnte passen.

»Ich hatte ein Zimmer in der Nähe der Köpenicker Straße …«, schwatzte sie und erzählte ein paar heitere Anekdoten aus ihrer Zeit bei Ida von Meerten, wobei sie auch die arme Magda Grünlich nicht vergaß. Danach berichtete sie von ihrer Arbeit im Reichskolonialamt, und Mercator äußerte sich über die Kolonialpolitik des Reichs unter Staatssekretär Dernburg, den er sehr schätzte. Es war viel falsch gemacht worden anno 1905, als es zu den Maji-Maji-Aufständen kam, die so blutig von den deutschen Schutztruppen niedergeschlagen wurden. Hier mischte sich Böckelmann ein und betonte, es habe allerdings einen Kurswechsel gegeben, und inzwischen sei die Kolonialpolitik der Deutschen vorbildlich für alle anderen Kolonialstaaten. Mercator stritt ein wenig mit seinem Freund Gerhard über Sinn und Zweck der Kolonien an sich, doch Paula hatte das Gefühl, dass er nicht wirklich an diesem Gespräch interessiert war. Viel zu häufig glitt sein Blick hinüber zu ihr, prüfend, nachdenklich und ein ganz klein wenig ironisch.

»Wenn dieser leidige Krieg vorüber ist, werde ich vielleicht für einige Monate nach Deutschland reisen. Ich möchte Leila gern die Orte meiner Kindheit zeigen, das hat sie sich immer gewünscht.«

Franziska und Böckelmann seufzten beifällig – wer wünschte sich nicht, dass dieser Krieg so rasch wie möglich zu Ende ging? Natürlich mit einem Sieg des Reiches über seine Feinde.

»Sind Sie in Berlin geboren?«, erkundigte sich Paula.

»In der Nähe. In einem winzigen Dörfchen, das jetzt wohl gar nicht mehr existiert, weil die große Stadt es aufgefressen hat. Ja, ich bin einer jener hoffnungsvollen Burschen, die damals vom Land in die Stadt zogen, um ihr Glück zu machen.«

Jetzt war sein Lächeln tatsächlich ironisch, der hoffnungsvolle Bursche von damals war vermutlich ordentlich auf die Nase gefallen, als er auszog, Berlin zu erobern.

»Es lief gar nicht übel für mich«, sagte er zu Paulas Überraschung. »Ich war ein Glückspilz und fand eine Anstellung bei einem Advokaten, zuerst nur als Laufbursche, dann aber vertraute er mir verantwortungsvollere Aufträge an, und da ich gut mit Menschen umgehen konnte, saß ich bald in seinem Büro und wimmelt jene Klienten ab, die ihm zu armselig waren. Keine schöne Arbeit, aber er zahlte gut.«

»Wirklich keine schöne Arbeit«, pflichtete ihm Missionar Böckelmann bei. »Sie haben die Armen fortgeschickt und Ihrem Chef nur die wohlhabenden Klienten präsentiert. Wie traurig.«

Mercator zuckte die Schultern und winkte dem schwarzen Butler, die Gläser aufzufüllen.

»Ich war ein Habenichts«, gestand er und blickte rasch zu Paula hinüber. »Von diesem Geld konnte ich mir einen anständigen Anzug kaufen, Schuhe, einen Hut. Damit wurde ich ein anderer Mensch …«

»Das glaubten Sie nur«, widersprach Franziska mitleidig.

»Niemand wird zu einem neuen Menschen, nur weil er sich teure Kleidung kaufen kann.«

Mercator lachte leise. Dann behauptete er, den Gegenbeweis liefern zu können. Genau damals habe er zum ersten Mal eine Versammlung der Arbeiterpartei besucht und Geld für einen Fonds zusammengebracht. Man wollte Arbeiterkindern einen Zugang zur Bildung verschaffen.

Franziska war hellauf begeistert, und nun erzählte sie von ihrer schwierigen Arbeit in Lichterfelde, von den Kindern der Trinker und Huren, der Hungernden und Tuberkulosekranken.

»Sie sind so unfassbar weit von dem entfernt, was wir Bildung nennen«, meinte sie bekümmert. »Hauptsächlich aber sind sie alle in ihren Seelen verletzt und viele auch verbittert und verdorben. Wie anders ist die Arbeit hier mit den schwarzen Kindern, die so viel Dankbarkeit zurückgeben …«

Paula wollte sie nicht unterbrechen, aber sie war jetzt entschlossen, einen Versuch zu wagen.

»Ja, Berlin ist so widersprüchlich wie kaum eine andere Stadt«, meinte sie leichthin. »Lichterfelde ist ein problematischer Ort. Aber wie angenehm ist es, im Grunewald spazieren zu gehen. Oder sich die hübschen Villen anzuschauen, die in Wilmersdorf entstehen. Es werden immer mehr, wissen Sie.«

»Ja«, sagte Mercator. »Berlin wächst in alle Richtungen. Ich nehme mal an, dass in Wilmersdorf eher die wohlhabenden Leute bauen.«

Wie gleichgültig er das sagte. Spielte er Theater, oder war er tatsächlich niemals in jenem Haus in Wilmersdorf gewesen, vor dem die Hundsrosen blühten?

»Die Wohlhabenden und viele Künstler. Es muss auch zu Ihrer Zeit schon sehr hübsche Anwesen dort gegeben haben.«

»Mag sein …«, antwortete er und reckte den Arm, um sich von den Mandeln und Erdnüssen zu nehmen.

»Diese Häuser gehörten oft adeligen Familien, die sich in Berlin ein Domizil schaffen, aber dennoch ein wenig ländlich wohnen wollten …«

»Standesgemäß – gewiss«, witzelte er und kaute eine Mandel. »Hatte die Familie von Dahlen dort auch ein Anwesen?«

Er stellte die Frage in spöttischem Ton, wie es schien, war er auf adelige Herrschaften nicht gut zu sprechen. Unschwer zu verstehen – schließlich hatte er sich für die Belange der Arbeiterschaft eingesetzt. Aber Paula glaubte, noch einen anderen Grund für seine Abneigung gegen die Familie von Dahlen zu kennen.

»Nein, die von Dahlen leider nicht. Aber die Familie meiner Mutter besaß dort eine hübsche Villa. Nicht besonders groß, aber ausreichend für die Herrschaft und das Personal. Die Gärtner hatten viel zu tun, um das verwilderte Grundstück anzulegen – zu Beginn wuchsen die Hundsrosen im Vorgarten …«

Mercator lachte und behauptete, Hundsrosen ganz besonders zu lieben, er habe sie sogar in seinem Park angepflanzt. Ein wildes Zeug, das sich nicht unterkriegen ließ und beharrlich immer wieder austrieb. Seine schwarzen Gärtner jammerten oft, es sei eine undankbare Pflanze, man befreie sie von Unkräutern, und zum Dank würde man von ihr gestochen.

»Ja – Sträuße kann man daraus schlecht binden«, pflichtete Paula ihm bei. Sie war enttäuscht. Wäre er damals tatsächlich im Haus derer von Brausewitz gewesen, dann hätte er sie doch spätestens jetzt nach dem Namen ihrer Mutter gefragt.

»Sträuße zu binden ist eine europäische Angewohnheit«, behauptete er. »Hierzulande lässt man die Blüten an Ort und Stelle, anstatt sie abzuschneiden und in einem Wassergefäß dahinsiechen zu lassen …«

»Das ist auch besser so, denn auf diese Weise kann sich der

Plan von Gottes Schöpfung erfüllen«, mischte sich Böckelmann wieder ein. »Aus der Knospe entsteht die Blüte, und diese wird zur Frucht, die eine neue Pflanze hervorbringt.«

Er verbreitete sich nun umständlich über die Fruchtbarkeit an sich, die von Gott bestimmt und gut sei. Ein Mann müsse sich ein Weib suchen und mit ihm in Liebe Kinder zeugen, eine Familie schaffen. Dies sei gottgefällig und die wahre Bestimmung des Mannes und des Weibes. Er äußerte sich anschließend lobend über Mercators Familiensinn, die klugen Söhne und schönen Töchter und prophezeite den begabten Knaben Berufe wie Arzt, Jurist, Forscher oder sogar Geistlicher.

»Warten wir es ab«, murmelte Mercator, der ohne Zweifel geschmeichelt war. »Letztlich ist doch jeder selbst seines Glückes Schmied.«

»Mit Gottes gütiger Hilfe!«

Das Gespräch verebbte nun langsam. Franziskas Kopf lehnte gegen Böckelmanns Schulter, die Augen fielen ihr immer wieder zu, Böckelmann blickte verträumt zu den Sternen auf und lächelte. Vielleicht sah er im Geiste schon seinen Erstgeborenen im geflochtenen Körbchen liegen, so wie einst Moses über den Nil schipperte. Paula hatte die Lider halb gesenkt und tat, als genieße sie die Stille der Nacht. In Wirklichkeit beobachtete sie Mercator, der sinnend vor sich hin starrte und mit einem Stäbchen in seinem Glas rührte. Hin und wieder unterbrach das Geschrei eines aus dem Schlaf geschreckten Äffchens die Ruhe, ein Nachtvogel rief mit seltsam klagender Stimme, irgendein pelziges Wesen eilte auf kleinen Pfötchen über die Terrasse und verschwand ungesehen.

»Ich denke, wir werden uns nun schlafen legen«, verkündete Böckelmann, dem der Kopf für einen Moment auf die Brust gesunken war. »Es war ein wundervoller Abend, lieber Freund, für den wir uns ganz herzlich bedanken.«

Mercator nickte den beiden zu, ohne sich von seinem Sitz zu erheben.

»Ich bin es, der zu danken hat«, bemerkte er höflich. »Gäste aus der Heimat sind für einen einsamen Plantagenbesitzer eine Kostbarkeit.«

Auch Paula stand von ihrem Stuhl auf. Sie fröstelte, obgleich die Nacht lau war. Wie lächerlich das alles gewesen war. Die Anspielungen. Das vorsichtige Herantasten. Die Köder, die sie ausgeworfen hatte. Nichts war dabei herausgekommen. Und vermutlich würde auch nichts dabei herauskommen. Sie hatte alles falsch angefangen.

»Vielen Dank für die Gespräche«, sagte sie. »Gute Nacht, Herr Mercator.«

Er bewegte sich um keinen Zentimeter. Ein Windlicht, das dicht neben seinem Stuhl gestanden hatte, erlosch in diesem Augenblick, so dass sie nicht einmal mehr sein Gesicht erkennen konnte.

»Nicht so schnell, Paula von Dahlen«, sagte er mit veränderter Stimme. »Setzen Sie sich bitte wieder hin. Ich möchte jetzt gern die Wahrheit hören.«

33

Sie erstarrte für einen Moment, dann setzte sie sich mit wild klopfendem Herzen auf ihren Platz zurück. Es war doch nicht umsonst gewesen – er hatte ihre Anspielungen verstanden. Ohne sich etwas anmerken zu lassen. Himmelhoch schoss jetzt die Flamme der Hoffnung wieder in ihr empor, zugleich aber auch die schreckliche Angst, alles könnte wie eine Luftblase zerplatzen.

»Sie sind nicht zufällig hier – habe ich recht?«

»Sie haben recht.«

Er nickte zufrieden und hob eines der noch brennenden Windlichter vom Boden auf, um es auf den Tisch zu stellen.

»Was also suchen Sie hier bei mir?«

Die Antwort war einfach, und doch war es ihr unmöglich, sie auszusprechen. Sie suchte ihren Vater.

»Ich … ich suche den Mann, der auf diesem Foto abgebildet ist.«

Sie war froh, dass ihr jetzt das Foto einfiel. Natürlich – wieso hatte sie nicht früher daran gedacht? Es war dieses Bild gewesen, das sie hierhergetrieben hatte. Das Bild, das ihrer Mutter gehört hatte. Hatte nicht ihre Suche damit begonnen?

Sie zog die kleine Wachstuchhülle hervor und nahm das Foto heraus. Es hatte unter dem Seewasser gelitten, aber man konnte erkennen, was darauf abgebildet war.

Er beugte sich vor, nahm das Bildchen aus ihrer Hand und

hielt es dicht neben das Windlicht. Mit zusammengekniffenen Augen starrte er auf das Foto, hielt es dichter zu sich heran, dann wieder weiter von sich ab, drehte es um und legte es schließlich auf den Tisch.

Paula hatte seine Bemühungen atemlos verfolgt. Was jetzt? Schon das Todesurteil? Hoffnungslos? Nie gesehen? Nie gekannt?

»Wer hat Ihnen das gegeben?«

Eine Zentnerlast fiel von ihr ab. Er kannte das Bild. Sonst hätte er nicht diese Frage gestellt. Oh Gott – er war der Mann auf dem Foto.

»Es war in einem Koffer.«

Er machte eine ungeduldige Bewegung, sein Blick war jetzt streng, fast herrisch.

»In einem Koffer«, wiederholte er. »Muss ich Ihnen jedes Wort aus der Nase ziehen? Was für ein Koffer? Wo? Wem gehörte er?«

In Paula stieg Widerspruchsgeist auf. So ließ sie sich nicht abkanzeln. Nicht einmal von ihrem Vater. Falls er es überhaupt war.

»Kann ich davon ausgehen, dass Sie den Mann auf dem Foto kennen, Herr Mercator?«

Er blitzte sie an und griff noch einmal zu dem Bildchen, hielt es ins Licht und warf es dann zurück auf den Tisch.

»Sie kennen die Antwort ebenso gut wie ich, Fräulein von Dahlen. Sonst wären Sie nicht hier, oder?«

»Ich war mir nicht sicher.«

»Dann kann ich Ihnen hiermit bestätigen, dass Ihre Vermutung richtig war«, erklärte er missmutig. »Es ist verflucht lange her, dass ich unter diesem Baobab stand. Eine Ewigkeit. Damals war ich ein junger Spund, dumm und unerfahren und heiß verliebt dazu. Einer dieser Idioten, die glauben, sie könnten um einer Frau willen die Welt aus den Angeln heben.«

Paula schwieg beklommen. Mercator war mehr als unfreundlich, er klang wie unangenehm belästigt, fast feindselig. Hatte er ihre Mutter so schnell vergessen? Vermutlich schon. Man brauchte ihn ja nur anzusehen, sein Verhalten zu beobachten. Klaus Mercator war ein Mann, der die Frauen liebte. Und ganz offensichtlich war er dabei sehr erfolgreich gewesen.

»Was ist jetzt mit dem Koffer?«, beharrte er. »Sagten Sie nicht, dass er in dem Haus in Wilmersdorf stand?«

»Nein, dort stand er nicht. Dieses Haus ist längst verkauft. Es fiel nach dem Tod meiner Großeltern an meine Mutter, und da meine Eltern in finanziellen Schwierigkeiten steckten, musste es leider veräußert werden.«

»Ein Jammer«, meinte Mercator ohne echtes Bedauern. »Es war ein hübscher, kleiner Besitz. Weiß mit spitzem Schindeldach, ein Runderker mit Balkon, verschnörkeltes Schmiedeeisen, weißer Kies auf den Gartenwegen … Ich mochte es sehr.«

»Ich kann mich nicht daran erinnern. Ich war damals wohl noch zu klein.«

Er lehnte sich wieder zurück und betrachtete sie mit einer Mischung aus Ironie und Mitgefühl.

»Die adeligen Herrschaften von Dahlen waren also in Geldnöten«, murmelte er. »Man hörte gelegentlich unter der Hand davon. Es tat dem Dünkel jedoch keinen Abbruch, hochgeboren bleibt eben hochgeboren, auch wenn einem der Gerichtsvollzieher im Nacken sitzt. Ist es so, Fräulein von Dahlen?«

Sie war fassungslos. Weshalb sagte er solche Dinge? Weshalb bemühte er sich, sie zu verletzen? Hatte er immer noch einen solchen Hass auf den Mann, den Lilly von Brausewitz ihm vorgezogen hatte? Und selbst wenn dem so war – was konnte sie dafür?

»Sie haben vollkommen recht«, gab sie in kühlem Ton zurück. »Dann wird es Sie vermutlich auch freuen zu hören, dass der Besitz derer von Dahlen, das Landgut Klein-Machnitz an der Müritz, verkauft werden musste. Meinen Brüdern und mir blieb nichts – außer dem adeligen Namen.«

»Das ... das tut mir leid.«

Er beugte sich vor, und im Schein des Windlichts konnte sie erkennen, dass er ehrlich betroffen war.

»Es muss Ihnen nicht leidtun, Herr Mercator. Auch adelige Geschlechter haben ihre Zeit. Der Name ›von Dahlen‹ hat mir bei meiner Arbeitsstelle in Berlin übrigens mehr Ärger als Nutzen eingebracht. Eine junge Adelige, die sich als Sekretärin durchschlägt, wird gern mit Spott bedacht.«

»Bitte verzeihen Sie mir, Fräulein Paula. Meine Reaktion war voreilig und dumm. Ich habe Sie verletzt.«

»Reden wir lieber von dem Koffer«, lenkte sie ab.

»Also gut. Lösen Sie das Rätsel.«

Er lächelte sie an. Die stumme Bitte um Vergebung lag in diesem Lächeln, aber auch das sichere Wissen darum, dass er nicht lange bitten musste. Er war einer jener Männer, denen eine Frau vieles verzeiht.

»Der Koffer stand auf dem Dachboden des Gutshauses Klein-Machnitz.«

Seine Miene zeigte Verblüffung, dann Unglauben. Es schien fern von allem zu sein, was er vermutet hatte. Wie seltsam – dabei war es doch ganz logisch.

»Auf dem Dachboden?«, murmelte er. »Damit kann ich noch etwas anfangen. Aber Klein-Machnitz? Seltsam. Und wie gerieten Sie an diesen Koffer, Fräulein Paula? Gingen Sie auf Entdeckungsreise zwischen alten Dachschindeln und Spinnweben? Aus Langeweile?«

»Nein.«

Sie zögerte, ihm den wahren Sachverhalt zu erklären. Aber es war Unsinn, er würde schließlich doch erfahren, dass Lilly von Dahlen tot war. Und letztlich konnte er nicht allzu betroffen sein – er war glücklich verheiratet und hatte sie längst vergessen.

»Sie lieben es, mich durch Andeutungen zu verwirren, Fräulein Paula. Jetzt weiß ich: Da Sie den Besitz verkaufen mussten, haben Sie auch den Dachboden nach Familienandenken durchsucht. Und dabei fanden Sie diesen Koffer. Und was war drin? Eine Menge Fotos und Briefe? Fein säuberlich zusammengebunden und mit verblassten Bändern umwunden? Die Chronologie einer großen, unglücklichen Liebe?«

Sie schüttelte den Kopf, aber er fuhr fort zu sprechen. Und sie hörte fasziniert zu. Es hatte also einen Briefwechsel zwischen ihm und ihrer Mutter gegeben. Möglicherweise über Jahre hinweg, sonst hätte ihre Mutter die Briefe doch nicht bündeln müssen. War das alles hinter dem Rücken des Ernst von Dahlen geschehen? Großer Gott – bisher hatte sie darüber nur Vermutungen hegen können, jetzt aber gab es Gewissheit.

»Ich habe nur dieses eine Foto, Herr Mercator. Keinen Brief und auch sonst nichts. Meine Mutter hat den Inhalt dieses Koffers vernichtet, bevor sie letztes Jahr starb. Allein das Bildchen ist durch einen Zufall erhalten geblieben.«

Wie ungeschickt sie war. In einem schnöden Nebensatz hatte sie ihm die schlimme Botschaft vom Tod ihrer Mutter übermittelt. Voller Sorge beobachtete sie seine Reaktion und war fast erleichtert, dass er keineswegs erschüttert wirkte.

»Es tut mir leid, dass Sie Ihre Mutter verloren haben«, sagte er teilnehmend. »Und Ihr Vater?«

Was für eine Frage.

»Sie meinen Ernst von Dahlen? Er starb schon vor einigen Jahren. Es war ein Jagdunfall.«

Er nickte nachdenklich. Vermutlich begriff er, dass ein Ernst von Dahlen den finanziellen Ruin seines Besitzes nicht überleben konnte.

»Und wie kamen Sie darauf, dass der Mann auf diesem Bild ein gewisser Klaus Mercator ist? Es steht kein Name darauf.«

Nun wurde es brenzlig. Sie würde von dem Heiratsantrag sprechen müssen, von dem fortgeschleuderten Blumenstrauß. Vor allem aber von dem, was vorher geschehen war. Falls vorher etwas geschehen war.

»Meine Tante hat Sie wiedererkannt.«

»Ihre Tante?«

»Alice Burkard. Die jüngere Schwester meiner Mutter. Sie konnte sich zwar nicht an Ihren Namen erinnern, wohl aber an andere Vorgänge, die sie im Haus in Wilmersdorf miterlebt hat.«

»Sie konnte sich nicht an meinen Namen erinnern?«

»Nein. Aber sie erzählte mir, dass der Mann, der auf diesem Foto abgebildet ist, vor Jahren um meine Mutter anhielt. Sie war der Meinung, dass meine Mutter heiß in ihn verliebt war und dass die beiden sich sogar heimlich trafen …«

Paula verstummte, verblüfft darüber, dass Mercator plötzlich zu lachen begann. Es war ein seltsames, stoßweises Lachen, das eher an einen Zornesausbruch erinnerte als an Heiterkeit.

»Das … hat … Alice Burkard … Ihnen erzählt?«

Paula wusste nicht, was sie erwidern sollte. Einer der Diener war herbeigelaufen, um nachzusehen, ob sein Herr etwas benötigte, und starrte nun ebenfalls fassungslos auf Klaus Mercator, der sich vor Lachen schüttelte.

»Es … ist wohl alles gar nicht wahr, oder?«, stammelte Paula schließlich. »Sie haben niemals um meine Mutter angehalten. Und es hat auch keine Liebesbeziehung zwischen Ihnen und Lilly von Brausewitz gegeben.«

Sein Lachen endete ebenso abrupt, wie es begonnen hatte. Er fuhr sich mit der Hand über Mund und Kinn, blickte zu ihr hinüber und dann wieder zur Seite, als könne er das alles nicht glauben.

»Nein«, sagte er leise, und nun war sein Gesichtsausdruck voller Ironie. »Ich habe niemals eine Lilly von Brausewitz geliebt und auch nicht um sie angehalten. Wohl aber um ihre jüngere Schwester Alice.«

In Paulas Hirn war plötzlich absolute Leere. Als hätte sich dort eine große Luftblase gebildet. Ein Luftballon, der ihre Hirnwindungen zusammenpresste und sie am Denken hinderte. Was hatte er da gesagt?

»Alice?«

Hatte sie diesen Namen ausgesprochen? Ihre Stimme klang so fremd, als wäre es gar nicht ihre eigene.

»Gewiss. Alice von Brausewitz, wie sie damals hieß, war ein bezauberndes, impulsives, mutiges Geschöpf. Ich lernte sie auf einer Arbeiterversammlung kennen, in die sie sich eingeschlichen hatte. Es war Liebe auf den ersten Blick. Ein Blitzschlag vom Himmel herab in unsere Herzen hinein. Ja, wir waren ein Liebespaar …«

Paulas Hirn begann langsam wieder zu arbeiten. Wenn er die Wahrheit sagte, dann hatte Tante Alice sie die ganze Zeit über schmählich belogen. Wie hinterhältig von ihr! Die Briefe in dem geheimen Koffer. Tante Alice hatte sie mit Mercator gewechselt und später, wahrscheinlich als sie heiratete, bei ihrer Schwester versteckt. Und – das war das Schrecklichste – wenn Mercator ihre Mutter gar nicht geliebt hatte, dann konnte sie, Paula, auch nicht seine Tochter sein.

»Dass der alte Julius von Brausewitz mich mit meinem Blumenstrauß hinausgeworfen hat, habe ich damals als tiefe Kränkung empfunden. Heute kann ich es fast verstehen. Wer gibt schon seine hübsche Tochter an einen Habenichts? Was wir beide dem Alten dann angetan haben, war übel, aber wir waren verliebt, und ich Dummkopf war entschlossen, die Welt zu erobern. Für Alice hätte ich den Mond vom Himmel geholt und die Ungeheuer der Tiefsee gebändigt …«

Er lachte wieder, jetzt jedoch klang sein Gelächter eher heiter und ein klein wenig nostalgisch. Alles in allem schien er diese verrückte Zeit nicht zu bereuen. Oder doch?

»Aber … weshalb hat Tante Alice mir das niemals gesagt?«, murmelte Paula hilflos. »Ich verstehe es nicht. Sie war doch sonst so gut zu mir, ich mochte sie viel lieber als meine eigene Mutter …«

»Oh ja, sie hatte ihre guten Seiten«, erwiderte er nachdenklich. »Alice konnte mitfühlend sein, am Schicksal anderer Anteil nehmen, und nicht nur das. Sie handelte, ja, das tat sie. Das war es wohl, was mich damals am meisten beeindruckt hat. Eine junge Adelige, die sich nicht scheute, einen einfachen Burschen vom Dorf zu lieben. Die sich sogar von ihm entführen ließ.«

»Entführen?«, flüsterte Paula erschrocken. »Sie sind damals zusammen fortgelaufen?«

Er lachte kurz auf, um gleich wieder ernst zu werden.

»Sagte ich nicht, dass wir dem alten Julius von Brausewitz Schlimmes antaten? Nachdem er mich hinausgeworfen hatte, war meine süße Alice so empört, dass sie sofort auf meinen Vorschlag einging. Heute weiß ich, dass wir beide dumme Kinder waren, Traumtänzer, hoffnungslos Verlorene. Aber wenn man so jung und so wahnsinnig verliebt ist, dann glaubt man an das bunte Glück in der Ferne.«

Paula war nicht in der Lage zu antworten. Es war unfassbar, was sich da vor ihr enthüllte. Ein Familiendrama, das ihre Großeltern ganz sicher bis ins Mark getroffen hatte und das auch ihre Mutter nicht kaltgelassen haben konnte. Schließlich war sie zu dieser Zeit verlobt und stand kurz vor ihrer Hochzeit.

»Warum Ihre Tante Ihnen all das niemals erzählt hat?«, griff er ihre Frage auf. »Nun – solche ›Irrtümer‹ vertuscht man in jenen Kreisen. Man vertuscht sie so gründlich, dass man schließlich selbst glaubt, sie seien gar nicht geschehen.«

»Aber … aber meine Mutter muss es doch gewusst haben. Und auch mein … mein Vater. Und sie haben niemals …«

»Natürlich nicht!«

Dennoch hatte Lilly von Dahlen einen Koffer auf dem Dachboden aufbewahrt, in dem sich die Liebesbriefe ihrer Schwester befanden. Seltsam – sie hatte immer geglaubt, ihre Mutter und Tante Alice wären einander spinnefeind gewesen. Jetzt wurde ihr langsam klar, dass die Beziehung zwischen den beiden Schwestern sehr viel komplizierter gewesen war, als sie geahnt hatte. Es hatte auch Solidarität und gegenseitige Hilfeleistung gegeben. Und gemeinsam gehütete Geheimnisse. Noch kurz vor ihrem Tod hatte Lilly von Dahlen dafür gesorgt, dass das Geheimnis ihrer Schwester bewahrt blieb.

»Wollen Sie wissen, wie es uns damals ergangen ist?«, platzte er in ihre Gedanken hinein. »Es war anno 1885, da gab es drüben auf dem afrikanischen Festland noch keine deutsche Kolonie. Da herrschte der Sultan von Sansibar über einen Streifen des Küstenlandes, in Daressalam hatte er seinen Palast erbaut, und der Handel in den Hafenstädten lag in den Händen der Araber.«

»Ich habe davon gehört …«, murmelte sie abwesend.

Das letzte Windlicht flackerte auf und erlosch. Mercator gab dem Hausdiener, der sich neben die Tür gehockt hatte, ein Zeichen, für bessere Beleuchtung zu sorgen, und der Mann erhob sich, schwankend vor Müdigkeit, und schlurfte ins Haus. Paula sah ihr Gegenüber jetzt im kühlen Licht der Sterne, und obgleich es noch warm war, begann sie zu frösteln. Es war alles so ganz anders, als sie erhofft hatte. So viele Lügen. Mit dem Mantel des Schweigens über Jahrzehnte zugedeckt. So viele unnötige Hoffnungen …

»Vielleicht interessieren Sie diese alten Geschichten ja gar nicht«, sagte Mercator unsicher.

Er erschien ihr sehr aufgeregt, fuhr sich mehrfach mit den Händen durch das Haar, und sie begriff, dass er jahrzehntelang nicht von diesen Geschehnissen gesprochen hatte.

Umso mehr hatte er jetzt das Bedürfnis, sich mitzuteilen.

»Doch natürlich. Sehr sogar. Sie müssen verzeihen, wenn ich etwas langsam reagiere. Das alles ist so überraschend.«

»Ich verstehe Sie gut. Aber Sie sind ausgezogen, ein Geheimnis zu lüften, und nun müssen Sie sich dem stellen, was sich hinter dem Schleier verbirgt. Ist es nicht so?«

Sie nickte. Obgleich er in der Hauptsache unrecht hatte. Das Geheimnis war längst offenbar – ihre Hoffnung war umsonst gewesen. Mercator war nicht ihr Vater. Was er und Tante Alice damals angestellt hatten, mochte zwar aufschlussreich sein, dennoch konnte es nicht die große Traurigkeit aufhellen, die sich nun langsam, aber sicher über ihr Gemüt senkte. Doch sie verstand, dass er reden wollte, also hörte sie ihm zu.

Bei Nacht und Nebel war die damals achtzehnjährige Alice von Brausewitz aus dem Fenster im ersten Stock geklettert, wobei ihr irgendjemand geholfen haben musste, möglicherweise sogar ihre Schwester Lilly. Ganz und gar blauäugig war die verliebte Adelige doch nicht gewesen, Alice hatte aus der Schreibtischschublade ihres Vaters eine nicht unbeträchtliche Summe entwendet, die dort wegen eines anstehenden Grundstückkaufes deponiert gewesen war. Außerdem hatte das kluge Mädchen seinen gesamten Schmuck und einige Gedenkmünzen – Geschenke ihrer Eltern – im Gepäck. So ausgestattet waren die beiden Flüchtlinge mit einer Droschke zum Anhalterbahnhof gefahren und in den nächsten Zug gen Norden eingestiegen.

Nach einer Weile rauschten die Worte und Sätze an Paulas Ohren vorüber, ohne dass sie den Sinn genau erfasste. In Hamburg bekamen die Ausreißer Ärger, ein Verwandter der von Brausewitz hatte sie erkannt und die Polizei alarmiert, es gelang ihnen jedoch, sich zu verbergen. Am folgenden Morgen entdeckten sie an der Landungsbrücke einen Dampfer mit dem aufregenden Namen *Zanzibar*, und Alice bestand darauf, mit diesem Schiff nach Afrika zu reisen. Mercator gelang es, zwei Plätze für die Überfahrt zu ergattern.

»Einst fuhren noch überwiegend Segelschiffe über die Weltmeere, und so mancher alte Seebär schwor bei Neptun, dass diese neumodische Erfindung der Dampf speienden Eisenkästen über kurz oder lang von den Wellen verschluckt werden musste. Aber wir waren damals begeistert von der kraftvollen Dampfmaschine, deren Vibrationen man auf dem Schiff deutlich spüren konnte. Wir hatten eine winzige Kabine, und die hygienischen Verhältnisse an Bord waren alles andere als …«

In Paulas Hirn wuchs die Vorstellung von diesem jungen Paar, die zierliche, blondgelockte Alice und der dunkelhaarige Bursche an ihrer Seite, kaum älter als sie. Waren sie glücklich gewesen in ihrer engen Kabine, in dem gewiss ebenso engen Bett? Zuerst ganz sicher. Aber später? Eine Reise nach Afrika dauerte Wochen.

»Sie besaß eine erstaunliche Selbstdisziplin, konnte ihre Bedürfnisse auf das Allernötigste beschränken und sich stattdessen an ihrer Umgebung begeistern. Das Meer, die fremden Länder, die ungewöhnlichen Menschen – alles versetzte sie in Entzücken …«

Sie waren tatsächlich fast die gesamte Schiffsreise über glücklich und zufrieden gewesen. Die Probleme tauchten erst auf, als sie in Tanga an Land gingen und Fräulein Alice erstaunt feststellte, dass es kein einziges Luxushotel in diesem Ort gab. Mercator mietete ein Haus von einem arabischen Händler, bestellte Handwerker, engagierte Hausdiener, einen Koch und mehrere Frauen für die Bedienung seiner Alice. Er kaufte einen Wagen und zwei Maulesel und ließ sich von den Einheimischen auslachen, als er mit Alice Fahrten ins Inland unternahm.

»Sie haben auch einen Fotoapparat besorgt, nicht wahr?«

Er lachte leise vor sich hin. Ja, ein scheußliches Monstrum, eine Plattenkamera, die den halben Wagen einnahm. Ein geschäftstüchtiger Inder hatte sie ihm verkauft, und Alice, die allem Neuen zugetan war, wollte das Ungetüm unbedingt haben. Ja, gewiss – das Bild unter dem Baobab hatte sie aufgenommen, es gab auch ein Foto, auf dem Alice unter dem Affenbrotbaum stand. Sie hatten damals eine Menge Bilder gemacht, bis die Platten aufgebraucht waren und sie begriffen, dass es nahezu unmöglich war, in Tanga neue zu erwerben. Es gab auch keine Möglichkeit, die Bilder zu entwickeln, er hatte sie erst Monate später in Mombasa in Auftrag geben können. Doch zu dieser Zeit befand sich Alice von Brausewitz schon nicht mehr bei ihm.

»Was war geschehen?«

Er machte eine Geste, die so viel bedeutete wie: Das fragen Sie noch?

»Nichts Entscheidendes. Zumindest gab es keinen Eklat, keinen wütenden Streit. Es war vielleicht die Realität, die sich langsam, aber sicher in unsere Träume schlich. Vielleicht auch die Reue. Das Heimweh. Die Sorge um ihre Eltern. Eines Tages erklärte sie mir, sie wolle zurück nach Hause.«

Das passte zu Tante Alice. Sie stellte die Menschen gern vor vollendete Tatsachen. Paula musste nur an den Kauf von Klein-Machnitz denken. Das Gut ihrer Eltern, auf das sie, Paula von Dahlen, nun auf einmal doch ein Anrecht hatte.

»Es mochte auch daran liegen, dass ich damals einen Handel mit Teppichen begonnen hatte und ordentlich dabei baden ging. Ich habe einen guten Teil ihres Geldes in den Sand gesetzt, aber sie hat mir deshalb niemals Vorwürfe gemacht. Ich selbst konnte mir diese Dummheit nicht verzeihen …«

Alice hatte nicht lange gefackelt, sie verkaufte ihren Schmuck und die Münzen und ging an Bord eines Seglers. Er gehörte dem Hamburger Handelshaus Hansing & Co, das hin und wieder Afrika ansteuerte.

»Die Rückreise muss grauenhaft für sie gewesen sein. Sie war schwanger und erlitt auf dem Schiff eine Fehlgeburt. Ich mache mir heute noch Vorwürfe, dass ich sie nicht begleitet habe. Aber damals war ich zornig und verletzt, ich hatte sie angefleht, ein wenig Geduld zu haben, bald würde ich Geld genug verdienen, um ihr einen Palast zu bauen. Aber sie glaubte nicht mehr an mich. Und ich hatte wenig Lust, in Deutschland wegen Entführung zur Rechenschaft gezogen zu werden.«

Paula konnte es kaum fassen, aber ihre Großeltern nahmen die verlorene Tochter wieder auf, und Mercator vermutete sogar, dass man ihre halbjährige Abwesenheit mit einer Reise oder einer Krankheit vor Freunden und Bekannten vertuscht hatte. Die Wahrheit – da war er sich ziemlich sicher – wussten außer dem Personal nur die unmittelbar Betroffenen. Die Familienehre derer von Brausewitz gebot, dieses peinliche halbe Jahr aus Alice' Leben zu streichen.

»Und die Briefe?«

Mercator schraubte den Docht der Petroleumlampe, die der Diener gebracht hatte, ein wenig höher. Paula sah sein Gesicht nun ganz deutlich, die dunklen, glänzenden Augen, die tief eingegrabenen Falten darunter, das versonnene Lächeln um seinen Mund. Er musste jetzt Ende vierzig, fast fünfzig sein.

»Sie schrieb mir, nachdem sie angekommen war. Weiß der Teufel, wie sie das zustande gebracht hat, aber es hat mir das Leben gerettet, denn nach ihrer Abreise erwischten mich die Verzweiflung und das Fieber. Später gab es einen regelmäßigen Briefwechsel zwischen uns über die Adresse einer Bekannten, die sie für diesen Dienst bezahlte. Da habe ich ihr auch die Bilder geschickt. Ich war noch immer verrückt nach ihr, und auch sie vermisste mich, wir machten sinnlose Pläne und schworen uns ewige Liebe.«

Mercator erhandelte sich als Kompagnon eines indischen Geschäftsmannes eine bescheidene Barschaft und ging dann ins Kilimandscharo-Gebiet, um eine Plantage zu kaufen. Der Kaffeeanbau sollte ihn reich machen, dort unter dem schneebedeckten Gipfel des großen Berges sollte auch der Palast stehen, den er seiner Alice bauen wollte.

»Und dann?«

»Nun – ich war ziemlich beschäftigt, die Plantage umzugestalten und mit den Dschagga zurechtzukommen. Eine Poststation gab es damals nicht, man gab die Briefe den Karawanen mit, die über Moshi und Masinde an die Küste zogen. Irgendwann kam ein Brief von meiner süßen Alice, in dem sie mir mitteilte, dass ihre Eltern kurz nacheinander verstorben seien und sie sich mit einem Industriellen verlobt habe.«

»Theodor Burkard – er war über zwanzig Jahre älter als sie. Aber ich glaube, die beiden waren glücklich miteinander.«

Er sah sie mit einem seltsamen Blick an. Freute er sich, dass Alice letztlich einen liebevollen Ehemann gefunden hatte? Oder passte es ihm nicht? Fast kam es Paula so vor, als habe er die alte Liebe immer noch nicht ganz abgetan. Auch die anscheinend gleichmütig ausgesprochene Frage bestätigte diesen Verdacht.

»Und wie geht es ihr jetzt? Ist sie glückliche Mutter einer großen Kinderschar? Vielleicht sogar schon Großmutter? Leiterin des Damenvereins zur Heilung blinder Chinesenkinder?«

»Tante Alice hat keine eigenen Kinder. Nach dem Tod ihres Mannes hat sie die Leitung der Fabrik in Hamburg übernommen.«

Die Sache mit Karl Mehnert erwähnte sie vorsichtshalber nicht. Tante Alice war unkonventionell geblieben, allerdings war sie vorsichtiger geworden.

»Da schau an«, meinte er mit leichter Ironie und zog die Augenbrauen in die Höhe. »Eine Frau als Fabrikleiterin.«

»Die Geschäfte gehen hervorragend!«

Er hob den Kopf und betrachtete sie mit schrägem Grinsen.

»Sie sind stolz auf Ihre Tante Alice, wie?«

Langsam schüttelte Paula den Kopf. Sie gab ihre Antwort, ohne ihn anzusehen.

»Ich hasse sie!«

Der Mond lag wie eine flache silberne Schale inmitten der Sternenlichter, eine Schale, die ganz ohne Zweifel nichts enthielt, nicht einmal Sternenstaub.

»Ach was«, sagte Mercator und erhob sich. »Schlafen Sie drüber, Paula. Nichts im Leben ist so schrecklich oder so wundervoll, wie wir zuerst annehmen.«

Er reichte ihr die Hand, um ihr vom Sitz aufzuhelfen. Eine warme, hilfreiche Hand. Leider keine väterliche.

34

Eine bleierne Müdigkeit hatte sie erfasst. Paula wusste kaum, wie sie ihr Zimmer fand, es musste ein hilfreicher Hausgeist im Spiel gewesen sein. Ohne sich auszukleiden, sank sie aufs Lager, und obgleich sie befürchtet hatte, voller Kummer die ganze Nacht wach zu liegen, fiel sie vor Erschöpfung sofort in tiefen Schlaf. Umso schlimmer war das Erwachen. Beim ersten blassen Morgenschein wurde ihr Schlummer unruhig, eine zunächst unerklärliche Trauer lag wie eine dunkle Wolke über ihr, nahm immer deutlichere Gestalt an und verdichtete sich schließlich zu einer einzigen, schrecklichen Erkenntnis: Mercator war nicht ihr Vater. Es war so einfach, sie hatte doch immer damit gerechnet, sich immer wieder gesagt, dass all ihre Vermutungen auf tönernen Füßen standen. Nun also war das ganze, schön erdachte Gebäude in sich zusammengestürzt, und sie würde sich damit abfinden müssen. Das Leben ging weiter, war es denn so entscheidend, ob sie Paula Mercator oder Paula von Dahlen hieß? Wurde es nicht vielmehr Zeit, sich auf sich selbst zu besinnen? Wer war sie denn? Sie war Paula, die in Berlin ganz allein ihren Lebensunterhalt verdient hatte. Paula, die ohne Beistand mutig nach Afrika gereist war. Paula, die sich als Verwalter einer Pflanzung am Kilimandscharo bewährt hatte. Wer auch immer ihr Vater war – sie wollte es gar nicht mehr wissen!

Trotzig warf sie das Baumwolltuch von sich, das ihr während der Nacht als Bettdecke gedient hatte. Rock und Bluse waren nun endgültig zerknittert und unansehnlich, daran war leider nichts zu ändern. Sie löste ihr langes Haar, fand einen Kamm aus Schildpatt und flocht den dicken Zopf neu, den sie am Hinterkopf aufsteckte. Es störte nur wenig, dass sich kein Spiegel im Zimmer befand, denn die Bewegungen waren ihr so vertraut, dass sie sie auch im Schlaf hätte ausführen können.

Mittlerweile war der Morgen weiter fortgeschritten, die ersten Tagvögel riefen, Äffchen zeterten und kreischten, von irgendwoher erklang ein schnarrender Laut, der von einem Vogel, aber auch von einem kleinen Nager stammen konnte. Paula überlegte, dass es um die sechs Uhr sein musste. Um diese Zeit wäre im Haus vermutlich kaum jemand auf den Füßen – außer Prinzessin Leila. Hatte sie nicht behauptet, beim ersten Morgenlicht schon wach zu sein?

Wie auch immer – Paula glaubte, in dem kleinen Gästezimmer ersticken zu müssen. Sie brauchte Luft, Weite, sie wollte ihren Körper bewegen, laufen, spüren, wie der Wind an ihren Kleidern riss. So leise wie möglich öffnete sie die Tür, ging über einen weichen Teppich hinüber zu dem großen Wohnraum und fand ihn leer, ohne einen einzigen Angestellten. Die großen Flügeltüren zum Garten waren durch einen Metallriegel gesichert, der sich jedoch leicht aufklappen ließ. Feuchtwarme Morgenluft schlug ihr entgegen, außerdem der intensive Duft nach Muskat und Gewürznelken, süßlich und herb zugleich, der Geruch dieser Insel, die für Mercator zu einem kleinen Paradies geworden war.

Der Park lag noch in weißlichem Nebel, ein Anblick, den sie auch auf dem Festland häufig erlebt hatte, der sie jedoch immer wieder faszinierte. Wie zarte Schleier schwebten die Dünste über dem Boden, bedeckten Wiesen und niedriges Buschwerk und ließen nur die Baumkronen und die Köpfe der Palmen als schattenhafte Umrisse erkennen. Paula zögerte, es schien nicht einfach, bei diesen Verhältnissen einen Weg durch den unbekannten Park zu finden, dann jedoch schritt sie mutig voran, tauchte in den Nebel ein und fand sich rasch zurecht. Der Rasen war weich wie ein langfloriger Teppich – ganz offensichtlich wurde er häufig geschnitten und bewässert. Nach einigen Schritten fand sich ein sandbestreuter Weg, dem sie folgte. Es war nicht schwer, denn die Bodennebel lösten sich zusehends auf. An einigen Stellen war schon die Wiese mit den hübschen kreisförmigen Blumenrabatten zu sehen, dann wieder trieb der Morgenwind den Dunst herbei, und was gerade eben noch offenbar geworden war, verschwand wieder im Nebel.

Der morgendliche Ausflug war genau das, was ihr gefehlt hatte. Sie begann zu laufen, zog den lästigen Rock hinauf bis an die Knie und rannte über die taufeuchten Wiesen. Keuchend blieb sie auf einem niedrigen Hügel stehen, strich die losgelösten Haarsträhnen von den Wangen und zog die klatschnassen Schuhe von den Füßen. Langsam schlenderte sie zu einem kreisrunden Wasserbecken, das von einem Bachlauf gespeist wurde, und entdeckte darin – oh Wunder – rotgoldene Fische mit zarten schleierartigen Schwänzen. Offensichtlich waren sie es gewohnt, von den Menschen gefüttert zu werden, denn als Paula sich über das Becken beugte, schwammen sie von allen Seiten herbei und drängelten sich am Beckenrand. Bedauernd zuckte sie die Schultern und setzte ihren Weg fort, sah die letzten weißlichen Dünste in den rosigen Himmel aufsteigen und begrüßte den roten Sonnenball am Horizont. Noch zogen keine dunklen Regenwolken auf – vielleicht würden sie heute von dem üblichen Morgenguss verschont bleiben.

Der Park war noch im Entstehen und von Flächen mit

wild wuchernden Akazien, Stechpalmen, Farnen und allerlei Buschwerk umrandet, die Mercator langsam, aber unaufhaltsam zu Wiesen, Hainen oder Blumenrabatten umwandeln ließ. Auf einer kleinen Anhöhe fand sie eine hölzerne Bank, die man mit Bedacht genau an dieser Stelle aufgestellt hatte, da sich von hier aus ein bezaubernder Blick über den Park und das schimmernde Wasserbecken bis hinüber zum Wohngebäude bot. Dieses wurde jetzt von der Morgensonne angestrahlt und erschien ihr schön und geheimnisvoll, als wäre es aus einem der Märchen von *Tausendundeine Nacht.* Nachdenklich setzte sie sich nieder und freute sich an dem hübschen Bild, zugleich aber beschlich sie der Gedanke, dass dies wohl ein Abschied war. Sie würde die Schönheit dieses Ortes gewiss niemals vergessen, aber sie würde auch nicht hierher zurückkehren. Schließlich gingen sie die längst vergangenen Liebschaften ihrer Tante nichts an, auch wollte sie zu Alice' ehemaligem Liebhaber keinen weiteren Kontakt pflegen. Jahrzehntelange Geheimnisse sollte man ruhen lassen, sie waren niemandem mehr nützlich. Das hatte sie gestern Abend gelernt, und diese Lektion würde sie in ihrem Herzen bewahren.

»Fräulein Paula?«

Sie erschrak so, dass ihr für einen Moment ganz schlecht wurde. Wieso hatte sie sein Kommen nicht bemerkt? Ach ja – der Rasen. Er war so weich, dass man die Schritte nicht hören konnte.

»Verzeihung. Ich wollte Sie nicht erschrecken«, sagte Klaus Mercator mit schlechtem Gewissen. »Aber ich gebe freimütig zu, dass ich mich bemüht habe, über das Gras zu schleichen, weil ich fürchtete, Sie könnten davonlaufen, wenn Sie mich bemerkten.«

Sie fasste ihn genauer ins Auge und stellte fest, dass er übernächtigt wirkte. Trotz seiner Bräune erkannte sie die Schatten unter seinen Augen, auch sein Blick wirkte unstet, als schlage er sich mit einem Problem herum, dessen er einfach nicht Herr werden konnte.

»Weshalb sollte ich davonlaufen?«

Er ging die letzten Schritte sehr langsam und blieb dann unschlüssig stehen. Ein tiefer, angestrengter Atemzug bewies ihr, dass tatsächlich etwas auf seiner Seele lastete. »Ich habe Sie gestern Abend tief enttäuscht, Paula«, sagte er unvermittelt. »Ich bin leider ein gottverfluchter Egoist und habe mich an alten Geschichten berauscht. Und dabei ist mir vollkommen entgangen, weshalb Sie hierhergekommen sind.«

Ach je – er hatte nachgedacht und war möglicherweise darauf gekommen, dass sie irrtümlich angenommen hatte, er könne ihr Vater sein. Und jetzt tat es ihm leid, so unsensibel gewesen zu sein. Das hatte ihr bei allem Unglück gerade noch gefehlt. Das Letzte, was sie jetzt gebrauchen konnte, war sein Mitleid.

»Weshalb ich hierherkam, ist meine Angelegenheit, Herr Mercator«, sagte sie abweisend. »Sie haben mir gestern Abend eine Menge aufschlussreicher Tatsachen genannt, und ich möchte mich in aller Form für Ihre Offenheit bedanken. Ich bin sehr froh, dass ich nun endlich Klarheit gewonnen habe, denn dies allein war der Grund meines Besuchs.«

Er hörte ihr schweigend zu, blieb vor ihr stehen und betrachtete sie. Sein Blick drückte Respekt und Anerkennung aus.

»Darf ich mich zu Ihnen setzen?«

Am liebsten hätte sie seine Frage verneint, aber schließlich waren dies sein Park und seine Bank, daher setzte sie eine freundliche Miene auf und rückte zur Seite, um ihm Platz zu machen. Er ließ sich mit der Selbstverständlichkeit des Besitzers nieder, lehnte sich zurück und blinzelte in die Morgensonne. Ganz offensichtlich genoss er den hübschen Anblick der Gartenanlage, die von dem weiß schimmernden Haus gekrönt wurde, palmenumkränzt, ein Juwel kolonialer Baukunst in einem englisch anmutenden Park.

»Ich konnte nicht schlafen heute Nacht«, sagte er. »Deshalb war ich ungewöhnlich früh wach und hatte ein langes Gespräch mit Leila.«

Auch das noch. Paula unterdrückte einen Seufzer und machte sich darauf gefasst, in eine Ehekrise hineingezogen zu werden. Hatte er seiner jungen Frau niemals von der ehemaligen Geliebten erzählt? War diese längst beendete Affäre am Ende jetzt erst ans Licht gekommen? Waren arabische Frauen eifersüchtig? Auch auf Liebesgeschichten, die sich lange vor ihrer Zeit abgespielt hatten?

Er schaute sie kurz von der Seite an, und sie musste fast lachen, so verunsichert wirkte er. Oh weh – wollte er sie am Ende bitten, bei Leila ein gutes Wort für ihn einzulegen?

»Habe ich schon erwähnt, dass meine Leila eine sehr kluge Frau ist? Manchmal wäre ich tatsächlich verloren, wenn ich sie nicht hätte. Ja, ich würde an den wichtigen Dingen des Lebens vorüberlaufen, würde Leila mir nicht den Kopf zurechtsetzen …«

Aha, dachte Paula und wünschte sich dringlichst, er würde endlich zur Sache kommen. »Fräulein Paula«, sagte Klaus Mercator eindringlich und tat einen tiefen Atemzug. »Ich fürchte, wir müssen diese ganze Angelegenheit neu überdenken.«

»Ich verstehe nicht …«

Er lachte ein wenig und meinte, es beruhige ihn doch sehr, dass sie ebenso blind sei wie er selbst. Seine Frau habe es gleich gesehen.

»Hast du einmal in den Spiegel geschaut, Liebster?«, hatte sie ihn heute früh spöttisch gefragt.

Tatsächlich stand er gerade davor, da er sich rasierte, und natürlich hatte er nichts, aber auch gar nichts bemerkt.

»Du und Paula – ihr seht einander so ähnlich, dass es sogar den Hausangestellten aufgefallen ist. Hältst du das für einen Zufall?«

»Aber … es ist unmöglich. Sie ist Lillys Tochter. Alice hat ihr Kind auf dem Schiff verloren, das hat sie mir doch geschrieben.«

»Und das hast du ihr geglaubt?«

Darauf hatte er nichts zu erwidern gewusst. Natürlich hatte er nicht an der Wahrheit dieses Berichts gezweifelt. Er war seinerzeit tief unglücklich darüber gewesen, nicht nur weil Alice hatte leiden müssen, sondern auch weil dieses Kind, ihr gemeinsames Kind, gestorben war.

»Lass dir etwas sagen, Liebster. Wenn ihre Familie in der Lage gewesen ist, ihre Flucht und halbjährige Abwesenheit zu vertuschen, dann konnte sie auch die Geburt eines unehelichen Kindes geheim halten.«

Er hatte diese These als unsinnig abgetan. Hätte Alice ein Kind von ihm gehabt, dann hätte sie es ihm doch geschrieben.

»Wozu? Damit du nach Deutschland kommst und ihr Schwierigkeiten machst? Am Ende noch auf der Vaterschaft bestehst? Nein, das wäre sehr dumm von ihr gewesen.«

Er hielt inne mit seinem Bericht, denn Paula war totenblass geworden. Wie sehr hatte sie sich doch in ihm getäuscht! Er hatte seiner Frau tatsächlich die ganze Wahrheit erzählt, und die neunmalschlaue Prinzessin Leila hatte Spaß daran gefunden, in den alten Geschichten herumzustochern. Weshalb taten sie ihr das an? Gerade hatte sie sich damit abgefunden, dass es nicht sein konnte, und jetzt konstruierte diese arabische Frau eine abenteuerliche These, in der sie, Paula, nun doch Mercators Tochter war.

»Ist … ist Ihnen nicht gut?«, fragte er besorgt. »Es tut mir leid, ich falle einfach mit der Tür ins Haus und denke nicht daran, wie ungeheuer belastend das Ganze für Sie sein muss. Lassen Sie uns später darüber sprechen …«

»Wo denken Sie hin?«, fauchte sie. »Seit gestern Abend bin ich jeder Art von Höllenfahrt ausgesetzt, diese hier wird mich auch nicht mehr umbringen. Sprechen Sie weiter, ich bin neugierig, was Ihre Frau noch ausgeklügelt hat …«

Er blitzte sie mit dunklen Augen an, und ihr wurde klar, dass auch er die Fassung verlieren konnte. Doch er beherrschte sich, wenn auch mit Mühe.

»Nicht viel – wenn wir ein Stück weiterkommen wollen, müssen Sie uns helfen. Wann sind Sie geboren?«

Es gefiel ihr nicht, dieses Spiel weiter mitzumachen. Verdammt, sie war nicht seine Tochter, sie war Paula, die sich selbstständig und allein durchs Leben schlug. Sie brauchte keinen Vater. Und schon gar keine überschlaue Stiefmutter!

»Am siebzehnten Februar 1886«, antwortete sie widerstrebend.

Klaus Mercator begann zu rechnen. Alice sei Ende August 1885 abgereist, da sei sie höchstens im dritten Monat schwanger gewesen, nicht viel weiter, denn man sah ihr noch überhaupt nichts an. Der siebzehnte Februar würde da wohl passen. Er stöhnte, schüttelte den Kopf und blickte sie hilflos an.

»Helfen Sie mir, Paula. Ich will wissen, ob ich wirklich Ihr Vater bin, wie es Leila behauptet.«

»Und sie behauptet das allein aufgrund der Ähnlichkeit?«

»Sie ist sich vollkommen sicher.«

Paula stöhnte nun auch und schlug die Hände vors Gesicht. Also gut – rechnen. Grübeln. Was könnte sein? Was nicht?

»Wenn jemand es weiß, dann sind es die beiden alten Angestellten aus Klein-Machnitz. Erna, meine Kinderfrau. Und Johann, der Hausdiener.«

»Sie leben noch?«, rief er hoffnungsvoll.

»Soweit mir bekannt ist – ja. Aber die Post ist unterbrochen wegen des Krieges. Und auch der Telegrammdienst …«

»Da könnte man einen Weg finden …«

»Und Tante Alice«, fuhr Paula fort. »Sie wird es ganz genau wissen.«

Er verzog das Gesicht und führte an, dass ihre liebe Tante Alice sie ganz offensichtlich ein Leben lang belogen hatte. Weshalb sollte sie gerade jetzt mit der Wahrheit herausrücken? Nein – zunächst mussten weitere Fakten herbei. Alice wolle er erst dann einbeziehen, wenn er sich ganz sicher war.

»Wie kamen Sie überhaupt auf die Idee, nicht die Tochter des Ernst von Dahlen zu sein?«

Nun war die Frage heraus. Sie musste ihm von ihren Empfindungen erzählen, von der Fremdheit und Kälte, die sie bei Ernst von Dahlen immer gespürt hatte, von der Zurücksetzung gegenüber den Brüdern, der Missachtung, dem Mangel an Zärtlichkeit. Ja gewiss, auch die Mutter war streng zu ihr gewesen, hatte sie wenig Herzlichkeit spüren lassen, aber die Gleichgültigkeit des Vaters hatte sie tiefer verletzt.

Er hörte ihr schweigend zu, nur in seinen Augen spiegelte sich Mitgefühl, zunehmend aber auch Zorn. Paula war fasziniert. Vor dem Mitgefühl hatte sie Angst gehabt, den Zorn dagegen empfand sie wie eine warme Umarmung. Klaus Mercator war wütend auf Ernst von Dahlen, der die kleine Paula wie eine Fremde behandelt hatte – wie gut ihr das tat!

»Gibt es irgendwelche Geschichten, die mit Ihrer Geburt zu tun haben? War es eine normale Geburt? Oder eine Frühgeburt?«

Sie schüttelte den Kopf. Man hatte ihr nur erzählt, dass sie ein Siebeneinhalbmonatskind gewesen sei, sechs ganze Wochen hatte sie zu früh das Licht der Welt erblickt. Als Säugling sei sie krank gewesen, und man fürchtete schon, sie würde nicht überleben. Eine Zeitlang habe sie deshalb nur die Amme und ihre Mutter zu sehen bekommen, doch nach einigen Monaten habe sie sich erholt und zu einem gesunden Kind entwickelt.

Grünliche Libellen schwirrten vorüber, um sich drüben am Wasserbecken zum Hochzeitsflug zusammenzufinden. Ein Schwarm gelber Schmetterlinge erhob sich von einem Busch wie eine goldene Wolke. Sie hörte Mercator murmeln, nun hätten sie zumindest einen Anhaltspunkt gefunden.

»Setzen wir einmal den Fall, dass meine süße Alice mir eine Tochter geboren hat – selbstverständlich unter Ausschluss der Öffentlichkeit, nur die engste Familie wusste Bescheid. Vermutlich haben sie darüber gestritten, was mit diesem Kind geschehen sollte, und wie ich meine Alice kenne, hat sie sich vehement dagegen gewehrt, die Kleine fortzugeben. Nicht an irgendeine arme Familie und schon gar nicht an ein Waisenhaus, ich könnte mir fast denken, dass sie den irrwitzigen, aber sturen Gedanken hatte, ihr uneheliches Kind bei sich zu behalten. Was für die Eltern ganz und gar inakzeptabel war.«

Paula konnte sich über seine phantastischen Gedankengänge nur wundern, und dennoch …

»Setzen wir den Fall«, fuhr er fort und kniff die Augen zusammen, als rechne er im Kopf mit imaginären Zahlen. »Setzen wir den unwahrscheinlichen Fall, dass Lilly von Dahlen, die ebenfalls ihr erstes Kind zur Welt brachte, ihre kleine Tochter wenige Wochen nach der Geburt verlor.«

Es klang seltsam logisch. Paulas Herzschlag verdoppelte sich plötzlich, ihr wurde schwindelig. »Wenn dem tatsächlich so war, dann muss es kurz nach dem Tod dieses unglücklichen Kindes heiße Verhandlungen zwischen Ernst von Dahlen und den Schwiegereltern gegeben haben. Von Dahlen brauchte Geld, viel Geld, und die Familie von Brausewitz benötigte einen liebevollen Platz für ein kleines, unehelich geborenes Mädchen. Ganz offensichtlich konnte sich Alice mit dem Gedanken anfreunden, ihre Tochter an die Schwester zu geben.«

Bilder erstanden in Paulas Hirn. Tante Alice, eine blühende, junge Frau, hält einen strampelnden Säugling in den Armen, reicht ihn der Amme … Lilly von Dahlen, die um einen winzigen, toten Säugling weint. Ernst von Dahlen sitzt mit sorgenvoller Miene an seinem Schreibtisch, steht auf, geht hinüber zu seiner Frau, legt tröstend den Arm um sie … Vor dem Fenster bewegt der Wind blühende Zweige – ist es Flieder? Die beiden sehen daran vorbei, blicken in die Ferne, zu dem hellgrün belaubten Wäldchen, in dessen Nähe sich die Begräbnisstätte derer von Dahlen befindet.

»Der Stein!«, rief sie und wendete sich abrupt Mercator zu. »Es gibt einen kleinen, alten Grabstein mit der Aufschrift ›Paula‹. Meine Brüder haben mich früher damit immer in Angst und Schrecken versetzt. Es stand auch ein Datum dabei … Ich glaube, das Jahr war 1886. Meine Mutter hat uns erzählt, dort sei eine treue Angestellte beerdigt, die sich um die Familie verdient gemacht hatte. Es gab eine rührende Geschichte dazu …«

»… die möglicherweise erlogen war!«, rief Mercator aufgeregt. »Jetzt kommen wir der Sache auf die Spur. Die Schwestern wurden sich einig, die Großeltern waren begeistert, und nun ging es nur noch darum, Ernst von Dahlen dazu zu bringen, ein Kuckuckskind in seine Familie aufzunehmen. Vermutlich hat man ihm eine gewisse Summe angeboten, möglicherweise aber auch noch mehr …«

»Das Haus in Wilmersdorf«, mutmaßte Paula.

Mercator nickte grimmig. Alles fügte sich perfekt zusammen. Weshalb sonst hätten die Schwiegereltern dieses Haus aufgegeben? Ernst von Dahlen hatte es wohl ursprünglich im Winter mit seiner Familie bewohnen wollen, dann aber drückten ihn neue Schulden, und der so schlau erhandelte Besitz musste verkauft werden.

»Damit lässt sich einiges anfangen«, sagte Mercator zufrieden. »Genug, um deiner lieben Tante Alice eine sehr deutliche Anfrage per Telegramm zu schicken.«

Paula schwirrte der Kopf. Das alles erschien ihr unendlich kompliziert und zugleich vollkommen klar und einfach. Ein seltener Zufall. Ein Säugling stirbt und wird durch ein anderes, uneheliches Kind ersetzt. Mutter und Tante tauschen die Rollen. Ernst von Dahlen musste aus Geldverlegenheit ein fremdes Kind in seinem Haus dulden.

»Ein Telegramm?«, rief sie, aus ihren Gedanken erwachend. »Das geht doch nicht. Die Verbindung nach Deutschland ist abgerissen.«

»Aber nicht von Sansibar aus. Die britischen Überseekabel sind alle intakt. Sie wird uns Antwort geben müssen!«

Er sagte dies in grimmigem Tonfall und fügte hinzu, dass er es zutiefst bedaure, zurzeit nicht selbst nach Hamburg reisen zu können. Es würde ihn sehr reizen, Alice Burkard gegenüberzutreten und sie zu fragen, was aus ihrer gemeinsamen Tochter geworden sei.

»Hör zu, Paula«, sagte er dann, und Paula zuckte zusammen, als er sie zum ersten Mal nur mit dem Vornamen anredete.

»Wenn du meine Tochter bist – und davon bin ich inzwischen fest überzeugt –, dann bist du mir herzlich willkommen. Ich kann dir nicht der Vater sein, der ich meinen Töchtern bin, denn du bist kein Kind mehr. Aber mein Haus gehört dir ebenso wie meinen Kindern, es steht dir immer offen, und ich will dir ein verlässlicher Freund sein. Vielleicht auch … ein väterlicher Freund.«

Er lächelte sie an, und sie war erstaunt, wie schüchtern er sein konnte. War es so schwer, plötzlich eine erwachsene Tochter vorgesetzt zu bekommen? Vermutlich.

»Gehen wir zurück«, entschied er und stand auf. »Ich werde den Text für das Telegramm entwerfen, und du wirst mir dabei helfen. Machen wir es so?«

Auch Paula erhob sich. Sie fühlte sich seltsam beklommen und steif am ganzen Körper. Vorsichtig stieg sie in ihre Schuhe.

»Ja«, sagte sie.

Als er eine impulsive Bewegung machte, sie am Arm zu fassen, wich sie erschrocken aus.

Er war ihr Vater. Weshalb war sie jetzt nicht glücklich? Sie hatte einen neuen Vater und eine neue Mutter. Eine Mutter, die sie einem Fremden untergeschoben hatte. Eine Mutter, die sie bis heute verleugnete.

Weshalb nur war dieses unglückselige Foto damals nicht im Kamin gelandet? Dann wäre ihr diese Erkenntnis erspart geblieben.

35

ALICE STOP UNSERE TOCHTER PAULA IST BEI MIR AUF SANSIBAR STOP WARUM HAST DU UNS ALLE BELOGEN? STOP WIR WARTEN AUF ANTWORT STOP KLAUS MERCATOR

»Was hältst du davon?«

Mercator hatte sie in sein Arbeitszimmer geführt, ein heller Raum, der mit kastenförmigen Möbeln aus Bambusrohr und zwei schön geflochtenen Sesseln ausgestattet war. Um den Telegrammtext zu entwerfen, hatte er nur wenige Sekunden gebraucht, jetzt saß er am Schreibtisch und drehte den Bleistift zwischen Daumen und Zeigefinger hin und her, während er zu ihr aufsah.

»Es ist sehr … sehr unfreundlich«, fand Paula.

Er schnaubte durch die Nase, hob das Blatt an und überflog die Sätze noch einmal.

»Soll ich sie etwa zu ihren Lügen beglückwünschen?«, knurrte er. »Ich will die Wahrheit wissen.«

»Du hast ja recht«, gab sie zu und stellte fest, wie schwer es ihr fiel, ihn zu duzen. Und das Wort »Vater« wollte ihr schon gar nicht über die Lippen.

»Adresse?«

Paula nannte ihm die Hamburger Adresse und schüttelte den Kopf. Würde die britische Post ein Telegramm nach Deutschland überhaupt versenden? Es war Krieg – möglicherweise wurden auch private Telegramme ins Feindesland gelesen und im Zweifelsfall zurückgehalten.

»Keine Sorge«, sagte er grinsend und faltete das Blatt zusammen. »Chalifa ibn Harub hat gewisse Sonderrechte, die ich mir aufgrund unserer Freundschaft zunutze machen darf.«

Er sprang auf und lief an ihr vorbei aus dem Arbeitszimmer. Draußen hörte sie ihn nach einem Angestellten rufen und verschiedene Anweisungen geben. Gleich darauf erschien einer der kleinen, weiß gekleideten *boys* im Arbeitszimmer, machte eine kleine Verbeugung und bat *bibi* Pola hinüber ins Speisezimmer.

Das Frühstück auf der Plantage war keine gemeinschaftliche Mahlzeit, die Angestellten stellten Kaffee, Tee und allerlei Speisen zurecht, von denen sich jeder nahm, worauf er gerade Appetit hatte. Paula, die von Mercators hektischen Aktivitäten eingeschüchtert war, fand zu ihrer Erleichterung Franziska und Böckelmann im Esszimmer vor. Die beiden begrüßten sie mit großer Herzlichkeit, worüber Paula ungemein froh war. Ja, es war gut, Freunde zu haben.

»Ihr habt gestern Abend noch lange miteinander gesprochen, nicht wahr?«

Franziska wollte nicht aufdringlich erscheinen, aber natürlich verging sie vor Neugier, womit sie Paula in einen großen Zwiespalt brachte, da sie nicht wusste, ob es wirklich richtig war, ihren Freunden das ganze Ausmaß dieser Geschichte zu offenbaren. Schließlich erklärte sie nur, dass Klaus Mercator mit großer Wahrscheinlichkeit ihr Vater sei, doch um ganz sicherzugehen, müssten sie noch auf die Bestätigung aus Deutschland warten. Mehr brauchten Franziska und Böckelmann im Augenblick nicht zu wissen, und die beiden schienen mit dieser Auskunft denn auch zufrieden zu sein.

»Also habe ich doch recht getan, dir diesen Brief zu schicken«, frohlockte Franziska.

»Das hast du, liebe Freundin. Und ich werde dir immer dafür dankbar sein.«

Paula hoffte sehr, dass ihr Dank überzeugend klang, denn in Wirklichkeit war sie sich keineswegs sicher, ob es gut gewesen war, hierher nach Sansibar zu kommen. Das Glück, ihren Vater gefunden zu haben, war lange nicht so überwältigend, wie sie gehofft hatte, denn dafür hatte sie ein Netz von Lügen aufdecken müssen, das ihr besser verborgen geblieben wäre.

»Gottes Hand hat dich geleitet, Franziska«, meinte Böckelmann, der von Paulas wahren Gefühlen nichts ahnte. »Gottes gütige Hand, die stets auf dir ruht, mein Engel. Wir wollen dafür beten, dass das auch in Zukunft so bleiben mag.«

»Du schaust übernächtigt aus, Paula. Es war wohl ein wenig viel auf einmal«, mischte sich Franziska ein.

»Das war es allerdings!«

»Kein Wunder, du Ärmste. Am besten legst du dich gleich noch einmal hin, um den verpassten Schlaf nachzuholen. Später werdet ihr euch gewiss viel zu erzählen haben, du und dein Vater …«

Paula schüttelte den Kopf. Nein, sie habe nicht die Absicht, auf der Plantage zu bleiben. Wenn möglich, würde sie gern mit ihnen zurück in die Missionsstation fahren und dort noch ein paar Tage logieren.

»Aber natürlich, Fräulein Paula. Sie sind herzlich bei uns willkommen. Ich glaubte nur …«

»Das ist sehr freundlich von Ihnen, Missionar Böckelmann.«

Im Hof wurde ein Wagen mit zwei Maultieren bespannt, und Paula erfuhr, dass Mercators Söhne jeden Morgen in die Missionsstation nach Stone Town zum Unterricht gefahren und am Nachmittag wieder abgeholt wurden. Es gab in der Mission zwar Unterkünfte für externe Schüler, aber Mercator und seine Frau wünschten, dass die Söhne so lange wie möglich auf der väterlichen Plantage lebten.

Heute mussten die Insassen enger zusammenrücken, denn auch Franziska, Böckelmann und Paula sollten auf den Sitzen des offenen Wagens Platz finden. Mercator – so wurde ihnen mitgeteilt – war längst auf einem seiner beiden Araberhengste davongeritten. Er wolle nach Stone Town zum Palast des Sultans, wann er zurückkehre, sei ungewiss.

Paula hätte ihm ihre Entscheidung gern selbst mitgeteilt, nun würde er von seinen Angestellten erfahren, dass sie seine Einladung nicht angenommen hatte. Aber letztlich war es seine eigene Schuld – weshalb stürzte er auch so hastig davon, ohne sich von ihr zu verabschieden?

Der Wagen stand bereits fertig angespannt im Hof, die drei Knaben schlenderten herbei, jeder trug ein mit einem Lederriemen zusammengeschnürtes Bücherpaket über der Schulter. Auch Böckelmann stand schon gestiefelt und gespornt an der Tür, nur Franziska fehlte, sie hatte irgendetwas liegen lassen.

Prompt fiel Paula der geliehene Strohhut ein. Himmel – das gute Stück durfte sie auf keinen Fall vergessen. Sie rief einen *boy* herbei und befahl ihm, im Speisezimmer und auf der Terrasse nach der gelben Kopfbedeckung zu suchen, sie selbst eilte hastig zurück ins Gästezimmer. Wo mochte der Hut bloß sein? Nicht auf dem Lager, auch nicht auf der Kommode … Ha – dort unter dem Stuhl leuchtete es gelblich. Eilig bückte sie sich, um den Strohhut hervorzuangeln, als es plötzlich an der Tür klopfte.

»Paula? Darf ich eintreten?«

Es war Leilas Stimme. Paula war wenig erfreut über den Besuch, sie hatte es eilig – nicht dass die anderen am Ende noch ohne sie abfuhren.

»Natürlich, Prinzessin. Allerdings bleibt mir nur wenig Zeit. Der Wagen im Hof wird gleich …«

Prinzessin Leila hatte das Haar mit einem Tuch umwickelt, über der weiten Hose trug sie eine Tunika, die in der Taille mit einem Gürtel zusammengefasst wurde. Sie machte den Eindruck, als sei sie mitten aus der Arbeit aufgesprungen, um nach Paula zu sehen. Und vermutlich war es auch so gewesen.

»Nein, nein, nein!«, sagte sie energisch. »Ich dulde es nicht, dass du zurück nach Stone Town fährst, Paula. Was willst du in dieser Missionsstation? Bist du eine Heilige? Eine fromme Schwester? Hast du dort eine wichtige Aufgabe?«

»Ich bin dort zu Gast …«, sagte Paula unsicher.

»Siehst du!«, rief Leila. »Dort bist du zu Gast – hier auf der Plantage aber bist du zu Hause. Bleib also bei uns, damit wir einander kennenlernen.«

Sagte sie das, weil Mercator es ihr aufgetragen hatte? Aber nein, dazu klang es zu impulsiv, ihre Worte waren ehrlich gemeint und zeugten davon, dass Mercators Frau ein großes Herz besaß. Paula fühlte sich beklommen angesichts solch großmütigen Entgegenkommens, zumal sie kein Mensch war, der sich so rasch einem anderen öffnete. Schon gar nicht einer neuen »Stiefmutter«.

»Ich … ich werde ganz sicher hierher zurückkehren«, stotterte sie, während sie den Hut aufsetzte.

»Nicht, wenn du jetzt fortgehst!«

»Es ist besser so.«

Leila schüttelte heftig den Kopf, trat auf Paula zu und fasste ihre Hände. Die Bewegung war so natürlich, dass Paula nicht einmal erschrak.

»Bleib! Ich bitte dich! Bleib bei uns, Paula.«

Paula machte eine hilflose Geste, nach draußen zu laufen, da sich nun der Kutscher vernehmen ließ, der die Maultiere antrieb. Doch Leila hielt ihre Hände fest und redete auf sie ein.

»Du musst deine Angst überwinden, Paula. Wie kann es denn sein, dass ein Vater und eine Tochter einander nach so vielen Jahren wiederfinden und gleich darauf wieder auseinandergehen?«

Der Wagen setzte sich knirschend in Bewegung, die Räder quietschten, irgendjemand rief ihren Namen, vermutlich war es Böckelmann. Doch Paula rührte sich nicht – Leilas Worte hatten ihre Wirkung getan. Ja, sie war feige, sie wollte kneifen und davonlaufen, selbst wenn sie dabei riskierte, den gerade gefundenen Vater wieder zu verlieren.

»Du hattest den Mut hierherzukommen«, fuhr Leila fort. »Nun führe auch zu Ende, was du angefangen hast!«

Mit einer zärtlichen Geste strich sie Paula eine aufgelöste Haarsträhne von der Wange und schenkte ihr ein warmes Lächeln.

»Nimm dir Zeit, Paula. Er wird vor dem Nachmittag nicht zurückkehren. Schlafe ein wenig, oder sieh dich im Haus um. Geh hierhin oder dorthin. Tu, was dir gerade einfällt. Sei ein stummer Gast, oder beteilige dich an unserem Leben. Ganz wie es dir beliebt.«

Es waren erlösende Worte. Ja, so konnte es vielleicht gehen. Paula bedankte sich und zog sich erst einmal in ihr Gästezimmer zurück. Hier, innerhalb der sicheren Wände, lag sie eine gute Weile auf dem Bett, grübelte, mutmaßte, grub alte Erinnerungen aus und begann, ihre Kindheit in einem neuen Licht zu sehen. Weder Ernst von Dahlen noch Lilly von Dahlen waren ihre wirklichen Eltern gewesen – musste sie die beiden daher nicht milder beurteilen? Konnte sie es Ernst von Dahlen verübeln, dass er seine eigenen Söhne mehr liebte als das ihm aufgezwungene Kind seiner Schwägerin? Und hatte Lilly von

Dahlen sie nicht deshalb so streng gehalten, weil sie glaubte, ihrer Nichte eine standesgemäße Erziehung zu schulden?

Weshalb hatten sich die Schwestern später wohl so zerstritten? War tatsächlich der arme Karl Mehnert daran schuld gewesen? Oder hing es damit zusammen, dass Lilly von Dahlen gerade zu dieser Zeit begann, die siebzehnjährige Paula in »die Gesellschaft einzuführen«? Mit dem eindeutigen Hintergedanken, ihr früher oder später zu einer »guten Partie« zu verhelfen. Hatte es Alice erbost, dass ihr Kind »verhandelt« werden sollte, um die Schulden des Herrn von Dahlen zu tilgen?

Ach – wer konnte das wissen? War es nicht müßig, sich darüber den Kopf zu zerbrechen? Und doch schwirrten die Gedanken wie ein Schwarm Krähen durch ihr Hirn. Was ihr bisher so schwer auf der Seele gelegen hatte – dass sie Klein-Machnitz nicht durch eine reiche Heirat hatte retten wollen –, löste sich nun in Nichts auf. Weshalb hätte sie das Gut retten sollen? Sie schuldete diesen Dienst weder Ernst von Dahlen noch Lilly von Dahlen, denn sie war nicht deren Kind. Leise begann sie zu kichern. War es nicht großartig, dass sie sich so hartnäckig gegen alle Heiratskandidaten gesperrt hatte? Ach, Alice Burkard war damals ganz sicher stolz auf ihre Tochter gewesen. Und was hatte sie getan? Sie hatte das Anwesen kurzerhand gekauft! War ihre Mutter nicht eine großartige Frau?

Nein, das war sie nicht. Sie war feige. Weshalb hatte sie bis zum heutigen Tag nicht den Mut gefunden, ihrer Tochter die Wahrheit zu sagen?

Im Haus war jetzt Leben eingekehrt, Paula vernahm die Stimmen der beiden Mädchen, die Geräusche der Dienerschaft, die die Räume reinigten und allerlei Dinge für ihre Herrschaft herbeiholten, das Geplauder der kleinen *boys*. Paula erhob sich, um hinüber ins Speisezimmer zu gehen, wo sie heute früh einen Spiegel bemerkt hatte. Es war ein großes, ovales Stück, von einem breiten Goldrahmen umgeben, eher ein Wandschmuck als ein Gebrauchsgegenstand. Zuerst fühlte sie sich befangen, als sie im Flur einem Angestellten begegnete, doch der schwarzhäutige Diener lächelte ihr zu, als kenne er sie bereits seit vielen Jahren. Auch im Speiseraum befanden sich zwei Angestellte, junge Frauen, die das Geschirr abräumten und den Tisch mit feuchten Tüchern sauber wischten. Paula nickte ihnen nur kurz zu, dann trat sie vor den Spiegel und versenkte sich in ihr eigenes Bild.

Die dunklen Augen, ein Farbton zwischen grau und braun, das braune, glatte Haar, die gerade Nase – gab es nicht viele Menschen, die so aussahen? Ihre Neigung, das Kinn vorzuschieben. Ja, das hatte sie auch bei ihm bemerkt. Sie lächelte und stellte verblüfft fest, dass ihre kleinen, aber ebenmäßig geformten Zähne denen ihres Vaters glichen. War das ein Beweis? Kritisch besah sie ihre Stirn. Zu ihrem Leidwesen hatte sie niemals eine hohe Stirn besessen, was – so wurde immer behauptet – ein Zeichen von Adel und Intelligenz war. Der Ansatz ihres dichten braunen Haares erschien ihr allzu tief, und dazu bildete er in der Mitte der Stirn eine kleine Spitze. Hatte sie nicht heute im Park das Gleiche bei Mercator bemerkt, als er sich aufgeregt mit den Händen durchs Haar fuhr?

Seufzend gab sie es auf. Was machte Prinzessin Leila eigentlich so sicher? Wo war diese frappierende Ähnlichkeit, die angeblich auch die Angestellten bemerkt hatten? Sie selbst konnte nur ein paar Details entdecken, die genauso gut Zufälle sein konnten.

Nebenan schwatzten die beiden Mädchen, sie schienen mit irgendeiner Arbeit beschäftigt, vielleicht zeichneten sie, oder sie schnitten Stoffe zu. Paula fühlte sich noch zu fremd, um zu ihnen zu gehen, sie zog es vor, ins Gästezimmer zurückzukehren, um dort noch ein Weilchen mit sich allein zu bleiben. Erschöpft legte sie sich aufs Bett und schloss die Augen. Vielleicht wäre es tatsächlich gut, ein wenig zu schlafen, wenn nur die vielen Gedanken nicht wären, die unablässig auf sie einstürmten. Tante Alice – ihre Mutter.

Erinnerungen stiegen auf. Tante Alice, die sie an der Hand hielt und ihr den Blumengarten zeigte. Auf deren Schoß sie saß, wenn sie im Gartenhäuschen Kaffee tranken. Ihr fiel wieder ein, dass sie früher oft geweint hatte, wenn die Familie nach einem Besuch in Hamburg zurück nach Klein-Machnitz reiste. Wie mochte es ihrer Mutter ergangen sein? Wie fühlte es sich an, wenn das eigene Kind bei der Schwester aufwuchs?

Und dennoch – welche Wahl hatte ihre Mutter damals gehabt? Die verlorene Tochter, die reumütig zu den Eltern zurückkehrte. Noch dazu schwanger. Hatte sie die Möglichkeit gehabt, Forderungen zu stellen? Vermutlich nicht. Zu groß war das Sündenregister, das sie angehäuft hatte. Möglicherweise hätte man sie sogar gezwungen, das Kind abtreiben zu lassen, wäre die Schwangerschaft nicht schon zu weit fortgeschritten gewesen. Dafür gab es Adressen, diskret, medizinisch unbedenklich, standesgemäße Unterbringung. Wie grausam konnten Eltern sein, die sich einem uralten Standesdünkel verpflichtet fühlten? Musste Alice damals nicht vollkommen verängstigt und verzweifelt gewesen sein? Musste sie nicht gefürchtet haben, man würde ihr Kind nach der Geburt fortgeben, so dass sie es niemals wiedersah? War da nicht die angebotene Lösung noch die beste?

»Psst. Psst.«

Sie fuhr aus den trüben Gedanken auf, weil irgendetwas an ihrer Tür kratzte. Ein Hündchen? Oder einfach nur ein Luftzug?

»Psst. Psst!«

Abrupt setzte sich Paula im Bett auf und überlegte, ob sie

zur Tür gehen und nachsehen oder einfach abwarten sollte. Sie entschied sich fürs Abwarten.

Ein Weilchen geschah nichts, doch als sie schon glaubte, einer Täuschung anheimgefallen zu sein, bewegte sich der runde Türknauf aus Messing. Es quietschte ein wenig, sie vernahm ein angestrengtes Schnaufen auf der anderen Seite, dann sprang die Tür einen Schlitz auf.

»Paula?«, wisperte es.

»Komm herein, Ali Johannes.«

Er hatte es eilig, sich in ihr Zimmer zu schieben und die Tür hinter sich zuzudrücken. Vermutlich hatte man ihm untersagt, Paula zu belästigen, aber der eigensinnige Bursche schien von Verboten nicht viel zu halten. Amüsiert betrachtete Paula seine zerkratzten Knie, er musste schon früh irgendwo herumgeklettert sein, wovon etliche graue Flecke auf Hemd und Shorts zeugten.

»Willst du schlafen?«, erkundigte er sich.

»Jetzt nicht mehr.«

»Wirklich nicht?«

»Nein, ich bin wach.«

Er schien sehr zufrieden mit ihrer Antwort, schaute kurz durch den Raum und wandte sich dann wieder ihr zu.

»Mama hat gesagt, du willst schlafen. Aber ich hab mir schon gedacht, dass das nicht stimmt. Um diese Zeit schläft doch keiner!«

»Das ist richtig. Du auch nicht, was?«

Er schüttelte grinsend den Kopf. Nein, er sei schon lange wach. Viel länger als Makira, seine Kinderfrau, die sei eine Schlafmütze. Die merke nicht einmal, wenn er in aller Frühe aufstehe, um ein wenig durch die Gegend zu strolchen.

»Und wo bist du heute gewesen?«

»Ich habe nachgeschaut, ob auch alles in Ordnung ist«, erklärte er stolz. »Wenn du willst, zeige ich dir jetzt mein Versteck.«

Es gab wenige Chancen, nicht zu wollen, das war Paula klar. »Warte, ich setze noch meinen Hut auf.«

Niemand schien etwas dabei zu finden, dass sie beide über den Hof liefen und dann in einem der schmalen Wege, die sich durch die Pflanzungen wanden, verschwanden. Schon nach kurzer Zeit trafen sie auf schwarze Arbeiter, die mit Hacken und Sicheln das wuchernde Unkraut zwischen den Pfeffersträuchern eindämmten. Sie waren mit Schweiß und Staub bedeckt und nutzten die Begegnung, um ein wenig auszuruhen.

»*Bwana* Ali will uns sagen, wann kommt Regen und wann kommt Sonnenschein!«

»*Bwana* Ali sitzt auf hohe Berg und hält Finger an Sonne!«

»*Bwana* Ali muss aufpassen. Sonne heiß und Finger brennt.«

Der Sprecher warf seine Hacke fort und hüpfte im Kreis, wobei er seine rechte Hand schüttelte, als habe er Schmerzen.

»Oooh! Finger brennt von Sonne.«

Ali schien diese Art der Aufmerksamkeit wenig zu gefallen, vielleicht war es ihm auch peinlich vor seiner neuen Freundin. Er zog die Stirn kraus und rief den Spöttern zu, sie seien »dumme Leute«, erreichte damit jedoch nur, dass diese erst recht in Gelächter ausbrachen.

»Was meinen sie damit? Auf welchem hohen Berg sitzt du denn?«, erkundigte sich Paula, der dieser Ausflug langsam ein wenig zu weit vom Wohnhaus fortführte.

»Nicht auf einem Berg. Auf meinem Haus.«

Er lief ein Stück voraus und stieg auf eine niedrige Mauer, die einen Teil der Pflanzungen umgrenzte. Zögernd ging sie hinter ihm her, kletterte ebenfalls auf die brüchigen Steine und folgte mit den Augen seinem ausgestreckten Arm.

»Dort ist mein Haus«, sagte er stolz. »Es gehört ganz allein mir, weil Papa es mir geschenkt hat.«

Was das möglich? Sie musste sich die Augen wischen, um ganz sicherzugehen. Der gewaltige Baobab war nicht auf den ersten Blick als ein solcher zu erkennen. Lange, mit fleischigen Blättern belaubte Äste bildeten eine grüne Baumkrone, ragten zu allen Seiten weit über den Stamm hinaus und berührten die Zweige der schlanken Akazien, die sich um den Riesen gruppierten. Sein Stamm war so dick, dass man wohl sieben oder acht Männer gebraucht hätte, um ihn zu umspannen. Und natürlich war er hohl – jetzt wusste Paula, weshalb Ali von seinem »Haus« erzählte.

»Ich glaube, ich sehe den Eingang.«

»Ich auch!«

Er sprang von der Mauer und rannte davon, wobei er eine kleine Staubwolke hinterließ, durch die Paula ihm hustend folgte. Was für ein Baum! Noch dazu belaubt und voller Früchte.

»Sie sagen, die Zweige gehen bis in den Himmel«, erklärte Ali. »Aber das stimmt nicht. Wenn man dort oben sitzt, ist es noch ganz, ganz weit bis zum Himmel. Komm!«

Er führte sie in die Höhlung hinein, zeigte ihr seine Sammlung seltener Steine und die vielen Stöcke, die er mit Schnitzereien geschmückt hatte. Sie durfte sich auf dem wackeligen Stuhl niederlassen, den er aus allerlei Ästen und Stäben zusammengebunden hatte. Und zur Krönung zauberte er eine Blechdose mit Mandelkeksen herbei, die er listig aus der Küche gemopst und in aller Frühe hier deponiert hatte.

»Du darfst niemandem verraten, dass dies mein Haus ist. Vor allem nicht Fatima und Dinar. Meinen Brüdern kannst du es ruhig sagen, meinem Papa auch. Aber Mama besser nicht …«

Paula kaute Mandelkekse und versprach mit ernster Miene, seine Wünsche zu beherzigen. Eine Weile unterhielten sie sich über den Baobab, der nach Alis Meinung ein Zauberbaum war und sich unsichtbar machen konnte. Paula war diese Fähigkeit des Baumes neu, doch sie wusste, dass der Baobab auch singen und sprechen konnte. Das bestätigte Ali auf der Stelle, er habe oft gehört, wie der Baum so seltsam gesäuselt und gebrummelt habe. Aber es sei sehr schwer, seine Sprache zu verstehen, das könnten nur die Schwarzen. Sicher sei nur, dass er vom Wetter redete, der Baobab wusste immer, wann ein Regen oder ein Gewitter kam.

Bevor sie Alis Wunderbaum wieder verließen, zeigte der Fünfjährige seiner Freundin Paula, wie er zum Himmel hinaufstieg, um – wie die Arbeiter gesagt hatten – seine Finger an der Sonne zu verbrennen. Jetzt begriff sie, weshalb sie seiner Mutter gegenüber schweigen sollte. Geschickt wie ein kleiner Affe zog er sich an den schrundigen Stellen des Stammes hoch, nutzte jeden Knoten, jeden Wulst in dem uralten Holz und erreichte schließlich die breiten Äste. Dort verschwand er für eine Weile, um »in den Himmel zu greifen«, bewarf sie mit reifen Früchten und stieg dann keuchend vor Anstrengung auf dem gleichen Weg wieder hinunter.

»Das war aber gefährlich, oder?«

Er wischte lässig über zwei Kratzer auf dem rechten Unterarm und gestand ihr, dass er erst seit kurzer Zeit dort hinaufklettern könne, was beweise, dass er jetzt groß sei. Bei dieser Gelegenheit erfuhr sie auch, dass er den Baobab sozusagen »geerbt« hatte, denn eigentlich gehörte er allen vier Brüdern. Da die älteren jedoch inzwischen mit anderen Dingen beschäftigt waren und nur noch selten hierherkamen, war es jetzt sein Baum.

Der Rückweg führte über verschlungene Pfade durch die

duftenden Pflanzungen, und Paula erfuhr, ohne dass sie es erfragt hätte, allerlei Wichtiges und Unwichtiges über das Leben auf der Plantage. Papa sei so klug wie sonst kein Mensch auf der Welt, höchstens der deutsche Kaiser sei noch klüger. Von seinen drei Brüdern mochte er Mehmet Gabriel, den Ältesten am liebsten, die beiden Schwestern waren dumme Schwatzdrosseln. Mama und Papa seien immer einer Meinung, wenn sie einmal nicht einer Meinung seien, dann tat Papa, was Mama sagte. Den *boys* dürfe man nicht trauen, die erzählten alles Mama, nur der Butler könne manchmal den Mund halten.

»Willst du denn auch einmal in England studieren wie deine Brüder?«

»Nein. Ich will für immer hierbleiben.«

Kurz bevor sie den Hof erreichten, erklärte er ihr, jemanden besuchen zu wollen, und fort war er. Paula blickte ihm ein wenig verblüfft nach, wie er sich durch das Gestrüpp unter den Muskatbäumchen hindurchschlängelte, und als er nicht zurückkehrte, beschloss sie, zurück ins Haus zu gehen und sich noch ein wenig aufs Ohr zu legen. Hatte Leila ihr nicht angeboten, sich frei zu bewegen und zu tun, was ihr gerade einfiel? Es war ein angenehmes Gefühl, durch den schattigen Säulenvorbau zu schreiten und von den Angestellten mit einem Lächeln begrüßt zu werden, so, als sei sie ein gern gesehener, lieber Gast. Sie fand sich inzwischen auch allein in den Innenräumen zurecht, betrat ihr kleines Zimmer, warf den Hut auf den Stuhl und hatte das seltsame Gefühl, nach Hause zurückzukehren. Müde legte sie sich völlig angekleidet aufs Bett, schloss die Augen, und oh Wunder – die quälenden Gedanken und Grübeleien kehrten nicht zurück. Stattdessen fiel sie in einen tiefen, erholsamen Schlaf.

Als sie erwachte, war es schon Nachmittag. Eine junge

schwarze Angestellte lugte zu ihr hinein, grinste breit und wies auf einen Stapel Kleider, der für sie bereitgelegt worden war.

Paula zögerte, dann erhob sie sich, um die Gewänder, die ohne Zweifel Leila ihr hatte bringen lassen, einer Prüfung zu unterziehen. Es handelte sich um eine Auswahl seidener Kaftane, wie Leila sie liebte, aber auch einige europäisch zugeschnittene Kleider aus Baumwolle waren darunter. Zu Paulas Erleichterung fand sich sogar Wäsche zum Wechseln, Hemden und Unterhosen, die zwar vom Schnitt her ein wenig ungewöhnlich waren, aber ihren Zweck erfüllen würden. Sie entschloss sich, das Badezimmer zu benutzen, eine Dusche zu nehmen und sich die Haare zu waschen. Wie wunderbar weich die weißen Tücher waren, die die Angestellte ihr zum Abtrocknen zurechtgelegt hatte!

Kaum hatte sie sich angekleidet und das feuchte Haar gekämmt, da tönte eine wohlbekannte Stimme laut und bestimmend durchs Haus.

»Paula! Wo ist sie denn? Paula!«

Es klang nicht viel anders, als wenn er nach seinen Töchtern oder den Söhnen rief. Lebhaft und in der festen Überzeugung, dass jeder sofort aufzuspringen hatte, wenn er, Klaus Mercator, gerade Zeit hatte, sich mit ihm zu befassen.

»Ich bin hier …«

Sie trafen im Speisezimmer aufeinander. Mercator trug einen Stapel Papiere unter dem Arm. Als er Paula sah, blieb er stehen, um sie wohlwollend in Augenschein zu nehmen.

»Ich wusste doch, dass ich eine hübsche Tochter in die Welt gesetzt habe«, meinte er schmunzelnd. »Wer hatte dir nur diese scheußlichen Missionarskleider verpasst? Deine Freundin Franziska?«

»Es war sehr lieb von ihr, denn meine eigenen Sachen sind bei der Überfahrt verdorben worden.«

»Das da steht dir auf jeden Fall wesentlich besser«, stellte er fest. »Komm hinüber, ich will einige Dinge mit dir bereden.«

»Gern.«

Für einen Moment sah sie in den Spiegel, erblickte dort ihr eigenes Bild und daneben das seine. Sahen sie einander tatsächlich so ähnlich?

»Wo bleibst du denn?«, fragte er und drehte sich an der Tür nach ihr um.

Wie ungeduldig er war. Wenn er sich etwas in den Kopf gesetzt hatte, musste es auf der Stelle in Angriff genommen werden. Offensichtlich hatte er sich seit damals, als er Hals über Kopf die junge Alice von Brausewitz aus ihrem Elternhaus entführte, nur wenig verändert. Im Flur fielen Dinar und Fatima in gewohnter Weise über ihn her, eine Weile wurde lachend miteinander gerauft. Die beiden Mädchen baten ihn zu bewundern, was sie heute für ihn geschneidert und gestickt hatten, doch er vertröstete sie auf später.

»Setz dich! Was hast du getrieben? Dir die Plantage angesehen?«

Es fühlte sich eigenartig an, mit diesem Mann, den sie gestern zum ersten Mal gesehen hatte, auf so vertraute Weise zu plaudern. Er saß mit übereinandergeschlagenen Beinen auf einem geflochtenen Sessel und hörte sich ihren Bericht an, unterbrach jedoch immer wieder, um seine Meinung dazuzugeben, lachte, schüttelte den Kopf, runzelte die Stirn.

»Eigenmächtig ist der Bursche!«, knurrte er.

Dann aber wollte er noch einmal hören, wie sein Jüngster auf den Baobab gestiegen war, und seine Augen leuchteten bei Paulas Schilderung.

»Da hat er sich die Richtige ausgesucht«, witzelte er. »Eine große Schwester, die all seine Dummheiten mitmacht.«

»Es hat mich an früher erinnert«, sagte Paula lächelnd. »Als ich in Klein-Machnitz mit meinem Bruder Friedrich heimlich durch die Wiesen davonlief …«

Er blickte sie einen Moment ernst an, und sie fürchtete schon, er würde sie jetzt nach ihrer Kindheit ausfragen. Doch stattdessen erzählte er, dass er das Telegramm ohne Schwierigkeiten auf den Weg gebracht habe und ihnen nun nicht viel anderes übrig blieb als abzuwarten.

»Sie wird erst einmal einen Nervenzusammenbruch erleiden«, vermutete Mercator nicht gerade freundlich. »Aber wie ich sie kenne, erholt sie sich rasch. Ich bin sehr neugierig auf ihre Versuche, sich aus der Affäre zu ziehen.«

Sein Zorn gefiel Paula nicht. Sie führte an, dass dies alles auch für ihre Mutter nicht leicht gewesen sein musste, erntete jedoch nur höhnisches Gelächter. Die wohlbehütete Tochter des Herrn von Brausewitz habe doch später eine reiche Partie gemacht und lebe heute in guten Verhältnissen. Nur das sei ihr wichtig gewesen.

»Woher willst du das wissen?«, rief Paula aufgebracht.

Gleich darauf erschrak sie über sich selbst. Zum ersten Mal hatte sie ihn mit dem vertrauten »Du« angeredet, und da war es gleich im Zorn gewesen. Sie sah, wie seine Mundwinkel zuckten ob dieses ungewohnten Tons, aber sie versuchte, sich nichts anmerken zu lassen.

»Ich will nicht, dass du ihr Vorwürfe machst«, fuhr sie fort. »Nicht bevor du ihre Gründe gehört hast.«

Ihr Widerspruch passte ihm nicht, doch er lenkte widerstrebend ein, dass sie jetzt nicht darüber streiten müssten, dazu sei später noch genügend Zeit. Dann wechselte er blitzschnell das Thema – eine Taktik, die er offensichtlich gern anwendete, um einem unangenehmen Gespräch auszuweichen. Er habe heute Vormittag mit Chalifa ibn Harub Tee getrunken und neben anderen Zugeständnissen die Erlaubnis zum Kauf eines Landstückes erhalten, das er schon lange im Auge gehabt habe. Gleich im Anschluss an seinen Park gelegen und bestens geeignet, dort ein hübsches »Kavaliershäuschen« zu errichten. Die Pläne habe er schon zeichnen lassen, er habe ein ähnliches Gebäude in einem Buch über englische Gartenanlagen gesehen und wolle Leila damit überraschen.

Paula hörte ihm schweigend zu und dachte darüber nach, dass der arme Bursche vom Land, jener Klaus Mercator aus Berlin, sich mit den Jahren zu einem großen Bewunderer adeliger Wohnkultur gemausert hatte. Und das, obgleich er die vornehmen Herren doch von Herzen hasste.

»Drüben in Tanga scheint inzwischen alles wieder ruhig zu sein«, berichtete er, während Paula sich in den Plan vertiefte. »Man redet von einem Waffenstillstand. Dieser von Lettow-Vorbeck muss ein verflucht fähiger Bursche sein. Seine Askaris haben die Briten aus der Stadt getrieben. Wie man hört, haben sie um jedes Haus gekämpft, es soll Tote und Verwundete gegeben haben. Einer der Deutschen, die bei den Kämpfen fielen, war Hauptmann Tom von Prince, der berühmte *bwana* Sakkarani. Tut mir leid um den wackeren Burschen, ich habe ihn selbst noch kennengelernt. Er hat mit seiner Familie eine Plantage in den Usambara-Bergen, die werden nun wohl Frau und Söhne weiterführen …«

Der weiß gekleidete Butler erschien an der Tür und flüsterte seinem Herrn zu, dass die Mahlzeit inzwischen serviert sei und die Familie sich um den Tisch versammle.

»Wir kommen …«

Mercator faltete seine Pläne wieder zusammen und steckte sie in die Schreibtischschublade. Offensichtlich glaubte er, sein Vorhaben auf diese Weise vor seiner Frau geheim zu halten.

»Ach – das hätte ich fast vergessen!«, rief er und schob hastig die Lade zu. »Da war ein Funkspruch aus Mombasa. Jemand sucht eine gewisse Paula Newman auf Sansibar. Man hat es mir mitgeteilt, weil mein Name genannt wurde, aber leider kenne ich keine Paula Newman. Du vielleicht?«

Für einen kurzen Augenblick stand ihr Herz still. Tom. Oh Himmel, sie hatte ihn fast vergessen über all diesen aufregenden Ereignissen. Tom hatte sich per Funk gemeldet. Er lebte. Aber was machte er in Mombasa?

»Paula Naumann – das bin ich. Zumindest nennt er mich so«, gestand sie.

»Er?«

»Tom. Ein Bekannter aus Berlin …«

»Aha!«

Sein Lächeln war vieldeutig. Verständnisinnig, ironisch, anerkennend und zugleich ein ganz klein wenig enttäuscht. Es gab einen Mann im Leben seiner erwachsenen Tochter. Im Grunde normal – er hätte sich eher wundern müssen, weshalb sie noch nicht verheiratet war.

»Wir wollten in Tanga heiraten, dann aber brach der Krieg aus, und Tom beschloss, in den Kampf zu ziehen …«

Mercators Züge zeigten überdeutlich, was er von dieser Entscheidung hielt, doch er sprach es nicht aus. Stattdessen teilte er Paula mit, dass der Funkspruch, den die Angestellten des Sultans aufgefangen hatten, von einer Klinik aus gesendet worden war.

»Wenn er für die Deutschen gekämpft hat und jetzt in einer Klinik im britischen Mombasa liegt, kann es dafür nur einen einzigen Grund geben, Paula.«

Sie begriff. Tom war verwundet und zugleich Kriegsgefangener. Wie er es geschafft hatte, dass man per Funk nach seiner »Ehefrau« Paula auf Sansibar suchte, wusste sie nicht. Aber es konnte bedeuten, dass es ihm sehr schlecht ging.

»Ich muss nach Mombasa!«

Sie war aufgesprungen. Vor Aufregung fing sie an, leicht zu schwanken. Sie würde sich das Geld für die Überfahrt leihen müssen. Noch einmal eine Reise in einer kleinen Dhau, doch dieses Mal würde sie länger sein, gefährlicher. Aber das war alles gleich …

»Ruhig, Mädchen!«, sagte Mercators Stimme. »Wir fahren gleich morgen.«

»Du … du willst mich begleiten?«

Er sah sie vorwurfsvoll an.

»Glaubst du, ich lasse meine Älteste ganz allein nach Mombasa reisen? Noch dazu mitten im Krieg? Schlag dir das aus dem Kopf, Paula!«

36

Beharrlich kämpfte sich der britische Küstendampfer durch die Wogen des Indischen Ozeans. Der Himmel hing tief und grau über dem Meer, ein heftiger Ostwind wollte den Dampfer gegen das Festland drücken, doch das Schiff hielt unbeirrt seinen Kurs. Drüben an der afrikanischen Küste entlud sich ein Morgengewitter über Daressalam, auch auf Sansibar hatte es geregnet, als sie an Bord des Schiffes gingen. Jetzt war die Insel in zarten, bläulichen Dunst gehüllt, aus dem nur die hohen Palmen herausragten – eine verschlafene Morgenschönheit, die sich noch nicht entschließen konnte, den Tag zu beginnen.

Mercator, der neben Paula an der Reling stand, würdigte die entschwindende Schönheit keines einzigen Blickes. Stattdessen suchte er den Horizont nach Kriegsschiffen ab, denn es war keineswegs sicher, dass die Feindseligkeiten beendet waren.

»Sprich so wenig wie möglich«, raunte er Paula zu. »Dein Englisch hat einen verräterischen Akzent.«

Sie nickte gekränkt. Gewiss, ihr Englisch war nicht perfekt, aber bisher war es ihr stets gelungen, sich verständlich zu machen und kleine Gespräche zu führen. Aber natürlich – im Vergleich zu ihrem Vater, der flüssig wie ein Brite redete, waren ihre Sprachkenntnisse und vor allem ihre Aussprache stümperhaft.

Er konnte bisweilen sehr direkt sein. Noch gestern Abend hatte er sie über Tom Naumann ausgefragt, wo sie einander begegnet waren, was er in seinem Leben bisher geleistet und welche Pläne er für die Zukunft habe. Nicht alles, was sie berichtete, fand seinen Beifall, das konnte sie an den rasch aufeinanderfolgenden Nachfragen erkennen.

»Er war bei dieser Frau angestellt? In welcher Funktion?«

»Er wollte Land kaufen? In Tanga? Wozu?«

»Den Fels hinunter, mit dir auf dem Rücken? Das war purer Wahnsinn!«

Er gab zu, in den Meru-Bergen Gold gefunden zu haben, allerdings nicht dort, wo sie nach ihm gesucht hatten. Ja, das Seil stamme tatsächlich von ihm, die verdammten Uri hatten ihn fast umgebracht, er konnte sich damals nur retten, indem er sich hinter dem Wasserfall abseilte. Welcher Teufel sie geritten habe, ausgerechnet diesen verfluchten Ort aufzusuchen?

Sie hatte Tom Naumann zuerst in allen Dingen verteidigt, dann aber beschloss sie, ebenso kompromisslos und ehrlich zu sein, wie es ihr Vater war. Ja, sie hatte Tom eine ganze Weile misstraut, und sie hatte Grund dazu gehabt. Aber inzwischen hatte er ihr Herz gewonnen. Er liebte sie, hatte lange und beharrlich auf sie gewartet und schließlich sogar sein Leben für sie riskiert. Aus dem haltlosen Burschen war ein ernsthafter Mann geworden.

Mercator tat, als glaube er ihr, konnte sich eine bissige Bemerkung jedoch nicht verkneifen.

»Ich verstehe. Er wollte den Soldaten spielen, um sich deiner würdig zu erweisen?«

»Unsinn!«

Voller Stolz hatte Mercator am Morgen seinen größten Schatz, ein Automobil, vorfahren lassen, er selbst steuerte das gute Stück nach Stone Town, wo er es in die Obhut seines schwarzen Chauffeurs gab. Während Paula im Laden eines seiner guten Bekannten Kaffee trank und süßes Gebäck dazu aß, kümmerte er sich um zwei Plätze auf dem Küstendampfer, besorgte noch einige Reiseutensilien und kam dann mit einem gewaltigen schwarzen Regenschirm zurück, um sie trockenen Fußes zur Anlegestelle zu bringen.

»Ich bin doch nicht aus Zucker!«

»Ich tue das nur, damit du später auf dem Schiff nicht jammerst, in nassen Kleidern reisen zu müssen«, versetzte er grinsend.

»Du bist wohl noch niemals auf einer Dhau von der Küste nach Sansibar gefahren, wie?«, witzelte sie.

»Oh doch!«

Ob er seine geliebte Alice damals auch so umsorgt hatte? Vermutlich. Es lag in seiner Natur, alles in die Hand zu nehmen, immer den Überblick zu behalten und seinen Schutzbefohlenen die Wege zu ebnen. Paula hegte die Vermutung, dass gerade diese Eigenschaft die beiden entzweit hatte. Alice war keine, die die Initiative auf Dauer einem Mann überließ.

Ein unangenehmer Nieselregen plagte die Passagiere auf dem Küstendampfer, vor allem jene, die sich nur die billigen Plätze auf Deck leisten konnten und sich dort zwischen Kisten, Bündeln und zusammengerollten Warenballen aneinanderdrängten. Im Aufenthaltsraum für die wohlhabenderen Passagiere war es zwar trocken, dennoch herrschte in dem schmalen, mit schlichten Holztischen und Bänken möblierten Raum eine stickige Atmosphäre. Der Dampfer war vollbesetzt, daher musste man auch hier zusammenrücken, und wer einen Sitzplatz haben wollte, durfte in Bezug auf seine Nachbarn nicht wählerisch sein.

Mercator wurde von etlichen Passagieren gegrüßt, vermied es jedoch zu Anfang, sich in die Nähe guter Bekannter zu begeben. Dann aber siegte die Neugier, denn die Gespräche drehten sich um die Kämpfe um Tanga, und einige der Passagiere schienen ausgezeichnet informiert zu sein. Bereitwillig drängte man sich ein wenig enger aneinander, um den Plantagenbesitzer und seine Begleiterin in die Runde aufzunehmen.

»Meine Tochter Paula. Sie kam vor einer Woche aus Südafrika, um eine Weile bei mir zu bleiben …«

Paula nickte lächelnd in alle Richtungen und fand es unglaublich, wie leicht ihm das Lügen fiel. Am Tisch hockten vor allem Geschäftsleute, Briten, Portugiesen und Inder, die in Mombasa Handelsbeziehungen auffrischen wollten. Alle bedauerten den verdammten Krieg, es sei momentan so gut wie unmöglich, irgendwelche Waren in Tanga, Bagamoyo oder Daressalam abzusetzen, obgleich die Deutschen sie verflucht gern kaufen würden. Schlimm sei auch, dass die deutschen Reisegesellschaften ausblieben, die sonst hinüber nach Sansibar kamen, um sich mit Waffen und Trophäen zu versorgen. Nun müsse man mit den Briten vorliebnehmen, aber die seien geizig und mäkelten an allem herum.

Vor allem die Inder waren schlecht auf die Briten zu sprechen, während des nun folgenden Gesprächs redeten sie so aufgeregt durcheinander, dass Paula Mühe hatte, der Unterhaltung zu folgen. Wie die Tiere habe man die indischen Soldaten auf den Schiffen zusammengepfercht, lauter junge Burschen, die niemand vernünftig ausgebildet hatte. Angehörige verschiedenster Glaubensrichtungen zwang man, das gleiche Essen zu sich zu nehmen – eine fürchterliche Sünde. Als die Männer endlich, nach langen Entbehrungen vollkommen entkräftet in Tanga an Land gingen, gab man ihnen nagelneue Gewehre, ohne ihnen zu erklären, wie man damit umging. So seien sie von den deutschen Askaris reihenweise niedergeschossen worden.

»Dieser Aitken wird sich daheim in England für alles verantworten müssen«, sagte ein schnauzbärtiger Brite. »Generalmajor ist der gewesen, da wette ich drauf. ›Mit den paar deutschen Niggern werde ich im Handumdrehen fertig‹, soll er gesagt haben. Unbelehrbar, der Mann.«

Paula erfuhr, dass auch die britischen Geschäftsleute eine gewisse Hochachtung gegen von Lettow-Vorbeck hegten. Nun ja – er war ein Kämpfer, ein Terrier, der sich in seine Aufgabe verbiss und niemals nachgab. Offensichtlich hatte er mit den deutschen Schutztruppen am Kilimandscharo gestanden, als die Briten bei Tanga an Land gingen, dann war es ihm innerhalb von vierundzwanzig Stunden gelungen, seine tausend Askaris mit der Usambara-Bahn an die Küste zu befördern. Die Waggons seien so voll gewesen, dass die Lokomotiven die Steigungen nicht mehr schafften, also stiegen die Soldaten jedes Mal aus, um den Zug anzuschieben.

»Die Briten vom North Lancashire Regiment gelangten nach Tanga hinein, das waren verdammt gute Leute. Auf dem Hotel Kaiser haben sie die deutsche Fahne abgerissen – aber gegen von Lettow-Vorbecks Askaris konnten sie sich nicht halten ...«

Woher wussten diese Geschäftsleute eigentlich so gut Bescheid? Es stellte sich heraus, dass die Briten zahlreiche schwarze Träger von Sansibar rekrutiert hatten, die ihnen Waffen, Ausrüstung und Verpflegung schleppen mussten. Nach der peinlichen Niederlage hatten die heimkehrenden Träger auf Sansibar allerlei zu berichten, so auch die Tatsache, dass der größte Teil der britischen Ausrüstung in die Hände der Deutschen gefallen war.

»Die *Fox,* das alte britische Kriegsschiff, hatte sich in die Hafenbucht von Tanga gewagt«, erzählte jemand feixend. »Aber der Kapitän hielt nichts davon, allzu nah an die Stadt heranzufahren, er ankerte weit draußen aus Furcht, der Hafen könne vermint sein.«

»Und haben sie auf die Stadt geschossen?«, wollte Mercator wissen.

»Ein paar Granaten haben sie abgefeuert, die meisten sind jedoch am Strand eingeschlagen. Getroffen haben sie fast nichts …«

»Doch!«, rief jemand und lachte höhnisch.

»Das Krankenhaus haben sie getroffen, aber zum Glück kaum Schaden angerichtet.«

»Und die Bienenkörbe!«

Allgemeines Gelächter brandete auf. Ein Portugiese, der inzwischen zwei kleine gebratene Fische und ein Stück Fladenbrot ausgepackt hatte, verschluckte sich am ersten Bissen, so dass man ihm auf den Rücken klopfen musste.

»Sie haben die Bienenkörbe erwischt, die die Afrikaner in den Bäumen aufhängen. Auf wessen Seite die Bienen gekämpft haben, weiß keiner so genau, aber sie haben mit Sicherheit alle ihre Gegner in die Flucht geschlagen!«

Es schienen keine britischen Patrioten hier versammelt zu sein, im Grunde hofften alle nur darauf, dass der leidige Krieg ein Ende finden würde. Sollten halt die Deutschen gewinnen – wenn nur endlich wieder normale Verhältnisse einkehrten. Bald sprach man von anderen Dingen, beklagte sich über den Regen, der sich ganz ungewöhnlich lange hielt, lobte die gute Qualität der indischen Baumwolle, jammerte über die trägen Angestellten. Einige Inder packten nun ebenfalls ihre Mahlzeit aus, die sie in kleinen, mit Deckeln fest verschlossenen Blechtöpfen mit sich führten. Wegen der strengen Speisevorschriften mancher religiöser Gruppierungen aßen sie auf der Reise nur diese von ihren Frauen zubereiteten Mahlzeiten.

Mercator erhob sich bald und ging mit Paula an Deck. Der Regen hatte aufgehört, doch der scharfe Wind und die aufstiebende Gischt machten den Aufenthalt hier draußen nicht gerade angenehm. Dennoch war Paula sehr froh, nach all der Enge und den vielen Ausdünstungen ein wenig frische Luft atmen zu können.

»Es hörte sich fast harmlos an«, meinte sie zweifelnd. »Ein großartiger Feldherr auf deutscher Seite, unfähige Trottel und unglückliche Rekruten bei den Briten. Und zum krönenden Abschluss schießt jemand in die Bienenkörbe der Afrikaner. Eine Farce.«

»Wenn sich die Briten so eilig zurückziehen mussten, dass sie sogar ihre Waffen und Ausrüstung am Strand liegen ließen, dann frage ich mich, wie ein britischer Kriegsgefangener in eine Klinik in Mombasa geraten konnte.«

War dieser Funkspruch vielleicht gar ein Missverständnis gewesen? Hatte Tom am Ende nur seine baldige Ankunft mitteilen wollen? Würde er inzwischen längst in Sansibar angekommen sein und nach ihr suchen? Paula bekam plötzlich ein schlechtes Gewissen. Wie hatte sie so leichtgläubig sein können? Sie würden in der Klinik in Mombasa möglicherweise nur verständnisloses Kopfschütteln ernten. Tom Naumann? Nie gehört. Ein Deutscher? Man hatte hier schon monatelang keinen Deutschen mehr behandelt …

Der Küstendampfer hätte in Friedenszeiten in Tanga angelegt, nun musste er die Strecke bis Mombasa ohne Zwischenhalt durchstehen. Sie verbrachten eine ziemlich ungemütliche Nacht zwischen schnarchenden Passagieren auf wackeligen Liegestühlen, denn die wenigen Kabinen waren schon vor Tagen ausgebucht gewesen. Kurz nach Sonnenaufgang, als Paula glaubte, eben gerade eingeschlafen zu sein, lief der Dampfer in den Hafen von Mombasa ein.

»Niemand hat behauptet, dass es ein Spaziergang wird«, sagte Mercator, als Paula sich stöhnend aus den Decken schälte.

»Das habe ich auch nicht erwartet!«

Dennoch hielt er sie sorgfältig fest, während sie über die schmale Gangway hinüber zum Ufer liefen, denn Paula schwankte vor Müdigkeit. Dazu kam das peinigende Gefühl, etwas vollkommen Überflüssiges zu tun. Ganz sicher war diese Reise umsonst – es gab keinen Tom Naumann hier in der Klinik.

Obgleich es noch früh war, stürzten von allen Seiten schwarze Frauen und Kinder auf die Passagiere zu, um ihnen Früchte, Pasteten oder Nüsse zu verkaufen. Paula erwarb eine Tüte Erdnüsse, während Mercator ungeduldig auf sie wartete. Er kannte das Gewimmel der Stadt, in dem man sich leicht verlieren konnte, und hatte für eine Rikscha gesorgt. Eine jener »modernen« Rikschas, die per Fahrrad angetrieben wurden.

»Was machst du für ein Gesicht?«, fragte er, als sie nebeneinander in dem Gefährt saßen.

»Ich … ich mag diese Dinger nicht«, gestand sie.

»Weil sie mit Menschenkraft betrieben werden?«

Sie nickte und fing einen belustigten Blick von ihm auf.

»Wo ist der Unterschied zu einem Fabrikarbeiter in Berlin, der den ganzen Tag über in einer stickigen, lärmenden Halle steht und immer die gleiche Bewegung vollführt? Ein Rikschafahrer kann sich frei entscheiden, wann er arbeiten will, er bekommt seinen Lohn bar auf die Hand und fühlt sich als Unternehmer.«

Sie hatte nicht die Nerven, mit ihm über dieses Thema zu streiten. Nicht jetzt, da sie durch die engen Straßen der Stadt gezogen wurden und ihr die Augen vor Müdigkeit zufallen wollten, während sie zugleich von zunehmender Unruhe befallen wurde. Doch der junge Schwarze, der die Rikscha zog, musste immer wieder stehen bleiben, um Fußgänger vorbeizulassen. Auch größere Fuhrwerke oder knatternde Automobile führten zu Verzögerungen, am häufigsten geschah es jedoch, dass eine andere Rikscha die Vorfahrt beanspruchte und die beiden Fahrer sich gegenseitig wüst beschimpften, bis schließlich einer von ihnen einfach losfuhr und der andere das Nachsehen hatte.

Paula presste die Tüte mit Erdnüssen so fest an sich, dass das Papier aufriss und einige der hellbraunen Nüsse auf die Straße rollten. Sie bemerkte es kaum. Mit aller Kraft klammerte sie sich an den Gedanken, dass Tom niemals in einer Klinik in Mombasa gewesen war. Dass er niemals verwundet und auch nicht als Kriegsgefangener hierhergebracht wurde. Letzteres war nun wirklich vollkommen ausgeschlossen.

Mercator war inzwischen schon wieder ungeduldig geworden, mehrfach rief er dem Rikschafahrer einige Worte zu, die Paula nicht verstehen konnte, deren Sinn jedoch klar war.

»Der Bursche fährt jeden erdenklichen Umweg, um mehr Lohn herauszuschlagen!«

Doch seine Aufregung war unnötig. Gleich darauf hielt der junge Mann sein Gefährt an und wies auf ein arabisch anmutendes Gebäude, das schon bessere Tage gesehen haben mochte. Eine Grünanlage war der Klinik vorgelagert, darin hatte es einst ein Wasserbecken, möglicherweise sogar einen Springbrunnen gegeben. Jetzt allerdings war das Becken mit allerlei Pflanzen zugewuchert, die wegen der starken Hitze und mangelnder Pflege einen trostlosen Eindruck machten.

»Die Klinik hat der Sultan von Sansibar vor Jahren hier errichten lassen. Damals, als Mombasa noch zum Sultanat gehörte, soll es eine vorbildliche Einrichtung gewesen sein. Inzwischen aber scheint es an allem zu fehlen …«

Er zahlte dem Rikaschafahrer einen Teil der Summe aus und

gebot ihm, vor der Klinik auf sie zu warten. Dann bedachte er Paula mit einem auffordernden Blick, und sie schritten zum Eingang. Die Türen der Klinik waren abgestoßen, doch einst mussten sie prächtig gewesen sein, mit reichen Schnitzornamenten bedeckt und mit Messing eingelegt.

Ein unangenehmer Geruch schlug ihnen entgegen, als sie den Flur betraten, eine Mischung aus Formalin und menschlichen Ausdünstungen, dazwischen mischten sich Essensdünste und anderes, worüber Paula nicht genauer nachdenken wollte. Einige Besucher kamen ihnen entgegen, meist Frauen, die ihren Angehörigen eine Mahlzeit gebracht hatten, viele trugen Bündel mit Kleidern und Kochgeschirr. Ein junger Mann, der hinter ihnen eingetreten war, schob sich eilig an ihnen vorüber, er hielt eine Tüte in der Hand, in der vermutlich Medikamente waren. Es war üblich, dass die Angehörigen die notwendigen Medikamente bei den ortsansässigen Apothekern kauften, da die Kliniken nur wenige Mittel vorrätig hatten.

Niemand kümmerte sich um sie. Auf der Suche nach einem Arzt oder wenigstens nach einer Krankenschwester öffnete Paula eine Tür. Dahinter befand sich ein langgestreckter Krankensaal, in dem es von Menschen wimmelte. Zwischen den Metallbetten hatte man Matratzen auf den Boden gelegt, um weitere Kranke unterbringen zu können, man sah reglos daliegende Männer, die Körper notdürftig mit weißen Tüchern bedeckt, andere saßen im Schneidersitz und unterhielten sich mit Besuchern, die neben ihrem Lager auf dem Fußboden hockten.

»Suchen Sie einen Angehörigen?«

Ein junger Inder in heller Kleidung und mit weißem Turban lächelte sie höflich, aber auch ein wenig misstrauisch an. War es vorgekommen, dass sich Diebe in die Klinik einschlichen, um die überall herumstehenden Bündel zu durchwühlen?

»Wir suchen einen Mann namens Tom Naumann!«

Natürlich war es Mercator, der die Sache in die Hand nahm, und Paula musste sich fügen, obgleich es ihr wenig gefiel. Aber es war nicht zu bestreiten, dass er sich besser verständigen konnte und zudem ein »Untertan« des Sultans von Sansibar war, der hier immer noch Einfluss besaß.

Die Reaktion des jungen Inders war genau so, wie Paula es erhofft und auch befürchtet hatte. Er zog die Stirn in Falten, schob den Turban ein wenig zurück und wollte dann wissen, ob es sich um einen Briten handele.

»Um einen Deutschen. Möglicherweise verwundet.«

Das Gesicht des Inders hellte sich auf, er lächelte erfreut und verkündete, dass man allerdings einen deutschen Patienten in der Klinik behandelt habe. An seinen Namen könne er sich nicht erinnern, doch er habe sich gut mit *daktari* Burns verstanden.

»Und wo ist er jetzt?«

»*Daktari* Burns? Er operiert gerade einen Fuß. Leider nicht zu retten, beide Füße sind von Geschwüren zerfressen …«

»Ich meine Tom Naumann«, fuhr Mercator dazwischen. »Wo können wir ihn finden?«

»Tom Naumann?«

Zwei junge Frauen zupften den Inder am Obergewand und flüsterten auf ihn ein. Der junge Mann nickte mehrfach, dann gab er eine kurze Antwort, und die Frauen zogen sich zurück. Welche Funktion übte er wohl aus, wenn man ihn derart untertänig behandelte? War er ein Arzt? Diesen Eindruck machte er eigentlich nicht.

»Wenn Sie Tom Naumann suchen, dann kommen Sie ein paar Tage zu spät. Der arme Bursche war halb tot, als man ihn hier einlieferte. Konnte kaum atmen. Knallrot am ganzen Körper, Schüttelfrost, Kreislaufversagen …«

Paulas Herz stolperte. Es konnte nicht sein. Es durfte nicht sein. Nicht jetzt, so kurz bevor sie einander für immer hatten gehören wollen.

»Wollen Sie damit sagen, dass Naumann seine Verletzung nicht überlebt hat?«

»Verletzung?«

Der junge Inder ließ ein kleines, aber hämisches Lachen hören. Paula begann, diesen Menschen zu hassen. Er spannte sie doch absichtlich auf die Folter, dieser miese Kerl!

»Er war allerdings verletzt. Gut dreißig Bienenstiche über den ganzen Körper verteilt. Das hätte gereicht, um ein Pferd umzubringen. Wir haben zwei Tage gebraucht, um ihn über den Berg zu bringen, dann aber hockte er mit *daktari* Burns und Pater Golding beim Kartenspiel. Und soweit mir bekannt ist, hat er die beiden ordentlich abgezockt.«

»Da schau an!«

Paula spürte den vorwurfsvollen Blick ihres Vaters, aber sie war viel zu erleichtert, um darauf zu achten. Gott sei Dank – Tom lebte! Und es war ihm sogar wieder recht gut gegangen. Keine ernsthafte Verletzung, kein amputiertes Bein, kein zerschossener Brustkorb – nur ein paar Bienenstiche. Nun ja …

»Dann hat er die Klinik also geheilt verlassen?«, erkundigte sich Mercator ungeduldig.

»Gewiss. Soweit ich weiß, ist er auf dem Weg nach Indien.«

»Nach … Indien?«

Paula vergaß vor Schreck, dass sie so wenig wie möglich sprechen sollte, doch ihr Gegenüber beachtete sie gar nicht.

»Wieso nach Indien?«, knurrte Mercator.

»Wieso nicht?«, gab der Inder giftig zurück, wandte sich einer herannahenden Familie zu und nahm ein paar Geldscheine entgegen, die er ohne jegliche Scham in den Ärmel seines Obergewandes steckte. Paula wurde langsam klar, dass dieser junge, weiß gekleidete Mann für die Belegung der Betten zuständig war.

»Weshalb sollte er nach Indien unterwegs sein, verdammt?«

Mercator hatte laut und zornig gesprochen, überall wandten die Menschen erschrocken die Köpfe.

»Schreien Sie nicht so, sonst lasse ich Sie hinauswerfen. Dies ist ein Krankenhaus, *sahib.*«

»Beantworten Sie meine Frage, und Sie haben Ihre Ruhe!«

Der Inder hatte wenig Lust, dieser Aufforderung zu folgen, doch er war zu feige, um sich ernsthaft mit dem Fremden anzulegen.

»Die Briten schicken ihre deutschen Kriegsgefangenen nach Indien – wussten Sie das nicht, *sahib*? Das letzte Schiff hat gestern den Hafen verlassen, wenn Sie diesen Tom Naumann noch erreichen wollen, müssen Sie schwimmen.«

Mercator blitzte ihn wütend an, was sein Gesprächspartner mit einem boshaften Grinsen zur Kenntnis nahm. Er legte die Hand auf die Brust und verbeugte sich, erklärte, ein vielbeschäftigter Mann zu sein, und wünschte noch einen angenehmen Tag.

Mercator gab sich damit nicht zufrieden. Eine geschlagene Stunde saßen sie auf einer schmalen Bank im Flur, Besucher zogen an ihnen vorüber, Kranke wurden vorbeigetragen, auch Leichname, die man mit Tüchern verhüllt hatte. Dann endlich gelang es Mercator, mit Dr. Burns zu sprechen.

»Er scheint die Wahrheit gesagt zu haben, Paula. Die Briten schicken die deutschen Kriegsgefangenen in ihre Kolonien. Vornehmlich nach Indien.«

»Und was jetzt?«, fragte sie hilflos.

Er blinzelte sie nachdenklich an, dann entschied er, etwas zu essen, bevor sie weiterüberlegten. Sie bestiegen die Rikscha, ließen den Fahrer bei einer Suppenküche anhalten, und Mercator erwarb drei Schüsseln Hühnersuppe mit Gemüse. Der Rikschafahrer bedankte sich überschwänglich und machte sich hungrig über die Suppe her, während Paula kein Löffelchen davon hinunterbrachte.

»Ich habe zwei oder drei gute Bekannte in Bombay – die könnten herausbekommen, wo dein Liebster eingesperrt ist. Aber dazu muss er erst mal dort ankommen.«

Das würde mindestens zwei Wochen, vermutlich noch länger dauern. Paula schwieg zu Mercators Vorschlag, doch insgeheim war sie fest entschlossen, selbst nach Indien zu reisen, um nach Tom zu suchen.

Sie mussten zwei Tage auf den Küstendampfer warten. Den ersten Tag verschlief Paula fast vollständig, später durchstreifte sie an Mercators Seite die Stadt, besuchte mit ihm die Märkte und Geschäfte, stand gelangweilt neben ihm, wenn er Bekannte traf und sich lebhaft mit ihnen unterhielt. Ganz sicher hätte sie zu anderer Zeit Freude daran gehabt, mit ihrem Vater diesen Ort zu entdecken, die alten Häuser im arabischen Baustil zu bewundern, Geschenke für die Familie auszusuchen. Jetzt aber war ihr alles gleich. Tom war Kriegsgefangener, er schmachtete auf einem dieser schrecklich engen, stinkenden Schiffe, vielleicht hatte man ihn sogar gefesselt, und er wurde misshandelt. Oh, er hatte es nicht anders gewollt, dieser Dummkopf. Er hatte ja unbedingt in den Krieg ziehen müssen. Ohne daran zu denken, dass sie vor Sorge um ihn verging.

Als sie endlich an Bord des Küstendampfers waren, stand sie fast die ganze Reise über an der Reling und starrte nach Osten. Dort irgendwo schwamm das Schiff, das ihren Tom ins ferne Indien brachte. Wenn er wenigstens heil und gesund dort ankam! Sie mochte gar nicht daran denken, dass solch ein Schiff in einen Sturm geraten und mit Mann und Maus versinken konnte.

Wie zum Hohn war das Wetter heute sonnig, der Himmel taubenblau und ohne das kleinste Wölkchen. Scharen von weißen Segeln bedeckten das blaugrüne Wasser, glitten wie vorwitzige Tagfalter vorüber und zeigten wenig Respekt vor dem stampfenden, weißen Metallkasten, der eine Fahne aus grauem Rauch hinter sich herzog.

Plötzlich stutzte sie, blinzelte und glaubte, zwei bekannte Silhouetten zu erkennen. Waren das nicht Omar und Jonathan, die sich auf dem schmalen Boot mit dem gewaltigen, tropfenförmigen Segel abmühten? Aber das konnte eigentlich nicht sein, die Dhau der beiden war doch am Strand zerschellt. Oder war der Schaden doch zu reparieren gewesen?

Sie reckte den Hals und stellte fest, dass noch eine dritte Person im Boot saß. Es war eine junge Frau, vielleicht eine Angehörige einer Mission, denn sie war wie eine Europäerin gekleidet und trug einen Strohhut.

Da blieb nur zu hoffen, dass das Wetter hielt. Sonst würde die arme Missionarsfrau diese Überfahrt wohl nie in ihrem Leben vergessen.

37

Die Nacht war stürmisch. Dieses Mal hatte Mercator eine der Kabinen ergattert, so dass sie wenigstens vor Wind und Regen geschützt waren. Während ihr Vater trotz der unruhigen Fahrt in aller Seelenruhe schlief, hockte Paula mit hochgezogenen Knien auf dem Metallbett und haderte mit dem Schicksal. Wie boshaft es war. Gerade in dem Augenblick, da sie das Geheimnis um ihre Herkunft aufgedeckt hatte, da sie schon begann, sich mit ihrer neuen Familie anzufreunden, ihren Vater schätzen und lieben zu lernen – genau in diesem Augenblick verpasste die Vorsehung ihr einen neuen, schmerzhaften Tritt.

Glaube bloß nicht, dass das Glück je vollkommen ist!

Nein, man bekam es nur in kleinen Häppchen zugeworfen, vermischt mit Kummer und Ungemach. Ach, wie sollte sie überhaupt noch einmal in diesem Leben glücklich werden, wenn sie Tom verlor? Weshalb hatte sie ihn denn nicht daran gehindert, in diesen verfluchten Krieg zu ziehen? Ihn angefleht, bei ihr zu bleiben? Ihn vor die Wahl gestellt: entweder der Krieg oder ich! Hätte ihn das von seinem Entschluss abgehalten? Vielleicht. Aber sie hatte es gar nicht erst versucht.

Am Morgen war sie wieder einmal übernächtigt und ihr Gesicht vom Weinen verquollen. Mercator kümmerte sich um ein Frühstück und bemerkte, dass Sansibar schon in Sicht sei, in spätestens einer Stunde könnten sie von Bord gehen. Als sie nur mit einem bemüht freundlichen »Danke« reagierte, setzte er sich neben sie und legte den Arm um sie.

»Ich bin im Trösten von Töchtern mit Liebeskummer noch unerfahren«, sagte er, halb zärtlich, halb ironisch. »Und ich hoffe sehr, dass dieser Bursche deine Tränen wert ist. Aber ich will alles Menschenmögliche tun, um ihn nach Sansibar zu schaffen, das verspreche ich dir.«

Da sie nun erst recht zu heulen anfing, zog er sie impulsiv an seine Brust und streichelte ihre zuckenden Schultern.

»Es … es … tut … mir … so leid«, schluchzte sie. »Ich … wollte … dich damit … nicht behelligen …«

»Schon gut, Kleines. Beruhige dich. Alles wird gut.«

Sansibar, die Schöne, die Perle des Indischen Ozeans, empfing sie strahlend. Hell schimmerte der Strand, zartblau erschien das Wasser in Ufernähe, wandelte sich weiter draußen zu dunklem Türkis und nahm zum Horizont hin eine mattgrüne Farbe an. Kein Morgendunst verhüllte das Land, offen zeigten sich die grünen Palmenhaine, die dichten Mangrovenwälder um die kleinen Buchten, das steinerne, bunt bemalte Häusergewirr von Stone Town. Wer wollte jetzt darüber nachdenken, dass in diesem Paradies einst Sklavenhandel betrieben wurde? Wie eine Schar weißer Schmetterlinge schaukelten Segelboote um die Insel, denn nach der stürmischen Nacht fuhren die Fischer jetzt hinaus in ihre Fanggründe. Paula vergaß für einen Moment ihren Kummer und fragte sich, ob das Glück, an diesem bezaubernd schönen Ort leben zu dürfen, nicht alles andere aufwog. Konnte ein Mensch auf dieser Insel der Seligen überhaupt unglücklich werden?

Mercator setzte sie in einem kleinen Kaffeeladen ab, da er verschiedene Dinge in Stone Town zu erledigen hatte, bevor sie zur Plantage zurückkehrten. Paula sah zu, wie der Inhaber die Kaffeebohnen in einer Pfanne über dem offenen Feuer röstete, und schlürfte das starke, süße Getränk. Eine bunt gekleidete Mulattin setzte sich zu dem Araber, und es entspann sich ein lebhaftes Gespräch zwischen den beiden, doch Paula konnte nur wenige Worte verstehen. Sie fühlte sich ausgeschlossen, fremd und namenlos traurig. Ja, man konnte auf Sansibar unglücklich sein. Jede Minute, jede Stunde wurde die Entfernung zwischen ihr und Tom größer, bald lagen Hunderte von Meilen zwischen ihnen, und niemand konnte etwas daran ändern.

Mercators Augen blitzten gefährlich, als er zurückkehrte. Doch er schwieg vorerst, zahlte den Kaffee und mietete dann drei Maultiere. Zwei waren als Reittiere gedacht, das dritte beluden sie mit den vielen Geschenken, die er in Mombasa eingekauft hatte. Da waren Kleiderstoffe und gestickte Pantöffelchen, Haarnadeln aus getriebenem Silber, seidene Tücher und allerlei Tand, den Leila und die Mädchen offensichtlich liebten. Dazu Bücher und Zeitungen, eine Landkarte, eine Handkamera und etliche Fläschchen, deren Inhalt er benötigte, um die Fotografien selbst zu entwickeln.

»Das ist ja wie Weihnachten«, bemerkte Paula lächelnd, als endlich alles auf dem Maultier verstaut war.

Er grinste und behauptete, die eigentliche Überraschung warte noch auf sie. Ungläubig blinzelte Paula ihn an, und eine winzige Hoffnung wuchs in ihrem Herzen. Hatte er vielleicht etwas über Tom erfahren?

Der Empfang auf der Plantage war überwältigend. Schon während sie durch die Pflanzungen ritten, liefen ihnen die Arbeiter entgegen, um *bwana* Mercator zu begrüßen, und auch *bibi* Pola wurde in ihre Freude einbezogen. Fünf lange Tage war der Herr unterwegs gewesen, da musste hie und da angehalten werden, um aufgeregte Berichte entgegenzunehmen, Lob und Tadel zu erteilen und Entscheidungen zu fällen. Mercator, der sonst so Ungeduldige, nahm sich die Zeit, zuzuhören und nachzufragen. Wenn er dann jedoch seine Anweisungen gab, so waren sie kurz und forderten unbedingten Gehorsam.

Auch im Haus waren die Angestellten zusammengelaufen, um den Herrn und *bibi* Pola zu empfangen, doch vor allem fielen die beiden Töchter über Mercator her. Paula, die diese lebhafte Szenerie bereits kannte, zog sich rasch in »ihr« kleines Zimmer zurück, um sich erschöpft aufs Bett fallen zu lassen. Man hatte den Raum während ihrer Abwesenheit ein wenig verändert, das Bett frisch bezogen, einen kleinen Tisch hineingestellt, auf dem eine Schale mit Früchten stand, und auch neue Gewänder und Schuhe für sie bereitgelegt. Paula schloss müde die Augen – ach, es war schön, hierher zurückzukehren, nie zuvor, nicht einmal auf Klein-Machnitz, hatte sie sich so heimisch gefühlt. Welches Recht hatte sie eigentlich, so traurig zu sein?

»Paula! Wo steckst du denn? Paula!«

Ein bequemer Vater war er nicht. Ständig rief er nach ihr, und sie hatte bisher noch keine Taktik gefunden, sich seinen energischen Wünschen zu entziehen. Vielleicht deshalb, weil es so ungewohnt und zugleich wundervoll war, von ihm gerufen zu werden.

»Ich komme …«

Er wartete in seinem Arbeitszimmer auf sie, lief wie ein Tiger im Käfig auf und ab und hielt ein Stück Papier in der Hand.

»Setz dich – es ist besser so.«

Sie nahm sich die Freiheit, seinen Schreibtischstuhl zu benutzen, was er mit leichtem Stirnrunzeln zur Kenntnis nahm, jedoch nicht verhinderte. Wortlos reichte er ihr das Telegramm.

VERGEBT MIR STOP ICH LIEBE EUCH ALLE STOP PAULA MEINE KLEINE TOCHTER ICH KOMME ZU DIR SOBALD ES MÖGLICH IST STOP ALICE

Sie musste den Text zweimal lesen, dann ließ sie das Blatt sinken und suchte nach einem Taschentuch. Ach du liebe Güte – was würde noch alles über sie hereinbrechen?

»Dieses Mal hast du wirklich Grund zu heulen«, hörte sie Mercators zornige Stimme. »Es ist unfassbar, mit welcher Leichtigkeit diese Frau jahrzehntelange Lügen einfach vom Tisch wischt. *Ich liebe euch alle.* So einfach ist das! Aber so war sie schon immer, über Gefühle steigt sie einfach hinweg, herzlos, eiskalt …«

Er redete sich so in Harnisch, dass Paula es nicht wagte, ihm das Telegramm zurückzugeben, in seinem Zorn hätte er es vermutlich zerfetzt. So legte sie es nur mit zitternder Hand auf den Schreibtisch und schniefte in ihr Taschentuch.

»Jahrelang haben wir Briefe gewechselt und kein Wort davon, dass wir eine gemeinsame Tochter haben. Eine Fehlgeburt hat sie erfunden. Oh, wie hinterhältig. Sie hat befürchtet, ich würde Ansprüche stellen, und – verdammt – das hätte ich getan! Und jetzt einfach nur: *Ich liebe euch alle*!«

»Vater! Bitte!«

Sie hatte leise gesprochen, doch er fuhr blitzschnell herum, als er ihre Worte hörte.

»Hast du eben tatsächlich ›Vater‹ zu mir gesagt?«

Sie nickte mit hilflosem Lächeln, und er ging zu ihr, um ihr beide Hände auf die Schultern zu legen.

»Dann hat dieses verdammte Telegramm doch etwas Gutes bewirkt.«

Seine Hände waren warm, er streichelte sie ein wenig ruppig, aber der Zorn war aus seinem Gesicht gewichen. Er lächelte zufrieden.

»Es ist kein ›verdammtes Telegramm‹, Vater. Schau doch, sie bittet uns um Vergebung …«

»Dazu hat sie auch allen Grund«, knurrte er wenig beeindruckt.

»Was soll sie denn anderes tun?«

Er schwieg, da er es auch nicht wusste. Er wusste nur, dass niemand nach fast dreißig Jahren Betrug so einfach »Entschuldigung« sagen und zur Tagesordnung übergehen konnte.

»Es ist ein Telegramm, Vater. Deshalb klingt der Text so kurz angebunden. Sie wird gewiss einen langen Brief schreiben, aber ob und wann ein Schreiben aus Deutschland hierhergelangt, ist momentan fraglich. Sie wird wohl auch vorerst kaum nach Sansibar reisen können …«

»Das hätte noch gefehlt …«

Er war nicht zu besänftigen, also gab Paula es auf. Sollte er seinen Zorn austoben, wenn er das brauchte. Irgendwann würde er schon wieder zur Vernunft kommen. Spätestens dann, wenn er die Angelegenheit ausgiebig mit seiner Frau besprochen hatte, Prinzessin Leila würde gewiss ein Mittel finden, sein aufgeregtes Gemüt zu beruhigen.

»Darf ich das Telegramm an mich nehmen?«

»Mach damit, was du willst!«

Sie knickte das Blatt vorsichtig und steckte es in ihren Ärmel. In ihrem Zimmer faltete Paula es wieder auseinander und las den Satz noch einmal. Jenen Satz, der ihr Herz so tief berührt hatte.

Paula, meine kleine Tochter – ich komme zu dir, sobald es möglich ist.

Paula, meine kleine Tochter. Alice war ihre Mutter. Endlich hatte sie die Wahrheit zugegeben. Und dieser verdammte Krieg machte es unmöglich, dass sie einander in die Arme schlossen!

Es war schon später Nachmittag, als sie den Schritt ihres Vaters im Flur vernahm, seine Stimme, die befahl, rasch ein Pferd zu satteln. Vermutlich wollte er noch irgendwo auf der Plantage nach dem Rechten sehen. War es Prinzessin Leila gelungen, den Zorn ihres Ehemannes zu besänftigen?

Gleich darauf klopfte einer der kleinen *boys* an ihre Tür.

»*Bibi* Leila bittet, kommen hinaus auf Terrasse. In kühle Schatten, nix böse Fliegen und auch kein Gecko, wo fällt in Krug mit Saft von Limone …«

Sie schmunzelte. Dieser kleine Unfall musste sich als schreckliches Ereignis ins Gedächtnis des *boys* eingegraben haben.

»Ich komme gern.«

Zu ihrer Überraschung erwartete sie Prinzessin Leila allein auf der Terrasse. Sie saß auf einer der gepolsterten Bänke, hielt ein Glas mit gesüßtem Limonensaft in der Hand, und das Lächeln, mit dem sie Paula empfing, war verhalten. Oh weh, dachte Paula beklommen. Sie werden doch nicht gestritten haben?

»Möchtest du mir von deiner Mutter erzählen?«

Paula ließ sich auf einem der Stühle nieder und überlegte fieberhaft, was sie jetzt offenbaren und was sie besser verschweigen sollte. Die Prinzessin schien in keiner guten Stimmung zu sein, ihr Tonfall war zwar nicht unfreundlich, aber doch sehr ernst.

»Du meinst Alice?«

Die Prinzessin nickte und lehnte sich gegen das Polster, als müsse sie einen Halt im Rücken finden.

»Ja, Alice.«

Der Name klang fremd aus ihrem Mund. Hart und ein wenig spöttisch. War sie etwa eifersüchtig? Aber sie hatte doch schon seit Langem von der ersten großen Liebe ihres Mannes gewusst!

Paula nahm ein Glas mit Limonensaft und Eiswürfeln aus der Hand des *boys,* trank einen Schluck und räusperte sich dann.

»Meine … Mutter Alice lebt in der großen Hafenstadt Hamburg. Sie … sie leitet dort eine Fabrik, ich glaube, sie stellen Metallfederungen für Matratzen her. Sie war mit einem viel älteren Mann verheiratet, der vor Jahren verstarb und ihr die Fabrik hinterließ …«

»Wie alt ist sie?«

»Ende vierzig, fast fünfzig …«

Wieso fragte Leila nach dem Alter ihrer Mutter? Sie hätte es sich doch ausrechnen können. Nun wollte sie auch wissen, welche Haarfarbe sie hatte, ob ihr Gesicht noch glatt sei, ihr Körper schlank.

»Du sagst, sie leitet diese Fabrik? Dann ist sie herrisch?«

Paula beschloss, diese Brücke zu betreten. Jawohl, ihre Mutter konnte ziemlich herrisch sein, allerdings nur den Angestellten gegenüber, es sei für eine Frau nicht so einfach, sich Respekt zu verschaffen. Sie habe ihr, Paula, immer geraten, auf eigenen Füßen zu stehen und sich niemals von einem Ehemann abhängig zu machen.

»Sie hat niemals wieder geheiratet?«, forschte die Prinzessin.

Paula überlegte kurz, dann entschloss sie sich, Leila ein pikantes Detail zu enthüllen, das sie Mercator bisher vorenthalten hatte.

»Nein, sie hat nicht geheiratet, weil sie ihren Besitz selbst verwalten will. Hätte sie einen Ehemann, dann könnte der per Gesetz über alles verfügen, was ihr gehört. Sie hat allerdings einen … einen Bekannten.«

Prinzessin Leila ließ sich nicht anmerken, dass diese Nachricht sie außerordentlich interessierte. Nur ihre Stimme klang verändert, als sie weitersprach.

»Sie hält sich einen Geliebten?«

Paula bat ihre Mutter innerlich um Vergebung, dass sie dieses wohlgehütete Geheimnis ausplauderte.

»So könnte man es nennen. Es ist ein sehr netter Mensch, einer der Männer, die in der Fabrik arbeiten. Karl Mehnert heißt er …«

»Weiß dein Vater davon?«

»Nein.«

»Dann wollen wir es ihm besser nicht erzählen«, entschied die Prinzessin. »Er ist aufgeregt genug. Den ganzen Nachmittag hat er nur über diese Frau geredet. Ich habe immer geglaubt, er hätte sie längst vergessen, aber da habe ich mich getäuscht.«

Paula wollte widersprechen, doch die Prinzessin machte eine abwehrende Armbewegung.

»Er liebt sie noch immer, Paula. Nur auf einen Menschen, den man liebt, kann man derart zornig werden. Diese Frau war seine erste Liebe, und er wird sie niemals vergessen können.«

Paula konnte nicht sofort antworten, denn der Gedanke, dass es noch einen Rest von Liebe zwischen ihren Eltern gab, gefiel ihr. Vielleicht würden sie sich ja irgendwann einmal gegenüberstehen, einander die Hände reichen und sich anlächeln. Auch wenn dieser Tag jetzt noch unendlich fern war.

»Jemand hat einmal gesagt«, fuhr Prinzessin Leila mit trauriger Stimme fort, »dass ein Mann nur ein einziges Mal wirklich liebt. Das ist der Augenblick, wenn er zum ersten Mal einer Frau in die Augen sieht und ihr verfällt. Auch wenn er später viele andere Frauen besitzt, wird er immer nur die eine lieben, die erste, denn nur sie hatte je Macht über ihn.«

Die Trauer in Leilas Stimme schnitt Paula ins Herz. Nein – das konnte und durfte sie nicht glauben. Und es entsprach auch nicht der Wahrheit, das wusste sie. Wer hatte ihr das doch gesagt? Diese Worte, die sie zuerst nicht hatte glauben wollen, die jedoch bitterernst gemeint waren?

»Einmal im Leben trifft man eine Frau, bei der man weiß: Das ist sie. Die Frau, die zu dir gehört, die für dich bestimmt ist. Die einzige, die richtige.«

»Das klingt schön«, bemerkte Leila mit versonnenem Lächeln. »Wer hat das gesagt?«

Paula musste schlucken, aber sie sprach tapfer weiter.

»Für meinen Vater war Alice niemals diese Frau. Die beiden passten überhaupt nicht zusammen. Du bist es, nur du, Leila. Du gehörst zu ihm, du bist die Einzige, die Richtige. Die Frau, die er aus tiefster Seele liebt.«

Mit weiten, dunklen Augen blickte Leila sie an, dann erhob sie sich und umarmte Paula.

»Vergib mir ...«

»Es gibt nichts, das ich dir vergeben müsste ...«

Die kurze Abenddämmerung hatte den Park in ein graues Schattenreich verwandelt, nun verteilten die Angestellten überall Windlichter, in deren Schein Pflanzen und Buschwerk in warmen Farben leuchteten. Insekten sangen ihr Nachtlied, Fledermäuse glitten auf zarten, dunklen Häuten vorüber, um einen Busch tanzten winzige Lichtpunkte – eine Schar Glühwürmchen, die in dieser Nacht auf Brautschau war.

Leila gab Anweisung, das Abendessen zu richten, und wollte schon selbst nach dem Rechten sehen, als ein *boy* gelaufen kam, um Gäste anzukündigen.

»Missionar Böckelmann ist gekommen.«

Paula freute sich über den unerwarteten Besuch. Böckelmann – so erfuhr sie – kehrte häufig auf seinen Missionswanderungen auf der Plantage ein, allerdings selten, um die Nacht hier zu verbringen, wie er es heute wohl vorhatte.

Böckelmanns wohlvertraute, überschlanke Silhouette zeichnete sich im flackernden Schein der Windlichter ab, als er auf die Terrasse hinaustrat. Er kam jedoch nicht allein, ein zweiter Missionar begleitete ihn. Er war ebenso groß wie Böckelmann, jedoch breiter in Schultern und Oberkörper. Seltsam waren sein steifer Gang und die Tatsache, dass er den breiten Strohhut auch im Haus nicht abgesetzt hatte.

»Missionar Böckelmann – welche Freude ...«

»Die Freude ist ganz auf meiner Seite, liebe Prinzessin.«

»Mein Mann wird in Kürze heimkommen, er ist noch auf der Plantage unterwegs ...«

»Verzeihen Sie die ungewöhnliche Zeit unseres Besuches ...«

»Sie sind mir jederzeit herzlich willkommen ...«

Jetzt trat Böckelmanns Begleiter aus dem Speiseraum heraus auf die Terrasse, und der Schein eines der Windlichter fiel auf sein Gesicht. Paula stieß einen leisen Schrei aus.

»Tom!«

Es klang eher wie ein Schluchzen. Konnte das sein? Oder narrte sie eine Erscheinung im Licht der flackernden Kerzen?

»Wen hast du erwartet? Missionar Siegel?«

Es war seine Stimme. Sein freches Grinsen, das durch eine Schwellung der linken Wange ein wenig fremd wirkte. Seine Augen, die im Schein der Lichter blitzten, als würde er über sie lachen. Doch er lachte nicht, stattdessen ging er auf sie zu, um sie ohne Rücksicht auf alle Umstehenden in die Arme zu schließen.

»Wie ist das möglich? Sie haben uns gesagt, du wärest auf dem Schiff nach Indien ...«

»Blödsinn ...«

»Aber wir waren doch in der Klinik in Mombasa ... Sie haben behauptet, du wärest britischer Kriegsgefangener und würdest ...«

Er brachte sie mit einem Kuss zum Schweigen, leidenschaftlich, aber keineswegs zügellos. Er war schließlich ihr Verlobter, hatte das Recht, seine Braut nach langer Trennung zu küssen, und er machte ausgiebig von diesem Recht Gebrauch. »In früheren Zeiten nannte man wenigstens seinen Namen, bevor man die Tochter des Hauses küssen durfte!«, ließ die laute Stimme ihres Vaters die Liebenden auseinanderfahren.

»Tom Naumann«, sagte Tom, ohne Paula jedoch loszulassen.

»Angenehm. Hatte schon eine Menge Unannehmlichkeiten Ihretwegen.«

»Das tut mir aufrichtig leid.«

Tom drückte Paula einen zarten, bedauernden Kuss auf die Nase und wandte sich Mercator mit einem herzlichen Lächeln zu.

»Das kommt alles nur davon, weil dieses Mädchen kein Vertrauen zu mir hat«, meinte er bedauernd. »Ich sagte, dass ich nach Sansibar komme, sobald der Kampf vorüber ist. Und hier bin ich!«

Mercator maß ihn abschätzig von oben bis unten.

»Setzen Sie sich trotzdem mit an den Tisch. Ich denke, Sie können uns spannende Dinge erzählen, oder irre ich mich?«

»Durchaus nicht.«

Prinzessin Leila hatte dafür gesorgt, dass Tom neben Paula zu sitzen kam, doch ihnen blieb kaum Zeit für eine zärtliche Unterhaltung. Nur hin und wieder fassten sie einander heimlich bei den Händen, und Paula erschauerte, wenn sie seinen festen, warmen Händedruck spürte. Ansonsten war Tom Naumann damit beschäftigt, alle Anwesenden mit seiner Gegenwart zu bezaubern, was ihm auch gelang. Prinzessin Leila war von Anfang an seine Gönnerin gewesen, auch ihre beiden Töchter fanden den großen, lustigen Deutschen hinreißend. Die Söhne waren schon schwieriger zu gewinnen, doch schließlich überzeugte sie die Schilderung der aufregenden

Kämpfe um Tanga und vor allem die abenteuerliche Flucht aus der Klinik mit Hilfe seines Freundes Dr. Burns. Man hatte ihn in Tücher gewickelt und in den Kellerraum getragen, in dem die Leichen abgelegt wurden. In der Nacht konnte er im Gewand eines toten Arabers fliehen. Mit dem Geld, das er beim Kartenspiel gewonnen hatte, kaufte er sich einen Maulesel, der ihn auf Schleichwegen über die Grenze nach Tanga brachte. Dort fand er Aufnahme in der Mission bei Missionar Söldner.

»Und dann?«, fragte Paula gespannt.

Tom wurde kein bisschen verlegen, sondern behauptete, nun käme sein Meisterstück: Schwester Anneliese habe ihm eines ihrer Kleider und einen Strohhut überlassen, so sei er mit zwei Aasgeiern auf einem elend wackeligen Kahn hinüber nach Sansibar gefahren. Die beiden Burschen hätten ihm sein letztes Geld abgeknöpft, dazu seien sie während der Nacht gefahren und im Sturm fast ersoffen. Ganz zu schweigen davon, dass er seekrank gewesen sei. Erst Freund Böckelmanns und vor allen Dingen Franziskas liebevolle Pflege habe wieder einen Menschen aus ihm gemacht.

Er hatte eine gekonnte Art, selbst Niederlagen oder lächerliche Situationen noch als großartige Abenteuer zu verkaufen. An diesem Abend langweilte sich niemand am Tisch, vor allem nicht, als Tom grinsend erwähnte, dass er in klatschnassen Frauenkleidern hätte hierherlaufen müssen, wäre nicht sein lieber Freund Böckelmann so gütig gewesen, ihm einen seiner Baumwollanzüge zu leihen. Er müsse allerdings bei jeder Bewegung Obacht geben, dass die Nähte nicht platzten, denn er habe eben nicht Böckelmanns überschlanke Statur.

»Ach, ich dachte, du läufst so steif herum wegen der Bienenstiche …«

»Seien Sie nicht so respektlos, Frau Naumann in spe!«

Später, als Prinzessin Leila und die Kinder längst schliefen, saß Tom mit Mercator beim Whisky auf der Terrasse, und während Paula immer wieder die Augen zufielen, wurden große Pläne geschmiedet. Tom wollte Land kaufen, doch er kam momentan nicht an sein Geld, das bei einer Berliner Bank deponiert war. Mercator lief ins Arbeitszimmer, um seine Baupläne zu holen, ein hübsches Kavaliershäuschen könne für den Anfang doch ausreichen. Das habe er in wenigen Monaten hochgezogen, und solange könne Tom im Haus bei ihnen wohnen. Wann er und Paula heiraten wollten? Das ginge hier auf Sansibar nicht, weil sie beide Deutsche seien? Na, dann eben nach dem Krieg.

»Meinetwegen kannst du ihn haben!«, verkündete Mercator seiner Tochter und begab sich zur Ruhe.

»Und was machen wir zwei Hübschen jetzt?«

Paula stellte fest, dass Tom und ihr Vater gemeinsam zwei Flaschen Whisky geleert hatten, und sie hatte den leisen Verdacht, dass ihr Tom dabei den größeren Anteil zu sich genommen hatte. Seine Augen glänzten versonnen, er stand jedoch kerzengrade, ohne auch nur im Mindesten zu schwanken.

»Komm!«

Sie nahm eines der Windlichter und steckte eine frische Kerze auf. Eigentlich war diese Maßnahme überflüssig, denn der volle Mond stand am sternenbesetzten Himmel, so dass man kaum ein Licht benötigte.

»Was hast du vor?«

»Still. Pass auf, dass du nicht stolperst.«

»Denkst du, ein Schlückchen Whisky haut mich gleich um?«

Er hatte tatsächlich weniger Mühe, ihr zu folgen, als sie vermutet hatte. Nur Böckelmanns Anzug wurde heftig strapaziert, und Paula fürchtete, am folgenden Morgen einige Nähte flicken zu müssen.

»Was ist das?«

»Erkennst du es nicht?«

Er blinzelte, strich sich das Haar aus der Stirn, und endlich hatte er begriffen.

»Barmherziger! Ein Baobab! Und was für einer!«

Hand in Hand liefen sie das letzte Stück, bis sie vor dem mächtigen Stamm standen. Über ihnen breitete der Baobab seine Zweige aus, reckte sie wie lange Arme in den Himmel hinein und stand doch fest und sicher verwurzelt in der afrikanischen Erde. Sterne hingen in seinem Gezweig wie leuchtende Früchte, und zwischen ihnen glänzte der volle, silberne Mond.

»Willst du, dass ich dich hinauf in den Sternenhimmel trage, mein Schatz?«

Sie umfing ihn zärtlich, lehnte ihren Kopf gegen seine Brust und vernahm seine raschen Herzschläge.

»Ich hatte nichts anderes erwartet, mein Liebster.«